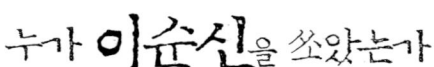

누가 이순신을 쏘았는가

초판 1쇄 찍은 날 2012년 5월 9일
초판 1쇄 펴낸 날 2012년 5월 15일

지 은 이 | 김우진
펴 낸 이 | 서경석
편 집 장 | 권태완
편 집 | 주소영 · 박우진 · 어정원
디 자 인 | 이혜정

펴 낸 곳 | 도서출판 청어람
등록번호 | 제1081-1-89호
등록일자 | 1999. 5. 31
어람번호 | 제10-0012호

주소 | 경기도 부천시 원미구 심곡2동 163-2 서경B/D 3F (우) 420-822
전화 | 032-656-4452 팩스 | 032-656-4453
E-mail | chungeoram@chungeoram.com
HOMEPAGE | http://www.chungeoram.com
NAVER CAFE | http://cafe.naver.com/goldpenclub

© 김우진, 2012

ISBN 978-89-251-2864-1 03810

누가 이순신을 쏘았는가

마지막 해전인 1598년 노량해전 직전 비밀지령
이순신을 제거하라!!

김우진 장편소설

황금연 출판
GOLD

목차

이순신의 문학적 형상화와
그 이데올로기

Ⅰ. '이순신 소설'은 왜 반복되는가?

이순신을 오직 한 시선으로만 바라보는 것은 불가능하다. 심지어는 극
단적으로 상반된 시선으로 바라볼 수밖에 없다. 그래서 한 작가의 작품에
이순신의 모든 것을 담을 방법이 없다. 물론 삼국지 같은 소설도 여러 판
본으로 반복됐다. 하지만 이렇게까지 다른 관점으로 반복되지는 않는다.
이순신의 문학적 형상화가 특별한 것은 그 역사적 인물의 반복적 재현에
도 불구하고 너무나 다양하고, 상반된 시선으로 형상화될 수밖에 없다는
점에 있다. 그런 점에서 이순신이라는 역사적 인물의 형상화는 앞으로도
많은 작가들에 의해 반복될 것이다.

II. 이순신의 무엇이 그렇게 다양한 시선을 만들어내는가?

역사 속에서 전쟁 영웅은 아주 많다. 하지만 이순신 같은 전쟁 영웅은 아주 드물다. 그는 나라를 구하기 위한 전쟁에 임했지만 나라로부터 어떤 도움도 받지 못한 상태에서 기적 같은 승리를 이끌어냈다. 도움은커녕 자신의 목숨을 내놓고 전쟁을 치러야만 했다. 역사 속에서 벌어진 이런 사태를 이해하기 위한 시선의 다양성이 문학적 형상화의 다양성을 만들고 있는 것이다. 따라서 그 시선 속에는 당연히 다양한 '문학적 이데올로기'가 숨어있을 수밖에 없다.

III. 그간의 이순신 소설은 어떤 문학적 이데올로기를 담고 있는가?

1. 신채호의 이순신 이데올로기

신채호의 『수군의 제일 거룩한 인물 이순신전』(1908년)은 아주 전형적인 이순신 이데올로기를 담고 있다. 전형적인 이순신이란 '민족을 구원한 이상적 영웅으로서의 이순신'이다.

신채호는 이순신에 대해 "필연 상제께서 보내신 천사로 수군의 영문으로 내려 오사 그 수고하심과 그 흘리신 피로 우리의 생명을 바꾸어 구제하신 후에 홀연히 가셨"다고 말한다. 이런 이순신은 "허다한 사사 당파의 무리와 악한 소인의 무리들"과 대비된다. 그래서 신채호는 "저 몇백 년 내에 백성의 기운을 꺾으며, 백성의 지식을 막고, 문치의 사상을 주던 비루한 정치가의 여독을 생각하면 한이 바닷물과 같이 깊"다고 탄식한다.

신채호의 『수군의 제일 거룩한 인물 이순신전』의 특징은 '민족의 구원자로서의 이순신'을 '비루한 정치가'에 대비시키고 있긴 하지만 그의 작품 속에서 '세속의 비루한 정치가 이미지'는 마치 '천상의 순수한 구원자 이미지'의 조건처럼 존재하며, 궁극적으로는 압도돼 사상된다는 점에 있다. 그의 이순신은 민족적인 관점에서 조명되고, 민족 내부의 모순은 부수적인 것에 그친다. 이순신은 영국의 넬슨과 비교되며, 주권을 위협받고 있는 약소국의 이상적인 영웅으로 그려진다.

신채호는 '어떤 인간적 사심도 없는 충성스럽고 의로운 인물로서의 이순신'을 그려 민족의 '모범'으로 삼고자 했다.

2. 이광수의 이순신 이데올로기

친일 작가 이광수는 왜 일본의 침략으로부터 나라를 구한 민족의 영웅 이순신의 찬양 소설을 썼을까? 안중근이 이완용의 찬양 소설을 쓰는 것만큼이나 상상하기 힘든 일이 버젓이 일어났다. 하지만 놀랄 일이 아니다. 그럴 만한 필연적인 이유가 있었다. 다른 작가는 몰라도 오히려 그는 반드시 이순신의 찬양 소설을 써야만 했다.

이광수는 『이순신』(1931년) '작가의 말'에서 "나는 이순신을 철갑선의 발명자로 숭앙하는 것도 아니요, 임란의 전공자로 숭앙하는 것도 아닙니다. 그것도 위대한 공적이 아닌 것은 아니겠지마는, 내가 진실로 일생에 이순신을 숭앙하는 것은 그의 자기희생적, 초훼예적, 그리고 끝없는 충의(애국심) 때문입니다"라고 밝히고 있다.

이광수의 이순신은 '천상의 인물로 형상화된 구국의 영웅'이 아니라

'타락한 민족적 현실 속의 완벽한 인간 개인'의 모습으로 투영된다. 나라를 구해서가 아니라 완벽한 인간이어서 훌륭한 것이다. 이광수의 이순신은 왜 이런 모습으로 나타나는 것일까? 이광수는 친일 이데올로기의 기초가 된 『민족개조론』(1922년)에서 스스로 이렇게 밝히고 있다.

이광수는 『민족개조론』에서 "이미 가진 민족의 목적과 계획과 성질이 민족적 생존번영에 적합지 아니함을 자각하게 되는 경우" 민족개조 현상이 생긴다고 말한다. 그는 예컨대 단군, 삼국, 고려, 조선 시대의 역사 변천이나, 의복, 주거, 관습, 그리고 사상, 감정, 정신 등의 변화는 '자연의 변화'일 뿐이라고 말한다. 그가 말하는 민족개조란 "이대로 가던 망한다"는 민족 단위의 대결심을 전제로 하는 자각적·의식적인 '계획과 노력'을 의미한다.

이광수의 민족개조론은 말하자면 '미개인'과 '문명인'의 구별 같은 민족 단위의 우열현상을 전제로 정신개조를 통해 문명국을 지향하자는 주장이다. 그런 관점에서 그는 "요컨대 조선민족 쇠퇴의 근본원인은 타락된 민족성"이므로 "정치적이나, 종교적의 어느 주의와도 상관이 없다"면서 이 민족개조운동을 일종의 "영구적이요, 포괄적인 문화운동"이라고 말한다.

이광수가 보기에 "근본적 성격이 좋지 못한 민족이라고 그 민족의 각 개인이 다 좋지 못한 사람일 리는 만무하니, 그중에도 소수나마 몇 개의 선인이 있을 것"이고, "이 소수의 선인이야말로 그 민족부활의 맹아"인 것이다. 그리고 의심의 여지없이 이순신이 바로 그 '소수의 선인'이었다. 이것이 이광수가 이순신을 숭앙하며, 소설 『이순신』을 쓴 이유였다.

이광수의 이데올로기에 따르면 이순신은 필연적으로 정치와 무관하게—즉 나라를 구한 것과 무관하게—개인적으로 완전한 인간형으로 묘사돼야 하며, 이순신이 속해있는 조선민족은 전체로서 타락한 민족성을 지니고 있어야 한다. 그런데 여기서 '타락한 민족성'의 문제는 차치하고라도, 그의 더 큰 문제는 그 타락한 '민족'을 개조하려는 목적이 무엇인가에 대한 대답이다.

이광수의 민족개조론은 어느 주의와도 상관이 없으므로 어느 주의와도 결합할 수 있다. 그의 민족개조 운동은 제국주의, 동화주의 등등에 "속한 것이 아니"지만, 그것이 '배제' 되지도 않는다. 그가 말한 대로 개조된 "××주의자는 참으로 좋은 ××주의자가 될" 뿐이다. 이런 논리에 따르면 '타락한 조선민족에 홀연히 나타난 선인 이순신을 본받아 민족개조를 해서 제국주의 문명국 일본에 동화되자'는 자가당착적인 주장도 얼마든지 가능할 것이다.

이광수의 이데올로기적 실체는 역사적 경과가 입증했다. 한마디로 이광수는 '민족개조의 맹아적 인간 이순신'을 통해 그의 파시즘적 친일문학 이데올로기를 구현하고자 했던 것이다.

3. 김탁환의 이순신 이데올로기

김탁환의 『불멸』(1998년)은 KBS 드라마 〈불멸의 이순신〉의 원작 중 하나로 채택돼, 『불멸의 이순신』(2004년)으로 재출간됐다. 다른 하나의 원작은 후술할 김훈의 『칼의 노래』(2001년)였다. 드라마는 두 원작의 내용과는 많이 다르게 작품화됐는데 두 작가의 이순신 이데올로기는 '은연중에' 작품에 깊이 스며든 것으로 보인다.

김탁환의 『불멸의 이순신』은 '작가의 말'에서 밝히고 있듯이 "조선 수군과 왜 수군의 대립 구도 대신 이순신 대 이순신을 모함하고 핍박한 장수와 대신들을 대립 구도로 택한 춘원 이광수의 소설 「이순신」'에 대한 안티테제로 등장했다. 말하자면 '임진왜란은 조선과 왜의 전쟁인데 어떻게 이순신과 원균의 대립 같은 조선 내부의 대립이 본질이 될 수 있느냐'는 항변이다. 이런 항변을 하게 만든 그의 이데올로기는 무리 없이 잘 구현됐을까?

김탁환은 '작가의 말'을 통해 "불멸의 이순신」에서 이순신이 관습에 젖은 장수들을 용서하는 거대한 화해를 꿈"꿨다고 말한다. 그는 임진왜란을 '이순신 대 악당들'이라는 내부모순이 아닌 '조선 대 왜'라는 외부모순을 통해 바라봐야 한다는 이데올로기에 전적으로 지배당한다. 그래서 그는 이순신과 원균, 류성룡과 윤두수, 사익과 공익 등등을 구별하고 또 화해시킨다. 하지만 이런 방식의 이데올로기 또한 그 대가를 치를 수밖에 없다.

김탁환의 『불멸의 이순신』의 문제는 이순신과 원균 등등이 역사 속에서 화해를 했기 때문에 그 화해가 문학적으로 구현된 것이 아니라 문학적으로 그런 화해가 구현돼야 하므로 역사 속에서 인위적인 화해를 시킨다는 점에 있다. 즉, 역사적 사실을 문학으로 반영하는 것이 아니라 문학으로 역사적 사실을 재구성하고 싶어하는 것이다. 그의 이런 소망은 필연적으로 '원균 명장론' 같은 역사왜곡에 위태롭게 접근할 수밖에 없다.

나는 역사적 사실에 눈을 감아야만 성립하는 그의 '거대한 화해' 이데올로기가 심히 거북하다.

4. 김훈의 이순신 이데올로기

김훈의 『칼의 노래』(2001)는 '저항할 수 없는 비루한 세상에 대한 자연

주의적 관점의 절망적 묵인'을 담고 있다. 그는 이순신의 상념을 통해 끊임없이 그런 세상에 대한 자신의 독백을 전한다.

김훈은 머리말에서 "나는 정의로운 자들의 세상과 작별하였다. 나는 내 당대의 어떠한 가치도 긍정할 수 없었다. 제군들은 희망의 힘으로 살아 있는가. 그대들과 나누어 가질 희망이나 믿음이 나에게는 없다. 그러므로 그대들과 나는 영원한 남으로서 서로 복되다"고 말한다. 여기서 김훈이 말하는 '그대들'은 누구일까? 비루한 세상에 부질없는 희망을 품고 있는 정의로운 사람들? 그렇다면 '나 김훈'은 누구인가? 비루한 세상을 절망적으로 묵인하며 사는 부정의한 사람?

김훈은 자신이 삶의 현장에서 겪었던 2000년 가을의 다분히 개인적인 대한민국의 현실을 이순신이 살았던 1597년 봄의 지극히 역사적인 조선의 현실에 투영한 듯하다. 하지만 그건 그렇게 중요하지 않다. 어차피 그에게는 모든 역사 속 현실이 언제나 그렇게 저항하기 힘든 비루함일 것이기 때문이다. 중요한 것은 그가 머리말에서 다시 "나는 나 자신의 절박한 오류들과 더불어 혼자서 살 것이다"고 선언하고 있다는 점이다.

김훈의 『칼의 노래』의 문제는 '현실적으로 절박한 오류를 인정하는 김훈'이 '역사적으로 절박한 오류가 없는 이순신'의 상념을 통해 '비루한 세상을 자연주의적 관점으로 끝없이 묵인하는 김훈 자신의 절망적 넋두리'를 전한다는 점에 있다. 이런 방식으로 들려오는 환청은 우리에게 큰 혼란을 야기한다. 이렇게 되면 '정의/부정의'의 구별은 온통 판단불능의 몽환적인 혼란 속에 빠질 수밖에 없다. 현실적 부정의(절망)가 역사적 정의(희망)의 입을 빌려 합리화되는 것이다. 하지만 이런 사태는 김훈에게 전혀 문제가 되지 않는다. 김훈은 오히려 '바로 그런 사태, 바로 그런 문학, 바로 그런 이데올로기'가 가져다주는 몽환적인 혼란을 의도했기 때문이다.

조선일보사가 주관하는 2001년 동인문학상 심사위원회는 김훈에게 "한국문학에 벼락처럼 쏟아진 축복"이라는 찬사를 내렸으며, 김훈은 그 찬사에 "이 저주받은 안쪽을 들여다보고 있겠"다고 화답했다. 그가 그 저주받은 안쪽 '만'을 들여다보고 있는 것은 아닌지 심히 의심스럽다.

VI. 나는 왜 이순신을 쓰는가?

나는 이순신이 '아주 특별한 방식으로' 절망적인 세상을 경험하긴 했지만, 오직 그만이 절망적인 세상 속에서 태어났던 것은 아니라고 생각한다. 더딜망정 역사는 진보해왔다는 사실을 위안 삼을 수 있을 뿐, 세상은 언제, 어디서나 이순신이 살았던 그런 세상이었다. 지금도 물론 그렇다. 그리고 앞으로도 절망은 없고 희망만이 존재하는 낙원 같은 '최종적 세상'은 없을 것이다. 그래서 나는 절망 속에서 희망을 품고 사는 것이야말로 인간의 미덕이라고 믿고 있다. 나는 나의 이순신이 그런 의미로 읽히기를 바란다.

이 소설의 제목은 『누가 이순신을 쏘았는가』이다. 그래서 단순히 '누가 이순신을 쏘았는가'를 추리하는 것이 이야기의 전부인 양 생각하는 독자들도 혹 있을지 모르겠다. 물론 그 사실적 맥락 자체를 엄밀히 추리해보는 것만으로도 소설적 재미는 충분히 느낄 수 있을 것이다. 하지만 그것은 장르상 이른바 '팩션(faction)'에 해당하는 소설의 주제를 효과적으로 전달하기 위한 장치(hook)의 성격이 더 짙다는 점을 이해해주기 바란다.

이 이야기는 역사 소설이므로 소설 속 역사는 당연히 소설적 허구로 재구성된 역사다. 하지만 나의 주된 의도는 역사적 사실의 소설적 재구성이 아니라, 역사적 사실의 소설적 해석에 있다. 다시 말해 나는 역사적 사실을 토대로 그 여백만을 소설적 허구로 채워넣어 역사의 정치적 배경을 내 방식으로 해석하고자 했다. 그 해석을 통해 내부모순이든 외부모순이든, 부끄러운 일이든 자랑스러운 일이든, 있는 것은 있는 그대로 모두 드러내야 한다고 생각했다.

나는 이순신 이야기의 저변에 깔려있는 정치적 이중모순을 중요하게 생각했다. 동아시아 대변혁기는 외부적으로 조선, 일본, 명이 서로를 이해하는 관념과 실체적 현실의 불일치를 낳았다. 그리고 내부적으로는 변화하는 봉건 계급사회의 한계를 절감하는 이순신 대 기존 양반 지배질서를 옹호하는 선조 이연의 대립을 낳았다. 내부모순을 이렇게 규정한다는 것은 곧 '선조 이연의 신성한 왕조 지배질서 속에서 권력을 차지하기 위해 모함하는 원균과 그 모함에 희생된 이순신'이라는 그간의 전형적인 관점을 청산한다는 말과 같다. 즉, 문제의 핵심은 '이순신 대 원균'이 아니라 '이순신 대 이연'인 것이다.

성리학이 조선을 지배한 것은 역사적 사실이다. 그것을 부정하는 것은 이데올로기적 왜곡이다. 그렇다고 지금도 성리학적 '충신'의 관점으로만 조선, 선조 이연, 이순신을 바라봐야 한다고 주장하는 것은 난센스다. 나는 현재의 시각으로 성리학에 지배당하는 조선과 고민하는 이순신을 바라보고자 했다. 이런 관점에서 나는 이순신을 '교조적인 성리학 이데올로기에 함몰된 맹목적인 성웅'의 틀에만 가둘 수 있는 인물은 아니라고 봤다. 나는 그 시대 이순신의 이데올로기적 고민을 현재의 관점에서 근거와 함께 드러내고 싶었다.

우리는 '성웅 이순신'이 아니다. 따라서 우리 모두가 이순신처럼 살아갈 수는 없다. 하지만 이해할 수는 있다. 수백 년을 더 진보한 2012년 대한민국 현실을 이해할 수 있는 능력이 있으므로 1592년 조선을 더 잘 이해할 수 있다. 소설 속 인물들은 우리가 그러는 것처럼 비루한 정치와 그 비루한 정치를 이고 가는 세상 속에서 때로는 정의롭고 때로는 부정의하게 각자 자신들의 삶을 자신들의 몫만큼 살아낼 것이다. 그 절망 속에서 희망을 발견할 수 있는지 없는지는 전적으로 독자의 몫이다.

2012년(임진년) 4월
김우진

예부터 대장은 작은 전공만 있어도
목숨을 보전치 못한 자가 많았다.
나는 적이 물러나는 그날 죽어도
유감이 없다.

自古大將若少有邊功, 則多不得全保
吾死於賊退之日, 則可無憾也

—이순신이 남긴 말, 류형의 『석담유고(石潭遺稿)』 중에서

※일러두기
1. 이 소설은 역사적 사실을 토대로 실제로 일어났을 법한 상황을 상상한 이야기이며, 필자의
역사를 보는 시각이 반영됐다.
2. 이 소설에 등장하는 기명 인물들은 모두 실존했던 인물들이다. 무기명 인물들 중 '이완의
열 살 된 딸'은 가공의 인물이다.
3. 이 소설에 기재된 날짜는 모두 음력이다.

제1장

죽기에 좋은 시간

1

한 적이 물러나고 있었다. 조선 산하를 피로 적시며, 한달음에 덮칠 듯이 몰려왔던 왜적들이 마침내 자신들의 소굴로 다시 돌아가고 있었다. 도주하는 적들은 적의가 없었다. 오직 살고자 하는 본능만이 적의를 대신하고 있을 뿐이었다. 살아남기 위해서 필사적으로 싸우는 왜적들의 모습은 소멸을 요구하는 자연에 맞서 절망적으로 저항하고 있는 말년의 지친 영혼들처럼 보였다.

1598년 11월 19일 동트기 직전, 푸르스름한 어둠 속 노량 겨울바다는 가히 아수라장이었다. 총통은 용트림하며 메케한 화염을 하늘로 내뿜고, 시위를 떠난 화살과 귓전을 스치는 탄환의 날카로운 바람 소리는 숨 막히는 찰나의 공포로 전장을 마비시켰다. 서슬 퍼런 칼바람의 살기는 어둠을 찢듯 검광을 번득이며 생사를 갈랐다. 부질없이 전선을 치장한 채 아직은 제 색을 드러내지 못하고 있는 깃발들조차 자신들이 전쟁의 운명을 결정하는 계시인 양 악착같이 펄

럭거렸다. 그 피바람 속에서 피아를 식별할 수 없는 처절한 비명 소리가 끝없는 메아리처럼 허공을 맴돌고 있었다.

이순신은 통제선 장대 위에서 적의 죽음을 재촉하는 독전고를 온 힘을 다해 두드리고 있었다. 그 북소리는 천둥소리가 돼 전사들의 심장을 때리며 심판의 바다 위를 퍼져 나갔다. 그는 마치 홀로 모든 왜적들과 싸우는 사람처럼 보였다. 그러던 그가 불현듯 아비규환의 미몽에서 깨어난 사람처럼 세속을 초월한 맑은 눈으로 허공 속의 먼 산을 바라봤다. 화살보다 빠른 순간의 상념이 스쳐 지나갔다.

'나는 살인귀인가?'

지난 7년간 생지옥이 따로 없는 전쟁터의 참상을 겪었지만 이순신은 자신이 여전히 인간이기를 염원하고 있었다. 그의 염원대로 그는 아직 전쟁기계가 아닌 인간이었고, 적들의 목숨도 분명 미물이 아닌 인간의 목숨이었다. 그들이 살아 나가든 죽어 나가든 어쨌든 평화는 올 것이었다. 목숨만을 구걸하며 도주하는 적을 치는 것은 기세등등하게 덮쳐오는 적을 치는 것과는 의미가 사뭇 달랐다. 그것은 틀림없이 신념을 필요로 하는 일이었다.

이순신은 지금 최후의 일격을 위해 적과 마주 서있지만 이것도 거저 얻어진 기회는 아니었다. 무인이 전투에 임해 적을 궤멸시키는 것만으로 자신의 소임이 다 이뤄지는 것이라면 더없이 좋으련만 정치는 그 비좁은 전쟁터까지 비집고 들어와 불쑥불쑥 자신의 역할을 주장하고 나섰다. 전쟁이 막바지에 이르자 전쟁의 정치도 막바지에 이르렀다. 이 최후의 전투를 위해 이순신과 그의 적들은 이미 사력을 다해 싸웠다. 그것은 전쟁을 위한 전쟁이었다.

2

　일본의 고니시 유키나가는 바다 쪽으로는 조선의 이순신과 명의 진린에 의해, 그리고 육지 쪽으로는 명의 유정에 의해 순천의 왜교성에 고립돼있었다. 그곳은 그간 자신의 별장만큼이나 안락했던 보금자리였다. 하지만 이제 철수해야만 했다. 침략은 도요토미 히데요시의 죽음으로 더 이상의 동력을 잃어버렸다. 무엇을 얻고, 무엇을 잃었는지는 한참 후에나 계산될 것이었다. 어이없는 일이었지만 나라의 손익계산은 차치하고 자신의 손익계산도 잘 안 되는 전쟁이었다. 어쨌든 그는 원래의 삶터로 무사히 살아 돌아가 새 권력을 창출하기 위한 내전에 대비해야만 했다.

　죽이기 위해 적을 속여온 고니시는 이제 살기 위해 적을 속여야 했다. 적을 속이는 것과 적과 뇌물 거래를 하는 것은 명확하게 구분되지 않았다. 뇌물 거래는 하등 특별할 것 없는 전쟁의 일상이었다. 그 일상 속에서 고니시는 자신이 정치를 하고 있는지, 전쟁을 하고 있는지, 장사를 하고 있는지, 가끔은 구분이 잘 안 될 때도 있었다. 다행인 것은 이런 온갖 종류의 협잡이 그의 취향을 전혀 거스르지 않았다는 점이다. 그런 면에서라면 오히려 그는 가장 뛰어난 무장이었다.

　고니시는 도주를 위한 구원 병력이 필요했다. 그는 어떻게든 이순신 너머의 남해, 사천, 고성 등지에 연락을 취해 병력을 총집결시켜 무사히 함께 본국으로 퇴각하고 싶었다. 육지의 유정 매수는 크게 어려움이 없었다. 따지고 보면 유정도 싸움 없이 성을 헌납하고 물러가겠다는 적을 상대로 굳이 피 흘리며 성을 빼앗아야겠다고 우길 이유는 없었다. 거짓 전투와 전공 뇌물이면 충분했다. 화친인지 전투인지 모를 소문만 어지럽게 돌고 돌았다.

문제는 바다의 이순신과 진린이었다. 고니시는 우선 진린부터 공략했다. 진린은 이 파장난 전쟁판을 통해서라도 어떻게든 유정보다는 두드러지고 싶었다. 그 심정을 고니시도 너무나 잘 알았다. 인간의 일이란 언제, 어디서나 결국 매한가지라고 믿었다. 그가 가토 기요마사에 대해 느끼는 불편함을 진린도 유정에 대해 똑같이 느끼고 있을 터였다. 우선 그 점을 잘 이용해야 했다. 하지만 고니시는 차선책도 생각하지 않을 수 없었다. 일이 여의치 않으면 이순신과 진린을 따로 떼놓기만 해도 좋겠다고 생각했다.

유정과 공을 다투는 진린도 정치 속에서 잔뼈가 굵은 사람이었다. 하긴 그들의 자리까지 올라온 무장치고 누가 정치를 모른다 할수 있겠는가? 진린은 유정이 싸움을 피하고 있다는 첩보를 접하고 바로 모든 걸 알아챘다. 그도 뭔가를, 아니, 반드시 유정보다 더 많은 것을 얻어내야만 했다. 전쟁이든 평화든, 그 속의 나라든 개인이든, 모든 것은 언제나 결국 과정보다는 결과가 더 많은 말을 했다. 그 결과를 얻기 위한 중요한 거래가 진린 앞에 놓여있었다. 진린은 고니시의 밀사를 차분히 기다렸다.

11월 14일 술시(저녁 7~9시), 고니시의 밀사 일행이 잘 익은 술 두 통과 돼지 두 마리를 장대에 묶어 매고 진린의 도독부에 손님처럼 찾아들어 왔다. 이날 낮, 고니시의 왜선 두 척이 강화를 논의하자며 바다에 나타났고, 진린은 그들의 방문 요청을 기다렸다는 듯이 흔쾌히 받아준 터였다. 밀사로 온 왜장이 술기운이 돌자 단도직입적으로 말했다.

"이 전쟁은 이미 끝났습니다."

"하고 싶은 말이 뭔가?"

"우린 조용히 물러나겠으니 멀리서 여기까지 행차하신 도독께서는 전공을 챙기시지요."

진린의 입가에 탐욕스런 미소가 가볍게 번졌다.

"그대들 장수들의 목을 쳐야 전공을 얻는 게 아니겠는가?"

"장군께서 화친에 협조하신다면 수 1천 급을 드리겠습니다."

"그 수급이란 게 대체 누구 머리를 말하는 건가?"

"우리들 머리를 내놓겠습니다."

"스스로 목을 잘라 바치겠다?"

진린은 속으로 짚이는 게 있어 왜장을 비웃듯이 바라보다 퉁명스럽게 대꾸했다.

"그런데, 내가 유정보다는 못해 보인단 말이지?"

당황한 왜장이 더듬거리며 되물었다.

"무, 무슨 말씀이신지?"

"유정에게는 화친의 대가로 '수 2천 급을 준다'는 얘길 들었는데, 지금 날 놀리는 건가?"

"그…… 그럴 리가요? 뭔가 오해가 있는 것 같습니다. 아, 아, 어쨌든 좋습니다. 원하신다면 유정 장군 귀에 들어가지 않도록 해서 2천 급…… 아니, 되는대로 그 이상이라도 모두 실어드리겠습니다."

진린이 뭔지 모를 약간의 민망함을 감추기 위해 헛기침을 하자 왜장이 급히 말을 이었다.

"우선 우리 배를 남해로 보내주십시오. 고니시 장군의 사위가 남해에 있는데 불러다 의논할 일이 있답니다. 그렇게만 해주신다면 이곳으로 바로 배를 보내 우선 은자와 말, 창, 칼 등을 한가득 실어 보내겠습니다."

고니시의 사위는 대마도주 소 요시토시였고, 남해는 왜군의 땅이었다. 진린이 꿍꿍이를 드러내지 못하고 저울질만 하고 있자 왜장이 이때다 싶어 쐐기를 박았다.

"전선을 모두 이끌고 지금 당장 남해로 가시지요. 시간이 관건입니다."

진린은 고니시의 솔깃한 유혹을 이겨낼 재간이 없었다. 그는 고니시가 보낸 왜장의 약속만을 믿고 이순신과 서로 떨어져 먼저 남해로 갈 마음의 채비를 했다. 뇌물 전공에 눈이 어두워져 진짜 전공이나 함정의 위험 따위는 안중에도 없었다. 진린은 우선 밀사로 온 왜장 일행 8인이 탄 작은 배가 자신의 해역에서 무사히 빠져나갈 수 있도록 조치했다.

고니시는 다음날에도 전령을 보내 두 번, 세 번 거듭 진린의 의중을 확인했다. 그리고 다시 이틀이 지난 후, 그는 진린에게 약속한 선물을 배 세 척에 가득 실어 보냈다.

3

다급해진 건 사태를 눈치챈 이순신이었다. 이순신은 진린의 도독부로 가 정치를 해야만 했다. 이순신도 이제 이런 정치에 웬만큼 익숙해졌지만 마음속 저 깊은 곳에서는 언제나 본능적으로 생경했다. 하지만 비루한 정치도 삶의 일부였으며 장군의 일이었다. 진린의 탐욕을 다스리기 위한 이순신의 발걸음이 무겁게 터벅거렸다. 수족 같은 군관 송희립이 아무 말 없이 따라 걸었다. 이순신의 마음은 황량한 날씨만큼이나 몹시 시렸고, 해안가의 바람결에 실려오는 짠 바다 냄새는 오늘따라 유난히 비릿했다.

송희립을 출입문 앞에 대기시키고, 이순신은 진린에게 둘만의 자리를 청했다. 주위를 물리치고 두 사람은 굳은 표정으로 탁자에 마주 앉았다. 그들은 해야 할 얘기를 이미 서로 알고 있었다. 그래서 말을 꺼내기도 전에 서로 가까이할 수 없는 맹수들처럼 긴장했다. 몇 마디가 오가며 말이 익자 진린은 예의 그 속 보이는 말투로 이순신을 떠보기 시작했다.

"통제사, 이곳은 잠시 통제사에게 맡기고 나는 남해에 있는 적을 토벌하러 가야겠소."

"남해로 가다니요? 그곳은 이제 곧 텅 비고, 조선 포로들만 남아있게 될 것이오."

"적에게 잡혀있으면 모두 적이 아니겠소? 지금까지 조선 포로들에게 죽은 아군이 모두 얼마나 되는지 아시오? 지금 남해의 조선 포로들도 그대로 두면 틀림없이 이번 전투에 동원될 것이오. 나뿐만 아니라 통제사도 그들에게 목숨을 잃을 수 있단 말이오!"

"그런 터무니없는 억지가 어디 있소?! 죽지 못해 부역하는 자가 있다고 해서 모든 포로를 죄인으로 몰아 다 죽일 순 없질 않소?"

진린은 단호했다.

"억지가 아니오. 내겐 조선 포로들이나 왜적들이나 마찬가지요. 지금 가서 그들을 토벌하면 힘 안 들이고 머리를 벨 수 있을 것이오. 난 가겠소!"

순간 이순신의 안광이 불을 뿜듯 번쩍였다. 치밀어 오르는 분노가 폭발하기 직전이었다. 이순신의 뇌리에 자신의 칼에 목을 베이고 쓰러지는 진린의 모습이 섬광처럼 스쳤다. 서슬 퍼런 칼날이 주인의 마음을 헤아리기라도 하듯 칼집 속에서 숨을 죽이며 소리 없이 번득이고 있었다.

'아, 나는 이런 자들을 믿고 함께 전쟁을 하는가?'

어떤 일이라도 일어날 수 있었던 찰나의 순간이 지났다. 마음을 진정하고 어떻게든 막아야 했다. 이순신은 살기로 경직된 낯빛을 감추려 애쓰며 조용히 말했다. 하지만 조용하고 분명한 말투에 밴 위압적인 느낌까지 감출 수는 없었다. 듣기에 따라서는 거의 도발적인 말투였다.

"황제 폐하를 생각하시오. 황제 폐하께서 장군을 이곳까지 보낸 것은 조선 백성들의 목숨을 구하라는 것이지 목을 쳐오라는 것은 아니지 않겠소?!"

황제라는 말을 들먹인 것이 진린의 정곡을 제대로 찔렀다. 이번에는 진린이 이성을 잃기 직전이었다. 그간 서로 술잔을 주고받으며 쌓은 교분은 정치적 이해 앞에서 한순간에 모두 날아간 듯했다. 진린이 벌떡 일어섰다. 그 바람에 앉아있던 의자가 큰 소리를 내며 뒤로 나자빠졌다. 그의 손은 망설임 없이 칼자루에 가있었다. 순식간이었다. 그는 칼집에서 칼을 거의 한 자 정도나 뺀 상태로 이순신을 노려보며 위협적으로 소리쳤다.

"지금 나를 협박하는 거요?! 우리 황제 폐하께서 이럴 때 쓰라고 내게 큰 칼을 주셨소!"

황제를 등에 업은 진린의 거칠 것 없는 칼부림 협박이었다. 큰 칼집에서 나오다 만 차디찬 검광이 섬뜩하게 이순신의 목을 겨냥하고 있었다. 이순신은 한 손으로 조심스럽게 의자를 뒤로 제쳐놓고, 진린을 응시하며 천천히 일어섰다. 그 느릿느릿한 침착함이 화난 진린을 더욱 불쾌하게 만들고 있었다. 이순신 역시 추호의 망설임도 없었다. 그는 가슴을 내밀며 마치 호령이나 하듯 거칠 것 없이 시원하게 말을 내뱉었다.

"그럼 나를 먼저 죽이시오! 나는 이미 죄를 지은 몸이니 어떻게 죽든 한 번 죽는 일만 남았소. 나는 죽는 것이 두렵지 않소. 내가 두려운 건 전장에서 싸움을 피해 적과 내통이나 하면서, 눈앞의 자기 백성을 죽게 놔두는 장수로서의 치욕이오!"

"무, 무엇이라!"

이순신과 진린의 살기가 허공에서 부딪혀 불꽃이 튀었다. 숨 막히는 침묵이 흘렀다. 진린의 거친 호흡이 침묵을 이기지 못한 순간, 이순신의 무념의 살기 앞에 진린의 잡념 어린 살기도 누그러졌다. 진린은 빼다 만 칼을 '찰칵' 소리가 나도록 칼집에 다시 집어넣더니 느릿한 몸짓으로 나자빠진 의자를 집어들고 탁자에 좌정했다. 그는 아무 말 없이 이순신에게도 손짓하며 좌정을 권했다. 그는 탁자 위의 술병을 들고 이순신이 술잔 들기를 기다려 천천히 술을 따랐다. 진린이 들릴 듯 말 듯한 작은 한숨을 내쉬며 말했다.

"통제사, 내가 이곳에서 통제사를 만난 때부터 통제사가 어떤 사람인지는 내 충분히 알고 있었소."

사실이었다. 불같은 성격이 반드시 단순함을 의미하지 않는다면 진린이 바로 그랬다. 그가 화를 내고 있는 것을 보면 사기당한 장사꾼인지, 배고픈 산적인지 모를 정도로 요란했다. 하지만 나중에 생각해보면 그가 그렇게 화를 낸 것이 혹 처음부터 치밀한 계책은 아니었는지 의심이 들기까지 했다. 흥미로운 사실은 그간 이순신이 그와 깊고 은밀한 얘기를 나누는 데 그의 세속적인 성향이 오히려 많은 도움을 줬다는 점이다. 이순신으로서도 위선자보다는 세속적인 자와 얘기하는 게 훨씬 더 쉬웠다. 극과 극의 만남은 차라리 단순하게 통했다.

진린은 말없이 탁자에서 일어서더니 실내 한쪽의 나무 상자를 향해 갔다. 그 안에는 자신이 보낸 서찰에 대한 이순신의 답신이 많이 들어있었다. 그들이 선문답처럼 주고받았던 시도 있었다. 진린은 그중 하나를 골라 꺼내 와서는 다시 탁자에 앉았다. 그리고는 애써 흥분을 가라앉히며 천천히 음미하듯 읽었다. 진린은 이순신에게 이렇게 권했었다.

不有將軍在 만약 장군이 없었다면
誰扶國勢危 누가 나라의 위기를 구했겠소?
逆胡驅曩日 지난날엔 오랑캐를 몰아냈고
妖氣捲今時 오늘날엔 요망한 기운을 물리쳤소
大節天人仰 모두가 큰 절개 우러러보고
高名萬國知 높은 명성 만국이 알고 있소
聖皇求如切 황제께서 그대를 간절히 보고자 하는데

招去豈終辭 부름을 받아 가는 것을 어찌 끝내 사양하시오?

이순신은 이렇게 답했었다.

若向中朝去 만약 명나라 조정을 향해 떠나가면
其於外國危 그 바깥 조선은 위기에 처할 것이오
南蠻更射日 남쪽의 오랑캐들 다시 침략할 것이고
北狄又乘時 북쪽의 오랑캐들도 다시 덮칠 것이오
全節終須報 온전히 절개 지켜 끝까지 당연한 보은을 할 뿐
成功豈可知 성공이야 어찌 알 수 있겠소
平生心已定 평생의 마음 이미 정해져 있으니
此外有何辭 이 밖에 다른 무슨 말이 있겠소

　진지하게 낭송을 끝낸 진린은 조용히 고개를 들어 이순신을 바라봤다. 조금 전의 살기 어린 객기는 온데간데없고 마치 십년지기 친구 같은 모습이었다. 지난 몇 달간 전장에서 함께 부대끼며 살아온 시간의 편린들이 그들을 어쩔 수 없이 한데 묶고 있었다. 진린은 소곤거리듯 나직한 목소리로 물었다.
　"이 공, 내가 밤에는 천문을 보고 낮에는 사람 보는 일을 좀 하오. 그간 충분히 말했소만, 동방에 대장별이 희미해져 가니 머지않아 장군에게 반드시 화가 미칠 것이오. 공도 이미 알고 있질 않소? 어찌해서 제갈량의 예방법을 쓰지 않소?"
　이순신도 한결 누그러진 목소리로 조용히 대답했다.
　"내 대답도 이미 충분히 말씀드렸소. 나는 충성이나 덕망, 재주

가 모두 제갈량만 못하오. 그러니 제갈량의 법을 쓴다 한들 어찌 하늘이 들어줄 리 있겠소?"

"아니, 도대체 뭘 그렇게 망설이는 거요? 그러지 말고 고니시의 화친을 받아들이고 나와 함께 명으로 가십시다. 황제 폐하께서도 큰 기대를 하고 계시오. 내 장군의 후일은 보장하리다."

"난 조선을 떠날 수가 없소. 저 왜적은 앞으로도 기회만 있으면 언제든 다시 몰려올 것이오. 왜적만이 아니오. 세력을 늘리고 있는 북쪽의 오랑캐는 또 어찌해야겠소?"

"아, 그러니까 지금 요동으로 가자는 것 아니오? 왜적이야 지금 저렇게 꽁무니를 빼며 달아나는데 그런 기우가 왜 필요하오? 그리고 북쪽 오랑캐야 요동에서 막으면 될 것 아니요?"

"그게…… 그렇지만……."

"참, 답답하오이다. 이 공도 들어보셨소? 정유년 초부터 재침의 기회를 노리던 왜적이 기어이 큰 변란을 일으킨 것은 '공의 파직 때문이었다'는 말도 있더이다. 솔직히 말해, 공의 처지에 앞으로 조선에서 할 수 있는 일이 대체 무엇이오? 이젠 저승 사람이 됐소만, 조선인 피가 흐르던 이여송 도독을 한번 생각해보시오. 모두가 꿈꾸는 금의환향 아니었소?"

진린의 말은 오히려 역효과만 만들었다. 이여송을 들먹이자 가라앉던 이순신의 얼굴이 다시 붉어졌다.

'전공을 바치기 위해 무고한 평양성 조선 백성들을 참혹하게 학살했던 이여송? 날더러 그렇게 살란 말인가? 설령 조선이 날 버린다 해도 도저히 그렇게 살 수는 없다!'

이순신은 순간의 침묵 속에서 화들짝 놀라 깨어났다. 그리고는 멍한 얼굴로 동문서답했다.

"왜 전령선이 구원을 요청하러 빠져나갔으니 곧 노량으로 몰려올 것이오. 지금 바로 대비해야 하오. 노량 앞바다 길목에서 막지 못하면 이곳까지 몰려와 고니시의 병력과 앞뒤로 합세해 우리가 오히려 포위될지도 모르오."

이순신의 안색을 살피던 진린은 그의 멍한 표정의 동문서답에 갑자기 긴장이 풀어져 버렸다. 그는 뭔가 잔뜩 기대에 차 가까이 들이댔던 고개를 상체와 함께 크게 뒤로 젖혔다. 그리고는 손바닥으로 탁자를 호기롭게 한번 '탁' 치더니 피식 웃고 말았다. 어울리지 않게 속으로 금세 사라지는 순진한 미소였다. 그는 모든 골치 아픈 꿍꿍이를 단번에 포기한 듯 운율에 맞춰 경쾌하게 말했다.

"아, 아, 알겠소. 놈들을 쳐부숩시다. 안심하고 돌아가시오. 내 공의 뜻대로 하리다."

"고맙소. 그럼 일각이 급하니 내 이만 믿고 돌아가리다."

이순신은 긴장이 풀린 듯 무겁게 몸을 일으켰다. 세상에는 해결되고 나면 일상처럼 별일 아니지만 해결되지 않으면 운명을 걸어야 하는 문제도 많다. 치명적 유혹 앞에서 제 궤도를 벗어났던 진린의 오산이 바로 그런 문제였다. 안도감을 느낀 이순신의 머리가 수도승처럼 맑아졌다. 그는 짧은 순간이었지만 이미 진린이 아닌 '우리'를 생각하고 있었다.

'잘못되기 전에 잘못의 결과를 알기 힘들다는 사실이 우리를 얼마나 방만케 하는가?'

이순신은 잠깐의 상념에서 문득 깨어나, 문 앞에서 진린을 돌아보며 한 가지 잊은 일을 말했다. 담판의 조그만 답례였다. 진작 진린에게 말하면서 그의 욕심 사나운 화를 풀어줬어야 했는데 일이 서툴게 돼버렸다.

"진 도독, 이번 출전에도 판옥선 두 척을 내드릴 테니, 등자룡 부총병과 나눠 타십시오. 아, 그리고 이번 전투에서 내가 취하는 모든 수급은 도독에게 드릴 테니 거절하지 마시오. 황제 폐하께서 흡족해하실 만큼 내 충분히 만들어 드리겠소."

진린은 그렇게 말하는 이순신을 마치 죄지은 사람처럼 맥없이 바라봤다. 그러더니 이내 시선을 돌리고, 풀 죽은 목소리로 진솔한 변명과 악의 없는 인사치레를 뒤섞어 혼잣말처럼 이순신의 상심했던 마음을 달랬다.

"통제사, 나도 무장이오. 날 너무 나쁘게만 생각하지 마시오. 내가 이 자리까지 어떻게 올라왔는지 공 같은 사람은 상상도 못할 것이오. 하지만 공도 알는 두시오. 장수가 싸움만 잘한다고 명장이 되는 건 아니오."

이순신도 이해한다는 듯 혼자서 가볍게 고개를 몇 번 끄덕인 다음, 진린에게 눈인사를 하고 문밖으로 나왔다. 나오자마자 문 앞에서 서성대고 있던 송희립이 아직 붉으락푸르락한 기운이 가시지 않은 얼굴로 한마디 했다.

"문을 걷어차고 쳐들어갈 뻔했습니다."

이순신이 가볍게 빈 웃음을 날려보내며 간단히 대답했다.

"여기가 적진인가? 잘 해결됐네."

묘당도의 명나라 수군 주둔지에서 돌아오는 길, 이순신의 뇌리에 진린의 풀 죽은 표정이 어른거렸다. 진린은 진심으로 유혹하고 있었다. 모두가 알고 있다. 이 싸움은 이미 끝난 것이나 다름없다. 그

런데,

'내가 원하는 전리품이 진린이 원하는 전리품보다 더 나은 것일까? 내가 사라진 후에도 나의 전리품이 지켜질 수 있을까? 진린은 세상을 상대로 이기는 싸움을 하자고 하는 것인데 나는 과연 이기는 싸움을 하고 있는 것일까?'

4

이순신은 고개를 숙이고 홀로 상념에 빠져 걷고 있었다. 웬일인지 그의 발걸음은 큰 은행나무가 서있는 덕동의 조선 수군 주둔지 쪽을 향하고 있지 않았다. 송희립이 이순신의 발걸음이 향하는 방향을 보고 이순신을 깨우듯 헛기침을 한 차례 했다.

"흐흠."

이순신이 아무 반응이 없자 송희립이 물었다.

"진으로 가시는 게 아닌가요?"

이순신은 잠깐만이라도 머리를 식히고 싶었다. 그는 송희립을 쳐다보지 않고 간단히 대답했다.

"월송대로 가세."

월송대는 절경은 아니었지만 그래도 달 밝은 밤이면 위안이 되는 장소였다. 날씨 좋은 날이면 달은 그곳에 밤새라도 걸려있었다. 하지만 지금은 아쉽게도 아직 해가 많이 남아있었다. 월송대 언덕배기를 오르면서도 두 전사는 말이 별로 없었다. 사실 그들은 말이 별로 필요 없는 사이였다. 맹렬한 전투 속에서 그와 이순신은 어느덧 서로에게 온전히 목숨을 의지하는 상관과 부하 이상의 관계가 돼있었다. 월송대의 한 소나무 아래에서 이순신이 혼잣말처럼 중얼거렸다.

"여기가 내 묫자리인가?"

"……."

송희립은 먼 산을 바라보는 척하며 짐짓 딴청을 부리고 있었다. 이순신이 그런 그를 보더니 약간 정색하며 물었다.

"내가 잘못하고 있다고 생각하나?"

"전 그런 것 잘 모릅니다."

"어허, 이 사람……."

해가 뉘엿뉘엿 서산에 지면서 바다를 붉게 물들이고 있었다. 두 사람은 전망 좋은 바닷가 쪽으로 다가섰다. 해안가의 찬 겨울 바닷바람에 얼굴이 아려왔다. 겨울 전투는 몇 배의 고통이 따랐지만, 이순신은 어쩔 땐 이런 매서운 칼바람에 얼굴이 아려오는 느낌이 좋았다. 이렇게 칼바람을 맞고 있으면 정신이 무쇠처럼 단단해지는 느낌이 들기도 했다. 오늘도 그런 느낌을 맛보고 싶어 이곳을 찾았다. 잠시 말이 없던 이순신이 전투로 단련된 백전노장에게 조금 엉뚱한 질문을 했다.

"자네 혹시 무인이 된 걸 후회해본 적은 없나?"

"무과에 급제한 그날만 빼고 지금까지 쭉 후회하고 있습니다."

송희립이 조금의 망설임도 없이 퉁명스럽게 대답했다. 그의 속마음을 잘 알고 있는 이순신으로서는 난데없는 대답도 아니었고, 놀랄 일도 아니었다. 그런데도 이순신은 그의 대답에 새삼 놀라기라도 한 것처럼 멈칫했다.

"응? 뭣 때문에?"

"전 무인은 전장에서 싸움만 잘하면 모두 충신이 되는 줄 알았습니다. 싸움을 잘해도 역적이 될 수 있다는 걸 진작 알았다면 그냥 평생 농사나 짓고 살았을 겁니다."

이순신은 가볍게 시작한 말이 심각하게 돌아오자 조금 머쓱해졌다.

"그래……?"

이순신은 잠시 뜸을 들이더니 먼 바다를 보며 말을 이었다.

"자네 지금 나한테 화를 내고 있는 건가?"

송희립은 이순신이 마음 상해할 수도 있다는 생각이 들자 얼른 가볍게 말을 바꾸었다.

"화라뇨? 제가 좀 더 영특하게 태어나 그 머리로 통제사님을 돕지 못해 후회스럽다는 말씀이죠."

"허허……. 난 자네 지금 그 머리에 충분히 만족하네."

두 사람 다 말없는 바다를 바라보며 쓸쓸히 웃고 있었다. 바다는 불투명한 잿빛으로 일렁이고 있었다. 조금 멀리, 고기 잡는 배 몇 척이 보였다. 이순신은 그 배들을 마냥 지켜보고 있었다. 그는 어쩔 땐 사람이 죽고 산다는 게 모두 실없는 농담 같다는 생각이 들곤 했다. 그런 생각이 일상의 영화를 위해 도움이 되지는 못했지만 생사를 넘나드는 전사에게 목숨에 대한 집착을 없애는 데 약간의 도움이 되기는 했다.

어떤 비참한 전쟁도 지극히 평범한 일상과 분리되지 않았다. 한순간 목숨이 왔다 갔다 하는 전쟁터에서도 일상은 여지없이 계속되고 있었다. 아무리 용맹한 전사도 끼니를 굶으면 싸울 수가 없었고, 그 끼니를 위해 농사를 짓고 고기를 잡아야 했으며, 장수부터 군졸에 이르기까지 일상의 영화를 위해 전쟁터의 수급 뇌물을 주고받았다. 그러다 어느 순간 허망하게 목숨을 잃었다. 놀라운 건 전장에서 목숨을 잃을 수도 있다는 공포가 일상에서 영화를 얻을 수도 있다는 환상에 의해 농담처럼 극복되기도 했다는 사실이다.

이순신은 생각에 빠져있다 문득 깨어났다. 월송대만 오르면 이런 일이 자주 있었다. 가능하면 생각하지 않으려고 노력하는 송희립도 이때만은 한참이나 생각에 잠겨있는 듯했다. 다시 엄중한 현실로 돌아가야 했다. 이순신이 앞장서며 말했다.

"그만 내려가세나."

5

고니시는 이순신 때문에 화친의 협조가 불가능하다는 진린의 뜻을 전달받았다. 쉽지는 않을 것이라고 생각은 했지만 막상 이런 식으로 일이 틀어지니 너무나 화가 났다. 그는 사기당한 장사꾼처럼 진린을 향해 분통을 터트렸다.

"이런 사기꾼 같은 놈! 그런 소릴 하려면 뇌물을 받아 처먹기 전에 해야 할 것 아닌가!"

오사카 부근 사카이의 약재상 집안 출신 고니시는 개인적이든 국가적이든 모든 싸움은 이념, 명예, 감정 따위가 아닌 이익을 위한 것이라고 생각하며 살아왔다. 이는 장사꾼의 이치이자 세상의 이치라고 확신했다. 한걸음 더 나아가, 천주교도였던 그는 싸우지 않고 잘 타협할 수만 있다면 그것이 곧 하늘의 이치를 따르는 것이라고 굳게 믿었다. 그리고 적어도 이런 문제에 대해서는 천하의 이순신도 그와 잘 통할 것이라는 데 추호의 의심도 없었다. 그런데 그 이순신이 지금 자신이 터득한 천하의 이치를 부정하며 어이없게 버티고 있는 것이다.

'도대체 그가 얻고자 하는 게 뭔가?'

고니시에게 이순신이 처음부터 경원의 대상이었던 것은 아니었다. 그는 처음엔 기를 쓰고 이순신을 부정했었다. 한 줌도 안 될 것 같은 조선에 이순신이 있다는 사실 자체를 믿을 수가 없었다. 이순신은 도저히 인정할 수 없는 비현실적 존재였다. 하지만 그가 드러내 놓고 이순신을 부정할수록 마음속에서는 이순신에 대한 두려움이 더욱 커져만 갔다. 하지만 이제 보니 이순신은 자신이 생각하고 있는 그런 불가사의한 인물이 아닌 듯싶었다. 양측 간에 무의미한 희생을 요구하고 있는 이순신은 어쩌면 가토보다 더한 단순한 무장에 불과할지도 모를 일이었다.

'좋다! 아무리 그래 봐야, 이순신 네놈도 신이 아닌 인간이다. 누가 죽고 누가 살지는 아무도 모르는 일!'

이순신이 자신의 목숨을 원한다면 자신도 이순신의 목숨을 빼앗기 위해 끝까지 싸울 수밖에 없었다. 그에겐 마지막 계책이 있었다. 마지막 계책은 여러 차례 확인했고, 충분히 승산이 있었다. 그의 생각은 벌써 최후의 결전을 향하고 있었지만, 마음속엔 그래도 설득에 대한 약간의 미련이 남아있었다. 고니시는 큰 기대 없이 이순신에게 마지막 밀사를 보냈다.

6

그날 밤, 고니시의 밀사가 이순신을 아등바등 찾아왔다. 그는 자못 비장한 표정이었다. 그는 무인이라기보다는 오히려 학자풍의 문인 모습에 가까웠다. 좋은 시절이었다면 벚꽃 나무를 배경 삼아 서가에 앉아 서책을 읽고 있는 모습이 한결 더 어울릴 것 같은 낯선 분위기까지 풍겼다. 그가 무릎을 꿇고, 가지고 온 상자를 열어 총, 칼 등속을 꺼내 보였다. 아무 말 없이 지켜보던 이순신이 물었다.

"뭔가?"

"저희 장군께서 보내는 화친의 선물입니다."

"화친이라…… 무인이 총칼을 적에게 갖다 바치는 게 화친이더냐? 네놈들이 지금 제정신이 아니구나. 그 총칼이 아니더라도 임진년 이래로 네놈들을 사로잡아 얻은 총칼이 산더미처럼 무수히 쌓여 있다. 가져가라! 가져다 항복을 하는 날 무릎 꿇고 다시 바치라고 네놈의 장수에게 일러라."

밀사의 안색이 변하며 목소리가 다급해졌다.

"장군! 성 밖을 지키는 유정 제독과는 이미 화친이 맺어졌습니다. 명 황제는 더 이상의 전쟁을 원치 않습니다."

이순신은 끓어오르는 화기를 억누르고 애써 태연히 말했다.

"네 이놈! 목숨을 구걸하는 주제에 날 협박하는가?"

"장군, 그런 말씀이 아니라······."

"지금 네놈의 혓바닥도 믿을 수 없거니와 설령 그렇더라도 그건 황제 폐하의 뜻이 아니라 유정 장군의 뜻이다. 조선은 조선의 뜻이 따로 있다."

밀사는 협박이 먹히지 않자, 이번에는 이순신의 신념을 당차게 시험하려 들었다.

"장군, 지금 저희들은 오직 무사히 집으로 돌아가기만을 바라고 있습니다. 『손자병법』도 '돌아가는 적은 막지 말라'고 일렀는데, 그 이유가 무엇이겠습니까?"

순간적이었지만 이순신의 입가에 알 듯 모를 듯한 엷은 냉소가 스쳐 지나갔다.

'하! 요놈 보게······? 하긴 네놈도 목숨을 걸고 왔으니 할 말은 다 해봐야겠지.'

이순신이 혼잣말처럼 담담히 응수했다.

"『손자병법』은 이렇게도 일렀다. '이길 수 있다면 군주가 싸우지 말라고 해도 싸우는 것이 옳고, 이길 수 없다면 군주가 싸우라 해도 싸우지 않는 것이 옳다.' 그 뜻이 무엇이겠느냐?"

밀사의 마음이 절망적으로 변해갔다. 그가 이번에는 상소하는 신하처럼 몸을 위아래로 흔들며 이순신에게 호소했다.

"장군, 이제 저희들이 물러나면 바로 평화가 올 것입니다. 칼은 보복적 살생이 아닌 평화를 위해 쓰셔야 합니다."

하긴 그랬다. 적들도 자신들의 삶터로 돌아가면 필부가 돼 처자식과 함께 행복한 여생을 보낼 평범한 인간들이었다. 그런 적들을 추격해 남김없이 죽여야 한다고 외치는 것은 보복적 살생일 뿐이라는 비난을 받을 수도 있었다. 하지만 이순신은 추호의 흔들림도 없었다. 그는 밀사를 뚫어지게 바라보며 호통을 쳤다.

"그래, 말 한번 잘했다! 도적 떼들이 평화를 걱정하느냐? 나는 지금 네놈 같은 오랑캐들을 상대로 학살이 아닌 평화의 초석을 놓고자 한다."

"장군……."

밀사는 무슨 말인가를 하려다 말고 말문이 막혀 긴 한숨만 토했다. 그러다 이순신을 처음 보는 사람처럼 다시 물끄러미 올려다봤다. 그가 이순신을 과소평가한 모양이었다. 이순신은 어쭙잖은 말재주로 마음을 속이거나 신념을 흔들리게 할 수 있는 인물이 아니었다. 이순신이 그런 밀사의 눈빛을 읽었다. 말뜻을 이해한 듯했다. 이순신이 밀사를 내려다보며 마지막 일격을 가했다.

"내 말뜻을 알아들었으면 가서 전해라. 죽을 때라야 삶이 소중하다는 걸 아는 인간들에게 평화를 위해 목숨을 내놓으라고 전해라."

이순신의 눈빛을 이기지 못한 밀사는 도리 없이 고개를 떨구고 체념했다. 한겨울 칼바람이 밀사의 목덜미를 매섭게 스쳐 지나갔다. 이 정도면 충분했다. 이순신은 상인풍의 고니시가 보낸 학자풍의 밀사를 단숨에 굴복시키고 단호하게 자리를 박차고 일어섰다.

"돌아가라! 돌아가서 내 평화의 칼을 기다려라!"

7

"섬멸하라! 용서하지 마라! 한 놈도 살려두지 마라!"

이순신은 다시 독전고를 두드리기 시작했다. 그것은 살인귀의 북소리가 아니었다. 분노를 담은 손의 떨림은 피할 수 없었지만 머릿속은 청아할 정도로 맑았다. 두 번 다시 이런 비극이 반복되지 않기를 염원하는 북소리가 하늘의 경고처럼 온 피바다를 지배했다. 도주하는 적들을 미래의 평화를 위해 반드시 죽여야 했다. 이순신은 자신에게 주어진 역사의 잔인한 숙명을 체념하듯 받아들이고 있었다.

'타는 아픔을 경험하지 못한다면 인간들은 끝없이 불 속으로 뛰어드는 모험을 감행할 것이다. 흉터 없이는 과거의 잘못도 기억하지 못할 것이다. 그런데 눈앞의 이 왜적들에게 잊을 수 없는 어떤 상처를 남겼는가? 눈앞의 이 왜적들의 목을 모두 친다 해도 저 섬나라 소굴에서 조선의 운명을 농단한 무도한 자들과 그들의 후손들에게 평화를 위한 영원한 공포를 뼈 속까지 각인시키기에는 턱없이 부족하다. 죽어서라도 내 반드시 영원히 잊지 못할 흉터를 남겨주리라.'

이제 여명은 바다의 어둠을 거두기 직전이었고, 바다의 승세는 천천히 기울고 있었다. 아직 어둠이 많이 남아있던 때, 한 무리의 왜선들이 쫓기면서 막다른 관음포로 방향을 잡고 들어갔었다. 백병전을 위한 최후의 유인책인지 항로를 착각한 도주길인지 알 수 없는 기이한 행태였다. 진린의 함대가 주저 없이 그들을 쫓았다. 어느새 진린의 함대에 왜선들이 짓뭉개지고 있었다. 왜선들은 백병전으로 위기를 탈출하고자 했다. 배가 뒤섞였다. 뒤이어 군사들이 뒤섞이고, 비명 소리도 뒤섞였다.

그때였다. 다시 한 무리의 왜선들이 포구에 갇힌 왜선들을 구하려고 관음포 쪽으로 향했다. 이제 거꾸로 진린의 함대가 포위되고 있었다. 순식간에 전세가 어지러워졌다. 이순신의 마음이 다급해졌다. 이 전투가 전부가 아니었다. 고니시를 반드시 잡아야 했다. 진린을 구하기 위해 관음포로 들어가 혼전에 말리면 이미 왜교성을 빠져나와 이곳에 접근하고 있을 고니시를 놓칠 가능성이 많았다. 이순신이 망설이고 있을 때 선전관 손문욱이 헐레벌떡 장대 위로 뛰어 올라왔다. 그는 가까이 오기도 전에 윽박지르듯 소리쳤다.

　"통제사! 빨리 관음포로 들어가야 합니다. 진 도독을 구해야 합니다!"

　"침착하게. 알고 있네. 함대를 나눠 진 도독을 구해야겠네."

　"함대를 나누다니요?"

　"나는 관음포 바깥에서 고니시의 길목을 막아야겠네."

　"무슨 말씀입니까? 고니시를 잡는 것보다 진 도독을 구하는 것이 급합니다!"

　이순신이 결정을 못하고 망설이고 있자 손문욱이 거의 협박조로 말했다.

　"등자룡 부총병의 전선도 이미 크게 당했습니다. 만약 진 도독까지 무슨 일이 생기면 조정은 큰 대가를 치를 겁니다. 이 전투가 끝나고 통제사만 무사하다고 생각해보십시오."

　이순신은 관음포와 바깥 해로를 번갈아 바라보며 안절부절못했다.

　'아, 7년을 기다린 원흉을…… 7년을…….'

　이순신은 여전히 고니시의 본대까지를 모두 다 잡아버릴 욕심에서 헤어나지 못하고 있었다. 그러자 손문욱이 이를 악물고 소리쳤다.

"통제사! 통제사가 명 조정의 추궁을 모두 책임지실 겁니까?"

이순신의 머릿속은 바다 위 전장만큼이나 어지러웠다. 이 순간의 결정이 7년 전쟁의 마지막 성패를 좌우할 것이다. 그는 지금 아무 소리도 들리지 않는 순간의 상념에 빠져있었다. 온 힘을 다해 꽉 쥐어잡은 독전고의 북채만 안타까움으로 파르르 떨리고 있었다. 이순신은 고개를 들어 여명이 밝아오기 직전의 하늘을 우러러봤다.

'아, 어떻게 해야 하는가……?'

잠시를 못 참고 귀청을 찢는 듯이 터져 나온 손문욱의 다급한 외침 소리가 이순신을 깨웠다.

"통제사! 통제사!!"

이순신은 문득 정신이 든 사람처럼 고개를 내려 손문욱을 멀거니 바라봤다. 그는 도를 넘어 흥분하고 있었다. 그를 바라보는 이순신의 마음속에 뭔가 어색한 느낌이 바람처럼 스치고 지나갔다. 이순신은 손문욱을 관찰이라도 하듯 빤히 바라보면서 그의 막 나가는 악다구니를 마치 남의 일처럼 듣고 있었다.

"난 어명을 받고 이 배에 탄 선전관이오! 만약 일이 잘못되기라도 하면 내 가만 있지 않을 것이오!!"

협박이었다. 물론 두려울 것은 없었다. 하지만 그가 다급하게 외친 말이 굳이 틀린 말은 아닌 듯싶었다. 이순신의 불꽃같은 안광이 어슴푸레한 허공을 뚫고 어지러운 관음포 쪽을 향했다. 어쩔 수 없었다. 고니시를 놓치는 한이 있더라도 진린을 구해야만 했다. 원흉의 수괴가 이끄는 함대를 이렇게 허무하게 놓친다는 것이 너무나 분했다. 하지만 정치는 무덤까지 따라오고 있었다. 이미 목숨을 내놓은 이 다급한 전투상황에서도 이순신은 조선을 위한 정치를 모른 척할 수가 없었다.

'그래, 네 말이 맞다. 관음포에서 끝내자…….'

"전 함대는 진 도독을 구한다! 진 도독을 구하라!"

이순신의 통제선은 전 함대를 이끌고 진린을 구하러 관음포 쪽으로 향했다. 바다 위 어슴푸레한 물체들이 점점 형체를 드러내고 있었다. 거대한 판옥선들 주위에서 일엽편주 사후선들도 열심이었다. 이순신의 함포가 잔뜩 분노의 화염을 머금고 왜선들을 향해 나아갔다. 진린의 함대를 포위해가던 일단의 왜선들이 갑자기 방향을 돌려 이순신의 함대를 향해 돌진해오고 있었다. 모두에게 결정적인 순간이 다가오고 있었다.

8

노량을 향해 출전하기 전날인 11월 17일, 이순신은 온종일 진을 살피랴, 진린과 담판하랴, 왜 밀사를 만나랴, 정신없이 보냈다. 하지만 해야 할 일이 아직 한 가지 더 남아있었다. 늦은 밤까지 이순신은 운주당에서 지도를 꺼내들고 홀로 작전 구상을 하느라 생각에 잠겨있었다. 그때 류형이 조용히 찾아왔다.

이순신을 그림자처럼 수행했던 해남 현감 류형은 시대를 퇴행시키는 위선적이고 문약한 조선의 정치 현실에 크게 분노하는 사람들 중 하나였다. 아직 젊기 때문일 수도 있었지만 그것이 다는 아니었다. 류형은 세상을 통찰하는 눈이 있었다. 그는 이순신의 뒤를 이을 만한 재목이었다. 그와 이순신은 이미 서로의 생각을 모두 다 알고 있는 사이였다. 때로는 언어로, 때로는 무언으로 교감하며 천지간의 모든 세상사를 그들의 품 안에 품고 있었다.

류형은 이순신으로부터 이미 모든 계획을 다 들었다. 하지만 이번만큼은 이순신에 동의할 수가 없었다. 이순신은 마지막 순간까지 그런 류형을 달래줘야 했다. 이순신은 무너질 듯 맥없는 류형을 앉혀놓고, 술을 한 잔 권했다. 이순신은 감춰지지 않는 류형의 슬픈 눈빛을 바라보며 나지막한 목소리로 위로하듯 입을 열었다.

"내 말을 아직도 모르겠나? 손문욱 선전관이 무슨 일이 있어도 반드시 통제선에 함께 타겠다고 채비를 하고 있네. 나는 그가 누구인지 잘 알고 있네. 그는 주상의 눈과 귀와 마음이라고 보면 될 걸세. 좌상 이덕형 대감에겐 '손문욱을 도우라'는 밀명이 내린 모양이네. 전란이 끝나는 순간 난 꼼짝없이 다시 주상의 죄인이네. 군사를 움직일 방법이 없단 말일세."

이순신은 잠시 생각에 잠기더니 혼잣말처럼 말을 이었다.

"어쩌면 이 전란이 끝나기도 전에 난 죽은 목숨일 수도 있네……."

류형의 주먹에 힘이 들어가 있었다.

"전 이미 제 목숨을 장군께 바쳤습니다. 꼭 이런 식으로 허무하게 포기할 수밖에 없단 말입니까?"

"포기하는 게 아니라 잠시 시간을 벌자는 것 아닌가?"

"지금도 어려운데 나중에 가능하리라 보십니까?"

이순신은 류형을 향해 한없이 깊은 미소를 지으며 말했다.

"세상을 바꾸는 것은 몇 사람의 장수가 아니라 온 나라 백성이 해야 하는 일이네. 세상을 바꾸는 일이 필요하다면 반드시 그런 때가 올 것이고, 그런 때가 오지 않는다면 세상을 바꾸는 일이 부질없다는 말이네."

류형은 의문을 거두지 못했다.

"하지만 장군이 죽은 사람이 돼 할 수 있는 일이 무엇이겠습니까?"

"그래서 자네의 도움이 필요하다고 말하질 않나?"

"아무리 생각해봐도 제 생각엔…… 이런 난리를 겪었지만 주상은, 아니, 조선은 앞으로도 크게 달라질 것 같지가 않습니다."

문득 스치듯 이연을 생각하던 이순신의 입가에도 가벼운 한숨이 묻어나왔다.

"조선과 주상이 크게 깨닫기를 바라야지 어쩌겠나?"

류형은 온몸의 남은 기운이 모두 빠져나가는 허탈함을 느꼈다.

'정말 이렇게 끝이란 말인가?'

말이 없어진 류형을 보고 이순신이 달래듯 말했다.

"주상을 원망할 필요 없네. 어차피 그것이 정치네. 이 난리 통을 생각할 때마다 하필 그렇게 심약한 분을 나라님이라고 모실 수밖에 없는 현실이 원망스럽기도 했지만…… 어쩌겠나? 이 나라 조선의 복이 그것밖에 안 되는 걸."

류형은 마지막으로 한 번만 더 이순신의 결심을 확인하고 싶었다.

"나라의 복이야 지금 당장 장군님께서 새로 만들어갈 수도 있는 것 아닙니까? 목숨을 부지하고 있는 백성들은 지금 나라님보다 장군님을 더 믿고 의지하고 있습니다."

어색한 정적 속에서 이순신은 잠시 허공을 응시했다. 너울거리는 촛불만이 무거운 침묵을 희롱하듯 어둠 속에서 빛나고 있었다. 이순신은 류형을 똑바로 응시하며 다부지게 말했다.

"고금을 통해 장수가 전공을 인정받으려고 생각하는 순간 생명을 보전하기 어려웠다는 것은 자네도 잘 알고 있질 않나?"

"그건 그렇지만, 제 말씀은 누구에게 전공을 인정받자고 드리는 말씀이 아니라……."

이순신이 저 깊은 곳에서 나오는 긴 한숨을 내쉬더니 말을 끊었다. 그리고는 가슴속 깊이 감추어진 말을 단숨에 모두 토해냈다.

"명에서는 이 전쟁이 끝나면 날 요동으로 불러 여진족을 상대하게 할 모양이네. 그렇게 되면 조선이 다시 한 번 풍전등화가 돼도 난 싸울 수가 없네. 왜장 가토 기요마사가 하는 짓을 보게. 그는 철군하면서도 '조선을 재침하는 것은 손바닥 뒤집는 것과 같으니 화친하라'는 편지를 성문 밖에다 꽂아놓고 명을 협박하고 있네. 사정이 이런데도 조정에서는 종전이 가까워오자 영의정 류성룡 대감의 탄핵을 벌써 시작했질 않나? 냉정하게 다시 한 번 잘 생각해보게. 조정이 날 요동으로 보내지 않고, 죄인으로 처형하더라도 나 혼자라면 아무래도 상관없네. 하지만 정여립 사건을 한번 돌이켜보게. 내 말이 무슨 뜻인지 알아듣겠나? 그렇다고 손문욱을 보내 이미 저렇게 철저하게 감시하고 있는데 섣불리 나서란 말인가?"

류형이 끼어들었다. 어차피 할 얘긴 다 해봐야 했다.

"손문욱이야……."

이순신은 류형이 말을 끝내도록 허락하지 않았다.

"아, 뭐, 좋네. 손문욱은 첩자 혐의가 있으니 먼저 제거해버릴 수도 있다 치세. 하지만 그게 다가 아니네. 무엇보다 명군은 이 전쟁이 끝난 이후에도, 적어도 1~2년 동안은 조선에 병력 일부를 주둔시켜놓을 걸세. 그들이 조선 왕조를 버릴 준비가 돼있다고 보는가? 철군한 뒤에 다시 파병하기는 힘들겠지만, 주둔하면서 조선 왕조를 버리지는 않을 걸세. 말했지 않은가? 모든 것은 때가 있는 법인데 마음속 의로움만 믿고 섣불리 움직였다가 만약 일이 잘못되기라도 하면 장차 이 나라 조선은 누가 지킨단 말인가?"

류형은 아무 말도 못했다. 그러자 이순신이 답답한 듯 다시 물었다. 단호하게 선택을 요구하는 이순신의 물음이 류형의 목을 옥죄었다.

"대답해보게! 내가 어찌하면 좋겠는가? 이대로 우두커니 있기를 바라는가, 무모하게 나서기를 바라는가? 살기를 바라는가, 죽기를 바라는가?"

류형의 말문이 막혔다. 그러자 이순신이 단호하게 확언했다. 모든 의논은 그것으로 끝이었다.

"훗날 조금이라도 유감이 될 수 있는 일은 아예 없애야 하네. 나는 적이 물러나는 그날 반드시 죽어야 하네!"

날 선 비수 같은 이순신의 마지막 말이 류형의 심장에 들어와 꽂혔다. 류형은 꿈에서 깨어나듯 생각의 늪에서 겨우 빠져나왔다. 철두철미한 이순신의 성격을 너무나 잘 알고 있는 그는 이제 더 이상

토를 달 수 없었다. 당장의 분노와 실망과 슬픔으로 가슴이 찢어졌지만 그것으로 이제 모든 생각은 끝이었다. 류형은 고개를 들어 분명한 목소리로 이순신을 안심시켰다.

"잘 알겠습니다."

류형의 눈빛이 차츰 안정돼가는 것을 보며 이순신이 침착하게 말했다.

"고맙네. 자네가 흔들리면 모두가 흔들릴 수 있네. 마지막 순간이니, 마음을 다잡아야 하네."

변경된 계획도 결코 쉬운 일은 아니었다. 호기 어린 객담이 아니라 엄중한 현실 속에서 추호의 실수도 용납될 수 없었다. 어떤 돌발 상황이 벌어질지 알 수도 없었거니와 더군다나 이런 일은 모두에게 처음이었다. 최선을 다해야 했다. 하지만 모든 일은 결국 하늘의 뜻에 따라 결정될 것이다. 류형이 마음을 정리하고 일어섰다. 그러면서 확인하듯 말했다.

"고니시는 우리가 원병과 싸우는 걸 기다렸다 그 틈에 도망갈 생각인 모양입니다. 노량 길목을 막아 원병을 격파해버리고 재빨리 돌아나와 고니시를 잡았으면 합니다."

이순신이 이제야 마음을 놓은 듯 미소 지으며 말했다.

"지금 나도 그 생각을 하고 있네. 시간을 어떻게 맞추느냐가 관건인데……."

류형은 새삼스레 관찰이라도 하듯 이순신을 바라봤다. 그 깊이를 알 수 없는 이순신의 눈빛을 보고 류형은 소름이 돋았다. 한 치의 착오도 허용치 않고 세상을 꾸려가는 무서운 사람이었다. 방 안에는 생사를 초월한 이순신의 영기가 평화롭게 넘치고 있었다.

'무슨 일이 벌어져도 이 또한 하늘이 내린 영웅의 운명이리니……'

9

이순신은 한편으론 왜적들을 맹렬하게 쫓고 있었지만 다른 한편으론 자신도 모질게 쫓기고 있었다. 이순신을 쫓는 자는 조선의 왕선조 이연이었다. 이연은 전쟁이 끝나가자 마음이 급해졌다. 우선 이순신의 뒤를 봐주고 있는 류성룡을 종전과 함께 파직시켜야 했지만 그런 조정의 일은 큰 문제가 아니었다. 자신의 통제 밖에 있는 전쟁터가 문제였다. 그의 머릿속은 온통 한 가지 생각으로 가득 차 있었다.

'이순신을 어떻게 제압할 것인가?'

이연은 정유년(1597년) 봄의 이순신 제거 계획에 문제가 생긴 것이 못내 꺼림칙했다. 상황이 바뀌자, 지난 해 9월에 있었던 기적 같은 명량대첩이 아니었으면 조선이 존재할 수나 있었는지 따위의 생각은 그의 머릿속에서 깨끗이 지워졌다. 그는 가당치도 않게 엉뚱한 후회를 하고 있었다. 원균을 믿을 수 없었다면 거사를 나중으로 미뤄뒀거나 아니면 이판사판 그때 끝냈어야 했다는 생각만 들었다. 파장이 다가오자, 이연은 이순신이 자신에게 달려들 상처 입은 호랑이라는 생각이 들어 몹시 두려웠다.

10월 중순, 노량의 마지막 해전이 벌어지기 한 달여 전이었다. 이연은 한밤중에 손문욱을 불렀다. 그는 출신이 불분명한 자였지만 이런 일에는 제격이었다. 손문욱은 '일본에 포로로 끌려가 도요토미 히데요시의 양자까지 됐다가 다시 탈출했다'고 주장하는 불가사의한 인물이었다. 이연은 여러 말 필요 없이 그를 이중첩자로 간주했다. 어차피 이중첩자의 효용이란 순전히 부리는 편의 능력에 달려있을 것이다. 이연은 자신이 원하는 일을 손문욱을 통해 해결하리라 작정했다.

손문욱이 이연 앞에 나타나 정성껏 큰절을 올렸다. 지난달 불러봤을 때보다도 얼굴이 더 좋아 보였다.

'이놈에겐 전란도 비껴가는 모양이군. 하긴 난리 통이 으히려 제 세상인 놈들도 있긴 하지.'

이연은 술을 권했다. 취하지 않을 정도로 술을 몇 잔 권한 다음 필요한 말문을 열었다.

"나를 위해 죽을 수 있겠느냐?"

손문욱의 눈빛이 갑자기 날카롭게 번득였다. 이런 물음이 무엇인지 잘 안다. 반드시 죽어야 할 일만 아니라면 일생일대의 기회였다. 이 비밀스런 기회는 누구도 빼앗을 수 없는 혼자만의 것이었다. 문제는 어떻게 신뢰를 줄 수 있느냐였다. 손문욱은 뛰는 가슴을 진정시키며 차분하게 말했다.

"제 목숨은 이미 전하의 것이옵니다."

"일보다 더 중요한 것이 있다."

"하명해주시옵소서."

"비밀을 지키는 것이다. 비밀이 새는 즉시 너를 살려둘 수 없다."

"죽어서라도 오늘 밤 일은 없었던 일로 할 것이옵니다."

"역모가 있다."

손문욱은 가슴을 쓸어내렸다. 반드시 죽어야 할 일이 아니었다. 그는 직감적으로 이순신의 일이란 걸 알았다.

"제가 할 일이 무엇이옵니까?"

"나는 고금도가 역도들의 진지가 되지 않기를 바란다."

"……."

이연은 여러 말 하지 않아도 손문욱이 자신의 말뜻을 모두 이해하기를 원했다. 손문욱이 이연의 안색을 급히 한 번 살피더니 다시 고개를 숙이고 조용히 머리를 조아리고 있었다. 그러자 이연이 말문을 이었다.

"나는 고금도의 역신이 전장에서 몸을 바쳐 마지막 충성이라도 하기를 바란다."

이연은 손문욱의 표정을 마치 훔쳐보기라도 하듯 흘깃 바라봤다.

'이놈이 아둔한 놈이 아니어야 할 텐데…….'

손문욱이 이연의 마음을 헤아리기라도 하듯 이연과 순간적으로 눈을 마주쳐 의미심장한 눈빛을 교환했다. 그 짧은 순간의 눈빛만으로 천 마디 말이 오고 갔다. 손문욱은 이미 목숨을 건 이연의 밀사가 돼있었다. 그가 목에 힘을 줘 한 마디 한 마디 또박또박 말했다.

"반드시! 그렇게, 될, 것이옵니다!"

이연의 눈빛이 금세 밝아졌다.

"그래, 만약 그렇게 되지 않는다면 어떻게 했으면 좋겠느냐?"

"만약 그렇게 되지 않는다면 이 난이 끝나는 즉시 그를 반드시 잡아들여 처형해야 할 것이옵니다."

"할 수 있겠느냐?"

"제 목숨을 바쳐 한 치의 소홀함도 없이 시행하겠나이다."

"네 목숨이라? 허, 허······."

이연은 조용히 헛웃음 소리를 내고 있었다. 그러더니 시선을 허공에 둔 채 혼잣말처럼 중얼거렸다.

"그런 일이 있으면 안 되겠지."

손문욱이 말뜻을 몰라 살짝 고개를 들어 이연을 훔쳐봤다. 이연이 다시 고개를 돌려 손문욱을 정면으로 응시하며 심각하게 말했다.

"나는 그런 일을 원치 않는다. 이순신은 이미 황상으로부터······, 아니, 그런 일까지 네가 세세히 알 필요는 없고······, 어쨌든! 황상께서도 그런 일은 원치 않을 것이다."

손문욱이 그 말뜻을 알아차렸다. 그는 고개를 숙인 채 두 귀만을 쫑긋 세우고 침묵했다. 한 마디라도 놓칠세라 숨도 제대로 쉴 수 없었다. 이연이 더 이상 말하지 않자, 손문욱이 재빨리 말을 그쳤다.

"전하, 이순신이 전장에서 마지막 충성을 바치도록 이 미천한 소신이 있는 힘껏 돕겠사옵니다."

이연의 입가에 보이지 않는 미소가 스치고 지나갔다.

'그래, 영특한 놈이구나······.'

"나는 널 믿는다. 너도 나를 믿어라."

손문욱이 고개를 조금 들어 이연의 눈치를 살폈다. 그리고는 다시 고개를 조아리며 무슨 말인가를 하려고 했을 때 작지만 결기 어린 외침 소리가 들렸다.

"허나!"

이연은 잠시 말을 멈췄다. 손문욱이 놀라 다시 고개를 드는 듯 마는 듯 이연의 표정을 조심스레 살폈다. 이연이 그런 손문욱을 힐끗 내려보더니, 하고 싶은 말을 단숨에 술술 이어나갔다. 마치 모두 외워놓기라도 한 듯한 말투였다.

"만약의 일은 모르는 것이니, 네게 선전관의 표신과 밀부를 주겠다. 그리고 이덕형 좌상에게는 '자초지종 묻지 말고 널 도우라'는 밀명을 내려놓겠다. 밀부는 이순신이 불충한 일을 꾸미지 않는 한, 네 일이 끝날 때까지 뜯지 말고 지참만 하라. 만약 네 일이 생각대로 끝나면 밀부는 내게 그대로 다시 가지고 와야 한다. 네 목숨이 달려있는 일이니, 모든 일에 한 치의 소홀함도 있어서는 아니 될 것이다."

이연이 표신과 밀부 한 통을 손문욱에게 내밀었다. 손문욱이 그것을 받아들고 공손히 머리를 조아렸다.

"전하, 황공하옵니다. 이제는 모든 것을 제게 맡기시고, 역모에 대한 심려를 내려놓으시옵소서."

손문욱으로서는 충분히 황공할 만했다. 엊그제까지만 해도 왜군이 준 벼슬인 남해 현감 자리에 있던 손문욱은 조선 왕 이연으로부터 이런 특별한 신임을 얻으리라고는 상상도 못했다. 이연은 명분 삼아 자신이 왜 이순신을 의심하는지를 손문욱에게 한담처럼 흘리며 간단히 얘기해줬다. 그는 '신라 때 장보고도 그곳 부근에서 역모를 꾸민 적이 있었다'는 얘기까지 덧붙였다. 그리고는 마지막으로 물었다.

"혹 더 필요한 건 없겠느냐?"

"남도에 내려가려면 여비가 좀……."

이연이 속으로 웃었다.

'그래, 너 같은 놈들이 일은 잘하지!'

이연은 서안 서랍에서 제법 크고 묵직한 주머니 하나를 꺼내더니 손문욱 앞에 던졌다.

"옜다! 이 정도면 여비로는 충분할 것이다."

던져진 주머니 속에서 백성의 피눈물로 만들어진 은덩이들이 서로 부딪히며 기분 좋게 찰랑거리는 소리를 냈다. 무엇이든 할 수 있는 돈이었지만, 운이 좋으면 많이 아낄 수도 있을 것 같았다. 손문욱의 얼굴에서 만족스런 미소가 도둑처럼 재빨리 지나갔다.

이연과 손문욱의 음험한 술자리는 이것으로 파했다.

10

손문욱은 고심했다. 덜컥 일을 떠안게 됐지만 막상 이연이 원하는 일을 주도면밀하게 실행에 옮기는 것은 생각보다 어려웠다. 실패보다 두려운 건 음모가 발각되는 일이었다. 손문욱은 이연이 특별히 자신을 고른 이유를 생각했다. 그렇게 생각하니 방법이 전혀 없는 것은 아니었다. 손문욱은 고니시의 도움을 받기로 했다. 그는 아직까지 조선과 일본에 모두 필요한 이중첩자였으므로 접촉이 문제는 아니었다.

고니시는 왜교성에 웅크리고 틀어박혀서 살 궁리만 모색하고 있었다. 고니시는 왜식 대청마루에서 자신의 부장이었던 손문욱을 반갑게 맞았다. 하지만 무척 신중했다. 사실 손문욱은 이젠 조선에 너무 가깝게 가 있었다. 손문욱이 밀실에서 대화하기를 원하자 고니시는 손문욱을 별실로 데리고 갔다. 다다미로 꾸며진 별실은 아늑했다. 조선 땅에서 마치 제집처럼 아늑하게 왜식으로 꾸며놓고 살고 있었다. 고니시가 손문욱을 떠보기 시작했다.

"낯빛이 좋은 걸 보니 조선 사람이 맞는 모양이구만."

"전 장군님의 부장으로 살던 때가 더 그립습니다."

고니시의 얼굴에 가벼운 냉소가 스쳤다.

"그래? 듣던 중 반가운 말이구나!"

"장군님, 제가 깜짝 놀랄 만한 선물을 가져왔습니다."

"뭐냐?"

"이순신의 목을 바치겠습니다."

"뭐라?! 이순신?!"

고니시는 혼이 빠질 정도로 놀랐다.

'이순신이라니? 이 간교한 놈이 지금 무슨 수작을 부리는 건가?'

손문욱이 침착한 목소리로 말했다.

"이순신을 죽일 계책이 있습니다."

고니시는 이순신 이름이 나온 순간부터 얼이 빠져 계속 눈만 깜박이고 있었다.

"이순신은 장군의 철수를 결코 방관하지 않을 겁니다. 아직 시간이 좀 있으니 일단 그를 구슬려서 어떻게든 남해로 유인해보겠습니다. 만약 이순신이 지금처럼 완강하게 나와 실패하면 그때는 아마 노량에서 마주칠 가능성이 클 겁니다. 두 가지 가능성에 모두 대비하겠습니다."

"그래서?"

고니시는 침을 삼키며 손문욱의 입을 지켜보고 있었다. 손문욱이 불안한 마음에 주위를 두리번거리며 다시 한 번 살폈다. 그러더니 고니시의 바로 옆자리에까지 쪼르르 가서 무릎을 꿇고 그의 귀에 입을 바싹 가까이 댔다. 그의 혓바닥이 뱀의 그것처럼 날름거리기 시작하자 고니시의 표정도 순간순간 미묘하게 변하기 시작했다. 고니시의 미심쩍은 표정은 차츰 흥미로운 표정으로 바뀌더니, 얘기를 마무리 짓는 순간에는 거의 들뜬 표정으로 바뀌었다. 고니시가 조심스럽게 입을 뗐다.

"그런 계책이 정말 가능하다고 보느냐?"

손문욱이 고니시의 눈치를 살피며 천천히 제자리로 돌아와 앉았다. 고니시는 흔들리는 눈빛으로 탁자 위 허공을 무의미하게 바라보며 설득되고 있었다. 자신감이 생긴 손문욱이 아까보다는 많이 느긋해진 목소리로 말했다.

"작전이 시작되면, 제가 통제선에 이순신과 함께 탈 것입니다. 최선을 다해 일이 성공하도록 돕겠습니다. 물론 실행에 옮기느냐 마느냐는 전적으로 장군의 판단에 달렸습니다. 하지만 잘 생각해보십시오. 실패의 부담이 전혀 없진 않을 것입니다만, 그렇다고 그 정도 부담 때문에 대사를 포기하는 것도 너무 소심한 일 아니겠습니까?"

"그렇긴 하다만……."

고니시는 손문욱을 흘낏 한번 쳐다보더니 다시 생각에 빠졌다. 이순신을 잡을 수만 있다면 이건 철수가 아니라 전쟁을 다시 시작해도 좋을 판이었다. 이순신만 없었다면 조선은 벌써 사라진 나라였다. 하지만 여전히 뭔가 불안했다. 이럴 땐 관련된 자의 손익계산으로 상황을 판단하는 것이 가장 정확하고 간편했다. 고니시가 새삼 의심하듯 손문욱의 얼굴을 찬찬히 살펴보며 다그쳐 물었다.

"그런데 네가 지금 나한테 와서 이런 계책을 제안하는 이유가 뭐냐? 대가로 나한테 얻고 싶은 것이 뭐냐?"

"지금 당장은 없습니다. 일이 성공하면 나중에 제게 보답을 해주십시오. 뭐 약간의 은자는 지금 좀 주셔도 고맙게 받겠습니다만……."

"지금 당장은 없다? 무슨 말이냐? 나하고 거래를 남겨두겠다는 말이냐?"

"그렇습니다. 전쟁이 끝나고 시간이 좀 지나면, 좋든 싫든 양국 간에 외교 활동이 재개될 것이고, 그때 다시 절 볼 기회가 있을 것입니다. 그때 제게 큰 선물을 좀 주시지요."

"그래? 그때쯤이면 선물에 이자가 좀 붙겠구만. 하, 하, 하."

실속 없는 웃음이 힘없이 흩어졌다. 속임수를 크게 걱정할 일은 아니었지만 그렇다고 뚜렷한 동기를 찾기도 힘들었다. 다만 계책을 치밀하게 꾸민다면 충분히 해볼 만한 시도이긴 했다. 고니시의 마음은 실패의 부담과 성공의 보상 사이에서 바람결의 가랑잎처럼 흔들리고 있었다. 이때 손문욱이 고니시의 의심을 풀어주는 결정적인 얘기를 들려줬다.

"한 가지만 더 알려드리고 돌아가겠습니다. 작년에 요시라가 바빴던 적이 있었죠?"

고니시 막하의 요시라는 작년 정유년 초에 이순신을 잡기 위해서 이연이 이용했던 첩자였다.

"그랬지. 그때 가토와 내가 사이가 좋지 않다는 첩보를 줘서 이순신을 잡을 계책을 세웠던 적이 있었지. 이순신이 움직이지 않는 바람에 계책이 쓸모없게 되긴 했다만……. 헌데, 조선 왕도 애초부터 가토보다는 이순신을 더 잡고 싶었던 게더구나. 흥! 그게 지금에 와서 뭐 어쨌다는 거냐?"

"바로 그겁니다. 전쟁이 다 끝난 마당에 조선 왕도 이순신을 이제 더 이상은 보고 싶지 않은 모양입니다."

"으, 흐, 하하하."

고니시의 입에서 실없는 웃음이 터져 나오더니, 곧 고개를 계속 끄덕이며 알았다는 듯이 통쾌하게 웃기 시작했다.

"내 어찌 된 속셈인지 알겠다, 알겠어. 흐, 하하."

"그럼 오늘은 이만 돌아가 보겠습니다."

"그래, 그래, 며칠 내로 계책을 치밀하게 세워 다시 와라. 그때 내 너에게 은자를 좀 주겠다. 하하하."

손문욱은 고니시가 일을 제대로 끝내주기를 바랐다. 다른 대안을 생각할 필요 없이 그렇게 일을 끝내는 것이 가장 손쉬웠다. 전장에서 '누가 이순신을 쏘았는가'는 아무도 궁금해하지 않을 것이다. 그렇게만 된다면 영원한 전쟁 영웅은 누구에게도 부담 주지 않고 조용히 사라지게 될 것이다. 무엇보다 이 은밀한 계책이 실패할 경우 가장 큰 문제는 손문욱 자신이었다. 일이 번잡해지면 이연의 칼날을 피할 수 없을 것이다. 손문욱은 고니시의 왜교성을 빠져나오면서 자신의 마음이 쓸데없는 불안감에 빠져들지 않도록 다독이듯 혼자 중얼거렸다.

'영웅은 하늘이 낳고, 하늘이 거둔다.'

11

이연은 자신의 처지에 걸맞은 초라한 한성의 궁궐에서 여러 날 잠을 이룰 수가 없었다. 손문욱에게 일을 맡겼지만 안심할 수 없었다. 병권을 장악한 이순신이 끝내 조선과 자신의 죄를 묻는다면 민심이 폭발할 수도 있었다. 이연은 자신의 조상 태조 이성계도 말기적인 고려 조정에서 병권을 장악해 새 나라를 세웠다는 사실을 떠올렸다. 이연은 생각할수록 커지는 두려움에 몸서리쳤다.

전쟁이 이연에게 남긴 것은 신뢰와 힘을 잃은 허약한 왕권뿐이었다. 조선은 변명의 여지없이 겨우 연명하고 있었다. 이연은 자신의 천성적 무능에 스스로 화가 났다. 하지만 이제 와서 뭘 어쩌겠는가? 그는 살아온 대로 살아갈 수밖에 없는 인물이었다. 이연은 의심이 많고, 겁은 더 많은 인물이었다. 그렇게 불안에 떨던 이연의 머릿속에 동물적 본능처럼 퍼뜩 명나라 군대가 떠올랐다.

'그래, 우선 안전한 곳으로 가야 한다.'

11월 7일, 이연은 난데없이 자신이 직접 남쪽 전선에 내려가겠다고 승정원에 지시했다.

"유정 제독이 재진격을 시도하려고 하니 반드시 내가 직접 남쪽으로 내려가 군량 운반이나 군사 뽑는 일을 뒷받침해 사기를 높여야겠다."

속 모르는 승정원의 신료들은 어리둥절했다. 이연은 지난 7년간단 한 번도 전선 시찰을 해본 적이 없는 왕이었다. 그런 왕이 무슨 바람이 불어 전쟁이 다 끝난 마당에 민폐만 끼칠 것이 분명한 행차를 하겠다고 나선단 말인가? 더군다나 유정은 지금 싸울 생각이 전혀 없는 상태였다. 설령 유정이 마음을 돌려 싸움에 나서더라도 왕이 이제 와서 무슨 '군량 운반'을 돕고, '군사 뽑는 일'을 한단 말인가? 승정원의 반대는 뻔했다. 답답해진 이연이 계속 우기기 시작했다.

"한 목숨이 아직 붙어있는데 어찌 감히 물러나 있겠느냐?"

이연은 일석이조를 노리고 있었다. 명 유정 옆에 붙어서 만에 하나 있을지도 모를 이순신의 역모로부터 안전을 보장받으면서, 아무 일도 없을 경우에는 자신도 전공을 세우는 데 일조했다는 말을 이제라도 듣고 싶었다. 왕이란 자가 도주하는 적들이 남긴 전공의 부스러기라도 줍고 싶어 안달할 만큼 그렇게 불안했을까? 물론이었다. 이연은 그간 자신이 나라를 위해 '한 일'을 생각하면 생각할수록 더욱 불안해졌다.

훗날의 사관은 아무 궁리 없이 정직했다. 이연의 말이 오죽 말 같지 않았으면 '7년 동안 한 일이라곤 물러나 움츠러들어 구차하게 보전하려는 계책뿐이었다. 그러기에 군문이 그것을 허락하지 않은 일이나 비변사에서 가로막고 나선 것이 상을 아주 만족시켰을 것이다'고 거침없이 비꼬았다.

자신의 소망이 시들시들 흩어져 버린 후, 이연은 명나라 군대 옆에 가고 싶다는 말을 더 이상 꺼낼 수 없었다. 그에게는 이제 최후의 보루만이 남았다. 충신을 죽이는 임금도 임금으로 섬겨야 한다고 가르치는 조선 성리학의 위세가 그 최후의 보루였다. 그는 영원히 대대손손 이 성리학의 위세가 자신의 역사를 지켜주기를 바랐다. 이연은 그 자신의 역사 속에서 이순신이 백치처럼 충직한 성웅이기를 바랐다. 이연은 두려웠지만 더 이상 아무 할 일이 없었다.

그것으로 전쟁을 위한 전쟁은 모두 끝났다.

12

이순신은 장대 위에 우뚝 섰다. 끝이 보이고 있었지만 아직 끝은 아니었다. 전쟁터의 피바람이 돼버린 새벽녘의 칼날 같은 겨울바람도 여전히 세차게 몰아치고 있었다. 이순신은 방패를 들고 장대를 지키고 있던 군졸들에게 갑판에서 활을 잡고 싸우라고 명령했다. 북치는 군졸과 장대 난간의 궁수 두 명까지 물리쳤다. 이제 그의 곁에는 아들 이회와 조카 이완, 그리고 몸종 금이만이 있었다.

총통 소리, 조총 소리, 불타는 전선, 비명 소리, 난무하는 화살, 번득이는 칼의 섬광, 나뒹구는 몸뚱이들, 바닷속으로 뛰어드는 목숨들, 온갖 죽음의 잔해들, 역겨운 피비린내, 기괴한 붉은 바다……. 이순신은 이 지옥의 풍경이 갑자기 남의 일처럼 낯설고 아득하게 느껴졌다. 그는 관음포 겨울바다를 저승에서 이승을 조망하듯 조용히 둘러봤다. 아직 싸움이 한창이었지만 대세는 이미 기울고 있었다.

'죽기에 좋은 시간이군…….'

그 순간 한 방의 조총 소리가 유난히 크게 귓등에서 울렸다. 이순신이 장대 위에서 몸을 아래로 내밀고 갑판을 내려다봤다. 갑판은 어지러웠다. 그 어지러운 갑판 위에서 찰나의 순간이었음에도 불구하고 송희립의 모습이 한눈에 크게 들어왔다. 송희립이 머리를 두 손으로 움켜잡으며 고꾸라지듯 몸을 앞으로 구부리고 있는 것이 보였다.

'아…… 맞았나?'

그때였다. 신비롭게도 눈앞의 모든 영상이 정지화면처럼 고요하게 그대로 멈췄다. 귀에는 아무 소리도 들리지 않았다. 시간도 멈췄다. 이순신은 천천히 하늘을 올려다봤다. 멀리서 흰 눈꽃송이 하나가 춤을 추듯 바람에 날려오더니 이순신의 뺨 위에 사뿐히 떨어졌다. 흰 눈꽃송이의 마지막 작별인사를 받은 이순신은 몸을 가누지 못하고 그대로 장대 바닥에 쓰러져 눈을 감았다. 이순신은 그렇게 죽은 듯 고요했다.

'어찌 된 것일까……? 계획대로 잘된 것일까……?'

이순신은 자신도 자신의 일을 알지 못한 채 지친 몸의 나른한 편안함을 느꼈다. 현실의 기억이 몽환적인 추억이 돼 그의 뇌리에 꿈결처럼 펼쳐졌다. 그는 조선의 운명을 위해 자신의 목숨까지도 의지대로 통제하고자 했다. 하지만 인간인 그가 할 수 있는 일은 거기까지였다. 적막함만이 감도는 하늘 아래, 지금 이 순간이 삶이어도 좋고, 죽음이어도 좋았다. 그의 의지 저편으로 모든 것이 아스라이 멀어지고 있었다.

제2장

위학증의 주본

1

　이순신만이 유일한 전쟁영웅은 아니었다. 그가 백척간두의 조선을 구한 영웅이긴 했지만 그것만으로 이연의 이순신에 대한 광기 어린 집착을 설명할 수는 없을 것이다. 전쟁의 참화 속에서 이연의 허약한 권력기반을 지탱하면서 동시에 위협하는 다른 전쟁영웅들은 권력의 필요에 의해 죽을 수도 있었고 아닐 수도 있었다. 하지만 이순신은 반드시 죽어야만 했다. 도대체 이순신의 무엇이 이연을 그토록 두렵게 했을까? 그 사연은 몹시 깊었다.

　임진왜란이 발발했던 1592년 4월 13일 이전, 조선 조정이 아무런 전쟁준비도 없이 넋 놓고 수수방관만 하고 있었던 것은 아니었다. 이런저런 반발 때문에 중단하긴 했지만 성을 보수했고, 무기와 군량을 점검했으며, 역량 있는 무장도 급히 발탁했다. 이순신의 발탁도 그 일환이었다. 1591년 2월, 이연은 좌의정 류성룡의 천거를 받아 이순신을 진도 군수에 임명하고, 다시 부임도 하기 전에 가리

포진 수군첨절제사에 임명한 다음, 또다시 부임도 하기 전에 전라 좌도 수군절도사에 숨 가쁘게 승진 임명했다.

이순신이 역사 속에서 무슨 일을 하게 될지 알 턱이 없는 조정의 사간원은 그런 일 만큼은 결코 그냥 봐넘기지 않았다. 대간이 당연히 상소했다.

"전라 좌수사 이순신은 현감으로서 아직 군수로 부임하지도 않았는데 서열을 뛰어넘어 수사로 임명됐습니다. 인재가 부족하기 때문이라고는 해도 관작 수여의 남용이 이렇게 심할 수가 없습니다. 교체를 명해주십시오."

전운이 감돌고 있던 때인지라 이연도 이때만큼은 단호하게 대처했다.

"이순신의 일이 그렇다는 것은 나도 알고 있다. 다만 지금은 일상적인 규례에 구애될 수 없다. 인재가 부족하니 이는 어쩔 수가 없다. 이 사람은 충분히 감당할 만하니 관작의 고하를 따질 필요가 없다. 그 마음을 굳게 하려면 다시 논하지 말아야 한다."

문제는 눈앞의 상황이 불안해질수록 '전쟁은 없어야 한다'는 당위적 희망이 '전쟁은 없을 것이다'는 현실 부정으로 제멋대로 변해갔다는 사실이다. 하지만 현실을 보지 않는다고 현실이 원하는 대로 되는 건 아니었다. 전쟁은 예상대로(?) 발발했고, 조선은 예상을 넘어 초토화됐다. 도대체 왜군이 거리낄 것 없는 행군 속도로 한달음에 수도 한성까지 치고 올라오는 것을 그저 바라만 보고 있는 이 허약한 땅, 이연의 조선은 과연 어떤 나라였을까?

2

　1593년 1월, 조명 연합군은 평양성을 탈환했다. 이여송의 명군은 승전 보고를 위한 수급을 모으기 위해 도성 안 조선 백성들을 참혹하게 대량 학살했다. 한편 난관에 봉착한 왜군은 각지에서 철수해 한성에 결집했다. 이번에는 그들 왜군이 봉기가 두려워 도성 안 조선 백성들을 야만적으로 대량 학살했다. 조선 땅에 조선 백성들의 피가 바다를 이루고, 울부짖는 소리는 하늘까지 닿았다. 자신의 힘을 믿을 수밖에 없었던 조선 백성들은 2월에 행주성에서 권율의 지휘로 기적 같은 대첩을 일궈냈다. 왜군의 기세가 한풀 꺾였다. 1593년 4월, 왜군은 조선을 침략한 지 1년여 만에 조명 연합군의 공세에 밀려 드디어 남쪽으로 퇴각했다.

　조선은 한 치 앞이 보이지 않는 칠흑 같은 절망 속에서 겨우 눈을 뜨고 앞가림이나마 할 수 있는 희미한 희망이 생겼다. 하지만 이연은 왜군의 재공세가 두려워 한성으로 바로 환도하지 못했다. 5월이 돼도, 저 멀리 북쪽에서 이순신에게 '달아나는 왜적들을 섬멸하라'는 명령만 내리고 있었다. 이연의 한가한 바람과는 달리, 왜군의 속셈은 본국 철수가 아니라 남쪽에서 자신들의 세력권을 구축하는 것이었다. 그러기 위해서는 우선 지난 해(1592년 10월)에 있었던 진주성 참패의 악몽을 떨쳐내고 안정적인 전선을 구축해야 했다. 6월, '진주성이 크게 무너졌다'는 소식을 접한 이연은 몸서리치며 불안해했다. 그는 신하들과 명 경략 송응창의 환도 권유에도 불구하고

산성이 비교적 견고한 해주에만 머물고 싶어했다. 겁에 질린 필부 같은 왕의 고집을 아무도 꺾을 수가 없었다.

10월 1일, 전선이 안정된 것을 확인한 이연이 드디어 한성으로 환도했다. 그는 한성에 들어오기 전부터, '죽은 백성들뿐만 아니라 명산대천을 위해서도 제사를 지내야 한다'고 무척 강조했다. 이연은 한성으로 돌아왔지만 마땅히 들어가 살 거처가 없었다. 그가 한성을 떠나던 날 새벽, 성난 백성들이 경복궁·창덕궁·창경궁 세 궁궐에 불을 질러버린데다, 퇴각하는 왜군은 그나마 남아있던 궁궐 전각과 종묘까지 모두 불태워버렸기 때문이다. 그는 어쩔 수 없이 월산대군의 사저(현 덕수궁)에 초라한 이삿짐을 풀었다. 이연은 너무나 슬펐다. 궁궐 없는 왕이라서가 아니었다. 그가 한성에 들어오면서 본 '충격적인' 도성 풍경 때문이었다. 그는 한숨을 돌리자마자 이렇게 전교했다.

"난리 통에 죽은 도성 백성들이 얼마나 많았겠는가? 그래서 과인은 살아남은 도성 백성 과반수가 필히 상복을 입었을 것이라고 생각했다. 그런데 한성에 들어오는 날 보니 백성들이 도성에 꽉 찼는데도 상복을 입은 사람이 없었다. 이는 필시 난리 통에 윤리와 기강이 추락되기도 하고, 또 오랑캐의 풍속에 물들기도 해서 그럴 것이다. 이는 가벼운 문제가 아니다. 그러니 예조는 각부에 알려, 예법에 응당 상복을 입어야 하는데도 입지 않는 자들을 그 마을에서 구검해 일일이 상복을 입게 하라."

물론 이연이 백성들에게 상복을 마련해주지는 않았다. 하늘에서 '문명국의 예법'에 맞는 상복이 떨어지기만을 기대했을 뿐이다. 다시 며칠 후, 이연은 공자 사당에 제사 지내는 것도 무척 걱정이 돼 승정원에 꼼꼼히 전교했다. 하지만 '오랑캐의 풍속'에 둘드는 걸 지극정성으로 염려하는 이연의 귀에 조선의 고상한 풍속이 회복됐다는 아름다운 얘기는 들려오지 않았다. 아름다운 얘기는커녕 오랑캐만도 못한 조선의 처참한 얘기만 들려왔다. 이번에는 예조가 아닌 형조 문제였다. 사헌부가 이연에게 아뢰었다.

"기근이 극도에 이르러 심지어 사람 고기를 먹으면서도 괴이한 줄을 모르고 무감각합니다. 굶어 죽어 길가에 버려진 시체의 살을 도려내 완전한 사체가 없습니다. 심지어 '산 사람을 도살해 내장과 골수까지 먹는 자들도 있다'고 합니다. 보고 듣기에 너무나 참혹합니다. 도성 안에 이와 같은 경악할 변이 있는데도 형조에서는 무뢰한 기민이라고 핑계 대면서 체포하고 금하는 것을 태만히 하고 있습니다. 그리고 발각돼 체포된 자도 엄히 다스리지 않고 있습니다. 당상과 낭청을 추고하시고, 포도대장으로 하여금 협동 단속케 하시어, 이런 일을 일절 엄금하시옵소서."

이연은 넋이 나가버렸다. 자신이야말로 바로 그 '오랑캐의 왕'이라는 것을 도저히 인정할 수가 없었다. 문명국의 예법이 먹을거리로부터 나온다는 것을 그해 겨울은 처참하게 입증했다. 백성들은 생존하기 위해 짐승처럼 몸부림치고 있었다. 그런데 이연의 눈에는 어떻게 사람을 잡아먹는 굶주린 백성들은 보이지 않고 상복을 입지 않은 무례한 백성들의 모습만 비쳤던 것일까? 결코 우연이 아니었다. 조선의 군왕은 그저 조선의 지배 관념을 표현하고 있는 상징적 인물이었을 뿐이다. 이연만이 아닌 조선이라는 나라 자체가 관념과 현실 사이에서 큰 혼란에 빠져있었다.

3

전쟁 발발 1년여 전인 1591년 3월, 통신사절단 정사 황윤길, 부사 김성일과 서장관 허성이 일본으로 건너간 지 근 1년여 만에 돌아왔다. 이연이 이들을 불러 물었다.

"전란이 터질 것 같던가?"

황윤길이 망설임 없이 대답했다.

"반드시 전란이 터질 것입니다. 신속히 대비해야 할 것입니다."

이연이 김성일을 보고 물었다.

"김 부사가 보기엔 어떠하던가?"

김성일은 아예 화가 난 표정으로 말했다.

"소신은 전란이 터질 어떤 기미도 보지 못했습니다. 황윤길이 민심을 동요시키는 것은 일의 원칙에 심히 어긋납니다."

김성일은 왜 이런 안이한 보고를 했을까? 그는 명을 침공하겠다는 분명한 의사를 담은 관백 도요토미 히데요시의 답신서까지 받아들고 온 통신사였다. 그는 마치 '비가 오면 안 되므로, 비를 맞으며, 비가 오지 않는다'고 말하는 상춘객과 같았다. 그는 일본에서 무엇을 봤을까? 그에게 일본의 전란 준비상황 따위는 안중에도 없었다. 그의 눈엔 오직 황윤길과 허성의 자존심, 아니, 조선의 자존심이 뿌리째 뽑혀 무너지고 있는 통분할 현실만이 들어왔었다.

4

통신사가 대마도에 도착했을 때부터 뭔가 이상했다. 대마도주 소요시토시가 산 위의 국분사에서 연회를 베풀었다. 사신들이 먼저 가 있었는데 소가 섬돌 아래까지 가마를 타고 와서 내렸다. 이를 지켜보던 김성일이 무례한 행동에 격분했다.

"보셨소? 아니, 지금…… 도대체 저런 예법이 어디 있소? 변방 신하의 땅에서 이런 무례한 잔치를 받을 수는 없소!"

황윤길이 김성일을 말렸다.

"이보시오, 김 부사! 그냥 모른 체하십시다."

"아니, 모른 체하다니요?!"

김성일이 화를 내고 방 안으로 들어가 버리자, 허성도 쭈뼛거리며 따라 들어갔다. 황윤길은 그냥 앉아서 연회에 참가했다. 소는 사연을 알고 불안했다. 혹시라도 일이 크게 잘못돼 통신사가 조선으로 돌아가 버리면 당장 도요토미에게 자신이 죽게 될지도 모를 일이었다. 살아남는다 해도 조선과 일본 간에 정말 전쟁이라도 벌어지는 날에는 일본의 병참기지 역할을 해야 하는 대마도는 남아나는 것이 없게 될 판이었다. 조선 통신사의 간을 보던 소가 안 되겠다 싶었는지 다음날 가마꾼의 머리를 베어 사죄했다. 아까운 목숨 하나가 이런 식으로 제물이 돼 희생됐다.

이후로도 왜국의 무례는 계속됐다. 뒤늦게 나타난 도왜(導倭)가

길을 한참 우회해 교토의 대덕사에 숙소를 정한 때가 7월이었다. 도요토미는 간토[關東] 정벌을 마치고 여러 달 만에 돌아왔다. 그는 궁실 수리를 핑계로 조선 왕의 편지를 즉시 받지 않더니 11월이 돼서야 접수했다. 대면 과정에서 또 한차례 소동이 있었다. 김성일이 숙소에서 특유의 칼칼한 목소리로 딱히 누구랄 것도 없는 상대를 향해 따져 묻기 시작했다.

"관백이란 게 도대체 뭐요?"

허성이 대답했다.

"천황의 대리인이라지 않습니까? 그러니 임금과 대등한 예절로 대해야 하지 않겠습니까? 마땅히 대청 아래에서 절해야 합니다."

김성일이 화를 내며 말했다.

"관백은 천황의 신하지 임금이 아니오! 임금의 편지에서는 비록 대등한 예절로 대했지만 여기에 와서 그가 왕이 아니라는 것을 알았소. 그러니 전권을 위임받은 사신은 이를 바로잡아야 할 것이오."

김성일은 혼자서 흥분하고 있었다. 위기에 빠진 조선의 의전 체면을 반드시 구해야 했다. 그는 담판을 짓기 위해 도요토미의 실무 책임자인 승려 게이테쓰 겐소를 찾아가 야무지게 물었다.

"어떻게 하실 거요?!"

겐소가 별 고민도 없이 쉽게 대답했다.

"뭐, 그러시다면 사신은 당에 올라가 기둥 밖에서 절하는 것으로 하십시다."

김성일은 오히려 허탈했다. 사실 당시 일본의 의전은 거의 오랑캐식이었다. 그래서 김성일의 예상과는 달리 막상 그런 문제가 그렇게 까다롭지 않았다. 이후 통신사 일행은 도요토미가 주최한 대궐 접대를 받았는데, 그 접대라는 게 또한 도요토미가 갓난아기를 안고 왔다 갔다 하기까지 한 오랑캐식 연회였다. 문제는 국서에 대한 답신이었다. 이 문제를 놓고도 김성일은 황윤길과 허성의 하는 짓이 마음에 들지 않아 사사건건 다투었다. 황윤길과 허성은 답신을 받기 위해 뇌물을 줘보는 게 어떻겠냐는 얘기까지 꺼냈다. 김성일은 정색했다.

"이보시오, 황 정사! 뇌물이라니요? 아무리 급해도 그렇지, 사신이 뇌물로 답신을 구걸하다니 그게 지금 말이 되는 소리요?!"

황윤길이 변명했다.

"일이 급하니 방편을 따를 수도 있질 않소."

"교환이랍시고 행장에 꾸려넣은 그 물건들은 다 뭐요? 그것도 방편이오?! 술 마시고 잠만 자고 있더니만 이제 와서 방편 얘기나 늘어놓고 허, 그것참, 쯧쯧……."

허성이 허허롭게 웃고 있자 그에게도 쏘아붙였다.

"서장관도 마찬가지요!"

허성은 민망해 헛기침하며 고개를 살짝 돌리는 것으로 말을 대신했고, 황윤길은 지지 않고 말을 받았다.

"김 부사! 소 요시토시 대마도주가 내게 뭐라고 했는지 아시오? '김 부사가 절의만을 숭상해 언제나 사단이 생긴다'고 합디다! 만에 하나라도 일이 잘못되면 모두 김 부사 책임인 줄 아시오!"

드디어 답신이 왔다. 하지만 그 답신의 내용을 보니 모두들 그냥 기다리고 있던 때가 차라리 더 속 편했던 게 아닌가 싶었다. 가만히 있을 김성일이 아니었다. 그 답신을 가지고 김성일과 겐소 간에 이번에야말로 심각한 옥신각신이 이어졌다. 김성일이 답신의 내용을 조목조목 따지기 시작하자 겐소가 단순한 실수라면서 '합하'를 '전하'로, '방물'을 '예폐'로, 용어를 고치겠다고 했다. 하지만 그것은 실수나 무식의 소치가 아니었다. 이미 오래전부터 시작된 믿기 힘든 국제적 협잡의 산물이었다.

소와 겐소, 고니시 등은 전쟁을 원치 않았다. 그들은 도요토미에게 조선이 일본에 투항해 통신사를 보낸 것이라고 거짓 보고를 했다. 그들은 문제를 뒤로 미루고만 있었다. 일본을 통일하고 천하가 모두 제 것 같은 도요토미도 뭔가 석연찮은 구석이 있다는 걸 어렴풋이 느끼긴 했다. 하지만 조선이 정말 일본에 투항한 것으로 좋게만 생각하고 싶었다. 적어도 명을 치기 위한 병참기지로 조선을 이용할 수 있는 정도의 관계는 만들었다고 믿었다.

겐소는 끝까지 입조[1] 관련 문구는 고칠 수 없다고 우겼다. 그러면서도 그저 '입조'라는 뜻이라고 얼버무렸다. 겐소 입장에서는 이렇게라도 도요토미의 비정상적인 야망은 알려야 했기 때문이다.

도요토미가 이런 내용의 친서를 보낸 것은 조선이 보기에 정말 엉뚱했다. 이런 식으로 '곧 쳐들어갈 테니 잘 준비하고 있으라'고 통보해주는 것을 상식적으로 이해할 수가 없었다. 그래서 선전포고가 아닌 쓸데없는 겁박이라고만 생각하고 싶었다. 하지만 도요

----

1)不屑國家之遠, 山河之隔, 欲一超直入大明國, 欲易吾朝風俗於四百餘州, 施帝都政化於億萬斯年者, 在方寸中. 貴國先驅入朝, 依有遠慮無近憂者乎?:국가가 멀고 산하가 막혀있는 건 거리낄 일도 아니니, 한 번 뛰어서 곧바로 대명국에 들어가, 4백여 주를 우리나라 풍속으로 바꿔놓고, 억만 년 동안 황제의 수도를 정치로 교화하고자 합니다. 귀국이 선구가 돼 입조한다면, 멀리 헤아려 가까운 우환을 없애는 일 아니겠습니까?

토미 입장에서는 겁박도 아니었고, 조선에 대한 선전포고도 아니었다. 조선이 자기에게 투항했으니 이제 명을 치러 가는 데 조선더러 앞장서라는 얘기였다. 얼떨결에 도요토미를 속이며 시작된 반전론자들의 계책은 협잡으로 변해 엄청난 소통의 부재를 야기했다.

나중에 명은 조선이 통신사를 파견하고 이런 내용의 친서까지 왔다 갔다 한 것을 알고는 조선을 한참 의심했다. 하지만 조선의 책상물림 통신사 일행은 당시 오랑캐 왜의 땅에서 벌어지고 있는 반전론자들의 이런 황당한 협잡 따위는 상상도 못했다. 황윤길은 오랑캐 땅에서 겁이 난 나머지 하루빨리 할 일을 마치고 집으로 돌아가고만 싶었다. 하지만 문제는 전후 사정 가리지 않고 올곧기만 한 동인 김성일이었다. 그래서 별로 친해질 이유가 없는 서인 황윤길과 동인 허성이 어쩔 수 없이 다시 한편이 됐다. 황윤길이 김성일을 달랬다.

"자, 자, 김 부사. 이제 그만하십시다. 겐소가 '대명에 입조한다는 뜻'이라고 스스로 해명하는데 뭘 그러시오. 그런 내용까지 여기서 우리가 담판 짓듯 따질 일은 아니지 않소?"

김성일이 올곧게 맞받아쳤다.

"황 정사는 글을 배우기는 했소?! 뭐시라? '욕일초직입대명국, 귀국선구입조(欲一超直入大明國, 貴國先驅入朝)?' 이게 대체 무슨 미친 수작이오? 입조를 위해 조선의 허락을 받겠다는 게 아니라, 명나라를 한달음에 쳐들어갈 테니 우리더러 앞장서라는 게 아니요, 지금! 입조? 허, 참, 우리 몰래 명나라에 그냥 배 타고 기어들어가 사정을 하겠대도 봐줄까 말까 한 일을, 뭐시라? 아니, 근데, 이 무식한 오랑캐 놈들은 '쳐들어가겠다'는 말은 뭐고, '입조'라는 말은 또 뭐요?"

"아, 거시기, 그게, 왜놈들이 오랑캐라 무식해서 한문을 잘 몰라 그러는 것 아니요? 하, 거, 참……."

그렇게 그들은 돌아왔고, 이연의 편전에 다시 앉아있게 된 것이다.

5

이연은 그다음으로 궁금한 질문을 했다. 궁금했을진 모르지만 한가한 질문이었다.

"도요토미의 생김새는 어떠하던가?"

황윤길이 대답했다.

"눈빛이 번쩍번쩍하는 것이 담력과 지혜가 있는 사람 같았습니다."

김성일은 황윤길을 매섭게 한 번 곁눈질하더니 목소리를 높였다.

"눈은 꼭 쥐새끼 같이 생겨가지고, 무서워할 나부랭이도 못 됐습니다."

김성일은 무슨 생각으로 이랬을까? 김성일은 아무 생각 없는 고집불통이 아니었다. 나중에 그는 류성룡을 만나 자신의 생각을 정직하게 말했다.

"저라고 '왜놈들은 절대로 쳐들어오지 않는다'고 어떻게 장담하겠소이까? 다만 황윤길 정사의 말이 너무 심해 온 나라가 놀라 정신을 차리지 못할 것 같아서 그렇게 해명했을 뿐이오."

과연 김성일이 전쟁 가능성을 부정한 것이 오로지 민심 동요만을 우려했기 때문이었을까? 그렇다면 은밀하게라도 전쟁준비를 도왔어야 했다. 하지만 그는 전혀 그렇게 하지 않았다. 그가 화를 내며 전쟁 가능성을 부정한 이유는 정작 따로 있었다. 그의 생각에, 그리고 그가 일본에서 훌륭하게 보여주었듯이, 왜는 오랑캐이므로 겁을 먹어서는 안 되는 집단이었다. 즉, 그의 '관념 속'에서 오랑캐는 결코 문명국을 쳐들어올 수 없기 때문에 '현실 속'에서 오랑캐가 절대 쳐들어오지 않는다고 믿어야 했다. 하지만 막상 전쟁이 터지자 명색이 문명사대국은 성가신 오랑캐 하나 쉽게 내치지 못했다. 일본에서 이런 미래를 분명히 봤었을 김성일은 자신의 관념과 현실이 불협화음을 내자 관념이 아닌 현실을 부정해버렸던 것이다.

조선은 김성일의 눈으로 세상을 편하게 보고 싶었다. 이연의 조선이 볼 때 명은 우리나라보다 문명한 나라였고, 우리는 그 문명에 사대하는 나라이며, 왜는 글을 모르는 미개한 오랑캐일 뿐이었다. 인간의 도리를 담은 글이 세상을 지배하고, 그 글로 세상을 지킬 수 있다고 믿는 조선의 '관념 속에서' 오랑캐는 결코 문명국을 넘볼 수 없었다. 수십만의 왜군이 침략을 해와도 그것은 국가 간의 전쟁, 즉 '조일전쟁'이 아닌 왜구들의 난동, 즉 '임진왜란'에 불과했다. 이연의 조선은 관념 속에서 '만' 일본에 우월감을 느끼는 것으로 참을 수 없는 현실과 관념의 모순을 해소했다. 조선은 세상을 있는 그대로가 아니라, 보고 싶은 대로 봐야 했다. 그렇게 자신의 관념을 지켜야 했다. 그것이 이연의 조선이었다.

6

반면, 이연의 조선은 명이 눈앞에서 종이호랑이로 변해가는 것을 보고 있었지만 보이지 않았다. '관념 속'에서 명은 대국이어야 하기 때문에 실재가 없어도 영원한 대국이었다. '관념 속'에서 조선 왕은 스스로의 주인이 아니라 명 황제에 의해 책봉된 명 황제의 신하였다. 왜적의 침공을 받아 나라가 존망의 위기에 처한 순간에도 조선은 '관념 속'에서 명을 위해, 명 황제의 당연한 도움을 받아, 명 황제의 땅을 지키기 위한 싸움을 하고 있었다. 의심 많은 명이 조선의 그런 진심을 선뜻 알아주지 않는 것이 원통할 뿐이었다.

인간의 머릿속 관념은 때로는 편한 현실을 불편하게 하지만 때로는 불편한 현실을 편하게도 해준다. 훗날의 역사 속에서 청나라를 세운 오랑캐 수장에게 조선 왕이 무릎 꿇고, 절을 하며, 머리를 땅에 조아리고, 항복한 것은 결코 잊을 수 없는 나라의 굴욕이지만, 명나라 황제, 칙서, 사신이나 장수에게 조선 왕이 무릎 꿇고, 절을 하며, 머리를 땅에 조아리고, 험한 질책을 당한 것은 당연히 받아들여야 하는 '동방예의지국'의 예법인 것이다. 예나 지금이나 인간의 머릿속 관념은 같은 일도 다르게 볼 수 있는 편리한 착각을 불러일으킨다.

1597년 10월 24일, 명 황제의 왕 이연은 명 황제의 칙서를 받기 위해 모화관의 장막 휴식처에 먼저 가서 기다렸다. 잠시 후 칙서가 도착했다는 보고가 전달되자 길에 나가서 용정(龍亭:황제의 칙서를 운반하는 가마)을 바라보고 무릎 꿇고 네 번 큰절을 올리고, 세 번 머리를 땅에 조아렸다. 칙서를 받기 위해 무릎 꿇고 해야 할 큰절이 아직 많이 남아있었다. 이연이 다시 서둘러 태평관 장막 후식처에 먼저 가서 칙서를 기다리자 잠시 후 칙서가 도착했다. 장막에서 나와 뜰 앞 왼쪽에 서서 몸을 굽히고 있자 명의 차관 방시신이 당 중앙에 칙서를 뒀다. 이연은 집사의 인도를 받아 당 아래에서 무릎 꿇고 네 번 큰절을 올렸다. 이연은 당상에 올라가 무릎을 꿇고 앉았다. 이제야 이연은 자신 앞에 집사가 펼친 칙서의 실물을 받아볼 수 있었다. 아직 자세한 내용은 읽을 수 없었다. 이연은 당 아래로 내려가 다시 무릎 꿇고 네 번 큰절을 올렸다. 집사가 칙서를 받들고 내려와 무릎 꿇고 앉아있는 이연에게 건네자 이연은 드디어 칙서의 내용을 읽을 수 있었다.

"어찌하여 몇 해 동안 휴식하면서도 훈련을 더 하기는커녕 스스로 와신상담할 결심도 잊고 나라가 붕괴되는 것을 보고만 있었는가? 짐은 구원병을 보내는 것을 어렵게 여기지 않고 만리 길을 달려가 도와줬는데 너희들은 사직을 지키는 의로움에 소홀해서 '한 가지 계책'도 꾀하지 않았으며, 이미 명령할 능력도 없으면서 명령을 받지도 않았다."

떨리는 손으로 칙서를 다 읽고 난 이연은 정신이 혼미해졌다. 옆에서 안절부절 서있던 승지가 무릎 꿇고 앉아있는 이연을 향해 걱정스레 몸을 구부리자 혼자서 정신없이 뇌까리고 있는 그의 음성이 또렷이 들렸다.

"죄송하다. 심히 죄송하다."

그 와중에도 계속 이연의 시선은 칙유 속 한 구절에 꽂혀 움직일 줄을 몰랐다.

'너희들은 사직을 지키는 의로움에 소홀해서 '한 가지 계책'도 꾀하지 않았으며…….'

이연의 가슴에 통한의 수치심이 밀려왔다. 그간 자신은 황제에게 인정받기 위해 얼마나 '한 가지 계책'을 위해 안달했던가? 그는 습관 같은 공황장애를 느꼈다. 그는 자리에서 몸을 가누기조차 힘들었다. 그는 그대로 앉은 채 두려움에 몸을 부들부들 떨고 있었다. 이연의 머릿속엔 이 모든 정치적 두려움의 근원인 과거의 한 사건이 유령처럼 맴돌고 있었다. 숨을 쉬고 있는 한 잊으려야 잊을 수가 없는 그 참담했던 정치적 음모의 기억이 그의 심장을 다시 고통스럽게 압박했다.

7

조선의 악몽은 임진왜란과 함께 시작됐다. 하지만 또 다른 의미에서 조선 군주로서의 이연의 정치적 악몽은 임진왜란이 발발한 지 1년 8개월 정도 지난 1593년 윤년 11월에 시작됐다. 그 당시 명 황제는 이연의 환도를 위유하면서 은폐를 하사했는데, 거기까지만 좋았다. 황제가 사신 사헌을 통해 보내온 칙서의 내용이 아주 까칠했다. 해뜨기 전 꼭두새벽부터 모화관에 나가 해돈이와 함께 받아 든 칙서는 이연의 정신을 번쩍 들게 했다.

"오늘의 일은 대의로 발분해 쇠약함을 슬퍼하고 보살폈을 뿐이니, 원래부터 왕이 짐에게 당연한 듯 덕을 바랄 바는 아니었다. 불씨를 방치해 갑자기 다른 변고가 있더라도 이제 짐은 왕을 위해 도모할 수가 없다."

명 황제 주익균은 1572년에 10세의 나이로 황제가 됐다. 그가 어린 시절에는 장거정이라는 걸출한 재상이 정치를 맡아서 별문제가 없었다. 하지만 장거정이 죽고, 주익균이 친정을 시작한 뒤 명나라는 멸망의 길로 들어섰다. 임진왜란 개입으로 인한 국력손실도 문제였지만, 주익균이라는 인물 그 자체가 더 큰 문제였다. 주익균은 황태자 책봉 문제로 신하들과 대립하면서, 국정 태업어 들어가 1589년 이후 죽을 때까지 30여 년 동안 조정의 공식석상에는 거의 나타나질 않고 주색에 빠졌다. 그는 아편까지 즐기며 축재에 열을 올린 한심한 인물이었다.

당시 동아시아 3국은 각각 어이없는 개성을 가진 수장들이 대세를 이끌고 있었다. 일본의 도요토미 히데요시는 밑바닥 사회에서 튀어나온 기이한 망상병자였고, 명의 주익균은 천하가 자신의 향락을 위해 존재한다고 생각하는 허랑방탕한 자였으며, 조선의 이연은 한없이 불안하고 꼬여있는 무능력자였다. 결국 명은 망하고, 도요토미 정권은 붕괴하게 된다. 이 절호의 기회를 야생에서 일어선 누르하치가 잡아 중원을 지배하는 청나라의 기틀을 세운다. 이연의 조선은 백성의 원망을 견디며 무사하지만, 이후 청나라에 호되게 당하는 역사적 대가를 치르게 된다.

어쨌든 지금 주익균은 명 황제고 이연은 조선 왕이라는 죄로, 무능한 이연은 망상병자 도요토미 히데요시를 막지 못한 데 대한 책임을 지고 허랑방탕한 주익균의 훈계를 무릎 꿇고 듣고 있어야 했다. 주색에 빠져 몹시 바쁜 주익균이 귀중한 짬을 내 조선을 위해 이런 관심이라도 보여줘서 그나마 불행 중 다행이었다. 이연은 약간의 막막한 아찔함을 느꼈지만 그래도 이 정도는 얼마든지 감수할 수 있었다. '더 이상의 구원병은 없다'는 말도 일종의 엄포로 생각하기로 했다. 그런데 문제는 그다음에 터졌다.

안색이 좋지 않은 이연이 편전에 앉아 칙서를 곰곰이 되씹고 있었다. 그 주위에서 몇몇 신하들이 되지도 않고 듣지도 않는 부질없는 말로 이연을 달래고 있었다. 이때 거의 병색을 한 윤근수가 숨가쁘게 이연을 찾아왔다. 이연의 안색이 오히려 좋아 보일 정도였다. 윤근수는 다짜고짜 이연과의 독대를 원했다. 이례적인 행동에 이연이 핀잔을 주려다 분위기를 압도하는 그의 초조한 병색을 보고 그만뒀다. 이연은 주위를 물리치고 윤근수를 앉혔다.

"무슨 일이오?"

별일 아니면 호통이라도 칠 기세였다.

"전하, 신을 벌해주시옵소서."

"무슨 일이냐고 묻고 있질 않소?"

"신이 지난 2월, 요동에 접반사로 갔을 때 송응창 경략으로부터 해괴한 문건을 하나 전해 받았사옵니다. 급사중 위학증이란 자가 황상께 올린 주본의 필사본이었습니다. 경략 말로는 '자신이 일단 힘써 보호해줬'고는 했지만……."

이연이 못 참고 말을 끊었다.

"위학증? 경략이 뭘 보호해줬다는 거요?"

윤근수는 아랑곳하지 않고 끈질기게 사설을 늘어놨다.

"신이 그걸 지난 4월에 가지고 나와, 지난달 환도한 이후 여러 차례 그 주본을 성상께 바치려 했지만 망설이기만 하다 그만뒀습니다. 하지만 이제는 사신이 입경했으니, 더 이상 미룰 수가 없나이다."

"대체 지금 무슨 말을 하는 거요?"

"혹 사신이 이런 말을 내비칠 경우에 대비해 성상께서 이 일을 미리 아시고 계셔야 할 것 같아서, 베낀 제본과 신이 경략에게 써 보낸 말들을 적어 감히 바칩니다."

윤근수가 소매 자락에서 주섬주섬 봉투 한 장을 끄집어냈다. 얼핏 보기에도 조금 오래된 듯한 봉투였다.

"거참, 무슨 말이 그렇게 많소? 이리 줘보시오."

무슨 호들갑이냐는 듯 불만스런 표정의 이연이 윤근수가 두 손으로 공손히 내민 봉투를 받아 열었다. 기세 좋게 척 펼쳐 글을 읽던 이연의 표정이 급하게 변하고 있었다. 글을 다 읽었을 때 이연은 거의 다른 사람이 돼있었다. 그의 안색은 하얗다 못해 새파랗게 질려 있었다.

"이, 이게…… 대체…… 이게……."

이연은 잡고 있던 필사본을 부들부들 떨리는 한 손으로 엉성하게 움켜쥐더니 손가락 마디마디로 온 힘을 다해 구겨버렸다. 경악한 그는 윤근수를 대책 없이 노려보더니, 이내 힘없이 시선을 거두었다. 주본을 구겨 움켜쥐고 있던 이연의 손아귀도 맥없이 풀리며 손이 바닥을 향해 떨어졌다. 이연은 비어있는 다른 한 손으로 겨우 이마를 짚었다. 온몸의 기력이 다 빠져나간 이연은 아예 말도 꺼내지 못하고 고개를 숙인 채 신음 소리만 내고 있었다.

"으음……, 끄응……."

"전하, 전하……."

이연은 완전히 넋이 나간 사람처럼 보였다. 그런 이연을 보고 있자니 윤근수도 서글퍼졌다. 그들은 왕과 신하가 아닌 같은 조선 사람으로서 그렇게 함께 순간적인 적막 속에 앉아있었다. 그러다 윤근수가 조용히 울먹이기 시작했다. 그는 말을 이어가며 복받치듯 점점 더 크게 울먹였다.

"전하, 바라옵건대 성상께서만 이 뜻을 아시고 절대로 규각을 드러내지 마시옵소서. 전교하시는 사이에도 발설하지 마시어, 한 나라의 인심을 진정시키시면 더없이 다행이겠습니다. 신 죽음을 무릅쓰고 감히 아뢰옵니다! 통촉해주시옵소서!!"

잠시 후, 이연이 홀로 뇌까리듯 조용히 말했다.

"나는 오래전부터 이런 일이 있을 줄 알고 일찍이 물러나 피하려 했소. 이는 내가 진심으로 원했던 바이오. 그런데…… 이제 모두 이루었소."

이연은 알 듯 모를 듯한 소리를 비통하게 내뱉더니 쓰러질 듯 힘없이 무너졌다. 그는 윤근수가 뒤늦게 불쑥 내민 위학증의 주본을 보고 화를 낼 수조차 없었다. 이연은 그 주본을 봤을 때의 두렵고, 부끄럽고, 분한 느낌을 죽을 때까지 기억에서 지울 수가 없었다. 이연의 악몽이 돼버린 '위학증의 주본' 내용은 이랬다.

"조선은 이미 왜적을 막지 못해 중국에 우려를 끼쳤습니다. 그러니 마땅히 그 나라를 두셋으로 분할해 왜적을 막는 능력이 있는 자에게 맡겨야 합니다. 그렇게 중국을 위한 울타리 역할을 하도록 조치하십시오."

이연은 혼자만의 숨 막히는 두려움 속에서 비참했다. 자신과 조선의 허약한 처지를 처절하게 통감했다. 주익균의 칙서와 위학증의 주본은 무관하지 않았다. 여차하면 조선은 포식자의 먹잇감이 돼 유순한 눈망울만 남긴 채 갈기갈기 찢기는 초식동물 같은 신세로 전락할 판이었다.

8

지난 몇 달간 이연을 둘러싼 정세는 매우 어지러웠다. 이연은 그 어지러운 정세가 자신도 모르는 사이에 마치 남의 일처럼 진행되고 있었다는 사실을 충격적인 방식으로 깨달았다. 하지만 정확한 실체가 없는 막연함은 그의 두려움만 대책 없이 증폭시키고 있었다. 그는 마치 조각그림을 짜맞추듯 음흉한 음모들을 짜맞춰 보기 시작했다. 가장 먼저, 그의 기억 속에 경략 송응창과의 몇 달 전 만남이 떠올랐다. 그때 그는 뜬금없이 이연을 의심했었다.

"제독의 보첩(報帖)에 의하면 귀국이 부산을 왜적에게 할양해 내주고, 계패(界牌)까지 세웠다는데 그게 사실입니까?"

이연은 억장이 무너지는 느닷없는 질문에 황망히 대답했다.

"부산은 동래와 연결된 땅인데 우리나라가 어찌 원수인 왜적에게 떼어줄 리가 있겠습니까? 우리나라 강토는 선조 때 천조로부터 받았고, 우리나라 백성도 천조의 백성인데 어찌 제멋대로 떼어주겠습니까? 땅을 떼어 적에게 주면 끝내는 나라를 보존할 리가 없는데,

우리가 비록 어리석다 하지만 어찌 그런 것조차 모르겠습니까?!"

조선에 파견된 경략 송응창, 명 조정의 병부상서 석성 등은 일본에 책봉을 허락하고, 이 소모적인 전쟁을 끝내고 싶었다. 그래서 그들은 조선의 영토를 모두 반환할 것, 두 왕자와 대신들을 송환하고 사죄할 것, 그러면 도요토미를 왕으로 책봉해주겠다는 3개항을 제시했다. 한마디로 조공도 필요 없고, 책봉만 해줄 테니 더 이상 시끄럽게 하지 말고 물러가라는 것이었다. 그들은 놀랍게도 그것을 강화조건이라고 철석같이 믿고 있었다.

도요토미의 요구조건은 훨씬 더 현실적이었다. 미치지 않은 이상 책봉만 받고 싶어서 책봉을 주는 나라를 정복하겠다는 전쟁을 일으킬 수는 없었다. 도요토미는 명 황제의 공주를 자신의 후궁으로 보낼 것, 명과 일본 사이의 무역을 재개할 것, 조선의 4개도를 일본에 할양할 것, 조선의 왕자와 대신을 볼모로 보낼 것 등 7개 항을 요구했다. 이 정도 보여줬으니 조선 일부를 할양해주고, 명의 침략은 포기할 테니 대신 무역이나 하자는 것이었다.

양측의 이런 움직임을 눈치챌 때마다 이연은 불만이 가득해졌다. 송응창을 앞세운 강화론자들은 강화협상을 통해 왜적을 깨끗이 몰아낼 테니 자신들에게 협조하라고 이연을 설득했다. 하지만 주익균과 도요토미는 중간에 낀 양국 반전론자들의 농간으로 강화조건조차 제대로 전달받지 못한다. 강화를 하겠다는 당사자 간에 강화조건의 실체가 뭔지조차 모르는 어이없는 협잡이 3년간이나 지속되는 것이다. 강화를 둘러싼 온갖 협잡이 끝나고 정유년에 다시 전쟁이 시작된다.

지금은 아직 그 3년 시간의 시작 단계였고, 송응창과 이연은 모두가 모두를 의심해야만 하는 피곤한 시간을 보내고 있었다. 강화를 원하는 명은 조선이 일본과 과격한 분란을 일으키는 것을 막아야 했다. 하지만 쓸데없이 너무 친해지는 것도 막을 필요가 있었다. 누르하치의 여진도 있는데 조선과 일본까지 명을 괴롭히면 감당하기 벅찰 수도 있었다. '조선을—누르하치의 여진처럼—2~3개로 쪼개 일본을 막는 것이 어떠냐'는 위학증의 주본은 '부산 할양' 소문을 듣고 이연을 제거 또는 견제하기 위해 나온 책략이었다.

9

그날 밤, 이연은 반실성 상태로 방 안을 서성이고 있었다. 그의 불면증과 갑작스런 공황장애, 시도 때도 없는 광증은 이때부터 확연히 심해졌다. 그는 갑자기 방바닥에 쓰러지더니 곡을 하듯 울먹이기 시작했다. 그렇게 한참이 지난 후, 그의 울먹이는 곡소리는 어느덧 난데없는 노랫가락으로 바뀌어있었다. 그것은 그가 스무 살 청춘 시절, 떠나는 신하 노신을 위해 지어준 시조였다. 그는 울먹이며 노래했다.

오면 가랴 하고 가면 아니 오네
오노라 가노라니 볼 날이 전혀 없네
오늘도 가노라 하니 그를 슬퍼하노라

그땐 그렇게 생각했다. 세상은 임금과 신하 사이에도 인정이 넘치는 곳이며, 유교의 왕도정치는 이 땅을 아름답게 꽃피우는 진리라 믿었다. 그런데 아니었다. 세상에 믿을 자는 아무도 없었고, 주위는 온통 살벌한 복마전일 뿐이었다. 이연의 눈물은 쉽게 그치지 않았다. 그는 방바닥에 엎어져 비통하게 울었다. 큰 소리를 내어 울었다. 한참 후 눈물이 말랐다. 제정신이 조금 돌아왔다.

'아니다. 아니다. 이러고 있을 일이 아니다.'

이연은 동물적인 직관으로 자신의 삶을 구하기 시작했다. 지금까지는 자신이 곧 조선이었다. 하지만 이제 아니었다. 명이 자신과 조선을 분리해 바라보기 시작한 것이다. 상황이 말해주고 있는 명의 입장은 분명했다. 전쟁 중이든 후든, 치명적 위협이 되고 있는 일본의 공격을 자신이 막아낼 수 없다고 판단되면 자신을 버리겠다는 것이었다. 이제 이연의 가슴속에 불을 보듯 명확한 두 개의 전선이 생겼다.

조선을 위협하는 보이는 적, 왜!

왕조를 위협하는 보이지 않는 적, 조선의 인물!

'누가 나의 적인가? 누가 조선의 인물인가? 알아야 한다. 명과 내통하는 자가 반드시 있을 것이다. 내통하는 자가 아니더라도 명의 관심을 끌 수 있는 자는 모조리 제거해야 한다.'

이연의 머릿속에 이순신과 그의 버팀목인 류성룡이 가장 먼저 떠올랐다. 이순신! '만약 그의 능력이 아니었다면 자신이 지금 이곳 한성에 환도할 수나 있었을까' 하는 음울한 생각이 들었다. 이연은 '조선을 구해준 것은 오직 황제의 군대였다'고 호들갑을 떨고 있었지만 바다에서의 승리가 없었다면 황제의 군대도 이내 힘을 잃었을 것이고, 동아시아는 깊은 수렁에 빠졌을 것이다. 그것은 이연도 알고, 도요토미도 알고, 주익균도 알았다. 이연은 밀려오는 공포를 느끼며 본능적으로 자신의 살길을 찾고 있었다.

'그들의 능력이 나의 관심을 끈다면 명의 관심을 끄는 것도 당연하다. 그들을 이용해 조선을 지키고, 그들을 제거해 왕조를 지켜야 한다!'

10

이튿날, 이연은 사신 사헌을 관소에서 접견했다. 이연은 소매 속에서 수첩을 꺼내 사헌과 직접 필담을 주고받을 채비를 했다. 이연의 머릿속에는 오만 가지 잡생각들이 꽉 들어차 있었다. 그로 인해 그의 머릿속에서는 천지가 열두 번도 더 뒤바뀌고 있었다. 이연이 먼저 명의 일개 사신에게 사위의 말을 황제에게 전해달라그 요청했다. 그도 부끄러움이 무엇인지는 알았지만 나름의 꿍꿍이가 있었다.

"질병 때문에 나라 다스리는 것을 감당할 수 없으니, 대인께서 주장해주시기 바랍니다."

사헌은 순간 당황했지만 그도 명색이 명의 사신이었다. 그는 금세 이연의 의도를 알아챘다.

'황제에게 올리는 사위의 주청이 아닌 내게 말로만 사위해서 공식적인 효과는 없게 하되, 비공식적으로만 자신이 욕심 없고 믿을 만하다는 것을 과시해보겠다? 흥, 그래서 내 동정심을 사보겠다? 겉보기는 어수룩한데 정치적인 머리는 아주 영악한 데가 있군…….'

사헌은 크게 내색 않고 원칙만을 담아 필답했다.

"왕께서 사위하고자 하신다면 당 숙종의 고사에 따라야 할 것이고, 마땅히 주문을 올려 천조의 처분을 기다려야 할 것입니다. 저는 일개 행인에 불과한데 어찌 힘이 돼드릴 수 있겠습니까?"

이연은 자신의 의도가 잘 이뤄졌는지 사헌의 눈치를 살폈다. 이런 방면으로는 이연도 누구 못지않았다. 사헌은 정치인 특유의 어쩔 수 없는 은밀함과 함께 아주 준엄한 성격을 가지고 있었다. 그래도 그는 잘못 걸린 명 사신들보다는 적당히 점잖고 담백한 호탕함이 있었다. 이연은 사헌의 안색이 평화로움을 잃지 않자 안심했다. 적어도 나쁘지는 않았다.

다시 그 이튿날, 이번에는 대신들이 백관을 거느리고 사헌을 찾아 조선의 사정을 차례로 진술하느라 부산을 떨었다. 그들은 '왕이 의리를 지키다 침략을 당했으며, 잘못이 없다' 는 공문서를 작성해 조선의 억울한 심정을 알리려 했다. 사헌은 냉정하게 자신의 임무를 수행하려고 최대한 노력했다. 하지만 조선 조정의 속 보이는 머릿수 공세에 약간의 동정심이 드는 것은 어쩔 수 없었다.

11

류성룡은 막막했다. 7일간의 일정으로 온 사헌과 떠나기 전에 직접 만나 무슨 내막이 있는지를 가능한 자세히 들어봐야 했다. 사헌은 말타기를 좋아했다. 병조에서 급히 강화도에 사람을 보내 진강 목장의 가장 좋은 말 한 필을 골라 와 그에게 선물했다. 예상대로 그는 아주 좋아했다. 그는 그 말을 타보고 싶어했다.

사헌이 한성을 떠나기 하루 전날, 류성룡은 그와 함께 도성 밖 외곽 태릉까지 말을 타고 달렸다. 류성룡은 사헌을 따라가기가 벅차 몇 번이나 숨이 멎을 듯 차올랐다. 사헌이 뒤를 돌아 류성룡을 보더니 흡족한 표정으로 말을 멈췄다.

"하하, 힘드시오?"

류성룡이 가까이 다가오며 숨 가쁘게 말했다.

"대, 대인, 나 좀 봐주시오."

"원, 그렇게 허약한 체력으로 어떻게 조정 일을 보시겠소?"

"내가 약해 그런 게 아니라 대인이 너무 강해 그러는 것이오."

"하하하. 근데 무슨 일로 이렇게 고생하며 날 따라오겠다고 했소?"

"날 불쌍히 여겨, 내게 좀 말해주시오."

사헌은 지금 조선 조정이 어지럽게 돌아가는 내막에 대해서 훤히 꿰뚫고 있었다. 아마도 한없이 약한 조선 조정의 입장에서는 사헌 자신이 마치 조선의 운명을 쥐고 있는 사람이라도 되는 듯이 보일 것이다. 사실 그가 생각하기에도 위학증의 주본은 그저 스쳐 지나가는 간단한 문제는 아니었다. 누구의 머릿속에서든 그런 제안이 한번 나왔다는 것은 당장은 별문제 없이 잠복해 들어가더라도 언제든지 다시 다른 사람의 머릿속을 거쳐 활화산처럼 크게 폭발할 수도 있다는 것을 의미했다. 그것은 겉보기보다 예민한 사안이었다.

"위학증의 주본 말이오?"

"그렇소. 황상께서 정말 조선을 변치시킬 생각이 있는 거요?"

"글쎄요······. 당시 황상께서 병부에 내려 논의하게 했는데, 석성 병부상서가 일단 불가하다는 보고를 하긴 했소."

"그렇게 다 끝난 것이오?"

"그렇게 볼 수만은 없을 거요. 사실 내가 여기 온 것만 해도 뭔가 변치가 필요하다는 조정의 견해가 난무해, 폐하께서 조선을 기찰해 보라는 명을 내리셨기 때문이오."

갑자기 류성룡의 얼굴이 굳어 창백해졌다. 이를 본 사헌이 얼굴에 미소를 띠며 말했다.

"하하, 너무 걱정 마시오. 내 그런 생각은 말을 타고 달리며 모두 날려버렸소. 조선 왕과 신하들의 진심을 보니 도저히 그런 생각을 가지고 있을 수가 없습디다. 지금 조선은 황상으로부터 세자 책봉도 못 받고 있는데 사위하면 그거야말로 큰일 아니겠소? 류 공은 일단 그런 일이나 막아보시오. 하지만 문제는 앞으로 조선이 자립할 능력이 있느냐인데······."

사헌은 말꼬리를 흐렸다. 류성룡도 생각이 흐려졌다.

'무슨 꿍꿍이인가? 그러니까 지금 당장은 아니다. 하지만 일이 잘못되면 언제라도 사단이 날 수 있다?'

류성룡은 한성으로 돌아오는 길 내내 내일에 대한 불안감으로 정신이 혼미해질 지경이었다. 생각해보면 임진왜란 이래 단 하루도 마음 편할 날이 없었다. 호시절이라면 누구라도 나랏일로 지친 몸을 높은 벼슬이 주는 만족감으로 충분히 위로할 수 있었을 것이다.

하지만 지금은 그런 때가 아니었다. 그는 지금 나랏일을 '누군가' 에게 맡겨놓고 미련 없이 조정을 떠날 수가 없었다. 전쟁은 전쟁터 에서만 벌어지고 있는 것이 아니었다. 그의 지친 몸은 그저 말에 맡겨져 흔들리고 있었다. 황폐한 들판을 가로지른 한겨울의 삭풍이 짓밟히고 있는 변방의 소국 신하 류성룡의 뼈 속 깊숙이 스며들고 있었다.

12

사헌이 가고 이연은 전위하겠다는 전지를 매일같이 내렸다. 그는 뒷궁리가 빤한 이런 소동으로라도 역심을 탐지하고 싶었다. 이 와중에 '우리나라 사신이 중국에 들어가 유언비어를 퍼뜨려 중국 조정에서 의문을 갖게 이간했다'는 입빠른 참소가 있어 이연의 마음을 심란하게 했다. 참소는 대책 없이 떠돌면서 의심을 부추겨 이연의 광증만 키울 뿐이었다.

이후에도 조정에서는 위학증의 주본 얘기가 간간히 나오긴 했지만 심각하게 말하거나 생각하는 사람은 아무도 없었다. 그것은 오직 한 사람, 이연의 가슴속에서만 사생결단을 재촉하는 흉측한 괴물로 자라나고 있었다. 이연은 신료들의 그런 무관심에 더 분노했다. 궁궐은 역적들로 둘러싸여 있고, 자신과 왕조를 지켜줄 충신은 아무도 없는 것처럼 느꼈다.

이연은 계책을 세워야 했다. 단지 조선의 승리만 있으뎐 되는 계책이 아니라 반드시 자신의 공으로 조선이 승리했다고 믿게 만들 수 있는 계책이었다. 이연은 이제 주익균 앞에서, 나아가 조선의 백성 앞에서 일개 장수들과 경쟁하는 굴욕적인 신세가 됐다. 으뜸가는 경쟁 상대는 분명했다. 누가 보더라도 명백히 자신과 전공을 다투는 인물은 이순신뿐이었다. 다른 인물들이야 천천히 생각해도 충분했다.

제3장

한 가지 기발한 계책

1

    1594년 8월, 이연은 주익균에게 자신의 '한 가지 기발한 계책'을 예고하는 주청문을 올리기로 했다. 이연은 '위학증의 주본'으로 인한 충격 이후에, 밑도 끝도 없는 불안 속에서 몇 달을 고민하며 궁리했다. 그 결과가 이것이었다.

    "소방사람 중에 신을 위해 계책을 세운 자가 아뢰기를 '적병이 부산 등지의 험준한 요새지에 주둔하면서 성을 쌓고 호를 파놓았으니 쉽게 칠 수는 없습니다. 다만 그들이 군량을 운반하고 병력을 증강하는 길은 부산에서 대마도까지 직접 배로 왕래하는 방법뿐인데 왜적은 육전에 강하고 수전은 약합니다. 만약 정예 수병으로 거제도 앞바다로 나가 왜적의 군량 보급로를 요격해 끊으면 해안에 있는 적은 돌아갈 길이 끊어지고, 그 형세가 자연 궁박하게 될 것입니다'라고 하니, 이 또한 '한 가지 기발한 계책'입니다. 그러자면 수병을 많이 징발해야 할 텐데, 소방의 힘으로는 미치지 못해 신은 이를 더욱 비통해하며 답답하게 여기는 바입니다."

주청문은 위학증의 주본을 전해 받았던 해평 부원군 윤근수를 주청 상사로 임명해 보내기로 했다. 이연은 명에 수군을 보내달라는 요청을 하고는 있었지만 아예 처음부터 그런 기대는 하지도 않았다. 작전은 어쨌든 바로 실행할 요량이었다. 이연은 주익균에게 자신이 이 작전의 주인공임을 미리 '예고' 했을 뿐이다. 문제는 가당치도 않은 병력사정이었지만 이연은 요행수를 바라며 불안감을 극복했다. 하지만 정치는 주도면밀했다. 실패할 경우에는 이순신을 작전의 주역으로 만들 심산이었다.

1년 전인 1593년 8월 15일, 그날 이연은 삼도수군통제사 임명 교서를 이순신에게 내려보냈고, 이순신은 자신의 전략적 구상을 담은 〈진왜정장〉 장계를 이연에게 올려보냈다. 그때부터 이연의 〈주청문〉과 이순신의 〈진왜정장〉이 담고 있는 전략적 갈등은 결국 나라의 존망을 위태롭게 하는 참담한 불행을 야기할 운명이었다.

"우리 수군을 정돈한 뒤 (거제도·장문포 등지로) 곧장 돌격해 분멸시키고, 맹세코 단번에 죽고도 싶었습니다. 하지만 삼도의 판옥선은 간신히 1백여 척이고, 그것도 각각 나눠 거느리고 있을 뿐입니다. 전선수도 적고, 형세도 불리하니, 승운만을 믿고 경솔하게 안쪽 바다로 깊숙이 진격했다가 만약 불리해져 적에게 모욕을 당하면 장차 그 화를 헤아릴 수 없을 것입니다. 그리고 다시는 의지할 데가 없을 것입니다. 그래서 그 요충지를 장악하고 있다가 적들이 침범해오면 결사적으로 요격하고, 도망가면 형세를 봐서 추격하기로 밤낮으로 모의하고 약속해 지금까지 지탱하고 있습니다."

사실 부산 부근의 가덕도·거제도 등 전함기지를 잃은 상태에서 보급 · 수송로를 차단하겠다며 수군 전 함대가 각 수영에서 빠져나와 부산과 대마도 사이 바다를 무턱대고 지키고 서있는 것은 궁중의 탁상공론일 뿐이었다. 해류에 떠밀려 엉뚱한 곳으로 표류나 하지 않으면 다행일 것이었다. 노를 저으며 배 안에서만 생활해야 하는 군사들은 싸우기도 전에 초주검이 될 것이 뻔했다. 그런 마구잡이 작전으로는 실제 바다를 몇 달은커녕 몇 주도 지킬 수 없었다.

그럼에도 불구하고, 이연은 요행수를 앞세워 어떻게든 대마도와 조선을 잇는 부산 앞바다 넓은 바닷길에서 왜적의 보급 · 수송로를 끊어야 한다는 몽환적인 최선책을 강요했고, 이순신은 열악한 전력에 전전긍긍하며 형세가 유리한 남해안 길목 요처를 점거해 왜적이 서해로 돌아나가는 연안 해로를 끊어야 한다는 현실적인 차선책을 고수했다. 이연은 '한 가지 기발한 계책'의 성패 여부에 조선과 왕조의 운명이 달려있는 것처럼 집착했고, 이순신은 '요충지 장악'에 이 땅에서 살아갈 백성의 목숨이 걸려있다고 보고 버텼다. 서로가 배수진을 친 치명적 대립은 전쟁의 승패를 좌우할 '전쟁 속 전쟁'이었다.

2

이연은 '한 가지 기발한 계책'으로 날을 보냈다. 여기저기에서 귀동냥한 결과물인 '한 가지 기발한 계책'의 실체는 결국 거제도 탈환이었다. 이연은 마음만 조급했다. 한편에선 요행수를 믿고 무조건 밀어붙이면 승전할 수 있을 것이라는 환상이 눈앞에 어른거렸다. 하지만 그때마다 다른 한편에선 스스로를 조롱할 수밖에 없는 초라한 현실이 어김없이 그를 괴롭혔다. 그래도 결심했다. 이연은 가장 먼저 이순신에게 그 결심을 드러냈다. 이연은 이순신을 호되게 문책하는 밀지를 보냈다.

"수륙의 모든 장수들이 팔짱을 끼고 서로 바라만 볼 뿐 한 가지 계책이라도 세워서 적을 치러 떨쳐나가지 않는다."

9월 3일 새벽, 이순신은 이연의 막무가내 결심을 담은 밀지를 받았다. 밀지는 '수륙합동으로 거제도를 공격한다'는 작전 계획을 담고 있었다. 밀지를 읽는 이순신의 마음이 까맣게 타들어갔다.

'왜적들이 험한 소굴에 웅거하고 있어서 가볍게 나아갈 수가 없을 뿐인데, 이를 어찌해야 한단 말인가?

이순신은 그날 초저녁부터 깊은 생각에 빠졌다. 전쟁을 욕심만으로 한다면야 천하를 정복하는 일인들 뭐가 어렵겠는가? 이경(밤 9~11시)에 흥양 현감 배흥립이 찾아와서 삼경(밤 11시~새벽 1시)까지 함께 얘기하며 고민했다. 두 사람이 한숨 쉬며 아무리 얘기해봐야 위에서 밀어붙인다면 어찌해볼 도리가 없는 일이었다.

이연은 비변사를 제쳐놓고 일을 꾸미고 있었다. 그렇게 해야만 나중에 승리하면 '밀명이 이랬다'며 전공을 자기 것으로 하고, 실패하면 '나는 몰랐다'며 시치미를 뗄 수 있었기 때문이다. 이렇게라도 이연은 성공하고 싶었다. 그는 조선 백성을 이끄는 하해 같은 왕의 마음이 아니라 명 황제에게 인정받고 싶은 옹졸한 신하의 마음만이 간절했다. 이연은 9월 말쯤 거제도를 반드시 탈환하리라 마음먹었다.

3

　이연은 체찰사 좌의정 윤두수를 은밀히 불렀다. 이연은 이 일을 위해 이미 지난 8월에 윤두수를 체찰사로 임명해놓았다. 윤두수는 군사지식이라곤 도통 아는 것이 없는 인물이었다. 하지만 이번에 그에게 맡길 일은 군사작전의 수립이 아니라 정해진 작전을 뒷받침하는 군사행정이었다. 그런 일 정도는 그도 충분히 해낼 수 있으리라 믿었다. 이연이 노련하게 운을 뗐다.

　"왜놈들이 지금 침공을 계속하겠다는 것도 아니고, 물러나겠다는 것도 아니고 어떻게 대응을 해야겠소?"

　윤두수는 이연이 무엇을 원하는지 잘 알았다.

　'나를 앞에 내세우겠다는 거겠지.'

　"주상께서 생각하고 계시는 대로, 보급로 차단을 위해서는 우선 거제도를 탈환해야 할 것입니다."

　이연도 윤두수를 잘 알았다.

　'주상께서 생각하고 계시는 대로? 흥! 자기 생각을 물었는데 내 생각으로 대답한다……? 이 늙은이가 책임은 지기 싫다는 거로구만.'

　이연도 노회한 윤두수를 상대로는 여러 말 하고 싶은 생각이 없었다. 이연은 벌레가 들어갔는지 '타닥' 소리를 내며 타는 촛불의 불꽃을 잠깐 바라보더니 다시 윤두수를 보며 단도직입적으로 말을 이었다.

"좌상이 도원수와 작전을 세워 실행해주시오."

"전하, 무능한 소신이 자칫 일을 그르칠 수도……."

이연의 머릿속이 조금 바빠졌다.

'실패에 대한 면책을 확실히 해달라……?'

"좌상은 이미 작년 12월에 거사를 도모하려 하지 않았소?"

"그땐 신이 무모하게 일을 서둘렀사옵니다. 전하께옵서도 '명나라 유정 총병과 함께 거사하지 않으면 후회가 있을 것이다' 고 염려하셨던 일이라 흐지부지되고 말았사옵니다."

눈치 빠른 윤두수는 그때 '위학증의 주본' 과 사헌이 뒤흔든 정국의 분위기 반전을 위해 주도적으로 공세를 취해보려 했었다. 당시에도 이연은 한편으론 '앉아서 망하기를 기다리는 것과 망하기를 재촉하는 것은 어느 편이 나은가?' 라고 구경하듯 조롱하면서, 다른 한편으론 '적을 토벌하는 것은 만고불변의 정론이니 내 말은 중지하자는 것이 아니다' 라고 요행을 기대하듯 격려하는 무책임한 이중성을 드러냈었다. 언제나 그랬듯이 '잘되면 임금 덕이고, 못 되면 신하 탓' 을 할 수 있는 한심한 언변이었다. 노회한 윤두수가 그때 일을 슬쩍 상기시킨 것이다. 이연이 윤두수의 불평에 별 반응 없이 묵은 계획을 새로 제안했다.

"나도 잘 기억하고 있소. 그땐 명군의 도움을 받을 수도 있을 것 같았는데, 보아하니 이젠 다 틀린 것 같소. 주청사도 출발했으니…… 이젠 죽으나 사나 어떻게 해봐야 할 것 아니오?"

"그렇긴 합니다만……."

"생각이 바뀌었소? 이젠 겁이 나는 것이오?"

윤두수는 받아들여야 했다. 그도 어차피 같은 생각이었고, 원했던 일이었다. 이연이나 윤두수나 군사 일에 요행수만을 바라며 꿈을 꾸고 있었다. 왕과 신하의 마음이 대책 없이 통했다. 윤두수가 다시 결심했다.

"전하, 하명해주시옵소서. 소신, 분부대로 시행하겠나이다."

"이달 그믐께까지 군사를 총동원해 수륙합동으로 작전을 개시하시오."

"어명을 받들겠나이다, 전하."

"그런데…… 좌상은 원균을 잘 아시오?"

지난 6월 28일, 이연은 이미 원균의 동생 원전을 불러 장시간 얘기를 나눴다. 원전은 그때 수군의 열악한 상황에 대한 보고와 함께 이순신과 원균의 불화에 대한 이연의 궁금증을 편파적으로 모두 풀어줬다. 그것이 다가 아니었다. 원전은 그때 이연에게 '한 가지 기발한 계책'에 대한 확신을 심어줬다. 지난번 명에 보낸 주청문에 '소방사람 중에 신을 위해 계책을 세운 자'라고 적은 이가 바로 원전이었다.

원전은 원균과 함께 부산과 대마도를 끊는 '한 가지 기발한 계책'에 대해 몇 차례 말을 나눈 적이 있었다. 주로 이순신을 비난하는 술자리에서 흥이 오르면 술잔과 함께 주거니 받거니 토로했던 그들 형제의 용감무쌍한 계책이었다. 원전의 허풍을 듣는 이연은 놀라웠다. 윤두수가 거제도를 도모하고자 할 때와는 또 다른 느낌이었다. 이연은 원전이 바다에 대해 모르는 것이 없다고 느꼈다. 원전이 마치 용궁에서 나온 별주부 같았다. 그날 바로 이연은 비망기를 통해 괴이한 전교를 내렸다.

"비변사는 원전을 불러 수군의 모든 일을 상세하게 물어 조처하라."

그날 이후, 이연의 마음속에서 원균은 이순신의 대안으로 확고하게 자리 잡아갔다. 원전에게서 이연의 마음을 읽은 원균도 자신감이 무럭무럭 자라나고 있었다. 그는 대신들에게 이순신에 대한 모함 편지를 더욱 극성스럽게 보내기 시작했다.

'원균?'

저간의 이런저런 사정을 알 만큼 아는 윤두수의 머릿속이 바빠졌다. 원전이 이연을 독대한 반응이 생각보다 빠른 듯했다. 사실 윤두수는 원균의 뒤를 봐주고는 있었지만 그의 허장성세는 누구보다 잘 알고 있었다. 윤두수의 머릿속에 원균의 화상이 스쳐 지나갔다.

'이순신을 넘볼 만큼 출세욕은 있지만 이연을 신경 쓰게 할 정도의 그릇은 아닌, 재능보다 욕심이 훨씬 더 많은 단순한 인물…….'

"원균은 신의 친척입니다. 주위에서 모두 용맹하다고 말하고 있고, 무인의 길만을 생각하는 인물입니다. 성격이 조금 다혈질이지만 필요한 일을 맡기시면 쓸모는 있을 것입니다."

"음……."

이연은 잠시 생각에 잠겼다.

"이번 작전에서 쓸모가 있는 인물인지 좀 봅시다."

"잘 알겠습니다."

"이번 작전에서 이순신이 특별히 나설 일이 있겠소?"

예상치 못한 질문도 아니었지만 막상 윤두수는 다시 긴장할 수밖에 없었다. 이번 작전 결과에 따라서는 원균으로 이순신을 대체할 수도 있다는 말이었다.

'원균…… 이순신……. 하긴 뭐, 인간의 능력이란 게 모두 거기서 거길 텐데 내가 걱정할 일은 아니겠지.'

윤두수에게도 전쟁의 승패는 중요한 일이었다. 하지만 이순신을 지켜 전쟁에 이긴들 자신의 권력적 안위가 지켜지지 않는다면 모두 헛일이었다. 그래서 자신의 권력을 지키기 위한 행동의 나쁜 결과는 깊이 생각하기가 싫었다. 그는 그러면서도 전쟁의 승패보다 자신의 권력적 안위에 더 집착한다고는 추호도 생각하지 않았다. 단지 전쟁의 승패는 먼 상상이고, 권력적 안위는 가까운 현실일 뿐이었다. 그래서 이런 문제에 부딪혔을 땐 언제나 '인간의 능력이란 게 모두 거기서 거기'라는 편리한 생각으로 합리화하며, 재빨리 권력이 원하는 대답을 해주곤 했다.

"참가는 해야겠지만 지휘권이 도원수에게 있어서 여러 수륙 장수들 틈에 끼어있을 정도일 것입니다."

"알겠소. 난 가끔 이순신이 무슨 생각을 하고 있는지 궁금할 때가 있소. 이번에 남도에 내려가면 그가 측근관리를 잘하고 있는지도 좀 알아보시오. 순천 부사 권준에 대한 안 좋은 보고도 있고 하니……."

윤두수는 이연의 찌푸리고 있는 미간을 살폈다.

'이미 이 정도인가?'

"잘 알겠습니다."

"아, 비변사는 제쳐두시오. 내 도원수에게는 따로 비밀병부를 찍은 밀령을 내리겠소. 이번 일만 잘되면 좌상과 도원수, 그리고 원수사도 큰 공을 세우는 것이오."

비밀병부는 이연이 자신의 밀명을 비공개적으로 자유롭게 내려

보내기 위해 만들어낸 계책이었다. 임진왜란 두 해 전에 만든 것이지만 임진왜란 때 주로 쓰였다. 이연은 비밀병부를 만들어 그 실물은 자신이, 비밀병부를 찍은 다른 하나는 승정원에, 그리고 다시 필요할 때마다 비밀병부를 찍어 병조 판서, 팔도의 감사, 병사, 수사 등에게 나눠줬다. 이 비밀병부 계책은 절묘했다. 이연의 밀명은 비밀병부만 찍으면 아무도 그 내용을 모르게 각지의 지휘관들에게 직접 하달될 수 있었다. 비밀병부가 찍힌 문서를 받은 각 지휘관들은 자신의 비밀병부와 맞춰 진본임을 확인해 비밀리에 명령을 수행했다. 병권에 관한 비밀명령 하달 제도였지만 전횡적인 비밀명령 하달 통로로도 얼마든지 이용될 수 있었다.

이연이 '큰 공'을 상기시키자, 윤두수가 어울리지 않게 젊은이처럼 씩씩하고 큰 목소리로 응답했다.

"성은이 망극하옵니다."

윤두수는 내전을 나섰다. 벌써 짙은 가을을 느낄 수 있을 정도로 서늘한 바람이 불었다. 낙엽이 어지럽게 흩날리는 밤, 대궐은 마치 폐허처럼 보였다. 대궐의 풀벌레 소리가 유난히 컸지만 윤두수의 귀에는 전혀 들리지 않았다. 조선 땅에서 가을의 정취를 느끼기에는 모두의 마음이 너무나 궁박했다.

4

윤두수는 서둘러 순천으로 내려갔다. 순천 부사 권준을 '가렴주

구'의 죄목으로 체포해 압송할 사전준비를 하기 위해서였다. 작전이 마무리되는 대로 바로 처리할 예정이었다. 권준은 자신감이 넘쳐 다소 거만한 데가 있는 인물이었다. 그런데도 마음이 통하는 이순신을 부지런히 보좌한 인물이었으니, 그런 그를 압송해가면 일단 이순신의 행동거지에 대한 경고는 될 것이었다. 윤두수는 그 일을 끝낸 후에는 특별히 할 일이 없었다. 명색이 체찰사였지만 그는 작전명령만 내려놓고 4백 리 밖 남원에 머물면서 하는 일 없이 시간만 보내고 있었다.

9월 22일, 이순신은 권율의 밀서를 받았다. 이순신은 3일에 받은 이연의 밀지에 이어, 지난 13일에는 영의정 류성룡의 사신을 이미 받았기 때문에 그도 일이 돌아가는 대강의 낌새는 알고 있었다. 하지만 막상 이순신은 '27일에 반드시 출동하라'는 권율의 명령을 받고는 대략 난감했다. 작전개시 5일 전이었다. 대부분의 군졸들은 가을걷이 휴가 중이었다. 정성들인 둔전 농사의 첫 소출인 가을걷이를 못하면 군사건 민간인이건 모두 굶어죽을 판이었다. 이순신은 막막했다. 자신이 전혀 통제할 수 없는 상황이었다.

'왜 이 쓸데없는 소란을 피우는가?'

9월 23일, 이순신은 비변사로부터 '매복한 뒤 깃발, 징, 북 등으로 왜적들을 유인해 공격하라'는 '기책'을 전달받았다. 잠시 후, 경상 우수사 원균이 왔다. 원균은 비밀작전 얘기를 하자며 자못 심각한 표정으로 예의 그 쓸데없는 거드름을 피우고 있었다. 이순신은 마음이 답답해 바닷가 탁 트인 곳으로 원균을 데리고 갔다. 하지만 원균은 날이면 날마다 지겹도록 보는 바닷가 풍경에는 별 관심이 없었다. 물론 이순신의 지금 심경 따위는 지겨운 바닷가 풍경보다 더 관심이 없었다. 그의 눈에 이순신이 보일 때마다 머릿속엔 언제나 이런 생각만 들곤 했었다.

'저게 대체 인간인가, 목석인가?'

사실 원균 스스로도 자신이 조금 이상할 때가 있었다. 이래저래 이순신과 감정상의 구원이 있다지만 그래도 그렇지, 이순신만 보면 자신의 행동이 왜 그렇게까지 과장되는지 그 이유를 알 수 없었다. 원균은 어떤 순간에도 극단적으로 감정표현을 절제하는 이순신이 너무 싫었다. 그가 보기에 거드름을 피우는 건 자신보다 이순신이 더했다. 더욱 참을 수 없는 건 다른 사람들이 볼 때 거드름이 아닌 척 거드름을 피운다는 사실이었다. 어쨌든 이제 뭔가 기회가 온 듯 싶었다. 그는 지금 행운이 독 안에 들어있기라도 한 듯 근거 없는 자신감으로 한껏 들떠 있었다. 그는 이순신을 향한 거드름을 거두지 않고, 도발적인 사설을 본격적으로 늘어놓기 시작했다.

"통제사는 어떻게 보시오? 거제도를 쓸어버리고 보급로를 차단할 수 있다면 왜놈들 모두 독 안에 든 쥐 아니겠소? 푸하하하."

이순신은 시도 때도 없이 코를 벌름거리며 허접하게 웃는 원균의 저런 모습이 특히나 가소로웠다.

"잘됐으면 좋겠소만……."

원균이 정색했다.

"아니, 지금 강 건너 불구경이요? 조선의 운명이 통째로 걸린 한판 결전을 앞두고……. 허, 그것참……. 통제사가 그 모양이면 수군들 사기가 어찌 되겠소? 군사들을 불러모으는 것만 해도 그렇지……."

소리가 길어졌다. 소리는 점점 아득해지고, 시선이 점점 또렷해졌다. 이순신은 자기를 비방하느라 씰룩거리는 원균의 입 주위를 찬찬히 살피고 있었다. 입꼬리 부분의 심술보와 세 겹으로 축 처진 턱 주름이 목소리 장단에 맞추어 부드럽게 출렁거렸다. 그 부드러운 움직임이 신기해 검지를 들어 살짝 건드려보고 싶은 충동까지 느꼈다. 시선은 반원을 그리고 있는 완만한 하복부의 곡선을 따라 자연스럽게 흘러내렸다. 열변을 토하며 숨을 내쉴 때마다 그 곡선도 마치 제 할 말이 있다는 듯 거드름을 피우며 함께 신축했다. 전쟁터의 허기짐이라고는 전혀 느낄 수 없는 한가위 보름달 같은 풍요로움이었다. 하지만 말대꾸 없이 원균의 풍만한 몸매만 계속 감상하고 있기에는 지루하다 못해 조금 짜증이 났다.

'이자가 뭘 잘못 먹었나······? 저 남산만 한 뱃살이나 좀 빼면 수군들 사기가 많이 오르겠구만······.'

원균의 성격을 모르는 바는 아니었다. 하지만 오늘따라 유난히 거들먹거리는 소리가 길어지고 있었다. 여전히 뭐라고 혼자 꽥꽥거리고 있는 원균의 시끄러운 소리가 이순신의 닫혔던 귀에 갑자기 크게 들어왔다. 이순신은 더 이상 참지를 못했다. 그는 제법 큰소리로 원균의 말을 끊으며 불필요하게 속내를 드러내고 말았다.

"왜놈들에게 '며칠 내로 쳐들어갈 테니, 준비 잘하고 있으라'고 소문 다 내놓고 쳐들어가면, 그게 잘될 일이요?!"

원균은 잠자코 있던 이순신이 지금 막 자신이 신나게 늘어놓던 허풍의 주제와는 별 상관없는 말로 기습적으로 말을 끊자 순간 멈칫했다. 그는 멍한 눈을 깜박이며 얼떨떨한 표정으로 이순신을 쳐다봤다. 하지만 그것도 잠깐이었다. 그는 방심하다 어디선가 갑자기 날아온 짱돌에 머리통을 얻어맞은 사람처럼 고개를 두어 번 가볍게 도리질하더니 곧 다시 정신을 수습했다. 그런 식으로 사람을 개무시하는 이순신의 동문서답식 기습공격에 무너질 원균이 아니었다. 그는 자신이 좀 전에 늘어놓던 허풍의 주제는 벌써 까마득히 잊은 채 이순신을 향해 이순신의 주제로 목소리를 한 음조 높여 즉각 반격했다. 전투에서는 결코 보여준 적이 없는 놀라운 순발력이었지만 어쨌든 그것도 재주라면 재주였다.

"이보시오! 통제사. 왜놈들이야 그냥 쳐들어가서 싹 쓸어버리면 되는 거지 뭘 그렇게 재고 자시고 할 필요가 있겠소! 겁이 나면 통제사는 뒤에서 그냥 보고만 계시오. 나 혼자 돌진해서라도 왜성을 부숴버릴 테니까!"

'이 얼간이가 무슨 언질이라도 받은 게로구만…….'

이순신은 더 이상 심각한 말을 할 필요를 느끼지 못했다.

'귀찮다!'

"성패는 하늘에 맡기고 준비나 잘하십시다."

5

작전을 시작하던 날 윤두수는 남원에서 장계를 올렸다.

"이렇게 구구하게 험한 곳에 관방을 설치해 파수하면서 민력을 소진해도 끝내 효과가 없으니, 중외 세력의 힘을 모아 일전을 치러야 하지 않겠습니까? 이기면 하늘의 신령 뜻이고, 이기지 못해도 오히려 종묘사직에 할 말이 있을 것입니다. 하염없이 이런 생각을 하고 있던 차, 전날 도원수와 비밀히 의논했는데, 그의 뜻도 역시 신과 같았습니다."

윤두수의 장계는 달밤에 음풍농월을 하듯 한가했다. 전시 야전의 총책임자라고 할 수 있는 도체찰사가 '이기지 못해도' 운운하며 태평스럽게 왕을 상대로 농단하고 있었다. 윤두수로서는 구경하듯 한가한 것이 어쩌면 당연했다. 모든 작전 명령은 이연의 의중에 근거하고 있었고, 그가 책임질 일이었기 때문이다. 오히려 '한 가지 기발한 계책'의 기반이 될 이번 작전의 성패 여부로 초조해할 이연을 달래주는 위로 문장으로는 제격이었다.

이연은 능란했다. 그는 여느 때처럼 '긍정하면서 동시에 부정하는 특유의 변증법적(?) 논변'으로 윤두수의 장계에 신묘하게 대응했다. 그는 실패를 염려해 '신하 탓'을, 그리고 성공을 대비해 '임금 덕'을 내세울 수 있는 근거를 동시에 표현해내는 신공을 발휘했다.

"옛날에 징을 울려 전쟁에 이긴 자도 있고 복 있는 사람은 신귀도 도왔으니, 혹 만분의 일이나마 가망은 있다. 병가의 승패는 알 수 없다. 적을 토벌한다고 하는데 어찌 저지할 수 있겠는가? 다만 무엇으로 그 성을 공격할 것인가? 하늘에서 곡식이 내려오ㅁ, 귀왕이 수송해주는가? 이제 양호의 오합지졸 3천 명을 뽑아 일거에 적을 박멸코자 한다니, 기이하고 기이하다."

곧이어 권율로부터 공격 시점을 알리는 장계가 올라왔다.

"그믐 전에, 거제도에서 거사할 계획입니다."

작전은 요란하게 시작돼 '거제도 장문포·영등포 앞바다와 주변 지역을 분주하게 왔다 갔다 했다. 하지만 별무소득이었다. 왜적들은 배를 미리 언덕 위에 올려놓고, 겨울나기 준비를 끝낸 성안에 틀어박혀 거의 움직이질 않았다. 육군은 아무 대책 없이 의병장 김덕령에게만 의지했다. 김덕령은 기세 좋게 성을 공격했지만 쏟아지는 탄환 세례만 받을 뿐이었다. 성을 공격하는 운제 하나 준비하지 못하고, 초라한 병력으로 그저 마음뿐인 공격만 시도하고 있었다.

이연의 소망은 바람결에 흩어지고, 예언은 눈부시게 적중했다. '하늘의 신령' 뜻이 아니었는지 거사는 '종묘사직에 할 말' 외에는 얻은 게 거의 없었다. 이연이 스스로를 조롱했던 것처럼 그 정도의 초라한 병력과 무기로 수성하는 왜적들을 상대로 야무진 대승을 거두겠다고 한 발상 자체가 무리였다. 싸우고 싶어도 싸울 방법이 없었다. '태산이 큰소리를 내며 움직였는데 알고 보니 쥐새끼 한 마리뿐이었다[泰山鳴動鼠一匹]'는 말은 이럴 때 딱 좋은 말이었다.

6

10월 중순, 거사는 유야무야 끝나가고, 공허한 확대어전회의가 열렸다. 이연은 얼토당토않은 거짓말로 회의의 말길을 심란하게 열었다.

"내가 요즘 담증이 있어서 오랫동안 만나보지 못했소."

서로 얼굴을 마주하며 어안이 벙벙한 신료들을 향해 이연이 말을 이었다.

"그래, 한 명의 왜적도 잡거나 죽이지 못했단 말이오?"

호조 판서 김수가 그래도 전공이 있다는 것을 말하고 싶어 멋쩍게 보고했다.

"'여섯 명의 왜적을 사살했다'고 합니다."

이연이 물었다.

"우리 군사들은 어떻소?"

병조 좌랑 김상준이 얼렁뚱땅 되는대로 보고했다.

"'한 명이 탄환에 맞았으나 중상은 아니다'고 합니다."

'여섯 명 사살, 한 명 경상? 이것들이 지금 장난하나……?'

이연은 신하들이 전투 결과를 보고한답시고 입을 놀리고 있는 것에 부끄럽고 화가 났다. 그는 자신의 작전 지휘를 공식적으로는 부인하고 있었지만 그래도 자신까지 속일 수는 없었다. 그는 '한 가지 기발한 계책'의 초석이 될 작전 결과를 두고 신하들이 자신을 놀리고 있다는 생각까지 들었다. 더군다나 그는 그때 머릿속에 뭔가 모르게 거슬리는 생각이 계속 맴돌고 있었는데 그 이유를 몰라 짜증이 났다.

"육군이 배를 탔다고 하던데 그것은 무슨 의도요?"

류성룡이 대답했다.

"'수군이 너무 적어 성세를 돕기 위함이었다'고 합니다."

이어지는 류성룡의 말이 이연의 심기를 크게 불편하게 만들었다.

"바다에서 싸웠기 때문에 크게 패하진 않았지만, 육지에서 싸웠다면 반드시 크게 패했을 것입니다."

이연의 눈초리가 치켜 올라갔다.

'이 인간 보게…… 날 문책하고 싶다 이 말이냐?'

이연은 시치미를 확실하게 떼야 했다.

"수군은 비록 거제도를 탈환하지는 못한다 하더라도 적선을 불태울 수는 있을 것이라고 생각해서 전부터 비·변·사에서 그렇게 하도록 명령했던 게 아니겠소?"

이연은 비변사가 모든 작전의 책임자임을 확실하게 해뒀다. 그는 낯 뜨겁긴 했지만 한마디 더 했다.

"그런데 이번에 거사한 날짜를 나는 전혀 몰랐소. 묘당에서는 비밀리에 통지받지 않았소?"

이연은 이제 이 민망한 작전의 책임자에서 슬그머니 빠지면서 대신들을 그 자리에 억지로 우겨넣으려 하고 있었다. 류성룡은 어이가 없어 어깨에서 힘이 쭉 빠졌다.

'날짜를 몰랐다니……'

류성룡은 역겨움을 느끼며 간신히 대꾸했다.

"신들도 듣지 못했습니다."

이연은 이제 스스로 책임에서 벗어났다고 믿고, 회의를 농단하기 시작했다.

"경상 순변사 이빈의 장계를 보니, 그가 곽재우 등에게 이끌도록 한 군사가 겨우 500명이라고 했소. 한심한 일이오. 노루나 사슴사냥을 하더라도 500명만 쓰겠소?"

이연은 영락없는 구경꾼이었다. 650명이라는 보고도 이연의 입에서는 대충 500명으로 바뀌었다. 폐허가 된 남도에서 피눈물로 동원한 병력이 총 3천여 명 정도였다. 그들은 남해안 전체로는 4만 3천여 명, 장문포·영등포만으로는 8천여 명이 포진하고 있는 왜적과 대적해야 했다. 작전이 크게 잘못돼 3천여 명의 육군이 한꺼번에 무너지기라도 한다면 조선 전체가 한순간에 다시 위기에 처할 판이었다. 이를 두고 이연은 스스로를 조롱하고 있었다. 그것이 다가 아니었다. 조선 왕 이연은 조선이 처한 백척간두의 운명 앞에서도 자신의 면목이 중요했다. 그는 온갖 위선적 책임회피를 다 선보였다.

"듣자니 '군사들 가운데는 활을 갖지 못한 자들도 있었다' 하오. 적을 치려는 마음이야 하루라도 잊어서는 안 되겠지만 그렇다고 우리 형세는 따져보지도 않고 경솔하게 공격해서야 되겠소?"

류성룡은 한숨을 내쉬었다.

'이러실 순 없습니다, 전하……!'

그때 우찬성 최황이 분위기를 모르고 할 말을 했다. 마치 혼잣말 같았지만, 이연을 향해 들입다 찬물을 끼얹는 제법 크고 꼬장꼬장한 목소리였다.

"이번 거사에서 전군이 함몰당하지 않고 돌아온 것만 해도 다행입니다."

좌중이 갑자기 침묵 속에 빠지며 분위기가 싸늘해졌다. 이연은 도둑이 제 발 저리듯 심사가 몹시 뒤틀렸다.

'이런 망할 놈의 영감탱이가!'

그것도 잠시, 이연은 그의 각박하고 도량 좁은 얼굴을 보며 속으로 헛웃음이 나오고 말았다. 이연은 그런 그를 보며 그와는 매우 다른 얼굴을 하고 있을 것 같은 인물을 한 명 떠올렸다. 바로 그때, 두 사람이 거의 동시에 한 인물을 떠올리는 일이 생기고 말았다. 최황의 외모가 책임질 일은 아니었지만 어쨌든 그런 일이 일어났다. 류성룡이 오해의 소지가 다분한 합리적 의심을 발설해버렸다.

"김덕령이 병이 있다고 하는데, 일이 성공하지 못할 줄 알고 병을 핑계한 것인지도 모르겠습니다."

류성룡은 모든 불상사가 작전 자체에서 기인했다는 말을 하고 싶었다. 하지만 김덕령을 도와주는 말은 결코 못 됐다. 이연은 작전이 아닌 김덕령의 행동에 문제가 있다는 말로 잘 활용하기 시작했다. 기회를 잡자 이연이 노련하게 무심한 척 김덕령을 건드려봤다.

"듣자니, '김덕령이 오지 않자 모든 장수들이 지팡이 잃은 맹인 같았다' 고 하던데 그가 그렇게 뛰어난 인물이오?"

이연은 '병을 핑계' 한 것인지도 모르겠다는 류성룡의 말을 받아 '김덕령이 오지 않자' 라고 자연스럽게 말을 바꾸고 있었다. 거기엔 상당한 이유가 있었다. 이연은 권율의 장계에서 이미 김덕령이 오지 않은 것이 아니라 '각기병이 났다' 고 적혀있는 것을 분명히 봤다. 그런데 권율의 문장이 조금 이상했다. 김덕령이 '각기병이 났다' 면서도, 그 뒤에 '장수의 마음이 이미 동요됐으니 군정을 알 만하다' 는 문장이 이어졌다. 권율은 김덕령이 마치 꾀병을 피운 것처럼 보고했고, 이연은 그가 아예 오지도 않았다고 과장한 것이다.

권율은 핑계를 찾고 있었다. 그는 김덕령을 선봉장으로 임명해놓고 실패할 것이 뻔한 작전 현장에는 오지도 않았다. 그러니 '군정이 이랬다' 가 아니라 '군정을 알 만하다' 고 했던 것이다. 권율은 다시 곽재우에게 작전을 맡겼으나 그도 아무 할 일이 없었다. 결국 김덕령과 곽재우는 9월 26일에 함께 도착해서 10월 7일에 함께 돌아갔다. 김덕령, 곽재우는 소득 없이 그곳 거제도에 있으니 각자 진을 지키는 것이 더 안전하다고 판단해 서둘러 돌아갔던 것이다.

7

김덕령은 하늘이 조선 땅에 내려보낸 뛰어난 장수였다. 폐허가
된 조선 땅에서 희망을 찾을 수 없던 백성은 그의 '신용(神勇)' 얘기
로 미래를 구원할 전설을 만들고 있었다. 왜군도 조선의 육군 장수
들 중에서는 그 이름만으로 가장 두려워하는 인물이었다. 다만 김
덕령은 싸울 기회를 잡지 못하고 있었다. 그는 천하를 제압할 미래
의 가능성일 뿐이었다.

9월 26일, 김덕령과 곽재우는 이순신이 있는 견내량으로 갔다.
이순신은 갑작스레 육군이 수군의 배를 타기 위해 온다는 말을 듣
고 이해가 안 돼 휘하의 박춘양을 보내 그 까닭을 물었다. 하지만
박춘양이 듣고 온 얘기는 '도원수 권율의 명'이라는 말뿐이었다.
답답한 노릇이었다.

견내량으로의 출전을 위해 곽재우가 진주 월아산에서 김덕령과
합세했을 때였다. 산중 진영은 비장한 군사들의 출전 준비로 북적
였지만 무심한 단풍은 한가로이 아름다웠다. 김덕령과 곽재우가 목
책 근처에서 뒷짐을 지고 단풍구경이라도 하듯 함께 나란히 서있었
다. 하지만 단풍을 바라보는 두 사람의 시선은 그저 시늉뿐이었고
그들의 머릿속은 온통 번민으로 가득 차있었다. 곽재우가 순진한
목소리로 마치 한담처럼 김덕령에게 물었다.

"사람들이 이번 거사는 장군이 도원수를 통해 도모한 것이라고
하던데, 사실이오?"

김덕령이 화들짝 놀라 곽재우를 바라보며 되물었다.

"그게 무슨 소립니까? 아닙니다!"

"아니란 말이오? 허, 그것참⋯⋯. '애초에 조정에서 장군을 믿고 이번 일을 시작했다'는 말이 돌고 있고, 군졸들도 지금 모두 '장군을 믿고 싸움을 하겠다'는데, 아니란 말이오?"

"저도 이 난감한 작전의 전말을 전혀 알지 못합니다. 생각해보십시오. 굴을 점거하고 숨어있는 적을 제가 무슨 수로 제압하겠습니까?"

"그래요⋯⋯? 어쨌든 내가 듣기에 사람들이 '김덕령은 신용이 있으니 싸우지 않으면 몰라도 싸우기만 하면 반드시 이길 것이다'고 말하는 것을 들었소. 이번 작전에⋯⋯."

김덕령이 말까지 끊으며 불퉁거리듯 말했다.

"아니, 제가 무슨 도술이라도 부리는 사람입니까? 저도 그저 사람일 뿐입니다."

곽재우도 조금 무안했던지 조그만 미소를 띠며 말했다.

"아, 뭐, 그거야 하는 말이 그렇다는 거요⋯⋯."

곽재우는 남은 미소를 거두지 않고 김덕령의 눈치를 한번 보더니 무안한 얘기를 마저 끝냈다.

"이것도 들은 풍문이오만, 장군은 정말 바다 건너 적까지 모두 섬멸할 수 있다고 했소?"

김덕령이 답답한 듯 말했다.

"제가 무슨 수로 홀로 왜적들을 다 섬멸할 수 있겠습니까? 다만 요승 겐소와 대마도주 소 따위의 머리는 언제든 베어 올 수 있다고 말한 적은 있습니다."

곽재우는 잠시 생각에 빠지는 듯하더니 갑자기 고개를 끄덕이며 말했다.

"아, 아, 알겠소. 이번 거사로 김 장군은 시험에 든 것 같소이다."

"그게 무슨 말씀입니까?"

"글쎄, 이런 말씀까지 해드려야 하나……."

"아니, 뭔데 그러십니까?"

"이번 작전이 성공하면 그거야 모두에게 좋은 일 아니겠소?"

"그거야 당연히 그렇습니다만."

"그런데 만약 실패하면 어찌 되겠소?"

"……."

"아, 뭐, 너무 심각하게 생각지는 마시오. 말 그대로 패전이 아니라 성공을 못했을 경우를 말하는 것이오."

"그거야 어쩔 수 없는 일이 아니겠습니까?"

"패전이 아니라면 처벌이야 면하겠지만, 장군의 명성은 어찌 되겠소?"

"……."

"내 보기엔 장군의 명성이 너무 높은 것 같소. 조정에서야 작전의 성과가 좋으면 그것으로 좋은 일이고, 나쁘면 조선을 구할 영웅처럼 백성들에게 추앙받고 있는 김 장군의 명성이 추락하는 것이니 그 또한 싫은 결과는 아니지 않겠소?"

거기까지 듣더니 김덕령이 안심하듯 조그맣게 웃고 말았다.

"허허, 제멋대로 높아진 명성이 제멋대로 추락한들 제가 뭘 어찌겠습니까? 전 그런 정치 잘 모릅니다. 절 생각해주시는 건 고마운 일이지만 그런 일까지 너무 괘념치 마십시오."

곽재우는 김덕령보다 그런 정치에 더 익숙했다. 그는 나중에 재주껏 은둔함으로써 목숨을 보전하는 데 성공한다. 곽재우는 자신보다 오히려 김덕령의 명성을 걱정하기 시작했다.

"사실 그런 정치 얘기야 그냥 한번 해본 소리요. 하지만 장군의 명성이 손상되는 건 왜적을 생각하면 작은 문제만은 아니오. 지금 장군의 명성이 온 적경(賊境)에 퍼져서 적이 움츠러들고, 감히 제멋대로 하지 못한 지가 오래됐소. 그런데 만약 지금 이대로 경솔하게 진격하다가 약세를 보이기라도 하면 장군은 당장 위엄을 잃지 않겠소? 이건 큰 실책이오. 내 도원수에게 이 계책이 옳지 않은 것 같다고 말해보겠소."

작전은 애초부터 권율의 소관이 아니었으므로 부질없는 시도였다. 권율은 '도로 물러나서 후일을 대비하자'는 곽재우의 치보를 세 번씩이나 받고도 체부(체찰사의 관아)에서 이미 결정한 것이라며 따르지 않았다. 아무 다른 노력은 없었다. 권율은 그런 사람이었다.

작전의 핵심 인물인 김덕령과 곽재우가 이순신에게 더 이상 작전에 대해서 말을 하지 않으려 했던 것은 이미 이런 사연이 있었기 때문이다. 그들은 작전에 아무 확신도 없는 상태에서 권율의 명이라는 말만 이순신에게 전했다. 작전에서 소외돼 아무런 정보도 없던 이순신 역시 그들의 말만 듣고 그들 휘하의 육군을 배에 태웠다. 공격은 그렇게 시작됐고, 당연히 별 소득 없이 끝났다.

8

이연은 군졸들뿐만 아니라 백성들에게까지 퍼진 김덕령의 명성을 잘 듣고 있었다. 그는 현실이 아니라 가능성이었으므로 더 신경 쓰이고, 더 위험했다. 적당한 때가 되면 어떻게든 제거해야 될 인물이었다. 어쨌든 이번 허망한 작전은 잃은 것이었지만 신비화된 김덕령이 큰 타격을 받은 것은 얻은 것이었다. 이연은 이를 기화로 이 자리 신하들 앞에서도 일단 김덕령을 '불충하고 무능한 인물'로 낙인찍어놓을 필요가 있었다. 그래서 그는 '김덕령은 이번 조전에 오지도 않고 피한 인물'이라고 제멋대로 각인시켰던 것이다. 전투가 끝난 자리에서 정치가 시작되고 있었다.

'김덕령이 그렇게 뛰어나냐'는 이연의 물음에 류성룡이 간단히 대답했다.

"아주 뛰어난 무장입니다."

류성룡은 실수 아닌 실수를 하고 있었다. 류성룡은 이때만 해도 이연이 그런 정치적 살의를 품고 있다고는 전혀 생각지 못했다. 그저 습관처럼 자신의 판단에 따른 무미건조한 직언을 했을 뿐이다.

"그렇더라도 모든 장수들이 김덕령 한 사람 오지 않았다고 그렇게 낙심했단 말이오?"

이 말을 끝낸 바로 그 순간, 이연의 머릿속을 뭔가 번개처럼 스치는 것이 있었다. '육군이 왜 수군의 배를 탔느냐'고 묻던 아까부터 머릿속을 짜증나게 빙빙 맴돌고 있던 궁금증이 문득 풀렸다. '육군이 수군의 배를 탄다'는 말은 곧 '김덕령이 이순신의 배를 탄다'는 말과 같았다. '수군이 적어서 육군이 기세를 도왔다'는 말은 곧 '호남을 본거지로 삼고 있는 수군 이순신을 호남출신 육군 의병장 김덕령이 돕는다' 는 불순한 의미로 성큼 다가왔다. 이연의 가슴속에 불덩이처럼 뜨거운 김덕령의 이름이 막무가내로 깊숙이 파고들었다. 하지만 이연은 침착하게 아름다운 말로 추한 생각을 감췄다.

"만약 일이 성공하지 못할 것을 알았다면 김덕령은 응당 대장에게 힘써 말해 중지시켰어야 했소."

김덕령은 곽재우를 통해 당연히 그렇게 했었다. 사실이야 어떻든 이연은 작전의 진행 책임을 김덕령에게 덮어씌우고 나니 무척 홀가분했다. 그렇더라도 거기까지만 완곡하게 말했으면 그나마 좋았을 것이다. 이연은 이 세상 모든 사람들 앞에서 김덕령이 아는 그 정도는 나도 안다고 어린애처럼 소리치고 싶었다. 그 외침은 자신의 무책임을 선언하는 마지막 부끄러운 결정타였다.

"거사를 알았을 때 나도 반드시 실패할 줄 알았소!"

이연이 윤두수의 장계를 받고, 한편으론 성공을 바란다고 격려하면서 다른 한편으론 실패를 우려하며 탄식했던 이유는 바로 이런 식의 생뚱맞은 변명을 위해서였다. 물론 일이 성공했다면 말은 180도 바뀌었을 것이다. 어쨌든 이연은 이렇게 '작전은 비변사가 주도했으며, 작전일도 몰랐고, 나중에 알았을 때는 반드시 실패할 것으로 생각했다' 고 확실히 선언했다. 김덕령과 곽재우는 실패를 예감하고 작전 중지를 위해 헛된 노력이라도 기울여 봤지만 이연은 무엇 때문에 보고만 있었을까? 하지만 그는 아무도 책임을 물을 수 없는 왕이었다.

'조심해야 한다.'

이연의 발언에 류성룡의 머리칼이 쭈뼛하며 곤두섰다. 패전의 불똥이 어디로 튈지 몰랐다. 류성룡은 선수를 쳐야 했다.

"변변치 못한 신이 지금 이곳에 혼자 남아 대신의 반열에 서있는 바람에 나랏일이 갈수록 잘못 돼가고 있으니, 대궐문 앞에서 죽음으로써 사죄하더라도 오히려 부족할 것입니다. 청컨대 윤두수가 내려간 지 이미 오래됐으니, 신이 내려가서 그를 대신해 외방에서 근력을 다하도록 해주십시오."

류성룡의 걱정에 비해 이연의 응수는 간단했다.

"체찰사의 임무를 어찌 서로 교대할 수 있겠소? 그리고 적을 토벌하려는 마음은 매우 취할 만하오. 비변사에서는 과히 착망하지 말고 따로 후일을 위한 최선책을 만들도록 하시오."

신하들을 잘못 둔 '죄 없는 이연'이 그렇게 '죄 많은 신하'들을 뒤로하고 표표히 자리를 떴다.

9

이연은 분했다. 자신이 어쩔 수 없이 무능한 것이 분했고, 그 무능을 감추지 못한 것 같아 더욱 분했다. 그는 화풀이라도 해야 했다. 실제로 이연은 가슴앓이만 하고 있었던 것이 아니다. 11월 5일, 그는 다시 신하들을 불렀다. 그럴 만한 이유가 있었다. 이연은 자신이 마치 천리안이나 가진 사람처럼 거드름을 피우며 류성룡에게 물었다.

"영상은 거제도 싸움에서 우리나라 병선을 빼앗긴 일을 들었소?"

"신은 듣지 못했습니다."

"진지에 갔던 내관이 어제 들어왔는데, 그가 시종 동참했다기에 현지 사정을 물었더니 '원균이 거느린 사도선이 소실당한 것이 맞다'고 하오."

이연 본인은 사전에 거사한 날짜도 몰랐는데, 그의 내관은 어떻게 시종 작전에 동참해 자세한 사정을 파악했을까? 내관은 작전의 감시인으로 이연이 사전에 직접 파견한 인물이었다. 어쨌든 그 일은 10월 1일, 왜적 소선이 기습해 사도선에 방화를 시도한 사건이었다. 불은 일어나지 않고 곧 꺼졌지만 이순신은 책임의 경중을 감안해 관련자들을 문책했었다. 내관은 이연이 계속 유도신문을 하자 그의 구미에 맞게 적당히 허위·과장 보고를 했던 것이다.

류성룡이 원균을 의식하며 당연한 말로 응답했다.

"장령은 마땅히 그에 대한 벌을 받아야 할 것입니다."

이연이 이순신을 의식하며 초점을 바꿔 응수했다.

"숨기고 즉시 보고하지 않은 것은 통제사, 도원수, 체찰사의 잘못이오."

이연은 원균의 책임을 슬쩍 물타기 하고 있었다. 지휘책임이든 보고책임이든 책임을 따지자면 원균에게 일차적인 책임이 돌아갈 일이었다. 하지만 이연은 이제 와서 사실 확인과 책임 소재 판단에는 별 관심이 없었다. 그는 어쨌든 스스로 잘못을 시인하는 이순신의 글이 보고 싶었다. 그렇게 자신의 실패를 이순신의 무능과 잘못으로 덧씌우고 싶었다.

11월 12일, 이제 더 이상의 소식은 없었고, 이연은 뭔가를 정리해야만 했다. 이연은 별전에서 『주역』을 강하는 자리를 만들었다. 이런저런 얘기를 하며 시간을 보내던 자리에서 눈치 빠른 호조 판서 김수가 슬그머니 '간사한 이순신과 억울한 원균'을 주제로 이연의 낙담한 심기를 달래주려 했다.

"원균과 이순신이 서로 다투는 일이 매우 염려됩니다. 원균에게 잘못한 바가 없지는 않습니다만, 아무 관계 없는 일[不關之事]이 점차 악화돼 이 지경에 이르렀으니, 매우 불행한 일입니다."

이연이 점잖게 물었다.

"무슨 일 때문에 그렇게까지 됐소?"

김수가 설명했다.

"원균이 10여 세 된 첩의 자식을 군공 수상자로 참여시켜 이순신이 이를 불쾌하게 생각한다 합니다."

지난 4월, 원균은 자신의 아들 원사웅을 시켜 이연에게 조총 70여 자루를 보내 관직을 제수받은 일이 있었다. 이 일을 알게 된 이순신은 그 조총을 빼앗는 공을 세운 다른 힘없는 군사들의 박탈감이 느껴졌다. 다른 한편으론 아무 관직도 없이 종군하고 있는 자신의 아들과 조카 처지도 떠올랐다. 이순신은 '원균의 어린아이[小兒]가 모공했다'는 글을 자신의 계문에 한마디 덧붙였다. 그것은 사실 심부름시킨 원균보다는 관직을 제수한 이연의 잘못을 지적하는 것이었다.

문제는 '원균의 어린아이가 모공했다'고 한 이순신의 계문이 밑도 끝도 없이 부풀려져 조정을 몇 바퀴나 돌았다는 것이다. 이순신은 약관이 채 안 된 원사웅을 그저 '어린아이'라고 표현한 것이 이렇게까지 비난받을 줄은 미처 몰랐다. 하지만 아직은 아무것도 아니었다. 원사웅을 '어린아이'라고 부른 것은 나중에 '죽을 죄'가 될 것이었다.

이연은 부국강병을 실현하는 데 있어서는 완전히 숙맥에 가까웠다. 하지만 정치적인 다툼을 이해하는 데 있어서는 거의 천재적이었다. 그런 이연도 이때는 이 문제를 크게 확대할 필요를 전혀 느끼지 못했다. 그는 '아무 관계 없는 일'인 원균의 '어린아이' 문제는 귀에 들리지도 않아서 아예 무시해버리고 바로 다툼의 핵심이 무엇인지를 '다시' 물었다. 그런 얘기를 꺼낸 김수가 무안할 지경이었다.

"내 들으니, 고언백과 김응서는 '좌석의 차례 때문에 서로 다툰다' 하던데 이순신과 원균은 무슨 일 때문에 서로 다투는 것이오?"

'공 다툼이 핵심이며 원균이 억울하다'는 우의정 김응남, '이순신의 부하보다 원균의 부하를 박하게 포상했기 때문'이라는 판돈녕부사 정곤수 등의 음해성 발언이 이어졌다. 이연이 듣기에도 김수가 제기한 '원균의 어린아이' 얘기보다는 '간사한 이순신과 억울한 원균'을 설명하는 훨씬 설득력 있는 뒷담화였다. 이연은 점잖게 원균을 편드는 것으로 마무리했다.

"내가 저번에 남방에서 올라온 사람에게 원균에 대해 물었더니 '습증에 걸린 상태로 장기간 해상에 있으나 일을 싫어하는 마음이 없고 죽기를 각오하고 있다'고 하니, 그의 뜻이 가상하오. 그의 부하 중에 만일 공이 많은데 상을 받지 못한 자가 있다면 통상적인 정리로 말하더라도 업신여긴 것 같으니 필시 유감스런 뜻이 있을 것이오. 당초에 왜 그렇게 했단 말이오? 실제로 공이 많다면 지금이라도 모두 상을 주어서 그의 마음을 위로하시오."

작전은 허무했지만, 이연은 그나마 이런 얘기라도 할 수 있어서 좋았다. 모두의 마음속에 인격적으로 나무랄 데 없는 이순신이 아닌 뭔가 치졸한 데가 있는 이순신의 이미지를 각인시켜놓는 것도 사실 중요한 일이었다. 이연이 저질러놓은 이번 작전의 실패 책임을 명분상으로라도 대부분 떠안아야 될 이순신에 대한 뒷담화로는 제격이었다. 이날의 『주역』 강론은 이런 정도로 충분했다.

10

작전은 그렇게 공허하게 끝났다. 이연은 그 책임을 요령껏 분배해 일을 마무리해야 했다. 체찰사 윤두수의 탄핵은 일찌감치 시작됐었다. 이연은 '적을 토벌하려는 뜻이 간절해 형세의 불리함을 미리 헤아리기 어려웠을 것이다. 그리고 보고 문제도 체찰사가 혹 몰라서 그랬을 수도 있는 일이다. 하지만 사세가 이러하니 중론에 따르도록 하겠다' 며 뜻밖에 윤두수의 파직을 재가했다. 알고 보니 전혀 뜻밖의 일이 아니었다. 이연은 파직 다음날 바로, 중론을 거스르며 윤두수를 판중추부사에 제수했다.

이연은 도원수 권율의 탄핵에 대해서도 '도원수가 어찌 그렇게까지 나태했겠는가? 나국까지 할 수는 없는 일이다' 며 그냥 허허롭게 넘겼다.

이연은 이순신과 원균의 탄핵에 대해서는 조금 고민을 했다. 그런 뒤, 그는 '군율을 범한 것으로 말한다면, 이순신은 홀로 군율을 범하지 않은 자인가? 내 생각에는 이순신의 죄가 원균보다 심하다.

하지만 이순신도 나국까지 할 수는 없는 일이다. 그러니 경상 수사 원균을 충청 병사 선거이와 자리를 바꾸는 것으로 일을 그만 마무리하라'고 허허실실 끝냈다.

결국 작전실패의 주된 책임은 이순신에게 있는 셈이었다. 하지만 당장 이순신에게 실질적인 책임까지 물을 수는 없었다. 오히려 이연은 이순신과 갈등을 빚는 원균까지 뒤로 밀어내 줬다. 그는 씁쓸했다. 그는 이때만 해도 이순신의 능력을 특별하게 생각했다. 아직은 전쟁이 우선이었다. 요란했던 '거제도 탈환 작전'은 앞으로 조선을 절체절명의 위기에 빠트릴 모든 단서를 품고 있었다. 하지만 겉으로는 이렇게 작은 소동처럼 유야무야 지나가고 있었다.

제4장

춘산에 불이 나니

1

    1596년 7월 14일, 김덕령은 '이몽학의 반란을 진압하라' 는 권율의 명을 받고 진주에서 출병했다. 17일, 운봉에 채 이르지 못했을 때, 그는 '반란이 진압됐으니 되돌아가라' 는 권율의 명을 다시 받았다. 고향 땅인 광주 무등산이 가까워서인지 되돌아가려는 발걸음이 떨어지지 않았다. 여름이 물러가는 지리산 자락의 진한 풀냄새가 그나마 그의 지친 마음을 조금은 위로해주고 있었다.

    '음, 고향의 풀냄새……. 무등산에는 언제나 가볼 수 있을까?'

    김덕령은 앞으로도 얼마 동안이나 고향땅을 벗어나 있을지 알 수 없었다. 이때가 아니면 당분간 또 기회를 잡기가 힘들 것 같았다. 그는 전령에게 '광주에 잠시 들렀다 진주로 복귀하고 싶다' 는 청을 도원수에게 전하고, 다시 빨리 이곳으로 달려와 허락 여부를 알리라고 일렀다. 전령은 4일 후에 급히 돌아왔다. '속히 진주로 돌아가라' 는 권율의 명이었다. 다시 진주로 향하는 그의 발걸음은 너무나 무거웠다.

김덕령은 그때 자신이 죽음의 문턱에 들어섰다는 사실을 꿈에도 몰랐다. 그는 자신이 죽는다면 당연히 왜적과 싸우다 죽을 것이고, 죽어야 한다면 불효한 것이 그 죄라고만 생각하고 살았다. 김덕령은 자신이 죽어야 할 이유를 몰랐지만 이연은 김덕령이 죽어야 할 이유를 너무나 잘 알고 있었다. 김덕령도 이연이 알고 있는 그 이유를 나중에서야 비로소 이해하게 됐지만 그때는 모든 것이 너무 늦었다.

2

'이몽학의 난'은 7월 6일에 시작돼 11일에 사실상 막을 내렸다. 이몽학은 한성 진격 문제를 두고 부하들과 혼선을 빚자 합세하기로 한 한현을 찾아가려 했다. 하지만 한현은 면천에서 눈치만 보다 면천 군수 이원에게 이미 체포된 상태였다. 이몽학은 홍주성을 공격했지만 실패했다. 그는 덕산으로 도주하면서 '김덕령, 홍계남의 군대와 곧 합세할 것이다' 며 거짓으로 부하들을 진정시켰으나 역부족이었다. 그는 결국 부하 김경창, 임억명에게 자신의 목을 내줬다. 권율은 뜬소문이 신경 쓰여 한성 압송 전에 한현을 직접 신문하고 싶었다. 김덕령의 비극은 이때부터 시작됐다.

권율이 홍주로 이감된 한현을 보니 아직 살기를 포기한 행색이 아니었다. 아직은 삶에 대한 미련이 많이 남아있는 듯했다. 그는 형틀의자에 앉아서도 한참을 억울하다고 버티더니 고문을 시작하자 횡설수설하며 겨우 조금씩 실토하기 시작했다. 민감해진 권율이 날카롭게 취조했고, 충청도 순찰사 종사관 신경행이 옆에서 주의 깊게 지켜보고 있었다.

"역모의 이유가 뭐냐?"

"역모가 아니오. 새 세상을 만들려 했을 뿐이오."

"새 세상이 어떤 세상이냐?"

"백성이 원하는 세상이오."

"백성이 뭘 원하느냐?"

"그걸 몰라서 내게 묻고 있소? 왜적을 막고, 나라를 바로잡는 것이오."

"그 새 세상을 너와 이몽학이 만들겠다고 나섰느냐?"

"나와 이몽학이 백성들을 끌고 온 것이 아니라 백성들이 나와 이몽학을 떠밀고 온 것이오."

"누가 너희들과 함께 역모를 꾸몄는지 말하라."

한현은 한참을 망설이더니 우물쭈물 대답했다.

"역모가 아니라질 않소. 아, 그게…… 그러니까 난 그들이 무슨 생각을 하는지를 알고 빠졌소이다. 애초에는…… 김덕령, 곽재우, 고언백, 홍계남 등이 모두 우리와 뜻을 함께 하고 있었소."

권율은 긴장했다. 옆에 있던 신경행이 물었다.

"분명한 사실이렷다!"

옆에 켜놓은 횃불을 받아 한현의 얼굴이 벌겋게 물들어 춤추고 있었다.

"내 이제 와서 거짓말을 할 이유가 뭐가 있겠소?"

권율과 신경행은 순간적으로 얼굴을 서로 마주 보고 다시 고개를 돌렸다. 그들은 한현을 뚫어지게 바라보며 말이 없었다. 짧은 순간에 긴 침묵이 흐르며 모두를 경직시켰다. 침묵을 먼저 깬 건 권율이었다.

　"네놈이 지금 무고하고 있는 이유가 뭐냐? 저승길 동무를 원하느냐?"

　한현이 피식 웃으며 권율을 슬쩍 훔쳐보더니 다시 정면을 응시했다.

　"허, 그것참…… 난 도원수가 내 맞은편에 서서 시침 뚝 떼고 날 신문하게 될 줄은 몰랐소!"

　권율은 얼어붙었다. 그는 순간 머뭇거리다 겨우 호통을 쳤다.

　"네 이, 이놈, 지금 그게 무슨 말이냐?!"

　"아니, 뭐…… 내 생각이 그렇다는 말이오."

　"내 이 역적 놈을 당장!"

　권율은 주저 없이 칼을 뽑아 들고 성큼 한 걸음 내딛더니 한현의 목에 차가운 칼날을 들이댔다. 분노를 담은 그의 칼끝이 바람결조차 이기지 못하는 듯 미세하게 떨리고 있었다. 이미 저승길 입구에 서있는 한현이 자포자기한 듯 태연히 대꾸했다.

　"날 지금 이 자리에서 죽이고 싶소?"

　신경행이 다가와 팔을 붙잡고 불렀다.

　"도원수……."

　신경행은 일이 꼬이고 있다는 것을 직감적으로 느꼈다. 그는 권율을 잡아끌었다. 권율도 본능적으로 역적의 혀끝이 지배하는 이 자리가 불길하다는 걸 느꼈다. 우선 피해야 했다. 두 사람은 살아있는 망령에 쫓기듯이 허겁지겁 자리를 피했다.

3

　권율과 신경행은 홍주 동헌숙소에 자리를 잡고 앉았다. 권율은 술을 찾고 있었다. 충분히 그럴 만한 봉변이었다. 수행하던 나졸들이 봉변의 불똥이 튀는 게 두려워 재빨리 소반에 막걸리 술상을 봐왔다. 술을 사발에 한 잔 가득 부어 마시더니 권율이 물었다.
　"저놈이 저러는 이유가 뭣 때문인지 알겠는가?"
　"아마도……."
　"빨리 말해보게."
　"아직 미련이 남아있나 봅니다."
　"무슨 미련?"
　"이런 얘기가 김덕령, 곽재우, 고언백, 홍계남 등에게 흘러 들어가면 그들이 어떻게 나올 것 같습니까?"
　우직한 권율이 물었다.
　"어떻게 나오다니?"
　"셋 중 하나일 겁니다. 오해가 풀리기를 바라거나, 도망가거나, 아니면 이판사판 민란을 일으켜 살길을 찾아보거나! 아, 뭐, 한현의 말이 사실일 수도 있고요."
　권율은 다시 한 번 망치로 뒤통수를 얻어맞은 기분이었다. 술을 다시 입에 한가득 부어넣었다.

"어떻게 했으면 좋겠나?"

신경행이 권율의 눈치를 보며 조심스레 말했다.

"여차하면 한현이 도원수까지 작정하고 끌어들일지도 모릅니다. 구석에 몰린 쥐가 무슨 짓을 할지 아무도 모를 일이죠."

권율이 막걸리 사발을 다시 채우다 말고 소반에 주병을 '탁' 소리를 내며 힘껏 내려놨다.

"빌어먹을!"

신경행이 건들거리던 소반 위에 놓인 사발에서 막걸리가 튀는 모습을 보며 움찔하더니 침착하게 말했다.

"우선 급한 불부터 끄시는 게……."

"급한 불?"

"지금 김덕령 장군은 어디에 있습니까?"

"내가 어젯밤 일이 일찍 끝나지 않을 수도 있겠다 싶어 이곳으로 불렀네. 전령이 오늘 아침에나 출발했을 테니, 진주에 도착하려면 한 이삼 일은 걸릴 텐데……."

"일은 대충 마무리됐고, 이곳 진압군과 합류시켜 뒤늦은 충성심을 확인할 필요는 없을 것 같기도 하니……."

마른침을 '꼴깍' 삼키는 권율의 목울대가 크게 움직였다. 그는 의미심장한 말을 흘리는 신경행의 표정을 유심히 살폈다. 신경행이 개의치 않고 하던 말을 주저 없이 이었다.

"일단 진주로 되돌아가라는 전령을 다시 보내십시오. 내일이라도 보내면 좀 지체되더라도 오는 길목 중간 정도에서 찾을 수 있을 겁니다."

"그래서?"

신경행의 눈빛이 음산하게 반짝였다. 도원수와 비밀을 나눌 수 있는 절호의 기회였다. 사실 도원수는 덤이었다. 그는 이연이 무엇을 원하는지 잘 알고 있었다. 조정에서 눈치깨나 있는 신하들치고 김덕령이 언제부턴가 이연의 눈엣가시가 돼있다는 사실을 모르는 사람은 없었다. 이연의 충신이라면 그 눈엣가시를 없애기 위해 없는 일이라도 만들어줘야 할 판이었다. 신경행의 목소리가 은밀하게 낮아졌다.

"기회를 봐서 체포하셔야죠."

권율이 화들짝 놀랐다.

"이 사람아! 김덕령이 그럴 사람인가?"

"지금 저놈들이 주둥이를 잘못 놀리면 자칫 도원수께서 의심받을지도 모르는 일입니다. 그래도 좋습니까?"

"그렇지만 김덕령을 음해할 수는 없질 않나?"

"음해인지 아닌지는 지금 이 상황에서는 모르는 일 아닙니까? 지금은 저놈들 입에서 나온 자들을 내버려 두는 것이 더 잘못입니다. 만약 무고하다면 한성에서 잘 밝혀지겠죠. 주상께서 잘 알아서 처리하실 겁니다."

권율은 잠시 생각에 잠겼다. 그러더니 자신의 마음을 편하게 하려는 생각을 신경행의 귀에까지 잘 들리도록 크게 중얼거렸다.

"내버려 두는 것이 더 잘못이란 말이지……."

신경행이 권율의 불안한 마음을 달래줬다.

"도원수께서는 김덕령만 체포하시면 일단 큰 의심은 사지 않을 겁니다."

그래도 권율의 불안한 마음은 가시지 않았다. 오히려 생각할수록 근거 없는 불안감만 더 커지고 있었다.

"그런데 저 한현 놈 주둥이만 있는 건 아니지 않는가?"

"그 밑에 있는 놈들은 한현에 비하면 조무래기라 말의 여파가 크지 않을 겁니다. 그리고……."

신경행의 입이 권율의 귀에 가까이 갔다.

"도원수에 대해 이상한 말을 한다 싶은 두세 놈만 내일 더 문초해보시죠. 진실을 밝히려다 설령 중죄인이 죽더라도 그게 무슨 큰 대수겠습니까? 중죄인이 도원수에게 신문받다 죽는다면 그거야말로 도원수의 충성심을 확실하게 입증해 보이는 것 아니겠습니까?"

"……."

권율은 말 대신 막걸리 한 사발을 단숨에 들이켰다. 물론 신경행이 무슨 말을 하고 있는지는 다 알아들었다. 그는 우직한 인물이었지만 자기 앞가림은 할 만큼 노회한 문신 장수였다. 그도 때로는 좋건 싫건 말 한마디 못하고, 변통하는 재주도 없이, 이연의 충복 노릇만 묵묵히 하고 있는 자신이 정말 한심할 때가 많았다. 하지만 어쩌겠는가? 그것이 그의 생존방식이었다. 그는 충직하고 늙은 황소처럼 워낭 소리만 울리면서 말없이 주인 곁을 따르고 있었다. 그런 그도 김덕령으로 인해 표정이 매우 어두웠다. 하지만 아무리 궁리해봐도 그로서는 피할 방법이 없었다.

'한 걸음…… 한 걸음…… 사는 게 왜 이렇게 난잡한가?'

4

권율은 결심했다. 하지만 초조한 건 어쩔 수 없었다. 그는 다음날 청양까지 가 모천지와 유경룡을 신문했다. 신경행은 옆에 없었다. 두 죄인이 앉아있는 형틀의자 옆에는 형리가 여럿 대기하고 있었다. 권율이 먼저 모천지에게 물었다.

"여러 번 묻지 않겠다. 누가 함께 했는가?"

"장령이 될 수 있는 자는 다방면으로 설득해서 다 불러들였다."

"누구누구인가?"

모천지가 권율을 힐끗 보더니 다시 고개를 돌리고 말했다.

"난 이몽학의 지시를 따랐다. 그가 '김덕령은 나와 약속했고, 도원수와 병사, 수사도 모두 함께 계획했으므로 반드시 우리에게 호응할 것이다'라고 해서 그 말을 믿었다."

권율은 감정을 추스르지 못했다.

"뭐라! 이 역적 놈이 감히 날……. 여봐라, 이놈의 무릎을 당장 분질러놓아라."

형리의 고문이 시작됐다. 모천지는 잘 견디는 듯했으나 인정사정 없는 몽둥이와 압슬 고문과 화형에 무릎이 이내 분질러지고 피투성이가 됐다. 흰 무명바지에 검붉은 피가 추적거리며 계속 배어나왔다.

권율이 유경룡에게 물었다.

"잘 들어라. 네놈이 바른 말을 하지 않으면 이 자리에서 네놈 목을 당장 벨 것이다. 역모에 가담한 자가 누구냐?"

유경룡이 순하게 대답했다.

"난 모르오. 이몽학이 하는 똑같은 말을 들었을 뿐이오."

"네 이놈!"

형리들이 이번엔 유경룡에게 득달같이 달려들었다. 계속되는 고문에 둘 모두 더 이상 견디지 못하고 사지가 축 늘어져 깨어나지 못했다. 권율이 칼을 빼 들었다. 그 칼이 세차게 허공을 두 번 갈랐다. 그들은 다시는 '도원수'라는 말을 입 밖에 내지 못했다. 땅바닥에 새 세상을 만들려던 사람들의 피가 덧없이 뿌려졌다. 그들의 덧없는 피 위에서 도원수의 충성심이 의심 없이 빛났다.

5

7월 18일, 이연은 '이몽학의 난' 사건 현장에서 올라온 한 통의 보고서를 받았다. 신경행이 며칠간 일의 진행 상황을 지켜보면서 이연에게 올린 보고서였다.

"역적들이 김덕령에 대해 여러 차례 발설한 것을 보면, 반드시 그 이유가 있을 것입니다. 도원수 및 전라도 순찰사에게 불시에 체포하도록 하는 한편 조정의 조치를 기다리도록 공문을 보냈습니다."

이연은 놀라지 않았다.

'그래, 내 곧 이런 날이 올 줄 알았다!'

이연은 별 반응 없이 의금부 추국청에 신경행의 보고서를 내려보냈다. 이연은 의금부 추국청으로부터 '역적들의 입에서 김덕령·최담령·곽재우·고언백·홍계남 등은 물론이고 심지어는 도원수 권율과 병조 판서 이덕형도 거명되고 있다'는 보고를 받았다. 하지만 이연은 딱 한 사람만 지목했다.

"다 헛소리다. 모두 불문에 부치고 김덕령만 잡아오라!"

이연의 이런 자신감 넘치는 외침 소리에는 꽤 오랜 시간 축적된 해묵은 사연이 들어있었다. 지난 연초에 이연은 김덕령을 죽일까 하는 생각도 있었다. 그는 망설이다 아직은 때가 좀 이르다고 판단했었다. 사건이 있긴 했지만 핑계가 좀 약했고, 강화회담의 추이를 좀 더 지켜볼 필요도 있었다. 만약이라도 전쟁이 재발하면 김덕령은 가장 긴요하게 이용할 수 있는 둘도 없는 장수였다. 하지만 성마른 비극은 때 이른 종말로 치닫고 있었다.

6

왜란 직후, 김덕령은 형 김덕홍과 함께 의병에 참여했으나, '나는 나라를 위해 죽을 것이니, 너는 돌아가 노모를 봉양하라'는 형의 권유를 받고 귀향한 적이 있었다. 그 후 1593년 12월, 김덕령은 조금 늦게 다시 의병으로 봉기했다. 하지만 그전 4월에 이미 '왜적과 교전하지 말라'는 명군의 패문이 나왔었고, 6월엔 의병을 관군에 편입시키거나 통솔을 받도록 하는 조정의 조치가 있었기 때문에 모든 상황이 소강상태였다. 다음 해 1594년 4월, 조정에서는 '모든 도의 의병을 혁파해 김덕령에게 소속시키라'고 명했다.

김덕령은 진주에서 권율 휘하에 주둔했는데, 군량이 떨어지고 무리가 점점 흩어져 군용을 이루기가 힘들었다. 싸울 기회가 없는 것은 그렇다 치고, 혼란기의 역모에 그 이름이 자꾸 휩쓸려 들어가는 데다 관군 장수들의 견제도 심해졌다. 심지어 1594년 1월, 송유진의 역모사건 때는 그의 모함을 받았던 이산겸이 김덕령의 진에 들어가 군사 모집을 지시받았던 일까지 문제가 됐다. 김덕령은 사실상 꺼져 가는 마지막 의병 조직을 이끌고 있었고, 의병과 산적과 역적을 종이 한 장 차이 정도로 생각하는 이연으로서는 김덕령만 제거하면 불안한 의병 조직은 속 시원히 모두 정리할 수 있었다.

1595년 1월, 명에서는 강화협상을 위해 책봉정사 이종성과 책봉부사 양방형을 조선에 파견했다. 이에 호응해 도요토미는 왜군 대부분을 조선에서 철수시켰다. 협상단은 11월 하순이 돼서야 부산의 왜군 진영에 들어갔다. 협상은 이런 식으로 한없이 지루하게 전개됐다. 하지만 언제든 금세 끝날 것도 같았다. 이연의 마음속에 김덕령이 못내 거추장스럽게 생각되기 시작한 건 바로 이 무렵이었다.

10월 17일, 이연이 별전에서 비변사 당상을 불러 남방과 서북쪽의 변고에 관한 논의를 했다. 서북쪽의 변고란 여진족 누르하치의 준동이었다. 누르하치는 1592년 9월, 조선에 원병을 제안했다가 그를 믿지 못하는 조선으로부터 거절당한 적이 있었다. 아니나 다를까 3년이 지난 이제는 과연 조선의 변경 지역을 어지럽히고 있었다. 누르하치에게 임진왜란은 하늘이 준 기회였다. 세상은 피도 눈물도 없는 그저 약육강식의 세상이었다.

회의는 어지러웠다. 국경을 지킬 능력도 없이 근근이 명맥을 이어가고 있는 나라의 왕과 신하들인지라 심각한 우환을 마치 일상처럼 대하고 있었다. 김덕령에게 서북쪽을 맡겨야 한다느니, 말아야 한다느니 상반된 말들이 나왔다. 하지만 이연에게는 서북쪽의 변고보다는 김덕령의 변고가 더 우려스러웠다. 그가 뜬금없이 '김덕령이 사람을 죽였다'는 얘기를 끄집어냈다. 서북쪽의 변고에 대한 대책을 세워보자던 자신의 제안을 스스로 무색케 했다.

"김덕령의 범죄가 결코 작지 않소. 사람을 죽였는데도 담당 기관이나 수령이 감히 다스리지 못했다니 아주 놀라운 일이오."

이연은 바로 며칠 전, 경상우도 관찰사 서성으로부터 '김덕령이 오래전에 사람을 억울하게 죽여서 구금시켰다'는 보고를 받았다. 설령 이 보고가 사실이라 해도 그즈음 원균이 일으키는 문제에 비하면 사실 아무것도 아니었다.

지난 8월 15일, 사헌부에서는 '충청 병사 원균은 사람됨이 범람한데다 탐욕스럽고, 포학하기까지 합니다. 무리한 형벌과 잔혹한 일을 자행해 죽은 자가 잇달고, 앓다가 죽은 자도 많아서, 원망하고 울부짖는 소리가 온 도에 가득합니다. 이런 사람은 통렬히 다스리지 않을 수 없으니 파직을 명하고 서용하지 마십시오'라고 강력하게 탄핵했다. 하지만 이연은 조사는커녕 마치 천리안이라도 가진듯이, '원균의 사람됨은 범람하지 않다. 이런 시기에 명장을 그렇게 해서는 안 된다'고 일축한 일이 있었다. 사헌부는 원균을 탄핵하려다 졸지에 '명장'만 만들어준 꼴이 되고 말았다.

이연은 겉으로는 김덕령의 범죄 혐의를 문제 삼고 있었지만 내심으로는 오히려 관리들의 처신을 더 주목했다. 원균은 주저 없이 강력하게 탄핵하는 신하들이 김덕령은 뭐가 두려운지 가벼운 탄핵조차 못하는 사태에서 이연은 불온한 위험을 느꼈던 것이다. 그런 낌새를 눈치챈 류성룡이 속으로 움찔했다.

'이 또 무슨 변고인가?'

류성룡이 얼렁뚱땅 이연의 말문을 막으려고 했다.

"왜노가 그의 무예 소문을 듣고 비장(飛將)이라 하고 있습니다. 그의 죄가 많다 하더라도 우선은 그곳에 잠시 머물러있게 하는 것이 마땅합니다."

형조 판서 이헌국이 반기를 들었다.

"비장이니 협을(挾乙)이니 하는 것은 모두 그를 천거한 장성 현감 이귀의 말일 뿐입니다."

이연이 과문한 이헌국의 말을 받아 적시에 군왕의 여유로움을 한껏 보여줬다.

"당초 나는 '무군사에서 한신을 대접하듯 한다'는 말을 듣고 웃었소. 동궁이 익호(翼虎)장군이라는 칭호를 준 것은 더욱 사리에 맞지 않은 일이오. 사람의 겨드랑이 아래에 어찌 날개가 있겠소?"

이연의 썰렁한 농담에 모두가 충신이 되고자 허허롭게 웃었다. 하지만 그 충성스런 웃음들은 모두 건성이었다. 이연부터 그랬다. 아직은 이연 자신이 직접 나서 김덕령을 요절낼 만한 동기가 많이 부족했다. 거의 2년이 다 돼가는 '역적 송유진……, 김덕령이 이산겸에게 내린 모군 지시……' 등등의 쓸데없는 기억들도 희미하게 지워지고 있었다.

이연은 여느 때처럼 이것저것 묻다 '비변사가 의논해서 잘 조처하라'는 명을 내리는 것으로 회의를 마쳤다. 그 자리에서 이연은 '김덕령의 살인 범죄' 혐의에 대한 조사 지시나 별다른 조치를 언급하지도 않았다. 김덕령은 그렇게 진주에서 구금상태로 시간을 보내야만 했다. 운이 좋았다면 진주 옥에서 대충 마무리될 수도 있었다. 하지만 그런 행운은 없었다. 김덕령의 진주에서의 하옥은 점점 싹을 틔워가는 비극의 씨앗이었다.

7

회의 몇 달 전인 1595년 4월, 해평 부원군 윤근수는 적정을 살피는 목적을 띠고 권율 휘하의 진영으로 파견됐다. 그는 진주에 머물면서 경상우도 관찰사 서성으로부터 많은 접대를 받았다. 음모는 한성의 전유물만은 아니었다. 서성은 자신의 부족한 인품을 넘치는 정치 재능으로 메우는 사람이었다.

지난 5월 초, 서성이 긴요한 얘기가 있다며 윤근수를 위한 접대자리를 마련했다. 그는 웬만큼 대화 분위기가 익자 주위를 물리치고 김덕령에 관한 뜻밖의 얘기를 꺼냈다. 그의 말로는 '성격이 포악해 역졸을 죽인 적이 있는 김덕령이 지금 윤근수의 노비 최춘룡을 구금하고 있다'는 난데없는 얘기였다. 최춘룡은 윤근수의 집에서 멀리 떨어진 섬진 부근에서 농사를 지으며 살고 있는 오거노비였다. 그래서 한성을 오가며 정사로 바쁜 윤근수는 그의 근황을 자세히 파악하지 못하고 있었다. 영문을 모른 채 황망히 놀란 윤근수로서는 직접 확인해볼 수밖에 없는 사안이었다.

윤근수는 김덕령의 월아산 진영을 기습하듯 방문했다. 김덕령은 섬진에 나가 잠시 진을 치고 있다가, 3월에 다시 진주 월아산으로 돌아왔다. 김덕령은 예고 없는 윤근수의 방문에 조금 놀란 듯했다. 하지만 그는 오히려 잘됐다 싶었는지 진영의 요처를 안내하고 군졸들의 훈련 모습을 보이기도 하면서, 윤근수에게 진영의 크고 작은 어려움에 대한 청까지 했다. 윤근수는 진영을 대충 훑어보고 는 진지한 표정으로 김덕령에게 말했다.

"이런 목책으로 진영 방비가 잘될지 모르겠소."

"다른 방책이 없어 목책이라도 둘러놨습니다."

"주상께서는 강화소문 때문에 방비가 소홀해질까 봐 근심이 많으시오. 육지에 연한 웅천, 부산, 서생포의 왜적은 비록 잠시 철수해 돌아갔다고 하더라도 가덕도, 거제도 등에는 왜적이 아직까지 많이 남아있소. 성급하게 왜가 모두 물러간 것처럼 생각하고 방비를 소홀히 해서는 안 될 것이오."

"방심하지 않고 있습니다."

"진영 군사들 사기는 좀 어떻소?"

"군량 때문에 통솔에 어려움이 있습니다만 노력하고 있습니다."

이때 윤근수는 마치 남의 일처럼 무심하게 자기 일을 끄집어냈다.

"그래요? 내 듣기로는 군졸의 아비까지 진영에 가두고 벌을 내리고 있다는데 그게 사실이오?"

김덕령도 최춘룡이 윤근수의 노비라는 것을 들어 알고 있었다. 윤근수의 노비든 누구의 노비든 그런 것까지 일일이 신경 쓰며 살 수는 없는 노릇이었다. 김덕령은 조금 당황한 빛을 보이더니 이내 또박또박 할 말을 했다.

"최춘룡이라는 외거노비 말씀이시죠? 형편이 어쩔 수 없어 그렇게 됐습니다. 아시고 계시겠습니다만, 그의 두 아들 인상과 덕웅이 작년 거제로 출동할 때 스스로 진영에 와 부오에 이름을 적고 군량과 군기까지 받았습니다. 그런데 바로 탈영해버렸습니다. 그러다 지난 3월, 섬진에 진을 쳤을 때 그들의 집이 가까이에 있어 그 아비 최춘룡을 잡아 가뒀습니다. 그런데도 그는 자식에 대해 일절 입을 열지 않고, 자식들은 아비가 갇혔다는데도 나타나지를 않아 곤장을 쳤습니다. 최춘룡은 지금 이곳 옥에 가둬놨습니다."

윤근수는 노련하게 화제를 잠시 돌렸다.

"역졸을 죽였다는 얘기는 뭐요?"

김덕령이 펄쩍 뛰었다.

"역졸을 죽이다니요? 누가 그런 말을 한답니까?"

"묻는 말에나 대답해보시오."

"작년 이곳 진주에 처음 왔을 때 제 휘하 군졸들이 모두 호남사람이라 길에 어두웠습니다. 그 사정을 알고 한상국 방백이 역리 세 사람으로 사환을 정해줬습니다. 그런데 그 역리 중 한 명이 적정과 군량에 관한 중요한 공문을 받아 전하지 않고 도망쳐버렸습니다. 그 일로 인해 진영에 군량이 떨어졌는데도 어떻게 손을 쓸 수가 없었습니다. 굶어 죽는 사람까지 생겼습니다."

"그래서 잡아 죽였단 말이오?"

"거참, 말씀이……. 죽이는 건 고사하고 잡을 수가 있어야지요? 그런데 그 뒤 고성에 복병할 때 그 역리를 요행히 길에서 간나 붙잡았습니다. 이래저래 말하는 걸 들어보니 아예 도망친 건 아닌 것 같았습니다. 했던 행오로 봐서는 두 다리몽둥이를 모두 분질러놔도 분이 풀리지 않을 것 같았지만, 그럴 수는 없고 해서 곤장을 몇 대 쳐 혼을 내고는 돌려보냈습니다. 그뿐입니다. 그냥 말로만 훈계하고 보낼 수는 없질 않겠습니까?"

"그런데 왜 죽였다는 말이 나오는 게요? 돌에 매달아 물속에 처넣었다는 말까지 돌고 있소."

"아, 아니, 그런 모함을 대체 누가……. 장수가 설령 군율을 어긴 역리를 처형했다손 치더라도, 그게 뭐가 그렇게 두렵고 감출 일이라고 그런 식으로 죄인을 물속에 처넣었겠습니까? 곤장 몇 대 친 걸 가지고 이렇게까지……."

김덕령은 말을 잇지 못했다. 사실 그는 그 역리를 처리하는 데 상당한 실수를 했었다. 그는 그 역리가 여전히 도망 중이었다는 것을 모른 채 곤장만 쳐 돌려보냈던 것이다. 그 역리는 김덕령에게 혼쭐이 나고는 아예 멀리 사라져 버렸다. 그래서 '김덕령이 곤장을 치고 물속에 버렸다'는 헛소문까지 만들어낼 수 있었던 것이다. 윤근수는 김덕령의 가식 없는 표정을 보며 크게 추궁할 생각이 사라졌다. 그는 갇혀있는 최춘룡을 즉시 풀어주라는 지시만 내렸다.

"최춘룡을 즉시 풀어주시오. 우리 집 노비라고 억지를 부리는 게 아니오. 본인의 죄도 아닌 자식의 탈영 때문에 곤장을 치고 옥에 계속 가둬두는 건 옳지 않소. 그만하면 충분하오."

김덕령은 불만스런 표정이었다.

"계속은 아니고, 아들들이 돌아올 때까지……."

"아들들이 언제 돌아올 줄 알아서 그렇게 고집을 부리는 거요? 처벌을 하려면 아비 말고 아들들을 붙잡아 처벌하시오!"

이번에는 김덕령이 할 말이 별로 없었다.

"알겠습니다. 신속히 조치할 테니, 염려하지 마시고 돌아가십시오. 그리고 혹여 그의 아들들 소재가 파악되면 '제 발로 복귀하라'고 단단히 지시해주십시오."

윤근수가 조금 불쾌한 듯 짜증 섞인 목소리로 대답했다.

"아, 그, 당연한 말을! 쓸데없는 걱정 말고, 이제 가봐야겠으니 말이나 끌고 오라고 하시오."

김덕령은 윤근수를 배웅하고 난 뒤, 최춘룡을 불러왔다. 그는 최춘룡에게 '아들들이 제 발로 걸어들어 오기만 하면 중벌은 면케 해주겠으니, 반드시 설득해 데려오라'는 위압적인 주의를 줬다. 그리고는 밥까지 먹인 뒤 그를 곱게 풀어줬다. 김덕령은 그것으로 모든 일이 다 끝난 줄 알았다. 하지만 몇 달이 지난 후, 그는 이 일로 큰 곤욕을 치러야 했다. 인간의 삶이란 때론 갖가지 우연한 사건들이 난마처럼 얽혀 나중엔 마치 필연처럼 보이는 불행한 운명으로 귀결되는 경우가 있다. 김덕령의 운명이 바로 그런 경우였다.

서성이 윤근수를 동원해 김덕령을 음해한 건 이유가 있었다. 그가 뒤를 봐주고 있는 경상 우병사 김응서가 곤경에 빠졌기 때문이었다. 당시 김응서는 '왜적과 도를 넘은 교류를 했다'는 이유로 극심한 탄핵을 받고 있었다. 만약 김응서의 자리를 대체할 인물이 있으면 당장 지위가 위태로울 정도였다. 그래서 김덕령을 음해해 관심을 다른 데로 돌리면서, 다른 대안이 없다는 압박이 되도록 윤근수를 이용한 계책을 세웠던 것이다. 하지만 김응서는 별다른 문책을 당하지 않고 넘어갔고, 윤근수도 김덕령의 해명을 듣고는 특별한 조치를 하지 않고 넘어갔다.

문제가 계속 이어졌다. 이제 겁이 없어진 김응서가 자신의 뒤를 봐주는 관찰사 서성의 말만 믿고, 도원수 권율의 별장으로 있던 한명련을 자신의 위장으로 삼아버린 하극상을 벌였다. 7월에 권율이 분해하며 상소했다. 그때 이연은 김응서에 대해 가벼운 견책만을 했다. 하지만 불안은 지속됐다. 10월 초가 되자 분위기가 심상치 않았다. 낌새를 눈치챈 서성은 채방사로 진주에 다시 들른 윤근수를 상대로 강력한 음모를 꾸몄다. 서성은 예의 은밀한 접대 자리를 만들어 윤근수의 부아를 돋우었다.

"김덕령을 저렇게 놔두실 겁니까?"

"또 무슨 일이오?"

"그자는 성격이 포악할 뿐만 아니라 안하무인입니다."

"그가 사람을 또 죽였소?"

"이 일을 대체 어떻게 말씀드려야 할지……. 지난번 부원군께서 '최춘룡을 당장 풀어주라는 명을 내렸다'고 하시질 않았습니까?"

"그랬소만."

"그런데 그자가 최춘룡을 풀어주기는커녕 부원군께서 진영을 나서자마자 최춘룡을 죽여버렸다고 합니다. 사체도 찾질 못했습니다. 제가 모두 알아봤습니다."

"무, 무엇이라?! 그게 사실이오?"

사실이 아니었다. 서성과 김응서는 최춘룡을 잠시 도피시켜놓은 후 김덕령을 체포할 음모를 실행에 옮기고 있었다. 윤근수는 여전히 바빴고, 자신의 외거노비 소식에 어두웠다. 말문이 막혀 더듬거리는 윤근수를 보며 서성은 조금 불안했다. 그는 윤근수에게 굳이 사실을 확인할 필요가 없다는 것을 주지시켰다.

"그자에게 가서 물어봐야 또 거짓을 늘어놓을 게 뻔합니다."

"내 이놈을!"

이번에는 윤근수가 단단히 화가 났다. 그는 자존심이 크게 상했다. 윤근수는 그때 파직 압박을 받고 체직된 상태였다. 광해군 이혼의 세자 책봉 승인 임무를 띠고 명나라에 갔다 임무를 다하지도 못하고, 도중에 사적인 업무를 보기도 하는 등 칙서를 공경하지 않은 죄가 크다는 이유였다. 그렇다고 일개 의병장까지 자신을 이렇게 농락하는 건 있을 수 없는 일이었다.

"당장 김덕령을 구금하시오."

서성이 눈치를 보며 윤근수의 의지를 확인했다.

"그래도 그게……."

"내 말대로 하시오, 당장 구금하고 조정에 보고하시오. 그 뒤는 내가 모두 알아서 하리다."

윤근수는 윤두수의 동생으로 이연이 믿고 있는 몇 안 되는 외교 전문가였다. 이연은 그들 형제를 입속의 혀처럼 편하게 생각했다. 그들 형제는 언제라도 이연에게 영향력을 끼칠 수 있는 중앙 정치의 실력자였다. 그런 윤근수가 뒷일은 모두 알아서 한다니 서성은 이제 김덕령을 잡아 가두기만 하면 됐다.

10월 8일, 서성은 김덕령을 다짜고짜 잡아 가뒀다. 서성은 '김덕령이 역졸을 죽인 적이 있고, 윤근수의 노비 최춘룡도 죄 없이 붙잡고 있다 윤근수가 풀어주라고 했는데도 죽였다'고 조정에 보고했다. 최춘룡이 살아있었다는 것은 모든 일이 다 끝난 나중에는 알려질 수도 있었다. 하지만 그때 가서 뭘 어쩌겠는가? '도망간 것을 죽은 걸로 착각했다'는 약간의 변명만 하면 되는 일이었다. 사태가 시끄러워지면 윤근수도 난처해질 테니 그를 크게 걱정할 이유도 없었다. 더군다나 이 정도 모함으로 김덕령을 설마 죽이기까지야 하겠는가?

서성이 재빨리 손을 쓴 것은 그와 김응서로서는 아주 잘한 일이었다. 서성이 김덕령을 잡아 가둔 바로 전날인 10월 7일, 이연은 김응서를 문책하며 대신할 장수의 차출을 거론했다. 하지만 곧바로 올라온 서성의 장계를 보고 뾰족한 방법을 찾을 수 없었다. 이연은 장수를 얻는 일이 정말 힘들다는 것만 절감했을 뿐이다.

이연이 앞서의 회의에서 김덕령의 살인죄를 거론한 데까지는 이런 몇 달간의 사연이 담겨있었다. 하지만 아직은 이연의 문제가 아닌 서성, 김응서, 윤근수의 문제였다. 김덕령의 문제가 이연의 문제로 바뀐 건 11월 초, 이성남을 비롯한 몇몇이 충청에서 모반을 꾸미고 있다는 허황된 첩보가 들어온 후였다. 11월 20일, 이연은 그곳 풍문을 들었다는 우승지 정구를 불렀다. 이연은 그로부터 '이성남이 김덕령과 왕래하며 교결했다'는 귀를 번쩍 뜨이게 만든 풍문을 들었다. 이연은 조금은 멍한 표정으로 혼자서 뜬구름 잡듯 김덕령을 생각하고 있었다.

'왜 자꾸 그의 이름이 나오는가……?'

강화와 민심이반으로 어지러웠던 한해였다. 전쟁 중이었지만 전투가 없는 시간, 굶는 의병과 백성들은 너나없이 언제라도 도적 떼가 될 수도 있었다. 역모 혐의를 받는 자들의 입에서 나오는 김덕령의 이름은 이연의 신경을 번번이 거슬리게 만들었다. 약 한 달 전, '김덕령의 살인 범죄'를 문제 삼던 때보다 훨씬 더 근본적인 의심이 생겼다. 이연은 그 의심을 해결해야 했다. 이제 김덕령은 이연의 문제로 바뀌었다.

8

해를 넘긴 1596년 1월 8일, 책봉사가 일본에 들어간 직후 이연은 비변사에 김덕령의 처벌을 의논토록 했다. 그렇지만 그의 '이용가치'가 이제는 아주 없어진 건지에 대한 확신은 서지 않았다. 그래서 내린 결정이 처벌은 추후에 하더라도 일단 그를 한번 봐야겠다는 것이었다. 그는 '인성이 범람한 자인가'를 판단하는 자신의 능력을 믿고 있었다. 그런데 이연의 마음을 담은 전교가 너무나 솔직해 민망할 지경이었다.

"김덕령은 의당 담당 기관이 신문해서 법에 따라 다스리게 해야 한다. 다만 극악한 적이 아직 소멸되지 않아 혹 임시방편으로 대처할 일이 없지 않을 것이다. 그러니 잠시 그를 방면해 힘써 공을 세우게 하고, 그 죄는 서서히 의논해 처리하는 것도 하나의 방법일 것이다. 비변사는 의논해서 보고하라."

이연의 전교는 다시 말해 '처벌을 유예한 것뿐이니, 공을 세우지 못하면 나중에 언제라도 다시 잡아다 처벌하겠다'는 뜻이었다. 죄가 있다면 은혜를 받은 것이지만, 죄가 없다면 훗날의 올가미였다. 하지만 이연의 전교는 무죄를 주장하는 김덕령의 유죄를 이미 확정해놓고 있었다. 말하자면 훗날의 올가미를 채우면서 은혜처럼 말하고 있었다.

이 전교에서 한 가지 더 주목할 사실은 이연의 전형적인 정치공학이다. 이연은 신하들이 먼저 사안을 검토하게 하고 자신이 결론을 내리는 것이 아니라, 자신이 먼저 결론을 내린 다음에 신하들에게 그 결론을 검토하게 했다. 말썽의 소지가 있는 문제를 이런 식으로 처리하면 결과에 따라 책임을 교묘하게 신하들에게 돌릴 수 있

었다. 다시 말해, 이 방식은 사후 결과가 좋으면 이연 자신의 덕이
고, 나쁘면 신하들의 탓으로 돌릴 수 있다는 장점이 있었다.

결론이 이미 담겨있는 이연의 전교를 받은 신하들은 그것을 시행
해야만 했다. 나중에 김덕령의 처리에 대해 이런저런 말을 해볼 수
는 있겠으나 그건 나중 일이었다. 이연의 마음을 읽은 사헌부에서
뒤늦게 김덕령에 대한 탄핵을 시작했다. 1월 15일, 이연은 사헌부의
탄핵을 '받아들이는 형식'으로 김덕령의 체포를 사후 재가했다.

1월 17일, 이연은 별전에서 『주역』을 강론했다. 그는 이 자리에서
김덕령의 체포를 재가한 것이 불가피했음을 애써 강조했다.

"김덕령의 살인은 참으로 놀라운 일인데, 지방의 수령도 감히 발
설하지 못하고 피살된 집 또한 감히 고발하지 못했으니, 나라의 기
강이 무너졌소. (윤근수) 해평 부원군이 내려간 후에야 비로소 보고
를 들었으니, 방백이 있다 할 수 있으며, 어사가 있다 할 수 있겠소?
대간은 마땅히 먼저 이들 무리 모두를 탄핵했어야 옳았소."

참찬관 이호민이 신중하게 제지했다.

"김덕령의 살인 사건은 매우 놀라운 일이니, 대간이 논한 바는
충분히 타당하고, 국문해 죄를 정하는 것이 참으로 마땅합니다. 하
지만 적의 진퇴를 아직 알 수 없고 나라의 성패도 헤아릴 수 없는
데, 이런 때를 당해 한 명의 장사라도 잃는 것은 좋은 계책이 아닌
것 같습니다. 주상께서 특별히 국문을 멈추고 형틀을 풀어주시어
그로 하여금 죄를 씻고 공을 세우게 하십시오. 이것이 사람을 활용
하는 방법인 줄 아옵니다."

지평 이형욱이 이연의 마음을 대신해 반박했다.

"김덕령은 용서할 수 없는 큰 죄를 지었거니와, 지금까지 기록할

만한 털끝만 한 공도 없습니다. 그러니 지금 그를 완전히 석방해 무장들의 방자한 습성을 열어놓을 수는 없습니다. 그 폐단이 장차 인명을 초개처럼 보는 데까지 이를 것입니다."

'무장들의 방자한 습성'이란 표현은 이연의 심기를 자극하기 딱 좋은 말이었다. 류성룡이 분위기를 되돌려보려고 조심스럽게 이연의 마음을 시험했다.

"소신의 생각에는 이호민의 말이 옳은 것 같습니다."

이연이 자신감 넘치는 목소리로 나름 화려하게 반박했다.

"관후한 한 고조도 약법삼장에 '살인자는 죽인다'고 했소! 살인죄를 함부로 용서할 수 있겠소?"

이연의 '표적수사'는 전가의 보도였다. 하지만 그 자리엔 '그럼, 죽은 자를 잇달게 한다는 원균은 뭐냐'며 '약법삼장 앞에 평등'을 따져 묻는 입바른 신하는 아무도 없었다.

9

김덕령은 진주에서 구금돼있다 한성으로 압송됐다. 김덕령은 의금부의 국문에 증거를 대면서 끝까지 자신을 변호했다. 의금부의 판단으로는 군율을 어긴 죄가 아닌 정치적 사건이었다. 하지만 자칫 잘못 보고하면 이연의 분노가 있을 것이 뻔했고, 그렇다고 무고한 사람에게 죄를 주자고 할 수도 없었다. 의금부는 절충적 묘안이 필요했다.

2월 18일, 의금부는 '대신들과 함께 여러 죄인들에 대한 신문을 마쳤다'며 이연에게 이런저런 보고를 했다. 그런데 정작 가장 중요한 사인인 김덕령에 관한 보고는 하는 듯 마는 듯 절묘한 방법으로 비켜갔다. 이연은 마지막에 가서야 '김덕령은 지금 추고 중에 있으므로 감히 말씀드릴 수가 없으며, 오직 성상의 재량에 달려있다'는 애매모호한 보고만을 스치듯이 들을 수 있었다.

이연은 망설였다. 서성과 윤근수가 무슨 일을 어떻게 도모했는지는 잘 모르겠지만 뭔가 문제가 많아 보였다. 이런 상황에서 불문곡직하고 김덕령을 당장 죽이기는 힘들었다. 이연은 의금부의 보고를 다 듣고 난 다음에도 김덕령의 처리 문제에 대해서는 입을 꾹 다물고 다른 죄인들에 대한 조치만 명하고 모두 돌려보냈다.

'김덕령 이자를 어찌할 것인가?'

이연은 불안한 마음을 못 이겨 김덕령을 한성으로 올려보내도록 했으나 아무래도 핑곗거리가 좀 약한 듯했다. 그리고 지금으로서는 강화가 확실하다고 볼 수도 없었다. 그 때문이겠지만 신하들도 아직은 인물 제거보다는 전쟁 대비를 더 원하는 눈치였다. 중론을 확보하지 못한 채 무리할 필요까지는 없었다.

다음날, 이연은 별전에서 『주역』을 강하는 자리를 만들었다. 그 자리엔 지난달 1월에 다시 도원수로 임명한 권율도 함께 있었다. 권율은 명 장수를 찾아가 몸을 의탁한 탈영 무관을 전주에서 붙잡아 처형했다는 이유로 작년 7월 파직됐었다. 명 장수의 간곡한 부탁을 외면하고 처형했던지라 어찌할 도리가 없었다. 그래도 권율은 도망병을 죽이지도 않았는데 잡혀와 있는 김덕령에 비하면 그나마 사정이 나은 편이었다. 도원수에서 파직된 권율은 그동안 한성부판윤,

호조 판서 등의 자리에 있으면서 명 장수와 명군 지휘부의 화가 풀어질 시간만 기다리고 있었다.

이연이 권율에게 물었다.

"김덕령은 어떤 사람이오?"

권율이 적당한 선에서 김덕령을 변호했다.

"김덕령은 본래 광주의 교생으로 용력이 절륜해 쓸 만한 인재입니다. 하오나 '군율이 엄하지 못한 것에 대해 늘 분개해, 휘하 사람 중에 범죄자가 있으면 귀를 자르거나 혹은 곤장을 쳐서 휘하 사람들이 점차 도망간다'고 합니다."

권율은 나서서 자기 일처럼 변명해주지는 않았다. 하지만 김덕령이 무턱대고 사람을 죽인다는 말도 하지 않았다. 이연은 갑자기 묵상하듯 말이 없었다. 그때 좌의정 김응남이 이연의 묵상을 깨며 한마디 했다.

"살인은 중옥이라 아래에서 감히 제멋대로 판단할 수는 없습니다. 하오나 김덕령이 보통 사람보다 힘이 뛰어나다는 사실은 모두 알고 있습니다. 지금 만약 그를 특명으로 석방하시고, 대권하셔서 타일러 돌려보내시면, 필시 감격해 은혜에 보답하고자 온 힘을 다할 것입니다."

이연이 결심했다.

'그래, 가거라. 가서 충성해라. 아직은 때가 아니다.'

"내가 도원수를 믿고 특별히 김덕령을 석방할 것이니 공을 세워 보답하라 하시오. 도원수가 이번에 함께 내려가 군영을 잘 통솔하기 바라오."

이연은 김덕령을 아무 이유 없이 잡아왔다 또 아무 이유 없이 풀어주는 것 같아 좀 난처한 생각이 들었다. 그래서 마치 권율의 말을 듣고 권율의 면목을 세워주는 척하며 김덕령을 처리한 것이다. 권율이 의례적인 감사를 표했다.

"성은이 망극하옵니다."

이연은 김덕령을 방면한 후 약간의 뒷수습을 해야 했다. '쓸데없는 앙심 품지 말고 계속 충성하라'는 의미를 담은 조그만 위선적 선물이 필요했다. 김덕령에게만 뜬금없이 선물을 준다는 게 조금 이상해 홍계남에게도 같이 선물을 주도록 명했다. 군마 선물이었다. 다시 생각해보니 이왕이면 선물로 감동까지 줄 수 있으면 더욱 좋을 것 같았다.

"이미 '홍계남, 김덕령에게 말을 주라'고 명했는데, 싸움에 가합한 말을 골라서 주라. 외사복시에 없으면 내사복시에서 골라 주도록 하라."

2월 28일, 다시 별전에서 『주역』을 강하는 자리가 있었다. 그런데 이조 판서 홍진이 쓸데없는 소리로 뒤늦게 이연의 심기를 건드렸다.

"신이 김덕령의 사람됨을 보니 실로 미련하고 졸렬한 인재가 아닙니다. 신이 김덕령에게 '국가가 너의 죄를 사면해 죽이지 않았으니 천은이 망극하다'고 말했더니, 그는 '천은이 망극하니 죽음으로 보답하겠다'고 했습니다."

이연의 속마음이 민감하게 반응했다. 그렇지 않아도 이도 저도 아닌 김덕령의 처리결과가 찜찜하던 차에 눈치 없는 홍진이 이연의 부아를 돋운 셈이었다. 이연은 차제에 한 가지 목적은 달성해야 했다. 김덕령을 허명뿐인 인물로 확실하게 낙인찍어놓는 일이었다.

입소문이 그런 식으로 나주면 좋을 것이었다. 이연이 홍진에게 느닷없이 호통을 쳤다.

"당초에 김덕령을 과장해 추천하면서 '한신이 다시 나타났다'고 했소. 하지만 이제 보니 일개 돌격장령 정도에나 합당할 뿐이오. 대장을 삼기엔 가합하지 않소. 앞으로 다시는 내 앞에서 익호장군이니 뭐니 하는 그런 허황된 소리를 입 밖에 내지 마시오!"

홍진은 가슴이 철렁했다. 홍진뿐만 아니라 모두들 아무 말이 없었다. 단지 이연의 말뜻만 열심히 새기고 있었다. 이연은 그 자리에서 '이제 보니'라고 말하고 있었지만 그는 아직 김덕령을 실제로 본 적이 없었다. 김덕령을 당장 죽이지 않을 것이라면 그의 풍모를 한번 봐둬야 했다. 그것은 그를 이번에 한성까지 끌고 온 주된 목적이기도 했다. 하지만 이연은 풀려난 죄인 김덕령을 당장 보겠다고 말하는 게 조금 꺼림칙했다.

이연은 며칠이 더 지난 3월 3일, 승정원에 전교했다.

"김덕령을 불러오라."

승정원에서 돌아와 보고했다.

"김덕령이 내려간 지 벌써 이틀이 지났다 하옵니다."

"내가 도원수와 함께 내려가게 했는데 어찌하여 내려갔다고 하는가?"

"도원수 권율에게 그 까닭을 물었더니, 김덕령은 진영에 식량이 떨어져 부득이 혼자 내려갔다고 합니다."

"어찌하여 양식이 떨어져 내려가게까지 했는가? 담당 관리는 무슨 일을 이렇게 했는가! 온당치 못하다. 내가 그를 한번 보고자 했는데 볼 수가 없단 말인가? 쯧쯧……."

이연은 못내 아쉬웠다. 김덕령을 한성까지 붙잡아 올려 죄인의 굴레를 씌워놓은 것까지는 좋았는데 괜히 머뭇거리다 그의 인성을 관찰할 기회를 놓치고 만 것이다.

'언젠가 반드시 다시 볼 날이 있겠지……'

김덕령은 이연이 자신을 어떻게 생각하고 있는지 알 수도 없었고, 큰 상관도 없었다. 김덕령은 그저 이연이 하사한 전마가 마치 큰 상이나 되는 것처럼 자랑스러워했다. 불신받는 몸으로 한성의 옥에 갇혔다가 신뢰의 징표로 이런 선물까지 받았으니 자랑스럽지 않을 수가 없었다. 하지만 그는 얼마 지나지 않아 바로 그 자랑스러운 전마를 타고 '이몽학의 난' 현장을 향해 왔다 갔다 하다 결국 역적 혐의를 뒤집어썼다. 김덕령은 옥에서 풀려난 지 다섯 달 만에 이연의 손아귀에 다시 걸려든 것이다.

10

1596년 7월 27일, 김덕령은 마침내 '이몽학의 난'을 핑계로 압송되고 있었다. 이연은 동부승지 서성으로부터 '김덕령을 진주로부터 한성으로 압송하게 했다'는 서장을 받았다. 체포에 별문제가 없었다니 다행이었다. 사실 김덕령을 나국하는 것도 일이었다. 이연은 그의 용력이 절륜하다는 말을 평소에 하도 많이 들어서 혹 그가 체포에 응하지 않을까 봐 전전긍긍했었다. 그의 근심하는 모습을 지켜보던 서성이 말했다.

"한명련도 날래고 용감하니 그를 시켜 도모하게 하시고, 김응서로 하여금 항복한 왜인 50명을 거느려서 돕게 하십시오."

이렇게 오지랖을 넓히고 있는 동부승지 서성과 경상 우병사 김응서, 그리고 충청 병사 이시언은 여전히 찰떡궁합이었다. 서성은 작년에 권율로부터 어렵게 빼앗은 한명련을 이용해 김응서에게 김덕령을 체포할 공을 세울 기회를 주려는 것이었다. 이연이 서성에게 말했다.

"동부승지가 직접 내려가 보시오."

권율은 많이 초조했다. 기왕 체포할 수밖에 없다면 자신이 먼저 선수를 치기로 했다. 그는 진주 목사 성윤문에게 '김덕령을 체포하되, 진영으로 직접 가지 말고 계책을 써 불러내라'고 지시했다. 성윤문은 난감했지만 대세를 거스를 수는 없었다. 그는 김덕령에게 사람을 보내 '군무에 대해 의논할 것이 있다'는 뻔한 말로 불렀다. 김덕령은 뭔가 일이 잘못되고 있음을 직감했다. 하지만 도주할 수는 없었다. 자신의 죽음을 예감하면서도 그 죽음의 길을 걸어야만 하는 심정은 참담했다.

김덕령은 이연이 하사한 말을 타고 터벅터벅 운명의 길을 나섰다. 여름이 물러나는 계절의 월아산은 아직은 전시라는 것조차 잊었는지 무척 싱그러웠다. 산바람이 얼굴을 스치며 그를 안타깝게 배웅하고 있었다. 김덕령은 먼 허공을 바라봤다. 그도 이번만큼은 일이 심상치 않음을 느꼈다.

'어디서부터 무엇이 잘못된 것일까?'

김덕령은 자신의 헛된 명성을 탄식할 수밖에 없었다. 헛된 명성은 결코 그가 원한 것이 아니었다. 하지만 그의 젊은 혈기는 그것을 두려워하지도 않았다. 그는 정치의 비루함을 알기에는 너무 젊고 순수했다. 그는 그때에도 후회 섞인 상념의 더 깊숙한 곳에 강한 믿음을 가지고 있었다.

'하늘의 정의가 있는데 설마 죄 없는 나를 죽이기야 하겠는가?'

김덕령은 세상과 자신은 하늘의 정의를 공유한다고 믿었다. 그래서 희망의 끈을 놓지 않았다. 그는 하늘의 정의는 단지 인간의 오해 때문에 혼란을 빚는다고 철석같이 믿었다. 인간의 오해만 풀리면 자신의 혐의도 눈 녹듯 풀릴 것으로 믿었다. 그는 하늘의 정의가 인간의 오해에 지배당할 수도 있다는 것은 상상조차 못했다.

김덕령은 어느새 진주 관아에 도착해있었다. 그는 말에서 내려 천천히 관아로 들어섰다. 성윤문은 관아에서 나졸들과 함께 이미 모든 준비를 마치고 대기하고 있었다. 하지만 그는 관아에 들어선 김덕령을 보자 마치 인간의 힘으로는 통제할 수 없는 맹수라도 본 듯 소스라치게 놀라 제정신이 아니었다. 그는 무슨 조치를 취하기는커녕 어찌할 바를 몰라 두 손을 비비며 계속 안절부절못했다. 보다 못한 김덕령이 짐짓 모른 체하며 그의 할 일을 도왔다.

"무슨 일입니까?"

"그, 그게……."

김덕령이 아무 말 없이 그를 그저 바라만 보고 있자, 성윤문이 갑자기 다가와 김덕령의 두 손을 덥석 마주 잡았다.

"장군, 조정에서…… 장군을 체포하라는 명을 내렸소."

김덕령은 힘없이 고개를 떨구었다. 오는 내내 각오는 하고 있었지만 막상 역장이 무너지는 것은 어쩔 수 없었다. 보일 듯 말 듯한 잠깐의 절망과 한숨이 스쳐 지나간 후, 그는 힘주어 고개를 다시 들고 담담하게 말했다.

"임금의 명이 떨어졌는데 어찌 이같이 나를 대접하십니까?"

김덕령이 천천히 관을 벗고 계단 아래에 엎드리니 나졸들이 차마 포박하지 못하고 모두 눈치만 보고 있었다. 김덕령이 성윤문에게 말했다.

"내 헛된 이름이 실상을 앞질러 이런 화를 불렀으니, 만일 엄중히 나를 체포해 포박하지 않으면 영공(令公)도 죄를 벗지 못할 것입니다."

김덕령의 의연한 태도에 성윤문과 나졸들의 콧등이 시큰해졌다. 그의 체포를 둘러싸고 모두가 긴장했지만 천하의 김덕령은 제 발로 걸어 들어와 그렇게 간단히 포박당했다.

한성에서 급히 내려온 서성은 단성에서 권율을 만나 김덕령의 체포 사실을 들었다. 서성은 권율로부터 김덕령이 광주의 무등산 집을 들러보겠다는 허락을 받고자 4일간 운봉에서 그대로 머물렀다는 말을 들었다. 서성은 진주로 선전관을 내려보내고, 자신은 한성으로 장계를 올려보냈다. 장계 속 여덟 글자는 김덕령을 해치는데 '명목상' 결정적 음해가 됐다.

"권율이 김덕령에게 이몽학을 토벌하도록 했는데, 김덕령은 운봉에서 나흘이나 머뭇거리면서, 성패를 바라만 보고 있었습니다[四日遲留, 觀望成敗]."

서성은 김경눌을 시켜 김덕령을 한성까지 압송케 했다.

다른 한쪽에서 김덕령을 견제하던 이시언에게도 이 일은 좋은 기회였다. 그는 '김덕령에게 역모의 기미가 있었다'는 은밀한 소문을 조정에 퍼뜨리느라 한참 동안 바빴다. 얼핏 우유부단하게 보이는 류성룡이 주요 목표였다. 정탁은 '신은 김덕령의 옥사에 끝내 의혹을 떨쳐 버릴 수가 없다'며 구명 상소문을 써서 구해보려 했으나 김응남 외에는 별 관심이 없어 역부족이었다. 하지만 모함이든 구명운동이든 그것은 그저 정해진 운명의 장식에 불과했다. 모두가 그것을 알고 있었다. 애초부터 그 정해진 운명을 이끌고 있는 죽음의 사자는 이연이었다.

11

8월 4일, 이연은 별전에 나아가 김덕령을 친국했다. 그때 김덕령은 나이 29세(만 27세)였다. 이연은 김덕령을 보자마자 바로 마음을 굳혔다. 생각보다는 크지 않은 체구였지만 짐승처럼 단단한 근육질의 몸은 무시무시한 용력을 말해주고 있었다. 그는 아직 본격적인 고문을 받지는 않아 섬뜩할 정도의 강한 눈빛을 잃지 않고 있었다. 이연은 이 불쾌한 훗날의 충신을 당장의 역적으로 몰고 싶었다.

"듣거라! 네가 역적 한현, 이몽학 등과 결탁 모의해 성세를 만들고, 국가가 위태롭고 어지러운 이때 불궤를 도모한 사실이 모든 역적들의 공초에서 셀 수 없이 나왔다. 한현의 공초에는 '장수는 김덕령이다', 또 '이몽학과 박승립이 김덕령을 찾아가 만나보고 함께 거병하는 일을 모의했다'는 내용이 있고, 유규의 공초에는 '전라도에 김 장군이 있는데, 장군의 이름은 익호 장군이다'는 내용이 있으며, 이업의 공초에는 '김덕령의 거처를 왕래한 장후재가 사세를 봐가며 하라는 김덕령의 말을 전했다'는 내용이 있다. 그런 짓을 꾸민 내력을 사실대로 정직하게 진술하라."

김덕령이 두려움 없이 무겁고 차분하게 공초했다.

"저는 도원수의 전령으로부터 '호서의 토적 수천여 명이 갑자기 일어났으니 섬멸할 태세를 갖춰 수십 기(騎)를 거느리고 오라'는 도원수의 명을 받고 7월 14일 출병했습니다. 15일에 단계에서 유숙했으며, 16일에 함양까지 갔다가, 17일에 운봉에 미처 닿기 전인데 다시 도원수의 다른 전령이 저를 찾아와 '역적들이 이미 무너져 흩어졌으니 돌아가라'는 도원수의 명을 전했습니다. 저는 도원수의 전령이 의심스러워 다시 자세히 살펴봤는데 분명 도원수의 전령이 맞았습니다. 그때 저는 제가 태어나 자란 광주의 무등산 집에 잠깐 들러보고 싶었습니다. 그래서 전령을 시켜 도원수에게 허락을 받고자 했으나, 4일 후에 '속히 진주로 돌아가라'는 회답을 가지고 왔습니다. 그래서 어쩔 수 없이 진주로 돌아갔습니다. 신이 만약 다른 뜻이 있었다면 어찌 당초에 도원수의 명을 받고 운봉에 왔겠으며, 또 다시 명을 받고 군사를 거느리고서 진으로 돌아갔겠나이까?"

이연의 음성이 높아졌다.

"네 이놈! 그게 바로 성패를 관망하며 기회를 노린 불궤의 행적이 아니었더냐?!"

김덕령의 음성도 따라 높아지고 있었다.

"전하, 제가 만일 역적들과 공모했다면 이전부터 서로 통한 간찰 같은 물증이 반드시 있을 것입니다. 시기하는 마음을 가진 자들이 저를 모함하려고 한다면 무슨 말인들 못하겠습니까? 어찌 역적들의 말만 듣고 역적으로 몰 수 있습니까? 저로서는 더 이상 드릴 말

쓸이 없습니다."

이연은 김덕령의 해명에는 처음부터 별 관심이 없었다. 설령 관심이 있었다고 하더라도 김덕령의 공초를 딱히 반박할 만한 말이 별로 없었다.

"김덕령을 따로 가둬놨는가?"

신점이 말했다.

"아직 사가 한 칸에 그대로 뒀습니다."

큰일이었다. 이연이 괜한 걱정을 하고 있는 것이 아니었다. 아직 의금부 옥을 완전히 복구하지 못해 사가를 빌렸는데 며칠 전 기어이 일이 터졌었다. 김덕령이 국문 와중에 갑자기 포효하더니 오랏줄을 우두둑 끊고 한달음에 담장을 뛰어넘어 버린 것이다. 나졸들은 넋이 나가 사나운 호랑이가 날뛰는 것 같은 김덕령의 모습을 입 벌리고 서서 그저 구경만 하고 있었다. 하지만 그것은 탈옥이 아니었다. 김덕령은 마치 밥 먹고 산책하러 나갔다 들어온 사람처럼 태평스럽게 대문 앞에 다시 서있었다. 그는 그런 행동으로라도 자신의 억울한 심정을 호소하고 싶었다. 하지만 용렬한 왕을 상대로 충심을 인정받고자 한 그의 희망은 부질없었다. 보고를 받은 이연은 굴욕감만 느꼈을 뿐이다. 지금 김덕령을 가두고 있는 것이 가없는 충심이 아니라 튼실한 옥이라고 생각하는 이연이 호통을 쳤다.

"이미 말하지 않았는가?! 별처에 가두라! 그리고 병조로 하여금 실한 군사를 더 배정해 지키도록 하라."

이연이 생각하기에 김덕령은 의금부의 나졸이 필요한 죄인이라기보다는 병조의 군사가 필요한 적장 같은 존재였다. 이연은 지금까지 죄인이 두려워 이런 식으로 다룬 적이 없었다. 류성룡은 이런 이연의 모습을 그저 지켜보며 긴가민가했다. 이시언의 모함편지 때문이었다. 그는 신중하게 시간을 끌며 사태파악을 하고 싶었다.

"김덕령은 역적들의 공초에서 나왔으니 의심할 것이 없습니다. 하지만 역적 무리들을 모두 잡아온 연후에 의논해서 처리해야 할 것입니다."

이연이 퉁명스럽게 대꾸했다.

"자고로 역모는 반드시 증거 문서가 나오기를 기다린 연후에 다스렸던 것은 아니오. 여러 역적들의 공초에 이름이 나왔는데 어찌 아니라는 의심을 할 수가 있겠소?!"

단호했다.

'이쯤 했으면 모두들 알아들었겠지?'

내키지는 않았지만 대신들의 공론을 이용할 수 없을 경우에는 이렇게라도 직접 먼저 본심을 드러낼 수밖에 없었다. 본심을 드러냈으니 이제 본심을 덮을 연기가 필요했다. 이연은 의연하게 연기했다.

"이 사람을 살려줄 도리가 있겠소?"

이연은 이러는 자신의 모습이 언제나 마음에 들었다. 가능하다면 온 나라 백성에게 이런 자신의 모습을 보여주고 싶었다. 그는 자신의 이런 모습을 글로 남겨 후세에 전할 사관이 잘 들었는지 궁금했다. 그는 채신없이 고개를 돌려 사관을 흘낏 훔쳐보기까지 했다. 바쁜 사관이 어여뺐다.

'설령 대역 죄인의 혐의를 쓴 자라 할지라도 마지막까지 무고 가능성을 살펴서 억울한 희생이 발생하지 않도록 하는 것은 두말이 필요 없는 성군의 모습이 아닌가?'

이연은 흐뭇한 마음이 기분 좋게 온몸으로 퍼지는 걸 느꼈다. 아무도 못 말리는 그런 빤한 위선으로 값싼 행복감을 느끼는 것도 분명 병이었다. 류성룡은 이런 이연의 위선에 맞설 용기가 없었다. 다만 시간을 벌어 실수 없이 판단하는 것이 최선이라고 생각했다. 류성룡이 한 번 더 힘없이 우겨봤다.

"이 사람을 살려줄 도리는 결코 없습니다. 다만 잠시 그대로 가둬두고, 그의 일당들을 모두 국문한 후에 처리하심이 어떻겠습니까?"

판의금 최황이 말했다.

"즉시 형신하는 것이 타당하다고 봅니다. 그는 전에도 살인을 많이 했으니 그 또한 죽어 마땅한 죄를 지은 것이며, 지금 죽더라도 조금도 애석할 것이 없습니다."

이때였다. 정말 하지 말았어야 할 말이었다. 특별히 이연이 성군을 연상하며 아주 흡족하게 위선의 시간을 보내고 있을 때는 더욱더 그랬다. 최황의 말 흐름에 별 생각 없이 분위기를 맞추고자 했을 뿐이었지만 돌이킬 수 없는 가문의 실수였다. 하지만 그로 인해 후손들은 역사의 진실을 알 수 있게 됐다. 역사는 때때로 자신이 무슨 말을 하는지도 잘 모르는 사람의 입을 통해 신비롭게 진실을 드러내기도 한다. 정언 김택룡이 모두가 알고 있지만 아무도 하지 못하는 말을 기어이 입 밖에 내버렸다.

"국가가 차츰 편안해지는데 장수 하나쯤 무슨 상관이겠습니까? 반드시 즉각 처형해 후환을 없애야 합니다."

무기력한 충신들과 얍삽한 간신들이 어우러져 모두가 함께 웃었다. 얍삽한 간신들은 내통하는 기분으로 의미심장하게, 무기력한 충신들은 어이가 없어 허탈하게 웃었다. 이연은 웃을 수도 없고, 울 수도 없는 난감한 상황에 기가 막혔다.

'아, 저 빌어먹을 놈이! 늙지도 않은 것이 노망을 했나? 지금 저런 말을 씨부렁거리면 어쩌자는 건가? 저게 대체 미련한 간신인가, 영리한 충신인가? 아, 제길, 분위기 좋았었는데…….'

"후, 후환이라니? 무슨 쓸데없는 소리를……. 오늘은 이만 해야 겠소!"

이연은 얼굴이 붉어져 부리나케 자리를 떴다. 곧 몇몇 신하들은 자괴감에 얼굴이 굳어졌지만 몇몇 신하들은 여전히 키득거리는 낯빛으로 김택룡을 뭐라고 한마디씩 힐난하고서는 이연을 따라나섰다. 김택룡은 겸연쩍어 머리를 긁적이다 고개를 두어 번 갸웃거리더니 비 맞은 중처럼 구시렁거리며 무리의 맨 뒤를 따라나섰다.

"아니, 내가 뭘 어쨌다고들……. 다들 오래전부터 김덕령이 날래고 사나워서 제어하기 어려울지 모른다고 의심들 했잖은가? 주상께서도 그렇지, 함께 앉아서 '그 말이 맞다'고 입을 맞출 때는 언제고, 막상 후환을 없애자니까 또…… 참, 내…….."

김덕령은 여러 날 동안 갇혀있었다. 이연은 이후에도 다시 변이 일어날까 염려해 옥문 단속을 철저히 할 것을 명했고, 의금부에서는 이연의 지시대로 건장한 군사 1백여 명을 동원해 밤낮으로 에워싸고 지켰다. 마치 적군을 방어하는 모습이었다. 이연이 김덕령을 반드시 죽이고 싶은 이유를 적나라하게 보여주는 풍경이었다.

12

다시 보름여가 지난 8월 20일 저녁, 이연은 수행원 몇 명만을 대동하고 김덕령을 찾았다. 김덕령은 그간의 모진 고문에도 불구하고 여전히 자신의 혐의를 부인하고 있었다. 그는 웃통을 벗고 봉두난발로 피투성이가 된 채 큰 통나무에 묶여있었다. 화형 때문에 짓이겨진 등짝에선 피와 진물이 피눈물처럼 계속 흘러나왔다. 수백 번의 형장에 정강이뼈는 모두 으스러져 지금 당장 풀어줘도 일어설 수조차 없을 듯했다. 온몸은 시퍼렇게 피멍이 든 채 피가 흘러 부모형제도 형체를 알아보기 힘들 지경이었다. 이연은 김덕령의 처절한 모습을 보고는 아주 조금 인간의 마음을 느꼈다. 격자로 엮어 안이 들여다보이는 나무 옥벽을 사이에 두고 이연이 뒷짐을 진 채 물었다.

　"나를 원망하느냐?"

　김덕령은 이연을 보고 잠시 말이 없었다. 그는 이미 펄펄 날며 호랑이를 맨손으로 때려잡아 왜적에게 보냈다는 익호 장군이 아니었다. 그는 죽어가고 있었다. 전설이 돼가고 있었다. 잠시 후 김덕령은 간신히 숨을 고르며 띄엄띄엄 한 맺힌 유언을 남겼다.

　"신은 만 번 죽어…… 마땅한…… 죄가 있습니다. 계사년(1593년), 어머니께서 돌아가셨는데…… 하늘에 사무친 원수에 격분해…… 삼년상의 슬픔도 잊고…… 모자간의 정을 끊은 채…… 상복을 군복으로 바꿔 입었습니다. 칼을 짚고 분연히 일어나…… 여러 해 동안 종군했지만…… 공을 세워 충성도 못하고…… 도리어 불효만 했습니다. 차라리 저를…… 불효죄로…… 처형해주십시오. 그러면 주상을 원망치 않고…… 편히 눈을 감고…… 죽겠습니다."

　이연이 분노로 얼굴이 벌게지며 소리쳤다.

"네 이놈! 네놈이 나를 능멸하는구나. 그 모진 형장을 받고 죽어가면서도 나를 능멸하니 참으로 무서운 역적이다! 그래, 다른 할 말이 있으면 어디 한번 다 말해보거라."

"신은 이제…… 목숨이 다했으니…… 다른 할 말이 없습니다. 다만 신이 모집한 용사…… 최담령 등까지…… 죄 없이 옥에 갇혀있는데…… 원컨대…… 죽이지 말고…… 쓰도록 하소서."

이연은 더 이상 죽어가는 자를 상대로 화내지 않았다. 그는 말없이 자신의 업보를 바라보고 있었다.

'그것이 네 운명이다. 난 광주 땅의 널 생각할 때마다, 전주의 정여립, 호남 바다의 이순신이 생각났다. 날 원망하지 말고, 네게 그 익호의 기재를 준 하늘을 원망해라.'

다음날인 8월 21일, 이연의 무자비한 형장이 다시 시작됐다. 하지만 김덕령은 끝까지 자신의 죄를 승복하지 않았다. 그는 그렇게 옥에 갇혀 원통한 피를 흘리며 죽어갔다. 왜적에 맞서 싸우다 조선 산하에 흘리고 싶었던 의로운 피였다. 그 서럽도록 의로운 피가 이연의 소름끼치는 살기만이 가득 찬 옥 바닥을 하릴없이 붉게 물들였다. 아스라이 꿈결처럼 어머니의 얼굴이 어른거렸다. 김덕령은 어머니 품처럼 포근한 무등산 자락을 걷고 있었다. 저승길이었다. 그는 아스라이 뻗어있는 저승길을 걸으며 구슬프게 노래했다.

춘산에 불이 나니 못다 핀 꽃 다 붙는다
저 뫼 저 불은 끌 물이나 있거니와
이 몸에 연기 없는 불이 나니 끌 물 없어 하노라

13

이연이 무고한 김덕령을 잔혹하게 살해한 범죄행위는 어쩌다 저지른 권력의 실수가 아니었다. 그는 이미 '정여립 사건'을 통해 무려 천여 명의 백성들을 무자비하게 학살하며 대인 공포증과 살인 광증을 적나라하게 표출시킨 바 있었다. 이연의 내면에 자리 잡고 있는 근원적인 두려움의 정체는 권력을 빼앗겨 목숨을 잃고 왕조가 무너질지 모른다는 불안감이었다. 권력을 휘두르는 현실 속 횡포는 권력을 빼앗겼을 때의 상상 속 공포에 정확히 비례했다.

'정여립 사건'이 발생한 지 1년 반여가 지난 1591년 5월, 이연은 통신사가 가지고 온 도요토미의 친서 때문에 밤새 잠이 오지 않을 때가 많았다. 전쟁이 발발할지도 모른다는 생각을 할 때마다 그에게는 눈에 보이는 왜적들보다 혼란기를 틈탈 눈에 보이지 않는 역도들이 더 두려웠다. 그는 불안한 마음으로 우의정 이양원을 불렀다. 이연은 모두에게 잊혀진 얘기를 뜬금없이 이양원에게 물었다.

"정여립 연루자는 모두 처리됐소?"

"모두 처리됐습니다만……."

이양원이 이연의 눈치를 살폈다. 불면증에 시달리고 있는 이연이 도끼눈을 뜨고 신경질적으로 다그쳤다.

"다만, 뭐요?!"

"이발 형제의 노모와 아이들이 아직 옥에 남아있사옵니다."

이발은 이름만으로도 이연의 심기를 불편하게 하는 인물이었다.

그의 집안은 단 한 세대도 거르지 않고 10대에 걸쳐 수없이 많은 과거급제자를 배출해 사람들로부터 '십대홍문(十代紅門)'이르 일컬어지던 호남의 명문이었다. 이런 집안은 조선 역사를 통틀어 다시는 없었다. 이발만 해도 장원 급제자였다. 그런 그가 역적혐의를 뒤집어쓴 것은 정여립과 형제처럼 지내는 '한마음 친구'로서 그를 추천했다는 이유였다. 그런데 아직 이발의 살아있는 혈족이 있다는 것이다.

"그게 지금 무슨 소리요! 역적의 무리를 아직 처결하지 못하고 있다는 게 말이 되는 소리요?!"

이연의 광증이 다시 폭발하고 있었다. 그는 마치 '시기심으로 사람을 미워하고, 이리처럼 성질이 괴팍해, 임금의 도량이라곤 조금도 없는 사람'처럼 보였다. 실제로 정여립의 형과 사돈지간이었던 백유양이 이연을 그렇게 평했었다. 물론 그 이유로 백유양은 장살당했다. 하지만 지금 이연은 자신에 대한 백유양의 됨됨이 평가가 결코 틀린 말이 아니었다는 것을 제풀에 입증하고 있었다. 그런 이연을 상대로 이양원이 사정 얘기를 한번 해봤다.

"그, 그게, 이발의 노모는 너무 늙었고, 아이들은 아직 많이 어려서 형벌을 실시할 수가 없사옵니다."

"역모에 나이가 무슨 상관이오? 역적을 토벌하는 것은 마땅히 엄해야 하오! 신문이 지나치다 해도 후일을 경계하는 것이 상책이오. 그들은 또 다른 역모의 씨앗이니, 지금 당장 고신해 낱낱이 죄상을 밝혀내시오!"

그렇게 해서 이발의 82세 노모 윤씨는 맞아 죽었고, 열 살 난 아들 이명철은 무릎이 으스러져 죽었다. 어린 이명철은 죽어가면서도

'아버지는 죄가 없다'고 울부짖었다. 죄를 밝히기 위해서가 아니라 죽여야 했으므로 그 고문은 처참했다. 이를 지켜보는 옥졸들 가운데 울지 않는 사람이 없었다. 이발의 차남도 옥에서 병으로 죽었고, 그의 형 이급의 두 아들은 맞아 죽었다. 그리고 이발의 아우인 이길의 아들은 임진년 혼란기에 풀려났지만 역질로 요절하고 말았다.

이연은 살인으로 불편을 느끼는 사람이 아니었다. 살인은 왕의 특권이었다. 왕권을 지키기 위해서는 어떤 살인도 정당화됐다. 신하들의 죄악이 왕의 죄악으로 되는 것이 아니라 왕의 죄악이 신하들의 죄악으로 됐다. 하지만 왕의 복심을 대신하는 신하들의 죄악은 추궁될 수 있는 성질의 것이 아니었다. 영악한 신하들은 이런 사태를 정적을 제거하는 데 마음껏 이용했다.

이연은 신하들에게 이리 묻고 저리 물어 중론을 따르는 수정처럼 투명한 중립자로 기록됐다. 그 수정처럼 투명한 중립자 이연은 살인귀였다. 하지만 그를 살인귀로 부르는 것은 당대는 물론 후손들도 결코 하지 못할 일이었다. 이연은 마치 눈 뜨고 있는 장님이나 됐던 것처럼 모든 책임으로부터 자유로울 것이었다. 왕은 인간이 아니라 나라님이었다. 이연은 신성한 역사 속에서 '대왕'으로 불리며 그렇게 영원히 승리할 것이었다.

제5장

음모

1

이연이 김덕령을 죽인 한 달 후인 1596년 9월, 지루하게 계속되던 강화가 돌이킬 수 없이 깨졌다. 4월 초에 명 책봉정사 이종성이 심유경의 음모로 부산 왜 진영에서 겁을 먹고 탈출해버리는 사건이 발생했다. 그러자 명은 5월에 책봉부사였던 양방형을 책봉정사로, 심유경을 책봉부사로 다시 임명해서 6월에 일본으로 건너가 교섭을 계속케 했다. 하지만 도요토미는 모든 것이 심유경과 고니시의 협잡이었다는 것을 뒤늦게 알고서 격노하며 판을 완전히 뒤엎어 버렸다. 그런데 그간 어떻게 해서 이런 기묘한 국제적 사기극이 가능했을까? 정상적인 인간의 상식으로는 도저히 상상할 수 없는 예술적인 사기극도 경우에 따라서는 마치 일상처럼 쉽게 일어난다.

무엇보다 심유경과 고니시가 대변했던 반전론자들의 기묘한 협력이 이런 국제적 사기극을 가능케 했다. 그들은 명에 가서는 '일본이 책봉만 받으면 조건 없이 물러날 것이다'고 사기를 치고, 일본에 가서는 '명이 무역 및 조선 4도의 할양 등 모든 요구조건을 받아들였다'고 사기를 쳤다. 그리고는 병색이 완연한 도요토미가 죽어줄 날만 기다렸다. 명으로 가는 외교문서는 중간에서 조작하고, 일본으로 가는 외교문서는 거짓으로 고했다. 명의 주익균은 주색 때문에 너무 바빠 사안마다 대충 '한마디 정치'로 일관했고, 일본의 도요토미는 오랑캐의 수장답게 '낫 놓고 기역자 정도만 겨우 아는 까막눈'이었다. 반전론자들이 사기 칠 수 있는 여건은 아주 환상적이었다.

11월 초, 조선 조정에 경상 우병사 김응서, 그리고 양방형의 배신(통신정사)으로 임명돼 일본에 간 돈령부 도정 황신 등으로부터 재침에 관한 첩보가 연이어 들어오기 시작했다. 조선은 처음부터 명이 오랑캐를 단숨에 응징하지 못하고 강화협상이니 뭐니 하며 그들을 달래는 것 자체가 큰 불만이자 실망이었다. 하지만 정히 그럴 수밖에 없다면 일본이 책봉만 받고 곱게 물러나 주기만을 바라고 있었다. 그런데 재침이라니 청천하늘에 날벼락 같은 소식이었다. 재침 소식에 인력으로 예측할 수 없는 일이라도 터진 것처럼 우왕좌왕하고 있는 것은 임진년 때나 그때나 마찬가지였다.

회의가 소집되고, 별전이 긴장한 표정의 신하들로 북적거렸다. 실속 없는 대화가 공포만 부추기는 가운데 우의정 이원익이 이연을 안심시키듯 침착하게 말했다.

"지금 필히 나라가 망할 것으로 생각해 미리 포기하시면 안 됩니다. 왜적이 오더라도 어떻게든 막을 생각을 해야 할 것입니다. 그들도 멸망할 형세가 있을 텐데, 어찌 우리보다 꼭 강하다고만 하겠습니까? 혹 낭패를 당하는 한이 있더라도 비변사에서는 '내전도 나가지 말고 모두 성안에서 굳게 지켜야 한다'고 말할 수밖에 없습니다. 그렇게 하지 않고 오직 명에만 안전을 의지한 채 여기저기 옮겨본들 어떻게 나라를 보존할 수 있겠습니까?"

이연이 이원익을 향해 눈을 치켜뜨며 반박했다.

"예전 중원의 제왕(帝王)도 관중에 있기가 좋지 않으면 낙양으로 도읍을 옮기기도 했소. 우상은 '이곳 한성을 지켜야 한다'고만 하는데 지난번 환도해 내전과 함께 있지만 지금도 두세 곳은 아주 미진하기만 하오. 처사가 이처럼 소홀한데 어떻게 다시 잔인무도한 오랑캐와 맞서 지킬 수 있겠소?!"

이연이 생각하기에 모든 것은 그저 자신이 아닌 신하들이 잘 알아서 대비해놨어야 할 일이었다. 어쨌든 이제 너무 늦었다. 이연은 곤경에 빠진 자신을 도울 충신을 찾고 있었다. 윤두수가 나섰으나 불만 가득한 이연을 조금밖에 돕지 않았다.

"내전은 먼저 강화로 나가더라도, 주상께서는 일단 성을 지킬 생각을 하셔야 합니다. 형세를 살핀 뒤, 부득이하면 주상께서도 강화에 머무르십시오. 만약 그곳에서도 오래 버틸 수 없으면 뱃길로 해주에 가시면 될 것입니다."

이연은 크게 실망하며 반박했다.

"반드시 모두 서쪽 길로 가서 명에 의뢰해야 할 것이오. 그렇게 하면 나라를 살릴 희망이 있을 것이고, 그렇게 하지 않으면 위태로울 것이오."

이원익도 간단히 물러서지 않았다.

"형세가 불리하면 그때 다시 깊은 곳에 머무르시면 될 것입니다. 주가할 곳을 지금부터 미리 헤아리기는 어렵습니다."

이연은 '우선 무조건 도망갈 준비를 하면서 명 원병에 운명을 맡기자'고 분위기를 몰아갔지만 이원익이 '스스로 싸울 준비를 하면서 그때그때 상황에 맞게 대처하자'며 계속 제동을 걸고 있었다. 이연은 이원익의 말이 무책임한 호언장담으로만 들렸다.

'그래, 말은 좋다. 근데 그따위 말만 믿고 있다 오랑캐들한테 잡혀 죽으란 말이냐?!'

이연은 도망이 늦어 왜적의 칼에 베여 죽는 백일몽을 꾸고 있었다. 그는 거의 제정신이 아니었다. 장안의 아무 장삼이사를 조선의 왕좌에 앉혀놨어도 설마 이 정도는 아니었을 것이다. 겁이 잔뜩 난 그는 뜬금없이 입에서 나오는 대로 주절거리기 시작했다. 이력이 난 중신들은 그나마 견딜 수 있었지만, 만약 듣는다면 왜적들조차도 멀쩡한 비위로는 차마 들어주기 힘든 용렬한 말이었다.

"만에 하나라도 임금을 시해한 적은 결코 무사하지 못한 법이오. 우리나라는 비록 잔약하더라도, 그런 불궤한 짓이 벌어진다면 명나라가 반드시 복수해줄 것이오!"

그 자리에는 아쉽게도 스스로가 오히려 겁에 질려 주절거리는 이연의 협박을 들어줄 왜적들이 없었다. 그래도 이연은 자신의 확신에 찬 목소리를 들으니 무서움이 조금 덜해졌다. 이때 어색한 분위기를 달래는 지중추부사 정탁의 예의 침착한 목소리가 들렸다. 하지만 그 목소리엔 어제 이연이 겁에 질려 은밀하게 저질렀던 일에 대한 완곡한 항의표시가 담겨있었다.

"경솔하게만 움직이지 않으시면 인심이 차츰 나아질 것입니다."

어제 이미 이연은 해주로 도망가기 위해 독단으로 승정원에 전교를 내렸었다. '군사무기를 실어갈 쇄마 20필을 준비하고, 선전관

허증과 내관이 사전답사 할 것임을 병조에 이르라' 는 지시였다. 그런데 아무래도 혼자서 너무 서두른 듯싶었다. 그는 신하들의 눈치를 보며 다시 횡설수설 변명을 시작했다.

"군사 무기는 미리 날라다 둘 수 있겠지만, 임금이 어찌 신하들에게 알리지 않고 혼자 아무 곳에나 가겠소? 그렇지만……, 아, 저……, 그런데, 전에 아이의 태를 임시로 해주 인근 산에 묻은 적이 있질 않소. 아무리 때가 때이지만 그래도 임시로 묻은 것은 어떻게든 한번 살펴봐야 하지 않겠소?"

이연은 애가 탔다. 그의 속마음은 해주 산성이 그나마 높고 튼튼한데다, 또 일단 배를 타면 명으로 바로 건너갈 수 있으니 해주로 도망가고 싶다는 것이었다. 그런데 이를 돌려 말한다는 것이 도통 거시기 하고 어려운 일이 아니었다. 아무리 볼 꼴 못 볼 꼴 다 본 늙은 여우 같은 신하들 앞이라 해도 '아이의 태' 운운하며 횡설수설한 것이 많이 부끄러워 이연의 얼굴이 잘 익은 홍시처럼 붉어졌다. 그렇게 용안을 홍시로 만든 꼼수의 업보는 곧 되돌아왔다. 이원익이 이연의 가슴에 잔인한 비수를 꽂았다.

"주상께서는 비록 대국에 의지해 편안을 구하더라도 동궁을 반드시 중간에 머물게 해 인심을 진압해야 할 것입니다."

비아냥거림이 섞인 모욕적인 말이었다. 하지만 이연은 뭐라고 딱히 대꾸할 말이 없었다.

"경의 뜻은 잘 알겠소."

회의는 그것으로 끝이었다. 이연은 부끄럽고 분한 마음을 삭이며 별전을 나섰다.

2

이연은 왜군 선발 부대가 다시 조선에 상륙하는 것을 이제는 장
안의 코흘리개까지 모두 알고 있는 예의 그 '한 가지 기발한 계책'
으로 막고 싶었다. 기지가 될 거제도 탈환은 실패했지만 상관없었
다. 그는 그런 식의 무차별 공격을 위해서는 왜적을 병력으로 얼마
나 압도해야 하는지는 관심조차 없었다. 그가 보기엔 지금껏 이순
신이 아무 때나 대놓고 공격하지 않고 한산도에만 웅크리고 있는
것이 근원적 문제였다. 자신의 단 한 번의 패배가 곧 조선의 멸망이
라는 이순신의 처절한 처지를 이연은 전혀 실감하지 못했다.

이연은 번민했다. 누가 그토록 간절히 원하는 자신의 '한 가지
기발한 계책'을 실현해줄 것인가? 돌이켜보면, 이연은 처음엔 수군
의 승리를 이순신의 능력으로 생각했다. 그러다 수군이 남해안 일
부를 장악하고, 전선을 안정시키자 그것을 이순신 개인의 특별한
능력이 아니라 조선 수군의 일반적 능력이라고 생각하기 시작했다.

이연은 옛 기억이 생생했다. 1593년 12월 19일, 비변사 · 삼사의
대소 신료들이 함께 모인 자리였다. 그 자리에서 이연은 조선 수군
을 한껏 옹호했다.

"이순신이 시종 승리한 것은 수군의 힘이니 군사를 빼가지 못하
게 하시오."

류성룡이 은밀하게 이연의 위험한 착각을 경고했다.

"적이 맞서 공격해오지 못하는 것은 이순신의 힘이니 마땅히 그

를 도와 공을 이루게 해야 할 것입니다."

순간적이었지만 아무도 그 속뜻을 눈치채지 못한 둘만의 불꽃 튀는 공방이었다.

문제는 대책 없이 곪아가고 있었다. 비교적 평온했던 지난 3년여의 시간은 불행히도 이연의 아집만을 키워놨다. 예전엔 그나마 이순신의 능력이 꼭 필요하다고 인정했지만 이젠 아니었다. '한 가지 기발한 계책'이 모든 것이었다. '이순신의 수군'이 아니라 '조선의 수군'이면 충분했다. 충직한 원균이 의심스런 이순신보다 못할 이유도 없었다. 문제는 이순신을 사전에 해임하는 정도로 숙청하고 작전을 원균에게 맡겨 성공을 기대할 것인지, 아니면 이순신에게 작전을 맡긴 다음 성패에 따라 아예 그의 목숨을 제거해버릴 것인지에 관한 선택이었다. 이연은 급박한 재침의 첩보 속에서 불안과 희망이 뒤섞인 조증과 울증을 반복하고 있었다.

이연은 우선 작은 음모부터 꾸미기로 했다. '한 가지 기발한 계책' 전이든 후든, 이순신을 단순히 파직하든 목숨을 제거하든, 우선은 이순신의 도덕적 치명상부터 만들어놓는 것이 일의 순서라고 생각했다. 이런 일을 꾸미는 것이라면 이연은 누구에게도 뒤지지 않을 자신이 있었다.

이연의 머릿속에 이순신의 〈옥포파왜병장〉 장계가 뭉게구름처럼 아른거렸다. 이 장계는 전란 초기, 허겁지겁 도망 길에 올라 평양성에 머물고 있던 1592년 5월 23일, 자신과 신료들이 대성통곡하며 받아봤던 조선군 최초의 승전보였다. 이연은 나중에 이 장계를 둘러싼 이순신과 원균의 사연을 대충은 들어 알고 있었다. 그는 그 사연을 잘 엮어 이순신의 치명적인 치졸함을 보여줄 작정을 했다.

11월 들어서는 도망가는 일과 음모를 위한 회의의 연속이었다. 시도 때도 없는 어지러운 회의는 음산한 기운만을 내뿜고 있었다. 궁궐에는 한겨울의 삭풍이 불고 있었다. 그 매서운 바람은 바짝 말라 겨우 몇 잎 남아있는 나뭇잎까지 날려버리지 못해 안달하고 있었다. 궁궐의 잿빛 하늘은 한없이 우울했다. 이연은 별전에서 대신들과 비변사 당상관들을 인견했다. 이연은 단도직입적으로 회의의 말길을 열었다.

　"원균은 어떤 사람이오?"

　류성룡이 긴장하며 눈치를 살폈다. 윤근수의 무리들은 요사이 이연의 의중을 간파하고 원균으로 이순신을 대체하고자 안달이 나있는 상태였다. 류성룡이 선수를 쳤다.

　"원균은 첫 수전에서부터 착오를 일으켜 영남의 수군 중에는 원망하고 등진 자가 많습니다. 그러니 바다를 원균에게 맡길 수 없다는 것은 분명합니다. 더구나 이순신과 원균이 사이가 나쁜 것은 사실이며, 이는 조정에서도 모두 아는 바입니다. 소신의 생각에 수륙의 차이가 있더라도 함께 협동해야 할 것 같아서 두 사람이 모여 의논하게 해봤으나 원균은 발끈하며 노기를 보였습니다."

　이연이 무심한 척 다시 물었다.

　"이순신도 그러하오?"

　이원익이 곧이곧대로 대답했다.

　"이순신은 스스로 변명하는 말이 별로 없었으나, 원균은 기색이 늘 발끈했습니다. 예전의 장수들 중에도 공을 다툰 자는 있었으나, 원균은 심했습니다. 소신이 올라온 뒤로도 '원균은 이순신에 대해 분한 말을 매우 많이 했다'고 합니다. 이순신을 한산에서 옮기면 일마다 모두 잘못될 것이니, 한산에서 옮기는 것은 결단코 곤란합니다. 원균은 그대로 병사로 있도록 하교하시는 것이 나을 듯합니다."

일이 만만치가 않았다. 이연이 도움을 청하듯 믿음직한 윤두수를 힐끗 보며 말했다.

"난처한 일이오."

윤두수가 이연의 눈짓을 받아 적시에 끼어들었다.

"이순신이 후진인데 지위가 원균의 위에 있으니 발끈해서 노여움을 품었을 것입니다. 그러니 필히 조정에서 잘 헤아려 처치해야 할 것입니다."

이연이 윤두수가 만들어준 기회를 잡아 좌중을 휘둘러보며 말했다.

"내가 일전에 듣기로는, '당초 군사를 청한 것은 실로 원균이 한 것인데 조정에서는 원균이 이순신만 못하다고 생각했기 때문에 원균이 그렇게 노하게 됐다'고 하오! 또 '적을 사로잡을 때에도 원균이 선봉에 섰다'고 하오!"

상상을 초월하는 이연의 발언이 좌중의 말문을 단호하게 막아버렸다. 동서고금을 통해 '군사를 청한 공!'이란 과연 어떤 공일까? 아, 그런 일이 앞으로 있긴 있을 것이다. 이연은 전란이 끝난 후 명에 군사를 청하느라 고생한 정곤수 등을 바로 그런 공신으로 삼았다. 그렇더라도 어이없는 건 이연은 정곤수의 공을 감히 명군의 공과 비교할 생각도 못했으면서, 원균의 '군사를 청한 공'은 이순신의 공보다 낫니 못하니 하며 잘도 비교하고 있다는 점이다.

이연은 그것만으로는 스스로 조금 이상했는지 원균이 '적을 사로잡을 때 선봉에 선 공!'이 있다며 좌중을 윽박질렀다. 이연은 이렇게 '이순신의 〈옥포파왜병장〉의 전공보고에 왜곡이 있었다' 는 공개 선언을 했다. 왜적의 파죽지세 공세를 막아내 조선의 한숨을 돌리게 한 이순신의 첫 전공이 남의 공을 가로챈 파렴치한 죄로 돌변하는 순간이었다. 과연 그때 무슨 일이 있었던 것일까?

3

　1592년 4월 13일, 전쟁이 시작됐다. 하지만 이순신은 이틀 후인 4월 15일 해질 무렵에서야 경상 우수사 원균, 경상 좌수사 박홍, 경상도 관찰사 김수 등으로부터 전통을 받았다. 그는 급히 관할구역에 공문을 돌리고 전투태세에 돌입했다. 부산 방면은 왜적이 침공해오자마자 거의 한순간에 허망하게 무너졌다. 부산진성 정발과 동래성 송상현의 결사항전은 조선의 처절한 자존심을 보여준 것에 불과했다. 조선의 군사들이나 백성들은 예고된 적 앞에서 혼비백산했다. 너나 할 것 없이 사냥꾼을 피해 달아나는 짐승들처럼 우왕좌왕하며 살길만을 찾기에 바빴다.
　동래 우수영의 경상 우수사 원균도 허둥대며 살길만을 찾았다. 그는 부산 앞바다를 까마득히 뒤덮고 있는 왜 전선들을 멀리서 훔쳐보고 전의를 완전히 상실해버렸다. 무엇보다 왜 전선에서 휘날리는 깃발의 위세는 원균의 기세를 꺾는 데는 아주 효과적이었다. 이성을 잃은 원균이 가장 먼저 용감하게 한 일은 자신의 군영을 불태우고, 명령을 기다리고 있는 크고 작은 전선 백여 척과 화포 등 무기를 바닷물에 스스로 침몰시키는 일이었다. 그때 원균은 전선을 규합해 이순신이 있는 전라 좌수영 쪽으로 도주할 엄두조차 내지 못하고 있었다. 그는 자신의 군영을 그런 식으로 숨넘어가듯 청야해버린 것이 얼마나 얼빠진 행동이었는지를 나중에서야 깨달았다.

원균은 무장이었지만 무장도 살아야 했다. 그의 생각에 싸움 자체가 되지 않는 적을 상대로 자살할 이유는 없었다. 원균은 남겨놓은 자신의 배를 타고 옥포 만호 이운룡, 영등포 만호 우치적, 율포 만호 이영남과 함께 사천 해포에 허겁지겁 숨어 들어갔다. 1만여 명의 군사들은 각자 살길을 찾아 어디론가 흩어진 뒤였고, 그의 주위에 싸울 수 있는 군사는 단 한 명도 없었다. 단지 미처 도망가지 못한 채 원균의 협박으로 발목이 잡힌 수십여 명의 노 젓는 격군들만이 그의 도망 길을 위해 함께하고 있었다.

해포 포구의 허름한 주막에서 넋 나간 4인이 막걸리 사발을 비우고 있을 때였다. 피는 물보다 진했다. 어떻게 알았는지 원균의 동생인 선전관 원전이 용케 그들을 수소문해 초유사 김성일의 공문을 가지고 왔다. 눈앞의 왜적들을 보고서야 비로소 왜적이 쳐들어왔다는 걸 어쩔 수 없이 인정한 김성일도 나름 혼신의 힘을 다하고 있었다. '고성의 함락된 성에 왜적들이 모두 철수했고, 군량도 남아있으니 되찾으라'는 명령이었다. 원균은 싸울 엄두를 내지 못해 마땅치 않았지만 공문을 읽고 없는 힘을 냈다.

'성이 비어있단 말이지…….'

"모두들 일단 고성으로 가보십시다. 가서 백성들을 모아 성을 지킬 수 있으면 지켜보는 거고……."

조촐한 원균 일행이 배를 성벽 앞 고을에 댔다. 일행이 배에서 내려 성문 쪽을 향해 조심조심 고양이 걸음으로 다가섰는데 뭔가가 많이 잘못돼있었다. 아니, 입바르게 말하자면 잘못된 게 하나도 없었다. 왜적들이 '무려 백여 명' 씩이나 돌아와 성을 지키고 있었으며, 우물쭈물하며 왜적들의 명령을 받고 있는 상당수 조선인들까지 있었다.

"이런 젠장! 빈 성이 아니잖은가!"

언제나 거저먹기를 좋아하는 원균은 성을 비워놓지 않은 왜적들에게 크게 실망했다. 백여 명의 왜 수비병들이 백만 대군처럼 보였다. 민병을 끌어모을 만한 재간도 없었고, 설령 기습적으로 허술한 성을 탈환해 지키고 있어봤자 왜적 본대에 크게 당할 것이 뻔했다. 오히려 빈 성이 아닌 게 핑계를 위해서는 너무 다행이었다. 사실 원균은 처음부터 김성일의 명령 때문에 어쩔 수 없이 한번 둘러보러 왔을 뿐이었다. 용감한 원균은 싸우고 싶지만 싸울 수 없는 상황 때문에 너무나 화가 난다는 듯 표정까지 관리하며 내뱉듯이 말했다.

"다 틀렸소! 돌아갑시다!"

다시 돌아와 앉은 해포 포구의 퀴퀴한 주막은 그들의 초라한 행색과 아주 잘 어울렸다. 그들은 전보다 한층 더 과묵했고, 우울했다. 주막집 똥강아지 한 마리가 그들 옆에 앉아 조선의 앞날을 걱정하듯 그들을 말똥말똥 쳐다보고 있었다. 말로만 용감했던 원균은 이미 모든 의욕을 잃어버린 상태였다. 그는 자신을 물끄러미 지켜보고 있는 강아지의 순진한 눈망울이 조금 부담스러웠다.

"아, 저리 가! 이놈의 똥강아지를 그냥 콱……."

강아지에게 발길질 하려는 양 겁을 줘봤지만 사안이 사안인지라

강아지도 황급하게 뒤로 몇 발자국만 물러서더니 다시 같은 모습으로 앉아 원균을 지켜보기 시작했다. 원균은 강아지를 흘낏 한번 째려보더니 이내 포기하고, 하고 싶은 말을 꺼냈다. 그는 취한 상태로 횡설수설했지만 요지는 분명히 있었다.

"이게 뭡니까? 처음부터 경상 좌수영에서 저항 한번 못해보고 부산 앞바다를 내준 게 화근이오. 박홍 좌수사가 조금만 막아줬어도 내가 어떻게 해보는 건데……. 흐흠, 이제 나는 더 이상 모르겠소. 다들 내지로 올라가 몸을 피한 뒤 기회를 보십시다."

원균의 요지인즉슨 '이 사태는 자기 책임이 아니고, 일단 육지로 도망가자'는 얘기였다. 이운룡이 제동을 걸었다.

"장군에게 나라의 중대한 책임을 맡긴 이상 죽더라도 응당 관할 구역 안에서 죽어야 합니다. 이곳은 호서와 호남으로 통하는 목구멍과도 같아서 이곳을 잃으면 호서와 호남이 바로 위험에 처합니다. 지금 우리 군사들이 흩어졌지만 어떻게든 다시 모을 수 있을 겁니다. 호남의 수군에게 지금 곧장 이곳으로 와달라고 구원 요청을 한번 해보십시오."

이영남도 맞장구를 쳤다.

"장군은 임금의 명령을 받아 수군절도사가 됐는데, 이렇게 군사를 버리고 뭍으로 올라간다면 뒷날 조정에서 죄를 조사할 때 뭐라고 해명할 겁니까? 그럴 것이 아니라 전라도에 구원병을 청해 왜적과 한번 싸워보고, 이기지 못하겠으면 그 후에 도망가더라도 늦지 않을 것입니다."

원균이 술에 취한 몽롱한 눈으로 원전을 바라봤다. 원전도 힘으로만 치면 원균과 난형난제의 장사였다. 병약한 이연은 그들 형제의 그런 힘쓰는 재주가 언제나 좋았다. 하지만 원균은 몰아닥친 왜적을 상대로 힘은커녕 용도 한 번 못 써보고 달아났고, 원전은 이곳까지 원균을 찾아 헤매는 데 가진 힘을 다 썼을 뿐이다. 술기운이 얼큰하게 올라 볼이 붉어진 와중에도 원전이 나름 현명한 대답을 했다.

"형님, 초유사도 그런 뜻이 있었습니다. 제가 돌아가서 그렇게 전하겠습니다."

별 근거는 없었지만 자신을 명장이라고 믿어 의심치 않던 원균은 당혹감을 느꼈다. 왜적 없는 평화 시에는 '용맹'하면 누가 뭐래도 바로 자신이었는데, 막상 왜적이 들이닥친 전시가 되자마자 '이 인간들이 자신보다 더 용감하다'는 불편한 진실이 온 누리에 퍼질 판이었다. 더군다나 보통 사람들은 웬만큼 술에 취하면 없던 만용이라도 내는 게 정상이었지만 원균은 아직 술에 덜 취했는지 혼자서만 '육지로 도망가자'는 의견을 냈으니 겨자씨만큼 겨우 남아있던 체면조차 아예 짓뭉개진 꼴이었다. 원균이 술도 깰 겸, 새 출발을 다짐하듯 도리질을 한 차례 크게 하더니 이영남에게 말했다.

"그럼 이 만호가 전라 좌수사에게 가보시오."

그들은 육지로 도망가지 않고, 이순신에게 구원병을 요청하기로 '용단'을 내렸다. 그들의 결정을 근심스레 지켜보던 애국적인 강아지도 내심 기뻤는지 자리에서 벌떡 일어나 고개를 끄덕이며 크게 짖기 시작했다. 원균은 비틀거리며 일어서더니 아까부터 거슬리던 그 재수 없는 똥강아지의 엉덩이를 힘껏 걷어차 버렸다. 기어이 엉뚱한 화풀이를 당한 강아지가 '깨갱'하며 주막집 문밖으로 부리나케 달아났다. 군견도 아니면서 괜한 관심을 보인 것이 애초부터 잘못이었다. 어쨌든 그때만 해도 그들과 주막집 통강아지 모두는 '도망가지 않고 이순신에게 구원병을 요청'키로 한 이 결정이 훗날 이연으로부터 그렇게 큰 공치사를 받을 줄은 상상도 못했다.

4월 18일 미시(오후 1~3시), 이영남이 원균의 공문을 가지고, 이순신을 찾아왔다. 그의 행색이 말이 아니었다. 지휘관을 잘못 만나 졸지에 그 지경이 됐지만, 그는 왜적들을 열두 번도 더 격멸시키고도 남을 기개를 갖고 있었다. 의분을 주체하지 못한 이영남이 앞뒤 가리지 않고 막무가내로 말했다.

"지금 당장 출동해주십시오. 원 수사가 간절히 기다리고 있습니다."

이순신이 이영남의 비분강개하는 모습을 눈여겨보며 대답했다.

"어떤 상황인지는 내 충분히 알겠소. 하지만 각각 분담한 경계가 있으니 조정의 명령 없이 함부로 경계를 넘어갈 수는 없지 않겠소?"

이연은 전쟁 중에도 일선 지휘관들이 자신들의 관할지역을 넘어 병력을 함부로 움직일 수 없게 해놨다. 지휘관들은 다른 지역을 지원해야 할 전장의 급박함, 관할지역을 함부로 넘나들 수 없는 공식적 지휘체계, 그리고 비밀병부에 의한 이연의 무책임한 명령 사이에서 목숨을 건 줄타기를 계속해야 했다. 이순신은 신중했고 이영남은 마음만 급했다.

"아, 지금 그런 걸 따지고 있을 때가 아닙니다. 나라가 결딴이 나고 있는 판국인데 원……."

이순신의 목소리도 깐깐해졌다.

"바로 이런 상황을 대비해 조정에서 법을 만든 것이 아니오?! 대책 없이 경계를 넘어서다 비어있는 이쪽으로 침공해 들어올 수도 있는 일이니 대비를 소홀히 할 수 없소. 지금 이곳 앞바다까지 적들이 얼마나 침투해 들어왔는지 사정을 은밀히 살펴보도록 하겠소. 그리고 내 따로 경상도 관찰사에게 '조정에 구원병을 요청하는 장계를 급히 올리라'는 연락을 취하겠소."

4월 20일, 이순신은 경상도 관찰사 김수로부터 '조정에 구원병을 허락해달라는 장계를 올렸다'는 공문을 받았다. 그간에도 원균은 술만 들이켜면 사람을 보내 막무가내로 '모든 전선을 이끌고 달려오라'는 재촉을 일삼았다. 이순신은 한숨이 나왔다. 도무지 이해할 수 없는 행동에 아예 어이가 없었다.

'이제 와서는 그렇게 싸우고 싶은 자가 어떻게 자신이 가진 전선을 그렇게 모두 바닷물에 처박아 버렸단 말인가?'

4월 26일과 27일에서야 출동을 허락하는 조정의 공문이 연이어 도착했다. 이순신은 그날 즉시 '29일에 모두 모여 구원 나가겠다'는 장계를 올렸다. 30일에, 그리고 5월 4일에 한 차례 더 출동 장계를 올렸다. 출동이 며칠 늦어진 것은 전라 우수사 이억기 함대가 기다려도 오지 않아서였다. 이억기는 한 달 뒤인 6월 4일에서야 당포에서 25척의 전선을 이끌고 합류했다.

불행히도 이순신의 장계들은 이연에게 전달되지 못했다. 이연이 한성을 버리고 동가식서가숙(東家食西家宿)하며 도망 다니느라 모든 것이 뒤죽박죽이 된 까닭에 그 장계들을 받을 수가 없었던 것이다. 그렇게 해서 원균은 싸우고 싶어 안달이 나 구원병을 요청한 대단한 위인이 됐고, 이순신은 어떻게든 싸움을 피하고 싶어 보름이 지나서야 어쩔 수 없이 미적미적 출동한 비겁한 졸장부가 됐다.

5월 5일, 이순신은 판옥선 24척, 협선 15척, 포작선 46척을 거느리고 출동했다. 하지만 그날 원균은 만나기로 한 당포 앞바다에 나타나지 않았다. 그는 다음날 아침에서야 어디서 수습했는지 몇몇 장수들을 판옥선 한 척에 태우고 나타났다. 5~6일에 와있던 이영남의 협선 한 척, 우치적, 이운룡의 판옥선 두 척을 합해 모두 네 척이었다. 이들이 합동으로 전투에 임했다. 7일, 옥포에서 전투가 있었고, 이순신의 함대는 26척의 왜적 전선을 격침시키는 놀라운 전과를 올렸다. 경상도 장수들도 그중 왜 전선 다섯 척을 격파하고, 포로 세 명을 생환시키는 전공을 세웠다.

옥포 전투에서 승리했을 때 원균은 누구보다 기뻐했다. 마치 혼자 다 싸운 사람 같았다. 그도 그럴 것이 변명의 여지 없이 죽을죄를 진 패장으로 전락한 그를 이순신의 함대가 기적처럼 구원해줬기 때문이다. 전투가 막 끝나고 아직 부상병 치료와 전선의 점검을 하기도 전인데 원균이 허겁지겁 이순신을 찾았다. 전투를 목소리로만 했는지 그의 목은 말하기조차 힘들 정도로 쉬어있었다.

"하하하, 이 수사! 왜놈들 이거 완전 허당 아니요? 이제는 나 혼자서라도 박살내버릴 수 있을 것 같소."

이순신이 원균의 과장된 행동을 관찰하듯 바라보며 침착하게 말했다.

"자신감을 얻었다니 다행이오."

원균이 이순신의 말을 듣고 보니 말에 뼈가 있었다. 자신의 처지를 비웃는 듯했다. 하지만 그는 이순신을 찾은 목적이 있었다. 쓸데없이 이순신의 비위를 상하게 할 필요는 없었다.

"그런데 저……, 그게 말이오. 한시라도 빨리 이 승전 소식을 주상 전하께 알려야 하지 않겠소?"

"그렇긴 하오만……."

"그래서 말인데, 어차피 전투는 함께했고, 또 그게……, 각자 장계를 올리면 번거롭기도 하니 공동으로 장계를 올리는 것이 어떻겠소?"

원균의 속이 빤했다. 장계가 자세히 기록되면 자신의 당초 행위가 적나라하게 드러날 수도 있고, 이번 전투에서도 승리의 주역은 아니니 대충 묻어가고 싶다는 의사표시였다. 여차하면 그는 묻어가는 정도가 아니라 상황판단을 혼란케 할 애매한 전공보고를 요구할 가능성이 컸다. 원균의 허장성세라면 충분히 그러고도 남을 일이었다. 이순신은 원균의 애초 행각이 괘씸했지만 이번 전투에서 보여준 적극성이 가상하긴 했다. 이순신도 함께 한 전우들의 사기를 위해 전공을 나눠줄 정도의 정치는 알았다.

"무슨 말인지 알겠소. 하지만 아직은 전투가 다 끝난 상황이 아니니 각자든 공동이든 당장 장계를 쓸 여유는 없을 것 같소. 지금은 우선 수습을 해야겠고, 수습이 끝나는 즉시 바로 적진포 쪽으로 전투 출동을 계속해야 하오. 장계는 이번 전투가 마무리되면 그때 천천히 생각합시다."

원균은 이순신이 자신의 멋쩍은 부탁을 기꺼이 받아줬다고 생각했고, 이순신은 원균이 자신의 사심 없는 선의를 잘 이해했을 것이라고 생각했다. 원균은 바로 이 순간, 일생에 거쳐 딱 한 번, 이순신의 인간적인 인품을 높이 평가했고, 그의 융통성 있는 전우애에 매우 감격했다. 원균이 원하는 건 바로 이런 살맛 나는 세상, 이런 인간적인 비리였다.

'생각보다 꽉 막힌 사람은 아니구만……'

하지만 이 호감은 오래가지 않았다. 이 약속 아닌 약속을 이순신은 지키지 않았다. 원균은 부득부득 이를 갈았다. 자신이 무슨 짓을 했는지는 잘 기억나지 않았지만 이놈의 세상이 믿을 놈 한 놈 없이 온통 배신자만 득시글거린다는 것은 확실했다. 원균의 뒤끝은 천추의 한이 돼 역사 속에 남았다. 이순신은 왜 그랬을까? 그에게 무슨 심경의 변화가 있었을까? 아주 큰 변화가 있었다.

다음날인 8일, 적진포 전투를 승리로 이끌고 이순신이 원균과 헤어져 여수로 돌아오려 할 무렵이었다. 송희립이 숨을 헐떡이며 통제선으로 뛰어 들어왔다. 흰 무명천으로 엉성하게 동여매 놓은 그의 팔뚝에선 피가 배어나와 조금씩 흐르고 있었다. 이순신이 놀라 급하게 물었다.

"무슨 일인가?"

송희립은 흥분 상태였다. 성격이 묵직해 왜적들과 싸울 때도 침착함을 잃지 않는 그였다.

"이럴 수는 없습니다!"

"무슨 일이냐니까?"

"원균 수사의 수하들이 우리가 노획한 왜 전선을 빼앗으려고 해서 말렸더니 제게 활까지 쏘아대며 대들었습니다. 다른 군관 한 명도 부상을 입었습니다."

"뭐시라!"

이순신은 더 이상 말을 잇지 못하고, 잡고 있던 자신의 큰 칼자루를 배 밑바닥에 세차게 내리쳤다. 아마도 이번 적진포 전투에서 원균과 그 수하들이 별로 한 일이 없자 체면을 세우려고 그런 짓을 한 모양이었다. 있을 수 없는 일이었다. 어차피 모두가 함께한 전투였으므로 사기 진작을 위해 사정을 봐가며 전공을 나눠줄 수는 있었다. 하지만 전공을 빼앗기 위해 우군을 향해 무기를 겨눌 수는 없는 일이었다. 이순신은 한마디 더 확인했다.

"원 수사도 그 자리에 있었는가?"

"뒤에서 모두 보고 있었습니다. 원 수사가 시키지 않았다면 그런 일이 벌어질 수는 없습니다."

"……."

이순신의 표정이 하얀 석고처럼 창백하게 굳어졌다. 이해하고 넘어갈 수 있는 일이 아니었다. 차후를 위해서라도 이런 위험천만한 일은 그냥 봐넘길 수가 없었다. 반드시 이에 상응하는 조처가 필요했다.

'상종 못할 인간들이군…….'

이순신은 여수 좌수영으로 돌아온 5월 10일 밤, 홀로 장계를 썼다. 〈옥포파왜병장〉이었다. 흔들리는 촛불에 비친 그의 얼굴은 한 치의 흔들림도 없었다. 모든 사실을 가감 없이 엄밀히 기록했다. 원균 측의 공노할 행동까지 모두 기록했다. 이순신과 원균은 이 장계를 계기로 완전히 갈라섰다. 하지만 전공을 만들어서라도 전공을 세우고 싶은 원균의 이상 행동은 결코 여기서 그치지 않았다. 이순신도 물러서지 않고 기회 있을 때마다 원균의 비루한 행동을 조정에 낱낱이 고했다.

이순신은 〈당포파왜병장〉을 통해 5월 29일에 있었던 사천포 해전 다음날의 원균 모습을 이렇게 묘사했다.

"원균은 이전 싸움에서 패한 후, '군사 없는 장수'가 돼 지휘통솔

할 일이 없었기 때문에, 맞붙어 싸운 곳들을 찾아가서 화살이나 탄환에 맞아 죽은 왜적들을 찾아내 그 목을 베어 왔습니다."

그 장계는 또한 당항포 해전 다음날인 6월 6일 새벽, 바깥 어귀에서 끝까지 잠복해서 적선을 크게 격파한 방답 첨사 이순신(李純信)의 보고를 그대로 인용해 원균 모습을 이렇게 보고했다.

"그날 진시(오전 7시~9시)에 적선을 불태울 때, 경상 우수사 원균과 남해 현령 기효근 등이 뒤늦게 그곳까지 따라와서는 물에 빠져 죽은 왜적들을 돌아다니며 찾아내 건져서 목을 베었는데 50여 급이나 됐습니다."

기효근도 이전에 이순신과 악연이 있는 인물이었다. 임진왜란 발발 직후, 이순신은 휘하의 이언호로부터 '남해 현령 기효근 등이 왜적 소식만 듣고는 도망가버려 관아와 민가가 모두 텅 비고, 곡식과 무기 등도 흩어져 없다'는 보고를 들었다. 이순신은 '만약 사실이라면 청야하라'고 휘하의 송한련을 보냈다. 송한련이 돌아와서 '남해는 이미 군기 등 물자가 모두 흩어져 남은 것이 없다'는 보고를 했다. 하지만 사정이 간단치가 않았다. 기효근은 도망갔다 다시 눈치 보며 돌아왔다. 청야된 남해를 보고 겁이 난 그는 초유사 김성일에게 '자신이 상황 파악을 위해 잠깐 바다에 나간 사이, 이순신이 아무 문제도 없던 남해를 청야해 성을 지키기가 힘들다'는 거짓 보고를 했다. 이순신의 눈에 그렇게 '말 좋은' 기효근과 '요령 좋은' 원균이 함께 붙어다니며 하는 일들이 결코 곱게 보일 리가 없었다.

이순신은 그 이후 한산대첩을 보고한 〈견내량파왜병장〉에서도 직언을 그치지 않았다.

"신은 당초에 여러 장수와 군졸들에게 약속하기를, '전공을 올리

려는 생각으로 서로 다투어 왜적들의 머리를 자르려다가는 도리어
해를 입고 죽거나 다치는 예가 많다. 이미 적을 죽였다면 비록 머리
를 자르지 않더라도 전공을 평가할 때 힘껏 싸운 사람을 으뜸 공로
자로 치겠다'고 거듭 타일렀기 때문에 목을 벤 숫자는 많지 않습니
다. 하지만 전공을 세웠다는 경상도의 여러 장수들은 작은 배를 타
고 뒤에서 바라보고 있다가 적선이 30여 척이나 깨지는 것을 보고
는 구름같이 모여들어 왜적들의 목을 잘랐습니다."

한산대첩 이후, 원균은 자신도 뭔가 '큰 공을 세웠다'고 따로 보
고했다. 거기에는 '죽은 왜적들의 목을 주워 보낸다'는 말은 결코
없었다. 죽은 자는 말이 없었다. 조정에서도 전공평가 문제로 골치
가 아팠다. 물증 없는 장계만으로 전공을 평가하자니 보고자의 인
품을 믿을 수가 없고, 물증만으로 전공을 평가하자니 그 물증이 획
득되는 경로의 왜곡을 막을 수가 없었다. 두 장계를 비교하며 고민
하던 비변사가 이연에게 이렇게 보고했다.

"경상 우수사 원균의 승첩을 알리는 계본은 바로 얼마 전 이순신
이 한산도 등에서 승리한 것과 같은 때의 일입니다. 싸움에 임해서
는 위아래가 있고 공에는 대소가 있는 것이어서 그사이에 차등이
있기 마련입니다. 하지만 이곳에서는 알기가 어렵습니다. 적을 벤
것으로써 대략 논하면 힘을 다해 혈전했음에는 의심이 없습니다."

전장에서의 전공은 목숨을 담보로 세워지는 것이다. 전공평가는
개인적 문제로 끝나는 것이 아니다. 전공평가가 균형을 잃는 순간
당연히 나라의 목숨도 위태로워진다. 전투에서는 지고 전공평가에
서는 이기거나, 전투에서는 이기고 전공평가에서는 지는 일이 벌어
진다면 누가 그렇게 은혜를 모르는 나라를 지키기 위해 나서겠는

가? 전쟁 초부터 의도했던 바는 아니었지만 이연의 조선은 극히 위태로운 길을 걷기 시작했다.

이순신은 훗날에도 자신의 〈옥포파왜병장〉에 티끌만 한 후회도 없었다. 그도 물론 원균이 이 장계 이후로 자신과 척을 졌다는 사실을 잘 알고 있었다. 하지만 어쩔 것인가? 이순신과 원균의 어쩔 수 없는 인생관의 충돌이었다. 원균은 이 세상의 질서를 자신이 새로 만들려는 듯한 오만한 이순신을 이해할 수 없었다. 원균은 결코 주어진 질서와 싸우지 않았다. 다들 그렇게 사는데, 그렇게 못하는 사람이 오히려 바보였다. 하지만 모두가 원균처럼 요령 좋게 살 수는 없는 일이었다. 이순신도 때론 작은 요령을 알았지만 아무리 그래도 세상일의 본말을 전도시킬 수는 없었다. 어쨌든 이순신은 이 장계로 인해 '원균과의 약속을 어기고 홀로 장계를 올려 원균을 모함하고 남의 공을 빼앗아간 파렴치범'이 됐다.

4

대강의 진실을 알고 있는 이연은 새록새록 옛 기억을 떠올리며 묘한 기분에 빠져들었다. 그때 갑자기 류성룡의 진실한 목소리가 실내를 크게 울렸다. 원인 없는 결과만을 담고 있는 어정쩡한 진실이었다.

"원균은 가선이 됐을 뿐인데 이순신은 정헌이 됐습니다. 바로 그 때문에 원균이 분노한 것입니다."

순간 멍 때리고 있던 이연이 고개를 흔들며 제정신을 차렸다. 류성룡의 어정쩡한 진실은 당장 이연의 좋은 먹잇감이 됐다. 이연이 묘하게 말을 비틀어 받았다.

"그럴 만도 하오. 군사를 청해서 수전한 것은 단연 원균에게 그 공이 많고, 이순신은 그저 따라간 것이라 들었소. 그렇게 본다면 이순신이 왜자를 잡은 것이 원균보다 많다 하더라도 공을 이룬 것은 실로 원균에게서 비롯된 것이 아니오?"

한마디로 '이순신이 원균을 무함하고, 그의 공을 빼앗았다'는 말이었다. 말하자면 원균이 구원해달라는 청을 안 했으면 수전은 없었고, 따라서 이순신의 공은 곧 원균의 공이 아니냐는 이연의 궤변이었다. 그런 식이라면 원균을 낳아준 것은 원균의 어머니이므로 모든 공은 원균의 어머니, 아니, 차라리 조상인 단군에게 있다고 우기는 편이 훨씬 더 참신했을 것이다. 그 좋은 머리로 조선을 그 지경으로 만든 것이 믿어지지 않을 정도였다. 이원익이 눈살을 찌푸리며 이순신을 위해 급히 변명을 해줬다.

"신이 예전에 원균에게 '그대의 공이 이순신보다 나을 수는 없다'고 조용히 말했더니, 그는 '이순신은 구원하지 않다가 천 번, 만 번 불러서야 비로소 진군했다'고 억지 주장을 폈습니다. 원균이 침범당한 경상도에서 급히 구원요청을 했음에도 불구하고 이순신이 즉시 그렇게 하지 못한 것은 그 형세에 그만한 이유가 있었던 것입니다. 호남을……."

그때 승지 이덕열이 이연의 충신이 되고 싶어 안달이 나 이원익의 말을 자르며 끼어들었다.

"'이순신은 원균이 열다섯 번이나 부른 뒤에야 비로소 출전해 적선 60척을 잡았다'고 합니다. 그리고는 마치 자신이 앞장서 공격한 것처럼 자기 공을 신보했다 합니다."

이연의 눈치가 빤히 보였지만 이원익도 물러서지 않고 하던 말을 계속했다.

"호남을 비운 틈을 타 적선이 호남으로 돌진해올 우려가 있었기 때문에 사정을 살피느라 어쩔 수 없이 뒤에 간 것입니다. 그리고 이순신이 왜적들을 직접 잡지 않았더라도 그의 관하가 잡은 것은 많았습니다. 참급이 많은 것으로 논한다면 원균보다 많습니다."

보다 못한 정탁이 중재했다.

"전공 다툼이라는 면에서 볼 때, 그들 두 장수 모두 잘못이 있습니다. 하지만 이순신 또한 가볍지 않은 장수입니다. 그러니 하교로 화해시켜서 뒷날의 공효를 기대하는 것이 어떻겠습니까?"

원균에 대한 매스꺼움이 여전히 가시지 않았는지 이원익이 이연을 상대로 여전히 고집을 부렸다.

"원균은 당초에 크게 패한 반면, 이순신은 홀로 패하지 않고 공을 세웠습니다. 다툼이 일어난 단초가 여기에 있습니다."

"경들의 뜻은 모두 알았소."

이연은 더 이상 길게 말하지 않았다. 그의 목적은 이미 이뤄졌다. 자신의 입을 통해 '이순신은 파렴치하게 남을 무함하고 그 공을 가로챈 죄를 지은 자'임을 선언했고, 이는 이제 역사에 기록돼 하나의 정설이 될 것이었다. 역사의 기록을 곧이곧대로 믿지 않는 의심 많은 시선이야 종종 있겠지만 그들이 뭘 어쩌겠는가? 역사든 현실이든, 진실처럼 포장된 누명이면 그것으로 충분했다. 단지 이연은 이 누명을 어느 정도로 활용할지 아직은 결심하기가 힘들었다.

5

11월 중순, 권율은 한 통의 서장을 이연에게 올렸다. 그는 그 서장에서 '지금이라도 서둘러 육상 병력을 증강하고, 수군을 부산 앞바다에 진출시켜서 보급로를 막아야 한다'고 적었다. 이 오래된 계책 말고 한 가지 더 특별한 얘기를 했다. 그것은 '병가의 계책은 흔히 기묘한 꾀에서 나오고 속임수를 꺼리지 않으니, 왕자와 대신을 형편상 인질로 보내겠다거나, 화친해서 통상하기를 바란다거나, 혹은 왜의 밀사 겸 이중첩자 평경직·요시라에게 높은 벼슬을 주거나 해서 시간을 번 다음 일시에 집중 공격하는 것이 어떻겠느냐'는 속임수 계책이었다. 이 중 요시라 문제는 이연과 비변사 모두가 진지하게 고려했다.

11월 하순, 부체찰사 한효순도 조정에 치계를 올렸다. 거기에는 군관 송충인이 부산에 들어가서 요시라로부터 얻어낸 첩보가 들어 있었다. 그 첩보는 '가토는 조선이 감사하게 생각하지 않았기 때문에 화해가 이뤄지지 않았다 해서 다시 침입할 생각을 하고 있는데, 거사는 1월이나 2월 사이에 있을 것이고, 가토가 사전 조치를 위해 선발부대로 먼저 올 것이다'는 내용이었다.

이날 이연은 요시라와 통하는 김응서 진영에 권율의 제안대로, 요시라와 평경직에게 내릴 벼슬첩인 절충장군과 호군의 공명고신 각각 한 통씩, 그리고 해사의 은자 200백 냥을 급히 만들어 보냈다.

그리고 이 뜻을 비밀리에 도체찰사 이원익과 도원수 권율에게도 알리도록 했다.

1596년 12월 5일, 이연은 승정원에 왜적을 방어하는 여러 방도에 대해 전교했다. 다가올 전란에 임하는 이연의 모든 음모와 계책이 들어있었다. 그 전교는 조선의 운명을 담고 있었다.

"가토가 1~2월 사이에 조선으로 나온다고 한다. 그러니 통제사에게 명해 정탐꾼을 파견하거나, 왜인에게 후한 뇌물을 주거나 해서, 가토가 나오는 기일을 알아내 바다를 건너오는 날 해상에서 요격하는 것이 상책이다. 다만 바다를 건너오는 날을 알아내기가 어려울 따름이다."

이연에게 '한 가지 기발한 계책'은 결코 포기할 수 없는 희망이었다. 이연은 지금 당장 원균으로 이순신을 교체하지 않고 사태의 추이를 지켜보기로 했다. 그것이 더 나을 듯싶었다. 성공하면 일단 그것으로 충분하고, 실패하면 아예 이순신의 목숨을 제거해버릴 핑계로 삼으면 될 것이었다. 어떤 경우든 이연은 이 요격 작전에 대한 기대가 컸다. 적어도 일본에서 막 건너온 황신을 만나기 전까지는 그랬다.

6

1596년 12월 21일, 신시(오후 3시~5시)에서 3경(밤 11시~새벽 1시)까지 장장 '4시진(8시간) 동안' 이연은 별전에서 황신을 인견했다.

그 자리에는 이연과 황신, 그리고 사관 딱 세 사람뿐이었다. 황신이 일본에 사신으로 파견됐다 다시 돌아온 지 얼마 되지 않은 때였다. 이날 밤, 암울한 역사가 이뤄졌다.

이연이 황신의 절을 받고 노고를 치하했다.

"나라의 일로 외국에 왕래하느라 네 노고가 많았다."

황신이 대답했다.

"왕명을 바로 전달해야 하는 사신의 직책을 제대로 수행하지 못했으니 만 번 죽어 마땅합니다."

"그것은 사신의 죄가 아니니 미안해하지 말라. 그곳 적들의 정세는 어떠하던가?"

이렇게 시작된 대화는 끝을 몰랐다. 이연의 귀에는 황신의 입에서 나온 모든 말이 귀했다. 이연이 본격적으로 물었다.

"가토가 장차 올 것이라고 하는데 사실인가?"

"가토 등이 나오는 것은 2~3월경이 될 것이고, 또 온다 하더라도 반드시 울산이나 기장 등의 읍성에 진을 치고 있으면서 관백의 명령을 기다릴 것이라고 합니다."

"고니시는 화친을 주장하고 가토는 싸움을 요청하는 등, 두 사람의 하는 짓이 서로 엇갈려 화합되지 않는 점이 있으니 이를 어떻게 봐야 하는가? 혹자는 두 사람이 앙숙이라고 하던데 정말 그렇게 봐도 되겠는가?"

"말하는 태도를 감안해 취지를 살펴보면 그들의 의견은 확실히 서로 다릅니다."

"고니시 등이 화친할 것을 힘써 주장함은 무슨 까닭이며, 가토만이 홀로 전쟁을 주장함은 또 무슨 까닭인가?"

"당초 자기네들끼리의 자중지란에 대해서는 신이 그 내막을 잘 알지 못합니다. 하지만 대체로 인정이란 것이 남보다 위에 있기를 좋아하고, 아래에 있기를 싫어해서 둘 사이에 다툼이 생긴 듯합니다. 신이 느끼기에는 고니시는 우리를 돕는 것으로 자신의 이득을 취하는 것 같았습니다."

"그래, 네가 잘 봤다."

"이런 말씀 올리기는 황송하옵니다만 왜적들은 왕자를 인질로 다시 보내고, 정기적으로 사신과 예물을 보내라는 협박까지 했사옵니다."

왕자 얘기가 나오자 이연이 놀라 안색이 바뀌었다.

"적이 기어이 왕자를 다시 인질로 삼겠다며 집착하는 이유가 대체 무엇인가?"

황신도 그랬지만, 이연은 더욱더 명일 간의 강화협상이 애초부터 모두 사기극이었다는 사실을 알 수가 없었다. 명으로부터 책봉만 받겠다는 일본이 어이없게 조선의 왕자를 인질로 요구하고 있으니 도무지 이해가 안 간 것이다. 어쨌든 이연에게 왕자 얘기는 두 번 다시 생각하기도 싫은 악몽이었다. 전란 초기인 1592년 7월 23일, 회령에서 피난 중이었던 장남 임해군과 5남 순화군은 그곳에 귀양 와있던 아전 국경인의 배신으로 붙잡혀 가토에게 넘겨졌었다. 다행히 1년여 후, 강화협상 와중에 풀려났지만 이연은 이후 왕자 얘기만 나와도 식겁하고 있었다. 황신이 나름 짐작대로 친절하게 설명해줬다.

"왜적들은 자신들의 큰 전과였던 두 왕자를 석방함으로써, 큰 보상을 기대했는데 우리가 한 번도 사신을 보내 사례하지 않자 속았다고 생각한 것입니다. 그래서 분한 마음에 엉뚱한 계획을 도모하려는 것입니다."

"대마도는 원래 우리나라 땅이었는데 일찍이 왜적에게 빼앗긴 것이다. 지금은 그곳의 형세가 어떠하던가? 혹시 가서 정벌한다면 쉽사리 빼앗을 수 있겠던가?"

"비록 우리나라가 오늘과 같이 잔폐된 형편일지라도 대마도 정도는 충분히 공격할 수 있을 것입니다. 풍기군은 배를 숨겨둘 만한 곳이 매우 많아, 쉽사리 빼앗을 수 있을 것입니다. 더욱이 그 땅에는 비축된 식량과 채소가 없으니, 아마도 오랫동안 성을 지키며 저항하기도 어려울 것입니다. 그리고 대마도는 바다 가운데 멀리 떨어진 섬이므로 순풍을 만나지 않으면 아무리 급변이 있어도 즉시 왜국과 연락해 도움을 요청하지는 못할 것입니다."

"적이 다시 임진년 때처럼 많은 군사를 거느리고 침입할 수 있겠던가?"

"소신이 자세한 것은 알 수 없으나 만약 다시 기병한다면 잠시 침략하는 것이 아니고 반드시 대거 출동할 것입니다."

"임진년에 침략해왔던 왜적들의 수효는 얼마라고 하던가?"

"10만이라고도 하고 20만이라고도 해서 누구의 말이 옳은지는 모르겠습니다. 다만 설치한 진영이 길로 연결돼 경성에서 북도까지 뻗쳐 있었고, 또한 부산에서 한강까지 뻗쳐 있었으니, 병력이 20만이 아니고서는 필시 그 같은 성세를 이루지는 못했을 것입니다."

"요시라는 어떤 인물인가?"

"요시라는 고니시 막하에 있는 작은 두목으로서 미천하지만 영리한 자입니다."

"요시라를 포섭해 가토가 건너오는 날짜를 알아내서 부산 앞바다에서 잡을 생각이다. 가능하다고 보는가?"

황신이 말을 못하고 한참을 머뭇거렸다. 그러자 이연이 다그치듯 다시 물었다.

"왜 말을 못하고 있는가?"

"전하……."

"말하라."

"제 생각엔 좋은 계책이 아닌 듯합니다."

이연의 낯빛이 금세 실망으로 바뀌었다.

"왜 그런가?"

"예로부터 심원한 모책과 비밀스런 계획이 적장으로부터 나온 예는 아직 없습니다. 고니시와 가토는 둘 다 왜장이라는 점에서 다를 바가 없습니다. 그 첩보를 믿을 수가 없습니다."

"그럼 '고니시와 가토 사이가 나쁘다' 는 말은 모두 빈말인가?"

"그런 말씀이 아닙니다. 고니시가 가토와 사이가 나쁘다고 해서 고니시가 곧 조선 편은 아니라는 뜻입니다. 요시라만 해드 그저 이중첩자일 뿐입니다. 우리에게 정보를 주고 그걸 역이용할 수도 있습니다."

"그래……?"

이연은 한참 동안 말없이 생각에 빠져있었다.

'네 말이 맞다.'

이연의 머릿속에, 방심하고 있던 가토의 암살시도에 관한 2년 전 논의가 엊그제 일처럼 갑자기 스쳐 지나갔다. 당시 이연은 '강화에 문제를 일으킬 수 있으니, 적장을 암살할 수 있다 해도 졸대로 도모해서는 안 된다' 는 주장을 폈다. 그렇다면 그 반년 전인 1594년 9월, 역시 강화협상 중이었는데도 불구하고 그가 악착같이 주도했던 장문포·영등포 작전은 어떻게 된 영문이었을까?

1594년 9월과 1595년 2월 사이에 강화교섭 내용에 큰 변화가 있었다. 이연이 무모하게 감행했던 장문포·영등포 작전이 끝난 이후, 명과 일본은—모든 일이 협잡이었지만—책봉사에 대한 합의를 했다. 이 합의에 따라 1595년 1월에 책봉정사 이종성, 책봉부사 양방형이 북경을 출발했던 것이다. 그러니 이연으로서는 그 이후에는 함부로 군사작전을 전개하기가 힘들었던 것이다.

이제 모든 강화협상이 완전히 깨졌다. 그렇다면 다시 '한 가지 기발한 계책' 이 모든 것이었다. 이 일만 해낼 수 있다면 전쟁의 승패는 결정적으로 기울게 될 것이었다. 이순신 숙청 같은 정치문제는 일의 경과에 따라 적절히 꾸며가면 될 일이었다. 이연은 조선의 능력은 염두에도 없이 꿈속에서 부질없는 안달만 계속했었다. 하지만 지금 눈앞의 황신이 그의 꿈을 깨버린 것이다.

7

밤이 점점 깊어졌다. 이연은 홀로 깊은 생각에 빠져 말이 없었다. 황신이 그만 물러가려 했다. 이연은 그에게 그냥 앉아있으라고 말했다. 그러더니 내관에게 '사관 앞으로 촛불을 들고 오라' 고 명했다. 밝은 불빛 아래에서 이연은 기사를 직접 꼼꼼히 확인했다.

잠시 후 나이 어린 내관이 술상을 가지고 오자, 이연이 사관에게 말했다.

"군사기밀을 의논해야 하니 사관은 이제 물러나 있도록 하라."

"전하, 아직 제 할 일이 모두 끝나지 않았사옵니다."

사관이 못내 머뭇거리고 있자, 이연이 결국 이맛살을 찌푸리면서 언성을 높였다.

"사관의 그 충직함이 군사기밀을 새게 할 수도 있다. 충분히 경험했지 않은가? 말해보라. 그렇게 해서 나라가 망하면 역사가 다 무슨 소용인가?"

지금 이 순간, 이연은 자신의 나라가 사관의 역사보다 더 중요하다고 믿고 있었다. 미래를 위하고자 한 사관은 미래를 알지 못했으므로 이연에게 미래의 결과를 내보이면서 항변할 수가 없었다. '군사기밀'에 밀린 '역사'가 침통한 표정으로 묵묵히 기록물과 지필묵을 챙기더니 조용히 방을 나갔다.

귀찮은 역사의 눈과 귀를 물리친 이연이 홀가분한 기분으로 황신에게 술을 권했다. 그리고는 다시 한참 동안 침묵했다. 심상치 않은 기운을 느낀 황신은 말없이 기다렸다. 이연은 마침내 조선의 운명을 좌우할 결심을 했다. 이번 기회에 가토를 잡을 수 없다면 이순신은 이제 더 이상 불필요했다. 그가 깊은 침묵을 깨고 황신에게 말했다.

"나는 너를 믿는다."

황신이 어리둥절하며 대답했다.

"하명해주십시오."

"목숨을 걸고 행할 수 있겠는가?"

"소신 목숨을 걸고 왜국 땅에도 갔었습니다. 무슨 일을 두려워하겠습니까?"

"일보다 비밀을 지키는 것이 더 어렵다."

"목숨을 걸고 지키겠나이다."

"김응서에게 '요시라의 첩보를 받으라' 고 일러라."

"아까 요시라의 첩보는 말씀……."

이연이 말을 끊었다.

"네가 그 첩보를 받아 확인한 후, '가토가 건너오는 것을 요격하도록 이순신의 출병을 명하라' 고 권율에게 전해 이르라. 그리고 너도 도원수를 뒤따라 이순신에게 직접 가서 사정을 잘 살펴보라."

"'첩보를 받아 확인하라' 는 말씀이 무슨 뜻인지 잘 모르겠나이다."

"가토의 도착을 확인하라는 말이다."

"그럼 도착 후에……."

"그렇다. 하지만 빠르면 하루 이틀 전엔 알 수도 있을 것이다. 그때 움직이면 될 것이다."

"……?"

황신은 말이 없었다. 그러자 이연이 말했다.

"'요시라를 믿기 힘들다' 니…… 가토를 잡는 일은 포기했다. 나는 이번 일로 다만 이순신의 충성심을 시험하고자 한다. 그는 아마출병하지 않을 것이다. 내가 그를 잘 안다."

황신의 마음에 어쩔 수 없는 의문이 스며들었다.

'이렇게까지 이순신의 충성심을 시험하는 이유가 뭔가?'

이연이 황신의 마음을 눈치챘는지 아니면 스스로에게 변명이 필요했는지 황신을 향해 다짐을 해뒀다.

"나는 지금 이순신의 불충으로 인해 이 전란을 지휘할 수가 없다. 두고 보거라. 그는 결코 움직이지 않을 것이다. 출동 후에 상황을 살펴 싸움을 피할 수도 있을 텐데, 그는 지금 아예 싸울 생각이 없이 한산도에 나자빠져 있다. 이래서야 이걸 군사라고 할 수 있겠느냐? 이를 장차 어떻게 두고만 볼 수 있겠느냐?"

황신이 설득됐다. 아니, 자신을 위해 설득되고 싶었다.

"정보가 늦는다면 장계는 어찌해야 합니까?"

"이순신이 출병하지 않으면 사실대로 안타까운 소회만 적으면 될 것이다. 김응서와 네 장계를 올려라. 아, 원균도 이 문제에 생각이 있다면 한마디 적으라고 일러라."

'아! 원균으로 이순신을……'

황신은 이순신이 그렇게까지 불충한 인물이라면 충직한 원균으로 수군의 수장을 삼아도 좋겠다는 확신까지 생겼다. 이제 마지막 남은 한 가지 의문만 정리해두면 됐다.

"이순신이 만약 권율의 명을 받아 가토가 도착한 후에 뒤늦게 출병하면 우리 수군이 오히려 함정에 빠져 크게 위험할 수도 있습니다."

"알고 있다. 만약 이순신이 출병을 준비하면, '정보가 늦었다' 면서 네가 다시 중지시키면 될 것이다."

황신은 이연의 말뜻이 무엇인지 모두 잘 알아들었다. 그는 이연을 충분히 이해했고, 모든 것이 깔끔했다. 그는 이미 이연의 음모에 깊숙이 빠져있었다. 그는 취기가 오른 와중에도 흐트러짐 없이 힘 있는 목소리로 믿음직하게 말했다.

"하명을 받들겠나이다."

이연과 황신은 '장장 여덟 시간'의 밀담으로 많이 지쳐있었다. 그 긴 시간의 밀담으로 그들은 남들이 쉽게 이해하기 힘든 동지애까지 생길 정도였다. 황신은 정보와 정략적 얘기에 허기졌던 이연을 만족시켜줄 만한 능력이 있었다. 이연은 황신과 밤을 새워 술을 마시며 얘기하고 싶을 만큼 황신이 좋았다. 황신이 이연의 만류를 어렵게 고사하고 취기를 핑계로 물러났다. 아쉬웠던 이연도 취기가 많이 올라 침소에 들었다. 이순신을 때려잡을 공작으로 너무나 보람차고 긴 하루였다.

다음날, 아직 술이 덜 깬 상태에서 이연은 황신을 가선대부에 가자하라고 명했다. 대간은 '그가 사신으로 가서 일을 이루지 못했으니 공은 없고 죄만 있다'고 계속 탄핵했다. 사실 그들의 말이 맞았다. 이연은 아무리 생각해봐도 할 말이 별로 없었다. 이후 한동안 사간원 등에서 황신으로 인해 말들이 많아지자 짜증이 난 이연은 이번엔 정신이 멀쩡한 상태에서 아무도 이해하지 못할 기상천외한 궤변을 작렬시키고 말았다.

"황신의 일처리 여부는 묻지 말라. 나는 그가 홀로 수고해서 상을 준 것이다. 만약 황신이 사신의 일을 성공시켰다면 오히려 상을 줄 수 없을 것이다."

모두는 입을 벌린 채 경악하며 그저 눈만 껌벅이고 있었다. 심지어는 이연 자신조차 스스로의 발언이 터무니없어 고개를 한번 갸우뚱하기까지 했다. 이연의 이 괴이한 발언을 도저히 이해할 수 없었던 훗날의 사관은 '대략 상의 말은 화의가 성립되지 않은 것이 다행이라는 뜻이었다'고 붓 가는 대로 논하고 말았다. 하지만 이연은 강화협상이 실패로 끝나고 다시 전운이 감돌자 도망갈 곳을 찾으며 기겁했었다. 이연의 그때 모습을 생생히 기억하고 있던 당시의 사관은 밤에 잠이 안 올 때마다 궁금증이 도지곤 했지만 잊기로 했다.

'동지섣달 긴긴 밤에 황신과 무슨 일이 있었나 보지……. 내 일이 아니다. 잊자.'

8

1596년 12월 24일, 이연은 이순신을 잡을 공작 한 가지를 더 준비했다. 아무래도 뭔가 미진한 느낌이 들었기 때문이다. 그 미진한 느낌은 실상 이연의 떳떳치 못한 마음에서 나오는 것이었다. 그의 마음이 하늘을 우러러 여러 점 떳떳치 못한데 음해하는 거짓 자료가 태산처럼 쌓인들 어떻게 미진하지 않은 느낌이 들었겠는가? 그는 이조 좌랑 김신국을 은밀하게 불렀다.

"너는 부산 왜 진영의 화재사건을 아느냐?"

"얼핏 상황은 들었사오나 자세한 것은 모르옵니다."

"지난 19일, 명 도사 호응원으로부터 '왜 진영에 불이 나서 1천여 가옥과 미곡 창고, 군기, 화약, 전선이 모조리 탔다'는 게첩을 받았다. 그리고 이건 통제사 이순신의 장계다. 읽어보라."

김신국이 주의 깊게 장계를 읽었다. 15일 자 장계였다. 거기엔 '12일 저녁, 이순신 휘하의 거제 현령 안위와 그의 군관 김난서, 신명학 등이 왜 진영에 불을 질러, 가옥 1천여 채, 화약 창고 두 개, 무기, 잡물, 군량 2만 6천여 석이 쌓여있는 곳간, 왜선 20여 척이 불타고, 왜인 34명이 불에 타 죽었다'는 엄청난 전과가 기록돼있었다. 김신국이 장계를 다 읽자 이연이 말했다.

"나는 이순신 휘하의 부하 몇 명이서 그런 큰일을 해냈다는 사실을 도저히 믿을 수가 없다."

"……."

김신국은 뭔가 골똘히 생각하면서 잠자코 있었다. 그런 그를 이연이 의미심장하게 잠깐 바라보더니 말을 이었다.

"내일 너를 군기선유관으로 임명할 것이다. 그러니 바로 내려가서 사실을 확인해 급히 장계를 올리라. 체찰사와 도원수에게도 긴히 전할 얘기가 있다. 호조 판서 김수에게 출발을 도우라고 말해놓을 것이니, 출발할 때 그에게서 좀 더 자세한 얘기를 들으라."

"잘 알겠습니다."

김신국은 두말하지 않았다. 보아하니, 이연도 그에게 여러 말을 할 필요는 없을 듯했다. 이 정도 말했는데 무슨 말인지를 모른다면 그는 앞으로 은밀한 일을 함께 할 측근 자격이 없는 것이다. 김신국은 충성심을 표정에 드러낸 채 조용히 물러났다. 그리고 이연은 부끄러움을 낯빛에서 감춘 채 열심히 잡념에 빠졌다.

사실을 말하자면, 이연은 이순신의 장계를 철석같이 믿고 있었다. 그가 만약 믿지 않았다면 다음날인 12월 25일 신하들을 모아놓고, 부산 공격을 시도하기 위한 군기선유관으로 김신국을 보내기로 결정하면서, 절대로 이런 말을 할 수가 없었다.

"황신의 말을 들어보건대 지금 왜적들은 겨우 수백 명에 지나지 않다 하오. 하늘이 도와 큰 바람이 강하게 불어 군량 2만 6천 석과 무기, 전선이 모두 불타버렸다 하니, 이는 참으로 하늘이 주신 부산 탈환 기회라 할 수 있소."

이연이 보기에 불은 '바람'이 질렀다. 하지만 불을 지른 것이 바람이든, 귀신이든, 사람이든 어쨌든 그가 '2만 6천 석'이라는 구체적 수치를 제시한 것은 전적으로 이순신의 장계에 의한 것이었다. 이연은 황신의 전언처럼 얘기하고 있었지만 21일에 만났던 황신과는 부산 화재에 대해 말을 나눈 사실이 없었다. 한마디로 이연이 그때까지 접한 정보는 호응원의 게첩과 이순신의 장계뿐이었는데 호응원의 게첩에는 1천여 가옥이 불에 탔다는 것 외에 구체적인 수치는 아무것도 없었다. 그는 오직 이순신의 장계만을 믿고 하늘이 준 기회라며 부산 공격을 제안했던 것이다.

이연은 그날 저녁 홀로 앉아 이순신의 장계 작성 날짜 15일을 25일로 고쳤다. 이제 이연과 김신국 모두는 이 장계를 본 적이 없게 됐다. 본 적이 없으니 이 장계를 토대로 음모를 꾸몄다는 의심을 받을 이유도 없었다. 이렇게 해서 이연은 그 어떤 정보도 없이 '2만 6천 석'의 소식을 홀로 구중궁궐에서 신통방통하게 천리안으로 알아내 25일 신하들 앞에서 공표한 셈이 됐다. 귀신이 곡할 능력이었다.

세상일이 간단치만은 않았다. 황신의 가선대부 제수 때와 마찬가지로 이번에도 상당 기간 소란이 있었다. 이연이 한참을 가지고 있다 29일에 넘긴 이순신의 장계를 사헌부에서 보고는 '선전관 조영이 이순신의 서장 내에 기록한 월일의 숫자에 획을 고쳤다'며 파직을 상소했다. 그리고 '승정원도 이 사실을 알면서 즉시 청죄하지 않았다'며 역시 책임을 물으라고 상소했다. 이연은 그 장계를 다시 가져다 본 다음 담담히 '그렇게 하라'며 시치미를 뚝 뗐다.

이연은 이순신의 장계를 다음날 새해 1597년 1월 1일에 넘겼다. 1월 2일, 부산 화재 사건에 대한 김신국의 장계가 신속하게 올라왔다. 이연의 마음에 꼭 드는 장계였다. 김신국의 장계에는 '부산 방화는 이원익이 군관 정희현을 시켜서 한 일이다. 정희현은 다시 자신의 심복인 부산 수군 허수석과 의논했고, 허수석은 그의 아우 도움으로 큰일을 성사시켰다. 허수석은 벼슬을 원했지만 이원익이 다른 일을 다시 도모하기 위해 벼슬 대신 은으로 후사했다'는 내용이 적혀있었다.

누가 보더라도 의문투성이 장계였지만 이연은 이 정도로 충분히 만족했다. 어떻게 김신국은 그렇게 빨리 이런 내용을 현지에 내려가자마자 번개처럼 조사 작성해 올려보낼 수 있었는지? 허수석과 다른 일을 도모하기 위해서는 왜 벼슬은 주면 안 되고 은을 주는 것은 괜찮은 것인지? 이원익은 그간 왜 장계를 보내지 않았는지? 구체적인 수치는 왜 아무것도 없는지? 어떻게 이순신의 장계에서 거론된 숫자보다 더 적은—그것도 지휘관이 아닌—단 두 명의 수군 이름만이 거론되고 있는지? 한쪽이 완전한 거짓 보고를 올렸는지 아니면 서로 자신들과 관련된 일부 사실만을 보고한 것인지? 이연은 그것이 하나도 알고 싶지 않았다. 어차피 필요한 건 진실이 아니라 이순신을 때려잡을 핑계였기 때문이다.

이후 김신국은 '이순신 문제'가 일단 마무리되고 몇 달이 지난 8월 17일에 '그 좋다는' 이조 정랑이 됐다. 그는 이때 얻은 이연의 두터운 신임을 기반으로 승승장구했다.

9

　고니시는 그간의 심유경과의 협잡이 들통 나 도요토미에게 거의
죽다 살아났다. 고니시를 죽여 그에게 속았다는 것을 공식화하는
것은 도요토미 자신에게도 별 자랑은 못 됐다. 고니시가 단순히 협
상에 실패했다는 정도로 넘어가며 그에게 기회를 주는 것이 얻을
것이 더 많을 듯싶었다. 도요토미는 한참을 끙끙거린 끝에 분을 삭
이며 고니시를 살려주기로 했다. 고니시 스스로 생각해봐도 자기가
한 짓에 비하면 정말 기적 같은 행운이었다. 모든 일이 끝나고 보니
그간의 일에 헛웃음까지 나왔다. 심지어는 심유경의 안부가 걱정되
기까지 했다.
　'심유경 그 사기꾼은 무사할 수 있을까?'
　심유경은 당장은 무사했지만 먼 장래까지 무사하진 못했다. 그는
명에 돌아가지 않고 조선에서 미적거리며 일본으로 도망갈 기회만
을 보고 있었다. 하지만 1597년 6월 명 장수 양원에게 경북 의령 부
근에서 체포돼 명으로 압송됐다. 심유경은 한참을 옥에 갇혀있다
전쟁이 끝난 1599년 9월 처형됐다. 그는 처형되는 순간에도 '자신
과 고니시는 모두에게 손해인 미친 전쟁을 원상태로 종결시키고,
모두에게 이익인 안락한 평화를 회복시키고자 무진 애를 쓴 천생연
분의 장사꾼이었다'고 확신하고 있었다.
　세상을 보는 눈이 다르면 같은 사안도 하늘과 땅만큼이나 다르게
보이는 법이다. 임진왜란 초, 연안대첩으로 용맹한 이름을 떨친 조

선의 이정암은 같은 강화를 생각하면서도 그 강화를 보는 눈은 심유경과 고니시와는 천양지차였다. 이정암은 조선의 열악한 사정을 들어 '제포(薺浦)의 길을 열고, 삼포(三浦)에 허접(許接)하면서, 세공선에 대해 전과 같이 식료를 지급하는 것을 조종조의 고사처럼 하는 데 그친다면 화친을 도모할 필요가 있다'고 주장했다. 그는 이 주장으로 인해 조정으로부터 큰 비판을 당한 것은 물론 전라 감사에서 전주부윤으로 좌천까지 당했다.

사실 이정암의 '조건부' 화친 주장 자체는 얼마든지 나올 수 있는 합리적인 주장이었다. 보복할 능력은 없이 보복만을 외치는 조정 신료들의 정치적 가식보다는 훨씬 솔직담백했다. 다만 한 가지 주목할 사실은 이정암이 이해한 세상 이치다. 조선의 꼿꼿한 선비 이정암은—마치 김성일이 그랬던 것처럼—이 세상이 악착같은 물질적 이해관계의 대립으로 움직이는 요지경 속이라는 사실은 상상도 못했다. 즉, 심유경과 고니시 같은 고차원의 사기꾼들이 주도하는 강화협상도 있을 수 있다는 것을 꿈에도 몰랐다. 그래서 그는 이런 고귀한 생각을 피력할 수 있었다.

"오랑캐들의 정실과 허위에 대한 내막은 알 수가 없습니다. 하지만 그들이 삼경을 석권하고 마음대로 팔도를 도륙하다가, 하루아침에 영남 해안가로 물러가 주둔하고는 왕자와 사로잡고 있던 신하들을 보낸 것은 그들의 병력이 부족해서도 아니고, 또 명의 위엄이 두려워서도 아닙니다. 그들의 무도함이 극도에 이르자 '선한 마음'이 다시 싹터서, 우리 조종의 교린에 대한 의리를 생각해 강화하고, 스스로 물러가려는 것입니다."

인간의 '선한 마음'을 믿는 조선의 선비 이정암을 잘못됐다고 말할 수는 없는 일이다. 하지만 이렇게만 세상을 보면 일차적으로 물질적 이해관계를 따르는 인간들의 행동에 대처하기가 무척 힘들어진다는 것이 문제다. 도요토미는 결코 '선한 마음' 때문에 후퇴했던 것이 아니었다. 그는 역부족을 느껴 후퇴했고, 자신이 확보한 조건하에서 최선을 다해 협상을 유리하게 이끌어가려 했는데, 중간에 끼어든 심유경과 고니시에 의해 사기를 당했을 뿐이다. 정유년에 난이 다시 시작됐을 때 이정암은 무슨 생각을 했을까? 그때는 '선한 마음'이 극에 달한 오랑캐들이 다시 '악한 마음'이 생겨 재침했다고 믿었을까? 그는 '전쟁은 다른 수단으로 계속되는 정치'일 뿐이라는 것을 추호도 상상할 수 없었다.

1596년 12월, 고니시는 부산으로 다시 들어왔다. 이제 강화는 완전히 물 건너갔고, 다른 협잡이 필요했다. 뭔가 큰 공을 세워 도요토미에게 재신임을 받아야만 했다. 이제 도요토미가 죽기만을 무작정 기다릴 이유도 별로 없었다. 궁리 끝에 그는 대담하게도 이순신을 선택했다. 상식적인 전투로는 어렵겠지만 '협잡으로라도' 이순신을 잡을 수만 있다면 이 전쟁을 처음부터 다시 생각해볼 수도 있는 일이었다.

1597년 1월 9일, 조선의 이연이 자신의 궁중에서 이순신을 때려잡을 궁리에 여념이 없을 때 고니시도 부산의 왜식 주택에서 이순신의 목을 칠 궁리에 여념이 없었다. 고니시는 대청마루에 서서 정원에 세워둔 큰 새장을 바라보고 있었다. 새장 한편엔 두루미 한 마리가 있었고, 다른 한편엔 매 한 쌍이 있었다. 이 새들은 지난 6일 권율이 고니시를 정탐하기 위해 김응서의 군관 송충인을 시켜 보낸 것이었다.

아직은 추운 기운이 남아있었지만 고니시는 마음 때문인지 오히려 홀가분한 상쾌함을 느꼈다. 그는 장물에 익숙해진 도적처럼 이제 조선 땅도 전혀 낯설지가 않았다. 그는 자신이 집주인이 아니라 도적이라는 사실을 아예 잊기라도 한 듯 뒷짐을 지고, 한가롭게 새장을 바라보고 있었다. 도적이든 집주인이든 인간의 욕심은 한이 없었다. 그가 옆에 서있던 요시라에게 말했다.

"두루미가 한 쌍이 아닌 한 마리라 좀 아쉽구나. 허허허……."

요시라가 한껏 비위를 맞춰줬다.

"조선 놈들 하는 짓이 언제나 그렇습니다."

"그들이 정말 날 믿는 눈치더냐?"

얼마 전, 요시라가 '바다를 건너오는 가토를 잡을 수 있다'는 첩보를 조선에 흘렸는데 그 반응을 묻는 것이었다.

"허둥대는 꼴로 봐서는 그렇게 보였습니다."

"사실 내가 전쟁보다는 강화로 문제를 해결하기를 원했다만, 그렇다고 한 나라의 장수가 어떻게 그리 쉽게 자기 나라를 배신할 거라고 생각한단 말인가……? 참 단순한 놈들이구만."

"이순신을 잡을 좋은 기회입니다."

"……."

고니시의 눈길이 허공을 맴돌며 사뭇 비장했다. 그는 지금 결심을 도울 자기 확신을 구하고 있었다. 요시라는 그런 그를 묵묵히 바라보며 대답만 기다렸다.

"좋다! 가서 말해라."

요시라의 귀가 쫑긋 치켜 올라갔다.

"하루의 여유만 줘라."

많은 말이 필요 없었다. 요시라가 입가에 가벼운 미소를 지으며, 절도 있게 대답했다.

"옛, 잘 알겠습니다."

가토 도착 하루 전에 조선에 알리면 아무리 빨라도 이순신의 함선은 가토 도착 3~4일 후에나 부산 앞바다에 나타나 가토가 쳐놓은 함정에 걸려들 것이었다. 고니시는 회심의 미소를 짓고 있었다. 하지만 왠지 확신하는 표정은 아니었다. 그때 고니시는 이연이 요시라의 첩보를 다른 방식으로 이용하기로 결심한 것을 모르고 있었다. 그는 앉은자리에 호박이 넝쿨째 굴러 들어오고 있다는 것도 모른 채 대청마루를 왔다 갔다 하며 괜한 걱정을 하고 있었다.

'궁중의 멍청한 조선 놈들이 문제가 아니라, 이순신이 속아줄지가 문제로다…….'

10

1597년 1월 11일, 권율은 김응서로부터 첩보를 받았다. 요시라가 그날 김응서의 진에 와서 '가토가 4일 대마도에 도착해 순풍을 기다리고 있다'고 말했다는 것이다. 권율은 12일 바로 한산도를 향해 출발했다. 하지만 13일, 곧 다른 첩보가 왔다. '가토가 12일 서생포를 거쳐, 13일 가덕도로 갔다'는 것이다. 이미 모든 것이 너무 늦었다. 권율은 걸음을 멈췄고, 가토는 14일 다대포에 도착했다. 15일, 의령에 있는 황신으로부터 급한 연락이 왔다. 만나야 한다는 것이었다. 권율은 진주에서 황신을 기다렸다.

1월 16일, 황신이 왔다. 황신은 권율에게 '주상이 이순신의 충성심을 시험하려 한다' 는 언질을 했다. 긴말이 필요하지는 않았지만 권율은 시원하게 대답하지 않았다. 황신은 속이 탔지만 어쩔 수 없었다. 권율은 말없이 술만 마시며 며칠을 미적대다 한산진의 이순신에게 향했다. 모든 상황이 끝난 상태에서 '가토를 요격하라' 는 출병 명령을 내리러 가는 권율의 심정은 참담했다. 권율은 길을 가는 내내 죽은 김덕령이 머릿속에서 떠나지를 않았다. 그때도 김덕령은 권율의 명령에 따라 뒤늦게 출병한 후 다시 돌아갔었고, 그것이 역적 혐의를 뒤집어쓴 단초가 됐었다.

'어쩌다 내가 이렇게 한심한 인간이 됐나……?'

21일, 한산진의 이순신은 권율을 평온하게 맞았다. 그간 권율은 많이 늙고, 지쳐보였다. 마치 장수가 아닌 늙은 시종처럼 보였다. 머리는 벌써 하얗게 세기 시작했고, 눈은 '움푹 들어갔다' 고 말해야 할 정도로 크고 깊었다. 까칠해지고 여윈 피부는 얼굴의 뼈마디를 감추기조차 버겁게 보였다. 몸동작은 더욱 무겁고 진중해져서 말수까지 없는 그를 더욱 외로워보이게 했다. 쉽게 드러나지 않는 서릿발 같은 살기만이 그를 범접하기 힘든 무장으로 만들고 있었다. 인사를 마치자 권율이 이순신을 바로 보지 못하고 혼잣말처럼 말했다.

"요시라의 첩보에 의하면, 가토가 곧 바다를 건널 것이라 하니, 준비를 서둘러 출병하시오."

이순신도 조정이 돌아가는 사정은 어느 정도 알고 있었다. 지난 1월 초에 류성룡으로부터 급한 서찰을 받았었다. 그 서찰에는 '통제사에 대한 모함이 심해지고 있다'는 것과 '낌새가 심상치 않으니 불문곡직하고 부산 앞바다에 출병하겠다는 치계를 올리라'는 내용이었다. 이순신은 망설였지만 일단 그 권고를 따르기로 했다. 그는 이연을 얼마간 혼란케 했던 치계를 올렸다.

"명의 사신이 이미 통신하며 왕래했는데도, 흉적이 그대로 변경에 있으면서 아직도 틈을 엿보며 침략할 계책을 품고 있으니 참으로 분개할 일입니다. 신이 수군을 뽑아 거느리고 부산 근처로 진주해서, 적이 오는 길목을 차단하고, 목숨을 건 결전으로 하늘에 사무친 치욕을 씻고자 합니다. 만일 지휘할 일이 있으면 급히 회유를 내려주십시오."

이순신은 류성룡의 권고대로 일단 이 치계를 급히 작성해 올리긴 했지만 그간의 첩보와 전략·전술적 차원에서 볼 때 급습을 위한 출병은 아무리 생각해봐도 무리였다. 더군다나 왜적으로부터 나온 정보만 믿고 움직였다간 자칫 돌이킬 수 없는 함정에 빠질 수도 있었다. 이순신은 잠시 생각에 잠겼다. 그러다 들릴 듯 말 듯한 작은 한숨을 쉬며 권율에게 말했다.

"두 가지 어려운 점이 있습니다."

"말해보시오."

"하나는 함정입니다. 바닷길이 험난한데다, 왜적이 필시 복병하고 기다릴 것입니다. 전함을 많이 출동시키면 왜적이 알게 될 것이고, 그렇다고 적게 출동시키면 도리어 습격을 받게 될 것입니다."

"다른 하나는 무엇이오?"

"다른 하나는 바람입니다. 적선은 반드시 동풍을 타고 나올 텐데, 이쪽에서 적을 향하려면 서풍을 타야 하니, 우리로서는 맞서 공격하기조차 어려운 형세가 될 것입니다. 운이 좋아 기습으로 초반에 승세를 잡는다 하더라도 왜적이 바람을 타고 곧 다시 반격하면 그 화가 더욱 클 것입니다."

권율은 한참 동안이나 말이 없었다. 그러다 이번에는 부담스러울 정도의 깊은 한숨을 내쉬었다. 권율은 정면으로 이순신의 얼굴을 마주했다. 그는 무장에게서 보기 힘든 거의 애처로운 표정을 짓고 있었다. 그는 자신의 표정을 감출 생각도 하지 않고, 이순신을 향해 의미심장한 말을 던졌다. 그가 툭 던진 말속에서는 전우에 대한 연민, 전사로서의 부끄러움과 함께 인생에 대한 감당하기 힘든 회한까지 묻어나왔다.

"내 통제사를 위해 말하는 거요. 기회를 놓치지 마시오."

이순신은 권율의 그 말이 '가토를 잡을 기회를 놓치지 말라'는 말인지, 아니면 '목숨을 내놓아야 할 불충한 죄인의 혐의를 벗을 기회를 놓치지 말라'는 말인지 이해하기 어려웠다. 권율의 표정을 보니 아무래도 후자 같았다. 권율은 이순신의 대답을 기다리지 않았다. 그리고 더 이상 다른 말도 하지 않았다. 그는 마치 명을 내리러 온 도원수가 아니라 미래를 전하러 온 예언자처럼 자신의 예언만을 남기고 조용히 한산진을 떠났다.

이제 판단은 온전히 이순신의 몫이었다. 이순신은 정확한 첩보 수집을 위해 급히 육지로 전령을 보냈다. 그가 군영을 점검하고 돌볼 일로 이런저런 명을 내린 후, 막 한숨을 돌리고 있는데 경상도 제진위무사 황신이 왔다. 그는 너무나 티 나게 이것저것 엉성하게 살피더니, 주상의 뜻이라며 출병을 권했다. 이연이 감시인으로 보낸 것이 분명했다. 어쨌든 그에게도 이순신은 똑같은 말을 해줄 수밖에 없었다.

"왜놈들의 협잡을 믿을 수 없소. 바닷길도 불리한데다 틀림없이 복병하고 기다릴 것이오. 함정에 빠지는 것이오."

다음날 밤늦은 시간, 육지로 보낸 전령이 웅천에서 첩보를 가지고 돌아왔다. '지난 15일에 가토가 장문포에 이미 도착했다'는 것이다. 나중에 확인한 바로는 아주 정확한 첩보는 아니었다. 하지만 당시로는 그 정도 첩보면 충분했다. 가토의 도착을 확인한 이상 이제 '길목을 차단하고 요격'하기 위해 출병하는 모험을 할 필요는 없었다.

이순신은 계속 부산하게 군영을 살폈지만 출전 준비를 하지는 않았다. 황신은 이순신으로부터 '출전하지 않는다'는 확언을 듣고서 혼자 두어 번 고개만 끄덕였다. 그는 더 이상 보채지 않고, '조정에 달리 전할 말은 없느냐'고만 물었다. 운명을 예감하고 있는 이순신은 '없다'는 한 마디만 간단히 하고는 말없이 허공을 바라봤다. 황신은 조용히 한산진을 떠났다. 말없이 떠나는 그의 표정이 야릇했다. 이순신은 목숨을 내놔야 할 불충한 죄인의 혐의를 벗을 수 있는 기회를 그렇게 우직하게 바람결 사이로 놓치고 있었다.

제6장

폭발하는 살의

1

　1597년 1월 19일, 이연은 뒤늦게 도착한 김응서의 장계를 음미하고 있었다. 거기에는 "요시라가 11일이 돼서야 나와서 '가토가 7천 명의 군사를 거느리고 4일 대마도에 도착했다'는 첩보를 줬다"는 내용이 적혀있었다. 거기에는 또 이른바 고니시의 계책이 담겨있었다.

　"요시라가 고니시의 뜻이라면서, 만약 조선에서 차단한다는 소식을 들으면 가토는 바다를 즉시 건너지는 못할 것이다. 그러면 '조선에는 지킬 사람이 없어 단번에 평정할 수 있다'는 가토의 말이 거짓이 되고, '조선을 공파하기가 쉽지 않다'는 고니시의 말이 적실하게 돼 관백이 반드시 가토의 오산과 망언을 벌할 것이다. 그렇게 고니시가 뜻을 얻게 되면 강화를 하든 안 하든 간에 형세가 매우 편리하게 될 것이니, 이것이 제일 좋은 계책이라고 전했습니다."

　'요격…… 차단…… 지연……? 그렇지!'

뒤늦은 장계를 음미하는 일이 반드시 무용한 일만은 아니었다. 이연은 가토를 잡겠다는 고니시의 계책에서 이순신을 얽어맬 아주 좋은 영감을 얻었다. 그의 뇌리를 번개처럼 스친 귀한 영감은 며칠 후 대소 신료들과의 회의석상에서 기발하게 사용될 수 있었다.

그 이틀 후인 1월 21일, 이연은 도체찰사 우의정 이원익의 서장을 통해서 확실히 가토의 도착 사실을 알았다. 이 서장에는 '13일 가토가 다대포에 도착했고, 15일에는 왜장 일행을 보내 패문을 걸고 부산을 접수했다'고 돼있었다. 결국 재침의 선발대로 조선에 재상륙한 가토는 12일에 대마도를 출발했으므로, 움직이기 하루 전날에야 김응서에게 전달된 요시라의 첩보는 예상대로 가토를 잡는 데는 아무짝에도 쓸모없는 농간이었다.

다시 22~23 양일 동안, 예정된 서장들이 일제히 쏟아져 들어왔다. 황신은 '수군이 차단하는 계책이 참으로 최선책이었으나, 우리의 조치가 기일에 미치지 못해 일을 그르쳤으니 매우 원통하다'는 기록을 남기고 있었다. 그리고 다시 김응서는 공은커녕 조선을 함정에 빠트리려다 실패한 요시라에게 '벼슬과 은자 80냥을 줬다'는 보고를 보내왔다. 조선에서 왜적과 이런 내통을 하고도 무사할 수 있는 사람은 이연 자신밖에 없었다. 계속해서 김응서는 별도의 장계로 '사람 일을 다스리지 못해 앉아서 기회를 잃었으니 분개한 심정을 이기지 못하겠다'는 권율의 심경과 '송충인이 고니시 역시 매우 통분해했다고 권율에게 전했다'는 잡스런 말들을 보내왔다.

뭐니 뭐니 해도 그중 단연 압권은 전라 병사 원균의 서장이었다. 이연도 어느 정도 예상은 하고 있었지만 아주 가관이었다. '병사 원균'은 조선을 구한 바다의 영웅으로 자처하며 '수군의 전략'을 놓고 감 놔라 배 놔라 아주 열정이 넘치고 있었다. 적어도 그때 종이 위에서는 그랬다.

"신의 어리석은 생각으로는, 수백 명의 수군으로 영등포 앞으로 나가 몰래 가덕도 뒤에 주둔하면서, 가벼운 배를 가려 뽑아 삼삼오오 짝을 지어 절영도 밖에서 무위를 떨치고, 1백 혹은 2백여 척으로 대해에서 위세를 떨치면, 가토는 평소 수전의 불리함에 겁을 먹고 있었으니, 반드시 군사를 거두어 돌아갈 것입니다."

원균의 서장은 이연이 원하고 있는 모범답안이었다. 황신이 요시라의 전언을 참고하도록 원균에게 잘 설명해준 모양이었다. 불행히도 원균은 '바깥바다에서 맞아 공격해야 한다'는 이 서장에서의 기고만장이 결국 자신을 사지로 몰아가고, 동시에 조선을 풍전등화로 몰아갈 것이라고는 상상도 못했다. 어쨌든 그때 이연은 학동들의 잘해온 숙제를 흡족하게 바라보는 훈장 같은 기분이었다. 하지만 가토는 이미 바다를 건너왔고, 서장들은 이순신에게 누명을 씌울 어처구니없는 근거에 불과했다. 이연은 잠시 쓴웃음을 짓더니, 어지럽게 널려있는 서장들을 모두 거두어 비변사에 계하했다.

2

이상하게 이순신에 대한 보고가 너무 늦어지고 있었다. 하지만 이연은 이순신이 출전하지 않았을 것으로 확신했다. 출전하려 했어도 황신이 마지막 순간에 잘 처리했을 것이다. 설령 황신의 말을 듣지 않고 실제로 출전했다 하더라도 지금까지 별다른 전투 소식이 없는 걸 보면 큰일이 벌어지지는 않았을 것이다. 1월 23일 사시(오전 9~11시), 별전에 대소 신료들이 모였다. 이연이 땅이 꺼지도록 한탄했다.

"왜추는 손바닥을 보이듯이 가르쳐 줬는데 우리가 해내지 못했으니, 우리나라야말로 정말 천하에 용렬한 나라가 아니오? 지금 장계를 보니, 고니시가 '조선의 일은 매양 그렇다'고 조롱까지 하고 있는데, 우리나라는 고니시한테 그런 조롱을 받아도 마땅한 것 같소. 한산도의 장수는 편안히 누워서 무엇을 어떻게 해야 할 줄도 모르고 있소."

윤두수가 이연의 말을 받아 새기며 미묘하게 불을 질렀다.

'편안히 누워서……?'

"이순신은 왜구를 두려워한다기보다는 마치 나가 싸우는 것이 싫증난 사람처럼 보입니다."

장수가 싸우는 것이 두렵다면 그나마 이해라도 할 수 있겠지만 아예 나가 싸우는 것조차 거부하고 있다면 그는 이미 장수가 아닌 권력에 취해 나자빠져 있는 벼슬아치에 불과할 것이다. 윤두수는 노련하게 이런 느낌을 모두에게 심어줬다. 이연이 윤두수의 말을 받아 자연스럽게 말을 다시 이었다.

"이번에 이순신에게 바란 것이 어찌 가토의 목을 베라는 것이었겠소? 단지 적들을 내분에 빠트리기 위한 계책으로, '배로 출몰하며 순회 시위해 상륙을 지연시키라'는 것뿐이었는데 끝내 그것조차 하지 않았으니, 참으로 한탄스럽소."

절묘했다. 이연의 주장이 어느 틈엔가 '요격'에서 '출몰'로 바꿔어있었다. 이연은 김응서의 장계에 적힌 고니시의 말에서 영감을 받아 애초 자신의 주장을 슬그머니 바꾼 것이다. 누가 듣더라도 '이 순신이 가토를 요격해 그 목을 가져오지 못했기 때문에 처형한다' 고 말하는 것보다는 '단순한 출몰로 지연을 꾀했을 뿐인데 그것조차 거부했으므로 처형한다' 고 말하는 것이 훨씬 더 설득력이 있었다. 또한 가토의 목을 가져오기 위해서는 출병의 여러 조건이 필요했지만 단순한 출몰은 그저 명령을 수행하고자 하는 의지의 문제였다. 이순신이 변명할 수 있는 여지를 완벽하게 틀어막는 효과도 있었다. 이연은 한참 동안 차탄한 뒤, 길게 한숨지으며 말했다.

"우리나라는 이제 끝났소. 아, 어찌해야 하는가?! 이 일을 대체 어찌해야 한단 말인가?!"

실제로 이연의 머릿속은 온갖 두려움과 걱정으로 터질 것 같았다. 그는 앞으로 이순신을 숙청했을 때의 전라도 민심까지 걱정하고 있었다. 자칫 잘못하면 그렇지 않아도 흉흉한 민심에 불을 지르는 꼴이 될 터였다. 민심이반 때문에 이순신이 두려웠던 이연은 이순신을 숙청하는 것으로 그 두려움을 해결하려 했다. 이연은 남도가 왜 민심이반을 하고 있는지 전혀 이해하려 하지 않았다. 그는 섶으로 불을 끄려 하고 있었다.

"지금 양호 지방의 인심이 궤산됐다고 하니 매우 근심이오. 무뢰배들이 모여 도적질에 나서지 않는다고 어찌 보장하겠소?"

좌의정 김응남이 이연의 말에 박자를 맞추어 좀 더 정확한 전라도 민심을 전했다.

"전라도 유생들이 과거에 응하려 하지 않으니 인심을 알 만합니다."

이연이 김응남의 말을 받아 자기 하고 싶은 말만 했다.

"인심이 그러하니 우리나라 사람 중에 어찌 법도를 벗어난 간사한 자가 없겠소? 명군이 오면 틀림없이 의지가 될 것이오."

김응남이 이연의 동문서답을 듣기가 좀 민망했던지 기어이 하고 싶은 말을 마무리했다.

"전라도 사대부들은 높은 벼슬을 못하고 있으니 유념하시옵소서."

류성룡도 김응남의 말을 듣더니 다른 정치를 생각하지 않고 그저 차분하게 해야 될 말을 보탰다.

"전라도 한 도가 임진년 변란 초기부터 지금까지 옷감을 조달하고 경비를 대느라 민력이 탕갈돼 흩어져 도망간 백성들이 많다 하며, 충청도 역시 그렇다고 합니다. 이 두 도에 글을 내려 위유하고 전라 감사로 하여금 인재를 뽑아 보내라고 해야 합니다."

이연은 정여립 사건 이후 전라도를 버렸다. 그는 다만 그 사실을 생각하지 않는 것으로 자신의 마음에 변명하고 있을 뿐이었다. 하지만 마음속 저 깊은 곳에서는 언제나 자신이 버린 땅 전라도에 의지해 나라를 꾸려가고 있다는 사실이 부끄럽고 무안했다. 이연은 전라도를 생각할 때마다 미안함과 두려움이라는 두 마음으로 갈등했다.

묵묵히 얘기를 듣고 있던 이연은 문득 명나라 군으로 전라도 민심과 싸우는 것 말고 뭔가 다른 대책도 필요하다는 생각이 들었다.

"사실 공이 많은 도이니 그 말이 옳소. 지난번 전교에 '급하지 않은 공물과 세금은 감해줘 조금이라도 부담을 경감하라' 했는데 급히 해야 할 일이오. 호조에서 잘 살피시오."

그러더니 갑자기 화가 난다는 듯 다시 안색을 바꾸며 명군 얘기로 화끈하게 마무리했다. 방금 전의 이연이 아닌 마음속의 또 다른 이연이었다.

"만약 명군이 온다면, 비록 경상도에서 적을 토벌하지 않더라도 인심이 의지할 곳이 있게 될 것이오. 그러면 불측한 사람이 간사한 모의를 꾀하려 해도 반드시 두려워하고 꺼리는 바가 있을 것이오. 전라도는 인심이 매우 잘못되고 있소!"

이연은 이런 속마음까지 드러내야 하는 처지가 너무 부끄러웠다. 그는 통제가 안 되고 있는 흉흉한 양호 민심, 이순신, 그리고 이순신을 싸고도는 전라도 민심, 가릴 것 없이 모든 상황에 화가 났다. 그러다 괜한 화풀이에 스스로 민망해 잠잠해졌다. 아직은 분노를 폭발시키기에는 조금 이른 시간이었다. 이연은 이래저래 요란하게 발언하고 있었지만, 이때만 해도 그는 이순신을 때려잡을 결정적 대죄, 즉 그의 출전 거부를 짐작만 하고 있었다.

1월 27일, 이제 모든 것이 드러났다. 이순신이 출전하지 않았다는 것을 모두 알았고, 이연이 이순신에 대한 살의를 공개적으로 표출시키기만 하면 그것으로 만사 끝이었다. 이연은 역사적인 회의를 소집했다. 대신들과 비변사 및 관계 기관 당상들이 모두 한자리에 모였다. 이연이 굳은 얼굴로 회의를 시작했다. 이제는 모두 앞뒤 가리지 않았다. 판중추부사 윤두수가 정색하며 이순신에 대한 탄핵의 포문을 열었다.

"이순신은 조정의 명령을 듣지 않고, 전쟁에 나가는 것조차 싫어합니다. 그는 한산도에 물러나 지키고만 있으면서 이번 대계를 시행하지 않았으니, 대소 신료 누군들 통분해하지 않겠습니까? 적을 맞은 고비에 장수를 바꾸는 것은 대단히 어려운 일이지만 이순신을 체직시켜야 할 것 같습니다."

지중추부사 정탁이 조심스럽게 제동을 걸었다.

"참으로 죄가 있습니다만, 위급한 때에 장수를 바꿀 수는 없습니다."

이연은 아랑곳하지 않았다. 그는 이제 마음껏 분노를 표시할 수 있었다. 마침내 이연은 '이순신을 죽이겠다'는 살인 선언을 했다.

"나는 이순신이 도대체 어떤 인간인지를 모르겠소. 임진년 이후에 한 번도 거사를 하지 않았고, 이번 일만 하더라도 하늘이 준 기회를 취하지 않았소. 법을 범한 사람을 어찌 매번 용서할 수 있단 말이오? 계미년(1583년) 이래 사람들이 모두 그를 '거짓되다'고 말하오. 이순신은 부산 왜 진영 방화도 '김난서와 안위가 했다'고 운운하면서, 그것을 마치 자기가 계책을 꾸며 한 일처럼 조정에 보고했는데, 절대로 그럴 리가 없소. 이런 자는 그의 손으로 가토의 목을 베어 오더라도, 나는 결단코 그 죄를 용서할 수가 없소!"

이연은 한 손으로 용좌의 팔걸이를 있는 힘껏 내리쳤다. 그 순간 자신이 꾸민 계략이 한 치의 의심도 없는 진실처럼 느껴졌다. 그렇게 화가 화를 부른 사이 어느 틈엔가, 이순신은 도저히 그대로 놔둘 수 없는 천하에 둘도 없는 방종한 인간으로 변해있었다. 처형조차 관대하게 느껴질 정도였다. 절망한 류성룡은 마음속으로 탄식했다.

'아……, 이것으로 이제 다 끝났구나…….'

류성룡은 이순신을 구할 수 있는 마지막 기회가 있을지는 모르겠지만 지금 당장 부러지듯 포기할 수는 없었다. 그는 이번에도 정면으로 권력의 대세를 거슬러 스스로 퇴로를 막는 일은 하지 않았다.

복마전 같은 조정에서 이런 식의 끈질긴 생존전략도 나름 의미가 있긴 했지만 당장 상황을 바꿀 힘은 당연히 없었다. 류성룡은 '이순신을 끝까지 비호할 생각이 없다'는 뜻을 이연에게 은근히 전했다.

"거제에 들어가 지켰다면 영등·김해의 적이 필시 두려워했을 텐데, 오랫동안 한산에 머물면서 별로 하는 일이 없었습니다. 이번 바닷길도 차단해 요격하지 않았으니, 어찌 죄가 없다고 하겠습니까? 다만 체대하는 사이에 일의 형세가 어려워질 것 같아서 전일에 그렇게 계달했던 것입니다. 비변사에서 어찌 이순신을 개인적으로 비호하겠습니까?"

이때, 이조 참판 이정형이 대세를 무시하고 용감하게 나섰다. 그는 '이 판국에 왜 그렇게 사람이 뱃심이 없냐'고 질타하는 듯한 표정으로 류성룡을 못마땅하게 한번 힐끗 보더니, 류성룡의 말을 바로잡으며 이순신을 적극 거들었다.

"이순신이 굳이 한산도만을 지키는 이유를 신이 들은 적이 있습니다. 그는 '거제에 들어가 지키면 좋은 줄은 안다. 하지만 한산도는 선박을 감출 수 있는데다 적들이 수심을 알 수 없는 반면 거제는 비록 그 만이 넓지만 선박을 감출 곳이 없다. 뿐만 아니라 건너편 안골의 적과 상대하고 있어 들어가 지키기가 매우 어렵다'고 말했습니다. 그 말이 합당한 듯합니다."

류성룡은 이정형의 발언을 듣고 마음속으로 움찔했다. 얼굴이 화끈거리기까지 했다. 하지만 고마웠다. 이정형은 지금 자신이 하지 못하는 일을 하고 있었다. 물론 '자신이 너무 나서면 이연의 부아만 돋울 수도 있다'는 생각도 하긴 했다. 이순신이 죄인이 됐으니 이제 그를 천거한 자신도 죄인이었다. 그는 자신에 대한 변명인지 이순신에 대한 변호인지 모를 애매한 말로 이연의 눈치를 살피며 마지막 안간힘을 한번 써봤다.

"이순신은 한동네 사람이어서 어려서부터 알고 있습니다. 신은 그가 직무를 잘 수행할 자라 여겼습니다."

"그자가 글을 이해하는 능력은 있소?"

반드시 류성룡의 말이 시끄러워 조롱하고자 하는 의도만은 아니었다. 사실은 이연이 이럴 때 간혹 묻는 말이었다. 그는 '글을 이해하는 능력'을 기준으로 무장을 '큰 장수와 돌격대장 정도의 장수'로 구분했다. 그리고 그렇게 외적으로 표명된 기준은 당연히 '위험한 장수와 충직한 장수'를 가르는 내심의 은밀한 기준이 되기도 했다. 하지만 세상의 현실은 '글을 잘 이해하지 못하는 충직한 큰 장수와 글을 잘 이해하는 위험한 돌격대장'도 얼마든지 있는 법이다. 그 기준은 글로 세상의 모든 일을 판단하려는 조선과 이연의 습관적 질문이었을 뿐이다.

'어떻게든 살아남아야 한다……'

류성룡은 마음속으로 눈물을 흘리며 이를 악물었다. 이순신의 처연한 모습이 눈에 선했다. 류성룡은 자신이 지금 비겁하게 역사에 기록되고 있음을 잘 알고 있었다. 하지만 그는 역부족과 부끄러움을 느끼며 후퇴할 수밖에 없었다.

"그러하옵니다. 다만 성품이 강하고 세서 남에게 굽힐 줄을 모릅니다. 신이 수사로 천거해서, 임진년의 공으로 정헌까지 이르렀으니 매우 과람합니다. 무릇 장수는 뜻이 충만해지고 기를 펴면 반드시 교만하고 게을러집니다."

류성룡은 온몸의 기가 모두 빠져나가 썩은 나무토막처럼 무너지고 있는 자신을 느꼈다. 허공 속에 이연의 살기가 충만했다. 류성룡의 투항으로 자신감을 얻은 이연이 좌중을 기세 좋게 한번 훑어보더니 자신의 뜻을 분명하게 피력했다.

"이순신은 추호도 용서할 수가 없소. 어찌 무장이 조정을 업신여기는 마음을 갖는단 말이오? 내 다스리지 않을 수가 없소. 원균으로 대체해야겠소."

이연은 생각하기 싫었지만 '무장이 조정을 업신여기는 마음'이란 말을 입 밖에 내면서 어쩔 수 없이 자신의 조상 이성계를 떠올리고 있었다. 그는 자신의 마음속에만 있는 실체 없는 공포감 때문에 이순신을 죽이고 싶었다. 이연은 스스로의 못난 처신으로 '무장이 조정을 업신여길 수밖에 없는 마음'을 만들고 있었다. 하지만 그것을 아는 이연이 아니었다.

좌의정 김응남이 말했다.

"수군 중에는 원균만 한 사람이 없습니다."

패배한 류성룡이 맥없이 머리를 조아리며 대세에 순응했다.

"원균도 나라를 위하는 마음은 깊습니다. 상당산성을 쌓을 때, 잠잘 토실까지 만들어놓고 독려했다 합니다."

오직 이조 참판 이정형만이 대세를 거스르며 독야청청했다.

"원균 하는 일이 모두 그렇습니다. 그렇게 공들여 쌓았다지만, 부실공사였는지 비로 다시 무너졌⋯⋯."

영중추부사 이산해가 완강하게 이정형의 말을 끊으며, 이순신과 원균 사이를 사정없이 갈라치며 들어왔다. 이제 이런 말 저런 말 가릴 이유가 없었다. 이미 이연의 의중은 명백히 표명됐으므로 이순신이 파렴치한 인물이라는 것을 공공연히 입에 담아 힘만 실어주면 그뿐이었다.

"임진년 수전할 때 '원균과 이순신이 서서히 장계하기로 서로 약속했다'고 합니다. 그런데 '이순신이 밤에 몰래 혼자서 장계를 올려 자기 공으로 삼았기 때문에 원균이 원한을 품었다'고 합니다."

이연의 입가에 보일 듯 말 듯한 오묘한 미소가 스쳤다. 그 미소를 본 이덕형도 대세에 편승하며 재빨리 음모에 가담했다.

"이순신이 당초 원균을 모함하면서 '원균은 조정을 속였다. 열두 살짜리 아이를 멋대로 군공에 올렸다'고 말했는데, 원균은 '내 자식은 나이가 이미 18세로 활 쏘고, 말 타는 재주가 있다'고 해명했습니다. 두 사람을 대질했는데, 원균의 얘기는 바르고 이순신의 변명은 군색했습니다."

오래전, 김수는 '이순신이 10여 세 된 첩의 자식이라고 무함했다'더니, 이번에는 이덕형이 '이순신이 열두 살짜리 아이라고 무함했다'고 전했다. 뒷북 발언이라 그것도 조금 부족하다고 느꼈던지 이덕형은 '대질'이라는 신선한 거짓말까지 한 마디 더 보탰다. 그는 이순신과 원균의 대질은커녕 그때까지—그리고 이후로도 적어도 살아있는 동안에는—이순신을 단 한 번도 본 적이 없는 사람이었다.

그 자리에 진실은 아무런 힘도 없었다. 이순신은 '원균의 어린아이가 다른 많은 전사들이 세운 공의 징표인 조총 심부름을 해 홀로 관직을 제수받는 일은 부당하다'는 취지로 진정을 토로했을 뿐인데, 모두들 생뚱맞게 '활 쏘고, 말 타는 재주가 있는 18세 아들이라는 원균의 말이 훌륭한 해명이 된다'고 생각하고 있었다. 말하자면 '활 쏘고, 말 타는 재주가 있고, 어린아이만 아니면 누구나 조총 심부름을 해 홀로 관직을 받아도 된다' 는 말이었다. 18세 청년을 '어린아이' 라고 일컫은 이순신만 죽일 인간이었다.

이를 지켜보던 호조 판서 김수도 이순신을 탄핵하는 공에서 멀어질까 봐 얼른 새로운 한마디를 덧붙였다.

"서성이 술로 잔치를 베풀고서, 두 사람을 화해시켜보려고 했는데, 원균이 이순신에게 '당신에게는 다섯 아들—권준, 이순신(李純信), 어영담, 배흥립, 정운—이 있다' 고 말했다 합니다. 한 가족처럼 똘똘 뭉친 '이순신 사단' 을 대하는 원균의 분하고 불평하는 마음을 이해할 수 있습니다."

순식간에 중론의 대세가 완전히 기울었다. 윤두수가 이때다 싶어 논의를 조정하는 척 겸손하게 의견을 냈다. 지금은 원균의 후원자로 알려진 자신이 굳이 원균 편을 드는 것이 별 이득이 없는 상황이었다. 그에 더해 그는 누구보다 원균을 잘 알았으므로 원균의 실패에 대한 두려움도 가장 컸다고 할 수 있었다.

"이순신을 전라 · 충청 통제사로 삼고, 원균을 경상 통제사로 삼으면 어떻겠습니까?"

이연이 말했다.

"비록 두 사람으로 나눠 통제사를 삼더라도, 반드시 조절하고 절제하는 사람이 있어야 할 것이오. 원균이 앞장서서 싸움에 나가는데 이순신이 물러나 구하지 않는다면 사세가 어려워질 것이오."

이연은 신하들에게 '원균은 언제나 싸우기 위해 용맹하게 앞에 나서는 사람, 이순신은 언제나 피하기 위해 비겁하게 뒤로 빠지는 사람' 이라는 사실을 확실하게 주지시켰다. 하지만 이는 겉의 의미였을 뿐이다. 이연의 속뜻은 적어도 이순신을 체포할 때까지는 상황을 지속적으로 감시할 필요가 있다는 말이었다. 속뜻을 모르는 김응남이 우직하게 호응했다.

"어사를 보내 그로 하여금 규찰하게 하는 것은 어떻겠습니까?"

그때 이연의 머릿속에 갑자기 뭔가 퍼뜩 떠오르는 생각이 있었다. 바로 '시간문제'였다. 무조건 이순신을 잡을 생각에만 몰두한 나머지 이순신에게 출동명령을 내린 시간이 문제라는 생각을 소홀히 한 것이다. 만약 권율이 13~15일의 실제 상황을 보고 한산도에 출전 명령을 내리러 갔다면, 한산도에는 그보다 며칠 더 늦게 도착했을 것이다. 나중에 이순신이 명령받은 날짜를 제시하며 버틴다면 난감해질 것이다. 이에 대한 대응책이 필요했다. 상황감시를 위한 어사보다는 일을 전격적으로 마무리한 뒤 상황조작을 위한 어사를 파견하는 것이 좋을 듯싶었다.

"좋은 생각이오. 문신으로 특별히 어사를 정해 여러 사정을 살피게 하는 것이 좋겠소."

이것으로 모든 것이 끝났다. 윤두수와 김응남이 함께 입을 맞춰 피를 토하며 처참하게 쓰러지는 이순신에게 마지막 일격을 가했다.

"이순신은 침착하고 덤비지 않는 사람인 것 같긴 한데, 속임수가 많고 복지부동하고 있는 것이 큰 문제입니다. 하루빨리 조처해주시옵소서!"

'이 정도면 잘된 것 같군!'

이연은 이쯤에서 최종 결론을 내리는 것이 딱 좋겠다고 생각했다.

"할 수 있는 일은 빨리 해야 할 것이오. 오늘 바로, 원균에 관한 정사(政事)를 처리하겠소!"

이렇게, 모든 논의가 처참하게 다 끝났다. 그런데 홀로 용감했던 이정형이 뿌리가 뽑히는 거목을 붙잡고 버티는 심정으로 이연을 상대로 마지막까지 안간힘을 썼다.

"전하! 원균을 통제사로 삼으면 일이 이뤄지지 않을까 두렵습니다. 부디 경솔히 결정하지 마시고, 자세히 살피셔야 하옵니다!"

이 충언을 듣지 않은 것이 조선의 운명을 그렇게 위태롭게 할지는 아무도 몰랐다. 이정형은 자신의 말이 그렇게 중요한 역사적 충언이 되리라고 짐작했을까? 이정형의 예지능력이 어떠했든 이연의 귀에 이정형의 충언 따위가 들릴 턱이 없었다. 이연에겐 그때 그 순간이 '이순신 제거'와 '한 가지 기발한 계책'을 동시에 이룰 일석이조의 기회였을 뿐이다. 이연은 추호의 망설임도 없었다.

"내 뜻은 이미 유시했소. 원균으로 수군의 선봉을 삼고자 하오!"

좌의정 김응남이 쌍수를 들어 환영했다.

"지당하시옵니다."

이렇게 이순신은 천 길 낭떠러지로 굴러떨어졌다. 이순신과 함께 조선의 운명도 천 길 낭떠러지로 굴러떨어질 것이다. 하지만 누가 내일의 잘못된 결과로 오늘의 어리석음을 미리 판단할 수 있겠는가? 자리를 파하고 별전을 나온 이연은 10년 묵은 체증이 내려가듯 속이 다 후련했다. 오늘 눈앞의 걱정과 자기 확신에만 충실하고, 내일 닥쳐올 거대한 해일은 안중에도 없는 어리석고 잔혹한 왕의 얼굴에 조선의 불행한 운명을 예고하는 으스스한 찬바람이 불고 있었다.

3

"푸하하하, 푸하하하, 으하하하."

원균의 통쾌한 웃음소리가 강진 전라 병영 전체를 울릴 정도로 크게 퍼졌다. 그는 성벽 남문 쪽 2층 누각에 홀로 올라 한산진이 있는 남동쪽을 바라보며 마음껏 웃어젖혔다. 나중에는 하늘을 날 것 같은 기분이 들어 두 팔을 쫙 벌리고 목청껏 '아, 아' 큰소리를 질러대기까지 했다. 정말 세상을 다 가진 것 같은 기분이었다. 성벽 남문 쪽 누각에서 바라보는 황량한 들판이 이렇게 아름다운 줄은 예전엔 미처 몰랐었다. 임금을 제외하고는 아무도 몰라주는 이순신에 대한 그간의 맺힌 한이 모두 풀리는 느낌이었다.

그날 원균은 유영순을 통해 보낸 이연의 1월 28일 자 칙유를 받고 그렇게 날아갈 듯 기뻐한 것이었다. 칙유는 그를 경상우도 수군절도사 겸 경상도 통제사로 임명하고 있었다.

"우리나라가 믿는 바는 오직 수군뿐인데, 통제사 이순신은 나라의 중한 임무를 맡고도, 방자하게 기망해 적을 토벌하지 않고, 가토로 하여금 편안하게 바다를 건너게 했다. 그러니 종내는 마땅히 잡아다 국문하고 용서하지 말아야겠지만, 바야흐로 적과 진을 마주하고 있기 때문에 우선은 공을 세워 죄를 덜게 하고자 한다. 나는 평소 경의 충용을 알고 있어, 이제 경을 경상우도 수군절도사 겸 경상도 통제사로 삼노니, 경은 더욱 책려해 나라를 위해 힘을 모으라. 우선 이순신과 협심해서 전날의 유감을 풀고, 바다의 도적을 모두 섬멸하라. 나라를 구해 역사에 이름을 남기고, 종정(鍾鼎)에 공훈이 새겨지게 하라. 경은 공경할지어다!"

이제 경상도 수군은 따로 쪼개져 원균의 지휘하에 들어갔으며, 이순신의 통제로부터 완전히 벗어났다. 그리고 이순신의 몰락은 시간문제였다. 유영순은 원균에게 '당분간 명정골에 머물면서 별도의 명을 받아 한산진을 접수하라'고 전했다.

원균은 흥겹게 강진에서 한산진을 향해 출발했다. 그는 시간도 여유롭던 차에 누군가에게 자신의 영전을 자랑하고 싶은 생각이 굴뚝같았다. 그는 마침 가는 길에 있는 보성의 안중홍 집에 들렀다. 안중홍의 처가 원균의 가까운 일가였다. 안중홍은 당시 자신의 시골집에서 처사로 지내고 있었지만 인품은 원균에 비할 바가 아니었다.

급작스럽게 들렀지만 안중홍은 원균을 반갑게 맞아, 영전을 축하해줬다. 원균의 들뜬 목소리는 처사의 집 안을 잔칫날처럼 들썩이게 해, 앞마당에 동네 사람들까지 모두 모이게 만들었다. 조촐한 점심 식사 대접을 받은 원균이 일어나 다시 떠날 채비를 하자 안중홍도 일어서 안방 문을 열었다. 봄기운이 쏟아져 들어왔다. 아직은 차가웠지만 상쾌했다.

"식사 대접 잘 받고 갑니다. 하하하."

"이젠 통제사까지 된 영감에게 대접이 소홀했는지 모르겠습니다. 허허."

"이제 와서 말입니다만, 그간 나도 수모가 많았습니다. 사실 내가 이 통제사 직함을 영화로운 것으로 여기는 것이 아니라, 오직 이순신에 대한 부끄러움을 씻게 된 것이 통쾌합니다."

안중홍의 안색이 굳어졌다. 동네 사람들까지 툇마루에 몰려들어

안방을 기웃거리며 대화를 엿듣고 있는 자리였다. 동네 사람들에게 이순신은 절대적인 숭모의 대상이었다. 원균은 그런 식으로 이순신을 사갈시하는 것이 동네 사람들까지 모두 사갈시하는 것이라는 것을 알 만한 사람이 아니었다.

'오직 이순신에 대한 부끄러움을 씻게 된 것이 통쾌……? 이 양반이 지금 무슨 소리를 하고 있는 건가?'

안중홍은 어려운 자리라고 할 말도 못하고 입에 담고만 사는 소심한 벼슬아치가 아니었다. 그는 나름 '올바른 것이 무엇인지는 알고 있다'고 자부하며, 누구 앞에서든 제 할 말은 하고 사는 깐깐한 시골 처사였다. 그는 들떠 있는 원균에게도 여지없이 제 할 말을 하고 말았다.

"영감이 능히 성심을 다해 적을 무찔러 그 공로가 이순신보다 뛰어나야만 부끄러움을 씻었다고 할 수 있는 것이지, 그저 이순신의 직함을 대신하는 것을 통쾌하게 여긴대서야 어찌 부끄러움을 씻었다고 할 수 있겠습니까?"

천자문을 배우는 서당의 학동들도 웬만하면 이해할 수 있는 쉬운 조선말이었다. 하지만 원균은 불행하게도 이 말이 무슨 의미인지 알 수 있는 능력이 없었다. 그래서 다행이었다. 이 말로 인해 일가 친척 간에 의가 상하지는 않았다. 원균은 오히려 신이 났다. 그는 앞마당의 동네 사람들을 의식하고는 큰소리로 신임 통제사의 국가 기밀급 무식과 무능을 스스로 과감하게 폭로해버렸다. 그 폭로를 들은 왜적의 첩자가 없는 것이 천만 다행이었다.

"내가 적을 만나 싸울 때, 멀면 작고 짧은 화살을 쓰고, 가까우면 긴 화살을 쓰고, 맞부딪히는 경우에는 칼과 막대기를 쓰면 이기지 못할 일이 없소!"

'칼과 막대기?'

안중홍의 표정이 거의 죽상이 됐다. 갑자기 동네 사람들 보기가 창피해졌다. 그는 고개를 돌려 방 안을 주시하고 있는 툇마루의 호기심 가득한 눈들을 흘깃 쳐다봤다. 그 눈동자들은 오히려 안중홍을 바라보며, 그의 다음 말을 예의 주시하고 있었다. 안중홍은 태어나서 지금까지 이렇게 부담스러웠던 '다음 말'을 한 적이 없었다. 하지만 부임길에 오르는 신임 통제사의 마음을 크게 상하게 할 수는 없었다. 막상 안중홍의 입에서 나온 말은 지극히 평범했다.

"대장으로서 칼과 막대기를 쓰게 돼서야 어디 될 말입니까?"

"푸하하하. 그런가요? 으하하하."

조선의 운명을 책임지는 장수 원균의 머릿속에는 군사 전략이라고는 겨자씨만큼도 없이 그저 주먹 쥔 손을 들어 올려 '온몸으로 열심히 싸우겠다'고 다짐하는 돌격대장 돌쇠 같은 마음뿐이었다. 원균의 그런 '대책 없는 허풍성 용맹'은 한편으론 그의 출세를 뒷받침해준 약이기도 했지만 다른 한편으론 그를 사지로 몰아넣을 독이기도 했다. 안중홍은 착잡했다. 이쯤 되면 동네 사람들의 귀가 문제가 아니라 나라의 운명이 문제였다. 그는 그저 썩은 미소와 함께 조용히 먼 산을 바라보며 속으로 한탄할 수밖에 없었다.

'통제사의 인품이 저러하니 조선의 앞날이 어찌 될 것인가?'

원균은 앞마당으로 나와 안중홍과 호탕하게 마지막 작별인사를 나눴다. 하지만 동네 사람들의 관심은 이미 멀어진 뒤였다. 그들은 고개를 절레절레 흔들고는 벌써 안중홍의 앞마당을 떠나고 있었다. 그들은 단순히 실망한 것이 아니었다. 떠나는 그들의 마음속엔 미래에 대한 불안으로 열불이 나고 있었다. 원균만 그것을 몰랐다. 그는 '꺼억' 하고 큰 트림을 시원하게 한 번 하더니 기세 좋게 길을 떠났다. 안중홍은 사립문 밖에 서서, 말을 타고 멀어져 가는 원균 일행의 뒷모습이 보이지 않을 때까지 쓸쓸히 지켜보고 있었다.

4

1597년 2월 4일, 이연은 '이순신을 체포해야 한다' 는 사헌부의 주청을 받았지만 잠시 뜸을 들이며 기다렸다. 이연은 초원의 수풀 속에서 한껏 몸을 웅크리고 눈앞의 먹이를 노려보는 야생의 사자처럼 이 순간의 동물적 긴장감을 느긋하게 즐겼다.

2월 6일, 이연은 드디어 김홍미에게 '선전관을 파견해 이순신을 체포하라' 는 밀명을 내렸다. 의금부 도사의 요란한 접근이 아닌 선전관의 은밀한 접근이 필요하다고 판단해서였다. 이연은 이런 일에 있어서는 누구보다도 치밀했다. 이연의 전교 내용은 이랬다.

"이순신을 잡아올 때는, 선전관에게 표신과 밀부를 줘서 보내고, '원균과 교대한 후에 잡아오라' 고 말하라. 또 이순신이 만약 군사를 거느리고 적과 대치해있다면 잡아오기가 거북할 것이니, '전투가 끝난 틈을 타서 잡아오라' 고 말하라."

2월 10일, 이순신은 아직 자신의 운명을 모른 채 경상 우병사 김응서, 경상 우수사 배홍립과 함께 부산 앞바다에 출격했다. 가토를 잡기 위한 출격은 아니었지만 1월에 올린 부산 출동 장계 약속은 지

킨 셈이었다. 가덕도에서 정탐선 두 척을 빼앗기고 나무꾼 한 명과
여타 다섯 명이 체포되자, 이순신은 전투에 임해 왜적 군관 여섯 명
과 졸병 여덟 명을 총으로 죽이고 17명을 중상에 빠트렸다. 왜적들은
다시 진지로 돌아가 틀어박혀 버렸다. 이순신은 며칠 뒤 한산진으로
돌아왔다.

선전관은 '이순신이 체포에 불응하고 불순한 행동을 할 수도 있
으니 각별히 주의하라'는 이연의 엄명을 받았었다. 그는 한산진에
바로 들어가지 않고 원균과 함께 명정골에서 낌새를 살피며 기회를
봤다. 만약을 위한 예행연습도 진행했다. 체포 작전은 만에 하나 다
른 생각을 할 수 있는 시간을 주지 않고 가능한 전격적으로 이뤄지
는 것이 상책이었다. 더 이상 이순신을 필요로 하는 다른 군사작전
상황은 발생하지 않는 듯했다.

2월 26일, 선전관은 원균과 함께 수행 나졸들을 데리고 이순신
의 한산진에 갑자기 들이닥쳤다. 선전관은 표신을 들어 올리고 소
리쳤다.

"죄인 이순신은 어명을 받으라!"

이순신은 급하게 깐 명석 위에서 군영의 놀란 군졸들 모두가 황
망히 지켜보는 가운데 이연의 궁궐이 있는 북쪽을 향해 큰절을 올
렸다. 그리고 무릎을 꿇고 앉아 어명을 받았다. 선전관은 어명을 큰
소리로 낭독했다.

"전라좌도 수군절도사 겸 삼도수군통제사 이순신을 파면하고, 원
균을 전라좌도 수군절도사 겸 삼도수군통제사에 임명한다. 이순신
에게 임금을 업신여기고, 나라를 등지고, 남을 무함한 죄를 묻노라.
이순신을 한성으로 압송해 국문할 것이니 선전관의 명에 따르라."

이순신은 이연의 어명을 듣고 놀랐다기보다는 일순간 그저 막막했다. 그는 거의 무념 상태로 고개를 숙인 채 아무 움직임도 없었다. 마치 큰 바윗덩이 같았다. 이순신보다는 그의 군관들이 더 위험했다. 송희립이 앞장서 칼을 빼들었다. 다른 군관들 몇몇도 칼자루를 잡은 채 손에 힘을 줬다. 그러자 조용히 지켜보던 군졸들도 동요했다. 거의 드러나지 않은 미세한 움직임이었지만 일촉즉발이었다. 모두들 목숨이 왔다 갔다 하는 전장에서 치열한 전투로 단련된 무인들이었다. 죽음으로도 그들을 협박할 수 없었다. 이순신의 한마디면 순식간에 선전관의 목이 잘릴 판이었다. 선전관의 등에서 식은땀이 흘렀다. 어느 정도 각오는 하고 있었지만 막상 급박한 상황에 봉착하니 다리가 후들거렸다. 이때 송희립이 분노에 차 외치듯 말했다. 선전관은 팽팽한 긴장을 깬 그의 거친 목소리가 오히려 반가웠다.

"난 당신이 누구인지 모르니 어명의 밀부를 확인해야겠소!"

옆에서 몇 발짝 떨어져 잠자코 있던 원균도 잠시 긴장할 수밖에 없었지만 곧 특유의 배포로 앞으로 나섰다.

"허허, 참······. 송 군관! 경거망동하지 말게. 통제사나 군관이나 하는 짓이라고는 하나같이······, 쯧쯧."

선전관도 다소 여유를 되찾아 흥분된 마음을 진정시키며 이순신에게 말했다.

"그 말이 틀린 것은 아니니, 밀부를 가져와 확인해보시오."

이순신이 명상을 하다 깨어난 사람처럼 조용히 말했다.

"가십시다."

"이 자리로 밀부를 가져오게 하시오."

이순신이 선전관을 한 번 쳐다보더니 송희립에게 말했다.

"별실 서안에 밀부가 있으니 자네가 가져오게."

송희립이 밀부를 가져와 확인했다. 이연의 밀부가 틀림없었다. 송희립이 고개를 떨구었다. 밀부가 확인되고, 이순신이 한산진을 떠날 때까지 많은 시간이 걸리지 않았다. 원균은 이순신으로부터 한산진의 인계인수를 받았다. 이순신으로부터 넘겨받은 물품목록에는 군량미 9천 914석, 화약 4천 근, 지자포·현자포 300문 등등이 정연하게 적혀있었다. 원균은 놀랐지만 별 내색 없이, 그리고 꼼꼼한 확인도 없이 건성건성 수결해줬다. 모든 절차가 끝나고 이순신이 포박된 채 떠날 채비가 갖춰지자, 원균은 보란 듯이 지휘봉을 손바닥에 '탁탁' 두드리며 이순신을 향해 조롱하듯 말했다.

"이제 죄인의 몸이니 목숨이나 잘 보전하시오. 흐흠."

"무운을 비오."

이순신은 그렇게 간단히 포박돼 배를 타고 육지를 향했다. 왜적이 그렇게 하고 싶었지만 결코 할 수 없었던 이순신의 체포를 이연은 아주 손쉽게 해치웠다. 적어도 이순신이 체포된 이 순간만큼은 이연과 왜적은 완전히 한마음 한패라고 할 수 있었다. 만약 왜적에게 '지금 이 순간, 누가 조선을 등진 죄를 지었냐'고 물었다면 그들은 뭐라고 대답했을까? '우리와 함께 만족해한 이연의 무리들, 그들이 조선을 등졌다'고 어렵지 않게 대답했을 것이다.

5

이연은 연일 잠자리가 뒤숭숭했다. 2월 26일 밤에는 악몽으로 도저히 잠이 들 수가 없었다. 그날은 바로 이순신이 포박돼 한성으로 압송되던 날 밤이었다. 이연은 침전에서 뛰쳐나와 맨발로 앞뜰에 나갔다. 침전 상궁들이 놀라 뒤따르며 허둥댔지만 이연은 아랑곳하지 않았다. 그는 뜰을 미친 사람처럼 서성이다, 한참 후 가쁜 숨을 고르며 멈춰섰다. 그러더니 하늘과 땅을 번갈아 보면서 탄식했다. 무슨 말인가를 계속 중얼거렸지만 옆에서는 도저히 무슨 소리인지 알아들을 수가 없었다. 그저 실성한 사람 같았다.

'지금쯤 어떻게 됐을까……? 만약…… 아무 일 없었겠지……? 그자가 설마…….'

한참을 그러고 나니 이연은 마음이 조금 진정됐다. 상궁들은 여전히 안절부절못하며 주위를 맴돌았다. 이연은 적막한 어둠 속 풍경을 감상이라도 하듯 잘 보이지도 않는 낯선 주위를 천천히 둘러봤다. 그는 사실 겨울이면 방 안에만 틀어박혀 있고, 봄·가을에도 일부러 시간을 내 정원을 돌아본 적이 거의 없는 사람이었다. 그는 젊어서부터 병이 많아 반평생을 약을 달고 살았다. 그는 예전에 심신이 너무 지쳐 심지어는 '인간 세상에 뜻이 없다'는 말까지 입 밖에 낸 적도 있었다.

이연은 환도를 앞두었던 1593년 8월 말을 생각하고 있었다. 그는 그때 자신의 한 몸 건사하기조차 힘든 시간을 보내고 있었다. 그는 몇 달을 잘 먹지 못하다가, 당시에는 죽만 먹고 있었다. 밤이면 병풍에 기대어 밤을 새우고, 낮이면 정신이 혼란해 멍청이 같은 모습으로 앉아있곤 했다. 그는 광병(狂病)·눈병(目病)·비병(痺病)·습병(濕

病) · 풍병(風病) · 한병(寒病) 등 온갖 병에 시달렸다. 몸도 몸이었지만 그를 괴롭혔던 가장 큰 문제는 무엇보다 도성을 버리고 도망간 왕의 환도였다. 그는 백성의 원망을 받아낼 자신이 없었다. 그래서 선위 의사를 밝혔다. 그는 당시 선위 의사를 밝힌 비망기에 자신의 광병을 이렇게 설명했다.

"광병으로 말하면 때로 노래를 부르기도 하고, 곡을 하기도 하고, 물불을 가리지 않고 고함을 치며 달려가기도 하고, 뭔가를 보고서 눈물을 흘리기도 하고, 놀라 머리털이 곤두서기도 하니, 예로부터 어디에 광병을 앓은 임금이 있었던가?"

이연은 1598년 2월 선위 전교 때는 자신의 병을 '전광증'이라고 정확하게 말하기도 했다.

"심질(心疾)이 더욱 극심해져서 전광증(顚狂症)[2]으로 크게 부르짖으며 인사(人事)를 살피지 못하니 곁에 있는 자들이 놀라 탄식하지 않은 이가 없다. 이는 심장이 먼저 상한 것이어서 상하지 않은 것이라곤 오직 한 줌의 기(氣)뿐이니, 어찌 슬프지 않겠는가?"

조선 왕조에서 자신이 전광증(광병)을 가지고 있다고 스스로 인정한 왕은 이연밖에 없었다. 설령 어의의 진단이 있었다고 해도, 왕이 스스로 그렇게 함부로 입 밖에 낼 말은 아니었다. 그는 그만큼 자신의 병과 왕의 자리가 한없이 버겁고, 괴로웠다. 하지만 나라의 이 기구한 운명을 누구도 감히 어찌할 방법이 없었다. 이연은 고개를

----

2)이연이 고통을 호소한 전광증(顚狂症, lunacy, insanity, madness)은 전두엽과 측두엽의 이상으로 인한 망상, 환각, 사고장애, 언어장애, 판단력 상실, 통찰력 결여, 성격의 와해, 현실에 대한 객관적인 평가능력의 부족, 현실접촉 곤란, 개인적 또는 사회적 기능 상실, 증상에 대한 이해와 자각 결여 등 항상 흥분상태 증세를 보이는 정신질환의 일종이다.

들어 하늘을 바라봤다. 겨울이 지난 하늘은 밤중인데도 별빛과 함께 맑아보였다. 그는 하늘에 대고 묻고 있었다.

'나는 지금 무엇을 두려워하고 있는가?'

이연은 그저 서화 취미가 있었을 뿐, 사치를 일삼거나, 주색에 빠지거나, 오락을 즐기지도 않았다. 평소 신하들에게도 폭군 소리를 들을 만큼 함부로 대하지도 않았다. 이연은 하늘이 자신에게 이런 난리와 고통을 겪게 할 만한 방탕한 짓을 하면서 살지는 않았다고 믿었다. 그런데도 자신은 가혹한 벌을 받고 있었다. 그는 이 벌이 방탕으로 인한 하늘의 벌이 아니라 무능으로 인한 세상의 벌이라는 사실을 인정하지 않았지만 어쨌든 한없이 두려웠다. 이연은 스스로 자신의 그 두려운 마음속을 들여다보고 싶었다.

이연은 단순한 '권력욕' 때문에 전전긍긍하고 있는 것이 아니었다. 그가 수십 번에 걸쳐―사관 표현에 의하면 '임금과 신하 사이에 어린아이가 서로 희롱하는 것' 같은―양위소동을 일으킨 것은 꼭 정치적 기교만은 아니었다. 그도 보통 사람 정도의 권력욕은 있었지만 특별한 것은 아니었다. 굳이 표현하자면 보통 사람의 권력욕보다도 못할 정도였다. 왕의 자리를 자식에게 물려주고 권력을 놓는 것이 죽기보다 싫은 사람은 결코 아니었다.

이연이 진정으로 두려워하는 것은 두 가지였다. 하나는 목숨이었다. 그냥 병들어 죽는 것이 아니라 무자비하게 처형당하는 것이 두려웠다. 자신을 그렇게 처형할 수 있는 자들은 역도들이거나 오랑캐였다. 그는 이 두려움으로 전광증을 앓았다. 그런 상태에서 '반란과 관련됐다'는 말만 들어도 무고한 자들까지 씨를 말렸으며, '무도한 왜적이 쳐들어오고 있다'는 말만 들어도 화들짝 놀라며 무조건 명을 향해 도주하고자 했다.

이연이 두려워한 다른 하나는 왕조의 멸망이었다. 이성에 따른다면 왕조는 자신의 목숨을 내놓고라도 기필코 지켜야 할 운명적 과업이었다. 왕조가 멸망하는 것과 단순히 자신의 권력을 내놓는 것은 비교도 할 수 없는 하늘과 땅만큼의 큰 차이였다. 이연은 시대의 불안을 읽고 있었다. 그리고 그것은 아주 정확한 느낌이었다. 시대가 조선 왕조를 버릴지도 모른다는 생각을 할 때마다 그는 자신의 짐을 못 이겨 전광증에 시달려야만 했다.

이연은 필부의 마음으로 왕위를 연명했다. 특별한 시대에 특별한 권력욕도 없는 한 필부가 자신과 왕조의 목숨을 부지할 수 없을까 봐 전광증으로 전전긍긍하며 불안에 떠는 것은 역사의 비극이었다. 그 악랄하고 참담한 비극에 이미 많은 이들이 희생됐다. 이번 역사의 비극에는 이순신이 제물로 올라와 있었다.

이연은 문득 맨발이 조금 시리다는 것을 느꼈다. 그는 자신도 자신을 이해하지 못한 채 침전을 향해 조용히 발걸음을 옮겼다.

다음날 밤에도 악몽은 계속됐다. 셀 수도 없는 사체가 둥둥 떠 있는 붉은 피바다에 빠져 살려달라며 허우적대는 꿈을 꾸다 식은땀을 흘리며 벌떡 일어나기를 반복했다. 이연은 그러다 혼이 나간 사람처럼 날이 밝을 때까지 방 안을 서성댔다. 그도 이순신으로 인해 이렇게까지 심적으로 압박을 받으리라고는 전혀 예상치 못했었다. 이연은 더 이상 견딜 수가 없었다. 이러다가는 이순신을 죽이기 전에 자신이 먼저 죽을 것만 같았다.

이연은 대신들에게 자신의 병증을 말하고, '집무를 수행하기 힘들다'고 호소했다. 2월 29일, 도저히 더 이상 견디기 힘들었던 이연은 좌승지 이덕열에게 양위 전교를 내렸다. 조정은 다시 한 번 혼란스러웠지만 다행히 그 혼란이란 게 놀라는 사람은 놀라고 아닌 사람은 아닌 식으로 곧 유야무야되고 마는 질서정연한 혼란이었다.

사실 양위 전교도 한두 번이지 잊어버릴 만하면 도지는 여름철 무좀 재발 같은 양위 전교에 진심으로 놀랄 사람은 거의 없었다. 이순신의 악몽에 시달리는 이번엔 그래도 정말 견디기 힘들어서 내린 양위 전교였지만 모두에게 습관은 그저 습관으로 받아들여질 뿐이었다. 이연은 그게 또 한참 분했다. 이연도 그렇게 자업자득의 힘든 시간을 보내고 있었다.

6

이순신을 실은 함거는 남도를 빠져나오기가 너무나 힘들었다. 혹 있을지도 모르는 왜적의 기습을 대비해야 했고, 모든 남도 백성들의 대놓고 표현하는 원망도 시급히 벗어나야만 했다. 선전관 일행은 야간이동까지 감행하며 길을 서둘렀다. 문제는 주간이동이었다. 이순신의 함거를 만난 남도 백성들은 너나없이 함거 행렬을 막아서고, 길바닥에 엎드려 눈물을 흘리는가 하면, 멈춘 함거 속에 앉아있는 이순신에게 물이라도 한 사발 가져다주려고 소동 아닌 소동을 일으켰다. 높은 벼슬이라고는 사또밖에 모르는 한 노인이 길에 엎드려 그들 백성의 심정을 대변하며 울부짖었다.

"사또, 어디로 가십니까? 사또가 가시면 이제 우리는 다 죽을 것입니다."

이연이 그렇게 두려워하는 백성의 마음이었다. 길가의 진분홍빛 진달래가 백성의 그런 슬픔을 아는지 모르는지 활짝 피어나고 있었다. 그 꽃망울 사이에 숨어 이 장면을 씁쓸하게 지켜보는 눈이 있었다. 이연에게 할 일을 귀띔받고 안핵어사로 파견된 성균관 사성 남이신이었다. 그는 아까부터 멈추어선 함거를 바라보며 말안장 위에서 뭔가 깊은 생각에 빠져있었다. 한편으론 압송되는 이순신을 향해 울부짖는 백성들을 바라보면서, 다른 한편으론 자신이 당장 해야 할 일을 생각하니 묘한 기분에 빠져들 수밖에 없었다. 민심은 누가 죄인이고 누가 영웅인지를 적나라하게 보여주고 있었다. 그도 직접 보지 않았다면 도저히 믿을 수 없는 광경이었다.

'아, 내가 지금 한산도에 가서 뭘 해야 하나……?'

이순신의 함거가 겨우겨우 사람들을 헤치며 한성으로 가는 길을 재촉하고 있었다. 남쪽에서 벗어날수록 이런 어려움은 비교적 덜해졌다. 세상 풍경과 어울리지 않는 아름다운 야생의 봄꽃들도 이순신의 함거를 따라 함께 남녘의 민심을 전하러 한성으로 올라가고 있었다.

7

3월 4일, 이순신은 한성에 도착해 하옥됐다. 이순신의 종사관 정경달도 한산진에서 조금 늦게 출발했으나 곧 이순신 행렬을 따라잡아 함께 도착했다. 그는 이회, 이완, 금이 등 가족들과 함께 구명운동을 폈다.

그들은 구명운동을 위해 한산도에서 이순신의 일기 전부를 가지고 나왔지만 조정 신료들에게 일기 전부를 읽게 할 수는 없었다. 그래서 일기의 마지막 권, 1596년 10월 12일부터 체포되기 전날인 1597년 2월 25일 자까지만을 류성룡에게 전달했다. 류성룡은 이를 꼼꼼히 읽어본 후, 다시 정탁을 비롯한 상당수 조정 신료들로 하여금 돌려 읽게 했다.

이순신이 하옥된 후 여러 날이 지나고 있었다. 이연은 밤마다 계속되는 악몽 때문에 두려운 마음이 들어 이순신에 대한 친국에 임할 수가 없었다. 그렇다고 그렇게 마냥 계속 있을 수는 없었다. 악몽에 시달리던 이연은 마침내 '자신과 이순신 중 하나가 죽어야 끝장이 나겠다'는 생각이 들었다.

그때 기다리던 남이신이 도착했다. 남녘에서 꽃놀이를 하다 지체됐는지 생각보다 늦게 한성으로 되돌아왔다. 그는 밝은 표정이 아니었다. 하지만 그는 자신이 해야 될 일을 잘 마무리했다. 그는 여러 신하들이 있는 자리에서 이연이 하고 싶은 말을 대신 해줬다.

"가토가 바다 섬에 7일을 머물렀으니, 만약 우리 군사가 갔더라면 가토를 잡아올 수 있었을 텐데, 이순신이 머뭇거려 기회를 놓쳤습니다."

가토는 대마도에 7일여를 머무른 다음, 남해안에 도착한 뒤 바로 부산에 들어가지 않고, 서생포 · 가덕도 · 다대포 등지에서 다시 4일여를 잠복하며 이순신을 노렸다. 이순신은 대마도를 출발한 가토가 남해안에 나타난 지 무려 8일이나 지난 후에 권율의 명을 받았다. 따라서 머뭇거리지 않고 출전했어도 가토는커녕 그의 그림자도 볼 수 없었다.

남이신은, 아니, 이연은 '이순신이 언제 권율의 명을 받았는가' 에 대한 사실 확인은 생략하고, '가토가 바다 섬에 7일을 머물렀다' 는 말로 뭔가 착각을 불러일으키고 싶었다. 하긴 신하들 중에는 알아선지 몰라선지 혼자 고개를 끄덕이는 한심한 화상들도 있긴 했다. 물론 성균관 사성이라면 거짓말을 해도 다른 사람보다는 더 많이 믿어줄 만한 지위이긴 했다. 그래서 그는 이런 일에 적임자였고, 훗날 대사간까지 오른다.

3월 12일, 이순신에게 심한 고문이 가해졌다. 그리고 다음날인 13일, 드디어 모든 준비를 끝낸 이연이 나섰다. 그는 사생결단의 의지로 우부승지 김홍미에 전교를 내렸다. '이순신을 죽이겠다' 는 전교였다.

"이순신은 조정을 속이고 임금을 무시한 죄, 적을 놓아주고 치지 않음으로써 나라를 저버린 죄, 심지어 남의 공을 가로채 무함한 죄를 범했으니, 이는 모두 방자하게 거리낌 없이 행동한 죄이다. 이렇게 허다한 죄상이 있는데, 법을 무시하고 용서할 수는 없으니 마땅히 법대로 죽여야 한다. 신하로서 임금을 속인 자는 반드시 죽이고 용서하지 말아야 한다. 이제 끝까지 형벌을 시행해 범죄 정황을 밝히고자 하니, 어떻게 처리할 것인지를 대신들에게 하문하라."

이연의 폭발하는 살의였다. 그는 이렇게 충격적인 전교를 내리면서도 자신의 정치공학을 결코 잊지 않았다. 이연은 이순신을 '마땅히 법대로 죽여야 한다' 는 최종 결론을 이미 내려놓은 다음에, '어떻게 처리할 것인지를 대신들에게 하문하라' 고 순서를 바꿔 명했다. 정상적인 순서대로 한다면, 우선 신하들에게 논의하게 한 후, '신하들의 의견을 고려해 왕이 최종적으로 이런 결론을 내린다'고 선언해야 할 일이었다. 자신이 언제나 최종 결론을 내리면서도 신하들에게 그 최종 결론의 책임을 뒤집어씌우는 '책임 없는 권력행사'야말로 이연의 빛나는 정치공학이었다.

　이연의 정치공학적 논의 순서가 어찌 됐든, 그가 내린 최종 결론은 '부산 화재사건 보고를 조정을 속이고 임금을 무시한 죄로, 부산 앞바다 요격 거부를 적을 놓아주고 치지 않음으로써 나라를 저버린 죄로, 그리고 이순신에 대한 원균의 전공 불만을 남의 공을 가로채 무함한 죄로 규정하고, 반드시 죽여야겠다'는 것이었다. 모두 자신이 공들여 꾸미고, 간교하게 속이고, 거꾸로 무함한 죄였다. 이제 길고 지루한 작업은 모두 끝났다. 이연의 소원대로 이순신의 처형만이 남아있었다.

제7장

두개의 태양

1

 며칠 후, 한밤중이었다. 이연은 수행 내관과 호위무사만을 대동하고 미복잠행 차림으로 의금부 추국청을 향했다. 이연은 통상 별전 앞까지 의금부의 죄인을 끌어다놓고 공개적으로 친국을 해왔지만 오늘은 달랐다. 그는 이순신과 홀로 대면하고 싶었다. 어떤 음모를 꾸미고도 만인 앞에 당당했던 그가 웬일이었을까? 이연은 아무도 듣지 않는 곳에서, 아무도 대신해줄 수 없는 이순신과 자신만의 얘기를 하고 싶었다. 의금부가 가까워올수록 그의 마음은 한없이 심란해졌다.

 '명색이 조선의 군왕인 내가…… 이 무슨 구차한 행차란 말인가?'

 이연이 의금부에 들어서자 미리 연락을 받은 판의금부사와 도사들이 긴장하며 대기하고 있었다. 때아닌 행차에 판의금부사가 안절부절못하며 이연을 안내했다. 이연은 다른 관심은 전혀 없이 바로 호두각을 원했다. 이연은 호두각 대청에 들어서자마자 수행 내관과 호위무사를 제외하고는 모두 물리쳤다. 털이 듬성듬성 빠진 동작 둔한 쥐새끼 한 마리가 옥 주인의 방문을 환영하듯 그의 발등을 조심성 없이 천천히 스쳐 지나갔다. 의금부를 지배하는 썩은 지푸라기 악취와 섞인 역겨운 피비린내가 역심을 의심하는 이연의 코를 심하게 자극했다. 마당에 음산하게 켜진 횃불들은 무고한 자의 영혼을 위협하며 제멋대로 춤추고 있었다.

이연은 대청마루 위 의자에 앉아 관조하듯 이순신을 내려다봤다. 그곳 마당에는 이순신이 영락없는 죄인의 모습으로 형틀의자에 묶여있었다. 이연은 '죄인 이순신'이라는 자신의 작품이 순진무구한 백성들을 속일 정도로 완벽하지는 않지만, 그래도 충성스런 신하들과 어수룩한 역사를 속일 정도는 됐다는 것만으로도 아주 만족했다. 이순신은 고문으로 인해 형틀의자에 앉아있기도 벅찰 만큼 기력이 많이 쇠한 상태였다. 그는 봉두난발을 하고 등과 무릎에 피를 흘리며 힘없이 앉아있었지만 눈빛만은 여전히 살아있었다.

잠시 후, 이연은 말없이 일어나 마당으로 내려갔다. 그리고는 형틀의자로부터 두세 걸음 떨어져 뒷짐을 지고 이순신 앞에 마주 섰다. 그는 이순신을 가까이에서 보는 순간 그의 기세 때문에 바로 불편해졌다. 동시에 '이순신이 글을 아는가'에 대한 궁금증도 바로 풀렸다. 순간적이었지만 이연이 느낀 이순신은 싸움만 아는 단순한 무장이 아니었다. 이런 인물을 제때에 잡아 죽일 수 있다는 것이 천운이라는 생각까지 들었다. 그간의 불안이 괜한 것이 아니었음을 확인한 이연은 자신의 선견지명에 안도의 한숨을 내쉬었다.

이연은 그간 힘겹게 꾸며놓은 이순신의 세 가지 죄에 대해서는
단 한 마디도 묻지 않았다. 그는 추국받으면서 자신의 무고한 입장
을 이미 다 말했을 테고, 만들어낸 죄를 뒤집어씌우기 위해 애써봐
야 잘될 리도 없었다. 이순신의 진실은 이연 자신이 가장 잘 알았
고, 그의 죄는 그가 지금 이 자리에 앉아있는 이유도 아니었다. 이
순신의 역심을 의심하는 이연의 근거는 정작 따로 있었다. 그것은
공개적으로 추궁할 수 있는 죄와 벌의 문제가 아닌 이연과 이순신
두 사람이 해결해야 할 은밀한 정치의 문제였다. 이연은 이순신을
정면으로 응시하며 냉랭하게 입을 열었다. 그의 목소리에는 이순신
이 자신과 왕조를 위협하는 역적이라는 확신이 서려있었다.

"고개를 들라."

이순신이 천천히 고개를 들어 이연을 정면으로 응시했다. 눈앞에
는 그가 때마다 정성껏 망궐례를 올리며 충성을 다짐하던 상상 속
인물이 그를 죽이기 위해 서있었다. 그 인물은 만인 앞에 당당한 상
상 속 군주의 모습이 아니었다. 미복 차림이라고는 하지만 조선 왕
의 행색은 궁중의 삶이 한없이 버거운 듯 궁색하고 피폐해보였다.
그를 바라보는 이순신의 눈빛에 조선 백성의 피폐한 모습이 겹치면
서 순간적인 연민이 스쳤다. 하지만 곧 자신의 현실로 돌아와 다시
고개를 숙였다.

"바른대로 말하라."

"하문하십시오."

"네가 스스로를 '바다의 왕'이라고 자칭했느냐?"

'바다의 왕'이란 '원균이 이순신을 모함하기 위해 지어낸 말'로
알려져 쉬쉬하며 회자되고 있었다. 하지만 사실 그 말은 원균이 이

순신을 역적으로 몰기 위해 의도적으로 퍼뜨린 말은 아니었다. 그보다는 이순신을 마치 '바다의 왕'처럼 생각한 원균이 술만 먹으면 시기하는 마음에 주위를 아랑곳하지 않고, 시도 때도 없이 그렇게 씨부렁거리고 다녔을 뿐이다. 문제는 의도가 아닌 결과였다. 이연의 귀에 들어온 그 말은 그렇게 단순하지가 않았다. 이순신도 그 입소문을 들어 아는지라 당황하지 않고 침착하게 대답했다.

"저는 단 한 번도 그런 말과 생각을 해본 적이 없습니다. 주상께서 다스리는 조선은 땅과 바다가 모두 하나인데 '바다의 왕'이 어찌 따로 있겠습니까?"

"단 한 번도 그런 말과 생각을 해본 적이 없다면 왜 그런 말이 들리느냐?"

"저는 오직 조선의 바다를 지키기 위해 사력을 다했을 뿐입니다. 그 이외의 일은 모릅니다. 그런 말의 죄는 그런 말을 한 사람에게 물으셔야 될 줄로 압니다."

이순신을 그렇게 부르고 있는 사람들은 기실 백성들, 특히 남도의 백성들이었다. 조선 백성 모두에게 그 죄를 물을 수는 없었다. 이연이 더욱 슬프고 화가 난 것은 백성들이 그를 그렇게 부르는 이유를 잘 알고 있었기 때문이다. 이순신은 우연찮게 해전을 승리로 이끌어 허명을 얻은 장수가 아니었다. 그는 소문뿐만이 아니라 실제로도 조선 남쪽을 분할 통치했던 문자 그대로 '바다의 왕'이었다. 만사에 과민한 이연이 만사를 초월한 이순신의 담담한 대답을 듣고 잠시 허탈했다.

'이자는 도대체 어떤 인물인가?'

본격적인 추궁이 필요했다. 이연은 내관에게 이순신의 맞은편에 의자를 준비하도록 지시했다. 내관이 대청마루에 올랐으나 선뜻 의자를 옮기지 못했다. 그는 이연을 힐끗거리며 의자를 들었다 놨다한참을 망설이고 있었다. 이연이 다시 한 번 괜찮다는 고갯짓을 하자 그제야 내관은 낑낑대며 의자를 들고 와 이순신의 맞은편에 곱게 놔줬다. 이연이 의자에 앉자 왕과 왕의 죄인이 같은 높이와 자세로 바로 눈앞에서 마주 보고 앉은 이상한 모양새가 됐다. 격에 맞지 않는 굴욕이었다. 하지만 이연은 이렇게 해서라도 이순신의 위선적인 표정과 은밀한 속내를 모조리 캐내고 싶었다. 이순신은 간단한 역적이 아니었고, 그에게 상처받은 군왕의 자존심은 그를 당장 죽이는 것만으로 모두 치유될 수 있는 단순한 가식도 아니었다. 이연은 치명적인 말을 무심한 듯 던지며 이순신의 표정을 날카롭게 살폈다.

"나는 너의 역심을 알고 있다."

이순신은 말없이 고개를 들어 이연을 바라봤다.

'나도 모르는 나의 역심을 어떻게 안단 말인가?'

이순신은 이연의 부질없는 시비에 작은 한숨을 내쉬었다. 이순신은 일상적인 안부 인사에 대답하듯 의례적인 표정으로, 변명의 기색도 없이 무미건조하게 대답했다.

"신에게는 아무런 역심도 없습니다."

이순신의 표정을 읽지 못한 이연의 표정에서 조바심이 묻어나왔다.

"내가 너를 삼도수군통제사로 임명하자 네가 내게 가장 먼저 요구한 일이 무엇이었더냐?"

이순신은 순간 멈칫했다. 이 물음의 배경이 무엇인지 어렴풋이 짐작 가는 바가 있었기 때문이다. 삼도수군통제사는 이순신과 원균의 불화를 통제하기 위해 고육지책으로 만들어낸 전에 없던 직책이었다. 한산대첩 이후 1년이 조금 넘은 1593년 8월 15일, 이순신은 삼도수군통제사에 임명됐다. 이연이 한성으로 환도하기 한 달 보름 전쯤이었다. 그리고 지금 이연이 말하고 있는 이순신의 장계는 9월 10일에 올린 것이었다. 벌써 3년 6개월이 지났지만 두 사람 모두 엊그제 일처럼 기억이 생생했다. 이순신이 확인했다.

"신은 세 가지를 주청했습니다. 우선, 각 고을 수령들을 지휘할 수 있는 수사의 확실한 권한이었습니다. 다음으로, 각 고을의 장정과 군량, 그리고 장수들을 육군으로 이동시키지 말아달라는 것이었습니다. 그리고 마지막으로, 둔전을 경영하는 일이었습니다."

"그렇다! 그 모든 것이 가당치 않은 요구였다."

이연으로서는 그렇게 말할 만도 했다. 조선의 각 고을 수령은 행정권뿐만 아니라 사법권, 군사권까지 통합적으로 가지고 있었다. 따라서 그들은 군사에 관해 감사나 병사의 지휘를 받았다. '수사에게도 지휘권이 있다'고 말할 수는 있었지만 그 품계가 감사나 병사보다 낮았으므로 사실상 고을 수령에 대한 명령이 잘 먹히지 않는 상태였다. 이순신이 이 상황을 타개하고자 이연에게 수사의 지휘권을 요구했던 것이다.

문제는 이순신이 요구하고 있는 수사의 지휘권은 배타적 지휘권이었다는 점이다. 만약 이순신의 요구대로 수사가 군사와 군량 등을 해변 고을에서 배타적으로 관리하게 되면 그것은 사실상 도원수의 지휘로부터도 독립해 활동하게 되는 것이었다. 실제로도 그런 일이 생겼다. 그래서 조정에서는 '도원수가 수군과 육군을 전적으로 관장한다'는 확인까지 해줘야 했다. 하지만 이후로도 도원수의 총지휘는 사실상 형식뿐이었다.

이순신의 요구는 거기서 그치지 않았다. 그는 군량 확보를 위해 독자적인 농업생산 체계를 갖추고자 했다. 해안과 비어있는 섬들의 땅을 개간해, '경작자와 수군이 소출의 1/2씩을 나눠 갖겠다'는 것이었다. 전쟁은 이미 장기전으로 들어갔으며, 군량 확보는 이제 전쟁의 승패를 좌우하는 중요한 일이었다. 조정에서 쌀 한 톨 지원받지 못하는 상황에서 이순신이 생각할 수 있는 유일한, 그리고 최선의 방책이었다.

이순신은 그간의 이루 말할 수 없었던 혼자만의 고투를 회고하며, 작은 목소리로 말했다.

"전쟁을 수행하기 위한 불가피한 주청이었습니다."

이연은 그렇게만 생각하지 않았다. 환도 직전, 그는 이순신의 주청을 받고 한동안 먹먹했다. 이는 '지금까지 수군의 중요성이 과소평가됐으므로 수군을 강화해달라'는 단순한 요구가 아니었다. 이연은 '이순신이 조선에 꼭 필요한 장수로 발탁된 것을 기회 삼아, 그를 한껏 압박해 조선의 군정 체계를 바꾸고자 한다'고 의심했다. 말하자면 '이순신 자신의 독자적인 영토와 권력을 달라'는 의심스런 요구로 받아들였다.

둔전은 그 물적 기반이었다. 경작자와 수군이 소출의 1/2씩을 나눠 갖는다면 조정에 돌아오는 것은 아무것도 없을 것이었다. 경작지에서 소출이 많으면 많을수록 조정은 이제 이순신에 기대 밥을 얻어먹는 신세가 될 것이 뻔했다. 불행히도 예상이 들어맞을 때까지 그렇게 오랜 시간이 걸리지도 않았다.

2

　1595년 3월 11일, 이연의 부엌살림을 담당하는 사도시 주부 조형도가 궁색한 부엌살림이 하도 급해 한산도에까지 직접 내려왔다. 그는 한 이틀 한산도를 구경하듯 이리저리 둘러보더니, 이순신을 찾았다. 조형도는 이순신이 만들어준 차를 마시며, 소맷자락에서 뭔가를 주섬주섬 꺼내놨다. 진상 품목이었다. 내용을 보니 기가 막혔다. 지금이 전란 통이고, 이곳 한산도에서도 군량을 근근이 마련해 자급자족하고 있다는 사실조차 잊은 듯했다. 이순신이 입을 열었다.
　"궁궐의 사정이 이렇게까지 딱한가?"
　"그렇습니다."
　"양도 양이네만, 여기 적힌 진상품들은 이곳 해안 고을을 모두 뒤져도 구하기 힘든 물건이 너무나 많네."
　조형도가 다짜고짜 말을 받았다.
　"주상 전하의 일입니다."
　"그래서 걱정하는 말 아닌가? 날더러 대체 어쩌라는 건가?"
　"통제사께서 이 물건들을 모두 구해 올려보내 주십시오. 하시려고만 하면 못하실 것도 없질 않습니까?"
　"허허, 참. 내가 무슨 신통력이라도 가진 줄 아는가?"
　조형도의 목소리가 마치 상전이라도 되는 듯 높아졌다.

"못하시겠다는 말씀입니까?"

어이없는 요구와 무례한 반응에 이순신은 짜증이 났다.

"하기도 힘들거니와 하고 못하고는 또 다음 문제네. 조정에서는 류성룡 대감이 상소한 작미법을 시행키로 하지 않았는가? 하기로 했으면 해야지 이런 요구가 어디 있는가?"

작미법은 류성룡이 1594년 4월 상소했던 세제 개혁안이었다. 그것은 이이의 주장을 구체화한 것으로 공납을 논밭의 전결을 기준으로 책정하고, 그 납부도 모두 쌀과 콩으로 환산하자는 것이었다. 지금은 그렇게 하지 않는 것이 이상해 보이지만, 당시에는 그렇게 하는 것이 낯설었다. 개혁안에 따르면, 집을 기준으로 소득과 상관없이 부과된 세금을 납부하는 대신 논밭을 기준으로 소득이 많은 자가 더 많은 세금을 내야 했다. 또한 진상품이 없거나 부실해 어쩔 수 없이 관원이나 관원과 결탁한 상인에게 엄청난 폭리를 부담하면서 공물을 방납시키는 대신 일관되게 쌀과 콩으로 환산해 내면 됐다. 그렇게 되면 백성의 부담이 공평해지고, 또 한결 가벼워지는 혁신적인 세제 개혁안이었다. 이연은 이런 제도를 시행하는 데 소극적이었다. 노비를 시켜 많은 농사를 짓는 양반들의 세금부담이 엄청 늘어날 판이어서, 그를 떠받드는 양반들이 좋아할 리가 없는 제도였기 때문이다. 이연은 나라가 기우는데도 한탄만 했지 방법을 찾아 바꿔보려는 노력은 거의 하지 않았다. 눈앞의 장애에 금방 눈을 감아버리고, 세상 핑계만 대고 있었다.

하는 것도 아니고 안 하는 것도 아닌 세제 개혁 현실이 한심했던 이순신의 말이 곱지 않았다. 이순신의 말에 뾰족이 할 말을 찾지 못한 조형도가 엉뚱한 말로 어색함을 달랬다.

"지금 이 난리 통에 그런 걸 따져서 뭐 합니까? 쌀을 저렇게 쌓아두고서……. 저 쌀을 팔아서라도 진상 물품을 구해 올려보내는 것이 도리가 아닙니까?"

"자네 눈엔 저 군량미가 많아 보이는가? 어쨌든 알겠네. 각 고을에도 명을 내리고, 또 여기서 구할 수 있는 것은 구해보겠네. 하지만 없는 진상품 구하느라 폭리를 내줄 수는 없네. 이곳 사정도 감안해야 할 것 아닌가? 구할 수 없는 물품은 쌀과 콩으로 적절히 계산해 우선 일부나마 군량미를 덜어서라도 보내기로 함세. 내가 할 수 있는 건 그 정도네."

조형도는 3월 15일에 찬바람을 일으키며 싸늘하게 돌아갔다. 그냥 그렇게 진상만 떨고 돌아간 것이 아니었다. 그는 전국을 이런 식으로 돌았지만 다른 곳에서는 애초에 사정이 열악해 소득이 별로 없었다. 그래도 가는 곳곳마다 어떻게든 궁궐의 밥상을 풍족하게 하려는 출세의지만은 넘쳤다. 그런 일이 있고 보니, 그나마 가진 게 많은 이순신이 이것저것 따지는 게 더 괘씸했다. 5월 19일, 조형도는 이순신을 겨냥해 비변사에 분풀이 무고를 했다.

"한산도의 수군 격군 한 명 당 하루 배급량이 쌀은 5홉이고, 물은 7홉입니다. 그런데 한번 배에 오르면 교체돼 돌아갈 길이 없어, 병이 들면 물에 던져 버리고, 굶주리면 산골짜기에 죽게 버려둡니다. 그래서 한산도 온 지역이 귀신 동네 같습니다."

6월 9일, 도원수 권율의 군관 이희삼이 들고 온 이연의 유서를 본 이순신은 한숨만 폭폭 내쉬었다. 조선시대 성인 남자 한 끼 식사량은 대략 7홉(조선 1홉=60cc는 현재 1홉=180cc의 1/3)이었다. 보통 두 끼를 먹었으므로 14홉이 통상적인 식사량이었다. 이를 모두 채

워줄 수는 없었다. 그래도 이순신은 군사들을 굶기지 않기 우해 하루하루 죽을힘을 다하고 있었다. 물 7홉은 훈련·작전 시에 배에서 식수를 제한한 것을 두고 한 말 같았다. 다행히 최악의 상황은 넘겼지만 열악한 환경으로 인해 병사자 등이 발생하는 것은 인력으로 어쩔 수가 없었다. 하지만 군사들의 주검을 두고 한 말은 더 생각하고 싶지도 않았다. 조형도의 무고 한마디에 이순신은 군사들을 핍박하는 몹쓸 장수로 전락했다. 그리고 쌀 한 톨도 지원해주지 않는 이연은 종이 위에서 군사들을 배부르게 먹인 성군이 됐다. 이순신은 눈에 보이는 글귀를 혼자 무의미하게 반복해서 중얼거리고 있었다.

"지금부터 특별히 무휼하고 기갈을 구제하는 방도를 시행해서, 여러 진영에 있는 수군들이 남은 목숨을 보전할 수 있게 하라. 수군들이 남은 목숨을 보전할 수 있게…… 남은 목숨을…… 남은 목숨을……."

3

호두각의 횃불이 활활 타오르고 있었다. 무심한 내관은 두 사람의 말소리도 들리지 않을 만큼 멀리 떨어져 꾸벅꾸벅 졸고 있었다. 긴장이 풀린 호위무사 역시 저만큼 멀리 떨어져 할 일 없이 먼 하늘만 올려다보고 있었다. 밤하늘의 달과 별들이 티 없이 맑았다. 오늘따라 유난히 맑은 그 달과 별들이 이곳 호두각의 슬픈 사연을 말없이 듣고 있었다.

이순신이 한성으로 잡혀온 이후, 궁중의 이연은 줄곧 가시방석에 앉아있는 기분이었다. 자신의 불안하고 애타는 심정을 알아주는 신하는 아무도 없었다. 그는 혼자임을 절감하고, 절망했다. 하지만 생각해보면 절망할 일도 아니었다. 자신이야말로 누구보다 그러했으므로 이연은 너무나 잘 알았다. 충신이든 간신이든 어차피 인간은 하늘 아래 모두 각자였다.

애초에 이곳을 향할 때만 해도, 이연은 이순신의 역심을 금방 확인할 수 있을 것이라는 자신감이 있었다. 자신이 품고 있는 은밀한 의심을 들이대기만 하면 그의 모든 역심이 금방 드러날 것이라 확신했다. 하지만 눈앞의 이자는 불가사의했다. 그의 간단하고 명료한 입장을 듣고 있자니, 되새기고 싶지 않은 과거 악몽만 새록새록 떠오르고 있었다.

4

1593년 9월, 환도를 앞두고 이순신의 당찬 장계 내용이 회의에 올려졌을 때 이연이나 신하들이나 어찌할 수 없는 심한 무력감과 허탈감에 빠졌다. 피난살이를 정리하려던 그 무렵, 남도 땅은 조정의 통제가 전혀 미치지 않을 만큼 민심이반이 심각했다. 그렇다고 당장 상황을 통제할 마땅한 방법도 능력도 없었다. 이연은 인정할 수 없었지만 남도는 사실상 이연의 땅이 아니었다.

환도 후 10월 22일, 편전 회의를 열었지만 상식과 비상식이 어우러진 공론만이 난무했다. 병조 참의 심충겸이 이연의 불안한 마음을 읽었다. 그는 이연이 남도를 마치 '자체적으로 움직이는 변방의 속국처럼 느끼고 있다'고 믿었다. 충복이 되고 싶은 심충겸이 입을 열었다.

"예로부터 전쟁이 일어나면 반드시 대신이 전제해야만 모든 일이 성사됐습니다. 신은 송나라 때 도독부를 설치한 것처럼 대신이 하삼도에 내려가 각 고을들을 통제하는 것이 옳다고 생각합니다. 어찌 멀리 비변사에 앉아서 제어할 수 있겠습니까?"

권율의 사위인 병조 판서 이항복이 좌중의 오해를 받을 수 있는 허망한 조언을 했다.

"신의 생각은 다릅니다. 도원수가 하삼도를 전제하고 있으니, 잘 조처한다면 무슨 일인들 할 수 없겠습니까? 대신이 내려간다 해도, 과연 일에 도움이 될지 모르겠습니다."

'흥! 나라보다는 자기 장인이 더 걱정이다 이거지?'

이연의 불안은 이항복의 짐작보다는 많이 심각한 상태였다.

"나라에서 하삼도를 도원수에게 전제하게 했으니 책임이 무겁지 않은 것이 아닌데, 도원수가 군율을 쓰지 않음으로써 해이혀지게 만들었소. 반드시 대신이 내려가 절제하되, 명령을 극심하게 어긴 자 1~2인을 효시한 다음에야 일을 제대로 할 수 있을 것이오."

겁 많은 이연이 볼 때 백성들을 겁주는 것이야말로 나라의 안정을 도모할 수 있는 거의 유일한, 그리고 가장 실효성 있는 계책이었다. 하지만 이래 죽으나 저래 죽으나 마찬가지인 백성들이 일으키는 소요에 그런 위하가 얼마나 큰 효과가 있겠는가? 류성룡이 나서 일이 쓸데없이 번잡해지는 것을 막았다.

"이것이 어찌 도원수만의 과실이겠습니까? 우리나라의 사세는 마치 가난한 집에서 갑자기 존귀한 손님을 만나 창황 전도해서 어찌할 바를 모르는 것과 같습니다. 그렇게 된 이유는 헤아리지 않고 무능하다고 책망만 하는 것은 안 될 일이 아니겠습니까?"

'허, 참! 모두들 앉아서 입만 열었다 하면 반대구만. 그리고! 왜적이 '존귀한 손님'이란 말인가? 비유를 해도 꼭……. 저 잘난 인간도 이제 점점 맛이 가나 보군.'

대책 없는 이연을 향해 이순신은 수사의 수령 지휘권, 각 고을의 병력, 군량의 배타적 관리권, 둔전의 경영권 등에 대한 통제권을 끈질기게 요구했다. 이연은 감목관(말목장 감독)에게 둔전관을 겸임토록 해보기도 했으나, 이순신은 이런저런 이유를 들어 자신의 완전한 통제권을 완강하게 요구했다. 이연은 한참을 미뤘지만, 결국 어쩔 수 없이 모두 이순신의 뜻대로 하게 했다.

이순신은 서서히 하나의 독자적인 나라를 세우고 있었다. 그리고 이연도 이순신의 그 나라에 자신의 통치권이 미치지 않고 있음을 서서히 느껴갔다. 이연이 버리고 도망간 땅에도 그 땅을 버릴 수 없는 백성들이 살고 있는 이상, 새로운 희망이 싹트는 것이 이상한 일도 아니었다. 무능한 조선이 빠져나간 힘의 공백을 이순신의 나라가 채우는 것이 오히려 자연스러운 일이었다.

5

밤과 함께 이연의 분함도 깊어갔다. 호두각 주위는 마치 산중처럼 적막했다. 그 속에서 이연의 외로움과 그 외로움이 낳은 의심은 끝이 없었다. 하지만 그 고독과 불안은 누구와 상의할 수 있는 성질의 것이 결코 아니었다. 모든 것이 온전히, 왕좌를 지키고 있는 자신이 짊어지고 가야 할 운명적 멍에였다.

'눈앞의 이자를 내 어찌해야 하는가?'

이연은 애초의 생각과는 다르게 이순신을 단번에 압도할 수가 없어 초조했다.

"나는 네가 지난 시절에 한 일을 모두 알고 있다. 네 멋대로 명과 교역을 한 것은 그나마 이해할 수 있다. 하지만 왜놈들과 교역을 한 것은 무슨 꿍꿍이였더냐? 그것도 전쟁을 수행하기 위함이었더냐?"

이순신은 잠시 침묵했다. 이연이 과연 '글을 아는가'라는 순간적인 의심이 들었기 때문이다. 까다로운 세상 물정을 가능하면 요령껏 쉽게 설명해줘야만 했다.

"전하, 교역은 서로의 필요에 따라 하는 것입니다. 신은 전선을 건조하고, 무기, 화약, 군복, 군량 등을 마련하기 위해서 멀리 바다 건너 명이든 북쪽의 접경 중강진이든 어디라도 가서 필요한 물자를 직접 교역할 수밖에 없었습니다. 그렇게 해서 더 많은 이익을 남겨 부족한 전비를 충당할 수 있었습니다. 왜놈들도 마찬가지일 것입니다. 약탈만 한다면 필요한 물자가 숨어버리기 때문에 교역을 하고자 하는 것입니다. 신이 먼저 나서서 왜놈들과 교역을 한 것은 아닙니다. 다만 정탐을 경계하는 것 외에, 접경 지역에서 일어나는 왜놈들과의 소규모 교역을 모두 차단하고 처벌하기는 어려웠습니다. 그것은 한편으로 우리의 필요에 의한 것이기도 했습니다."

이연은 군수품 보급은커녕 이순신의 무력에 의존해 생존하고, 그에게 물자를 공급받아 꾸려온 왕실의 살림살이가 생각나 갑자기 얼굴이 화끈거렸다. 이연은 제풀에 기가 꺾이며, 말이 막혔다.

이연은 어떻게든 이순신의 불온한 역심을 살피고 싶었다. 하지만 보이는 건 그의 평온함뿐이었다. 이순신의 표정은 아무것도 드러내지 않았다. 역심도 볼 수 없었고, 충심도 볼 수 없었다. 그 자신이 쉽게 판단할 수 있는 한계를 넘어선 인물처럼 보였다. 온갖 산전수전 다 겪은 늙은 여우 같은 대신들을 상대로도 느껴보지 못한 절벽 같은 막연함이 이연을 두렵게 했다.

'이자는 과연 충신인가 역적인가? 문인인가 무인인가?'

이연은 흩어지는 군왕의 기를 안간힘을 쓰며 겨우 다시 끌어모았다. 그렇게 이순신을 겨냥한 이번 질문은 의외로 낮은 목소리였다. 하지만 그 단호함에는 이순신의 폐부를 찌르고도 남을 서릿발 같은 정치적 오기가 담겨있었다. 한 나라의 왕으로서 살아온 이연의 마지막 자존심이었다.

"한산진의 운주당이 궁궐처럼 호화롭다고 들었다. '바다의 왕'을 위한 것이더냐?"

이순신은 그 서릿발에 별 신경 쓰지 않고 무덤덤하게 답했다.

"지금이 전시라 어렵긴 합니다만, 이후로도 조선의 통제사가 전략을 수립하기 위한 장소로 오랫동안 사용할 수 있도록 튼튼하게 지었습니다. 불필요하게 무리하진 않았습니다."

"네가 네 입으로 '호남이 없으면 나라도 없다'는 말을 했느냐?"

'이런 말까지 어떻게 알고 있단 말인가?'

이순신은 혹 다른 사석에서 이런 말을 한 적은 없었는지 기억을 더듬으며 대답했다.

"사헌부 지평 현덕승의 위로 편지에 대한 감사 답장에 그런 말을 쓴 적이 있습니다."

이때 멀리 떨어져 혼자 꾸벅꾸벅 졸고 있던 내관이 깜짝 놀라 주위를 두리번거릴 만큼 이연의 언성이 갑자기 높아졌다. 호위무사도 반사적으로 손을 칼자루에 가져간 채 긴장하며 이연 쪽을 잠깐 바라봤다. 온갖 신음 소리와 비명 소리에 익숙해 어지간해서는 주위 일에 신경 쓰지 않고 부지런히 제 할 일만 하는 호두각 한구석의 쥐새끼도 이연의 기세에 놀라 잠시 하던 일을 멈추고 이연 쪽을 멍하니 바라볼 정도였다. 이연은 제멋대로 뻗치는 분한 마음으로 악에 받쳐 고함을 치고 있었다.

"네 이노옴! '네가 호남의 왕이고, 네가 없으면 조선도 없다'는 말이었더냐?!"

이연은 놀랍게도 이순신의 그 말이 자신을 능멸하며, 역심을 감춰둔 씨앗이라고 생각했다. 이순신도 이제 사태의 진상을 의심의 여지 없이 모두 알았다. 하지만 담담했다. 그 담담함은 세상을 모두 품고 있지만 세상을 제 것으로 생각하지 않는 마음에서 나오는 것이었다. 하늘이 세속으로 특별히 내려보낸 인물만이 가질 수 있는 평화로운 마음이었다. 이순신은 이연의 악에 받친 고함에도 불구하고 마디마디 또박또박 이연을 향해 설득조로 말했다.

"전하, 신은 그저 나라의 전란을 극복하기 위한 호남의 울타리 역할을 강조했던 것입니다. 본영을 한산도로 옮긴 다음날의 소회였을 뿐입니다."

"그때부터 네놈의 역심이 싹튼 것 아니었더냐? 좋다! 그럼 네놈 일기에 적혀있는 이런 시구절은 뭐냐?"

이순신도 기억을 더듬어야 하는 시구절을 이연이 줄줄 읊었다.

山河猶帶慚 산하는 오히려 부끄러운 빛을 띠고
魚鳥亦吟悲 물고기와 새들도 역시 슬피 우는구나
國有蒼皇勢 나라가 어찌할 수 없게 다급한 형세인데
誰能任轉危 누구에게 능히 위기 극복을 맡기리오?

"말하거라! 내가 다스리는 조선 산하가 부끄럽다는 말이었더냐? 네놈 심정이 슬피 우는 물고기와 새들 심정이었느냐? 어디 한 번 말해보거라! 내가 나라를 다스릴 능력이 없다는 말이 하고 싶었더냐? 아니면 네놈에게만 그런 능력이 있으니, 네놈에게 나라를 맡기라는 말이었더냐?"

지금 이연이 다그치고 있는 시구절은 이순신이 1594년 11월 일기 다음 여백에 초안으로 이렇게 저렇게 적어본 것이었다. 이연은 정경달과 가족들이 투옥 무렵을 기록한 이순신 일기 일부를 대신들에게 돌려 보게 한다는 것을 알고, 그것을 가져오라고 지시해 자신도 읽었다. 그리고는 아예 다시 일기 전부를 가져오게 해, 그것까지 모두 읽었다. 이연은 병적으로 불안한 왕의 시선으로 이순신의 일기를 읽고 막무가내로 이순신을 다그치고 있었다.

이순신은 힘들었던 1594년을 떠올리고 있었다. 그해 봄 무렵부터 원균은 조정 신료들에게 이순신에 대한 모략 서찰을 극성스럽게 올렸고, 그해 가을 이연은 '한 가지 기발한 계책', 즉 거제도 작전을 이순신을 소외시킨 채 추진했다. 시작부터 끝까지 치명적인 약점만을 노출한 엉망진창의 작전이었다. 다행히 왜적이 움츠러들어 큰 피해는 없었지만, 이순신은 그때부터 자신의 운명을 희미하게 예감하기 시작했다. 이순신이 가라앉은 목소리로 힘겹게 변명했다.

"당시 도원수든, 관찰사든 제가 책임지고 있는 수군의 일을 도와주기는커녕 너무 힘들게 하고, 또 전하께 보낸 주청 공문도 아무런 답장이 없었습니다. 외롭고, 슬프고, 원망하는 마음에 그런 시구를 끼적였을 뿐 다른 뜻이 있었던 것은 아닙니다."

"나는 네놈의 그 변명을 믿을 수가 없다."

"전하……."

이순신은 더 이상 말을 잇지 못했다. 마음속에 이연의 무능에 대한 원망이 분명히 크게 있었지만, 그보다는 이 허약한 조선에 대한 부질없는 원망이 더 컸다. 왜놈들에게 이런 능욕을 겪고 있는 조선이라면 애초부터 조선사람 모두가 무능한 것이었다. 모두를 이렇게 무능하게 만들어 버린 조선의 역사와 체제와 이념을 향한 자탄이었다. 하지만 이연은 당시를 회상하며, 이순신의 시구를 자신을 향한 비수로만 느꼈다. 너무나 당연한 자격지심이었다.

"그렇다면 다시 듣거라!"

이연은 갑자기 거친 호흡으로 다시 시를 한 수 읊기 시작했다. 그로부터 1년이 더 지난 1595년 10월 25일에 지은 시였다. 지인들에게 알려진 시가 이연의 귀에까지 들어가, 그간 그의 심기를 몹시 불편하게 만들었던 문제의 시였다.

水國秋光暮 바닷나라에 가을빛이 저무는데
驚寒雁陣高 추위에 놀란 기러기 떼 높이 떴네
憂心轉輾夜 근심하는 마음에 뒤척이는 밤인데
殘月照弓刀 새벽달이 활과 칼을 비추네

"누구의 시냐?"

"신이 지은 시입니다."

이연의 목소리가 다시 분노에 휩싸였다. 그의 분노하는 목소리가 호두각의 밤하늘에 높이높이 퍼져 나갔다.

"수국(水國)? 바닷나라? 네놈이 언제 네 나라를 세웠더냐?!"

순간, 이순신의 말문이 갑자기 턱 막히고 말았다. 그의 입이 무거운 침묵 속에 빠졌다. 그것은 이연도 미처 예상치 못한 의외의 반응이었다. 주저 없는 변명을 예상했던 이연도 이순신의 그런 심각한 반응에 충격을 받고, 아연 긴장했다. 이순신은 잠깐이었지만 깊은 상념에 빠졌다.

'바닷나라? 왜 그랬을까?'

이순신은 스스로 자신의 그 시구를 생각하고 있었지만 알 수 없었다. 통제사가 된 뒤 2년 2개월이 넘은 때였다. 그때 이순신은 어쩌면 자신이 꾸려가고 있는 한산도를 마치 하나의 나라처럼 생각하고 있었는지도 모를 일이었다. 실제로 남도는 모든 것을 자급자족하며 힘겹게 전쟁에 대비하고 있던 하나의 나라였고, 한산도는 그 수도였다.

'나에게 역심이 있었단 말인가?'

굳이 이유를 말하자면 그의 머릿속엔 전쟁의 승리가 가장 우선이었다. 적어도 전쟁의 관점에서만 말한다면 이연의 조정은 눈곱만큼도 믿을 수 없었다. 이순신은 자신이 할 수 있는 모든 역량을 수군에 집중시켜 결정적 기회를 노리고 있었다. 그 목적을 위해서 독자적이고, 안정적인 보급기지가 반드시 필요했다. 그리고 마침내 조선 땅 일부에 자력적인 기지(대략 조선 국력의 1/3 수준)를 일으키는 데 성공했다. 그 땅은 이순신의 무력이 지켜주는 안전지대였다. 그것이 나라라면 나라라 해도 좋았고, 역심이라면 역심이라 해도 좋았다.

"그게 역심이 아니라면 뭐가 역심이냐?! 말해보라!!"

이연이 말을 못하고 있는 이순신을 향해 고함을 치고 있었다. 그 고함 소리에 놀란 이순신이 자기 생각에서 겨우 빠져나왔다.

"한낱 시적 은유일 뿐입니다."

"한낱? 네겐 시가 그렇게 가벼운 것이더냐? 그 시구절에 너도 모르게 네 역심이 담기진 않았더냐? 좋다! 그럼 한낱 시구절이 아닌 네 방자한 행동에 대해 묻겠다."

이연이 다시 몰아치기 시작했다. 이연의 의심은 자못 뿌리가 깊었다.

"네가 전주까지 내려가 과거를 주관하려 했던 세자의 부름에 응하지 않고, 기어이 한산도에서 네 주관으로 과거를 치르려고 했던 이유가 무엇이냐?"

나올 말과 의심이 다 나오고 있었다.

"장계로 이미 그 사유를 다 말씀드렸습니다. 물길이 멀고, 기일이 촉박한데다 왜적과 대치하고 있는 상황에서 정예병들을 한꺼번에 모두 내보낼 수가 없었습니다."

"그래, 말은 된다. 그뿐이었더냐? 한산도의 과거장에서 합격한 수많은 무신들이 '조선의 왕'이 아닌 '바닷나라의 왕'에게 충성을 바칠 것을 기대했더냐?"

"신은 전장을 지키는 전사들에게 신분의 귀천 없이 기회를 줘 공평하게 인재를 뽑고 싶었을 뿐, 다른 사심은 없었습니다."

"나는 '사심이 없다'는 네 말을 믿을 수가 없다. 그간, 너는 조정에 수급을 보내 전공평가를 받기보다는, '네가 네 눈만으로 부하들의 전공을 평가하겠다'고 끈질기게 우겼다. '과거도 너의 수국 한산도에서 치러야 하고, 전쟁터의 전공평가도 내가 아닌 네가 직접 해야겠다'는 말이 아니었더냐? 네가 수국의 왕이냐?"

"그것은 전하의 생각입니다."

"뭐, 뭣이라!"

이연의 얼굴이 평생 이보다 더 붉게 달아오른 적은 없었다. 겨우 어둠을 밝히고 있던 마당의 횃불은 이연의 붉게 타오르는 얼굴 앞에서 제 할 일을 잃어버린 듯, 밤하늘 아래에서 초라하게 가물거렸다. 의자의 팔걸이를 꽉 쥔 이연의 두 손아귀가 한없는 부끄러움과 폭발하는 분노로 부들부들 떨렸다. 이순신이 그런 그를 괘념치 않고 침착하게 말했다.

"전쟁터는 촌각에도 목숨이 왔다 갔다 하는 급박한 곳입니다. 전공평가를 받기 위해 수급만 챙기려는 군사들 때문에 정작 화급한 전투가 뒷전으로 밀려 위태로웠던 경우를 여러 번 봤습니다. 제 권력을 남용하기 위한 수단이 아니라 전쟁에 이기기 위한 방편이었습니다."

이순신은 답답했고, 이연은 분했다. 세상일이란 게 아무리 자신의 관점에서만 바라보게 돼있다고 해도 이보다 더한 소통의 단절은 없었다. 이순신의 역심에 대한 이연의 확신이 굉음에 실려 폭포수처럼 쏟아졌다.

"예로부터 활로 사살한 것을 평가한 군공이 있었더냐? 중원에는 일찍이 반고 이래로 그런 예가 없었고, 우리나라에는 단군 이래로 그런 예가 없었다. 활로 사살할 때, 네가 모두 곁에서 지켜봤느냐? 네가 그 숫자를 모두 헤아려 봤느냐? 이 모든 것이 사사로운 정리로 은혜를 팔아, 너의 역심을 위한 충성을 사려던 것이 아니었더냐?"

"전하, 제가 군사들의 충성을 원했다면 그것은 오직 전쟁의 승리를 위한 것이었습니다. 그 충성은 모두 전하의 조선을 위한 것입니다."

"너는 임진년의 전공만을 믿고 지금까지 끊임없이 나를 겁박했다."

"신이 어찌 감히……."

이순신이 차마 말을 잇지 못하자, 이연이 계속 다그쳤다.

"너는 통제사가 되기 이전부터 고을 아전의 목쯤은 쉽게 베어 효수하더니만, 통제사가 된 뒤에는 아예 제왕 같은 권력을 누렸다. '수령들이 네 호령을 무시하니 중직에 눌러앉아 있을 수 없다' 던 장계는 무슨 뜻이었더냐? '너를 파직시키거나 네게 군왕 같은 생사여탈권을 주거나 양자택일하라' 는 겁박이 아니었더냐? 그 장계 이후 채 며칠도 지나자 않아 아전 도병방 둘을 처형해 군기를 잡더니만, 걸핏하면 고을 수령들의 곤장을 때리고, 파면시키라는 장계에다가, 그뿐이더냐! 네 멋대로 면천권을 행사했다는 공문에…… 이러니 군상은 안중에도 없어지고, 네가 '수국의 왕' 이라는 역심까지 들지 않았겠느냐?"

이순신은 굳이 길게 대답하지 않았다.

"지금은 나라가 백척간두에 있는 전시입니다. 모든 일이 조선 땅의 군법 질서를 확립하고, 전하의 면천례에 따라 천인에게도 희망을 주어 충성심 강한 군대로 조직하기 위함이었습니다."

이연은 심신이 매우 지쳐 더 이상 신문할 수가 없었다. 분명 자신이 화를 내고 있었지만 시간이 길어질수록 오히려 이상하게 자신만 기진맥진해졌다. 마치 이순신이 맞은편에 앉아 자신의 무능을 추국하는 왕 같았다. 이순신은 이연에게 그의 미욱한 마음을 진정시켜 줄 인사치레 같은 변명조차 들려주지 않았다. 이순신의 역심을 공격했던 이연의 의심은 단순하고 명쾌한 반박을 받아 군왕의 무능과 하찮은 성정을 여지없이 꾸짖는 날 선 비수로 뒤바뀌어 자신을 향해 다시 날아왔을 뿐이다. 그날 밤 호두각은 두 개의 태양으로 빛나고 있었다.

이연은 자리에서 일어섰다. 그는 뒤돌아서며 마지막 한 마디만을 신음하듯 낮게 토해냈다.

"너는 죽어 마땅한 역적이다!"

그 말은 부끄러움을 없애려고 자신에게 한 말인지, 아니면 부끄러움을 느끼라고 이순신에게 한 말인지 불분명했다. 하지만 한밤중의 짙은 어둠은 잘 알고 있는 듯했다. 이연이 궁궐로 다시 돌아가는 내내 밤하늘의 짙은 어둠은 하얗게 지친 이순신은 홀로 남겨두고, 붉게 달아올라 한참을 식지 않는 이연의 두 볼만을 위로하듯 감춰 줬다.

6

　이연은 이순신을 바로 처형하지 못하고 망설였다. 속으로는 몹시 겁이 난 상태였다. 그때 류성룡의 부탁을 받은 우의정 정탁의 구명 상소가 올라왔다. 그 구명상소는 류성룡이 정탁에게 간곡히 부탁해 작성된 것이었다. 정탁은 처음엔 사무적인 관심만 보였지만 나중엔 적극적이었다. 이순신의 일기를 읽어본 후였다. 그는 이순신을 원 균과 전공을 다투는 그저 보통의 장수로만 생각하고 있었지만 그게 아니었다. 류성룡이 정탁의 사저에까지 찾아가 말했다.

　"이순신을 살려야 합니다. 잘 아시다시피 이 일에 제가 나서면 오히려 역효과만 날 것입니다. 조정에서 이 일을 해줄 사람은 우상 밖에 없습니다."

　"잘 알겠소이다. 나도 지금까지 원균이 하는 불평만 듣고, 많이 잘못 생각하고 있었던 것 같소이다."

　"고맙습니다. 지금 이순신을 구하는 것이 곧 조선을 구하는 일입 니다. 그렇게만 해주신다면 우상께서 조선을 구한 것입니다."

　"별말씀을요. 내가 살면 얼마나 더 살겠소이까? 이 일을 내가 맡 겠소이다."

　정탁은 한편으론 이연을 달래면서, 다른 한편으론 '이순신의 죄 가 많지만 공을 세워 전하의 은혜를 갚을 수 있도록 목숨을 살려달 라' 는 신구차를 올렸다. 우의정 정탁의 이 절절한 구명상소로 인해 이연의 여론몰이에는 뜻밖의 제동이 걸렸다. 나름대로 사태의 진실을 알고 있는 이원익도 구명 장계를 올려 힘을 보탰다. 물론 '이순신을 죽여야 한다'는 상소가 없을 수는 없었다. 형조 정랑 박성은 '이순신을 참형에 처해야 한다'는 상소를 올렸다. 이연에게는 큰 힘이 됐다. 하지만 결정적 문제는 이연의 불안과 망설임이었다.

'과연 죽여도 되는가? 명에서는 어떻게 생각할까?'

7

이연은 단칼에 이순신을 죽이려고 했건만 막상 다시 확신이 없어졌다. 우선 명의 관심이 여간 신경 쓰이는 게 아니었다. 지금 당장의 공개적인 관심은 아니었지만 분명히 이순신에 대한 은밀한 관심이 있다는 것을 잘 알고 있었다. 만약 명에서 '위학중의 주본' 대로 이순신을 조선을 다스릴 인물로 정말 염두에 두고 있다면, 혹은 누르하치를 막을 용병 장수로 점찍어두고 있다면, 이순신을 죽인 파장이 결코 만만치 않을 것이다. 그나마 이런 미래 걱정은 이겨낼 만했다.

내일보다는 당장 오늘의 관심이 훨씬 심각한 문제였다. '이순신이 서해를 장악함으로써 왜군이 조선에 접근하는 보급·수송로는 물론이고, 명에 대한 직접적인 공격을 완벽하게 차단하고 있다'는 이순신에 대한 명의 평가를 어찌할 것인가? 이는 이연이 명 장수들에게 귀가 따갑도록 들은 얘기였다. 만약 이순신을 제거한 뒤 해전에 대한 명의 신뢰를 얻을 수 없다면 이것은 정말 감당하기 힘든 큰 문제였다. 결국 이순신 처리에 관한 근원적인 문제는 원균이었다.

'원균으로 대체 가능한가?'

이연은 불안을 떨쳐 버리지 못하고 고심을 거듭했다. 하지간 그 고심이 그렇게까지 오래가지는 못했다. 원균으로 이순신을 대체하는 것은 큰 모험이라는 불길한 징후가 곧 나타났다. 웬만한 장수는 그럭저럭 다른 장수로 대체 가능할 것이라는 이연의 애초 믿음이 크게 흔들리는 사건이 발생한 것이다. 이순신의 추국을 시작하던 무렵부터 3월 말경까지 쏟아진 보고에 의하면 원균은 일을 어떻게 그르칠지 모르는 아주 난잡하고 위험한 인물이었다.

그때 당시, 이연이 권율로부터 받은 원균의 '전승(?) 보고'는 전혀 기대치도 않은 것이었다. 그 안엔 좋은 소식과 나쁜 소식이 함께 들어있었다. 좋은 소식은 '거제도 기문포에서 신임 통제사 원균이 왜적의 배 두 척을 지자총통을 쏘면서 용감무쌍하게 공격해, 배를 불사르고 18명의 목을 벴다'는 내용이었다. 나쁜 소식은 '그 배에 탄 왜적들은 애초에 거제도에서 땔나무를 마련하기 위해 경상 우병사 김응서와 휴전 약속을 하고 나간 왜적들이었다'는 내용이었다.

이 어지러운 상황을 정리하면, 원균은 문제의 나무꾼 왜졸 80여 명을 기묘한 방법으로 꼬드겨 거나하게 술을 먹여 취하게 만든 다음, 그들이 배 두 척을 타고 떠나자 뒤통수를 치듯 공격한 것이다. 이 '뒤통수 전투' 와중에 고성 현령 조응도 등이 죽고 말았다. 그리고 이 기상천외한 전투가 있은 후 왜 측의 요시라가 '털끝만 한 차이로부터 천 리나 되는 틈이 벌어진다'는 고니시의 항의 편지를 들이대며, 거칠게 위협하고 돌아가는 사태까지 벌어졌다.

이연은 평생 이보다 더 심하게 뒷골이 땅기는 것을 느껴본 적이 없었다. 아무리 생각해봐도 기가 찰 노릇이었다.

'사기도 사기 나름이지…… 이런 식의 조잔한 사기로 웃기지도 않는 원균 제 놈 전공 자랑 말고, 얻어지는 게 도대체 뭔가? 고니시가 분통이 터져 대대적인 보복 공격을 하지 않는 것만도 천만다행이군…….'

비변사에서는 최대한 에둘러 '원균이 바친 적의 머리가 술 취한 나무꾼 왜졸의 머리를 벤 것이라면, 맨 정신 전투에서 왜적을 죽인 것과는 차이가 있습니다. 하지만 논상은 해야 마땅할 것 같습니다'라는 건의를 올려 보내왔다. 이연은 도리 없이 원균의 기이한 행동을 추인하기로 했다. 이제 와서 '원균 그놈 사기꾼이다'고 큰소리로 소문내고 다닐 수는 없었다. 모두가 나중에 알 때 알더라도, 지금은 어쩔 수가 없었다.

"나무를 베러 다니는 왜가 없진 않을 것이나, 이도 적이다. 원균에게 가자나 은냥을 내려야겠지만, 병기를 바치기를 기다려 참작해 시행하는 것이 마땅할 듯하다."

이연은 태연하게 '─휴전하고 나온─나무꾼도 적이다'는 말을 공공연하게 하고 있었지만, 속으로는 크게 당황해 모든 계책의 재검토를 시작했다. 원균은 이연의 은밀한 정국 운영 속에서 이순신 대체라는 중요한 역할을 맡겨놓은 자신의 꼭두각시였다. 하지만 막상 일을 맡겨놓고 보니 도저히 믿을 수가 없었다. 아무리 얼간이 짓을 해도 그를 포상하고 추켜세울 수는 있었지만 그런 식으로 모든 문제가 해결되지는 않는다는 것을 이연도 너무나 잘 알고 있었다.

'어찌해야 하는가?'

결국 이연은 후퇴했다. 이순신을 일단 살려주기로 했다. 큰 목적은 이미 어느 정도는 달성됐다고 생각했다. 우선 이순신도 큰 타격을 입었다. 이제 그를 영웅으로만 부를 수는 없을 것이다. 조인의 굴레를 씌어놨으니 위험한 존재로서의 이순신은 상당 부분 저거됐다. 언제라도 필요할 때 아직 죗값을 치르지 않은 죄를 다시 끄집어내면 될 것이었다. 물론 가장 중요한 이유는 이순신을 미련 없이 죽였는데, 전공을 세우는 데보다는 전공을 만드는 데 더 천재적인 재능을 보이고 있는 원균이 만약 당장이라도 조선 수군을 말아먹기라도 한다면 마땅히 대처할 방법을 찾기가 힘들다는 것이었다.

이연은 이순신의 백의종군이라는 완벽한 계책을 생각해냈다. 그것은 이순신의 권력을 사실상 제거해버리고, 만약의 경우에 바로 대처할 수 있게 목숨만 부지시켜놓는 것이었다. 완전 멋진 생각이었다.

4월 1일, 이연은 이순신을 출옥시켰다.

제8장

흰옷

1

이순신이 이연의 옥문을 나서던 날 한성의 하늘은 적막하게 아름다웠다. 이순신은 옥문 앞에서 얼굴을 들어 무심하게 하늘을 잠깐 쳐다봤다. 눈이 부셨다. 그 순간 번개처럼 강한 충격이 이순신의 뇌리를 때렸다. 이순신은 어지럼증을 느껴 얼굴을 찡그리며 한 손을 들어 눈을 가렸다. 그리고는 바로 고개를 숙여 눈을 감고 한참을 그대로 서있었다. 어지럼증이 가셨다. 하지만 이번에는 뭔가 모를 아찔한 느낌의 여운이 다시 파도처럼 밀려왔다. 마치 오랫동안 풀지 못한 문제를 순간적으로 해결해서 머리가 하늘 끝에 닿은 것처럼 맑아지는 느낌이었다.

'뭘까? 이 느낌의 정체는…….'

이순신은 방금 자신의 머릿속에서 무슨 문제가 해결됐는지 명확히 알 수도 없었고, 설명할 수도 없었다. 이순신은 눈을 감고 서서 마음을 안정시킨 다음 다시 주위를 잠깐 둘러봤다. 그리고 걷기 시작했다. 4월의 따뜻한 봄볕이 절뚝거리며 힘겹게 의금부를 나서는 이순신의 구부정한 등짝을 어머니의 손길처럼 어루만지고 있었다. 불과 한 달여가 지났을 뿐이지만 그는 많이 수척해있었다. 퀭한 눈꺼풀을 뚫고 나오는 비범한 눈빛이 없었다면 그는 거의 아무 기력도 없는 평범한 노인으로 보일 지경이었다.

이순신의 손에는 입었던 관복과 애초에는 흰옷이었던 피 묻은 붉은 무명옷이 들어있는 조그만 보자기가 하나 들려있었다. 이순신은 그 보자기 속의 자기 옷 대신 이연이 백의종군하라며 특별히 하사해준 깨끗한 흰옷을 입고 있었다. 그 흰옷은 일단 잡았다 풀어준 김덕령에게 특별히 하사했던 전마를 연상케 하는 이연의 속 보이는 관대함이었다. 의금부 도사는 '충의(忠義)'라고 적힌 이연의 글씨도 함께 전해줬다. 이연과의 만남 이후 하얗게 텅 비어버린 이순신의 머릿속에 이연이 건네준 '충의'라는 글자가 대신 꽉 들어차 어지럽게 맴돌고 있었다.

'충…… 의…… 충…… 의…… 충…… 의…….'

넋 나간 사람처럼 뭔가를 계속 중얼거리고 있는 이순신 앞에 이회와 이완, 금이, 그리고 종사관 정경달이 서있었다. 이회와 이완이 길에 엎드려 큰절을 올렸다. 아들과 조카의 구슬 같은 눈물을 보면서도 이순신은 별다른 반응이 없었다. 이순신의 손에서 보자기를 냉큼 뺏어 든 금이와 말없이 서있는 정경달의 눈가에도 눈물이 그렁거리고 있었다. 주위를 지나던 몇몇 행인들이 무슨 일인가 싶어 걸음을 멈추고 그들 곁으로 가까이 다가와 바라보기 시작했다. 그러자 이순신이 갑자기 정신이 든 사람처럼 서둘러 말했다.

"됐다. 그만 일어서거라."

아버지를 살아서 다시 뵙는다는 게 꿈만 같은 이회가 쏟아지는 눈물을 훔치며 간신히 일어섰다. 그러자 이순신이 불안한 눈빛으로 물었다.

"할머님께서는 잘 계신다더냐?"

이회가 더 이상 눈물을 보이지 않으려 애쓰며 대답했다.

"급히 (종) 태문을 보냈습니다. '거동하실 생각 절대 하지 마시고, 건강을 돌보셔야 한다는 말씀을 할머님께 꼭 전하라' 고 했습니다."

"잘했다."

이순신은 죄인의 몸이므로 속히 사대문 밖으로 벗어나야 했다. 금이가 업고자 했지만 굳이 마다하고, 불편한 몸으로 겨우 한 걸음씩 옮기고 있었다. 그는 심신의 고통을 내색 없이 그저 삼키고 있었다. 한겨울 삭풍이 아닌 화창한 봄볕이 마중 나왔다는 게 그나마 다행이었다. 정경달이 말했다.

"남대문 밖 윤간의 여종 행랑채에 오늘 밤 묵으실 거처를 마련해 뒀습니다. 그곳에 가족들과 손님들 몇 분도 와계실 겁니다."

"고맙네. 그리고 그간 고생이 많았네."

"저희들 고생보다는…… 영의정 (류성룡) 대감이 아니었다면 많이 힘들었을 겁니다."

"그 사정이야…… 잘 알고 있네."

거처에 도착할 때까지, 이순신은 거의 묵상하듯 침묵했다. 모두들 이순신을 배려하는 마음으로, 굳이 먼저 말을 꺼내지 않았다. 황량한 한성 거리는 이곳이 임금이 살고 있는 도성인가 싶을 정도로 활기가 없었다. 남대문 시장이 가까워오자 사람들의 모습이 조금 많아졌다. 삶의 고단함에 지친 백성들이 그 지친 삶을 이어가기 위해 힘든 발걸음들을 이리저리 옮기고 있었다. 모두가 백의종군하는 것처럼 흰 무명옷들을 입고 있었다. 땟국물에 전 명색뿐인 흰옷을 입고 연명해가는 백성들의 모습이 몹시 처량했다.

거처에 도착하자, 눈에 이슬이 맺힌 아들 울과 조카 봉이 입술을 꽉 깨문 채 큰절을 올리며 이순신을 맞았다. 그날, 멍석이 깔린 좁은 방에는 생각보다 많은 방문객들이 왔고, 그들 모두 이순신을 위해 하늘의 무심함을 말없이 원망해줬다. 이순신은 술을 마실 정도로 성한 몸이 아니었건만 그들은 이순신에게 말보다는 음식과 술을 권하는 게 훨씬 편한 듯했다. 이순신에게 우호적인 높은 관리들도 사람을 보내 위로해줬다. 이순신은 죄인에게 사람이라도 보내 위로해주는 그들이 고마웠다. 거처까지 방문해, 이순신의 안부를 염려해주는 인편 중에는 류성룡의 하인도 있었다. 그가 '전할 말이 있다'며 따로 잠깐 자리를 청하더니 말했다.

"대감마님께서 뵙고 싶으시답니다요."

"나도 뵙고 싶다만, 대낮에 성안으로 들어가는 것도 그렇고…… 어떻게 해야 할지 모르겠다."

"대감마님께서 '가마를 보낼 테니, 몸이 괜찮으시면 내일 밤에 와주실 수 있는지 여쭤보라'고 하셨습니다요."

"가마까지야……."

"아닙니다요. 대감마님께서 '꼭 그렇게 전하라'고 말씀하셨습니다요."

"알았다. 기다리고 있으마."

다음날 초경(저녁 7~9시)에 약속대로 가마가 왔다. 이순신은 금이만을 대동하고 가마에 올랐다. 숙달된 가마꾼들이 걸음을 서둘러

인경 소리가 울리기 전에 류성룡의 남산 기슭 자택에 도착할 수 있었다. 이순신이 가마에서 내리기도 전에 류성룡이 버선발로 섬돌을 내려와 마당에서 이순신을 맞았다. 류성룡은 밑도 끝도 없이 대뜸 이순신의 두 손을 부여잡고 눈물을 그렁그렁하며 말했다.

"미안하이, 정말 미안하이……."

류성룡은 자신이 온몸으로 이순신의 추락을 막아주지 못한 것을 심히 자책하고 있었다. 하지만 그가 이연과 싸울 힘은 없었다. 기껏 이순신의 하옥과 출옥에 때맞춰 사직 상소를 내는 것으로 자신의 불만을 표현할 힘밖에 없었다. 이순신도 류성룡과 얼굴을 마주하자 그간 아무에게도 드러내지 않던 설움이 복받쳐 올라왔다. 같은 동네에 살며 형, 동생하며 함께 뛰어놀던 어린 시절로 다시 돌아간 듯 그들은 그렇게 두 손만 마주잡고 있었다.

"대감……, 고맙습니다."

"고맙다니……, 고맙다니…… 무슨 그런 말이 있는가? 아니, 내 정신 좀 보게. 몸도 불편할 텐데, 빨리 방으로 들어가세나. 방은 충분히 덥혀놨으니, 찜질한다 생각하고 편히 누워있으시게."

그들은 방에 들어가 앉았다. 늦은 밤이었지만 간단치 않은 상차림이 들어왔다.

"많이 드시게. 시절이 시절인지라 차린 게 변변치 않네."

"음식은 어제, 오늘 많이 먹었습니다. 대감 뵙고 고맙단 말씀드리러 온 것뿐입니다."

"또, 또, 그런 말을……."

죄인과 죄인의 후견인은 어느새 훈훈한 봄밤의 아늑함에 젖어들었다. 처음엔 그럭저럭 앉아서 잘 버티던 이순신이 두세 잔 겨우 마신 술기운이 돌자 조금 피로한 기색을 보였다. 류성룡은 사양하는 이순신을 기어이 자리에 눕히고, 마치 병간호하는 사람인 양 이순신 옆에 편히 앉았다.

"불편해하지 마시게. 자넨 환자네."

갑자기 이순신이 눈을 감은 채로 조용히 말했다.

"차라리 이대로 그냥 죽었으면 좋겠습니다."

류성룡은 놀랐지만 일부러 크게 내색하지 않고 가볍게 말을 받았다.

"그러지 마시게. 내 자네 심정 잘 알고 있네. 미안하이. 따지고 보면 모두 다 내 잘못이네."

"주상께서는 제가 '죽어 마땅한 역적'이랍니다."

류성룡이 마음속에서 할 말을 잃었다. 하지만 무슨 말인가는 해 줘야 했다.

"너무 상심하지 마시게. 자고로 충신이 역적으로 오해받는 일이야 흔한 일 아닌가?"

"죽어 마땅한 역적의 충성은 어떻게 해야 합니까?"

"주상이 역적의 충성을 받기 싫으시다면, 그 역적의 충성을 백성에게 바치시게!"

"……."

두 사람 모두 더 이상 말이 없었다. 류성룡은 자신이 말해놓고도 '조금 과했나' 싶은 생각도 들었다. 이연이 들으면 당장 '진짜 역심이 들어있다'고 생각할 위험한 말이었다. 물론 류성룡은 추호도 위험하지 않은 대신의 당연한 심정을 표현했을 뿐이다. 이순신도 알고 있었다. 하지만 그의 말이 함축하고 있는 딜레마는 두고두고 이순신의 머리에서 떠나지 않을 것이었다. 류성룡이 무슨 생각으로 말했든, 사실 그 한 마디는 한산도에서 포박당한 이후 내내 이순신의 머릿속을 떠나지 않는 마음의 고민을 그대로 똑같이 담고 있는 말이었다.

방 아랫목의 뜨끈뜨끈한 기운이 온몸으로 퍼지고 있었다. 이순신은 그간의 피곤이 한꺼번에 몰려와 잠깐이었지만 곤한 잠에 빠져들었다. 그런 이순신을 류성룡은 병을 앓고 있는 친 아우인 양 연민의 눈으로 지켜보고 있었다.

'그래, 어쩌면 마음의 병이 더 큰일일지도 모르지……'

멀리서 새벽닭 우는 소리가 들렸다. 파루 종소리도 이미 들렸으니, 이제 집을 나서도 됐다. 류성룡이 손을 들었다 놨다 한참을 망설이다 곤히 잠들어있는 이순신을 조심스럽게 흔들어 깨웠다. 이순신은 어둠이 완전히 가시기 전 도둑처럼 남대문을 다시 빠져나와야 했다. 날이 훤해질까 종종걸음으로 내달리는 가마꾼들의 가마 속에서 이순신은 많이 흔들거렸고, 그의 심신의 상처도 많이 욱신거렸다. 이순신이 목숨 걸고 지키고자 했던 이연의 도성은 그에게 깊은 상처만을 입혀 이렇게 모질게 내치고 있었다.

2

다음날 일찍, 이순신은 남행길을 떠났다. 의금부도사 일행은 신중했다. 그들은 이순신을 호송하는 모습을 백성들에게 보이지 않으

려고 수원으로 먼저 떠났다. 이순신은 길을 떠난 지 이틀 후 아산에
도착해 며칠을 머물렀다.

이순신은 남행길 내내 '기어이 여수에서 올라오신다' 는 어머니
가 마음에 걸렸다. 어머니의 소식을 알아보도록 보낸 종 태문이 '어
머니가 몹시 위독하다' 는 소식을 안홍량에서 가지고 왔다. 이순신
은 아들 울을 먼저 보낸 다음 4월 13일, 바닷가 수로 해암으로 향했
다. 아직 배가 도착했다는 소식이 없어 이순신은 잠시 지인의 집에
머물고 있었다. 그때 종 순화가 숨을 가쁘게 몰아쉬며 배에서 왔다.
그녀의 표정에서 이미 심상치 않은 일이 벌어졌음을 직감했다. 이
순신이 입을 떼지 못하고 그녀를 바라만 보고 있자, 순화도 감히 입
을 떼지 못하고 울고만 있었다.

"마, 마님께서…… 마님께서……."

이미 사태를 짐작하고 가슴이 철렁 내려앉아 버린 이순신이 어머
니의 부고를 도리 없이 말로 확인했다.

"어, 어찌 됐느냐?!"

"배에서, 배에서 그만…… 돌아가셨어요."

이순신이 아픈 몸도 잊고 마당에 뛰어내려와 그대로 주저앉았다.
가슴을 쳤다. 숨이 차올라 하늘이 캄캄해졌다.

'내가 어머니를 돌아가시게 했다. 내가 어머니를…….'

"어머니! 어머니……."

아무리 슬픔에 복받쳐 펄쩍펄쩍 뛰어도 시간을 되돌릴 수는 없었
다. 14일, 관을 짰다. 어머니가 경황이 없을 자식을 위해 여수 본영
에서 미리 관을 짤 목재를 구해 배에 싣고 출발한 모양이었다. 15일,
입관을 하고, 16일, 배에서 영구를 내려 상여에 싣고 집으로 돌아와

방에 빈소를 차렸다. 그날 밤, 밤새도록 많은 비가 내렸다. 이순신은 병풍 쳐진 어머니의 관 앞에서 아무도 들이지 않고 내리는 빗물과 함께 통곡했다. 불도 켜지 않은 방 안에서 새나오는 그 울음소리는 슬픔에 겨운 애절한 상주의 곡소리가 아니라 차라리 소름을 돋게 하는 으스스한 귀신의 곡소리처럼 들렸다.

"어찌하랴, 어찌하랴……. 하늘 아래, 나 같은 불효자가…… 또 있겠는가? 아, 무심한 하늘이여…… 왜 저를 죽여주지 않습니까? 어머니…… 죽어 마땅한 역적이…… 살아서 무슨 할 일이 있겠습니까? 제가 전생에 무슨 죄를 지어서…… 하늘은 저를 버리시는 것일까요? 어머니, 저는 왜 어서 죽지를…… 않는 것일까요? 저를…… 데려가 주십시오. 사는 것이…… 죽는 것만 못합니다. 어머니……."

이순신의 곡소리는 밤이 깊어질 때까지 그렇게 끊어질 듯 이어지고 있었다. 아들이 길을 떠날 때에도 섭섭한 내색 없이 '나라의 치욕을 크게 씻으라'고 격려하던 어머니의 생전 모습과 죄인이 된 자신의 현재 신세가 겹치며 이순신은 곡을 그칠 수가 없었다. 그러더니, 결국 이순신은 혼절하듯 방바닥에 쓰러져 잠이 들었다. 꿈결에 어머니를 만났다. 어린 이순신이 어머니의 품에 안겨 어머니를 빤히 보며 방실방실 웃고 있었다. 어린 이순신은 행복했다.

"아가, 아가, 우리 아가, 이 어미를 잊지 말거라. 이 어미처럼 가엾은 백성을…… 잊지 말거라. 우리 아가……, 하늘이 아닌, 하늘 아래, 하늘보다 더 높은…… 백성을 잊지 말거라……."

이순신은 잠이 깨 일어나 앉았다. 더 이상 머리는 아프지 않았다. 어머니가 옆에 앉아 한 말을 듣고 난 듯 기억이 생생했다. 이순신은 더 이상 통곡하지 않았다. 이순신은 깊은 침묵 속에 빠져 온밤을 꼬

박 새웠다. 그의 머릿속에서는 천둥과 벼락이 몰아치고 천하가 열두 번도 더 뒤바뀌었다. 그날 밤, 하늘 같은 이연을 향해 망궐례를 올리던 이순신은 죽었다.

다음날 17일 아침, 이순신은 하늘 아래, 하늘보다 더 높은 백성을 위해 다시 태어났다. 하지만 세상일은 여전했다. 상을 미처 다 치르지도 못했는데 금오랑의 서리가 공주에서 와서 이순신에게 갈 길을 재촉했다. 피눈물도 없는 사람 같았지만 그 또한 그의 일이니 원망할 일도 아니었다. 이순신은 아산의 뒷일을 급히 수습하고 19일, 다시 남행길을 떠났다.

3

5월초, 순천에 도착한 금부도사 일행은 권율에게 이순신을 인계하고 한성으로 돌아갔다. 이순신이 합천의 초계 도원수부로 향하고 있었지만 도원수 권율과 도체찰사 이원익은 이순신의 남행길과 자신들의 사정을 고려해 미리 행동반경을 조절하고 있었다. 순천에서 이순신을 만난 권율은 이순신에 대한 마음속 짐을 조금이라도 벗고 싶어 최대한 호의를 베풀었다.

"그간 모진 고생 많았소."

"모든 것이 제 부덕 때문이겠지요."

"상까지 당해 얼마나 가슴이 무너지시오. 내 위로도 제대로 해드리지 못했소. 정말 미안하오."

"별말씀을요. 이렇게 예를 갖춰주시니 몸 둘 바를 모르겠습니다."

권율은 무뚝뚝한 사람이었다. 그런 그가 지금 이순신을 위로하기 위해 티 나게 애쓰고 있었다.

"통제사의 백의종군이라……. 이런 일은 처음이어서, 나도 뭘 어떻게 일을 처리해야 할지 잘 모르겠소."

백의종군이란 게 딱히 이렇다 할 내용이 없는 '명예벌' 같은 것이어서 사실 모든 것이 모호했다. 갇힌 죄수도 아니고, 그렇다고 자유로운 몸도 아니었다. 보직해임 상태로 자신이 일하던 곳에서 근무하는 것이 통상적이었지만 반드시 보직해임이 수반되는 것도 아니었다. 가장 중요한 일은 '흰옷'을 입어야 한다는 것이었다. 신분 사회에서 관리가 흰옷을 입고 복무한다는 것은 일종의 모욕을 감수하는 일이었다.

"이렇게 하십시다. 오늘부터 통제사는 내 군사고문이오. 그리고 곧 친분 있는 군관을 몇몇 한산진에서 차출해드리리다. 아, 또 그리고…… 도원수부 옆에 빈 초가가 몇 채 있는 것 같으니 그곳을 수리해 당분간 거주하면 될 것 같고……."

권율이 잠시 말을 멈췄다.

"지금 처지가…… 그러니, 시간나면 초계 도원수부 텃밭에서 무밭을 가꾸는 걸로 하십시다. 아, 뭐 형식이니 기분 나쁘게 듣지는 마시오."

권율은 마치 들떠있는 사람처럼 평소의 그답지 않게 많은 말을 바삐 하고 있었다. 이순신에 대한 마음속 미안함이 짙게 묻어나오는 친절이었다. 이순신도 그 미안함이 깃든 따뜻한 친절을 사심 없이 받아들이고 있었다.

"잘 알겠습니다. 이렇게까지 제 편의를 봐주시니 감사한 마음 표현할 길이 없습니다."

"내 생각만이 아니오. 순찰사와 병마사도 같은 생각이었소."

고마운 일이었다. 두 사람은 많은 말을 하지 않았다. 사실 굳이 많은 말을 필요로 하는 사람들도 아니었다. 그들은 말이 없이도 하고 싶은 말을 할 수 있고, 들을 수 있는 말을 들을 수 있는 사람들이었다. 그래서 원망을 하든, 고마움을 느끼든 서로를 바라보는 그들의 눈망울은 더 서글펐다.

4

5월 20일, 아직 초계로 향하지 못했는데 구례에 온 체찰사 이원익이 이순신을 만나기를 원했다. 이순신이 숙소로 찾아오자 이원익이 흰옷을 입고 그를 맞았다. 관복을 멀리 벗어놓은 건 흰옷을 입고 있는 이순신에 대한 배려였다. 이원익의 얼굴엔 이순신이 오히려 부담을 느낄 정도로 수심이 가득했다. 두 사람이 마주 앉은 좁은 방 안에 호롱불이 가물거리며 타고 있었다. 이원익은 바깥의 하인들까지 모두 멀찌감치 물리쳤다. 그는 이순신이 아니면 누구와도 나눌 수 없는 얘기를 조용히 함께하고 싶었다.

"며칠 전에야 상을 당했다는 소식을 들었습니다. 예를 다 차리지 못해 송구합니다."

"별말씀을요. 나랏일에 바쁘실 텐데 어머니 상으로 심려를 끼쳐드리는 것 같아 오히려 제가 죄송합니다."

이원익은 정치인들에게서 흔히 볼 수 있는 그런 음산한 성품이 아니었다. 그는 있는 그대로 보고, 곧이곧대로 상식을 말하는 강직한 성품이었다. 이순신도 그의 성품을 어느 정도는 알고 있었다. 화제는 곧 원균의 기이한 행태로 옮아갔다. 이원익이 한탄했다.

"원균 소문은 좀 들어봤습니까?"

'좀'이 아니었다. 웬만한 소문이든, 그 짧은 기간에 이순신이 들었던 원균 얘기만으로도 밤을 새야 할 지경이었다. 쇠털같이 많은 소문 속에서 막연해진 이순신이 되물었다.

"무슨……?"

"원균이 자신이 거느리고 온 서리의 처를 겁탈하려던 일 말입니다."

이순신도 그 얘기는 얼마 전 한산진에서 온 이경신으로부터 들어서 알고 있었다. 원균이 그 서리에게 '육지에 나가 곡식을 사오라'고 시키고는 '운주당에서 그의 아내를 겁탈하려 했는데 다행히 도망쳐 위기를 모면했다'는 흉악한 얘기였다. 이순신의 작전 회의실이었던 운주당은 이제는 울타리까지 쳐진 채 원균이 첩을 데리고 사는 살림집이 된 터였다.

"'원흉의 일[元兇之事]'은 저도 대충 들어서 알고 있습니다."

"임금의 잘못이 큽니다. 임금이 귀를 막고 살피지 않으면 누가 나랏일을 살피겠습니까?"

이순신의 표정이 갑자기 굳으며, 아무 말도 못했다. 그런 그를 보더니 이원익이 원균을 직접 겨냥해 다시 한탄했다.

"들리느니 흉악한 행패요, 추문입니다. 원성이 한산도를 넘어 남도 모든 고을 백성들 입에서까지 자자합니다. 원균 이자가 장차 이나라를 어찌 만들리라 보십니까?"

"그자의 가증스런 행태는 저도 겪어봐서 조금은 압니다. 걱정입니다."

"허……, 원균 같은 자가……. 허 참……, 이 나라꼴이……."

이원익은 땅이 꺼져라 깊은 한숨을 여러 번 내쉬었다. 그러더니 마치 무슨 큰 비밀 얘기나 하려는 사람처럼 갑자기 안색을 바꾸었다. 그는 목소리를 낮춰 속삭이듯 말했다.

"이 공, 준비를 하셔야 합니다."

"준비라면……?"

"원균은 더 이상 볼 것도 없습니다. 원균이 무너지면, 왜적은 이제 뱃길 보급로를 믿고 한달음에 한성으로 치고 올라올 것입니다. 아, 그때는 보급로가 문제가 아닐 것입니다. 당장 어떻게 해볼 도리가 없는 10만 대군이 5백 척 이상의 함대를 구성해 한강을 거쳐 마포로 직접 상륙할 것입니다. 이미 대대적인 침공 첩보가 있습니다. 서둘러 원균의 패전을 준비해야 합니다."

"하지만 제게 지금 무슨 힘이 있습니까?"

"다시 부탁합니다. 조정의 일은 영의정과 함께 제가 힘닿는 데까지 어떻게든 해보겠습니다."

'조정의 일……?'

이때 이순신의 머릿속에서 불현듯 이원익에게 꼭 그 답을 듣고 싶었던 의문이 한 가지 떠올랐다.

"한 가지 여쭙고 싶은 것이 있습니다."

이원익은 순간 미간을 움찔하며, 긴장하는 표정이 역력했다.

"뭐든 말씀하십시오."

이순신은 잠깐 멈칫했으나 이원익을 정면으로 바라보며 천천히 말을 꺼냈다.

"전에 있었던 부산 화재사건 말씀인데…….."

이원익의 짐작이 틀리지 않았다. 그는 차분하게 이순신의 다음 말을 기다렸다.

"말씀해보시지요."

"지난번 김신국의 장계에 '부산 방화는 체찰사께서 군관 정희현을 시켜서 한 일이다' 라는 내용이 들어있었다는데…….."

이순신이 말을 마무리 짓지 못하고 있자, 이원익이 묘한 표정으로 말했다.

"그게 마음에 걸립니까?"

"뭐, 꼭, 그렇다기보다는…… 다만 진실을 알고 싶어서 그렇습니다."

이원익이 체념 섞인 한숨을 내쉬었다.

"하긴 그게 이 공께서 이처럼 수난을 당하고 있는 빌미가 됐으니 당연히 그러시겠지요. 사실 제가 '이 공에게 어찌 됐든 한 말씀 드리는 것이 도리다' 는 생각으로 오늘 만나 뵙자고는 했는데, 막상 입이 떨어지지가 않아서 모른 체 딴 얘기만 하고 있었습니다."

이원익은 잠시 뭔가를 골똘히 생각했다. 그러더니 갑자기 고개를 두리번거려 방바닥 한쪽에서 놀고 있던 접선을 잡아 펼쳐 성급하게 부치기 시작했다. 그는 열려있는 창문 건너편, 제멋대로 풀이 우거진 담장 쪽을 무심하게 바라보고 있었다. 반딧불이가 날고 있었다.

가슴 답답한 방 안에서 바라보는 여름밤 반딧불이 무척 아름다웠다.

"밤인데 날이 무척 덥군요……."

접선 바람이 시원찮은지 이원익은 이마에 진땀을 흘리고 있었다. 창문 한쪽을 조심스레 열어놓기는 했지만 5월 하순으로 접어드는 날씨인지라 덥긴 더웠다. 하지만 그의 진땀이 꼭 날씨 탓만도 아니었다. 이원익이 간신히 마음을 추스르고 남은 말을 이었다.

"궁중에서 벌어지는 일에 진실이 그렇게 중요한 건 아닙니다. 그 일이 아니었더라도 이 공은 어차피 다쳤을 것입니다."

이번에는 이순신이 크게 찜찜한 표정으로 말없이 창문 바깥만 바라보고 있었다. 그러자 이원익이 해명하듯 좀 더 자세한 설명을 하기 시작했다.

"당시 군기선유관으로 급히 내려온 김신국이 주상의 밀지를 한 통 가져왔는데……."

이순신의 시선이 망설임 없이 정면으로 이원익을 향했다. 자신을 바라보는 이순신의 강한 시선이 다소 부담스러운 듯 이원익이 잠시 말을 끊더니 다시 이었다.

"'부산 화재를 기회로 왜 군영을 공격하는 것이 어떠냐'고 하문하시는 내용과 함께……, 밑도 끝도 없이 '미안하지만 김신국이 올리는 부산 화재사건 장계에 대해서는 그가 모두 알아서 할 것이니 모른 체하라'는 내용이었습니다. 저로서는 부산 화재가 어떻게 일어났는지 자세한 내막을 모르니 아는 체하려야 할 수도 없어서, '부산 공격은 수륙 연합 작전으로 신중하게 해야 할 것'이라는 의견만 내고, '이 밖의 다른 사정은 모두 김신국이 계달한 내용에 있다'고 적어 김신국에게 줬습니다. 그는 마치 여기 내려올 때부터 부산 화재사건의 내막을 다 알고 있는 사람처럼 '자신의 서계를 작성해 내 서계와 함께 그날 바로 올려보냈다'고 하더이다. 더 이상 말을 길게 하는 건 이 공의 정신 건강에도 좋지 않을 듯합니다."

이원익의 말을 듣고 있던 이순신은 순간적으로 멍한 표정을 짓더니 바닥으로 힘없이 고개를 떨구었다. 이원익이 그런 이순신의 눈치를 살피더니 다시 몇 마디 변명을 덧붙였다.

"변명처럼 들리겠지만, 당시에 김신국이 숨도 안 쉬고 한 일이라……. 어찌 됐건 나중에라도 제가 입을 다문 건 이 공에게는 정말 죄송하게 됐습니다. 저로서는 주상의 밀지를 거역할 수도 없는 노릇이어서……. 하지만 이것만은 알아주십시오. 전 이 공의 편입니다. 지금까지 제가 나서서 이 공에게 해를 끼치려고 했던 적은 단 한 번도 없었습니다. 절 믿어주십시오."

이순신은 신음을 토하듯 깊은 한숨을 내쉬었다. 어차피 누명도 자신의 운명이었다. 이순신은 간단히 마음을 정리했다.

'미안하다는 말을 담은 밀지라……. 하긴…… 이름을 뺏긴 당신에게 책임을 물을 일도 아니겠지. 이렇게라도 진실을 알았으니 잊자!'

"무슨 일이 있었는지 대강 알 것 같습니다. 제가 부질없이 캐물은 것 같습니다. 그리고……, 저도 대감께 제 구명 장계를 올려준 데 대한 감사의 말씀도 못 드렸습니다."

이원익이 황급히 손을 내저었다.

"아, 아, 아닙니다. 당연한 일에 감사라니요. 그간 마음의 짐이었던 죄송한 일을 털어놓으니 이제야 좀 속이 후련합니다."

그들은 다시 궁중의 불길한 음모가 아니라 현실의 명확한 대책을 고민하기 시작했다. 하지만 현실의 명확한 대책이란 것도 원균을 떠올릴 때마다 불길해지는 건 마찬가지였다. 그날 밤, 여러모로 그런 불길한 현실 얘기를 나누던 두 사람조차 자신들의 예상이 그렇게 빨리, 그렇게 최악의 형태로 들어맞아 조선을 위협할지는 정말 몰랐다.

5

3일 후, 체찰사 이원익이 다시 이순신에게 사람을 보내 만나기를 원했다. 뭔가 많이 불안한 모양이었다. 이순신이 다시 그를 찾아가 방에 앉자마자 다짜고짜 신세 한탄 비슷한 소리를 했다.

"이 공, 전 지금 나라꼴 돌아가는 것을 보고, 단지 죽을 날만 기다리고 있습니다."

"그런 말씀 하지 마십시오. 체찰사께서 그런 약한 말씀을 하시면 백성은 누굴 믿고 의지하겠습니까?"

"제가 체찰사라 한들 이 전쟁터에서 무슨 힘이 있습니까? 막상 큰 전투가 벌어지면 현장의 장수가 나라의 운명을 결정하는 건데……. 하지만 이 공께서 그렇게 말씀하시니 없는 힘이라도 내봐야겠습니다. 허 참……. 이 나라꼴이……."

이순신은 더 이상 아무 말도 하지 않았다. 아마 오늘은 이 얘기가 아닐 것이다. 이순신은 이원익의 본론을 기다렸다. 하지만 이원익은 무심하게 이순신의 일정을 물었다.

"그런데 출발 일정은 어떻게 잡았습니까?"

"내일 바로 초계 도원수부로 향할 생각입니다."

"그렇습니까? 고생길에 뭘 어떻게 도와드려야 하는지······."

"말씀만이라도 고맙습니다."

"필요한 양식이라도 조금 드려야겠습니다."

이원익은 사람을 부르더니 쌀 두 섬을 받아오라며 체지를 써서 보냈다.

"길이 멀 텐데 숙박은 어떻게 하실 생각입니까?"

"심려 끼쳐드려서 송구합니다. 제가 어떻게든 알아서 할 생각이니 너무 염려 마십시오."

이원익이 잠시 생각에 빠졌다. 분명히 무슨 할 말이 있는 사람 같았다.

"혹 김덕령이 어쩌다 그렇게 됐는지는 아십니까?"

이순신으로서는 전혀 예상치 못한 무거운 얘기였다. 그는 대답을 얼버무리면서 이원익의 표정을 살필 수밖에 없었다.

"자세히는 모릅니다만······."

"아, 뭐, 저라고 그렇게 죽은 사람에 대해 달리 무슨 얘기가 많겠습니까? 그렇지만······."

이순신이 조금 긴장한 표정으로 바라보고 있자 이원익이 망설이다 말을 이었다.

"그게, 참······. 한 가지는 잘 압니다. 김덕령이 그렇게 죽기 몇 달 전, '해평 부원군 노복을 죽였다'는 이유로 체포된 적이 있다는 걸 아실 겁니다. 그 무렵 성여신 진주 부사가 제게 편지를 한 통 보내왔는데, '김덕령이 최춘룡이란 자의 두 아들이 탈영을 하자, 최춘 룡을 잡아다 곤장을 쳤고, 즉시 일부러 죽인 것이 아니라 풀어준 뒤 에 상처 때문에 죽었다'는 내용과 함께 이런저런 호소가 들어있었 습니다. 그런데 알고 보니⋯⋯."

이원익이 이순신의 눈치를 슬쩍 한 번 보더니 다시 말을 이었다.

"그 최춘룡이란 자가 멀쩡히 살아있질 않겠습니까?"

이순신은 엊그제 부산 화재사건의 진실을 들었을 때처럼 순간적 으로 멍한 표정이 돼 말문이 닫혔다. 이순신이 그저 눈만 깜박이며 이원익을 바라보고 있자, 그가 간단하게 뒤처리하듯 말했다.

"아, 뭐, 그때 일을 군이 끄집어내려는 게 아니라, 도대체 어떻 게 된 일인지⋯⋯, 시국일이 하도 답답해서 그럽니다. 아마 김덕령 의 친척 아우 김덕린이 지금 악양의 이정란 의병장 집을 빌려 쓰고 있을 텐데⋯⋯, 혹 그들을 아십니까?"

"네, 김덕린은 잘 압니다. 제 계향유사(군량모집 역)로 일한 적이 있습니다. 그리고 한 10여 일 전에도, 제가 한효순 부체찰사에게 사 람을 보내 문안했더니, 제게도 사람을 보내왔는데 김덕린이 왔습니 다. 이정란 의병장도 '임진년 때 전주성을 지키는 데 역할을 했다' 는 말은 들었습니다."

10여 일 전, 이순신은 김덕린을 보고 조금 당황했었다. 그는 초점 잃은 눈을 하고, 이순신의 시선을 피해 묻는 말에만 겨우 대답하고 있었다. 아마도 무슨 곡절이 있는 듯했다. 하지만 전쟁 통에 그러려 니 하고 이순신은 깊이 생각하지 않았다. 이원익이 가볍게 말을 이 었다.

"아, 예, 그럼, 잘됐습니다. 이정란 의병장 집은 악양에 있고, 최춘룡 집은 두치에 있으니…… 마침 가시는 길이니까 들러 하룻밤씩 쉬었다 가셔도 좋겠습니다."

이순신은 세상의 추한 진실은 감춰지는 것보다 밝혀지는 것이 차라리 더 두렵다는 생각이 들었다. 진실을 몰랐을 때는 거짓으로 위안이라도 받을 수 있지만, 알고 난 다음에는 그 모진 진실을 어떻게 감당해야 한단 말인가? 이순신은 두 번째 찾아온 죽음의 사신을 이기지 못한 김덕령의 운명을 자신의 운명처럼 느끼고 있었다.

'내게도 기적이 두 번씩 일어나지는 않을 것이다.'

6

5월 26일, 이순신은 계속되는 비 때문에 길을 미루다 더 이상 지체할 수가 없어 초계를 향해 길을 떠났다. 석주관 입구에 이르니 비가 미친 듯이 퍼부었다. 며칠간 푹 쉰 말도 진창길을 걷기 힘든 모양이었다. 이순신 일행은 빗속에서 걷는 건지 구르는 건지 모를 정도로 힘겹게 길을 나아갔다. 모두들 비에 젖고, 진흙에 굴러 몰골이 말이 아니었다.

이순신은 악양에 있는 이정란의 집을 겨우 수소문해 찾았다. 하지만 빗속에 서서 아무리 문을 두드려도 문은 열리지 않았다. 혹시 모두 외출중일까 해서 근처 집들을 샅샅이 살펴봤으나 허탕이었다. 이순신의 아들 이열이 협박조로 계속 고함을 치자 뭔가 인기척이 있었다. 잠시 후, 안에서 움직이는 기척이 있더니 문이 조심스럽게 열렸다. 김덕린이 복잡한 표정을 짓고 말없이 서있었다. 그가 얼빠진 사람처럼 겨우 입을 열었다.

"토, 통제사 어른……."

김덕린은 그렇게 가만히 서서 빗물과 함께 눈물만 흘리고 있었다. 역시 빗물 속에서 퀭한 눈을 뜨고 우두커니 서있던 이순신은 그때 직감했다. 김덕린은 '죄인 이순신'이 두려웠던 것이다. 공적으로도 아니고 사적으로 이순신과 함께하기 싫었던 것이다. 이순신은 백의종군 이후 여러 사람들을 경험하게 된다. 그를 경원하는 사람, 동정하는 사람, 역심을 품고 다가오는 사람, 복직 후의 권력에 대비하려는 사람, 아무 사심 없이 대하는 사람 등등……. 이순신의 시야가 넓어지자, 사람들도 점점 다양해졌다. 이순신은 김덕린의 심정을 이해했다. 한이 맺혀 문을 열어주지 않는 마음과 문을 열고 눈물흘리는 김덕린의 마음은 하나였다. 일행을 집 안으로 들일 생각조차 못하고 계속 그렇게 울고 서있는 김덕린에게 이순신이 먼저 들어가자는 말을 해야만 했다.

"일단 들어가세나."

일행이 젖은 몸을 닦고 여장을 풀기까지 한참 시간이 걸렸다. 김덕린은 다른 사람이 돼있었다. 김덕령이 역모를 뒤집어쓰고 죽은 충격에서 아직 벗어나지 못하고 있었다. 김덕령이 왜적의 칼에 맞아 전사를 했다면 저렇게 실성한 사람처럼 되진 않았을 것이다. 그는 시간이 흐르자 마음이 조금 풀린 듯했다. 백의종군하는 이순신 앞에서까지 세상에 대한 두려움과 염증을 내보이는 게 미안했던지 나중엔 오히려 이순신을 위로하기 위해 애쓰는 모습이었다. 김덕린은 두서없이 이런저런 말을 하다가, 다시 말을 그치고 멍한 표정으로 한참을 앉아있곤 했다. 이순신은 자꾸만 멍한 눈빛으로 되돌아가는 김덕린을 바라보고 있자니 마음이 아려왔다. 두 사람은 모두 전쟁이 아닌 정치의 상처 때문에 소리 없이 울고 있었다.

다음날, 아침까지 옷을 말리느라 출발이 늦어졌다. 이순신은 김덕린의 손을 잡고 마음으로부터 나오는 말로 그를 위로해줬다.

"이러고 있으면 안 되네. 기운을 내서 살아가야 하네."

궂은 날씨와 진창길 때문에 이순신 일행은 한걸음씩 고행하듯 앞으로 나아가고 있었다. 길을 걷는 내내, 어젯밤 김덕린이 멍하게 앉아있다 갑자기 이순신을 빤히 바라보며 퉁명스럽게 내던진 한마디가 이순신의 귓가에서 떠나지를 않았다.

'통제사께서는 무엇을 위해 그렇게 애쓰십니까? 이 잘난 조선을 이 모양 이 꼴 그대로 후손들에게 물려주고 싶으셔서 그러십니까?'

두치(하동읍 두곡리)에 있다는 최춘룡 집을 겨우 찾아 들어섰다. 최춘룡은 섬진강변에서 농사를 짓고, 말린 은어 등도 만들며 살아가고 있었다. 이순신 일행이 집에 들어서자마자 한 늙은 사내가 구부정한 몸으로 이순신을 안내했다. 한눈에 봐도 최춘룡이었다. 기가 막혔다.

"자네가 최춘룡인가?"

신문하듯 묻는 이순신의 말에 조금 놀란 눈빛으로 최춘룡이 대답했다.

"네, 그렇습니다요."

이순신은 그 자리에서는 더 이상 묻지 않았다. 최춘룡은 이미 이순신 일행이 올 것을 알고 있었다. 어제 길을 떠나기 전에 만났던 사량 만호 이종호가 이쪽 방향으로 가는 길이라는 걸 알고, 이`원익이 그에게 '먼저 도착하면 숙식 준비를 시켜주라'고 지시한 모양이었다. 고마운 친절로 묵기는 한결 편했다.

밤늦은 시간, 이순신은 잠이 오지 않았다. 그는 최춘룡을 조용히 불렀다. 몇 마디라도 더 듣고 싶었다.

"자네 혹 귀신인가?"

"나리, 그, 그게 무슨……."

"자네가 죽었다는 말이 있던데…… 혹 자네는 못 들었나?"

최춘룡은 서성으로부터 단단히 주의를 받은 몸이었다. '혹 높은 양반들이 추궁하면 다른 말 필요 없이 딱 한마디만 하라'는 지시였다.

"그게, 그러니까 제가 장군한테 곤장을 맞고 풀려난 뒤 몸이 죽을 것처럼 많이 아팠습죠. 그래서 산으로 도망쳐 한참을 죽은 듯이 쉬고 돌아왔습죠. 그랬더니 죽었다는 소문이 난 모양입니다요. 나리, 죄, 죄송합니다요."

"두 아들은 어찌 됐는가?"

"나리, 전 두 아들 일은 전혀 모릅니다요. 용서해주십시오, 나리."

최춘룡은 이순신의 기세에 오래전 일에 대한 두려움이 다시 일었는지 연방 굽실대며 안절부절못했다. 이순신은 그런 그를 보며 아무 말도 할 수가 없었다. 이순신은 지금 세상의 거짓과 싸울 힘이 없었다. 지금 그가 할 수 있는 일이라곤 그 거짓 속에서 싸우는 일뿐이었다.

"알았네, 자네가 죽은 귀신이 아니라니 다행이네."

7

초계로 간 이순신은 권율의 도움으로 그럭저럭 안정을 찾았다. 그는 녹봉과 노마료를 받아 종과 말을 거느리고, 관리들에게 현안 설명을 듣기도 했다. 이순신은 군사고문으로서 가능한 한 조용히 체찰사와 도원수를 도왔다. 중요사안이라 할지라도 자신의 쳐지에 무슨 의견을 내는 것도, 안 내는 것도 모두 조심스런 일이었다. 묻는 말 외에는 굳이 나서지 않으려다 보니 입은 점점 무거워지고 있었다. 무밭은 꽤 넓었지만 소홀히 관리하지 않았다. 그의 흰옷은 무밭과 잘 어울렸다.

7월 9일 달 밝은 밤, 잠자리에 든 이순신의 머리맡에는 어제 정성 들여 포장해놓은 어머니 제사에 쓰일 과일 바구니가 놓여있었다. 아침 일찍 아들 열의 손에 들려서 아산으로 보낼 것이었다. 그는 잠을 청했지만 잘 수가 없었다. 어머니를 그리며 베갯잇에 눈물만 적시고 있었다. 아무리 잊으려 해도 어머니에 대한 죄책감은 쉽사리 가시지 않았다.

'내가 대체 무슨 죄를 지었기에 이 지경이 됐는가?'

이제는 어느 정도 적응할 때도 됐건만 이순신은 이런 밤이 오면 아직도 자신의 처지에 잘 적응할 수가 없었다.

그 무렵, 이순신의 귀에 들려오는 소리는 모두 암담하기만 했다. 처음 남도 땅에 돌아왔을 때는 원균의 괴이한 행태에 관한 소문이 남도 땅을 온통 뒤덮고 있었다. 그러더니 6월 중순경부터는 '원균이 수륙 합동으로 안골포를 먼저 치지 않으면 부산 앞바다로 출전할 수 없다고 버틴다'는 소리가 들렸다. '왜적이 곧 바다를 건너온다'는 첩보 앞에서 권율은 허둥대고 있었다. 이순신은 누구에게 무슨 말도 할 수가 없었다. 눈앞에 다가오는 불길한 미래를 침묵으로 지켜볼 수밖에 없었다.

8

몇 달 전인 3월 29일, 원균은 자신의 걸림돌인 이순신도 한성으로 잡혀갔겠다, 그날도 기분이 좋아 얼큰하게 취했다. 취한 와중이었지만 원균은 자신이 삼도수군통제사로 임명돼 맨 먼저 저질렀던 '나무꾼 왜적'과의 전투가 뭔가 많이 잘못됐음을 느꼈다. 고개를 갸우뚱거리던 그는 자신의 얼간이 짓을 일거에 만회할 대담한 계책을 세웠다. 그것은 이연의 꿈인 '한 가지 기발한 계책을 도모하자'는 것이었다. 단 그것은 수군의 일이 아니라 '거의' 육군의 일이었다. 원균은 자신이 육군일 땐 수군을, 수군일 땐 육군을 동원해야 한다고 열변을 토하는 게 술김에도 조금 민망하긴 했지만 일필휘지로 음주 장계를 써내려 갔다. 그가 들이댄 이 장계는 이연을 다시 한 번 기겁하게 만들었다.

"어리석은 신의 망령된 생각에는, 우리나라 군병의 수는 아주 많아서[基麗不億], 노쇠한 자를 제하고 정예병만을 추리더라도 30여만은 모을 수 있습니다. 지금은 늦봄인데다 날이 가물어서 육지가 단단하니, 바로 이때 말을 달리며 용병해야 합니다. 반드시 4~5월 사이에 수륙으로 군사를 크게 일으켜 승부를 한 번 내야 합니다. 때를 타고 함께 공격해 남김없이 섬멸한다면 일분의 수치나마 씻을 수 있겠습니다. 조정에서 속히 선처해주십시오."

'기려불억(基麗不億:그 숫자가 억에 그치지 않는다)'은 『시경』〈문왕지십(文王之什)〉에 나오는 구절이다. 상제의 천명으로 상(商)나라의 '수많은 백성들'이 주(周)나라의 기초를 닦은 덕 많은 문왕에게 복속됐다는 얘기다. 원균은 이연이 문왕처럼 덕이 많아 조선에 '수많은 백성(군병)들'이 있다는 통 큰 아부를 하고 싶었다. 너무나 대담한 아부였다. 아니, 너무나 소심한 아부였다. 까짓것 왜 정예병 800만을 동원하자고 하지 않고, 소소하게 30만이라고 했을까? 이연은 원균의 이 장계를 한참이나 들여다봤다. 그러다 급기야는 장계에 코를 갖다 대고 킁킁대며 술 냄새까지 맡아보기도 했다.

'이자가 드디어 미쳤나? 아니면 이런 자를 믿었던 내가 망령이 들었었나?'

이연은 할 말을 잃었다. 아무래도 이순신을 백의종군시키기로 한 결정은 그나마 잘한 듯싶었다. 원균의 음주 장계는 종이만 낭비한 채 비변사 한쪽 구석 서류함에 조용히 처박히고 말았다.

5월경에는 왜적의 대대적인 침공 계획이 구체적으로 드러났다. 이원익은 6~7월 위기설에 대한 급보를 올렸다. 하지만 이연이 할 수 있는 일이라고는 기껏 명 장수들을 찾아다니며 절을 올리고, 애가 타서 애걸복걸하는 일뿐이었다. 나라의 체면 따위는 버린 지 이미 오래됐으므로 그렇게 새삼스런 일도 아니었다.

이연은 왜적의 대대적인 침공 첩보가 들어오자 다시 긴장하며 예의 도망갈 준비를 다시 서두르고 있었다. 그가 비망기로 왕비와 옹주들을 강화도로 피난시킬 것을 지시하자 조정의 여론이 시끄러워졌다. 그러자 그는 분풀이로 양위 전교를 내리고, 신하들은 또 그것을 말리는 의례적인 소동을 치렀다. 왜적의 움직임만 있으면 반사적으로 있는 일이라 이제는 서로 간에 놀랍지도 않았다.

권율은 비변사의 재촉을 받고 원균을 몇 번씩 다그쳤지만, 그는 '수군이 왔다 갔다 해서 왜적에게 겁을 줘 바닷길을 막는 이연의 계책'을 시행할 생각이 전혀 없었다. 도체찰사 이원익이 종사관 남이공을 한산도의 원균에게 보내, 출병하라는 최후의 경고를 했다. 6월 18일, 원균은 한산도를 떠나 가덕도로 출병했다. 일부 전과를 올리기도 했지만 사상자를 내고 돌아왔다. 7월 4일, 다시 출병해 절영도 바깥 바다까지 진출했을 때 마침 왜 대함대가 바다를 건너오고 있었다. 왜선들은 요리조리 회피하다 서생포에서 역습을 해와, 원균은 큰 피해를 입고 다시 돌아올 수밖에 없었다. 7월 8일, 왜군은 그렇게 600여 척 이상의 배로 모두 무사히 바다를 건넜다.

7월 10일, 이연은 비변사로부터 낯익은 건의를 받았다. '한 가지 기발한 계책', 즉 보급·수송로를 끊는 작전을 빨리 실행해야 한다는 것이었다. 안타깝게도 궁궐에서는 왜적의 도래가 이미 모두 끝났다는 것을 아직 알지 못했다.

"지금 양원 총병의 분부도 이와 같으니, 도체찰사와 도원수에게 '전일 분부한 대로, 기회를 살펴가며 시급히 도모해 대사를 그르치지 않도록, 수군의 제장을 엄하게 독려하라'고 하유하시는 것이 어떻겠습니까?"

그날 바로, 이연은 조선 수군을 비운에 빠트릴 결정적인 뒷북 공문을 부리나케 작성해 현장으로 보내도록 전교했다.

"아뢴 대로 시행하라. 아울러 원균에게도 '전일과 같이 후퇴해 적을 놓아준다면 나라에는 법이 있으니, 나 역시 사사로이 용서하기 어렵다'는 문장을 만들어 하유하라."

최전선의 원균은 점점 싸울 의지를 잃고 있었다. 전투에 나설 때마다 자신은 이순신이 아니라는 사실만을 절감했다. 전쟁 초기부터 이연뿐만 아니라 모두가 '조선 수군이 왔다 갔다만 하면 왜선들은 겁을 먹고 싸우려 하지 않는다'고 믿고 있었다. 하지만 그것은 왜 장수들의 개별적 판단이 아니었다. 도요토미가 한산해전 이후 '해전 금지' 명령을 내린 결과였다. 그런데 이제 사정이 바뀐 것이다. 이연은 스스로 제 무덤을 파놓고도 자신이 무슨 짓을 했는지조차 모르고 있었다.

사정이야 어쨌든 권율도 이판사판이었다. 어차피 모든 것은 이연이 책임질 일이었다. 당시만 해도 권율은 순진하게 그렇게 믿고 있었다. 7월 11일, 권율은 원균을 고성으로 불러내 곤장을 쳤다. 생각하기 힘든 모욕이었다. 원균의 살찐 엉덩이에서 불이 났다. 원균은 분했다. 그도 이제 죽으나 사나 이연의 소원대로 해주는 수밖에 없었다.

원균은 삼도 수사들을 모두 소집했다. 그는 엉거주춤한 자세로 볼품없이 서서 마지막이 될 작전회의를 열었다. 그의 엉덩이는 아직도 남몰래 흘리는 진물 때문에 많이 욱신거렸다. 한껏 열을 받아 붉으락푸르락한 원균이 심각하게 미간을 찌푸리며 입을 열었다.

"나갑시다! 모두 나가 함께 '콱' 죽어버립시다."

원균은 대충 '목숨 걸고 용감하게 싸우자'는 얘기를 하고 싶었다. 하지만 듣는 사람 귀에는 정확히 그렇게 들리지를 않았다. '아 다르고, 어 다르다'는 말을 실감나게 하는 요상한 말투였다. 배울 만큼 배운 삼도 수사들조차 이 요상한 말투가 잘 이해가 안 돼 일제히 어리둥절한 표정을 지었다. 서로 공감을 나눈 수사들 모두가 막 무슨 말인가로 원균에게 반발을 하려는데, 경상 우수사 배설이 단연 빨랐다.

"전투를 하자는 말이오, 자살을 하자는 말이오?!"

수사들 모두가 '내 말이 그 말'이라는 듯 고개를 끄덕이며 원균을 압박했다. 이런 식으로 따지고 나올 줄은 몰랐다. 냉정한 인간들이었다. 하지만 원균 자신도 냉정하게 생각해보니 '전투인지 자살인지' 명확히 알 수가 없었다.

'전투는 전투인데…… 자살하러 가는 것 같기도 하고…… 자살이라고 하기에는……. 어쨌든 내 말은 앞뒤 분간하지 말고 무조건 싸우러 가자는 말인데……. 제길, 도대체가 인간들이 말귀를…….'

원균은 애초에 '필사즉생 필생즉사(必死卽生必生卽死)', 이런 훌륭한 말을 하고 싶었다. 하지만 앞뒤 분간만 하고 있는 냉정한 인간들에게 그 말뜻을 제대로 전달할 길이 없어 답답했다. 원균은 말이 막혀 잠깐 머리를 굴리다, 하는 수 없이 '훌륭한 말'은 포기하고 자신의 수준에 맞는 동문서답으로 단순하게 응수했다.

"주상께서는 수군을 몇 개 부대로 나눠 번갈아 오가면 왜적이 겁을 먹고 돌아갈 것이라 생각하고 계시오."

이연의, 아니, 원균의 말이 채 떨어지기가 무섭게 수사들 모두가 이구동성으로 나섰다.

"왜적은 이미 다 건너왔소. 지금은 그럴 때가 모두 다 지났소이다. 아, 그리고 지난번 출정 때 보셨다시피 왜놈들이 우리 배를 보고도 겁을 먹기는커녕 오히려 '잘 걸렸다'는 듯이 만만히 보고 덤벼들질 않았소!"

아뿔싸! 원균은 다시 간단하게 말문이 막혀버렸다.

'어찌 된 게 말 한마디 그냥 넘어가기가 이렇게 힘든가?'

그래도 어쨌든, 무조건, 어디서에나, 어떤 식으로든, 왜적과 싸워야만 했다. 그게 중요했다.

"이미 건너왔으면 더 잘됐소. 나가서 무조건 싸웁시다. 더 이상 다른 도리가 없소!"

사실 다른 도리를 찾으려면 얼마든지 찾을 수 있었다. 다만 자신의 볼기짝에 대한 안 좋은 추억 때문에 원균에게만 다른 도리가 없었을 뿐이다. 자포자기한 원균의 말귀를 못 알아듣는 수사들이 기다렸다는 듯이 벌 떼처럼 맹렬하게 달려들었다. 모르는 사람이 봤으면 원균이 마치 왜장이 아닌가 착각할 정도였다. 하긴 바다 위 왜적보다는 이곳 회의실에서 원균과 사생결단을 내는 편이 더 나을지도 모를 일이었다. 배설이 일어서서 중구난방의 수사들을 두 손을 들어 진정시키더니 차분하게 장내를 대변했다.

"패몰할 것을 분명히 알면서도 부산 절영도를 미친놈들처럼 왔다 갔다 하며 무모한 싸움을 벌일 수는 없소. 군졸들이 무슨 죄요? 군졸들을 모두 바다 위에서 죽게 하느니 차라니 장수인 내가 명을 어기고 군법에 의해 홀로 처벌을 받는 게 낫겠소! 다들 안 그렇소이까?!"

배설 일생일대의 짧고도 강렬한 명연설이었다. 장내 분위기가 난데없이 숙연해지고 있었다. 이러다간 통솔을 포기해야 할 판이었다. 이때 관망하며 회의를 지켜보던 체찰사 이원익의 종사관 남이공이 안 되겠다 싶었는지 원균을 돕고 나섰다. 남이공이 느닷없이 탁자를 한 번 '탁' 치더니 자리에서 벌떡 일어섰다. 믿고 있는 비장의 무기가 있었다. 어명이었다. 그는 한껏 목에 힘을 주고 위압적으로 외쳤다.

"모두들, 이번 출정은 어명이라는 것을 알아야 할 것이외다!"

남이공의 예상치 못한 기습적인 기립에 모두들 흠칫 놀라긴 했으나, 그뿐이었다. 당장 눈앞에 목숨이 왔다 갔다 하는 상황인지라 수사들도 평소답지 않게 의외로 세게 나왔다.

"장수가 야전에서 급박한 전투를 할 때는 임금의 명령도 받지 않소이다!"

이연의 어명도 통하지 않았다. 남이공은 탁자를 한 번 '탁' 치고 어명을 외치면 모두들 '억' 하고 꼬리를 내릴 줄 알았는데, 아니었다. 기세 좋게 나섰던 남이공은 단 한마디의 반격에 아무 소리도 못하고 다시 슬그머니 자리에 앉았다. 일어설 때와는 달리 앉을 때는 아무도 관심이 없었다. 잘못돼도 뭔가 많이 잘못된 것 같았다. 남이공은 절망적으로 원균의 눈치를 살폈다. 두 사람은 허탈한 눈빛으로 같은 생각을 교감했다.

'그런데 언제부터 어명이 이렇게 하찮게 됐단 말인가?'

원균은 엉덩이가 심히 불편했지만 티 내지 않고 끝까지 서서 버티고 싶었다. 하지만 갑자기 그의 두 다리에 힘이 쭉 빠졌다. 그는 자기도 모르게 의자에 털썩 주저앉고 말았다. 정신과 육체의 고통이 한꺼번에 엄습해 원균의 입에서는 한숨과 비명이 동시에 새나왔다.

"아…… 윽……!"

수사들의 말이 모두 맞았다. 그래도 그들이 틀렸다고 설득해야 했다. 하지만 더 이상 설득이 불가능했다. 이 작자들을 상대로 싸우자고 설득하느니, 차라리 왜적들을 상대로 싸우지 말자고 설득하는 게 더 쉬워 보였다. 하는 수 없이 원균도 마지막 유언을 남겼다.

"알겠소. 모두들 뜻이 그렇다면 이렇게 합시다. 내 도원수에게 여러분의 뜻을 전하는 마지막 치보는 올리겠소. 하지만 나는 출전할 것이오. 각자 나를 따르든지, 도망을 치든지 알아서들 하시오. 그 뒤의 운명은 각자 책임을 져야 할 것이오!"

그것이 전부였다. 출전하기 전, 원균은 도원수 권율에게 마지막 치보를 올렸다.

"수사들이 모두 반대하니 어리석고 용렬한 통제사로서는 어떻게 처치할 수가 없습니다."

권율도 원균에게 이연의 뒷북 공문을 하달했다. '왜적의 도래는 이미 모두 끝났다'며 이연에게 다시 확인할 수도 없는 일이었다. 무조건 출전할 수밖에 없었다. 수사들과 여타 지휘관들도 죽자 사자 반대는 했지만 어쩔 수 없이 모두 자살하는 심정으로 원균을 따라나섰다. 경상 우수사 배설만이 그나마 '용감한 비겁함'으로 칠천량에서 적시에 빠져나와 조선을 구하는 결정적 기여를 하게 된다. 난장판 같은 역사의 아이러니가 조선을 우롱하게 되는 것이다.

7월 16일, 원균은 그렇게 이연의 조선을 단숨에 멸망의 구렁텅이로 밀어 넣는 역사상 최악의 전멸을 이끌었다. 용렬한 최후였다.

7월 25일, 이연은 권율이 전한 원균의 유서 같은 치보를 받고 망연자실했다. 3일 전, 그는 원균의 전멸 소식을 접해 이미 혼이 나간 상태였다. 거기에 더해 원균이 전한 마지막 회의 내용은 그를 거의 처연하게 만들었다. 그는 그렇게 한참을 멍한 표정으로 있었다. 머릿속이 새하얗게 텅 비어버렸다. 그 텅 빈 머리를 겨우 수습한 그는 비망기로 한 마디만을 승정원에 전교했다. 그 한 마디는 이연이 왕으로서 평생 동안 행했던 언행 중에서 그나마 가장 진실한, 양심적인 말이었다.

"이 서장을 역사책에 상세히 기록해두라."

9

이연과 조정이 원균의 소식을 처음 접한 7월 22일, 그들은 한순간에 모두 넋이 나가버렸다. 아무 경황 없는 이연이 대신과 비변사 당상을 우선 별전으로 급히 불러모았다. 이연이 부들부들 손을 떨며 김식의 서계를 신하들에게 내보였다. 그리고는 더듬거리며 입을 열었다.

"주, 주사가, 전군이 복몰했으니 이를 대체 어찌해야겠소? 우선 대신이 도독과 안찰의 아문에 가서 이 소식을 알려야겠고……."

모두 입이 있어도 할 말이 없었다. 모두가 한 마디도 없이 한참 동안 침묵을 지키고 있자, 이연이 결국 참지를 못하고 벼락 치듯 고성을 내질렀다. 조상과 백성 앞에 석고대죄를 해야 할 자신의 죄업까지 신하들에게 덮어씌워 화풀이를 할 수 있는 왕의 자리는 참으로 좋았다.

"대신들은 어찌하여 아무 대답이 없소! 이대로 방치한 채 아무런 대책도 세우지 않을 셈이오? 대답을 않고 있으면 왜적이 물러나고, 나랏일이 이뤄지는 것이오?!"

류성룡이 간신히 입을 뗐다.

"감히 대답을 드리지 않는 것이 아닙니다. 민박한 마음에 대책이 생각나지 않아 미처 아뢰지를 못하고 있습니다."

이연은 정신없는 이 와중에도 자신의 뒷감당을 위한 발언이 절실하다는 것을 본능적으로 직감했다. 이런 면에서는 신하들보다 분명한 수 위였다.

"주사 전군이 복몰한 것은 하늘의 일이니 어찌하겠소?!"

'하늘' 소리를 듣고도 대신들이 여전히 말을 아끼고 있자, 이연이 다시 뒷북을 치며 얼토당토않은 변명을 처음부터 다시 상세히 늘어놓기 시작했다. 누가 원균에게 그렇게 무모한 공격을 살벌하게 명했는지 이연 자신도 까마득히 잊은 듯했다. 물론 처음 있는 해괴한 일도 아니었지만 신하들은 당할 때마다 어이가 없었다.

"도대체 척후도 세우지 않았단 말이오? 왜 후퇴해서 한산을 지키지 않았단 말이오?"

류성룡이 말했다.

"'우리 군사는 미처 손쓸 사이도 없이 모두 피살당했다'고 합니다."

이연은 이순신의 한산도 수비 주장이 기억났다. 이럴 때 써먹어야 했다. 그는 뒤늦게 마치 자신의 군사지식을 뽐내기라도 하듯 한껏 뒷북 계책을 강조했다.

"적들을 감당하지 못하겠거든 필히 한산으로 후퇴했어야 했소.

그곳은 형세가 극히 좋아 막아 지키기도 편했을 것이오. 그런데 이런 요새를 버리고 지키지 않았으니 매우 잘못된 계책이 아니오? 원균이 일찍이 '절영도 앞바다에는 나가기 어렵다'고 하더니, 이제 과연 이 지경에 이르렀소."

이연은 이 순간에도 이순신이 아닌 '원균이 그런 말을 했다'며 엉뚱한 역성을 들고 있었다. 그러는 사이 이연은 이제 좀 제정신이 돌아왔다. 그래서 그는 어느덧 장안의 어린아이까지 다 알게 된 그 유명한 '한 가지 기발한 계책'에 대해서는 시치미를 뚝 떼고, 주절주절 본격적인 변명을 늘어놓기 시작했다.

"한산을 고수해 호랑이와 표범이 버티고 있는 듯한 형세를 만들었어야 했소. 그런데 무모한 출병을 독촉해 이 같은 패배에 이르게 했소. 그러니 이는 사람이 한 일이 아니고, 실로 하늘이 한 일이오! 지금이라도 남은 배를 수습해 양호(兩湖)의 경계를 지켜야 할 것이오."

이연의 입에서 두 번째 '하늘' 얘기가 나왔다. 류성룡이 이순신의 지난 일과 조선의 앞일을 생각하며, 눈물을 글썽였다.

'사람이…… 한 일이…… 아니고…… 하늘이…… 한 일……?'

이연이 류성룡의 눈시울을 힐끗 쳐다봤다. 아무래도 변명의 방식을 조금 바꿀 필요가 있었다. 그는 자신이 생각해봐도 98%가 부족한 '하늘' 얘기는 잠시 접어두고, '사람'을 지목했다. 그래서 그의 말뜻은 훨씬 이해하기 쉬워졌으나 그 내용은 훨씬 가증스러워졌다.

"원균은 처음부터 가지 않으려고 했는데 강제로 부산 절영도 바깥바다까지 내보내 패몰케 한 것은 도대체 무슨 까닭이오? 내가 비록 말로 하진 않았으나 늘 신중하지 않으면 안 된다는 전교를 내렸었소! 남이공의 말을 들으면 배설도 '비록 군율에 의해 나 홀로 죽음을 당할지언정 군졸들을 어떻게 모두 사지에 들여보내겠는가' 라고 극력 회피했다고 하오. 대체로 모든 일은 사세를 살펴보고 행하되, 요해처는 고수해야 옳은 것이오. 이 같은 패배를 당한 것은 도원수가 원균을 독촉했기 때문이오!"

'요해처 고수'? 이럴 수가! 거기다가 '늘 신중하지 않으면 안 된다는 전교'? 그런데 '말로 하진 않았다' 고? 그렇다면 '말하지 않은 전교' 였단 말인가? 이연은 자신을 변명하기 위해 '타지 않는 불' 과 '얼지 않은 얼음'을 봤다고 강변하고 있었다. 이연의 못난 기억이 잘난 자존심에 비참하게 굴복하고 있었다. 이렇게 상상을 초월하는 방식으로 모든 책임을 권율에게 떠넘기고 시치미를 뚝 뗀 이연은 '무슨 일 있었냐' 는 듯 태연하게 다음 말을 이었다.

"도요토미가 항상 '먼저 수군을 격파한 다음에야 육군을 이길 수 있다' 고 했다더니 이제 과연 그렇게 됐소."

긴 침묵이 흘렀다. 이연의 이토록 화려한 변명을 듣고도 침묵이 흐르지 않았다면 그것이 오히려 이상했을 것이다. 어색해진 이연이 심란한 목소리로 침묵을 깨며 이항복에게 물었다.

"전군이 모두 복몰됐소? 아니면 혹 도망해 살아남은 자도 있는 것이오?"

이항복이 대답했다.

"바다에서 패했다면 혹 도망쳐 나올 수도 있었겠지만 지금 이 상황은 그렇지가 않습니다. 비좁은 지역에 정박했다가 갑자기 적선을 만나 궁지에 몰려 하륙했으니 필시 전군이 복몰됐을 것입니다."

이연은 마지막 지푸라기도 잡을 수 없었다. '하늘'을 두 번씩이나 들먹였지만 그것도 부족하다고 느꼈을 만큼 사태가 절망적이었다. 그는 다시 타령하듯 세 번째 '하늘' 핑계를 댔다.

"이 일이 어찌 사람의 모책이 좋지 못해서만 벌어진 일이겠소. 하늘의 일이니 어찌하겠소!"

억장이 무너지는 대재앙이라고는 해도 '하늘' 핑계만 대고 넋 놓고 있을 수는 없는 일이었다. 더군다나 아무짝에도 쓸모없는 왕의 정치적 체면을 위해 이처럼 티 나게 구는 것은 이제 조금 거슬리기 시작했다. 류성룡이 하늘이라는 정체불명의 신앙적인 표현을 뒤로 밀치고 현실적인 표현으로 이연의 혼미한 정신을 일깨웠다.

"지금은 명군을 믿을 수 없으니, 마땅히 남은 배로 강화 등지를 수비해야 합니다. 남해와 진도를 지키다가 감당하지 못할 것 같으면 물러나서 다른 요새지를 택해 지키는 것이 옳을 것입니다."

윤두수의 눈이 순간적으로 반짝하더니 반대했다.

"비록 잔여 선박이 있다고 해도 지금은 군졸을 충당하기가 어렵습니다. 그러니 아직은 통제사를 차출하지 말고, 각도 수사로 하여금 남은 군졸을 수습케 해, 각기 지방을 지키도록 하는 것이 어떻겠습니까?"

수군을 포기하자는 말에 다름 아니었다. 그리고 그 말은 수군은 이미 사라졌고, '수군도 없는 상태에서 이순신의 재기만 허용할 수는 없다'는 정치적 포석이기도 했다. 하지만 마음이 다급한 이연은 윤두수의 정치를 고려할 겨를이 없었다. 이연이 추호의 망설임도 없이 단호하게 결정했다.

"한담을 늘어놔 봤자 일의 성패에는 도움이 안 되오. 대신이 우선 도독과 안찰에게 가서 알리는 한편 수군을 수습해야 할 것이오.

그 외에 다른 선책은 없소!"

이연이 이렇게 단호하게 수군을 염려한 것은 정작 다른 이유가 있었기 때문이다. 그의 마음을 바윗덩이처럼 짓누르고 있는 다른 이유를 모두에게 친절하게 설명해줬다. 그리고 위로받기를 원했다.

"명 장수들은 늘 우리 수군을 믿는다고 했소. 그런데 지금 우리 수군이 이 지경을 당했단 것을 알면 혹 퇴각해버릴까 두렵소. 내 말이 지나친 염려라고 생각할 수도 있겠지만, 만약 정말 그러면 어찌해야겠소?"

이연은 그간 '이순신이 아니면 싸울 수 없다'는 명 장수들의 말을 귀에 못이 박일 정도로 들었다. 물론 주익균도 귀 아프게 그들의 말을 전해 들었을 것이다. 이연은 이순신으로 인해 너무나 불안했고, 이순신이 아니라도 조선 수군은 강하다는 것을 반드시 보여주고 싶었다. 그런데 이런 변괴가 생기고 만 것이다. 언제나 그저 노복처럼 충성스런 이항복이 이연의 '지나친 염려'를 안심시켰다.

"필시 경솔하게 퇴각하지는 않을 것입니다."

이연이 이항복의 위로를 듣고 다시 지나치게 부끄러운 말로 화답했다. 하지만 이연은 애초에 왜 그런 말이 지나치게 부끄러운 말인지를 모르는 사람이었다.

"맞는 말이오. 우리나라는 위로 명나라가 있으니 끝내 왜적의 소유가 될 리는 없소. 그러니 모두 명나라를 믿고 모든 일에 다시 있는 힘을 다해야 할 것이오."

이항복이 말했다.

"지금으로는 통제사와 수사를 차출해서 계책을 세워 방수케 하는 길밖에 없습니다."

이연은 이 말이 너무나 반가웠다. 하지만 애써 천연덕스럽게, 그리고 침착하게, 그 자리의 모두가 답을 알고 있는 뻔한 질문을 했다.

"그 말이 맞소. 그런데 누구를 차출해야겠소?"

경림군 김명원과 병조 판서 이항복이 한 입처럼 말했다.

"이순신을 다시 통제사로 삼는 것이 옳습니다."

일말의 자존심 때문에 이연이 끝까지 입에 담지 못하고 기다린 말이었다. 기다린 보람은 있었지만, 그러면서 속 터져 죽는 줄 알았다. 하지만 결코 자신의 입으로는 먼저 꺼낼 수 없었던 말을 자신을 대신해 속 시원히 말해준 두 사람이 매우 어여뻤다. 순간적이었지만 바로 이런 사태를 대비해 곱게 '흰옷'을 입혀 이순신을 살려둔 자신의 선견지명에도 스스로 감탄했다.

"어서 서둘러, 그렇게 하는 게 좋겠소."

이연은 너무 잽싸게 전광석화처럼 대답하고 말았다. 이연 생애를 통틀어 최고의 뻔뻔함을 보여준 역사적 순간이었다. 본능적인 반응으로 인한 약간의 말실수 때문에 곧 조그만 후회가 밀려왔지만 이미 소리는 입 밖으로 새나간 뒤였다.

'젠장, '어서 서둘러'라는 말은 뺐어야 했는데…….'

다행히 이연의 두 귓불이 새빨갛게 달아오른 것을 본 사람은 아무도 없었다.

제9장

한 사나이가 길목을 지키면

1

　1597년 7월 18일, 아직 동트기 전 새벽이었다. 이순신은 이날도 일찍 잠을 깼다. 더 이상 잠이 오지 않았다. 어머니의 기억과 자신의 처지가 몸과 마음을 저리게 해 눈물이 흘렀다. 이상하게 요즘 들어 점점 심해진다. 왜 살아야 하는지, 왜 죽을 기회조차 주어지지 않는지……, 생각은 한없이 꼬리를 물고, 아무리 마음을 다잡으려 해도 잘되지 않았다. 그렇게 한참을 뒤척였다. 생각을 멈춰야 했다. 산책을 겸해서 무밭에 나갔다. 아직 늦더위가 가시지 않았지만 무밭으로 통하는 황톳길의 새벽 공기는 뼛속까지 상쾌했다.

　여명이 밝아오는 새벽녘의 무밭은 뙤약볕 아래서의 그것과는 또 다른 느낌이었다. 씨를 뿌린 지 아직 한 달도 채 안 됐는데 무 이파리가 꽤 올라왔다. 가뭄이 걱정이었지만 어떻게든 살려내고 싶었다. 땅의 기운과 시간은 언제나 정직했으므로 사람의 일보다는 차라리 쉬웠다. 이순신은 묵상하듯 밭고랑을 거닐었다. 그의 흰옷은 투명한 아침 햇살을 받아 아름다웠다. 이순신은 무신경하게 잡초를 뽑으면서 불면을 야기하는 세속을 잊으려 애를 쓰고 있었다. 곧 머리가 투명하게 맑아졌다. 하지만 그의 평화는 오래가지 않았다.

멀리서 원수부의 중군장 이덕필과 변홍달이 그를 향해 뛰어오고 있었다. 아직 이른 아침인데, 멀리서 봐도 예삿일은 아니었다. 가까이 다가온 그들의 얼굴은 땀으로 젖은 채 새하얗게 질려있었다. 이순신은 한 손에 잡초를 들고 밭고랑에 구부정히 서서 그들을 멍하니 바라봤다. 그들은 헐레벌떡 숨을 몰아쉬더니 이순신을 향해 밑도 끝도 없이 비명처럼 소리쳤다.

"대감, 다 죽었답니다!"

"다 죽다니, 그게 무슨 소린가?"

"그제 새벽에 우리 수군이 전멸당했답니다. 통제사, 수사 할 것 없이 여러 장수들이 크게 다치고 죽었답니다."

"그, 그게 그렇게…… 모두…… 당했단 말인가?"

이순신은 하릴없이 묻고는 있었지만 사태를 직감했다.

'전멸……!'

어쩌면 올 것이 온 것뿐이었다. 하지만 이순신은 그 소식을 접한 순간 눈앞에서 무너지는 태산을 본 심정이었다. 다른 일 같았으면 자신을 내친 이연과 부조리한 세상을 향해 거보란 듯이 고개를 한 번 뻣뻣이 세워볼 만도 했지만 지금은 그럴 상황이 아니었다. 머지않아 이 조선 땅은 생지옥으로 변할 것이다. 생지옥인 조선이라도 있기를 바라는 것이 과분한 일이었다. 조선은 사라질 것이다. 이순신은 마음속에서 통곡했다.

'이를 대체 어찌한단 말인가? 무너지는 태산을 어떻게 다시 세울

수 있단 말인가? 나라가 무너지고 있는데 난 지금 여기서 뭘 하고 있단 말인가?'

"가세!"

두 중군장은 앞장서 다시 도원수부로 급히 향했다. 그들의 발걸음을 따라잡으려는 것처럼 눈앞이 캄캄해진 이순신도 다리를 절뚝거리며 종종걸음을 했다. 한 손에는 아직까지 흙 묻은 잡초가 아무 생각 없이 쥐어져 바쁘게 흔들리고 있었다. 고문받은 몸은 많이 좋아진 상태였지만 마음이 급해 서두르다 보니 관절에서 통증이 오고 있었다. 하지만 그의 하얗게 된 머릿속에서는 몸의 통증도 남의 일이었다. 절뚝거리며 걸음을 재촉하는 그의 뒷모습이 서글펐다.

이순신은 가쁜 숨을 몰아쉬며 도원수부에 도착했다. 아무도 보이지 않았다. 이순신은 흙 묻은 손을 털고, 대청마루에 앉아 숨을 골랐다. 마음은 조금 진정됐으나 이번에는 참담한 절망이 몰려왔다. 인력으로 극복하기 힘든 희망 없는 절망이었다. 그렇게 그저 아무 생각도 없이 앉아있는데 권율이 왔다. 설마, 설마 했던 권율도 이미 억장이 무너져 있었다. 그는 얼빠진 사람처럼 아무 말도 못했다. 그러다 한숨을 크게 한번 몰아쉬더니 겨우 말을 꺼냈다.

"소식은 전해 들었소?"

"조금 전에 들었습니다."

권율은 대청마루에 털썩 걸터앉더니 더 이상 말이 없었다. 하긴 이 상황에서 누가 무슨 말을 할 수 있겠는가? 더군다나 권율은 자신이 원균을, 나아가 조선을 사지에 내몬 것 같은 생각이 들어 자책하는 마음도 상당히 있었다. 그들은 함께 대청마루에 주저앉아 마음을 진정시켜보려는 듯 숨을 고르며 먼 산을 바라봤다. 침묵의 소리가 들릴 정도로 고요했다. 권율이 먼저 먼 산 대신 이순신 쪽으로 고개를 돌리며 말을 꺼냈다. 겨우 꺼낸 말이었지만 아무 의미도 없는 말이었다.

"일이 이 지경이 됐으니 뭘 어떻게 해볼 도리가 없소."

이순신은 먼 산 보는 것을 포기하지 않고 한참이나 있다 혼잣말로 말을 받았다.

"소식이라도 좀 정확하게 알았으면 좋겠는데……."

"여기저기 수소문해보라고 사람들을 보내긴 했소."

마당 건너편 고목나무에서 매미 소리가 태평스럽게 들려오고 있었다. 해는 기세 좋게 떠오르고 있었고, 아침 바람은 시원했다. 늦여름의 풍경은 한가로웠다. 지금 당장 아무 할 일이 없기는 그들이나 고목나무에 붙은 매미나 매한가지였다. 그들은 마치 매미 소리를 감상이라도 하듯 다시 한참을 그렇게 말없이 앉아있었다. 권율이 매미 소리에서 벗어나 무겁게 입을 뗐다.

"무슨 대책이 없겠소?"

다시 소리 없는 시간이 흘렀다. 그 순간 갑자기 이순신의 저 가슴 속 밑바닥에서 뭔가 뜨거운 것이 치밀어 올라왔다. 스스로도 전혀 예기치 못한 기운이었다. 그럴 수밖에 없었다. 그것은 고귀한 이성이 아닌 천성적 본능의 발로였다. 이순신을 한없이 짓누르던 원망과 절망 대신 아무 가식도 없는 순수한 분노가 화산처럼 폭발하고 있었다.

'왜놈들…… 이럴 수는 없다. 이 조선 땅이 아무리 못났어도 네놈들에게 갖다 바칠 땅은 아니다. 아직 내가 죽지 않았다!'

이순신은 지금 자신의 처지도 잊고 있었다. 그의 눈빛이 점점 깊어지고 있었다. 그는 분노를 삼키듯 일순 눈을 지그시 감았다. 아주 짧은 정적이 흐른 후, 다시 눈을 떴다. 겉으로 드러나진 않았지만 그는 이미 다른 사람이었다. 그는 권율 쪽으로 고개를 돌렸다. 권율도 일순간에 일어난 이순신의 마음의 변화를 느끼고 있었다. 이순신은 조용하지만 단호한 목소리로 말했다.

"여기서 이대로 주저앉아 있을 수는 없습니다. 제가 연해안 지대로 나가서 직접 보고, 듣고, 한 연후에 대책을 세워보겠습니다."

이순신이 뭔가 희망적인 말을 꺼내자 지켜보던 권율의 얼굴에서 잠깐이나마 화색이 스치고 지나갔다. 마치 이순신이 무슨 신통력이나 있는 사람처럼 그에게 뭔가를 기대하는 눈치였다. 아니면 지푸라기라도 잡는 심정이었을까? 어쨌든 이순신을 격려하는 권율의 목소리가 힘찼다.

"잘 생각하셨소! 지금이라도 빨리 출발해보시오."

"군관들을 대동하겠습니다."

그들 군관들은 송대립을 포함해 권율이 백의종군하는 이순신을 위해 원수부에 차출해 준 아홉 명의 이순신 부하들이었다. 이순신이 자리에서 일어서 발걸음을 옮기다 말고 멈췄다. 그가 권율을 향해 몸을 돌리더니 말을 꺼내지 못하고 뭔가를 망설이고 있었다. 권율이 의아한 표정으로 물었다.

"왜 그러시오."

무밭에서 새벽부터 잡초를 뽑던 이순신의 손은 아직 닦지도 못한 채 흙투성이였다. 이순신은 그 흙투성이 손을 잠깐 들어 살피더니 옷에다 슬그머니 닦아보려는 눈치였다. 하지만 자신의 깨끗한 흰옷을 보고 곧 포기했다. 그는 괜스레 민망한 듯 말했다.

"고을을 돌아야 하는데 지금 제 처지가……."

권율이 무슨 말인지 알아들었다.

"아, 걱정 마시오. 고을 수령들과 수군 지휘부에 급히 명할 일이 있으면 도원수의 명을 받고 시행중이라 하시오. 그리고 이 고문의 복직 문제는 내 급히 조정에 공문을 만들어 올리리다."

권율은 3일간 급히 정보를 수집해 조정에 공문을 올렸다. 하지만 원균이 살았는지 죽었는지조차 몰라, 그 이틀 후에 다시 수정 공문을 올리느라 허겁지겁했다. 어쨌든 권율은 '이순신에게 일단 흩어진 배를 수습시키겠으니, 빨리 알아서 조치해달라'는 요지의 공문을 눈치 보며 올렸지만, 사실은 그럴 필요조차 없었다. 권율의 연이은 서장이 이연의 손에 채 닿기도 전에 이연이 오히려 먼저 눈치 보며 허겁지겁 이순신을 찾았기 때문이다.

2

이순신은 자신이 통제사에 복직되리라는 예상을 전혀 할 수 없었다. 그럼에도 불구하고 그는 아무런 세속적 희망이나 욕심 없이 '흰 옷'만을 입은 채 가장 먼저 다시 전선으로 향했다. 원균의 패망을 수습하기 위한 여정은 수백 리 길의 장정이었다. 그것도 불편한 몸으로 왜적의 습격을 피해다니며 길을 열어야 하는 장정이었다. 식량을 구하는 것이 밥 짓는 일보다 훨씬 힘들었고, 전투를 준비하는 일이 전투를 치르는 일보다 훨씬 힘들었다.

이순신이 도원수부를 급히 떠난 다음날부터 계속 많은 비가 내렸다. 이로 인해 가뭄이 해갈된 것은 물론 이순신도 시급한 도움을 받았다. 남도의 길을 온통 질척거리게 만든 많은 비는 소수의 군관들만을 대동한 이순신의 행보에도 적잖은 지장을 줬지만 그보다는 대규모 군사를 움직여야 하는 왜군의 행보에 훨씬 더 많은 지장을 줬다. 하늘이 아직 조선을 버리지 않고 있었다.

이순신은 몇 척이 됐든 우선 남은 전선부터 수습해야 했다. 그의 일행은 단성의 동산산성과 진주의 정개산성을 거쳐, 3일 후 하동군 금양면 노량리에 도착했다. 거제 현감 안위 등 10여 명의 수령들과 피난민들이 이순신 앞에 와서 통곡을 했다. 이순신은 경상 우후 이의득으로부터 절망적인 상황 설명을 들었다. 실오라기 같은 한 가닥 희망이라면 배설이 대피시켜놨다는 전선이었는데, 그는 그날 나타나지 않았다.

이순신은 안위와 함께 배설이 배를 대놨다는 포구를 찾아갔다. 배는 옥포, 영등포, 안골포 만호 등의 배를 포함해 10척이었다. 여기저기 크고 작은 수리가 필요했지만 별 전투는 없었는지 거의 온전했다. 이순신은 배설의 배에서 안위와 함께 밤늦게까지 눈병이 날 정도로 많은 얘기를 나눴다.

다음날 아침, 배설이 천천히 배에 나타났다. 그는 마치 패장이 아니라 승전한 장군 같은 당당한 태도였다. 그는 배에서 이순신과 마주하자마자 원균의 얼간이 짓에 대해 잡다하게 분노를 표했다. 이순신은 배설의 말을 그저 듣고 있었다. 이순신은 잠을 많이 자지 못해 무척 피곤한 상태였다. 배설은 끝까지 전투에 참가하지도 않고 도망쳤으면서 뭘 그리 잘 아는지 상상하고, 과장하고, 남에게 들은 말을 보태 끊임없이 분노하고 주절거렸다. 이순신의 관심은 배설의 말이 아닌 배였다. 이순신이 배설의 잡설을 끊으며 단도직입적으로 물었다.

"배는 어떻게 할 거요?"

"어떻게라뇨? 내 배가 어디 갑니까?"

요령껏 잘 다뤄야 했다. 배설은 이미 전통적인 조선의 기존 질서에서 많이 벗어난 자였다. 협박하든, 달래든, 아니면 타협하든 어떻게든 그의 배를 고스란히 넘겨받아야 했다.

"배를 내게 넘기시오."

"넘기라뇨? 통제사가 내게 지금…… 아니, 이…… 공! 공의 지금 직책이 뭐요? 공이 지금 내게 무슨 권한으로 목숨 걸고 지킨 내 배를 내놓으라는 거요? 공이 내게 언제 배를 맡겨놓기라도 하셨소?"

만만치 않았다. 하긴 따지고 보면, 그는 아직 경상 우수사였다. 더군다나 비록 10척이었지만 지금 조선에서 싸울 수 있는 전함을 보유한 유일한 수군 장수였다. 이순신의 계책이 무엇이든, 그에게 당장 배를 넘겨줘야 될 이유는 아무것도 없었다. 이순신이 제 분수를 모르고 허풍을 떨고 있는 배설의 기선을 제압하기 위해 소리치듯 말했다.

"말을 삼가시오! 난 지금 도원수의 명을 받고 임무를 수행하고 있는 군사고문이오."

배설이 힐끗 이순신의 눈치를 봤다. 그의 가느다란 콧수염과 염소 같은 턱수염이 그의 겁 많은 인품과 조화를 잘 이루고 있었다. 그는 콧수염을 빳빳이 세워 부들부들 떨게 하면서 겁 없이 반발하려 했지만 콧수염은 그의 뜻대로 잘 움직여주지 않았다. 그는 주인의 마음도 모르고 그저 힘없이 누그러져 있는 가느다란 콧수염을 손끝으로 한번 가볍게 잡아당겨 보더니 함께 풀이 죽고 말았다. 그는 약간 더듬기까지 하면서 말했다.

"나, 난 경상 우수사요. 누구한테든 내 배를 내줄 이유가 없소."

차제에 그의 기를 완전히 꺾어버려야 했다. 약간의 협박이 필요했다.

"물론 배 수사가 도원수에게 반드시 배를 내줘야 할 이유는 없소. 하지만! 도원수의 명은 반드시 따라야 할 것이오! 만약 도원수가 배 수사에게 당장이라도 10척의 배로 출전을 명한다면 출전하겠소?! 만약 명령을 어기면 즉시 처형당할 것이오."

배설이 움찔했다. 지금 이순신 앞에서 잘난 척만 하고 있을 계제는 아닌 듯싶었다.

"아, 그거야 지금 상황이…… 참나, 뭐 꼭 그러고 싶으면 그래 보시든가……."

매우 몰아쳐야 했다.

"내 보기엔, 배 수사는 지금까지 행적만으로도 충분히 군법에 따라 처벌받을 수 있소. 칠천량에서 도망쳐 나와 한산도를 그 지경으로 만든 것은 잘한 일이오?"

"도망이라뇨? 말조심하시오! 목숨을 걸고 싸우다, 전세가 불리해 눈물을 머금고 후퇴를 결행했소. 그리고 기적적으로 포위망을 뚫고 탈출해 한산도로 갔소이다. 뭐가 잘못됐소이까? 내가 전선을 이끌고 한산도에 도착해 그 수많은 주민들을 대피시키지 않았다면 그들이 왜적에게 어떤 일을 당했을 것 같소? 도대체 지금 그 사정을 알고 하는 소리요, 모르고 하는 소리요?!"

배설은 오히려 큰소리였다. 어디까지가 진실이고, 어디까지가 거짓인지 모르는 상황에서 말싸움 자체가 되지 않았다. 이순신은 조선 수군의 피와 땀과 눈물이 서려있는 한산도가 눈에 밟혀 추궁하나 마나 한 빤한 소리를 하고 있었다.

"무기와 군량은 어떻게 했소? 모두 불을 지르고 떠나질 않았소?!"

"나도 하는 데까지는 했소이다!"

할 말이 없었다. 전투가 아닌 행정에 있어서는 그도 뛰어난 재능이 있어 하는 데까지는 잘했을 것이다. 1만 석이 넘는 군량과 무기를 모두 실어나르지 못한 것은 아까웠지만 완벽하지 않은 게 죽을 죄는 아니었다.

"배 수사가 피난을 어떻게 도왔든 그것이 패장의 책임을 면케 하지는 않소! 선택하시오. 10척의 배를 가지고 홀로 싸우겠소, 아니면 배를 내게 넘기고 함께 복무해 패전의 죄를 씻겠소, 그것도 아니면 배를 끌어안고 군법대로 처벌받겠소?"

"패장의 책임? 허…… 일을 이 지경으로 만든 게 대체 누군데……."

배설은 한참을 그렇게 씩씩거렸다. 셋 중에서 선택하고 싶은 길은 하나도 없었다. 그중에서도 10척을 가지고 홀로 싸움에 나서는 게 가장 싫었다. 미치지 않은 이상 그럴 수는 없었다. 배설은 그냥 피난민들을 도우며 함께 어디론가 멀리 떠나고만 싶었다. 그것이 그의 능력과 적성에 가장 잘 맞는 일이었다. 하지만 그것은 이순신이 제시한 선택사항이 아니었다. 배설은 결국 그나마 가장 쉬운 길을 선택했다.

"뭐, 정히 그런 생각이라면 알겠소. 배를 넘기…… 긴 하겠소. 하지만 당장은 아니오. 지금은 통제사도 없고……, 배가 움직이려면 약간의 수리가 필요하기도 하니……."

맞는 말이었다. 다짐이라도 받아놓은 게 큰 소득이었다.

"알겠소. 내 도원수에게 그렇게 전하리다. 단 통제사가 새르 임명되면 그때는 배를 반드시 넘겨야 할 거요. 지금 조선에 배가 없으니 그럴 수밖에 없소."

배설이 천천히 일어섰다. 그는 뒤돌아서서 두 손으로 뒷짐을 진채 이순신 들으라는 듯이 혼잣말처럼 어깃장을 놓았다.

"허, 참. 목숨 걸고 싸우다, 살아남아서, 그 많은 주민들을 대피시키고, 조선에 유일하게 다시 싸울 배를 남겨준 칠천량의 영웅을…… 패전의 책임을 물어 처형하시겠다……? 그것도 군법이고, 그것도 나란가?"

배설은 활개 치며 떠났다. 이순신은 '칠천량의 영웅'이란 말을 들었을 때 하마터면 대책 없는 헛웃음이 입 밖에까지 거의 터져 나올 뻔했다. 하지만 못 들은 척, 진지한 표정을 유지하며 겨우 참았다. 지금은 쓸데없는 힘을 뺄 필요가 없었다. 그땐 전혀 예상치 못했지만 그와의 불온한 대담은 나중에 본격적으로 이뤄졌다. 이순신은 이렇게 배설로부터 불만에 가득 찬 미심쩍은 다짐을 받은 후, 다음날 상황을 정리해 도원수에게 보고문을 올렸다.

3

배설과 억지스런 대화를 하고 있던 7월 22일, 그날은 바로 이연이 원균의 전멸 소식을 접하고 황망히 대책 회의를 열어 전광석화처럼 이순신을 복직시킨 날이기도 했다. 다음날 작성된 이연의 교서는 8월 3일에서야 선전관 양호를 통해 이순신에게 전달됐다. 이순신을 전라 좌수사 겸 삼도수군통제사에 다시 임명한다는 교서였다. 이연에게 더 이상 아무 기대도 없던 이순신으로서는 '뜻밖'이었다. 이순신은 숙배를 하고 교서를 받았다. 교서를 읽는 그의 표정에 아무런 변화가 없었다. 그 대강의 내용은 이랬다.

왕은 이와 같이 이르노라.

지난번에 경의 직책을 교체시키고, 죄를 이고 백의종군하도록 했던 것은 역시 사람의 모책이 좋지 못한 데서 비롯됐다. 그래서 오늘의 패전에 이르는 욕을 당한 것이다. 더 무슨 할 말이 있겠는가? 더 무슨 할 말이 있겠는가?

이제 특별히 상복 입은 경을 기용하고, 흰옷 입은 경을 뽑아내어 전라 좌수사 겸 충청·전라·경상 삼도수군통제사로 임명하노라.

수사 이하 모두를 통제하되, 만약 통제에 임해 규율을 어기는 자가 있거든 모두 군법에 따라 처단하라. 경은 몸을 잊고 나라를 위했으며, 기회를 봐 나아가고 물러나는 것은 이미 능력을 시험했으니, 내 어찌 감히 여러 말로 훈계하겠는가?

이에 교서를 내리니, 생각해 마땅히 알지어다.

이연이 한없는 굴욕감을 느끼며 쓴 글이었다. 이연에게 이런 글을 받은 신하는 없었다. 앞으로도 그럴 것이었다. 이연은 '모든 것을 알고, 모든 것을 예지해왔으며, 모든 잘못은 언제나 신하들 때문에 일어났다'고 우기는 사람이었다. 그런 그가 '하늘이 한 일'이라는 핑계를 버리고, '사람의 실책'을 스스로 고백해 영원한 짐을 진 것이다.

이순신은 한참 동안 교서에서 눈을 떼지 못했다. 나라가 이 지경이 된 후에야 왕이 겨우 깨달은 바를 읽고 있자니 너무나 한스러웠다. 하지만 이미 엎질러진 물이었다. 시간을 되돌려놓는다 한들, '사람의 실책'이 달라질 일도 아니었다. 이순신은 세상의 부조리와 싸우기보다는 부조리 속에서 싸우고 있었다. 그는 이미 삶과 죽음까지도 모두 관조하고 있었다. 달과 별이 빛나는 밤이면 그는 마음속으로 하늘에 빌었다. 최선을 다한다면 하늘이 반드시 내게 죽을 기회를 주리라. 이순신은 그날만을 기다리고 있었다.

4

이순신은 교서를 받은 이후, 행보를 더욱 재촉했다. 교서를 받기 며칠 전엔 도원수가 군졸들을 약간 명 보내왔는데 말도 없고, 활도 없는 오합지졸이었다. 그들 병력만 믿고 군수물자를 수집하러 다니는 건 불가능했다. 병력의 이동과 활동은 전선을 정비해 진을 칠 때까지 그때그때 현지 사정에 따라 임기응변할 수밖에 없었다.

8월 3일, 이순신은 구례에 도착해서 약간의 식량을 얻었다. 4일에 곡성에서 고산 현감 최진강을 만나 병력 인계를 논의한 후, 5일엔 옥과에서 그를 따라나선 젊은 장정들을 얻었다. 7일 이른 아침,

순천으로 가는 도중에 병사 휘하 패잔병들로부터 말 세 필과 활, 화살 약간을 압수하고, 정예병 60여 명을 수습해 조직했다. 다음날, 순천성에서 뜻밖의 횡재를 했다. 병사가 관사와 곳간의 양곡과 무기를 방치해두고 달아나버린 것이다. 한숨이 절로 나오는 슬픈 대박이었다. 이순신은 이런 어처구니없는 일을 통해서만 행운을 얻고 있었다. 9일엔 희비극이 엇갈렸다. 승주에 도착했을 땐 병사가 이미 창고에 불을 지르고 도망가버린 후였으며, 보성에서는 창고의 양곡이 봉해져 있어서 그대로 접수했다. 군사들도 어느덧 120여 명으로 늘어 이순신의 뒤를 따르고 있었다.

이순신은 청야한 뒤 도주하는 조선군과 약탈하며 쫓아오는 왜적 사이에 끼어 소수의 병력으로 이삭을 줍듯 군비 수집을 해야 했다. 이순신의 행적은 왜적의 그것보다 불과 하루 정도 앞서있었다. 그렇게 아슬아슬한 외줄타기로 그나마 남은 무기와 양곡을 수집해갈 수 있었다. 물론 이런 성과는 거저 얻은 행운이 아니라 치밀하게 계산된 첩보전에서 승리한 결과였다.

이 숨 막히는 첩보전을 송대립이 아주 잘 이끌어줬다. 송대립은 송희립의 형이었다. 송희립의 아우인 송정립까지 포함해, 그들 삼형제는 생김새부터 기골이 장대한 천생 무장들이었다. 그들은 너무나 충직하게 이순신을 돕고 있는 심복들이었다. 다행히 왜적은 아직 이순신의 복직을 모르는 듯했다. 왜적은 뭔가 이상한 낌새를 계속 느끼면서도 한참 동안이나 이순신이 아닌 이순신의 유령과 싸워야 했다.

8월 10일, 이순신은 많이 아팠다. 토사곽란의 증세였다. 움직일 수가 없었다. 배를 움켜쥔 채 밤새 토하고, 설사하고, 신음했다. 3일간 움직이지는 못하고, 사람들을 만나 대책회의만 가졌다. 온몸이 고통 속에서 아무리 부서져도 지금은 아니었다. 가능한 빨리 움직여 어딘가에 있을 죽을 곳을 찾아야 했다. 14일에 어사 임몽정을 만날 일로 보성으로 움직여 보성군 관아의 객관 북쪽에 있는 열선루에서 잤다.

8월 15일, 그날은 비가 계속 오다가 늦게서야 맑게 갰다. 브성에서도 군기 약간을 수집해 말 네 마리에 나눠 실었다. 이순신은 홀로 열선루에 앉아 잠깐의 망중한에 빠져있었다. 그때 어사 임몽정이 가지고 온 이연의 유서를 선전관 박천봉이 전달해주러 왔다. 예감이 불길했다.

'무슨 일인가?'

숙배를 올리고 유서를 펼쳤다. 유서는 지난 8월 7일에 작성된 것이었다. 내용은 간단했다.

"수군의 전력이 취약하니, 임지 상황을 잘 판단해 수군을 폐하고 육전에 힘쓰라."

이순신이 겨우 왜적을 피해다니며 마지막 군비를 수집해놓고 한숨을 돌리고 있던 그때, 이연은 이순신을 사실상 다시 면직해버린 것이다.

'아, 이, 이게 도대체…… 어떻게 이럴 수가 있는가?'

이순신은 마음이 찢어졌다. 하지만 천천히 생각해보니 무슨 정치적 계산이 작용할 여지는 거의 없었다. 그러는 게 오히려 당연했다. 하긴 전선이 없는데 무슨 수군이란 말인가? 배설이 10척의 배를 수리해 8월 17일까지 장흥군 회령포에 대준다고 약속은 했지만 확실치 않았다. 엊그제 진도 해안에서 겨우 수습한 두 척의 배를 합해 모두 12척이었다. 이 12척으로 수백 척의 왜선을 막을 수 있다고 설득하는 건 불가능했다. 하지만 설득해야 했다. 아니, 이연의 유서는 설득이 아니라 어떻게든 무시돼야 했다. 이순신은 곧바로 장계 작성에 들어갔다.

"임진년으로부터 5~6년 동안 적이 감히 전라도와 충청도를 직접 돌파하지 못한 것은 우리 수군이 그 길목을 누르고 있었기 때문입니다.

지금 신에게는 전선 12척이 아직 남아있습니다. 죽을힘을 다해 막아 싸운다면 오히려 할 수 있습니다.

이제 만약 수군을 전폐한다면, 적은 이를 다행으로 여기고 서해를 거쳐 한강에 도달할 것입니다. 신은 이를 두려워하는 바입니다.

전선은 비록 부족하지만, 미신이 죽지 않았사오니 적은 감히 우리를 업신여기지 못할 것입니다."

이순신은 장계 작성을 마친 다음, 그 장계를 무심하게 옆쪽으로 치워놓고, 난간에 비스듬히 기대앉았다. 그는 그렇게 열선루에서 내려오지 않고 밤늦게까지 명상에 빠졌다. 추석 밝은 달이 수루 위를 비췄다. 이순신은 그날 심회가 편치 않았다. 몸 상태도 많이 안 좋았다. 그런데도 그는 달을 보며 홀로 술을 마셨다. 그날 밤 달빛은 너무나 아름다웠다. 달빛에 물든 세속은 시공을 벗어난 듯 낯설고 고적했다.

이연의 허망한 유서를 읽고, 술과 달빛에 취해버린 이순신은 자신의 잃어버린 수국 한산도를 생각하고 있었다. 그의 고독한 상념 속에서, 한적하게 산과 섬을 지켰던 한산도(閑山島)가 지금은 차디찬 찬바람만 불고 있는 한산도(寒山島)로 변해있었다. 지금 그를 위로하고 있는 건 그를 지키고 있는 큰 칼 한 자루뿐, '수군을 폐하라'는 이연의 유서가 멀리서 아득하게 들려오는 피리 소리가 돼 그의 수심만 더하고 있었다.

寒山島月明夜上戍樓 차디찬 산과 섬, 달 밝은 밤에 수루 위에서
撫大刀深愁時   큰 칼 어루만지며 깊은 시름할 때에
何處一聲羌笛更添愁 어디선가 들려오는 한 가락 피리 소리가 또
                   다시 수심만 더하는구나

5

이연은 이순신의 장계를 받아 읽고 나서 온몸에 불쾌감과 모멸감을 다시 느꼈다. 장계를 잡고 있는 그의 두 손이 부들부들 떨렸다. 그것은 단순히 '수군을 유지시켜달라'는 간절한 주청이 아니었다. 아무도 모를 것이고, 아무에게도 설명할 수 없었다. 이순신의 하늘을 찌르는 오만방자함과 역심을 느끼는 것은 왕좌를 지키고 있는 이연 자신만의 특별한 동물적 감각이었다.

'그래, 네놈의 오만방자함이 어디 가겠느냐!'

모든 문장을 '깔때기'처럼 자기 자랑으로 귀결시키는 절묘함과 믿기 힘든 허풍은 이순신이 원균보다 더했으면 더했지 결코 못하지 않았다. 되풀이해서 읽어볼수록 기가 막혔다. 이연은 이런 이순신

밖에 믿을 자가 없다는 사실로 인해 한없이 무기력하고, 비참했다. 그는 적어도 이번 결정에는 아무런 가책도 못 느꼈다. 자신이 며칠도 못 돼 갑자기 '수군을 폐하라'고 명을 뒤집은 데에는 이유가 있었다. 패전 소식을 접한 이후, 26일에 받은 권율의 장계에는 수습 가능한 전선이 모두 38척이라고 돼있었는데, 다시 이틀 후에 받은 수정 보고에는 10척이라고 적혀있었다. 이연은 며칠을 다시 묻고, 듣고 해서 고민 끝에 '수군을 폐한다'는 결정을 내렸던 것이다.

이순신에게 '수군을 폐하라'는 유서를 내린 다음날, 이연은 단단히 뿔이 난 상태였다. 전선이 갑자기 너무 급박해져서 소동이 일어났기 때문이다. 사실 이제는 왜적이 바다로 밀려오든, 육지로 밀려오든 어찌해볼 도리가 없었다. 닥치면 다시 도망가는 것 외에 다른 방법이 없었다. 벌써 이연과 귀족들은 서로 다투어 도망갈 준비를 하느라고 몹시 바빴다. 그 바람에 '누가 먼저 도망갈 채비를 했느냐'를 놓고 왕과 신하들 간에 때아닌 이전투구 논쟁이 벌어지고 말았다. 이연이 시중의 소문을 듣고 단단히 화가 나 먼저 포문을 열었다. 그가 비망기로 좌부승지 김신원에게 전교했다.

"듣건대 '조정 관리의 가속들이 이미 많이 도성을 떠났다'고 한다. 그러면서도 '내전은 남아야 한다'고 강요하는 계사까지 올리니, 대체 무슨 마음으로 이러는 것인가? 이렇게 하는 것이 충성인가? 그 이유를 알고 싶으니, 비변사에 물어보라."

비변사는 약간 당황했지만 뻔뻔하게 회계했다. 왜적과 총칼로 하는 싸움엔 자신이 없었지만, 임금과 말로 하는 싸움을 질 수는 없었다. 말은 아주 번지르르했다.

"이런 때에 '피신한 조정 관리 가속이 많다'는 것은 해괴한 일입니다. 그건 그렇더라도, 민심이 흉흉해 일을 처리하기가 어려운데 내전이 급히 거동하신다면 온 나라 백성이 다시 궤산할 염려가 있습니다. 여러 신하들이 근심하고, 언관들이 계사를 올리는 것은 모두 이 때문입니다. 어쨌든 지금 하교를 받고 보니 황공함과 디안함을 금치 못하겠습니다."

이연이 벌린 입을 다물지 못했다.

'가증스런 놈들! 그러고도 여전히 내 탓이고, 내전 탓이냐?'

이연은 어처구니가 없었다. 평소 신하들이 이연 때문에 어처구니가 없다고 느끼는 것이야 다반사였다. 하지만 이렇게 이연이 신하들 때문에 어처구니가 없다고 느껴본 것은 실로 오랜만이었다. 이연은 오랜만의 이 당당한 느낌이 좋았다. 그는 자신 있게 조롱 섞인 말을 담아 다시 비망기로 전교했다.

"언관의 귀는 유영의 귀와 같지 않은가? 유영이 말하기를 '조용히 들어도 천둥소리조차 들리지 않는다'고 했다. 지금 사대부의 가속이 몰래 성을 빠져나간 정황을 백성들도 다 알고 말한다. 언관이라는 자가 어찌 군상에게는 바른말을 하면서 신하들에게는 그렇게 못하는가? 옛사람이 말하기를 '군상의 과오를 논하기는 쉬우나 조정 신하의 과오를 논하기는 어렵다'고 했는데, 정말이로구나!"

중국 죽림칠현 중 일인인 유영(劉伶, 225?~280?)은 〈주덕송(酒德頌)〉에서 '속세를 떠나니 천둥소리 같은 세속 일도 들리지 않는다'고 읊었다. 이연은 지금 '언관도 속세를 떠난 유영처럼 세속 일이 들리지 않느냐'고 물은 것이다. 유영의 술타령이 조선 한성 땅에서 고생하고 있었다. 어쨌든 이연은 이름 있는 옛 문장을 인용해 뻔뻔한 신하들에게 그럴듯한 분풀이를 하고 나니 쓰린 속이 조금은 후련했다.

　이렇게 어수선한 궁중에서 이연은 이순신을 포기했다. '수군을 폐하라'는 강요를 두 번 하지는 않기로 했다. 어차피 '앞으로 모든 작전은 이순신더러 알아서 하라'고 했으니 더 이상 신경 쓰고 싶지도 않았다. 자신은 그래도 '바다에서 무의미하게 죽을 것이 아니라 몇몇 남은 군졸들이라도 육지로 데리고 나가 의미 있게 싸워보라'고 그런 명을 내린 것이었는데, 그런 식의 모욕적이고 오만방자한 회답만 돌아온 것이다. 제 살겠다고 부리나케 도망만 가려는 제정신 가진 신하들을 생각하면, 죽을 것 뻔히 알면서 의미 없는 싸움을 하겠다고 정신없이 덤비는 이순신은 완전 미친놈 같았다.

　'왜놈들만 아니라 나도 인정하마. 12척? 그래, 이순신 너 잘났다!'

　이순신은 자신과 신하들을 향해 조롱 섞인 화를 내고 있는 이연의 마음속 목소리를 들을 수는 없었다. 하지만 그는 누군가로부터 그보다 더한 조롱을 들어야만 했다. 바로 배설이었다. 배설의 체념 섞인 조롱은 이순신에서 그치지 않고 이연까지 겨냥하고 있었다. 궁궐에서뿐만 아니라 전선에서도 왕과 신하들 간에 웬만한 지성으로는 도저히 시선을 뗄 수 없는 화려한 막장극이 펼쳐지고 있었다.

6

　8월 17일, 이순신은 배설의 약속을 믿고 장흥에 이르렀지만 '배설이 회령포에 배를 댔다'는 소식은 들리지 않았다. 18일, 이순신은 조마조마 걱정했었는데 다행히 소식이 왔다. 회령포에 나갔더니 배설과 함께 배를 몰고 온 다른 장수들이 마중을 나왔다. 배설은 뱃멀미를 핑계대고 어디엔가 처박혀서 나타나지도 않았다. 그의 무례함이 어처구니없긴 했지만 이순신은 배설이 아니라 배설의 배가 보고싶었으므로 괘념치 않고 넘어갔다. 어쨌든 무사히 배를 인계받은 것만도 다행이었다.

이순신의 머릿속에는 이미 12척으로 수백 척에 맞서야 하는 전투 장면이 모두 들어있었다. 이순신은 장수들에게 가능한 짧은 시간에 12척 모두를 거북선 형태로 개조할 것을 명했다. '임시변통으로라도 판자를 이리저리 덧대, 적어도 적들이 전선에 쉽게 기어오를 수 없도록 거북선과 유사한 형태를 만들라'고 명했다. 그때만 해도, 전선의 숫자가 많다는 것이 얼마나 끔찍한 악몽으로 변할 수도 있는지를 상상할 수 있는 사람은 아무도 없었다.

8월 19일, 이순신은 장수들에게 이연의 교서와 그간의 상황을 논의하기 위해 모두 관아에 모이라고 전했다. 대청마루에 교서를 올려두고 마당에서 숙배를 했는데, 배설은 마당에 등을 지고 서서 먼산을 바라보며 숙배하는 것을 거절했다. 혼자서 콧방귀를 뀌었다, 헛기침을 했다, 가지가지 불만을 다 표시했다. 이순신은 배설이 데리고 온 군영 서리에게 애먼 곤장을 대신 치는 것으로 불경죄를 마무리하고 대충 넘어갔다.

이순신이 장수들 앞에서 간단히 교서를 읽어준 다음, 모두 대청마루에 앉았다. 배설은 군영 서리의 곤장으로 불만이 더욱 커져 입을 열 자나 빼고 마루에 턱하니 걸터앉아 있었다. 작심한 듯 아예 한 마디도 함께 나누려 하지 않는 표정이었다. 이순신이 모두를 안심(?)시키고자 간단히 못 박았다.

"수군을 폐하는 일은 절대로 없소! 내가 며칠 전 장계를 올렸으니 그대로 접수가 됐을 것이오. 모두들 그런 줄 알고 앞일을 대비하기 바라오."

모두들 시큰둥했다. 이연이 갑자기 '수군을 폐하라'는 유서를 내린 것도 어이가 없고, 이순신이 '12척으로 싸우겠다는 장계를 올렸다'는 것은 더 어이가 없었다. 하지만 모두들 다른 계책도 없고 해서 묵묵부답으로 자신들의 처지만 한탄하고 있었다. 배설의 입이 처음 각오와는 달리 몇 조금을 못 참고 근질거렸다. 그는 결국 이 좋은 비아냥 기회를 그냥 넘기지 못했다.

"결국 모두 12척이오? 내가 아니었으면 딸랑 두 척이구만, 두 척! 그리고! 나한테는 '싸우라는 주상의 명을 제대로 받들지 않았다'고 역적 취급을 하더니만 정작 누구는 '바다에서 싸우지 말고 육군과 합세하라'는 주상의 명을 무슨 동네 강아지 짖는 소리쯤으로 알고 있으니……. 절만 올리면 충신인가? 내 원, 참……."

"그래, 배 수사 생각은 뭐요?"

"……."

배설은 아무 말이 없었다. 대책이 아니라 비아냥거림이 목적이었으므로 따로 무슨 생각이 있었던 건 아니었다. 그저 모든 것을 피하고 싶었을 뿐이다. 그러다 갑자기 참다 참다 더 이상은 도저히 못 참겠다는 듯 크게 심호흡을 한 번 하더니 큰소리로 무슨 말인가를 늘어놓기 시작했다. 좌중이 기대했던 무슨 '한 가지 기발한 계책' 같은 것은 아니고, 그냥 되는대로 시부렁거리는 자신의 기구한 신세타령이었다.

"이보시오 수사님들, 이내 말 좀 들어보시오. 엊그제 한 달쯤 전에는 도대체가 전술이라고는 까막눈인 원 모라는 인간이 '함께 자살하러 가자' 면서 턱도 없는 소리로 사람 미치게 만들더니만, 이제 겨우 그 사지를 벗어났다 생각했더니, 이번엔 또 이 모라는 전술의 귀재가 나타나셔서 '딸랑 12척 배로 또 함께 자살하러 가자' 고 강권을 하니, 도대체 내가 전생에 무슨 죄를 이다지도 크게 지었단 말이오?! 내 소원은 아주 소박하오. 난 그저 제정신을 가진 멀쩡한 지휘관을 좀 만나서 왜놈들하고 일대일로 정상적인 싸움을 한번 해보고 싶단 말이오! 내 욕심이 과한 것이오?! 어디 대답들 좀 한번 들어보십시다."

대답하는 사람은 아무도 없었다. 자신의 멀쩡한 정신에 확신을 갖고 있는 이순신만 빼고는 모두들 오히려 '배설이 속 시원히 하고 싶은 말을 대신 해줬다' 는 눈치들이었다. 그런 눈치들을 보고 이순신도 막상 적당히 할 말이 없어 묵묵히 앉아있었더니 배설이 기세가 올라 한마디 더 했다.

"통제사! 내 진심으로 말하는데, 12척으로 정말 싸울 수 있다고 보시오? 왜놈들 전선 수백 척, 아니, 천여 척이 한꺼번에 몰려오는 모습을 상상이나 한번 해보셨소? 나는 상상이 아니라 직접 봤소이다."

이순신은 화내지 않았다. 배설이 겁이 많은 것은 사실이었지만 그렇다고 생각이 전혀 없는 인간은 아니란 것을 잘 알고 있었기 때문이다. 하지만 생각이 너무 많았다. 원균처럼 생각이 전혀 없는 것도 문제였지만 배설처럼 잡생각이 너무 많은 것도 문제였다.

"날 믿으시오. 전함 숫자가 전부는 아니오."

"허 참, 유시를 손바닥 뒤집듯 하는 주상이나, 그것을 또 멋대로 개무시하는 통제사나⋯⋯."

배설의 행패는 그 정도로 끝났다. 적어도 그때는 더 이상 말이 없었다.

다음날인 8월 20일, 이순신은 해남군 이진으로 일단 진을 옮겼다. 그리고는 다시 며칠을 토사곽란에 시달렸다. 창자가 끊어지는 듯한 아픔이었지만 임시로 설치한 진이 불안해 배에서 내려올 수가 없었다. 선실에서 바닥을 구르며 신음했지만 고통은 가시지 않았다. 밤에는 잠을 이룰 수 없었고, 한때는 의식을 완전히 잃어버리기까지 했다. 이순신이 자신을 위해 할 수 있는 일이라곤 배에서 잠시 내려오는 일뿐이었다. 땅에 내리니 기분이나마 한결 나았다. 이순신은 겨우 몸을 추스르고 일어났다. 그 무렵부터 왜선들의 본격적인 정탐이 시작됐다. 자칫 위험에 처할 수도 있었는데 그나마 몸이 조금 안정돼 천만다행이었다.

8월 24일, 이순신은 어란포로 다시 진을 옮기고 배에서 잤다. 그 이틀 후엔 '이진으로 적선들이 들어왔다'는 보고를 받았다. 한 치의 틈도 보일 수 없는 숨 가쁜 탐색전이었다. 그날 김억추가 전라 우수사로 부임하며 어디서 수습했는지 낡아빠진 고물 배 한 척을 몰고 왔는데 가관이었다. 초라한 격군은 겨우 배를 움직일 정도의 숫자였고, 제대로 갖추지를 못한 군기는 그의 능력만큼이나 한심했다. 어쨌든 그것도 배는 배였고, 전선은 이제 13척이 됐다. 28일에는 기습해온 적선과 한 차례 교전을 한 뒤, 장도로 진을 옮겼다. 29일 아침, 벽파진으로 향했다. 맑은 가을날이었다. 이순신은 벽파진에 진을 친

후, 작은 안도의 한숨을 내쉬었다.

'이제 됐다! 한 번은 싸울 수 있다!'

7

다음날 어두워질 무렵, 배설이 이순신에게 '자신의 배'에서 잠깐 보자고 청했다. 이순신은 청에 응했다. 이순신이 배설과 함께 배에 올랐는데, 배설이 경계하던 주위의 군졸들까지 모두 멀리 물리쳤다. 그들은 마치 정담이나 나눌 사람처럼 호롱불을 켜놓고 조용한 선실에 함께 마주 앉았다. 배설에게서 뭔가 조금 이상한 낌새를 챈 이순신이 다소 긴장하며 물었다.

"무슨 일이오?"

"아무 일도 아니오. 내 통제사와 함께 얘기나 좀 나누고 싶었소."

"얘기라니, 무슨……?"

배설이 조금 뜸을 들이더니 그답지 않게 어렵사리 말을 꺼냈다.

"그게…… 말하기가 좀 거시기…… 내 몸의 병세가 중해 몸조리를 좀 해야겠소."

결국 그 말이었다. 도망가고 싶다는 말이었다. 요 며칠 왜적의 정탐선만 보고도 겁을 내고 있는 배설을 이순신이 계속 타일러 봤지만 그는 전쟁공포증을 앓고 있었다. 시시때때로 이연이 보이는 증상과 비슷했다. 보통 백성들이라면 모르겠지만 장수가 그러고 있으니 큰 문제였다. 사실 그가 처음부터 그랬던 것은 아니었다. 칠천량에서 원균의 수군이 전멸당한 이후에 생긴 증후군이었다. 어찌 보면 측은한 면도 있었다. 그래서였는지 이순신은 배설에 대해 의외로 관대한 면이 있었다. 물론 이순신은 자신이 그렇다는 사실을 거의 의식하지 못했다.

"왜 배 수사는 그저 모든 것을 피하려고만 하시오? 한 번 죽는 것이 그렇게 겁이 나오?"

"통제사는 내가 겁이 나서 이런다고만 생각할 것이오. 하지만 꼭 그런 것만은 아니오."

"그게 아니라면, 그럼 뭐요?"

"난 개죽음이 싫소!"

"조선을 위해 죽는 것이 개죽음이오?"

"한성의 주상을 위해 죽는 것이 개죽음이오."

"주상은 곧 나라요."

"흥! 나라? 나라는 무슨 얼어 죽을……."

배설은 위험 수위를 넘으려고 했다. 예전 같았으면 이순신은 크게 놀랐을 것이다. 하지만 그도 이제 이런 일에 호들갑스럽게 놀라지는 않게 됐다.

"조선이 싫소?"

"주상이 싫소."

도는 말을 바꿔봤다.

"지금 주상이 싫다고 백성들을 죽게 버려둘 수는 없질 않소?"

"백성들을 구하는 것은 곧 주상을 구하는 것이오."

도는 말을 끊는 게 쉽지가 않았다.

"그래서 백성들을 내버려 두자는 말이오?"

배설은 '이연이 싫다'며 말은 그렇게 험하게 하고 있었지만, 그도 행동으로는 칠천량에서 빠져나와 최선을 다해 한산도의 백성들을 구했다. 하지만 그는 조선의 백성을 구하는 것이 곧 한성의 이연을 구하는 것이 돼버리는 이 상황이 너무나 싫었다. 그래서 야멸치게 대꾸했다.

"난! 백성들을 살리는 것이 곧 주상을 살리는 것이 아닌 그런 나라를 원하오! 그런 나라가 있다면 당장 내 목숨을 바쳐도 아깝지 않을 것이오."

역심이었다.

"배 수사가 보기에 그런 나라가 가능하오?"

"불가능하오."

현실적이었다.

"왜 불가능하오?"

"이 조선 백성 자체가 그렇게 생겨먹었소. 추호라도 스스로 일어나서 새 나라를 세워본 적이 없는 사람들이오. 그런 생각조차 못하는 사람들이오. 설령 통제사 같은 사람 덕분에 이 조선이 다시 살아남는다 해도 변치 않을 것이오. 이런 빌어먹을 전란을 겪고도 조선은 주상 같은 인물과 양반들 모시고, 앞으로 수백 년을 더 똑같은 모습으로 살아갈 것이오."

이순신은 아무 말도 못하고 있었다.

"배 수사, 수사가 보기에 내가 부질없이, 잘못하고 있소?"

"아니오, 잘하고 계시오. 진심이오. 원균이나 나 같은 인간 수만 명을 갖다 놔도 부족할 정도로 훌륭하신 분이오. 내가 아무리 이렇게 비루한 인간이지만 나도 그쯤은 알고 있소. 하지만 모두 각자 사는 것이오. 모두가 통제사처럼 살 수는 없소. 나 같은 인간이 지금 통제사를 위해 할 수 있는 선행이라고는 단지……."

말을 끝맺지 않고 있었다.

"단지, 뭐요?"

"단지 통제사를 방해하지 않는 일뿐이오."

이순신은 할 말이 없었다. 생각해보면, 그가 급박한 전장에서 수사의 역할을 제대로 수행하지 못할 경우 오히려 방해가 될지도 모를 일이었다. 그의 돌발적인 행동이 어떤 돌발적인 위기를 불러일으킬지 지금으로서는 예측하기도 힘들었다.

'보내는 것이 낫겠다. 그래 떠나라. 그것이 네 원이라면 그렇게 조용히 떠나라. 네가 내게 배를 남겨준 것만으로도 조선에 충분히 기여했다. 용감한 원균보다 비겁한 네가 더 기여했다! 한 번은 용서하마. 다시는! 내 눈에 띄지 마라. 다시는…….'

"병가 청원서를 정식으로 보내시오. 내 처리하리다."

"고맙소."

배설이 일어나 자리를 떴다. 그는 선실 입구를 향해 몇 발짝을 떼더니 이순신을 향해 뜻밖의 말을 던졌다. 그가 툭 던져놓고 간 말은 두고두고 이순신의 폐부를 찌른 아픈 말이었다.

"내 보기엔……."

"뭐요?"

"통제사도 예전과는 조금 달라졌을 거요."

"무슨 말이오?"

"주상에 대한 충성심 말이오. 통제사도 인간이라면……."

배설은 그렇게 자리를 떴다. 그가 자리를 뜨고서도 이순신은 한참을 그렇게 그 자리에 홀로 앉아있었다.

'내 충성심이 달라졌는가?'

알 수 없었다. 아니, 그럴 수도 있었다. 아니, 틀림없이 그랬다. 이순신의 이연에 대한 충성심이 예전과는 조금 달라져 있었다. 단순히 이연에 대한 충성심이라기보다는 세상에 대한 생각이 조금은 달라져 있었다. 지금 당장은 아니더라도 그 생각의 정체는 언젠가 확인될 것이었다. 이순신은 한동안 배설이 나간 선실 문 입구 쪽을 무심코 고개를 들어 멍하니 쳐다보고 있었다.

배설은 바로 몸종을 시켜 병가 청원서를 들려 보내왔다. 이순신은 병가 청원서를 말없이 잠시 들여다보고 있다 문득 정신이 드는 사람처럼 고개를 몇 번 가볍게 흔들더니 '육지로 나가 조리하라' 는 병가 승인서를 곧 만들어줬다. 그날 바로 배설은 육지로 올라갔다. 그 이틀 후, 이연이 싫다던 배설은 이순신을 더 이상 방해하지 않고 조선을 지키기 위한 전쟁터를 아예 조용히 떠났다.

8

9월 7일, 이순신은 벽파진에서 만만치 않은 왜적의 야밤 기습을 격퇴시켰다. 왜군은 이 전투를 통해 '이순신의 전선이 몇 척이든 그를 그냥 모른 척 놔두는 것은 위험하다' 고 판단하기 시작했다. 왜군 입장에서는 이순신이 이렇게 패잔선으로 전열을 정비해 그들을 귀찮게 한다면 아예 한 번쯤 전력을 다해 덮쳐서 해치워 버릴 필요가 있었다. 그들의 판단은 옳았고, 바로 그 옳은 판단이야말로 이순신이 원하는 바였다.

9월 9일, 중양절이었다. 달 기운이 차고, 맑았다. 이순신은 제주에서 보내온 소 다섯 마리를 잡았다. 군영 전체 전사들이 해안가에 모여 모닥불을 피워놓고, 맑은 달을 보며 술까지 곁들인 회식을 했다. 결전을 앞둔 위무 만찬이었다. 왜적에겐 명절도 없는지 정탐선 두 척이 몰래 들어왔다. 영등포 만호 조계종이 달과 함께 추격하니 부리나케 돌아갔다.

9월 15일, 이순신은 드디어 진을 우수영 앞바다로 옮겼다. 반드시 대조(大潮) 무렵에 싸워야 했다. 이순신은 지금까지 수백 척의 함대가 한꺼번에 자신을 공격하도록 일부러 왜선들을 이끌 듯이 모여들게 만들었다. 지금 같은 급박한 상황에서는 왜선 몇 척씩 맞아 여기저기서 격파하고 다녀봐야 큰 의미가 없었다. 어차피 한꺼번에 상대해 전세를 역전시키든지, 아니면 남은 수군이 모두 수몰되든지 결판을 내야 했다. 작전은 차질 없이 잘 이뤄졌다. 몇 차례 왜 정탐선과의 전투를 적당히 방어하는 선에서 끝내면서 마치 쫓겨다니듯이 진을 여기까지 옮겨오는 데 성공했다.

이순신은 처음부터 자신이 다시 통제사로 복직해 수군을 지휘하고 있고, 전선이 10여 척뿐이라는 것을 왜적이 곧 알게 되리라는 것을 알았다. 일부러라도 짬을 내 자신을 치러 오도록 유인해야 했다. 왜적이 10여 척의 패잔선을 무시하고 우회해서 서해로 나가거나, 또는 무시하다 아무 때나 만나면 그때 간단히 전투를 벌이거나, 그렇게 만들어서는 절대로 안 됐다. 반드시 자신이 원하는 시간에, 자신이 원하는 길목으로 추격하도록 만들어야 했다. 그것이 불가능한 일만은 아니었다. 이순신 스스로가 왜적이 꿈에 그리는 미끼였기 때문이다.

하늘이 도왔는지 왜적이 걸려들 조짐을 보이고 있었다. 지난 14일, 이순신은 '어란포 앞바다에 왜적이 벌써 집결하고 있으며, 이순신을 해치우고 바로 한강으로 올라간다고 왜장들이 장담했다'는 첩보를 입수했다. 그래서 다음날 바로 전라 우수영 앞바다로 이동해 진을 친 것이었다. 전라 우수영 앞바다는 양도를 방파제 삼아 해남 쪽에 위치해있었는데, 그곳의 물결은 언제나 잔잔해 진을 치고 울돌목(경량해협)을 지키고 있기에 아주 좋았다. 울돌목은 해남과 진도 사이의 소용돌이치듯 물살이 거세고 폭이 좁은 해협이었다.

결전을 눈앞에 두고 있던 날, 해질 무렵이었다. 이순신은 통제선 갑판 위에 모든 장수들을 불러모았다. 갑판 위에는 바닷바람이 차갑게 불고 있었다. 이순신은 다시 한 번 간단하게 작전을 확인해준 뒤, 비장하고, 명료한 훈시를 했다.

"지금 우리가 처한 상황은 모두가 잘 알고 있을 것이오. 『으자병법』에 이르기를 '반드시 죽고자 하면 살고, 반드시 살려고 하면 죽는다'고 했소! 다들 목숨은 하늘에 맡기시오. 이 자리의 누구라도, 조금이라도 명령을 어기는 자가 있으면 군율로 용서치 않을 것이오!"

이순신은 명량해협 쪽을 조용히 한번 바라봤다. 황금빛 낙조가 바다 물결 위에서 부서지며 눈부시게 반짝이고 있었다. 세상을 이별하며 관조하는 아름다운 순간이 꿈결처럼 스쳐 가고 있었다. 이순신은 숨을 한 번 크게 골랐다. 그리고는 다시 『오자병법』을 인용하며 할 말을 마쳤다.

"한 사나이가 길목을 지키면, 천 명의 적도 두렵게 할 수 있소! 모두들 잊지 마시오."

장수들은 하늘을 보거나 바다를 보면서 각자 죽음을 눈앞에 둔 감회에 젖었다. 살고 싶지만 살 수 있는 상황이 아니었다. 이것이 숙명이라면 받아들여야 했다. 그들은 이순신이 빠트린 『오자병법』 구절을 마저 새겨넣어, 각자 비장한 마음으로 유언을 남기듯 독백했다.

"한 사나이가 '목숨을 내놓고' 길목을 지키면……."

9

9월 16일 이른 아침, 별망군이 보고했다.

"수없이 많은 적선들이 명량을 거쳐 우리 배를 공격하려고 들어오고 있습니다."

이순신은 통제선을 포함해 13척의 전선을 이끌고 명량해협 출구를 막아섰다. 물살은 제 갈 길을 비켜서라는 듯 거칠게 밀고 올라왔다. 이순신의 함대는 통제선을 중심으로 단순하게 일렬횡대로 막아섰다. 사시(오전 10시) 무렵, 저 멀리 적선들이 나타났다. 이순신은 그들을 눈앞에 두고, '모두 닻을 내리라' 는 신호를 보냈다. 지금 당장은 올라오지 못할 것이다. 왜선들은 자신들을 가로막고 있는 한 줌도 안 되는 이순신의 13척 배를 보면서도 당장은 어떻게 손을 쓸수가 없었다. 물살이 너무 빨라 배를 제어할 수가 없었고, 격군들도 피로에 지쳐 일단 해협 입구에 정지해있을 수밖에 없었다.

무턱대고 이순신을 잡을 욕심에 선봉에 나섰던 구루시마 미치후
사(마다시)가 누각 의자에 앉아 지휘봉을 할 일 없이 만지작거리며
상황을 지켜보고 있었다. 그는 이순신 함대의 믿기 힘든 초라한 실
체를 거듭 확인하더니 갑자기 큰소리로 비웃기 시작했다.

"푸하하, 이순신? 저게 지금 뭐하자는 거냐? 지가 무슨 동네 골
목길 막아선 양아치인가?"

구루시마는 그렇게 한참을 호쾌하게 비웃었다. 그러다 웬일인지
그의 얼굴에서 천천히 웃음기가 가셨다. 그는 뭔가 조금 이상한 듯
고개를 갸우뚱했다. 그리고는 자신의 뒤편에 별 할 일 없이 서있는
부장을 향해 고개를 치켜돌리며 물었다.

"근데…… 저 뒤에 주근깨처럼 널려있는 건 뭐냐? 배냐? 분명히
10여 척이라고 하질 않았더냐?"

한 줌도 안 되는 줄 알고 신나게 달려왔는데 뭔가 이상했다. 구루
시마가 본 것은 이순신의 전선 뒤에 포진하고 있는 까마득히 많은
작은 배들이었다. 그의 부장도 고개를 갸우뚱하며 확신을 못하고
주절거렸다.

"글쎄요…… 분명히 10여 척이라고 했는데……. 보니깐 허접스
러운 보급 지원선 같기도 합니다만……."

구루시마는 뒤편의 부장을 지휘봉으로 한 대 후려치려는 시늉을
하며 괜한 짜증을 냈다.

"에라, 이 멍청한 놈!"

구루시마의 부장이 '멍청한 놈'이 아니었더라도 급조된 그 '주근
깨'의 정체를 알 수는 없었을 것이다. 그 배들은 무려 300여 척이
나 되는 피난선들이었다. 그들은 '이순신이 패배하면 어차피 우리

들은 죽은 목숨이니 돕겠다' 며 자발적으로 이순신을 따라나섰다. 각자의 어선에 이것저것 되는대로 간단한 농기구 무기와 사물악기 등을 싣고 이순신 뒤에서 멀리 떨어져 버티고 있었다.

구루시마는 조금 찜찜했다. 하지만 멀리서 정확히 확인하는 것은 불가능했다. 어쨌든 무턱대고 돌파하는 것은 약간 문제가 있다는 생각은 들었다.

'이순신 이자가 또 무슨 계책을 꾸미고 있는가? 조금 신중할 필요가 있군…….'

그런 대치 상태로 상당한 시간이 흘렀다. 정오 무렵, 물살이 약해지자 왜선들은 기분 좋은 순류를 타고 드디어 해협 통과를 시도했다. 미시(오후 1시)경에 물살이 밀물에서 썰물로 바뀌므로 적어도 미시가 다 지나기 전(오후 2시)까지, 즉 한 시진(정오~오후 2시) 남짓되는 시간에 빨리 끝내버려야 했다. 구루시마는 한 시진이면 전투를 간단히 끝낸 다음, 이순신의 목을 뱃전에 걸어놓고, 기분 좋은 점심식사까지도 마칠 수 있는 충분한 시간이라고 자신했다.

이순신은 다른 전선들의 닻을 올리도록 했다. 하지만 통제선의 닻은 올리지 않았다. 통제선은 밀고 올라오는 거센 물결을 그대로 받아 많이 흔들렸지만 바다와 하나가 된 듯 오히려 편안하게 보였다. 이순신은 통제선 장대 위에서 독전고의 북채를 단단히 틀어쥐고 우뚝 섰다. 목숨을 내놓은 한 사나이가 길목을 지키고 서서 불꽃 튀는 안광으로 까마득한 적선들을 쏘아봤다.

'오냐, 어서 오너라, 여기서 같이 죽자…….'

명량해협은 길이 약 2km, 평균 폭 약 500m, 유속은 수심 평균 초속 5.5m, 표층 최대 초속 6.5m에 달하는 희귀한 수로다. 그 병목은 폭이 294m로 좁아지는데, 그것도 수심과 암초 때문에 배가 다닐 수 있는 폭은 기껏 150m 정도로 더욱 좁아진다. 거기에 최저 수심은 1.9m 정도밖에 되지 않는다.

왜군은 어쩔 수 없이 대형 군선인 아다케는 해협 바깥에 다기시키고, 중소형 군선인 세키부네만을 동원했다. 그리고는 4~5열종대로 조심스럽게 전진해왔다. 그 각각의 긴 행렬이 말 그대로 장사진이었다. 이윽고 적선들이 통제선에 다가오자 군졸들이 하얗게 질렸다. 이순신이 태산 같은 모습으로 다독였다.

"날 믿어라. 적선이 비록 1천 척이 온다고 해도 우리 배를 당해내지 못할 것이다. 꼼짝 말고 기다려라. 적선이 200보 안으로 들어오면 신호와 함께 총통을 발사한다!"

그냥 하는 격려가 아니었다. 버티고 있던 이순신의 통제선이 기다렸다는 듯 함포 사격을 시작하자 적선들은 쉽게 접근하지 못하고 나왔다 물러났다만을 반복하고 있었다. 수백 척의 왜선은 실제로는 해협을 빠져나오는 전열 때문에 수십 척 정도의 의미밖에 없었다. 문제는 조류를 타고 안위 등이 이끄는 다른 배들이 점점 뒤로 밀려나고 있다는 점이었다. 겁을 먹은 상태에서 적극적인 전진을 하지 않은 탓이었다.

이순신은 호각을 불게 하고, 영하기와 초요기를 세우게 해 안위를 불렀다. 그가 다가오자 벼락같은 고함을 쳤다.

"안위야, 네가 군법에 따라 죽고 싶으냐?! 도망간들 어디 가서 살 것이냐?"

안위는 이순신과 함께 전투에 임하고 있었지만, '죽을 수 있게 해달라'고 처절한 기도까지 하며 생사를 초월해버린 이순신의 저 깊은 속내까지 알 수는 없었다. 하긴 모두 각자 자신만의 고독한 인생을 사는데, 누가 누구의 저 깊은 속내까지를 다 이해하겠는가? 어쨌든 죽고자 한 이순신이 살고자 한 안위에게 한 겁박은 확실한 효과가 있었다. 안위가 즉시 생각을 바꿔먹고 맹렬하게 앞으로 나아갔다. 이순신은 이어 다가온 김응함을 향해서도 인정사정없이 겁박했다.

"너는 중군장이란 자가 멀리 피하기만 하고, 대장을 구하지 않으니, 그 죄를 어찌 면할 것이냐?! 당장 처형하고 싶지만 전세가 급하니 우선 공을 세우게 해주마."

김응함도 앞으로 나아갔다. 곧 왜선들과 격돌했다. 안위의 배가 위기에 처했다. 왜적들이 배에 기어오르려고 개미 떼처럼 달려들었다. 하지만 거북선처럼 얼기설기 덮개를 덮은 판옥선을 쉽게 오를 수가 없었다. 당장이라도 덮칠 수 있을 것 같은 한 줌도 안 되는 이순신의 전선들은 완강했다. 전사들은 창, 몽둥이, 돌덩이까지 동원해 맹렬하게 싸웠다. 송여종, 정응두의 배도 중앙에서 합세했다. 이 여세를 몰아, 이순신의 선봉 다섯 척은 적선 맨 앞 중앙에서 지휘하는 적의 기함을 노렸다.

그동안 나머지 전선들은 가장자리를 지키다 조금씩 뒤로 밀려 자연스럽게 적선에 포위됐다. 날개를 펴고 포위하는 학익진이 아니라 날개를 접고 포위당한 학익진이 됐다. 적은 숫자의 배로 적을 포위할 수 없으므로 당연히 그렇게 포위된 채 싸워야 했다. 하지만 해협을 빠져나와 옆으로 돌아 포위하는 왜선들의 숫자가 점점 불어나고 있었다. 다행인 것은 왜선들이 함포 사격도 없이 백병전으로 배에 오르려는 시도를 한 때문에 뒤에 서서 포위만 하고 있는 왜선들은 그저 구경꾼들에 가까웠다는 점이다.

이때였다. 이순신이 기라졸들을 향해 외쳤다.

"바다를 갈라라!"

일제히 깃발이 올랐다. 해협 양안에서 발을 동동 구르며 숨어있 던 해남과 진도의 장정들이 그 신호를 받아 '영차, 영차' 소리를 지 르며 있는 힘껏 물레를 돌렸다. 바닷속에 늘어져 잠겨있던 쇠사슬 이 서서히 팽팽해지면서 수면 위로 떠올랐다. 앞선 왜선들이 쇠사 슬에 걸려 중심을 잃고 멈추자, 거센 물살을 타고 뒤따르던 왜선들 이 연쇄적으로 추돌을 일으키는 대혼란이 일어났다. 왜 함대는 둘 로 쪼개져, 앞에서는 이순신의 함포 사격과 결사항전에 고전하고, 뒤에서는 지원은커녕 스스로의 혼란조차 수습하지 못하고 있었다.

마침내 기적이 일어났다. 바다의 기세가 한쪽으로 기울었다. 믿 을 수 없는 광경이었다. 포위가 찢기듯 터지면서 허물어지고 있었 다. 적선 세 척이 이순신의 함포 사격을 받아 거의 무너져 뒤집히고 있었다. 이때 이순신의 배에 타고 있던 귀화 왜인 준사가 바다에 빠 져있는 왜장을 가리키며 소리쳤다.

"저 무늬 놓은 붉은 비단 옷을 입은 자가 안골진에 있던 적장 마 다시(구루시마)입니다!"

이순신이 전사 김돌손을 시켜 갈고리로 건져 올리게 했다. 준사 가 펄쩍펄쩍 뛰며 소리쳤다.

"맞다! 마다시다!"

이순신은 구루시마를 갑옷 입은 그대로 목을 쳐 효수할 것을 명 했다. 구루시마는 점심을 먹기도 전에 이순신의 목을 치기는커녕 오히려 자신의 목이 잘려 효수됐다. 그것은 전투의 승패가 결정됐음을 알리는 결정적 신호가 됐다.

미시(오후 1시)!

물살의 방향이 서서히 거꾸로 바뀌고 있었다. 왜적은 효과 없는 공격에 점점 지쳐갔고, 물살은 점점 거세져 갔다. 시간이 속절없이 흐르면서 신시(오후 3시)가 넘자 이제 왜선들은 이순신의 공격을 막아내는 것보다 물살의 공격을 막아내는 것이 더 힘들었다. 그들 수백 척의 함대는 전체가 서서히 무너져 갔다. 안간힘을 썼지만 앞의 전선들이 밀리자 뒤의 전선들은 추돌했다. 불타는 전선은 밀리며 뒤의 전선까지 불태웠고, 공격을 피하려 뒤로 방향을 돌린 전선들은 아예 자신들의 진영을 아수라장으로 만들고 있었다.

이순신의 전선들은 이제 물살을 타며 일방적인 공격을 퍼부었다. 왜선들은 방법을 못 찾고 점점 진퇴양난에 빠지고 있었다. 수백 척 함대의 위용을 자랑하던 왜군은 많은 숫자의 전선 그 자체가 악몽이란 사실을 깨달았지만 이미 늦었다. 그들은 이제 전투를 하는 것이 아니라 진영을 갖추지도 못한 상태에서 아군끼리의 속수무책 충돌과 이순신 함대의 천지를 뒤흔드는 함포 공격을 피하기 위해 몸부림만 치고 있었다.

한편 그때, 해협 양안에서 난데없는 노랫가락 소리가 들려오기 시작했다. 해남과 진도의 수많은 아낙네들이 알록달록한 저고리와 하늘하늘한 치마를 입고 빙글빙글 돌며 춤을 추고 있었다. 처음에는 늦은 가락으로 시작하더니, 점차 빨라졌다. 누군가가 선창을 하고, 다시 그들 모두가 합창을 했다.

"옥도꾸로 다듬어서 강강술래, 금도꾸로 다듬어서 강강술래, 초가삼간 집을 지어 강강술래, 천년만년 살고지고 강강술래……."

바다 위에서는 피비린내 나는 전투가 치열한데, 언덕 위에서는 흥겨운 노랫가락 소리가 메아리치고 있었다. 하늘나라의 선녀들이 내려와 춤을 추는 듯 아낙네들의 신비한 원형대형은 끝없이 이어지고 있었다. 그 대형은 처음엔 단순하게 유지되다 다시 형태를 알 수 없는 다채로운 대형으로 바뀌기도 하면서 사람의 혼을 빼놓고 있었다.

언덕 위의 강강술래 노랫가락 소리에 때맞춰, 이번에는 이순신 함대 뒤를 받치고 있던 정체 모를 까마득한 주근깨, 아니, 어민들의 피난선에서 느닷없는 사물장단 소리가 진동하기 시작했다. 기괴한 소리였다. 왜군들의 귀가 어지러웠다. 음악 소리 같기도 하고, 약속된 신호 소리 같기도 했다. 어쨌든 왜군들로서는 정말 듣기 싫은 지옥의 소리였다.

정체 모를 천국과 지옥의 소리가 기묘하게 어우러져 왜군들의 투혼을 사정없이 겁박했다. 뒤에서 전투상황을 지켜보던 왜장 와키자카 야스하루가 깜짝 놀라, 그의 옆에서 입을 반쯤 벌린 채 넋이 나가 있는 부장에게 황급히 물었다. 굳이 답을 듣고 싶은 물음도 아니었다. 말까지 이상하게 헛나왔다.

"저, 저건 또 머시다냐?!"

와키자카의 얼굴이 점점 백지장처럼 창백해졌다. 이순신에게 당했던 한산 해전의 악몽이 떠올랐다. 칠천량 해전에서 원균의 함대를 전멸시킨 후 기세등등해져 '이순신이 별거냐' 며 무턱대고 잡으러 왔는데 큰 실수였다. 한산에서의 패전을 불운으로만 돌리며 '인간의 능력이란 게 모두 거기서 거기' 라고만 생각한 값비싼 대가를 치르고 있었다. 지금이라도 피해야 한다. 지금 눈에 보이는 참상보다 더 끔찍한 참상이 기다리고 있을 것이다.

"이순신은 인간이 아닌 귀신이다! 함정에 빠졌다! 우리 뒤쪽에 전선을 매복시켜났을 것이다. 잘못하면 포위된다. 빨리 빠져나가야 한다!"

와키자카는 쇠사슬 뒤에서 관망하고 있었기 때문에 도망가기에는 그나마 조건이 좋았다. 그가 부리나케 해협을 뒤로하고 도망가기 시작하자 뒤이어 누가 먼저랄 것도 없이 모두가 앞다퉈 달아나기 시작했다. 이순신을 치기에는 끔찍한 역류였지만 이순신으로부터 도망치기에는 더할 나위 없이 편안한 순류였다. 하지만 이순신은 곱게 보내주지를 않았다.

"바다를 이어라!"

쇠사슬이 내려지고, 적들을 겁박하며 추격하는 이순신의 함포 소리가 바다를 뒤흔들었다. 미처 멀리까지 달아나지 못한 왜선들이 이순신의 악착같은 함포 공격에 마지막 고비를 못 넘기고 다시 부서졌다. 위기를 넘긴 왜 패잔선들이 점점 멀어져 갔다. 악몽 같은 울돌목의 물살이 왜적이 서해를 넘보는 것을 다시는 꿈도 꿀 수 없을 만큼 멀리까지 바래다줬다.

이순신은 패주하는 왜적들을 말없이 바라보고 있었다. 바다는 시커먼 연기를 내뿜으며 아직 다 타지 않은 탐욕스런 적선들과 허우적대는 왜적들을 무심하게 집어삼키고 있었다. 그들은 도주하는 전우들과 힘든 작별을 하고 있었다. 죽어야 하는 이유를 알든 모르든, 세상의 부조리를 원망하든 수긍하든, 숨 막히는 고통은 곧 끝나고 영원한 안식이 찾아올 것이었다. 전장에서의 삶과 죽음은 언제나 허무했고, 언제나 비참했다.

이윽고, 바다는 헤아리기조차 힘든 수많은 주검과 전투의 잔해를 남기고 다시 평화를 되찾았다. 사람들은 그 되찾은 평화 속에서 모두 울었다. 전선 위에서, 언덕 위에서, 어선 위에서, 모든 전사들이 어우러져 엉엉 기쁨의 눈물을 흘렸다. 새 떼들도 함께 울었다. 구루시마는 당연히 살 것으로 생각했지만 죽었고, 이순신은 반드시 죽기를 각오했지만 살았다. 이순신은 바다를 보며 웅얼거리듯 아무도 듣지 못한 혼잣말을 했다.

"천행이다……."

10

명량대첩이 끝난 지 벌써 10여 일이 지났다. 그간 이순신은 군량을 확보하고, 피난민들의 생활을 안정시키기 위해 무안, 영광 등지의 서해안 섬들을 오가며 이것저것 상황을 조치했다. 며칠 전부터 그는 옥구군 고군산도(선유도)에 머물고 있었다. 매섭게 불던 사나운 바람 때문이었지만, 시급히 처리할 일도 남아있었다.

밤이었다. 이순신은 정박시켜놓은 전선의 선실 안에서 홀로 배를 움켜쥐고 고통 속에서 신음하고 있었다. 다시 토사곽란이었다. 선실 한편 요강에 토해놓은 토사물과 배설물이 심한 악취를 풍겨왔다. 전투가 끝난 후라는 것이 그나마 천만다행이었다. 내장이 뒤틀리는 고통은 그에게 띄엄띄엄 일각 정도씩의 숨 쉴 여유만을 줬다.

이순신은 고통이 잠깐 가신 틈을 타 일어나 앉았다. 바닥에 흐트러져 있던 붓을 다시 잡고, 시커멓게 어지러운 글씨가 적힌 종이를 뚫어질 듯 바라봤다. 명량대첩을 보고하는 장계였다. 그는 며칠째 이 장계를 완성하지 못하고 있었다. 종이를 아껴야 했지만 더 이상 고칠 수가 없을 만큼 앞뒤로 시커멓게 된 장계초안을 구겨버린 것이 벌써 10여 차례를 넘기고 있었다.

'나는 몇 척의 왜선과 싸워 이겼는가?'

그때 그는 온몸이 부서지는 고통 속에서 홀로 세속의 전쟁을 치르고 있었다. 자신의 전공과 세속의 영광은 이제 아무래도 상관없었다. 하지만 잘 대답해야 했다. 그의 대답에 따라 수군의 위상이 좌우되고, 수군이 살아남아야 조선이 살아남을 것이었다. 그 수군에 속해 목숨 걸고 싸웠던 모두는 또한 그만한 보상을 반드시 받아야 했다. 그것은 미래의 전투력과 직결돼있었다. 세속의 욕망과 숭고한 희생은 한 몸이었다.

이순신은 언덕 위에서 탐망하던 피난민으로부터 '적선을 300척까지 세다가 그만뒀다'는 얘기를 들었다. 그렇지만 너무 많았다. 아무리 생각해봐도 '13척으로 수백 척과 상대해 격멸시켰다'는 장계를 믿을 리가 없었다. 하지만 사실을 포기할 수는 없었다. 이순신은 다시 호흡을 가다듬고 330척이라는 수치를 적었다. 그 순간 부산화재사건의 장계가 머리를 스치며, 이연의 분노 어린 호통이 귓전을 때렸다.

'조정을 속이고 임금을 무시한 죄!'

이순신이 그 숫자를 먹물로 지우자, 이번에는 바다 위 전사들의 모습이 뇌리를 스쳤다. 그들은 이순신을 향해 소리 없는 아우성을 치고 있었다. 그들의 피맺힌 아우성 소리가 붓을 든 이순신의 손을 떨리게 했다.

'누가 무슨 공을 세웠는가?'

이순신은 없는 용기를 겨우 내서 죽을 각오로 큰 전공을 세운 안위를 위시해, 많은 이들이 많은 공을 세운 것을 잘 알고 있었다. 하지만 어떻게 설명해야 하는가? 바다 위에는 까마득히 많은 사체가 둥둥 떠다니고 있었지만 이순신은 '수급을 수집하는 일을 하지' 말라'고 명한 상태였다. 부하들은 이번에도 이순신을 믿고 군말 없이 명을 따랐다. 이순신은 눈을 감았다. 다시 이연의 분노 어린 호통이 귓전을 때렸다.

'활로 사살할 때, 네가 모두 곁에서 지켜봤느냐? 네가 그 숫자를 모두 헤아려봤느냐? 이 모든 것이 사사로운 정리로 은혜를 팔아, 너의 역심을 위한 충성을 사려는 것이 아니었더냐?'

이순신은 다시 몸이 아파왔다. 구역질이 나왔다. 요강을 향해 기어가 누렇게 멀건 액체를 게워냈다. 목젖이 위산으로 타는 듯했다. 의식을 놓고 싶을 만큼 몹시 어지러웠다. 이 구역질을 이겨내야 했다. 이순신은 고통을 못 참고 한참을 몸부림치다 잠깐이나마 잠이 들 수 있었다.

다음날, 이순신의 몸이 많이 좋아졌다. 이연에게 올릴 장계를 작성하는 일은 왜적과 전투를 치르는 것보다 더 힘들고 지치는 일이었다. 하지만 어쨌든 그것은 악착같이 기록돼야 했다. 장계가 끝나지 않는 한 전투는 끝난 것이 아니었다.

이순신은 맑은 정신으로 깨끗이 정서했다. 장계 속 왜적의 전선은 모두 130여 척이었다. 그중 31척을 깨트렸다. 과장이라고 생각은 하겠지만 13척이 열 배 정도의 적선을 맞아, 세 배 정도를 격파했다면 용서는 되리라 기대했다. 수급은 여덟 급이었다. 확인을 위해 한성으로 올려보내는 일이 번거로워 그것으로 끝냈다. 전사들의 전공을 기록하는 일은 아주 중요했다. 안위를 비롯해 보상이 필요한 모든 이들을 꼼꼼히 다 기록했다. 이순신은 자신이 작성한 장계를 한참 동안 바라보며 비로소 전투를 끝낸 감회에 젖었다.

9월 29일, 바람 때문에 한 차례 미뤘던 승첩 장계를 드디어 한성으로 보낼 수 있었다. 승전한 지 무려 13일 후였다. 이순신은 장계가 떠나는 뒷모습을 보며 행운을 빌었다. 하지만 그 장계는 환영받지 못할 운명이었다. 승전이 환영받는 일은 너무나 쉬웠으나 승전 장계가 환영받는 일은 너무나 어려웠다.

11

명량대첩 전날인 9월 15일, 이연은 한밤중에 긴급회의를 소집했다. '후퇴하는 왜적들이 있다'는 첩보를 받았기 때문이다. 너무나 반가웠지만 상황을 이해하기 힘들었다. 한밤중에 신하들과 함께 앉아서 이런저런 얘기를 해봤지만 아무런 정보도 없이 막연한 얘기로 왜적의 속셈을 안다는 건 당연히 불가능했다. 이연은 간계인가 싶어 두려웠다. 하지만 왜군의 후퇴는 간계가 아니었다.

여드레 전 9월 7일, 직산에서 명군과 왜군이 요란하게 맞붙었다. 하지만 어느 쪽도 상대에게 결정적 타격을 주지는 못했다. 사실 왜군의 이번 정유년의 재침 목표는 명까지 넘보겠다는 것이 아니라 자신들의 강화 조건인 조선의 남쪽 4도를 무력으로 점령하겠다는 것이었다. 그런데 명군에게 막힌 데다, 보급 사정까지 힘들었다. 왜군 수뇌부는 난감했다. 그들은 일단 작전상 후퇴를 한 다음, 중지를 모으기로 했다.

이때 날아든 16일의 명량해전 패배 소식은 왜군을 아연케 했다. 수륙 병진은 이제 가망이 없어졌다. 전력을 보강한 이순신에게 전력이 허술해진 남해안 전체를 뺏겨 조선 반도 중간에서 고립되면 자칫 크게 무너질 염려도 있었다. 기회가 올 것인지는 불확실했지만 그래도 지금까지처럼 남해안을 다시 지키며 기회를 엿보는 편이 차라리 낫다는 판단이었다. 왜군의 총퇴각이 시작됐다.

18일에는 금강·진천에서, 20일에는 청주·공주에서, '왜적들이 퇴각했다'는 소식이 조선 조정에 올라왔다. 이연은 비로소 한숨을 돌렸다. 이순신의 전승 소식은 기대도 안 했고, 무슨 소식이 올라온 것도 없었으며, 기다리지도 않았다. 이연은 우선 비망기로 백성을 위무하고, 공 있는 사람들을 표창하고, 도망간 수령들의 책임을 묻도록 지시했다. 그보다 더 시급한 일이 있었다. 직산전투를 치른 명 장수들에게 지체 없이 사례하는 일이었다.

사실 직산전투 자체는 그 요란함에 비하면 승패조차 모호한 이상한 전투였다. 하지만 왜적이 그날 이후 퇴각했다는 사실이 중요했다. 그렇다면 직산전투는 무조건 명군의 '대첩'이 돼야 했다. 그리고 명 장수들은 상황을 극적으로 반전시킨 결정적 공로를 찬양받아 마땅했다. 이순신이 단장의 고통 속에서 구토를 하며 승전 장계를 부여잡고 고뇌하던 바로 그 무렵, 왜적의 퇴각을 분명히 확인한 이연은 아주 바빠졌다.

9월 25일, 이연은 부총 해생의 주둔지에 가서 주례를 행하고 예단을 올렸으며, 중군 팽우덕의 주둔지에 가서도 예단을 바쳤다. 26일에는 유격 파새, 참장 양등산의 주둔지에 가서 각각 예단을 올렸다. 27일에는 지휘 왕내징을 시어소에서 예단을 주며 영접했고, 28일에는 제독 마귀의 주둔지에 가서 병문안을 하고, 유격 우백영의 주둔지에 가서도 예단을 올렸다. 명 황제 주익균의 왕 이연은 그들 명 장수들에게 언제나 먼저 절을 청하고, 그들이 사양하면 읍을 하고 나오는 절차를 밟았다. 10월 3일, 이연은 직산전투에서 공을 세운 유격 파귀를 관사로 찾아가 마지막 접견례를 행했다.

12

　다음날 저녁, 이연이 드디어 이순신의 장계를 받았다. 하지만 도대체 무슨 소리를 하는 건지 감을 잡을 수가 없었다. '명량에서 승전을 했다'는 말은 알겠는데, 소규모 충돌에서 승전한 것을 과장하고 있는 것인지, 아니면 아예 거짓 보고를 하고 있는 것인지, 적힌 글자만으로는 그 내막을 짐작할 수가 없었다. 장계대로라면 엄청난 일이 벌어진 것이다. 하지만 믿고 싶어도 믿을 수가 없었다.
　'그럴 수는 없질 않은가? 13척으로 130여 척을 막아서, 31척을 격파했다니…… 왜놈들이 바보란 말인가? 원균을 그렇게 전멸시켰던 왜놈들이? 도대체 무슨 일이 일어난 건가? 이순신 이자가 인간이 아니라 귀신이란 말인가? 아니면 원균 그자가 인간이 아니라 바보였단 말인가······? 그럼? 원균을 멀쩡한 인간이라고 생각한 나는 뭔가? 아, 제기랄, 내가 수군을 폐하라고까지 했으니······. 하지만 누가 이런 일이 있을 거라고 상상이나 할 수 있었단 말인가?!'

이연은 장계를 내려놓고 깊은 생각에 빠졌다. 도저히 믿을 수가 없었다. 그가 믿을 수 있는 건 수 8급뿐이었다. 그는 장계가 잘 보이도록 촛불에 가까이 대고 다시 확인까지 해봤다. 그러면서 생각해보니 이순신의 장계가 과장만도 아닌 듯싶었다. 이순신의 장계와 왜적의 총퇴각이 어렴풋이 연결됐다. 시간이 꽤 지났으니 명 장수들도 분명 첩보를 접했을 것이다. 기억을 더듬어보니 그들의 태도도 뭔가 이상했다. 분명히 평소 같은 거만함만 있는 것이 아니라 약간의 겸손함도 있었다.

이연은 그런 두서없는 생각들이 머릿속에 혼란스럽게 떠오르자, 이번에는 겁이 덜컥 났다. 만약 이순신이 명량에서 믿을 수 없는 대첩을 거둔 것이라면 앞일이 큰 걱정이었다. 소문은 감당하기 힘들 정도로 과장될 것이었다. 백성들 사이에서 이순신의 소문은 신화가 될 것이었다. '왜적을 대파했다'는 대첩 소식은 하늘로 뛰어오를 듯이 좋았지만, '그 대파를 이순신이 했다'는 대첩 장계는 땅이 꺼질 듯이 싫었다.

'어찌해야 하는가? 장차 이자를 내 어찌해야 하는가?'

굳이 꼭 이순신을 어찌할 필요가 없을 텐데도, 이연은 온 신경을 곤두세우고 대책을 세웠다. 대책은 축소와 은폐였다. 명에까지 은폐하기는 힘들었다. 그렇다면 정보는 불가피한 경우에만 제공하되, 가능한 한 거론하지 않으며, 거론하더라도 최소한으로 축소해야만 했다. 안으로는 한참 은폐해서 김을 빼버린 뒤, 평범한 작은 전공으로 왜곡하기로 정리했다.

그러기 위해서는 우선 할 일이 있었다. 이연은 이순신이 그렇게 고통스럽게 한 자 한 자 힘들여 작성한 장계를 '북북' 두어 번 찢더니 한 손에 모아들고 촛불에 가까이 가져갔다. 이순신의 장계에 작고, 고운 불이 애처롭게 피어올랐다. 그 순간 촛농 두 방울이 눈물처럼 떨어져 내렸다. 그런 이연을 보고 사관의 눈이 왕방울만 해졌다. 사관은 마치 물에 빠져 허우적거리는 사람처럼 양손을 높이 치켜들었다. 평소에는 결코 말이 없는 사관이 떨리는 목소리로 이연을 불렀다.

"저, 전하! 그러시면 아니 되옵니다!"

이연은 역사가 만류하는 소리가 귀에 들어오지 않았다. 오직 눈앞의 현실만이 두려웠다. 장계를 태운 불은 벌써 까만 재만 남긴 채 사그라지고 있었다. 이순신의 명량대첩 장계는 그렇게 영원히 역사 속에서 사라졌다.

제10장

팔시품의 소용돌이

1

명량대첩 이후 몇 달간, 이순신은 바다의 전쟁과는 성격이 다른
또 다른 전쟁을 치러야 했다. 내륙에서 왜적의 분탕질을 막는 일,
왜적에 빌붙었던 자들을 처벌하는 일, 왜적이 양민들을 자신들의
지배영역으로 회유하는 것을 막는 일, 왜적에 동원됐던 양민들을
다시 빼내어 복귀시키는 일, 모두 치열한 전쟁이었다.

이 또 다른 전쟁 속에서 이순신의 막내아들 이면이 죽었다. 왜
적들이 명량참패의 복수를 위해 이순신의 아산 본가를 습격해 순
식간에 잿더미로 만들어버린 것이다. 이면은 가족들을 겨우 대피
시키고, 동네 청년들 몇몇과 힘을 합쳐 대항했다. 아버지를 생각
하며, 왜적들에게 약한 모습을 보이지 않기 위해 죽는 순간까지
당당하게 싸웠다. 이순신이 천안에서 온 인편에 그 소식을 전해
들은 것은 10월 14일, 임시로 정착해있던 신안군 발음도에서였
다. 소식을 전하는 편지의 겉봉투엔 '통곡'이라는 두 글자가 적혀

있었다.

이순신은 통곡했다. 하지만 마음 놓고 통곡하지도 못했다. 왜적의 동향을 살피는 일을 멈출 수도 없었고, 주위 사람들의 시선을 의식하지 않을 수도 없었다. 조문받는 일조차 고통이었다. 16일 늦은 이경(저녁 9~11시) 무렵, 이순신은 홀로 내수사의 노비 강막지가 살고 있는 바닷가 외딴 오두막을 조용히 찾아갔다. 바람이 몹시 부는 초겨울 밤이었다. 강막지는 다른 내수사의 노비들과 함께 소를 치고, 소금을 구우며 살고 있었다. 사립문조차 없는 오두막에서 잘 준비를 하던 강막지가 이순신의 인기척에 깜짝 놀라 뛰쳐나왔다.

"나리, 이 한밤중에 호, 홀로 어인 일이십니까요?"

"내, 일이 있어 잠깐 좀 들렀네."

강막지는 어제 있었던 일 때문에 지레 혼자 겁을 먹고 몹시 당황하고 있었다.

"아, 어제는 괜한 심려를 끼쳐 드렸습니다요. 그게, 그…… 쇤네가 미리 말씀을 드렸어야 했는데……."

어제 이순신은 '누군가 모르는 자들이 골짜기에 숨어서 소와 말을 잡고 있다'는 신고를 받고 사람을 보내 조사케 했었다. 별일은 아니었다. 내수사에서 한성으로 올리기 위해 사람을 보내 강막지가 키우는 소 열두 마리를 끌고 가 잡은 것이었다. 이순신이 강막지의 두서없는 말을 끊었다.

"아, 뭐, 그 일 때문이 아니니 걱정 말게. 그보다는 날 좀 도와주게나."

강막지에게 사정을 설명하고 도움을 받았다. 그의 장성한 아들이 쓰는 옆방 한 칸을 잠깐 빌렸다. 곡물이나 메주 등을 쌓아놓고 창고처럼 쓰는 방이었다. 방 안에 호롱불을 켜고 나무 궤짝 위에 편지를 놨다. 준비해온 향도 피웠다. 상복은 없어 허리에 흰 띠만 둘렀다. 그리고는 자리에 앉아 하염없이 눈물을 흘리기 시작했다. 어머니가 돌아가신 슬픔과는 또 다른 슬픔이었다. 어머니의 죽음은 사무친 그리움이었지만 자식의 그것은 한없는 허무함이었다.

그렇게 이순신이 슬픔에 빠져 막 세속의 일을 잊어버리고 있을 때, 비정한 세속은 그를 그냥 내버려두지 않았다. 해남에 갔던 순천 부사 우치적 등 수령들이 강막지의 집에까지 그를 기어이 찾아왔다. 그들은 이순신의 모습을 보고 크게 놀라고, 미안해했다. 하지만 결국 들어야 할 말은 모두 물어야 했고, 해야 할 말은 모두 하고 가야 했다. 이순신이 우치적에게 물었다.

"갔던 일은 어떻게 됐는가?"

"분탕질하고 도망가던 왜적들을 추적해 수 13급을 베어 왔습니다. 송언봉이란 자의 머리도 베어 왔습니다. 해남 향리 출신으로 왜적에게 투항해 앞잡이 노릇을 하던 자입니다."

"고생했네."

죽은 자식의 향불 앞에서 나누기에는 너무나 살벌한 얘기였다. 하지만 그것이 지금 그들의 삶이었고, 자식의 죽음에 대한 위로였다. 목이 베인 왜적들의 주검 앞에서도, 심지어는 동족을 팔아먹는 앞잡이의 주검 앞에서도, 하늘을 원망하며 슬퍼할 가족들이 있을 것이다. 끝도 없이 계속되는 살육과 분노, 복수는 언제나 끝날 것인가? 사는 것이 지옥이었다.

우치적 일행은 먼저 돌아갔다. 이순신은 이제야 마음 놓고 통곡할 수 있었다. 세찬 바람은 그치지 않았다. 문풍지 안으로까지 새어 들어오는 세찬 바닷바람이 호롱불을 심하게 흔들고 있었다. 마치 사랑하는 아들 면이 자신과 함께 울면서 떨고 있는 몸짓 같았다. 이순신의 무겁게 가라앉은 통곡 소리가 방 안을 빠져나와 강막지의 방 안에까지 흘러들어 갔다. 이래저래 불안해하며 이불을 뒤집어쓰고 우두커니 앉아있던 강막지와 그의 아내, 아들의 눈에도 눈물이 고이고 있었다.

"하늘은…… 왜 이리도 비정하단 말이냐? 내가 죽고, 네가 살아야 이치이거늘…… 이런 불효가 어디 있느냐? 천지가 깜깜해지고, 해도 빛이 바래는구나……. 슬프구나, 내 아들아……. 나를 버리고 어디로 간단 말이냐? 네가 남달리 영특해서…… 하늘이 널 데려갔단 말이냐? 내가 지은 죄 때문에…… 그 화가 너한테 미쳤단 말이냐? 내 이제 누구에게 의지할꼬……. 너를 따라 지하에서 같이 통곡하고 싶다만…… 네 형, 누이, 어머니가 의지할 곳이 없구나. 아직은 참고 연명한다만…… 이미 속은 죽고, 껍데기만 살아있구나……."

이순신의 코에서 피가 흘러나왔다. 그치지를 않았다. 옆에 놓인 요강을 놓고 한 되나 되는 피를 울컥울컥 쏟았다. 피와 눈물이 이순신의 얼굴과 옷자락에서 범벅이 됐다. 그는 삶의 무게를 이겨내기가 너무나 힘들었다. 남은 기력을 소진하며 하루하루를 겨우 버티고 있었다. 그만을 의지하고 있는 수많은 백성들 앞에서 쓰러지지 않기 위해 사력을 다해 버티고 있었다. 백성은 그가 지고 가는 삶의 멍에였고 동시에 그를 연명케 하는 삶의 동력이었다.

2

 이연이 지배하던 하나의 땅 조선 반도는 전란으로 인해 그 세력권이 사실상 셋으로 나뉘었다. 명의 보호를 받는 이연의 조선, 자력 갱생하는 이순신의 한산 수국, 그리고 부산을 중심으로 한 남해안 일대의 왜점령국으로 분할된 것이다. 이 세 세력권은 언제 두너질지 모르는 불안정한 균형 속에서 치열한 경쟁을 하고 있었다. 이 경쟁 속에서, 이연의 조선과 이순신의 수국은—경우에 따라서는 왜점령국까지도—삶을 새로 시작할 각오가 돼있는 백성들에겐 선택의 대상이었다.

 전쟁 초기부터, 왜군에게도 생각과 현실은 많이 달랐다. 조선 왕을 못 잡은 채 늘어진 보급로를 확보하고, 조선을 방만하게 점령하려다 보니 병력을 소규모로 나눠야 했다. 그 결과 전국에 걸쳐 여기저기 포진한 의병들의 목표가 되기도 했다. 토지에 초목처럼 붙어 사는 순종적인 백성들밖에 모르던 왜군으로서는 황당한 일이었다. 임진년, 그리고 정유년에도 결국 왜군은 남해안 일부만을 취해 요새화할 수밖에 없었다.

 전격적인 정복에 실패한 왜군도 자신들의 영역을 확고하게 장악하기 위해서는 정착 주민들이 있어야 했다. 왜군의 무기는 단순했다. 그것은 '무자비한 살육과 분탕질을 당하고 싶지 않거든 하루빨리 투항해 들어오라'는 협박이었다. 이 협박은 남의 땅을 침략한 그들이 현실적으로 선택할 수 있는 유일한 계책이었다. 하지만 참혹

하게 학살하고 약탈하던 주민들을 다시 회유하는 작업이 결코 쉬운
일은 아니었다. 그렇게 전쟁 속의 삶이 다시 계속됐다.

3

10월 28일 늦은 밤, 이순신은 강막지의 집에서 나와 통제선에 올
랐다. 이순신이 아들 면의 혼령을 위해 강막지의 집을 찾아가 향불
을 피운 날 이후, 강막지는 이순신에게 '편안한 잠자리를 제공하겠
다'고 나섰다. 그래서 이순신은 그 방에서 몇 번 편한 잠을 청했었
다. 다음날 새벽 2시에 출발해 목포를 거쳐 보화도(고하도)에 도착
했다. 이곳에 임시 군영을 설치할 계획을 세우고, 다음날부터 당분
간 거주할 거처를 바로 짓기 시작했다.

11월 16일, 한성에서 군공기록표가 내려왔다. 주거할 만한 공간
이 며칠 전 얼추 완공돼 한숨을 돌리던 때였다. 안위가 통정대부가
되고, 다른 이들도 각각 이런저런 벼슬을 제수받았다. 이순신에게
는 다른 벼슬 없이 은자 20냥만 주어졌다. 내통했던 이중첩자 요시
라에게 들뜬 기분으로 80냥을 줬던 이연이 나라를 구한 이순신에
게는 오히려 쓸쓸한 기분으로 20냥을 하사한 것이다.

이순신에겐 한 가지 다른 선물이 있었다. 명 경리 양호가 군관을
시켜 붉은 비단 한 필을 전해왔다. 양호는 '배에 붉은 비단을 걸어
주는 예식을 치러주고 싶지만 길이 멀어 못 간다'는 말을 전해왔다.
그 예식이란 승전 축하예식이었다.

다음날인 11월 17일, 양호는 이순신에게 다시 차관을 보내 한 가지를 더 보내왔다. 초유문과 면사첩이었다. 이순신은 초유문과 면사첩을 담은 큰 궤짝 두 개를 집무실로 쓰고 있는 방 안에 들여놓았다. 이순신과 차관은 그 방에 함께 들어와 서안을 사이에 두고 마주앉았다. 이순신과 차관 모두 꽤나 큰 부담을 주고받는 듯 궤짝을 말 없이 한참 동안이나 바라보고 있었다. 부담을 받는 이순신이 먼저 말을 꺼냈다.

"모두 몇 장이나 되오?"

부담을 전하는 차관이 대답했다.

"면사첩만 1만 장입니다. 초유문 3천 장도 함께 들어있습니다. 양경리의 지시로 조선 조정에서 급히 면사첩 3만 장을 인쇄했습니다. 이를 나눠주기 위해 차관 세 명이 3도로 급히 파견됐습니다. '빨리 서둘러 배포하라'는 양 경리의 분부도 계셨습니다."

"빨리 서두르라……."

이순신이 뭔가 큰 호응을 보이지 않자 차관이 차분히 설명했다.

"지금 왜놈들이 면사첩으로 백성들을 혼란케 해 식량을 약탈하고, 부역에까지 동원하고 있습니다. 놈들은 '너희 나라가 붙잡혀간 사람들을 용서 없이 죽인다'며 공갈협박하고 있답니다."

왜군은 장기 주둔할 점령지에 성을 쌓는 인력을 확보하기 위해 남자에게는 쌀 5두, 여자에게는 쌀 3두를 받고 면사첩을 발행해줬다. 왜군은 면사첩을 요패처럼 만들어 'ㅇㅇ의 병영에서 부역을 하니 죽이지 말라'고 적고, 그 밑에는 양곡을 바친 자의 이름을 적었다. 쌀 몇 두가 없어 왜군의 면사첩을 못 받고 죽는 사람들도 부지기수였다.

"내 대충은 들어서 알고 있소."

"양 경리께서는 '언문 섞은 초유문을 화살에 묶어 적진으로 쏘아 보내면 저들도 반드시 생각이 바뀌어 도망 나올 것이다' 고 믿으시고, 조선 조정에 초유문도 함께 지시하신 것입니다."

"뜻은 잘 알았으니 염려 말고 올라가시오. 먼 길 정말 고생하셨소."

이순신은 양 경리의 차관을 보낸 후, 다시 돌아와 궤짝을 보고 앉아있었다. 그가 궤짝을 보고 뭔가 망설이고 있는 이유는 그것을 적진에 들어가 뿌리고, 사람들을 거두는 일이 어렵고 못마땅해서가 아니었다. 그도 저 면사첩이 처벌할 자는 처벌하고 용서할 자는 용서하는 등 적재적소에 사용될 수만 있다면 얼마든지 베풀어도 좋을 은전이라는 것은 인정했다. 하지만 그럴 수 있을지가 문제였다.

이순신은 궤짝 안 면사첩의 기능 변화 가능성을 의심하고 있었다. 저 궤짝 안의 면사첩은 정의로움을 품고 있을 것이다. 하지만 저 면사첩이 궤짝 밖으로 나와서도 그 정의로움을 유지할 수 있을까? 고을 관리들에게도 저 면사첩은 돈이 아닌 정의일까? 돈 없는 억울한 백성들은 저 면사첩으로 몇 명이나 살아날 수 있을까? 당장 처형을 당해도 부족할 도망간 무장들은 또 저 면사첩을 얼마나 잘 이용할까?

4

1597년 12월 5일, 이순신은 이연으로부터 뜻밖의 선물을 받았다. 그날 일찍, 도원수의 군관이 한성에서 내려온 여러 장수들의 상품과 직첩을 전달해주러 왔다. 그 안에 이연의 유지와 함께 이순신에게 하사하는 선물이 있었다. 이연은 유지 속에서 '이순신이 상중이라며 고기반찬을 먹지 않는다는 얘기를 선전관에게 들었다' 면서 이순신을 무척이나 걱정하고 있었다.

　　"사적인 정이야 비록 간절하겠지만 나랏일이 한창 바쁘고, 옛사람도 이르기를 '전쟁터에서 용맹이 없으면 효가 아니다' 라고 했다. 전쟁터의 용맹은 소찬을 먹어 기력이 지치고 피곤한 자가 능히 행할 수 있는 바가 아니다. 예법에도 원칙과 방편이 있으니, 일상적인 법도만을 고수할 수는 없다. 경은 내 뜻을 힘써 깨닫고, 방편에 따라 육식을 하도록 하라."

　　고기반찬은 꽤 많은 양이었다. 강막지의 소 열두 마리가 한성으로 올라갔으니 고기반찬을 준비하는 데 별 어려움은 없었을 것이다. 고기반찬 선물에는 이연의 속 보이는 마음이 담겨있었다. 그것은 주위 모두가 볼 수 있는 값싼 과시적 성은이 효과를 발휘해 이순신이 마지막까지 힘을 내 자신을 위해 남은 전쟁을 치러주기를 기대하는 마음이었다.

　　이순신은 마음이 착잡했다. 그는 '어머니가 자식이 당한 억울함을 못 이겨 화병으로 돌아가셨다' 고 믿고 있었다. 아들 면의 죽음도 있었다. 그는 가슴이 미어진 채 상도 치르지 못하고 전쟁터만 지키고 있었다. 그가 이 기구한 운명 속에서 자신의 슬픔을 달랠 스 있는 유일한 '방편' 은 소찬 식사뿐이었다. 그런데 이제 그는 소찬 식사마저도 불가능하게 됐다. 소찬 식사를 고집하면 그것은 곧 불충이 될 것이었다.

　이순신은 어머니를 화병으로 돌아가시게 만든 하늘 같은 임금이 '고기반찬을 먹으라'고 하는데 따르지 않을 도리가 없었다. 이순신을 생각하는 것인지 이연 자신을 생각하는 것인지 아무도 모를 일이었다. 그것이 동시에 가능한 일이었다면 이런 상황은 벌어지지도 않았을 것이다. 이순신은 이연의 고기반찬 선물을 받은 그날 일기에 '비통, 비통'이라고 두 번 반복해서 적었다.

　12월 25일, 유시(오후 5~7시)에 전라도 관찰사 황신이 왔다. 두 사람은 방 안에서 많은 얘기를 나눴다. 이순신은 지난 일 때문에 그를 백안시하는 일은 접어두고, 앞일만을 걱정했다. 황신이야말로 그런 점에서는 훨씬 노련했다. 그는 '조정과 협의가 됐다'면서 '연해안 19고을을 다시 수군 전속으로 편성한다'는 방침을 이순신에게 전해줬다. 이연의 고기반찬보다 이순신의 마음을 한결 가볍게 해준 기분 좋은 선물이었다. 바깥엔 눈이 소담스럽게 내리고 있었다.

5

　12월 30일, 정유년을 보내는 그믐밤, 입춘이었다. 요 며칠 눈이 많이 내렸다. 오늘도 바깥엔 눈보라와 추위가 매섭게 몰아치고 있었다. 이순신은 방에서 여러 장수들을 만나고 보냈는데 괜스레 비통한 마음만 심해졌다. 이 비통한 마음은 어디서 와서 어디로 가는 것일까?

이순신은 종이를 펴고, 붓과 벼루를 준비했다. 오래전부터 쓰고 싶었던 글이 있었다. 마음속에서 끊임없이 맴돌던 생각을 정리하고 싶었다. 오래전 읽었던 송나라 역사에 관한 감회였다. 금나라가 송나라를 침범하자 화친을 둘러싼 대립이 있었고, 송나라 재상 이강은 전쟁을 주장하다 탄핵받자 벼슬을 내놓고 초야에 은둔하고 싶은 심경을 피력했다. 이순신은 그에 관한 감회를 쓰고 싶었다. 이순신은 이강에 동의할 수 없었다. 글을 쓰기 시작하자 붓은 망설임 없이 큰 바다가 큰 바람을 만나 파도치듯 격렬하게 움직였다.

이강을 위한 계책을 세운다면 어찌해야 하는가? 몸을 허물고 피눈물을 흘리며, 간을 쪼개고 쓸개를 쏟아내면서, 일의 형세가 이 지경에 이르렀으나 화친할 수 없는 이유를 분명히 말해야 할 것이다.

말에 따라주지 않으면 죽음으로 이어갈 수밖에 없다. 그렇게도 할 수 없으면 잠시 그들의 화친책에 따르면서, 자신이 그사이에 참여해 사정에 맞게 미봉책이나마 꾸며가야 할 것이다.

죽음 속에서 살길을 구하면[死中求生], 만에 하나라도 나라를 구할 이치가 있을 것이다. 그런데 이강의 계책은 이런 데서 나오지 않고 떠나려고만 했으니, 이 어찌 몸을 맡긴 신하가 임금을 섬기는…….

이순신의 붓이 갑자기 여기서 멈췄다. 붓이 닿아 지나간 자리에 '죽음 속에서 살길을 구하면'이라는 선명한 문구가 눈에서 떠나지를 않고 있었다. 그가 방금 전에 그 문구를 쓸 때는 '죽을 각오를 하고, 치욕의 삶을 살아가다 보면'이라는 뜻의 은유적인 표현으로 재상 이강의 소극적인 은둔 생각을 비판하려 한 것이었다. 그리고 그것은 사실 자신보다는 자신의 하옥과 출옥에 때맞춰 거듭 사직 상소를 올렸던 재상 류성룡을 생각하며 쓴 관용적인 은유였다. 그런데 갑자기 이때 이순신의 머리에 은밀한 생각이 떠올랐다.

'이강의 파직 이후, 금나라의 눈치를 보며 눈앞의 권력유지에 급급했던 송나라 고종 조구와 간신 진회에게 불려와 죽음을 당한 구국의 장수 악비에게도 내가 이런 말을 할 수 있는가?'

이순신은 자신의 처지를 돌아봤다. 자신은 초야에 묻혀 조용히 은둔이라도 할 수 있는 재상 이강이 아니었다. 그는 분명히 죽음을 피할 길 없는 장수 악비를 닮아있었다. 그러자 갑자기 이순신의 뇌리에 '죽음 속에서 살길을 구하면' 이라는 은유가 번개처럼 현실로 다가왔다. 이순신은 한없이 생각의 미궁 속으로 빠져들었다. 이강, 아니, 류성룡의 소극적 은둔을 비판하려던 당초의 생각은 어디론가 사라져 버리고, 망상 같은 생각이 엉뚱한 방향으로 한없이 흐르고 있었다.

이순신은 글을 마치고 싶었다. 하지만 마칠 수가 없었다. 조금 전, 그는 '충(忠)이라 하겠는가?' 라는 마지막 문장으로 글을 마무리하려다 갑자기 붓을 멈췄다. 임금을 섬기는 '충(忠)'! 왜 이 말이 그렇게 힘든가? 임금을 섬기는 '충의(忠義)'? 임금을 섬기는 '의(義)'? 이순신은 문장을 마치기 위해 혼신의 힘을 다하고 있었다. 방 안은 윗바람으로 추웠다. 하지만 그의 얼굴은 열로 붉어지고, 이마에서는 진땀이 흐르고 있었다. 그때 그의 머릿속은 보이지 않는 전쟁을 치르고 있었다.

이순신의 마음속에서 임금은 곧 백성이었고, 신하의 일은 바로 그 백성을 섬기는 것이었다. 그에게 '임금을 위한 충' 은 곧 '백성을

섬기는 의'였다. 그런데,

'임금을 위한 충과 백성을 섬기는 의가 배치된다면 어찌 되는가?'

바로 그때였다. 옥문을 나서던 날, 하늘을 보고 어지럼증을 느꼈던 순간의 기억이 번개처럼 이순신의 뇌리에 스쳐 지나갔다. 그가 옥문을 나선 직후, 잠깐 하늘의 햇빛을 올려다봤을 때였다. 그 순간 그의 머리가 하얗게 되면서 강한 영감이 머리를 때렸었다. 그는 그때 자신이 무엇을 깨달았는지를 전혀 몰랐다. 하지만 그날 이후, 이순신은 더 이상 이연을 향한 망궐례를 행하지 않았다. 이순신의 마음속 저 깊은 곳에서 자기도 모르게 탄식이 흘러나왔다.

'바로 이것이었다!'

이순신의 마음속에서 '충과 의'에 관해 의문이 일어난 것은 오래 전이었다. 하지만 그는 그 답을 구하려는 생각을 의식적으로 아예 피하고 있었다. 그런데 의도치 않은 이 뜻밖의 순간, 이순신은 자신을 가뒀던 생각의 모순으로부터 극적으로 탈출한 것이다.

'이제 어찌해야 하는가?'

이순신에겐 자신의 생각을 담은 글자를 직접 눈으로 확인해야 하는 마지막 전투가 남아 있었다. 숨 막히는 시간이 흘렀다. 붓을 잡은 이순신의 손끝이 하염없이 떨리고 있었다.

이순신은 『맹자』를 생각하고 있었다. '충'과 '의'는 본래 모두 하늘이 준 심성이어서 배치될 수가 없는 것이다. 그런데 지금 조선의 수없는 공경대부는 하늘이 준 작위[天爵]를 받은 '충신'들이 아니다. 그들은 사람이 준 작위[人爵]를 받고, 하늘이 준 작위를 버린 '이름뿐인 충신'들이다. '사람의 충'과 '하늘의 의'가 나뉜 것이다. 과연 지금 조선에 하늘이 준 한 마음인 '충'과 '의'는 어디에 있는가? 충신은 역심으로 괴로웠다.

이순신은 자신의 허한 마음을 달래며 적었던 일기의 한 구절이 생각났다. 1595년 7월 1일 자 일기였다.

'나라의 정세를 생각하니, 위태롭기가 아침 이슬 같다. 안으로는 정책을 결정할 동량이 없고, 밖으로는 나라를 바로잡을 주춧돌이 없다. 종묘사직이 끝내 어찌 될지 알 수 없구나!'

언제나 그뿐이었다. 이순신은 그때나 지금이나 방법을 모르기는 마찬가지였다. 이런 고민을 하며 지었던 자신의 시구절도 함께 생각났다.

柚裡有韜摧勁敵 소매 속엔 적 꺾을 비책 있거늘
胸中無策濟生民 가슴속엔 백성 구할 묘책 없네

이순신은 단순한 무인이 아니었다. 왕명을 그저 맹목적으로 받들어 적의 목을 베는 것만으로 삶의 성취감을 느끼는 그런 무인이 아니었다. 그는 보통의 무인이라면 생각하지 않아도 좋을 일로 근심했다. 조선의 왕 이연은 적뿐만 아니라 백성의 일로 근심하는 무인을 낳았다. 그리고는 자신이 낳은 그 무인을 한없이 두려워했다. 백성의 일로 근심하고 있는 무인 이순신은 조선에서 가장 위험한 인물이 된 것이다.

'사생취의(捨生取義:목숨을 버리고 의를 따른다)!'

예기치 못한 순간이었다. 그때 이순신은 『맹자』의 의미를 온몸으로 깨달았다. 경전의 권위를 인정할 수밖에 없었지만 권력자에게

『맹자』는 언제나 양날의 칼이었다. 명 태조 주원장의 『맹자』에 대한 본능적인 분노와 선별적인 타협이야말로 그 단적인 예였다. 조선의 왕이라고 『맹자』가 편하기만 할 이유는 없었다. 그 『맹자』가 치명적인 현실이 돼 이순신의 목을 칼날처럼 겨냥하며 다가왔다. 그저 종이 위의 까만 글자였던 성현의 말씀이 천하를 천둥처럼 울리고 있었다.

제(齊)나라 선(宣)왕:은(殷)나라 탕(湯)왕이 하(夏)나라 폭군 걸(桀)왕을 내쫓고, 주(周)나라 무(武)왕이 은나라 폭군 주(紂)왕을 정벌했다는데 그런 일이 있었습니까?

맹자: '그런 일이 있었다' 고 전해옵니다.

제나라 선왕:신하가 군주를 시해하는 것이 가능한 일입니까?

맹자:어진(仁) 이를 해치는 것을 적(賊)이라 하고, 의(義)로운 자를 해치는 것을 잔(殘)이라 합니다. 잔적(殘賊)한 사람은 일개 필부[一夫]에 불과합니다. 일개 필부[一夫] 주(紂)를 처형[誅]했다는 말은 들어봤지만, 군주를 시(弑)해했다는 말은 아직 들어본 적이 없습니다.

갑자기 이순신의 얼굴이 광채가 나는 듯 밝아졌다.

'그렇다!'

모든 근원은 하늘이 준 인간의 심성 의(義)였다. 군주도 신하도 의를 벗어날 수는 없었다. 이순신은 충과 의가 하나 되기를 바랐다. 그에게 충은 수단이고, 의는 목적이었다. 하지만 만약 그 충이 의를 버린 고관대작들의 요설일 뿐이라면 그 충도 버려야 했다. 이순신은 떨리는 손으로 마지막 글자를 힘주어 적었다.

"이 어찌 몸을 맡긴 신하가 임금을 섬기는 '의(義)'라 하겠는가!"

이순신은 지금까지 늘 막히곤 했던 혼자만의 생각을 드디어 뚫어버렸다. 궁극의 경험이었다. 그는 교조적인 조선 성리학의 백만대군을 혼자서 물리쳤다. 매서운 눈보라가 몰아치던 섣달 그믐날 밤, 이순신의 마음속 전쟁에서 의가 충을 이겼다. 멍에처럼 지고 살았던 생각의 모든 한계가 사라졌다.

6

1598년 2월 16일, 이순신은 보화도를 떠나 17일에 강진의 고금도로 진을 옮겼다. 이순신은 그곳이 한산도보다 오히려 더 좋은 형세라고 생각했다. 이곳에서 무너진 군기(軍器), 무너진 군량, 무너진 사기, 무너진 산업, 무너진 수국을 시급히 재건해야 했다. 군사와 군사의 싸움은 겉에 불과했다. 군사를 지탱하는 물자와 물자의 싸움이 그 속이었다. 애초부터 조정에는 아무것도 기대할 수 없었으므로 이순신은 익숙하게 홀로 처음부터 다시 시작했다.

진을 옮기고 난 며칠 후였다. 밤이 꽤 깊은 시간이었지만 이순신은 임시군막 안에서 군량 사정 등을 생각하며 홀로 전전긍긍하고 있었다. 그는 사람을 기다리는 듯 가끔씩 입구 쪽을 바라보고 있었다. 오래지 않아 막사 입구에 한 젊은이가 들어섰다.

"부르셨습니까?"

이순신이 좌막으로 임명해놓은 이의온이었다. 그는 경주부윤 박의장의 추천으로 지난 1월 하순경, 이순신의 막하로 들어온 20세의 보석 같은 존재였다. 그는 1596년 9월부터 어린 나이에 의병활동을 시작해, 작년 1597년 7월에는 곽재우 진영에서 공을 세웠다. 그리고 11월에는 맏형을 대신해 군량감봉유사를 맡아 수천 석의 군량을 조달하는 놀라운 능력을 보여줬다. 그 뒤, 울산성 공략에 나선 명 경리 양호의 7만 대군이 경주에 왔을 때는 능수능란하게 보급을 뒷바라지했다. 이 일로 체찰사 이원익이 크게 치하하고, 양호는 감탄하며 그에게 칭송시까지 써줬다. 이순신은 아직 깊은 얘기를 못해 본 이 젊은 인재가 무척 궁금했다.

"거기 앉거라."

"네."

이의온은 맑았다. 아직 젊은 나이 때문인지는 모르겠지만 그는 전쟁터에 어울리지 않는 청아한 모습을 하고 있었다. 그러면서도 빠르고 강한 몸을 갖고 있었다. 이순신은 자기도 모르게 마치 자식을 보는 듯한 인자한 눈빛이 되고 있었다. 그간 이순신은 얼핏얼핏 이의온을 볼 때마다 죽은 막내아들 면을 생각하고 있었다. 이의온은 공교롭게 면과 나이까지 같았다. 이순신에게는 가슴이 찡해오는 묘한 인연이었다.

"이곳 생활이 힘들지는 않느냐?"

"괜찮습니다. 왜적과 싸우러 왔는데 어찌 편안함을 구하겠습니까?"

이순신이 가볍게 미소 지었다.

"그래? 다행이다. 그런데 나는 지금 무척 힘들다. 네가 나를 좀 도와다오."

"……."

이의온은 말을 아끼며 눈만 샛별처럼 반짝이고 있었다.

"너는 내가 지금 무슨 일로 힘들어하는지 짐작 가는 바가 없느냐?"

"전장에서의 어려움은 크게 두 가지일 것입니다. 하나는 작전이고, 다른 하나는 보급일 것입니다. 지금은 작전보다는 보급 때문에 힘드실 것으로 짐작됩니다."

"그래, 잘 봤다. 무슨 대책이 없겠느냐?"

이순신은 지난 몇 달간 연해안 주민들의 자발적인 지원과 고을 수령들의 임시변통으로 군량 문제를 근근이 해결해나가고 있었다. 장기대책이 필요한 시점이었다. 이의온은 잠시 이순신의 표정을 살피더니 조심스럽게 말을 꺼냈다.

"이곳 사정을 살펴보고 혼자서 생각해본 대책이 한 가지 있긴 합니다만……."

"그래, 아무 생각이나 괜찮으니 한번 말해보거라."

"아무래도 제 생각엔 배를 이용하는 것이 좋겠습니다."

"배라니? 무슨 말이냐?"

"지금 이곳 연안에 많은 배들이 통행하고 있습니다. 그 배들에 해로통행첩을 발행해주고 대신 쌀을 받았으면 합니다."

"아!"

이순신은 하마터면 무릎까지 칠 뻔했다. 지금까지 아무도 생각지 못했던 감탄할 만한 착상이었다. 약관의 나이에, 그리고 세속을 떠난 듯한 저런 청아한 모습을 하고서, 이런 세속적인 계책을 낼 수 있다니 정말 놀라운 일이었다.

"그렇구나. 정말 좋은 생각이다. 쌀뿐만 아니라 간첩선도 막을 수 있겠구나. 당장 실행해보자."

이의온의 얼굴도 환하게 밝아졌다. 그는 이런 계책을 낸 젊은 자신보다 감탄과 함께 그 계책을 사심 없이 받아들이는 나이 든 이순신이 더 놀라웠다. 그런데 이의온의 말을 듣고 약간의 흥분까지 했던 이순신의 표정이 잠시 후 조금 진지해졌다. 그는 잠깐 생각에 잠기더니 말을 꺼냈다.

"가만 있자, 그런데…… 말하자면 이건 새로운 세금 아니냐? 백성들이 납득하겠느냐? 모두들 형편이 어려울 텐데 이런 세금을 받아도 된다고 생각하느냐?"

이의온이 망설임 없이 대답했다.

"백성들을 무조건 착취하자는 것이 아닙니다. 배로 이익을 얻을 테니 그중 일부를 떼 세금을 내라는 것입니다. 세금이 형평을 잃거나 잘못 쓰이는 것이 문제지 세금 자체가 부당한 것은 아닐 것입니다. 배를 크기별로 나눠 세금을 부과하면 형평 문제도 없을 것입니다. 세금을 걷고, 내고, 쓰는 것을 잘하면 백성과 나라가 함께 부강해질 수 있을 것입니다."

이순신은 연신 감탄하고 있었다.

"바로 내 마음이구나. 아, 너처럼 심원한 인재가 어찌 내 곁에 왔단 말이냐?"

이순신은 지난 몇 달간 서해를 오르내리며 불안한 제해권을 다시 장악했다. 그는 몇 척 안 되는 전선으로 다시 지배하는 바다에서 가능한 빨리 피난민들을 안정시키고 동시에 자신의 수군도 안정해야 했다. 수만 명의 피난민들은 이순신과 한 몸이었다. 그들은 이순신과 함께 싸웠으며, 이순신과 함께 움직였다. 그들은 이순신을 원했으며, 이순신도 그들이 필요했다. 그들은 이순신의 백성들이었다. 이순신은 당장 자신의 백성들에게 해로통행첩 시행을 선포했다. 이순신은 통행첩으로 왜적의 정탐을 막고, 재정을 확충하는 이중의 효과를 노렸다.

"경상·전라·충청 연해를 통행하는 모든 공선과 사선은 통행첩을 받아야 한다. 통행첩이 없는 배는 모두 간첩선으로 간주해 나포할 것이다."

통행첩은 배의 크기에 따라 대·중·소 3등급으로 구분해, 대는 3섬, 중은 2섬, 소는 1섬의 양곡을 받고 발행해줬다. 피난민들은 앞다투어 통행첩을 받아갔다. 이순신은 통행첩을 발행한 지 10여 일 만에 무려 1만여 석의 군량을 확보할 수 있었다. 기적 같은 성과였다.

정유년 재침으로 원균의 수군이 전멸한 이후, 피난민들은 전 재산을 일엽편주에 싣고 불안하게 떠다니는 신세였다. 어차피 그들은 명량대첩 직전에도 이순신의 제안에 따라 군사들에게 방한복과 군량을 지원하며 함께 싸운 사람들이었다. 지켜주지도 못하는 이연의 나라에서 세금을 수탈하는 것을 달가워하는 백성들은 없었지만, 지켜주겠으니 이순신의 수국에 그 비용을 대라는 요구에는 모두들 기꺼이 호응했다.

이제 피난민들은 바다에서 고기를 잡고, 해초류를 채취하고, 상업을 하는 일 등을 안심하고 할 수 있을 것이다. 다시 해안 마을 둔전에서 농사를 지을 수도 있을 것이다. 그 고기와 쌀을 팔아 다시 필요한 생필품을 구입하고, 일상적인 삶을 영위할 수 있을 것이다.

수국의 백성들은 이순신과 함께라면 이 모든 것이 가능하리라고 한결같이 믿었다. 그렇게 이순신의 수국은 급속히 안정을 되찾기 시작했다.

이순신은 '고금도에 한잡인 1,500 가구가 있어 농사를 짓게 했고, 흥양과 광양에서도 군민(軍民)을 모아 둔전을 할 생각이다'고 조정에 간단히 보고했다. 하지만 직접적인 관할 권역만도 훨씬 더 커져, 완도 등 인근의 수만 호 가구가 이순신에게 의지하는 새로운 삶을 시작했다. 둔전 일은 이의온이 맡아서 귀신처럼 잘 수행해줬다. 이순신이 그의 공을 상달해 조정에서 군자감직장을 제수했으나 그는 나이답지 않은 말을 하면서 끝내 사양하고 벼슬을 받으러 가지 않았다.

"왜적이 아직 물러가지 않았는데, 이런 작은 공으로 어찌 큰 은혜를 받을 수 있겠습니까? 상과 벌이 모두 군중의 기율인데 원컨대 밝게 헤아려주시기 바랍니다."

이순신은 군무가 끝나는 저녁이면 틈날 때마다 이의온을 불러 그와 많은 얘기를 나눴다. 그는 문인의 풍모로 무인의 무예를 보여줬으며, 세속을 초월한 듯 세속적인 일들을 처리했다. 이순신은 아들 면의 성품을 많이 닮아있는 이의온에게 아무도 모르는 속 깊은 애정을 느꼈다. 이순신은 이의온을 추천해준 경주부윤 박의장에게 고맙다는 진심 어린 서찰을 보냈다.

이순신은 치밀하게 군비확충을 시작했다. 그간에도 어려움 속에서 전선 건조를 계속해왔지만, 고금도에 정착하고부터는 여건이 아주 좋아져 전선을 보강하는 데 전력을 기울일 수 있었다. 1,500명 남짓했던 수군도 짧은 시간에 8,000명에 육박할 정도로 늘릴 수 있었다. 한산도를 능가하는 수국이 다시 재건되고 있었다.

순천에서 웅크리고 있는 고니시의 왜군도 바빠졌다. 그들은 이순신의 고금도 주둔에 놀라 일주일 뒤부터 성을 쌓기 시작했다. 지난 연말연초에 있었던 울산 왜성의 격렬했던 전투가 왜군을 바짝 긴장시키고 있었다. 눈앞의 이순신 진영은 문자 그대로 눈엣가시 같은 존재였다. 고니시는 조선을 무사히 떠날 수 있을지 벌써부터 초조해지기 시작했다.

7

이연의 조선에서도 백성들과 돈이 필요했다. 그의 조정은 피폐해진 땅과 망실된 토지대장으로 인해 일상적인 조세조차 거둬들이기가 매우 힘들었다. 그 부족한 재정을 보충할 수 있는 궁여지책은 딱 두 가지였다. 하나는 백성들을 수탈할 수 있는 관직을 파는 것이었고, 다른 하나는 돈을 받고 백성들이 저지른 죄를 사해주는 것이었다. 둘 다 심각한 부작용을 만들 수밖에 없었다. 하지만 이연의 조선은 권력을 남용하는 것 말고 다른 적극적인 수단을 찾을 능력이 없었다.

이연은 면사첩을 뿌리고, 벼슬을 파는 일의 부작용 때문에 골치가 아프기는 했지만 그것은 그저 작은 소동에 불과했다. 진짜 문제는 언제나 이순신이었다. 이순신 문제는 차원이 다르게 이연을 괴롭혔다. 이연은 이순신의 명량대첩 장계를 불태워버린 이후 명량대첩에 관해 철저하게 침묵으로 일관했다. 나중에 무슨 조치를 취하긴 해야겠지만 서둘러 나설 이유는 전혀 없었다. 예정됐던 김 ■빼기였다. 하지만 예상대로 문제는 명나라 쪽에서 터져 나왔다.

10월 20일, 이연은 명 경리 양호를 접견했다. 이연은 그 자리에서 양호가 독자적으로 정보를 얻어 이순신에게 정성 어린 상을 내린 것을 아는 체할 수밖에 없었다. 11월 10일, 이연은 어쩔 수 없이 제독총병부에 명량대첩 소식을 포함한 현 상황을 대강 보고했다. 그리고 계속 뒤로 미뤘던 명량대첩 군공기록표를 마지못해 이순신에게 보냈다. 이연은 그런 정도로 마무리됐으면 했다. 누가 뭐래도 자신이 믿을 수 있는 명량해전의 전공은 수 8급이었으니, 그 정도 포상이면 충분했다. 하지만 해를 넘겨 기어이 일이 터지고 말았다.

8

1598년 4월 14일, 경리 접반사 이정구가 경리 양호의 말을 이연에게 보고하기 위해 득달같이 달려왔다.

"전하, 오늘 이른 아침에 양 경리가 조금 이상한 분부를 해서 보고를 드립니다."

"무슨 일인가?"

"경리께서 '내가 강을 건너온 후로, 각처 장수들이 각각 수급을 내게 몇 급, 군문·안찰의 아문에 몇 급, 또 국왕에게는 몇 급씩 바쳐 전공을 검증받았는지 해질녘까지 개진해오라'는 분부를 내렸습니다.”

“그게 뭐가 그리 이상한가?”

“다름이 아니오라, 양 경리께서 ‘내가 지금 주본을 올려 조선 군신이 적을 죽이는 데 진작하고 있는 상황을 명 조정에 알리고 싶다’는 말을 했습니다.”

이연이 펄쩍 뛰듯이 대답했다.

“뭐시라! 왜 그런 주본을 올리겠다는 것인가?”

이정구는 이연의 얼굴이 돌처럼 굳어지는 것을 보며 긴장한 채 말을 이었다.

“양 경리의 의중에 뭔가 곡절이 있는 듯했으며, 매우 급하게 재촉했습니다. 어쨌든지 속히 개진해서 경리에게 보고해야 할 듯싶습니다.”

“그 외에 다른 말은 없었는가?”

“또 분부하기를, ‘이순신이 그렇게 힘써 적을 죽이니, 내가 매우 가상히 여기고, 기뻐하고 있다. 급히 상을 내려 사기를 북돋워야 할 것이다’고 했습니다.”

이연의 얼굴이 검은빛으로 변해갔다.

“이, 이, 이순신……! 상은 저, 전에 줬지 않은가? 은이랑 고, 고기반찬이랑…… 뭐, 또, 다른 건 준 게 없었던가? 벼슬도, 아니, 벼슬은 안 줬고……. 그리고 또 뭐라 했는가?”

이정구는 이연의 당황하는 얼굴빛에 놀라 자기도 모르게 같이 말을 더듬고 있었다.

“야…… 양 경리가 부…… 분부하기를, ‘속히 상격을 더 후하게 해서, 사람들의 마음을 진작시켜야 할 것이다. 만약 그대 나라에서

줄 만한 물건이 없으면 내가 그것을 처리하고 싶다' 고 했습니다. 아마도…… 이…… 이순신에 관한 말을 하고 있는 것 같았습니다."

이연의 얼굴은 이제 완전히 홍당무처럼 붉게 변해있었다. 그는 거의 말이 아닌 신음 소리를 토해내고 있었다.

"그…… 으런 마…… 알까지 했단 말인가?"

"전하, 그러하옵니다."

"에잇!"

이연이 갑자기 벽력같은 소리를 지르며 앞에 있던 서안을 한번 '탁' 내리치더니 벌떡 일어섰다. 그는 일어선 채 두 손으로 서안을 집어 머리끝까지 들어 올렸다. 그러더니 허공을 향해 '아' 하는 괴성과 함께 힘껏 집어 던졌다. 서안 위 책과 서랍이 나뒹굴고, 서안 한 귀퉁이도 깨져 튕겨졌다. 이정구가 두 손을 겹쳐 머리 위로 들어 올려 본능적인 방어 자세를 취했다. 이정구는 하얗게 질린 채 이연의 광중에 혼비백산하고 있었다.

"저, 전하…… 고정하시……."

이연의 입에서 꾹 참고 있었던 말이 폭포수처럼 쏟아져 나왔다. 말을 하고 있는 것이 아니라 분노를 폭발시키고 있었다.

"듣거라! 군공을 드러내 보고하는 것은 감히 할 수 없는 일이다. 내가 괜히 겸손한 말을 하는 것이 아니라 사실이 그렇다! 우리나라 장수들이 수급을 얻은 것은 어린애 장난 같아서 천하에 비웃음거리가 되고 있는데, 어떻게 감히 개록해서 상문까지 한단 말인가?! 그건 다시한 번 명 조정으로부터 죄를 얻는 일이다. 내가 불가하다는 계첩을 직접 만들어 올릴 것이니 비변사에서 다시 논의해 아뢰게 하라!"

이연의 느닷없는 반응에 이정구는 마른하늘에 날벼락을 맞은 사람처럼 정신이 하나도 없었다. 그는 무릎을 꿇은 채 머리를 조아리고 처분만 기다렸다.

"전하, 소, 소신이 일을 자, 잘못 처리해 심려를 끼쳐드렸습니다. 소신을 벌해주시옵……."

"시끄럽다! 시끄럽고, 일어나서 지금 당장 비변사로 가라."

"지금 바로 비변사로 가서 대책을 논의하겠나이다."

이정구가 일어서 뒷걸음으로 문을 나서려 하자, 이연은 여전히 씩씩거리면서도 숨을 고르며 일단 자리에 앉았다. 그리고는 한풀 꺾인 큰소리로 끝내지 못한 말을 마저 마무리했다.

"그리고! 이순신은 포상할 만한 일을 하긴 했지만 가자하는 것은 좀 지나친 듯하다! 하지만 가자해야 할 것인지, 아니면 가자 없이 다른 상을 또 내려야 할 것인지를 비변사에서 의논해 아뢰게 하라!"

몸을 이리저리 돌려 이연의 말을 듣느라 바빴던 이정구가 겨우 문을 나서며 혼자 중얼거렸다.

'가자는 안 된다. 하지만, 가자를 할 것인지 논의는 하라……? 이 괴이한 절차는 언제 들어도 짜증이 좀 나는구만…….'

이연은 몹시 불안했다. 양호의 주본이 어떤 문제를 일으킬지 알수가 없었다. 이연은 '이순신에 대한 가자가 불가하다'는 말을 뱉긴 했지만 아무래도 양호의 움직임에 대한 대책을 세울 필요는 있었다. 이연은 생각을 바꿔 일단 '이순신의 벼슬을 한 계급 올리라'고 지시했다. 4월 28일, 승정원에서 '이순신 등 3인의 직급을 각각 한 자급(資級)씩 올리도록 판하하신 바에 의해 이순신은 이미 절충이 됐으니 가선에 올린다'는 보고가 올라왔다.

'아뿔싸! 그렇지!'

이연은 머리를 긁적거렸다. 이순신은 사실 임진왜란 초기 최초의 전투인 옥포·적진포해전에서 승리한 후 이미 가선대부를 제수받았고, 이어진 당포해전 승리로 자헌대부, 그리고 한산대첩으로 정헌대부를 제수받았었다. 벌써 근 6년이나 됐다. 그런데 백의종군 이후 삼도수군통제사로 복직되는 과정에서 직위는 복직됐지만 품계는 복권되지 않았다. 누가 나서서 주청하지 않으니 그럴 수밖에 없었다. 이런 사유로 승정원에서는 '이순신을 처음부터 다시 새로 가선대부로 승진(?)시켰다'는 말이었다. '이순신을 가자하라'는 이연의 지시가 거꾸로 한참 강등이 돼 돌아온 것이다.

'천하의 고지식한 놈들…….'

이연은 혼자서 고개를 절레절레 흔들었다.

9

연말연초(1597년 12월 23일~1598년 1월 4일)에 조명 연합군의 울산성 대공세가 있었다. 울산성에 갇힌 가토 기요마사는 군량이 바닥나고 식수가 없어 자살까지 생각할 정도였다. 경리 양호는 총공세보다는 시간을 끄는 포위 전략으로 성을 거저먹기를 원했다. 그런데 그것이 큰 실책이었다. 왜 지원군의 반격을 받고, 승전을 눈앞에 둔 조명 연합군은 후회만을 남긴 채 허망하게 퇴각했다. 퇴각조차 허둥지둥 하는 바람에 오히려 왜군에 추격을 당해 그 피해가 막심했다. 패주하는 명군은 대오도 없는 오합지졸이 돼 민가까지 약탈했다. 눈앞의 승전이 어지러운 패전으로 뒤바뀌는 어이없는 상황이 벌어진 것이다.

한편 명에서는 조선 파병이 장기화되자 이에 대한 회의와 논쟁이 시작됐다. 명 조정에 조 각로파와 장 각로파의 대립이 있었다. 조 각로파는 '재정이 고갈됐고, 왜적은 결코 명을 침범하지 못할 것이며, 조선은 자기 문제를 과장하고 있을 뿐이니 왜와 강화노력을 해야 한다'고 주장했다. 반면 장 각로파는 '왜적이 노리는 것은 조선이 아닌 명이고, 요지인 조선에서 왜적을 일거에 쳐부숴 놓지 않으면 후환이 있을 것이므로, 오히려 증파를 해야 한다'고 주장했다.

2월 12일, 조 각로파 주사 정응태가 조선에 들어와 모화관에서 이연의 영접을 받았다. 그리고 바로 문제가 생겼다. 명에서 증파가 시작되고, 이에 맞선 정응태는 조선에서의 철수를 도모하기 위해 양호를 걸고넘어지기 시작했다. 양호는 이런 움직임을 알고 이순신 등의 전공을 상세하게 적어 명 조정에 주본을 올렸던 것이다. '조금만 도와주면 끝낼 수 있다'는 요지였다. 이런 목적을 가진 주본 속에서 조선의 이순신은 천하를 구하고도 남을 명장이었다. 물론 양호 자신의 실책은 축소하고, 공적은 과장하는 것도 잊지 않았다.

이연은 양호의 주본에 담긴 그런 정치적 내막을 몰랐다. 그는 '이순신의 공적'이라는 말만 듣고 화들짝 놀라 무턱대고 화만 냈던 것이다. 하지만 세상 물정 모르는 엉뚱한 화풀이였다. 다행히 주익균이 양호의 주본을 직접 봤다. 주익균은 그 주본 속 이순신 얘기에 귀가 솔깃한 감명을 받았다. 명에 있으면 좋을 인물이었다. 4월 27일, 명 장수 진린은 조선 원정을 위해 요동에 도착했다. 그에게 주익균의 특별한 명령이 떨어졌다. '이순신이 어떤 인물인지를 살피고 도와, 후일에 대비하라'는 것이었다.

주익균은 장 각로파와 조 각로파 사이에서 나름 중도적인 판단을 하려고 노력했다. 군사를 보내되 잘못을 바로잡아 전쟁을 빨리 끝내고 싶었다. 하지만 그는 정응태의 말을 너무 믿었다. 그는 그나마 잘해보려고 노력했던 양호를 파면하고, 만세덕을 임명했다. 이연의 조정은 그때서야 뭔가를 깨닫고, 주익균에게 간절한 탄원서를 올리는 등의 노력을 했지만 더 이상의 방법은 없었다.

1598년 7월 11일, 이연이 홍제원에 나가서 이별 의식을 치렀다. 배웅하는 조선 왕 이연이 울면서 명 경리 양호에게 의지할 곳을 물었다.

"우리나라는 대인에게 의지해 다시 살아났는데, 대인께서 이제 돌아가시니 또다시 어디에 의지해야 합니까?"

떠나는 명 경리 양호가 위로하며 조선 왕 이연에게 자립할 것을 권했다.

"스스로 열심히 노력하면 자연히 흥복할 수 있을 겁니다. 흥복 소식을 들으면 제가 비록 죽어 산에 묻혀있더라도 위안으로 삼고 만족하겠습니다."

10

명은 그간 수군을 파병하지 않았다. 조선의 보급로든 명을 향한 직행로든 바다는 이순신이 있는 한 왜군이 얼씬도 할 수 없다는 것을 잘 알고 있었기 때문이다. 하지만 원균의 괴멸 이후 상황이 급변했다. 이순신이 어찌어찌해서 수습은 했다지만 사정이 열악할 것은 불을 보듯 뻔했다. 명은 어쩔 수 없이 수군을 파병키로 했다. 명 수군의 때늦은 참전으로 조선 수군은 뒤늦은 홍역을 치러야 했다.

1598년 6월, 명 수군 도독첨사 진린의 등장은 화려했다. 강화도에 도착한 군대에 군량미가 제대로 공급되지 않는다는 이유로 진린의 군관들은 수령을 때리고, 욕했다. 심지어 진린은 찰방 이상규의 목에 개처럼 새끼줄을 걸어 얼굴이 피투성이가 되도록 끌고 다녔다. 류성룡이 사정을 해봤으나 쇠귀에 경 읽기였다. 류성룡은 앞날을 걱정하며 한탄했다.

"진린이 내려가면 이순신은 장수의 지휘권을 빼앗기고, 군사들은 학대당할 텐데 이를 어찌한단 말인가? 이순신이 진린을 제지하면 더 화를 낼 것이고, 그대로 두면 저런 행패가 한정이 없을 텐데…… 이순신이 무슨 수로 패전을 모면한단 말인가?! 이 일을 장차 어이 할꼬……."

이순신은 '포악한 진린이 온다'는 얘기를 듣고 몇 날 며칠을 접대준비에 바쳤다. 대대적인 사냥과 고기잡이를 해서 마련한 사슴, 돼지, 해산물 등으로 각종 음식을 준비했다. 난리 통 속 음식으로는 가히 산해진미라 할 만했다. 없는 살림에 이렇게까지 뼈 빠지게 명나라 군사들을 위해 음식 준비를 하다 보니 '차라리 왜적과 전투를 한판 더 치르는 편이 쉽겠다'는 생각이 들 정도였다.

7월 16일, 드디어 5,000여 명의 군사를 이끌고 진린이 나타났다. 이순신은 멀리까지 전선들을 몰고 나가 마중했다. 진에 들어온 진린의 군사는 모두 진탕 마시고 취했다. 그간 진린은 조선의 보급 사정에 고개를 절레절레 흔들었다. 그런 진린인지라 이 척박한 조선 땅 최전선에서 이렇게까지 융숭한 접대를 받을 수 있을 것이라고는 정말 생각지도 못했었다.

술에 취하니 진린과 그의 군사들 모두의 눈에 이순신이 아주 훌륭한 사람으로 보였다. 하지만 접대로 기분이 좋은 건 그때뿐이었다. 그날 저녁부터 바로 문제가 생겼다. 진린의 군사들이 술에 취해 버릇대로 행패를 부리기 시작했다. '민가에 들어가 약탈을 일삼고 있다'는 보고가 들어왔다. 이순신은 처량한 조선의 현실이 너무나 가슴 아프고, 분했다.

'백성들이 이런 일을 당하게 하려고 내가 되놈들에게 그 많은 술과 음식을 처먹였단 말인가?! 그래, 어차피 사는 것도 전쟁이다! 죽을 각오로 맞서지 않고서는 저런 놈들과 함께 살아가기 어렵다.'

다음날, 이순신은 바로 결행했다. 그는 '민가의 허름한 집들을 골라 진린이 보는 앞에서 모두 허물라'고 지시했다. 그리고 '내 옷과 이부자리도 모두 배로 옮겨 실으라'고 지시했다. 괜한 허풍이 아니었다. 이런 일은 최악의 사태까지 감당할 각오가 돼있지 않으면 안 되는 일이었다. 낌새가 이상하자 진린이 급히 이순신에게 사람을 보내왔다. 이순신이 단호하게 말했다.

"가서 여쭈어라. 조선 군사와 백성들은 대국 군사가 온다는 말을 듣고 마치 부모 바라보듯 했다. 그런데 도독의 군사들은 행패를 부리고 약탈을 일삼으니 백성들은 더 이상 견딜 도리가 없다. 그래서 모두 피해 달아나려는 것이다. 나 역시 대장의 몸으로 혼자 남을 수가 없기에 같이 배를 타고 다른 곳으로 피하려 한다. 도독에게 그렇게 전하라.”

사실 명 원정군의 조선 현지 약탈은 거의 관행이 된 상태였다. 그것은 잔악무도했지만 조선 왕 이연도 어쩌지 못하는 약자의 업보였다. 그리고 명 원정군의 입장에서는 남의 나라 전쟁에 목숨 걸고 떠나온 군사들에 대한 일종의 보상이었다. '애걸하며 도움을 요청한 조선에 보상할 돈이 없으면 이런 식의 약탈이라도 하게 놔둬서 보상해야 하지 않느냐'는 것이었다. 세상엔 공짜가 없었다.

'세상엔 공짜가 없다'는 면에서 진린도 계산이 필요했다. 그는 어제의 환영 접대가 미안하기도 했지만, 그런 것보다는 황제의 밀명이 우선 마음에 걸렸다. 그보다 더 큰 문제는 이순신은 자신이 없이도 지금까지처럼 잘 생존하겠지만, 자신은 이 낯선 바다에서 이순신 없이는 전공은커녕 생존조차 불확실하다는 점이었다. 만약 일이 틀어져 이순신이 실제로 자신을 피해 어디론가 가버리기라도 한다면 정말 큰 낭패였다.

진린은 계산착오를 깨닫고 아차 싶었다. 그는 허겁지겁 이순신을 찾았다. 갑자기 처지가 뒤바뀐 진린이 이순신의 손을 덥석 붙잡고 말했다.

“이보시오, 통제사! 오해를 푸시오, 안 될 말이오!”

진린이 수행 군관에게 다급한 목소리로 명령했다.

“어서 통제사 옷과 이부자리를 제자리에 다시 갖다 놔라! 어서!”

이순신이 고집스런 표정을 지으며 말했다.

“도독께서 진심으로 내 말을 들어주실 의향이 있으시오?”

“물론이오, 뭐든 말해보시오.”

“도독의 군사들이 우리를 속국 신하로만 알고 조금도 거리낌이

없소. 그러니 편의상 내게 그것을 금할 수 있는 모든 권한을 주신다
면……."

진린이 이순신의 말이 채 끝나기도 전에 숨넘어갈 듯 대답했다.

"그렇게 하시오!"

이순신은 이후 조선군, 명군을 가리지 않고 군법을 엄히 시행해
진을 안정시켰다. 명 군사들도 진린의 불가피한 사정을 눈치채고
순응할 수밖에 없었다. 이순신은 진린이 기분 상하지 않도록 사후
보고하는 형식을 취하며 능숙하게 조명 연합진을 통제해나갔다.

11

7월 18일, 왜선 백여 척이 녹도를 침범해온다는 첩보가 진에 들
어왔다. 이순신과 진린은 첫 연합 출정을 했다. 하지만 전투는 벌어
지지 않았다. 장흥군 금당도에 이르렀을 때 왜선 두 척이 달아나는
모습만을 볼 수 있었다. 하룻밤을 지낸 후, 이순신은 녹도 만호 송
여종에게 전선 여덟 척을, 진린은 30척을 고흥군 절이도에 매복시
키고 철수했다.

24일, 이순신은 진린의 남은 뒤끝을 풀어주고, 부족한 친밀감을
진작시키기 위해 운주당에서 연회를 베풀었다. 연회가 한참 무르익
을 무렵, 진린의 군관 한 명이 풀 죽은 표정으로 절이도에서 돌아와
진린에게 한 무릎을 꿇고 보고했다. 그 뒤에서 송여종이 잔뜩 시큰
둥한 표정으로 멀거니 서서 그 모습을 지켜보고 있었다.

"오늘 새벽에 적선을 만나…… 적들을…… 모두 소탕했습니다."

진린이 좌중 앞에서 자랑이라도 하려는 듯 큰소리로 물었다.

"그래? 왜놈들을 몇 놈이나 베었느냐?"

"그게, 그…….."

"왜 말을 못하느냐? 몇 놈이냐니까?!"

"조선 수군이 앞에 나서서…… 모두 다 잡고…… 저희 군사들은…… 풍세가 순조롭지 않아, 거의…… 싸우지를 못했습니다."

"뭐시라? 그 말이 사실이렷다?!"

"송구하…….."

사죄보다 분노가 더 빨랐다. 그의 말이 미처 끝나기도 전에, 진린의 술잔이 군관의 머리를 향해 날아가고 있었다.

"이 머저리 같은 놈들이 조선 땅에까지 와서 내 얼굴에 먹칠을 해? 에라, 이!"

진린이 일어서 주안상을 들었다 놨다 하더니, 차마 뒤엎지는 못하고 음식 접시를 하나 집어 막 던지려 했다. 이번에는 다행히 이순신이 조금 더 빨랐다. 이순신은 진린의 팔을 붙잡고 우선 음식 접시를 빼앗았다. 그리고 재빨리 말했다.

"도독, 도독! 일단, 내 말을 좀 들어보시오."

이순신이 씩씩거리는 진린을 겨우 자리에 앉혔다. 이제 조금 차분하게 말문을 열 수 있었다.

"도독! 도독은 명나라 장수고, 이곳 진중을 총지휘하는 분이오. 도독께서 내게 '명, 조선 가릴 것 없이 모든 군사들을 군법으로 함께 통솔하라' 고 위임하신 것은 이곳 진중이 모두 도독의 지휘하에 있기 때문에 가능한 일 아니오? 마찬가지오. 이곳 승첩은 조선, 명

가릴 것 없이 모두 도독의 승첩이오."

"으흠."

진린의 표정이 조금 누그러지는 것을 확인하고, 이순신이 진린의 성깔 받아주는 일을 마무리했다.

"그러니 조선 수군이 베어 온 모든 수급은 당연히 도독께 드리는 게 도리요. 도독이 이곳에 온 지 얼마 되지도 않았는데 황상께 이 승첩을 알리면 얼마나 좋아하시겠소?"

그것으로 깨끗이 마무리됐다. 진린은 자신이 연회석상에서 소동을 피운 것이 오히려 부끄러워질 지경이었다. 머쓱했지만 진린도 뭔가 마무리가 필요했다.

"뭐, 모든 수급까지야…… 필요하겠소? 조선 조정에도 보고는 해야 할 테니……. 허, 허, 흐흠!"

이순신은 이 문제로 약간의 정치를 해야 했다. 진린의 엉뚱한 생색마따나 송여종의 공을 모두 명나라에 내줄 수는 없었다. 송여종은 여덟 척의 전선을 이끌고 매복해, 열한 척의 왜선을 만나 여섯 척을 포획하고 수 71급을 베어 왔다. 이순신은 불만 가득한 송여종에게 말했다.

"그깟 썩은 송장 머리, 명나라 장수에게 내줬다고 뭐가 그리 아까운가? 불만을 가질 이유가 없네. 자네 전공은 모두 내 기억과 장계 속에 들어있을 것이네."

이순신은 진린에게 40급, 그 뒤에서 껄떡거리는 유격 계금에게 5급을 줬다. 그리고 '절이도 전투에서 26급만 베었다'는 거짓된 장계와 '사실은 수급을 진린에게 뺏겼다'는 진실된 장계를 시차를 두고 차례로 올렸다. 이연도 이순신의 장계를 받은 후 조선의 거짓이 명의 진실이 되도록 노력했다. 명 장수들을 만난 자리에서 모른 척 진린에 대해 공치사로 화답해주고, 진실이 문제 되자 심지어는 이순신의 거짓 장계를 명 측에 보내주기까지 했다.

이 일로 인해, 이순신으로서는 무척 다행스럽게도, 한 가지 기대치 않은 변화가 있었다. 그 후 진린의 태도가 완전히 바뀌었다는 사실이다. 다음날, 진린이 이순신을 찾아와 차를 마시며 이런 말을 했다.

"내가 명에 있을 때부터, 이미 이 대인의 얘기를 많이 들어서 잘 알고 있는데, 과연 허명이 아니오!"

진린이 얼떨결에 중요한 정보를 주고 있었다. 하지만 이순신은 그저 스쳐들었다. 이순신은 그때까지만 해도 자신이 명 조정에서 어떤 뜨거운 관심을 받고 있는지 전혀 모르고 있었다. 진지한 표정을 짓고 있던 이순신의 마음에 빙그레 미소가 번졌다.

'내 얘기를 많이 들었다니……? 그리고 허명이 아니라니……? 수급을 이리저리 나눠 주면 명장의 반열에 오르고, 그게 또 명나라까지 소문이 났단 말인가? 허어, 참, 이런 난처한 일이……. 원균도 공동 장계를 허락했을 때 흐뭇한 표정으로 날 천하의 명장 바라보듯 하더니만…….'

이순신은 소리 없이 웃으며 의미 없이 말했다.

"과찬이오."

"아니오, 괜한 칭찬이 아니오. 내가 이곳 진에 온 이후로 이 대인이 지휘하는 것을 유심히 봤소. 이 대인은 이곳 조선에 있기 아까운 인물이오. 내 앞으로 전투에 임할 때면 이 대인을 믿고 이 대인의 지휘를 받으리다."

진린은 욕심 사나운 인물이긴 했지만 조선인 이순신을 경쟁상대로 생각하지는 않았다. 그래서 그는 이순신을 있는 그대로 볼 수 있었다. 이순신으로서는 조금 의아했지만 어쨌든 잘된 일이었다. 그가 모든 것을 자신에게 맡기지는 않겠지만 적어도 나서서 모든 작전을 지휘하겠다고 덤비지는 않을 것 같았다. 그렇게만 된다면 바다 위 전투에서 위험에 빠질 확률을 최소화할 수 있었다. 기분 좋은 대세였다.

진린은 주익균의 밀명을 이행키로 했다. 그는 이순신을 충분히 파악했다고 믿었다. 그는 주익균에게 자신의 전공보고와 함께 이순신의 능력을 극찬하는 장계를 올렸다. 그 장계에는 '이순신은 천지를 주무르는 재주와 나라를 바로잡은 공이 있다[李舜臣有 經天緯地之才 補天浴日之功]'는 극찬이 적혀있었다. 진린의 장계를 받은 주익균은 이순신의 지난 전공보다는 앞으로의 전공에 대한 기대가 더 컸다. 진린도 이순신이라는 인물을 얻는다면 그것이 장차 자신의 가장 큰 전공이 될 것이라고 생각했다. 주익균과 그의 특명을 받은 진린은 모두 확신했다.

'이런 자는 반드시 데려와(가)야 한다!'

12

1598년 9월 30일, 검은 밤하늘이 대낮처럼 하얗게 밝아졌다. 저 멀리서 전선 백여 척이 이순신의 고금도 진에 다가오고 있었다. 뒤늦게 합류하는 명 수군이었다. 바다 물결은 그 백여 척의 배가 밝혀놓은 휘황찬란한 불빛을 받아 아름다운 등촉을 바닷속까지 실어놓은 듯 깊숙이 반짝이고 있었다. 오랜만에 환한 얼굴을 한 이순신과 진린, 두 사람은 짙은 가을 밤바람을 맞으며 고금도 포구에서 함께 이 장관을 지켜보고 있었다. 이순신이 흡족한 미소를 지으며 진린의 옆모습을 흘깃 한 번 스쳐보며 말했다.

"지금쯤, 저 불빛을 본 왜적들의 간담이 떨어졌겠소이다."

점점 밝아지는 바다 위 불빛을 지켜보던 진린은 아예 고개를 돌려 이순신의 표정을 살피며 호탕한 목소리로 의미심장하게 말했다.

"왜적들이 저 배 속에 지금 무엇이 들어있는지를 알면 당장 섬나라 소굴로 꽁무니를 빼고 도주할 것이외다. 하하하."

이순신도 3일 전에야 저 배 속에 지금 무엇이 들어있는지를 급작스럽게 알게 됐다. 왜적들이 꽁무니를 빼고 도망갈 만한 물건은 아니었지만 간계까지 써가며 이순신을 해치려던 그들로서도 조금쯤은 낙담할 만한 것이기는 했다. 그 점에서는 어쩌면 이연이 더할지도 모를 일이었다.

13

3일 전, 그날은 아침에 비가 잠깐 뿌리더니 종일토록 서풍이 세게 불었다. 서해에서 고금도 쪽으로 배를 움직이기에 좋은 바람이었다. 이순신은 '함께 식사하자'는 진린의 연락을 받고 도독부로 갔다. 이순신이 자리에 앉자마자 진린이 '깜짝 놀랄 만한 소식을 알려주겠다'면서 군문 형개로부터 받은 서신을 이순신에게 보여줬다.

거기에는 수군의 활동상을 치하하는 말과 함께 정말 깜짝 놀랄 만한 소식이 들어있었다. 그 소식인즉슨, '명 황제가 이순신을 수군 도독으로 임명했으며, 증원부대가 도독에게 하사하는 팔사품을 가지고 곧 도착할 것이다'는 내용이었다.

명 수군 도독! 탐한 적도 없고, 생각해본 적도 없는 난데없는 벼슬이었다. 멍한 충격을 받은 이순신은 온통 한 가지 생각만으로 머리가 어지러웠다.

'왜 내게 이런 벼슬을 주는가?'

이순신의 호들갑스런 반응이 없자 진린이 허허롭게 웃으며 말했다.

"허허, 기쁘지 않소? 도독이면 나보다 더 높은 벼슬이오."

조선에서는 진린을 도독이라고 높여 부르고 있었지만, 정식으로는 그는 도독보다 두 단계 낮은 도독첨사였다. 그런데 그보다 높은 벼슬을 이순신이 받은 것이다. 지금은 비록 이름뿐이지만 언제라도 실질적인 힘을 가질 수 있는 벼슬이었다. 주익균은 기왕 유혹하는 벼슬을 줄 바엔 도독첨사 진린이 자기 벼슬보다 높아 다소 맥이 빠질지라도 이순신에게 도독이라는 통 큰 벼슬을 내리기로 했다.

"당연히 기쁘오. 하지만 황상께서 내게 감당키 힘든 벼슬을 내리신 것 같소."

식사를 하는 내내, 이순신은 혼자 생각에 잠겨 별말이 없었다. 사실을 말하자면 이순신은 기쁘기보다는 불안했다. 생각이 깊어질수록 그의 얼굴빛은 점점 어두워졌다. 이순신은 명 조정에서 양호의 주본을 받은 이후 그를 어떻게 활용할 것인가를 은밀히 논의하기 시작한 사실을 전혀 모르고 있었다. 주익균은 '이순신이 도독 벼슬을 받을 충분한 자격이 있다'는 정보를 조선을 거쳐 온 많은 명 장수들로부터 이미 넘치도록 듣고 있었다.

주익균이 조정의 강력한 건의를 받아 이순신에게 도독 벼슬을 내린 이유는 크게 세 가지였다.

우선 첫 번째 이유는, 명 황제 주익균의 힘으로 이순신을 조선 왕 이연으로부터 보호하자는 것이었다. 이연은 도독보다 계급이 낮은 명 장수에게도 먼저 절을 올리는 사람이었다. 그런 이연이기에 앞으로 명 도독 벼슬을 받은 이순신을 황제의 권위를 모독하며 함부로 건드릴 수는 없을 것이었다. 이순신이 명 장수들과 소통한다는 사실은 이연을 많이 불안케 했었다. 그 불안이 결국 현실화됐다. 이제 암살 등의 은밀한 방법이 아닌 공개적으로 이순신의 목숨을 노리기 위해서는 이연 자신도 상당한 정치적 위험을 감수해야만 하게 됐다. 물론 주익균의 이순신 보호는 뚜렷한 목적이 있었다.

두 번째 이유는, 이순신의 집권 가능성에 대비하자는 것이었다. 이순신이 스스로를 어떻게 생각하고 있든 명은 그를 얼마든지 새 나라를 세울 능력이 있는 인물로 주목한 것이다. 말하자면 주익균은 이순신을 조선의 누르하치쯤으로 간주한 것이다. 이순신이 언제, 어떻게 조선 땅의 권력을 장악할지 모르므로 그를 명 관직으로 묶어두는 것은 아주 효과적이면서도 값싼 구속수단이었다. 조선 세조 이유가 대마도주 종성직을 판중추원사 겸 대마주 도절제사라는 관직으로 묶어두며 기미책을 썼던 것과 비슷한 행태였다. 당연히 주익균의 이런 태도는 이연에게는 악몽 같은 배신이었다.

마지막 세 번째 이유는, 이순신이 독자적인 나라를 세울 인물이 아니라면, 그를 명으로 데려와 능력만을 이용하자는 것이었다. 명은 여진으로부터 실질적인 위협을 느끼고 있었다. 당시에는 수군과 육군의 구분이 불분명한 시대였고, 명은 이순신이 여진을 막을 만한 충분한 능력이 있다고 판단했다. 그의 능력이면 대마도나 일본 본토도 충분히 노려볼 만했다. 그리고 여차해서 전후 조선에 내부 혼란이라도 일어나면 이순신을 앞세워 괴뢰정권을 세울 수도 있었다. 어이없게도 조선의 이연은 이순신을 죽이지 못해 안달하고 있었고, 명의 주익균은 이순신을 이용하기 위해 안달하고 있었다.

차를 마시면서도 이순신은 내내 불안한 마음을 떨치지 못했다. 그의 걱정은 바로 지금 도탄에 빠져있는 조선 땅과 백성들이었다.

'명 수군 도독이라…… 이 벼슬을 장차 어찌해야 하는가?'

이용하기에 따라서는 좋은 점이 전혀 없다고 할 수는 없겠지만 이연이 이를 어떻게 생각할 것인지도 큰 문제였다. 위협이 더 커질 수도 있었다. 이순신은 상황이 야기하고 있는 불안한 마음을 다잡고 싶었지만 진린의 은밀한 목소리가 그의 귀를 계속 어지럽혔다.

"가십시다. 이 전쟁 후딱 해치우고 명으로 가십시다! 요동에 가서 이 대인의 세상을 한번 만들어보시오. 여진 세력을 막아 전공을 크게 한번 세워보시오! 그럼 새 세상이 열릴 것이오."

찻잔에 비친 이순신의 얼굴에 짙은 그림자만 지고 있었다.

'내가 떠나면 이 조선은 어떻게 되는가? 왜적을 몰아내고 평화를 유지할 수 있는가? 내가 떠나지 않으면 어떻게 되는가? 이 조선을 지키며 평화롭게 살아갈 수 있는가? 아니, 내 의지대로 떠나지 않을 수는 있는가?'

14

　마중 나간 조선 수군의 인도를 받아 명 지원군의 배가 정박을 모두 끝냈다. 명 수군 전체가 배에서 내리자 포구는 한순간에 시장처럼 북적거렸다. 이순신과 진린이 나란히 서서 마주 오는 명 장수들을 맞이했다. 참장 왕원주, 파총 이원상, 유격 부일승이 배에서 내려 나란히 걸어왔다. 뒤에는 수십 명의 호위 군관들이 손에 여러 개의 화려한 상자를 공손히 받들고 있었다. 그들이 가까이 다가오자 진린이 호탕하게 말했다.

　"어서들 오시오. 불빛만으로도 장관이었소. 하하하."

　왕원주가 반갑게 응답했다.

　"건강한 모습을 다시 뵈니 정말 감개무량합니다."

　이순신도 환영했다.

　"반갑소. 모두들 먼 길 오시느라 정말 고생이 많았소."

　왕원주가 이순신을 알아보고, 두 손을 모아쥐며 공손히 고개 숙여 대답했다.

　"도독, 뵙게 돼서 영광입니다."

　옆에 선 이원상과 부일승도 합창하듯 인사했다.

　"영광입니다."

　이미 알고는 있었지만, 이순신은 '도독' 이라는 호칭이 무척 낯설었다. 그들은 모두 함께 진린의 도독부로 갔다. 왕원주 일행이 소중하게 받들고 온 것은 명 황제 주익균이 이순신에게 하사한 팔사품이었다. 팔사품은 도독의 직인인 도독인, 군령을 내릴 때 지참케 했던 영패 2종, 호위용 귀도, 목을 베는데 사용하는 참도, 전투 신호용 곡나팔, 전투를 독려하는 독전기, 작전 지휘용 홍소령기, 남소령기로 구성돼있었다. 의식이 진행됐다. 이순신은 사배를 했다. 왕원주가 큰 소리로 읽고 있는 황제의 음성이 아득했다.

"짐은 이르노라. 짐은 이제 조선의 삼도수군통제사 이순신에게 대명 수군 도독의 직을 내리노니……."

이순신은 명 수군 도독이라는 직함과 팔사품의 의미를 새삼 되씹고 있었다. 그것은 분명 미래의 정치적 소용돌이였다. 그는 생각만으로도 이 팔사품의 소용돌이를 감당하기가 너무 힘들었다. 하지만 이 운명을 거부할 힘이 없었다. 이순신은 수많은 별들이 하늘 높이 반짝이고, 바다의 물결이 그 별빛보다 더 아름답게 찰랑이던 밤, 명 황제 주익균이 내린 한 잔의 술을 마시고 있었다. 그 술은 그의 장도를 호위하는 축배이자 운명을 옭아매는 독배였다.

제11장

미궁의 붉은 바다

1

　시간은 종착역을 향해 달리고 있었다. 그 종착역에서 모든 음모
와 책략은 소용돌이처럼 한데 모여 격렬하게 폭발할 것이었다. 종
착역으로 가는 길목에서 작은 전투가 벌어지고 있었지만 이순신의
마음은 온통 그 운명을 건 마지막 결전에 가 있었다. 그토록 분명했
던 세상은 온통 안개로 뒤덮여 있었다. 이순신은 결심할 수가 없었
다. 그의 앞에는 죽고 사는 문제보다 풀기 어려운 난제가 가로놓여
있었다. 이 난제를 어떻게 푸느냐에 따라 지금 이 땅에 살고 있는,
그리고 앞으로 이 땅에서 살아갈 백성의 운명이 결정될 것이었다.
　'어떻게 싸워야 하는가?'
　이순신의 마음속에는 그를 옭아매 왔던 생각의 한계는 이미 없었
다. 조선도, 이연도, 성리학도, 그리고 자신의 목숨도, 권력도, 명예
도, 그 어떤 것도 그의 생각을 옭아매는 한계는 아니었다. 그는 이
모든 것을 굴복시킬 시간의 역사만을 생각하고 있었다. 조선이 흥

할 수 있으면 그러기를 바랐다. 조선이 망하고 새 나라가 흥해야 한다면 또한 그러기를 바랐다. 마찬가지로, 자신이 살아 이 세상의 꽃이 돼야 한다면 그러기를 바랐다. 자신이 죽어 이 세상의 거름이 돼야 한다면 또한 오롯이 그러기를 바랐다.

'무엇이 의로움인가?'

이순신은 알 수 없었다. '의로움에 따르겠다'는 의지와 '무엇이 의로움인가' 하는 판단은 마치 별개인 듯 서로를 외면하고 있었다. 잠 못 이루는 밤을 보여주기라도 하듯 그의 머리는 거의 하얗게 세어버렸다. 그는 도주하는 왜적을 처벌하는 것으로 자신의 역할이 끝나기를 바랐다. 하지만 단순히 생각해봐도 그것은 단지 기대일 뿐이었다. 조선은 허약했고, 조선을 둘러싼 세상은 음산했다. 그는 마음 편히 눈을 감을 수도 없었다. 이순신의 삶은 죽음보다 더한 고통이었다.

2

1598년 10월의 하순이 시작되고 있었다. 달빛도 거의 없는 초겨울 밤, 이순신은 통제선 장대 위에 올라 먼 바다를 바라보고 있었다. 바다는 그저 검은 허공이었고, 귓전엔 잔잔하게 파도치는 소리뿐이었다. 이순신은 파도 소리에 숨어 소리 없이 울고 있었다. 아들 이회가 좁은 공간 바로 뒤에서, 그런 아버지를 말없이 지켜보고 있었다. 보이지는 않았지만 울고 있다는 걸 느꼈다. 함부로 말을 붙일 수조차 없는 무거운 정적이 흘렀다. 이순신의 힘없는 어깨를 느끼고 있자니 어느새 이회도 눈시울이 젖었다. 이순신이 고개를 돌리지도 않고 거의 들릴 듯 말 듯한 목소리로 아들에게 말했다.

"아들아."

"네, 아버님."

다시 정적이 흘렀다. 끊어질 듯한 대화가 겨우 이어졌다.

"이 아비는 사는 게 죽는 것만 못하구나."

"아버님……."

"나는 이 전쟁이 끝나는 날 죽었으면 한다."

아들이 말의 무게를 못 이겨 무릎을 꿇고 주저앉았다.

"아버님, 전쟁은 이제 다 끝났습니다. 이 못난 불효자식이 아버님을 모시고 살 수 있게 해주십시오."

아들은 소리 내어 흐느꼈다. 그는 아버지가 지금 이러는 이유를 어렴풋이나마 짐작은 하고 있었다. 세상이 원망스러웠다. 왜 아버지가 죄인이 돼야 하는가? 왜 아버지가 희생돼야 하는가? 세상은 왜 공평하지 못한가? 이런 세상을 무엇을 위해, 왜 지켜야 하는가? 전쟁터에서 목숨을 잃는 것도 서러운데 하물며 목숨을 잃기를 바라는 것을 어떻게 이해할 수 있단 말인가? 아들은 억장이 무너지는 참담함을 감출 길이 없었다. 아들의 저 밑바닥 분노를 느꼈는지 이순신이 달래듯 말을 이었다.

"세상을 원망하지 말거라. 그것이 있는 그대로의 세상이다."

"이런 세상을 왜 지켜야 합니까?"

"나는 시간을 믿는다. 시간이 세상을 조금씩이라도 정화해줄 것이다. 내가 그 시간의 거름이 된다 한들 무슨 불만이 있겠느냐? 그것으로 다 이룬 것이다."

"아버님이 왜 하필 그 거름이 돼야 합니까?"

"모두가 거름이고, 모두가 꽃이다. 시간 앞에서 그들도 나만큼 고통스러웠을 것이고, 나도 그들만큼 행복했다."

"아버님……, 소자는 무슨 말씀인지……. 저는 그저 고생하신 아버님께서 평안한 노후를……."

아들은 말을 맺지 못했다. 아버지의 생각이 세속을 떠나 저 멀리 나가 있는 것을 느꼈기 때문이다. 아들은 그 자리에서 혼자 힘으로 아버지를 설득할 엄두를 낼 수 없었다. 힘을 합쳐야 했다. 아버지의 뜻을 꺾어야 했다. 다른 건 몰라도 스스로 죽음을 택하게 할 수는 없는 일이었다. 죽겠다고 죽을 수 있는 것인지도 모르겠으나, 어쨌든 그런 일은 생각조차 할 수 없게 만들어야 했다.

3

이회는 아주 조심스럽게 도움을 요청했다. 우선 이완, 그리고 혈육만큼이나 가까운 송희립, 류형, 이의온에게 순교를 원하는 아버지의 어두운 심경을 알렸다. 그들도 이미 이순신이 처해있는 상황을 모두 잘 알고 있었다. 그들은 이순신의 심경을 전해 듣고 어렵지 않게 뜻을 모았다. 그들은 이 조선에서 더 이상의 희망을 볼 수 없었다. 조선이 설령 살아남는다 하더라도 그 생기는 이미 소멸됐다고 느꼈다. 나라를 구한 장수를 죽여야겠다고 역심을 품는 나라라면 그것은 이미 온전한 나라가 아니었다. 그렇다고 단순히 이순신에게 조선을 떠나라고 권유하는 것도 썩 내키는 일은 아니었다.

그들 모두는 이순신을 죽게 내버려 두느니 백성을 위해서라도 새나라를 세우는 것이 옳은 일이라고 생각했다. 이순신이 결심만 한다면 그를 따를 사람들은 두 개의 나라를 세우고도 남을 만큼 많을 것이었다. 그들이 보기에 먹고 살아가는 물적 토대는 이미 무너졌다. 다만, 습관처럼 오래된 기강과 이념만이 나라를 겨우 떠받치고 있었다. 지배계급은 지배할 능력이 없었다. 그렇다고 그 지배의 틀을 스스로 허물어 새로운 세상을 받아들일 준비도 돼있지 않았다. 그들이 받아들일 수 없다면 물러나도록 만들어야 했다. 새 틀을 세우는 것이 헌 틀을 고치는 것보다 쉬워보였다.

폭발만 시키면 한 줌도 안 되는 지배계급은 단숨에 무너질 것이었다. 명은 이미 7년간이나 기력을 소모했다. 그들은 다시 이순신을 적으로 만들어 싸울 힘도 의지도 부족해보였다. '위학증의 주본'은 그냥 아무렇게나 흘러나올 수 있는 문건이 아니었다. 명으로선 그들의 이익만 지켜진다면 반드시 '이연의 조선'이어야만 하는 것이 아닐 것이다. 지금까지 조선이 명에 복종해왔지 명이 조선에 충성해온 것이 아니었다. 새 나라를 세워 착실히 힘을 기른다면 중흥의 기회는 언젠가는 반드시 올 것이었다. 하지만 결국 최종 문제는 이순신의 결심이었다.

본격적인 추위가 시작되고 있는 11월 초 해질녘이었다. 이회를 위시한 그들은 월송대에 임시 막사를 세우고 횃불을 켰다. 막사 안에는 빙 둘러앉을 수 있는 통나무 의자 몇 개를 마련했다. 경계하는 군졸들은 저 멀리 한참 떨어져 있게 했다. 막사 주위는 금이를 시켜 다시 경계하게 했다. 청을 받은 이순신이 왔다. 모두 막사 안으로 들어가 자리를 잡았다. 이순신은 무슨 일로 그들이 심각하게 자신을 대면코자 하는지 이미 잘 알고 있었다. 어차피 그들을 설득해야 했다. 자신이 설득당할지도 모른다는 희미한 불안감을 느꼈지만 마음을 다잡고 그들의 비장한 얼굴을 바라봤다. 류형이 먼저 입을 열었다.

"아드님한테서 말씀은 대충 들었습니다. 그러실 순 없습니다."

"내가 죽지 않을 방책이 있는가?"

"통제사께서 죽는 대신 조선을 죽이십시오!"

모두의 침묵이 길게 이어졌다. 이순신과 마찬가지로, 지금 그들 역시 머릿속 한계는 아무것도 없었다. 두려운 것은 실패가 아니라 의로움이었다. 이성계의 조선이 지금 이곳에서 최대의 시련을 맞았다. 조선은 자신이 살아야 할 이유를 대야 했다. 그리고 이순신의 죽음을 원치 않는 그들은 조선이 죽어야 할 이유를 대야 했다. 나라가 살아야 할 이유를 대지 못한다면 죽어야 할 목숨의 부질없는 연명에 불과할 것이다. 죽을 나라는 빨리 죽는 게 모두를 위해 좋았다. 이순신이 침묵을 깼다.

"내가 죽는 대신 조선이 죽어야 할 이유가 뭔가?"

다시 잠깐의 침묵이 흘렀다. 이번에는 이회가 말을 받았다.

"조선은 구국의 은인조차 죽이려 하는 나라입니다."

"그것이 조선이 죽어야 할 이유의 전부냐?"

류형이 도왔다.

"조선은 이미 무너지고 있습니다. 조선을 죽이는 것이 조선을 위하는 길입니다."

이순신이 깊은 한숨을 쉬었다. 막사 안에 열기가 넘쳤다. 그들 모두는 추위조차 느끼지 못했다. 밤이 어두워지고, 횃불들은 더욱 밝게 빛나고 있었다.

"확신하는가?"

"……."

모두의 입이 굳게 닫혀있자, 송희립이 무겁게 입을 뗐다.

"죽여보면 알 것입니다. 죽을 목숨이면 당연히 죽을 것이고, 살 자격 있는 목숨이면 죽이려 한 자들이 죽을 것입니다."

이완도 한마디 거들었다.

"나라든 인간이든, 목숨이 하늘의 뜻에 달려있다면 저희가 성패를 걱정할 일이 아닙니다."

류형이 이순신을 본격적으로 압박했다.

"주상은 이 나라를 이끌어나갈 자격이 없습니다. 최소한 그건 확신합니다. 주상이 나라님인데 주상이 자격이 없다면 이 나라 또한 자격이 없다는 말일 것입니다."

이순신이 칼로 자르듯 정확하게 정정했다.

"조선이 나라로서 자격이 없다는 말과 주상이 나라의 임금으로서 자격이 없다는 말은 다르네. 말인즉슨, 새 나라를 세우는 것과 새 주상을 세우는 것은 다르다는 말일세."

류형도 일도양단의 그 칼날을 정확하게 받아쳤다.

"굳이 그렇게 말씀하신다면…… 조선과 주상은 이미 모두 연명의 근거를 잃었습니다. 먼저 주상이 왜 연명의 자격이 없는지부터 말씀드리겠습니다. 주상은 용서받지 못할 세 가지 반역죄를 지었습니다."

이순신이 물었다.

"무엇인가?"

류형이 작심한 듯 대답했다.

"그 하나는, 나라를 버리고자 한 죄입니다. 그 둘은, 적과 내통한 죄입니다. 그 셋은, 적과 맞선 무고한 장수를 죽인, 또 죽이고자 한 죄입니다. 이 모두 백성의 이름으로 용서할 수 없는 반역죄입니다."

두 번째, '적과 내통한 죄'란 왜적 요시라에게 뇌물을 주고 내통해 속임수 첩보를 받아 이순신을 무함한 반역죄였다. 세 번째, '적과 맞선 무고한 장수를 죽인, 또 죽이고자 한 죄'란 김덕령을 죽인, 또 이순신을 죽이고자 한 반역죄였다. 첫 번째, '나라를 버리고자 한 죄'란 이제는 거의 모든 이들이 알게 된 이연의 개전 초기 반역죄였다. 왜적에게 쫓기던 개전 초, 이연은 압록강 변 의주에서 명을 바라보며 조선과 조선의 왕위를 버리고 도주할 생각을 했었다. 실패로 끝났지만 그것은 용서할 수 없는 역심이었다.

4

왜란이 터진 지 보름 후인 1592년 4월 28일, 삼도순변사 신립이 이끄는 조선 최후의 정규군 8,000여 명이 충주의 탄금대에서 궤멸됐다. 군졸들의 도주와 정보부재 속에서, 천혜의 산악요충지 조령을 포기하고 막무가내로 배수진을 친 것이 결과적으로는 큰 실책이었다. 왜군이 한성으로 올라가는 길은 이제 아무것도 거칠 것 없는 무인지경이 됐다.

도성의 백성들은 살고 싶었다. 그간 이연은 한성의 사대문을 닫은 채 백성들이 피난 가는 것을 금지시켰다. 백성들은 밤이면 밧줄을 타고 성을 빠져나갔지만 혼란한 피난길 와중에 이산가족이 되기도 했다. 도적들은 곳곳에서 출몰해 재물을 약탈하고, 부녀자를 납치·겁탈했다. 이연의 조정을 원망하는 백성들의 곡소리가 길에 넘쳐흘렀다.

도성의 이연도 살고 싶었다. 최후까지 백성들의 피난길을 막아 방어막을 구축해야 했지만, 여차하면 백성들은 나 몰라라 하며 재빨리 떠나야 했다. 이연은 이미 도망길에 필수적인 '미투리와 은을 사재기하라'고 명했었다. 시중에서는 이 피난 필수품이 모두 동나 버렸다. 기성 부원군 유홍이 '경성을 고수해 사직과 함께 죽자'면서 상소했다.

"미투리는 궁궐에서 쓰는 것이 아니고, 백금은 적을 방어하는 물건이 아닙니다. 바야흐로 우격(羽檄:급한 격문)이 우왕좌왕 급한데 갑자기 각지에서 사재기할 것을 명하시니 전하께서는 어찌 이렇게 나라를 망치는 일을 하십니까?"

유홍은 사직과 함께 비장하게 죽은 다음 일은 생각하지 않았다. 이연은 유홍의 그런 대책 없는 입바른 소리가 미웠다. 하지만 그는 일단 유홍을 불러 뻔한 거짓말로 위유했다. 그의 턱도 없는 거짓말이 당분간이라도 백성에게 퍼졌으면 해서였다.

"내가 이곳을 버리고 어디로 가겠는가? 미투리는 출정하는 군사들에게 나눠주려고 사 모으라 했고, 백금은 변란 전에 이미 사 모으라 한 것이니, 다른 목적이 있다는 말은 날조된 것이다. 경은 의심하지 말라."

이연은 광해군 이혼을 세자로 세운 다음, 한성을 버리고 도망 길에 나서기로 결정했다. 몇몇 반대가 있었지만 도저히 다른 생각을 할 여지가 없었다. 다만 거짓말을 한 번 더 해야 했다. 이제 그 정도는 이연으로서는 크게 어려운 일도 아니었다.

4월 29일, 종실 해풍군 이기 등 수십 명이 합문을 두드리고 통곡하자, 이연이 전교했다.

"마땅히 도망가지 않고, 경들과 함께 목숨을 바칠 것이다."

다음날인 4월 30일 새벽, 그 거짓말의 여운이 귓전에서 채 사라지기도 전에 이연은 한성을 떠났다. 칠흑처럼 어두운 밤에 장대비까지 내려 길은 온통 진흙탕이었다. 이연은 군복 차림으로 말을 타고 있었다. 교자꾼 대부분은 일찌감치 도망가버려, 숙의 이하 후궁들은 가마 대신 말로 갈아타고, 궁인들은 흙탕물에 범벅이 돼 통곡하면서 행렬을 따라 걷고 있었다. 젊은 도승지 이항복이 늙은이처럼 구부정한 어깨를 하고는 조선의 운명처럼 꺼질 듯 말 듯한 초롱불을 들고서 앞에서 행렬을 인도했다. 눈치 빠른 신하들은 슬금슬금 빠져나가 행렬은 채 1백 명도 되지 않았다.

이연은 백성을 버리고, 백성은 이연을 버렸다. 거가가 떠나려 할 즈음, 도성 안의 백성들은 우선 내탕고에 들어가 보물을 다퉈 가졌다. 이윽고 거가가 떠나자, 난민이 어지럽게 일어나 공사 노비의 문적이 있는 장례원(掌隷院)과 형조를 불태웠다. 궁궐의 남은 창고도 노략하고 불을 질렀다. 경복궁 · 창덕궁 · 창경궁 세 궁궐에 모두 불을 질렀다. 평소 많은 재물을 모은 것으로 소문난 임해군의 집과 병조 판서 홍여순의 집도 빼놓지 않고 불을 질렀다.

이연의 피난 일행은 임진강을 어렵게 건너 밤이 깊어서야 겨우 동파역에 도착했다. 임금 접대를 위해 파견된 관리[支待差使員]인 파주 목사 허진과 장단 부사 구효연이 어렵게 밥상을 준비했다. 하지만 그 밥상을 준비하는 것보다 그것을 이연 앞에까지 나르는 게 더 힘들었다. 밥상 준비가 거의 끝났을 때, 호위하던 시종들이 갑자기 부엌에 난입해 음식을 닥치는 대로 먹어치웠다. 조금만 더 빨리 움직였으면 밥상 나르는 걸 성공할 수 있었는데 너무나 아쉬웠다. 밥상을 뺏겨 충성심을 의심받게 된 파주 목사와 장단 부사는 후환이 두려워 도망쳐버렸다. 이연은 그날 밤 굶을 수밖에 없었다.

다음날 아침, 이연이 동파관을 출발하기에 앞서 중신들을 불러모았다. 모두들 배가 몹시 고팠지만, 당장의 배고픔보다 더 중요한 문제가 있었다. 어디로 갈 것인가? 이제 더 이상 모든 것을 감추고 자시고 할 상황이 아니었다. 이연은 이 비극적인 상황에 가슴이 미어졌다. 그것이 자신의 무능이 초래한 자업자득임을 인정해봐도, 고개를 저으며 부인해봐도, 가슴이 미어지는 건 마찬가지였다. 이연이 영의정 이산해와 좌의정 류성룡을 부른 뒤, 손으로 가슴을 치며 말했다.

"일이 이 지경이 됐으니 내가 어디로 가야겠소? 꺼리거나 숨기지 말고, 속마음을 모두 말해보시오."

이연은 신하들의 속마음을 듣고 싶었던 게 아니었다. 사실은 자신의 속마음을 털어놓고 싶어서 그렇게 분위기를 띄웠다. 그래도 여러 신하들은 아무도 선뜻 말을 못하고 그저 엎드려 눈물만 흘리고 있었다. 윤두수가 재빨리 이연의 위험한 의중을 읽고 제동을 걸었다. 그는 건저(세자책봉) 문제로 회령에 유배돼있다 왜란이 터지자

급히 복권돼 합류했었다.

"전하, 군왕은 필부와 같은 지위가 아니옵니다. 신중하셔야 합니다. 북도는 군사와 말이 아주 강하고, 함흥과 경성은 모두 천연적으로 험준한 곳이니, 재를 넘어 북쪽으로 가는 것이 좋겠습니다."

이연이 이항복에게 도움을 구했다.

"승지의 뜻은 어떠하오?"

이항복이 기어이 일을 저질렀다.

"거가가 장차 의주에 머물 만합니다. 만약 형세가 궁하고 힘이 다해 팔도가 모두 함락되면 바로 명에 가서 호소할 수 있습니다."

이연은 바로 그 말을 듣고 싶었다. 그는 조선과 조선 백성에 대한 역심으로 불안한 가슴이 몹시 뛰고 있음을 느꼈다. 그는 습관처럼 류성룡의 눈치를 살폈다. 신하의 눈치를 살피는 이연의 입에서는 결코 해서는 안 될 말이 맴돌고 있었다. 결국 역심을 담은 말이 입 밖으로 새나오고 말았다.

"승지의 말이 어떠하오? 내부(內附)하는 것이 본래 내 뜻이오!"

류성룡의 억장이 무너졌다. 내부란 한 나라가 다른 나라 안으로 들어가 붙는 망명을 말한다. 그것으로 한 나라는 공식적으로 종말을 고하는 것이다. 류성룡은 문신인 그가 죽을 자리가 있다면 바로 이곳임을 직감했다. 목숨을 걸고서라도 막아야 했다. 류성룡은 무너지는 조선을 사력을 다해 홀로 막아버티며 단호하게 말했다.

"아니 되옵니다! 절대로 아니 되옵니다!! 대가가 우리 국토 밖으로 한 걸음이라도 넘어가면 그 순간 조선은 이미 우리 땅이 아닙니다!!!"

류성룡의 격렬한 반응에 뜨끔해져 이항복이 이연을 제쳐두고 그를 향해 말했다.

"제 말은 곧장 압록강을 건너자는 게 아니라 아주 막다른 경우를 두고 한 말입니다."

류성룡이 사생결단의 태도로 말했다. 이연 앞인데도 거리낌이 없었다. 평상시의 공손한 태도가 아니었다.

"지금 관동과 관북의 모든 도가 그대로 있고, 호남의 충의지사들이 며칠 내로 봉기할 텐데, 어찌 그런 경솔한 말을 꺼낼 수 있단 말이오?!"

류성룡과 이항복이 언성을 높여 한참을 논쟁했다. 류성룡이 이연을 상대로 언성을 높이는 것과 같았다. 이연은 아무 소리도 못하고 얼굴만 벌게져 있다가 싸움을 말렸다.

"그만들 두시오. 아직 그렇게까지 심각하게 논쟁할 일이 아니질 않소?!"

말은 그렇게 하고 있었지만 이연의 마음속은 이미 심각해져 있었다. 류성룡은 그것을 훤히 눈치채고 있었다. 류성룡이 밖으로 나와서까지 이항복을 책망했다.

"어떻게 그렇게 경솔히 나라를 버리자는 의견을 내놓는 거요? 당신이 비록 길에서 임금을 따라 죽더라도 궁녀나 내시의 충성에 불과할 것이오! 이 말이 한번 나가면 민심이 와해될 텐데, 그때 그것을 누가, 어떻게 수습한단 말이오?!"

이항복이 움츠러들며 말했다.

"누가 꼭 내부를 하자는 것이었습니까? 최악의 경우를 말한 걸 가지고 그렇게 죽자 사자 따지면 어쩌자는 겁니까? 뭐, 어쨌든 입 밖으로 말을 꺼낸 것은 제 잘못이니 이제 그만하십시오."

5월 7일, 이연은 평양에 들어갈 수 있었다. 평양성에 들어간 이연은 마음이 조금 놓였다. 다음날 아침, 밥상을 받은 이연은 심기가 몹시 불편해졌다. 잡곡밥과 북어국, 절인 김치, 간장, 무말랭이, 콩자반, 젓갈이 전부였다. 국을 한 숟가락 떠먹던 이연이 갑자기 수저를 소리 나게 밥상에 '탁' 내려놓았다. 기미상궁과 내관의 가슴이 죄도 없이 두근거렸다. 이연은 갑자기 동파역에서의 굴욕이 생각났다.

'왕이란 자가 시종 놈들에게 밥을 뺏겨 굶다니……. 이런 불한당 같은 놈들을 내가 도대체 어떻게 요절을 내야…….'

"이게 지금 수라상이라고 가져왔느냐? 어떻게 된 게 반찬이라고는 전부 말라비틀어진 것밖에 없느냐?"

수라간 상궁이 무릎을 꿇고 울먹였다. 무슨 말인가를 하려다 끝내 말을 잇지 못하고 눈물만 흘리고 있었다.

"전하, 도성 사정이……, 전하……."

이연이 울먹이는 상궁을 외면하더니 화난 사람처럼 말했다.

"앞으로 수라는 생물로 들일 것이며, 수량도 아주 풍족하게 하라! 동궁 이하에게도 모두 그렇게 하라."

이런 호사가 얼마나 갈지는 모르겠지만 어쨌든 이연은 그렇게 전교했다. 수라간에서는 바로 이날부터 정빈 홍씨, 정빈 민씨, 숙의 김씨, 숙용 김씨와 신성군·정원군 및 그들의 두 부인들에게는 각각 하루에 세 끼니를, 시녀·수모와 밑에 있는 나인들에게는 하루에 두 끼니를 제공했다. 이연은 풍부한 식사와 생물 반찬에 매우 만족해하면서 잠도 편안하게 잘 잤다. 하지만 수라간은 그날부터 끼니를 위한 전쟁을 치러야 했다.

왜군은 조선 땅에 발을 디딘 지 불과 20일 만인 5월 3일, 한성을 함락시켰다. 문제는 그다음이었다. 한성에 이연은 없었다. 옛 성주가 성과 더불어 옥쇄하면 새 성주가 봉토를 받아 지배하는 왜식 전투에만 익숙한 왜군은 자신들의 상식 범위를 벗어난 괴이한 일에 당황했다. 왜군은 이연을 바로 추격하지 못하고, 한성에서 도요토미의 새로운 명령을 기다렸다. 결과적으로 큰 실수였다.

5월 16일, 속전속결로 이연의 항복을 받아내는 데 실패한 도요토미는 '조선 전역을 점령하라'는 새로운 명령을 내릴 수밖에 없었다. 도망가는 데 일가견이 있는 이연 때문에 일본으로서도 전쟁이 매우 어려워지고 있었다. 어찌 보면 이연의 민망하기 짝이 없는 전략적 승리였다. 다시 북진을 시작한 왜군은 6월 15일, 평양성에 입성했다.

이연은 그 며칠 전인 6월 11일, 평양성을 떠나 영변으로 향했다. 도망가는 이연은 공평했다. 성을 지키자던 좌상 윤두수와 류성룡에게는 평양성을 지키라 하고, 성을 떠나자던 인선 부원군 정철은 함께 데리고 떠났다. 정철도 건저 문제로 강계로 귀양 갔었는데 이연이 피난길 개성에서 복권시켰다. 그리고 류성룡은 피난길 개성에서 영의정에 임명됐다가 '나라를 그릇되게 했다'는 이유로 탄핵받아 하루 만에 파직된 후 풍원 부원군으로 서용된 상태였다.

이연은 평양성을 떠날 때도 그냥 곱게 떠나지를 않았다. 그는 성을 떠나는 백성들을 붙잡아 다시 돌려세웠다. 그는 자신이 곧 떠날 평양성을 백성들은 끝까지 남아 용감하게 지켜주기를 바랐다. 백성들은 그 속을 몰라 크게 술렁였다. 이연은 대동관 문에까지 직접 불려나오는 굴욕을 감수해야만 했다. 그는 승지를 시켜 노인들에게 자신의 뜻을 전했다. 그 뜻이라는 게 다름 아닌 또 한 번의 속임수였다.

"평양성은 죽음으로 반드시 지켜야 한다. 우리 모두 힘을 합치면 왜적도 감히 우리를 넘보지 못할 것이다."

백성들이 성안으로 돌아와 붐비는 사이 이연은 다시 도망갈 계획을 착실히 세웠다. 그리고 조심스럽게 종묘의 신주와 궁녀들을 먼저 떠나보냈다. 하지만 백성들에게 이를 들키고 말았다. 분노한 백성들이 행궁의 대문에 무기를 든 산적 같은 모습으로 몰려들었다. 그들이 울분을 토했다.

"네놈들이 평소에는 국록을 훔쳐 먹더니, 이제는 이렇게 나라를 망치고 백성들을 속이는구나! 이왕 성을 버리려 하면서 뭣 때문에 우리들만 성안으로 들어오게 해서 적의 손에 어육을 만들려고 하느냐?!"

거의 맞는 말이었다. 다만 한 가지, 산적으로 변한 백성들이 이연을 너무 몰라 발생한 심각한 소통부재가 있었다. 이연은 '평양성을 반드시 목숨 걸고 지켜야 한다'고 했지 '자신이 그러겠다'고 말한 것은 아니었다. '왕은 평양성이 혹 무너질지 모르니 목숨을 보전하기 위해 도망가고, 백성들은 혹 지킬 수 있을지 모르니 목숨을 내버리고 지키라'는 말이었는데 그걸 오해했던 것이다.

6월 13일, 이연은 영변부에 도착했다. 이제는 빨리 최종 행선지를 정해야 했다. 새삼 정한다기보다는 신하들에게 명으로 도주할 결심을 알리고, 설득해야만 했다. 매우 난감한 일이었다. 이연은 이날 저녁에 신하들을 인견했다. 그가 나름 어렵게 말을 꺼냈다.

"모두들 들으시오. 의논만 분분해봐야 좋을 게 없소. 지금 백방으로 생각해봐도, 내가 가는 곳은 왜적도 얼마든지 뒤쫓아 추격해 올 수 있소. 그러니 이제 조선에는 내가 발붙일 땅이 없소."

이연의 속 타는 심정은 아랑곳하지 않고 정철이 제동을 걸었다.

"요동으로 들어가겠다는 의중이 드러나자 민심이 와해됐었는데, 하물며 정말 요동으로 들어가시면 어떻겠습니까?"

그때였다. 이연이 범인으로서는 상상하기 힘든 말을 꺼냈다.

"요동으로 가는 것은 단지 피난만을 위한 것이 아니오. 안남국이 멸망당하고 스스로 입조하니 명조가 군사를 보내 안남국을 회복시킨 적이 있었소. 나도 이런 일을 생각해서 요동으로 들어가려는 것이오. 나는 요동으로 가고, 세자는 영상과 함께 북도로 가는 것이 좋겠소."

이연은 그때 두려움에 떨며 천륜까지 저버리고 있었다. 이연이 정상적인 군왕이었다면 마땅히 '군왕인 나는 목숨 걸고 나라를 지킬 것이지만, 미래는 장담할 수 없으니 내일의 법통을 보전하기 위해 세자를 명으로 보내자'고 했을 것이다. 이연의 말은 군왕으로서는 나라를 저버린 반역이었으며, 필부로서는 자식에 대한 죄의식과 질투심을 낳게 될 수치스러운 이행이었다.

영의정 최흥원이 현실적인 이유를 들어 이연의 희망에 찬물을 끼얹었다.

"소신의 생각에는 요동으로 들어가는 것은 불가하옵니다. 만약 들어갔다가 허락하지 않으면 어찌하옵니까?"

이연은 제정신이 아니었다. 죽음이 두려워, 왕으로서 절대로 입에 담아서는 안 될 반역의 말을 부끄러운 줄도 모르고 단호하게 내뱉었다. 이연의 왕 자격이 사라지는 역사적인 반역의 순간이었다.

"아무리 그렇더라도, 나는 반드시 압록강을 건널 것이오. 왜적의 손에 죽느니 차라리 부모의 나라에 가서 죽겠소!"

순간 모두의 입이 얼어붙었다. 아무도 이렇게까지 군왕이란 자가 막 나갈 줄은 몰랐다. 최소한의 부끄러움과 죄스러움은 있는 줄 알았다. 하긴 지금 이런 상황에서 이연이 자신의 의중을 노회하게 관철시키든, 겁에 질려 막무가내로 밀어붙이든 그게 무슨 대수겠는가? 어차피 그 자리는 왕과 신하들 모두가 조선이라는 나라의 최후의 자존심까지 완전히 내팽개치고 있는 마당이었다.

비변사 당상 심충겸이 좌중의 침묵을 깨고 이연에게 미묘한 질문을 던졌다.

"요동으로 들어가시면 내전과 비빈은 어디로 모셔야 합니까?"

이연은 망설이지 않고 대답했다.

"모두 버려둘 수는 없으니, 내전과 두세 명의 비빈은 부득이 대동하고 가야겠소."

이연은 '요동에서 잠시 위기를 넘기겠다'는 것이 아니라 사실상 '기약 없이 조선을 떠나겠다'는 생각이었다. 그는 머뭇거리며 마지막 의중을 피력했다.

"다만…… 종묘사직을 어떻게 해야 할지 모르겠소. 세자가 분조를 이끌고, 함흥에다 봉안하는 것이 어떨는지……."

조정이 쪼개지고 있었다. 차마 귀에 담기 힘든 비참한 대화였다. 어느덧 착한 시종이 돼버린 이항복이 편안한 목소리로 응답했다.

"요동으로 가시는 것이 부득이하다면 지극히 간소하게 대동하시고, 세자빈은 북도로 보내는 것이 좋겠습니다. 모든 일을 오늘 확정하는 것이 좋겠으니, 서둘러 동궁을 불러 함께 의논해서 처리하시옵소서. 그리고 양궁이 나뉘어 거주하면 북도로 동궁을 호종하는 관원이 불가불 많아야 할 것입니다."

이연이 모든 짐을 내려놓은 사람처럼 홀가분하게 말했다.

"나를 따라갈 사람은 자원하는 것이 좋겠소. 어려워하지 말고 각자 말해보시오. 북도로 가는 것도 중대한 종묘사직의 일이니 당연히 많이 보내야 하오. 나는 종묘사직에 죄를 지었으니 많은 대신들이 반드시 나를 따라 요동으로 들어갈 필요는 없소. 내가 조선을 떠나 지성으로 사대하면, 명 조정이 우리를 거절하지 않고 반드시 포용해 받아들일 것이오."

그 더웠던 날 밤, 이연의 역심은 구렁이 담 넘듯 국경을 넘고 있었다. 그의 이마에는 송골송골 땀방울이 맺혀 흘렀다. 무더위 때문인지, 아니면 이제는 아무것도 감출 것이 없게 돼버린 속마음 때문인지 모를 일이었다. 신하들은 더 이상 '나라를 버리겠다'는 왕을 모질게 추궁하지 않았다. 역심을 피력한 왕과 무기력한 신하들은 모두 함께 눈물만 흘렸다. 하지만 각자가 흘린 눈물의 의미는 각자만이 알 일이었다.

이연은 '명에 들어가겠다'는 공문을 만들어 요동 도사에게 보냈다. 하지만 그 반응은 몹시 차가웠다. 명에서는 20일 만에 조선의 수도 한성이 함락되고, 왜적이 물밀 듯이 자신들의 국경 턱밑까지 치고 올라오는 사태를 도저히 이해할 수 없었다. 그들은 조선이 명을 배신해 가짜 이연을 길잡이로 내세워 수작을 부리고 있다고 의심했다. 그들은 이연의 얼굴을 알아볼 수 있는 사신을 보내 정탐했다. 그리고 이순신의 승전 소식도 확인했다. 그러고 나서야 의심을 풀고 누그러졌다. 하지만 이연의 일이 순탄치는 않았다.

이연은 6월 18일에 선천을 거쳐, 22일에 의주로 들어갔다. 의주성 안은 텅텅 비어있었다. 1차 원병에 나선 명 부총병 조승훈의 군사들이 강을 건너와 한바탕 잔혹하게 성을 약탈한 뒤였기 때문이다. 백성들은 모두 산골짜기로 달아났다. 왜놈에 죽으나 되놈에 죽으나 마찬가지인 세상이었다.

목사 황진과 판관 권탁이 몇몇 관리들과 관아의 여종 두어 명을 직접 거느리고 몹시 시장한 이연 일행의 밥상을 준비하려 했다. 그런데 생각지도 못한 문제가 있었다. 땔나무가 없었던 것이다. 난감했다. 하지만 어떻게든 밥상은 올려야 했다. 밥상을 받은 이연은 기가 막혔다. 엊그제께 평양성에서 밥상을 '생물'로 준비하라고 큰소리를 치긴 했지만, 그래도 그렇지 이건 정말 아니었다. 밥상에 아예 '생쌀'이 올라와 있는 것 아닌가?

다음날, 이연은 압록강 변으로 나갔다. 강바람이 시원했다. 그는 어제 생쌀을 씹으며 '압록강을 건너 반드시 요동으로 가고야 말겠다'는 굳은 결심을 한 터였다. 도저히 이렇게는 못살 것 같았다. 이리 가나 저리 가나 도대체 왕 같지도 않은 왕으로 살고 있는 자신의 굴욕적인 마음을 그럴듯한 시로 표현해 남기고 싶었다. 이연은 명나라가 보이는 압록강 변에서 어젯밤의 시상을 떠올리며 요상한(?) 시를 읊었다.

國事蒼黃日 나랏일이 어찌할 수 없게 다급한 이때
誰效郭李忠 누가 곽자의·이광필의 충성을 본받을까나?
去邪存大計 주나라 태왕이 수도 빈을 떠났던 것처럼 내가 조선을
　　　　　떠나는 것은 큰 계책이 있음이니

恢復仗諸公 나라를 되찾는 것은 경들에게 달렸노라
痛哭關山月 국경의 산과 달을 보며 통곡하니
傷心鴨水風 압록강 바람에도 마음이 상한다
朝臣今日後 조정의 신하들이여, 오늘 이후에도
尚可更西東 여전히 다시 서인, 동인 다투겠는가?

　이연은 중종의 서손이자, 후사 없이 죽은 명종의 이복 조카였다. 그것도 셋째 아들이었다. 조선 최초로 서자 아버지를 가진 방계혈통의 왕이 된 이연은 자신의 권력이 마치 남의 옷을 입은 것처럼 어색했다. 왕족 서얼 출신 이몽학이 일으킨 난은 그의 자격지심을 더욱 흔들어놨다. 그가 나중에 나이 어린 적자 영창대군에게 왕위를 물려주려는 무모한 마음을 가졌던 것도 이런 자격지심이 그를 평생 동안 괴롭혔기 때문이다.

　이런 배경을 지닌 이연은 집권 양반들의 힘을 분산시켜 자신의 약한 권력기반을 보완하기 위한 수단이 필요했다. 서인·동인 당파는 이연이 바로 그런 수단으로 방기 내지 조장했던 정치공학이었다. 중원의 황제든 소국의 왕이든 지배영역을 분할해 충성경쟁을 유도하는 것은 두말이 필요 없는 전형적인 정치공학이었다. 하지만 그것은 훗날의 역사 속에서 내내 왕권이 감당해야 할 양날의 검이었다. 어쨌든 당시 이연의 눈앞에 대안세력이 있다는 것은 집권세력으로서는 언제나 긴장되는 일이었다.

　신하들도 이런 상황과 이연의 속셈을 모두 꿰뚫고 있었다. 그런데 그가 지금 당파싸움 운운하며 이 난국의 모든 책임을 신하들 탓으로만 돌리고 있는 것이다. 이연은 언제나 이런 식으로 자신의 무능과 정략을 변명했다. 물론 신하들도 이 참담한 국난 앞에 모두들 변명의 여지 없는 큰 책임을 지고 있었다. 하지만 그래도 이연의 시심을 자극한 이런 식의 왕답지 않은 얄팍한 속내에 마음속 깊이 동조하기는 정말 힘들었다. 평양성을 빠져나와 합류한 류성룡도 이연이 읊은 시구절을 혼자서 되새기며 한탄하고 있었다.

'명에 내부해서 지성으로 사대하겠다는 게 큰 계책이란 말인가? 아, 나라에 왕이 없는데, 나라를 되찾는 것이 신하들에게 달려있단 말인가? 허 참나, 시나 못 지으면……'

이연 스스로 생각하기에는 분명히 좋은 시 같았는데 신하들의 표정에는 감동하는 기색이 별로 없었다. 하긴 이 와중에 모든 책임을 신하들에게만 돌렸으니, 감동은 괜한 기대였다. 잠시 멋쩍어진 이연이 더 멋쩍은 표정으로 말했다.

"갑자기 요동으로 건너가지는 않을 것이지만 모든 일을 철저히 준비하도록 하시오."

누구보다 목사 황진이 화들짝 놀랐다. 모든 것이 생쌀을 올린 자기 책임이라고 생각한 그가 엉뚱한 말을 늘어놨다.

"전하, 땔나무는 어떻게든 마련해보겠습니다. 그러하오니……"

예조 판서 윤근수가 한 손을 들어 주책없는 황진을 밀치며, 재빨리 말을 가로챘다. 말이 거칠게 나왔다.

"절대로 그렇게는 못하십니다! 요동으로 건너가시면 모든 것이 낭패가 될 것입니다."

류성룡도 마음이 급해 윤근수의 말이 끝나자마자 역시 거칠게 이연을 압박했다.

"내부는 절대로 안 될 말입니다. 전하! 제발, 제 말씀을 들으십시오! 북도·하삼도·강변 등이 있으니, 여기저기 다니다 보면 아마 일이 다 잘될 것입니다. 전하, 조금만…… 제발, 조금만 더…….”

류성룡은 목이 메어 더 이상 말을 할 수가 없었다. 이연도 강을 바라보며 울고 있었다. 하지만 눈물이 생각까지 바꿔주지는 않았다. 한참 후, 눈물이 마른 이연이 갑자기 뭔가 이상한 듯 혼자서 땔나무 걱정을 하며 눈물을 찔끔거리고 있는 황진을 향해 물었다.

“그런데 배들이 왜 모두 저쪽 강변에만 정박해있는 것이오?”

황진이 소맷자락으로 눈물을 한번 훔치더니 일순 표변해 요란하게 설명했다.

“명나라 장수들이 우리 백성들이 한꺼번에 몰려 피난 올까 봐 배들을 모두 저쪽으로 가져가 정박해놓은 것이옵니다. 그들은 칼을 빼 휘둘러 목을 치는 시늉까지 하면서 ‘조선 거지 놈들, 한 놈도 건너오지 마라 해! 우리 사람 다 죽인다 해 이거!’, 이렇게 고래고래 소리를 지르며 협박했사옵니다.”

황진은 빈손을 들어 명 장수들이 칼을 휘두르는 모습까지 진지하게 흉내 냈다. 모두들 그의 그렁그렁한 눈물과 지성 어린 과잉 설명의 부조화를 어이없이 바라봤다. 하지만 이연은 그 덕분에 부끄러운 상황을 실감나게 이해할 수 있었다.

“그래요……?”

이연은 잠시 생각에 빠졌다. 자신도 분명 조선 사람이었고 환영받지 못할 신세였다. 하지만 부끄러운 상황과 무서운 협박도 끝내 이연의 마음을 바꾸지는 못했다. 이연이 말했다.

“명나라 장수가 막상 퇴각해버리고 적병이 점점 압박해오면 일이 반드시 위급해질 것이오. 그러니 요동으로 건너가겠다는 뜻을 명나라 장수에게 미리 말해두는 것이 어떻겠소?"

"전하······."

류성룡이 다시 무슨 말인가를 해보려고 입을 떼자마자 이연이 급하게 그의 입을 막아버렸다.

"시끄럽소! 풍원 부원군 생각은 내 이미 충분히 들었소. 잘 알고 있으니 더 이상 말하지 않아도 되오. 애당초 일찌감치 요동으로 갔으면 좋았을 일을······ 의론만 분분해서 달라진 게 뭐요?!"

이연은 이제 더 이상 다른 소리는 듣기 싫다는 듯 퉁명스럽게 무찔러버렸다. 그리고는 저쪽 강변에만 매여있는 배들을 보며 근심스레 말했다.

"임시변통으로 대처하려다 위험이 급박해지면 미처 강을 건너가지 못할 염려가 있소. '강 저쪽에 정박해있는 배 절반을 강 이쪽에 정박시키자'고 명나라 장수에게 말해보시오. 그리고 복태마(짐 싣는 말)는 이곳 고을에서 조치하고, 호위 병마는 인근 고을에서 조발해 호위하도록 하시오."

6월 26일, 명은 한 가닥 희망을 걸고 있는 이연에게 최종적인 답변을 보냈다. 촌구석 관전보(寬奠堡)의 빈 관아에 백 명의 가솔들을 거느리는 정도로 이연의 망명을 허락했다. 이연으로서는 실낱같은 희망이 무너졌다. 생각해보면 당연한 일이었지만, 명에서는 이연을 왕이 아닌 시골 현감쯤으로 받아들여 여생만을 보장하겠다는 것이었다. 명나라가 바로 눈앞인 의주에서, 이연은 믿었던 명나라에 설움을 당하며 좌절했다.

바로 그 무렵이었다. 7월 6일~13일, 이순신은 한산도에서 대승을 거뒀다. 바로 이 한산대첩으로 쓰러져 가는 조선의 운명이 바뀌었다. 왜군은 해전의 패배로 길게 뻗은 육상 보급로의 부담을 해소할 방법이 없었다. 서해를 타고 올라와 수륙협공을 하려던 계획도 무산됐다. 이제 더 이상의 극단적인 공세가 힘들었다. 죽기가 두려운 이연의 반역으로 국경에서 거의 사라지고 있던 조선은 죽기를 각오한 이순신의 승전으로 겨우 버티며 명을 이어갈 수 있었다.

5

이순신은 말이 없었다. 이연의 반역은 맞는 말이었다. 하지만 그 반역을 처벌할 권한이 자신에게 있는지는 의문이었다. 현실적으로만 말한다면 그 권한은 자신에게 처벌할 실력이 있으면 있는 것이고, 처벌할 실력이 없으면 없는 것이라고 말할 수도 있었다. 이렇게 되면 모든 것은 군사적 능력의 문제일 뿐이었다.

'이연을 처벌할 능력이 내게 있는가?'

생각이 점점 깊어졌다. 자신이 동원할 수 있는 능력은 군대의 무력뿐이었다. 하지만 군대의 무력이 모든 것을 말해주는 것은 아니었다. 군대의 능력이 중요한들 그것은 겉의 문제에 불과했다. 그 속엔 군대의 능력이 아닌 백성의 능력이라는 문제가 있었다. 자신이 백성 앞에 앞장설 수는 있겠지만 백성이 자신을 앞장세우도록 강요할 수는 없었다. 그것이 새 나라를 세우는 일이라면 더욱 그래야 했다. 이순신은 백성의 능력에 대한 확신이 없었다.

이순신이 긴 침묵을 깨고 무겁게 입을 열었다.

"주상의 죄는 우리가 아니라 백성이 다스려야 할 것이네."

예상했다는 듯 류형이 머뭇거리지 않고 반박했다.

"우리의 뜻이 곧 백성의 뜻입니다."

이순신이 담담한 목소리로 조선을 방어했다.

"이 땅의 백성이 주상과 함께 조선까지 단죄할 생각이 있는지 난 확신할 수 없네. 백성이 스스로 깨우치지 않으면 새 나라는 결코 오지 않을 것이네."

류형이 흥분된 목소리로 조선을 공격했다.

"조선은 단죄돼야 합니다. 백성들이 왜적 때문에 고통당하고, 배가 고파 나라를 원망하고 있다면 그것이 곧 깨우침입니다. 지금 이 조선은 농사짓고, 물건 만들고, 장사해서, 어떻게 나라의 부를 쌓아야 하는지 그 방법조차 모르고 있습니다. 오늘 내일 해결될 문제가 아닙니다. 양·천민들이 나라의 부를 만들고, 함께 누릴 나라가 필요합니다. 이런 모습으로 수백 년을 다시 살아갈 수는 없습니다. 앞서가는 사람이 시간의 물꼬를 터줘야 합니다."

류형의 말도 분명히 일리가 있었다. 그 무렵은 신분사회 질서의 동요 조짐이 여러 형태로 나타나던 시기였다. 전쟁 기간 중에 왕실의 권위가 크게 무너지고, 이몽학의 난을 비롯해 여기저기 민란이 일어난 것이 가장 큰 징후였다. 임진왜란 이전에 왕의 세습을 반대하고 신분제 질서를 타파하고자 했던 정여립의 혁명적인 생각, 그리고 임진왜란 이후에 태평성대를 꿈꿨던 허균의 개혁적인 생각, 모두 전통적인 신분제 질서가 무너져 가는 징후였다.

이순신도 사회적 변화의 물결을 온몸으로 체험하고 있었다. 전쟁이야말로 그가 알고 있는 가장 가혹한 스승이었다. 하지만 그는 결코 백성보다 앞서서 조선의 무능을 타파할 생각이 없었다. 백성이 조선을 버렸는지 확신이 없었다. 혁명은 수만 명의 목숨이 걸린 전투였으며, 수백 년 나라의 운명을 좌우하는 전쟁이었다. 결코 섣불리 다가갈 수는 없었다. 이순신의 시선이 말없이 앉아있는 이의온에게로 향했다.

"상처는 좀 어떠냐?"

"좋은 약을 써주신 덕에 많이 나았습니다."

이의온은 지난달 10월 초에 벌어진 유도 해전에서 번개 같은 활솜씨로 큰 전공을 세웠지만 왼쪽 어깨에 깊은 상처를 입었다. 이의온은 그의 용략과 충의로 진린까지 감복시킬 정도였다. 이순신은 각혈을 입으로 빨아내고, 어렵게 구한 약재를 써가며 그를 겨우 살려냈다. 이순신은 그때 죽은 아들 면을 생각하며, 겨우 의식을 붙들고 있는 이의온을 부둥켜안고 눈물을 흘리며 치료해줬었다. 이순신의 눈에는 지금도 이의온이 많이 불편해보였다.

"너도 기왕 자리에 앉았으니 할 얘기가 있으면 해보거라."

이의온은 말을 시키지 않으면 아는 얘기도 잘 하지 않는 겸손한 성품이었다.

"제 어린 생각에는, 조선이 아무 개혁도 못하고 이렇게 살다가, 훗날 조선 백성들이 하찮은 왜놈들보다 더 가난하고 힘없이 살게 될까 봐 그것이 두렵습니다."

많은 뜻을 담고 있는 말이었다. 나라의 부강함이 고귀한 정신을 실현할 수 있는 근본이었다. 이순신이 일으켜 세운 수국의 최소한의 부강함이야말로 왜적의 연안 거점 왜국을 물리칠 수 있었던 숨은 원동력이었다. 이의온은 이연의 조선을 생각하며 훗날을 염려하고 있었다. 그를 보는 이순신의 얼굴에 염화시중의 미소가 스쳐 지나갔다.

"그래, 잘 알았다."

이순신은 좌중의 류형에게 눈길을 보내며 모두에게 말했다.

"곧 결심하겠네. 조금만 더 지켜보세나."

이순신은 기다려야 했다. 그는 자신의 마음이 아닌 하늘 같은 백성의 마음을 기다리고 있었다. 자신도 어쩔 수 없이, 어떻게든 결심하게 될 마지막 순간이 문득 다가올 것이라 믿고 있었다. 선택은 이순신 자신의 일이 아니라 하늘 같은 백성의 일이었다.

6

11월 초, 이상한 인물이 이순신에게 다가왔다. 좌의정 이덕형을 통해 들어온 손문욱이라는 선전관이었다. 그는 10월 말경 진린의 진영에서 은밀한 계책을 꾸민 다음, 이순신을 찾아왔다. 그는 풍기는 느낌만큼이나 등장도 무척 은밀했다. 정확히 그 이유를 말할 수는 없었지만 이순신은 한눈에 그가 무척 조심해야 될 인물이란 걸 알아차렸다.

손문욱은 이순신과 독대하기를 원했다. 이순신은 운주당에서 그와 마주 앉았다. 이순신은 그의 은밀한 계책을 들었다. 터무니없는 내용이었다. 이덕형과 손문욱은 그렇지 않아도 마음이 몹시 흔들리고 있는 진린에게 '순천보다는 남해를 도모하라'고 재촉한 모양이었다. 손문욱은 억지논리로 이순신을 설득하려고 무진 애를 쓰고 있었다.

"통제사, 남해를 도모해야 합니다! 좌상의 뜻입니다."

"안 될 말이네. 고니시를 잡기 위한 포위를 풀 수 없네."

"순천의 고니시 병력은 15,000여 명이고, 남해의 왜적은 8~900여 명, 그리고 거제 역시 겨우 수백 명이니 남해부터 도모해야 합니다."

"허허, 거참! 순천 왜교성의 포위를 지금 당장 풀고 남해로 가서 뭘 어찌한단 말인가? 자네 말이 맞다고 치세. 육지에서 웅크리고 있을 그 적은 수의 왜적들을 잡기 위해 수군들이 대책 없이 육지로 올라가란 말인가? 만약 포위 풀린 고니시가 뒤를 공격하거나 모든 전선을 이끌고 도주해버리기라도 한다면 정말 큰 낭패 아닌가?"

손문욱의 꿍꿍이는 바로 그것이었다. 그는 이순신이 순천의 포위를 자발적으로 풀지는 않을 것이라 짐작했다. 그래서 먼저 진린을 따로 만나 뇌물을 주고 설득했다. 진린이 움직이면 이순신도 남해쪽으로 따라갈 수밖에 없을 것이었다. 목표는 이순신이 걱정하는 상황 그대로를 만드는 것이었다. 만약 이순신이 포위를 풀고 남해로 올 경우 큰 기회가 있었다. 이순신이 판단 착오로 육지를 넘볼 경우, 그는 남해의 왜군과 고니시의 수군에 의해 꼼짝없이 갇히는 신세가 될 것이었다. 전쟁은 사실상 이미 끝났고, 손문욱의 유일한 관심은 전투의 승패가 아닌 이순신의 생사였다. 손문욱이 끈질기게 제안했다.

"남해를 쉽게 제압한 뒤 남해를 근거지 삼아, 도주하는 고니시까지 잡을 수 있질 않겠습니까?"

이순신은 호락호락하지 않았다.

"왜적은 지금 싸우는 게 목표가 아니라 도주하는 게 목표일세. 우리가 남해를 접수할 때 바로 도주하고 말 걸세."

"눈앞에 쉬운 적이 있는데……."

이순신이 말을 끊었다.

"내 목표는 눈앞의 쉬운 적을 제압하는 것이 아니라 도주하려는 왜적 본대를 몰살시키는 걸세."

손문욱의 입이 닫혔다. 손쉽게 이순신을 잡을 수 있는 계책은 실패한 것 같았다. '어쩌면 더 손쉬운 방법이 있을지도 모른다' 는 생각이 불현듯 머리를 스쳤다. 그 '손쉬운 방법(?)' 의 성공을 위해서는 아주 바삐 움직여야 할 것 같았다.

이순신도 더 이상 말이 없었다. 그는 마음속으로 결정적인 순간을 기대하고 있었다. 그의 희망은 순천의 고니시를 끈질기게 포위한 다음, 결정적인 순간에 바다 길목에 나가 지원군과 고니시 모두를 한꺼번에 연파해 몰살시키는 일이었다. 물론 뭔가 일을 꾸미며 고집부리고 있는 손문욱도 경계할 필요가 있었다.

7

11월 8일, 이순신은 진린의 도독부에 가서 마지막 위로연을 베풀어줬다. 그간의 친선에 감사한다는 뜻도 있었고, 그가 마지막 일전을 앞두고 딴생각을 못하도록 구슬리려는 목적도 있었다. 긴 시간의 연회로 진린은 많이 취했다. 이순신도 상당히 취했다. 자리를 파할 무렵, 진린이 이순신에게 따로 보자는 청을 했다. 진린이 술자리 뒤끝의 너저분한 자리를 옮기지 않고, 그 자리로 차를 준비해오라고 시켰다. 차가 나왔는데도 진린은 술자리 분위기를 계속 이어가며 말했다.

"이 꽁……! 요동에 가서 누르하치를 제압해버리시오."

"허허, 대명에는 나보다 훌륭한 장수들이 한둘이 아닐 텐데 굳이 내가 요동에 갈 일이 모…… 가 있겠소?"

이순신이 잘 모르고 하는 소리였다. 명에 요동을 제압할 만한 명장은 없었다. 조선에 온 명 장수들은 일본과의 전투에서 그 무능력을 이미 충분히 입증했다. 명은 무너져 가고 있는 비대한 거인일 뿐이었다. 주익균이 이순신에게 굳이 큰 관심을 보였던 이유도 명의 그런 실속 없는 속사정 때문이었다. 진린이 이순신의 얼굴에 거의 닿을 듯이 들이대고 은밀한 목소리로 말을 이었다.

"내 보기에 조선의 재건은 불가능하오. 요동에서 힘을 키우고 때를 기다리면 이 조선은 이 꽁…… 의 나라가 될 수도 있을 것이오."

둘 다 술에 취했지만 함부로 입 밖에 낼 말은 아니었다. 이순신은 즉각 취기를 떨쳐내고 정색하며 제동을 걸었다.

"도독! 말씀을 삼가주시오. 도독은 그런 말을 자유롭게 할 수 있을지 모르지만, 조선의 신하인 내게는 지극히 거북한 말이오! 안 들은 걸로 하겠소!"

"하하하, 이 꽁……! 이 꽁…… 도 이제 대명의 도독이 아니오? 조심이 지나치시오."

"요동 생각은 나중에라도 할 수 있으니 지금은 이곳 바다 생각만

하십시다!"

"알겠소. 내 도…… 이상 채근하지는 않으리다. 다만 이 전쟁이 마무리될 때까지 하시라도 마음이 변하면 내게 말해주시오. 기회는 언제나 오는 것이 아니라는 걸 명심하기 바라오."

이순신은 도독부를 나와 걸으면서 이곳 바다가 아닌 요동을 생각했다. 바닷가의 강한 겨울바람이 얼굴을 스치며 술기운을 깨고 있었다. 진린의 말이 맞다. 그가 암시한 기회와는 성격이 조금 달랐지만 어쨌든 기회가 언제나 오는 것은 아닐 것이다. 명은 흔들리고 있고, 요동 땅은 민족의 오랜 꿈이다. 하지만 그가 조선 땅을 떠나는 것을 그의 마음이 쉽게 용납하지 않고 있었다.

'나를 이 조선 땅에 붙잡고 있는 것은 대체 무엇일까?'

이순신은 자식이 못난 부모를 버릴 수 없는 천륜 같은 운명을 느끼고 있었다.

'조선…… 부모…… 못난 조선…… 못난 부모…….'

그때였다. 한 생각이 이순신의 뇌리에 번개처럼 떠올랐다. 자신의 선택에 대한 결론이었다. 왜 하필 그때 그런 생각이 떠올랐는지는 모를 일이었다. 하지만 그것이 그가 구했던 대답인 것만은 분명했다. 그가 구한 대답은 생각지도 않게 『맹자』의 한 구절을 통해 계시처럼 그에게 전해져 왔다. 맹자가 제(齊)나라의 선(宣)왕에게 한 말이었다.

'가까운 신하들이 모두 '죽여야 합니다'라고 하더라도 듣지 마십시오. 여러 대부들이 모두 '죽여야 합니다'라고 하더라도 듣지 마십시오. 온 백성이 모두 '죽여야 합니다'라고 한 연후에, 살펴봐서 죽여 마땅하면 죽이십시오. 그러면 '백성이 죽였다'라고 말할 수

있습니다. 이와 같이 한 연후에야 비로소 백성의 부모가 될 수 있을
것입니다.'

군영에 몰아치는 찬바람이 이순신의 헝클어진 마음을 미련 없이
맑게 정리해주고 있었다. 이제 하늘 같은 백성의 뜻을 들었으니, 남
은 것은 자신의 일이었다. 이순신은 그 일을 마무리하기 위해 한결
가벼워진 발걸음을 재촉했다.

8

11월 12일, 이순신은 드디어 최종 계획을 완성했다. 그는 이 전쟁
상황이 마무리되는 즉시 현실을 피해 미래를 대비하기로 했다. 명
으로 가는 길이나, 다른 이들의 죽음까지 초래할지 모르는 다죄의
길은 처음부터 자신의 뜻에 맞지 않았으므로 생각에서 제외하기로
했다. 그가 현실적으로 택할 수 있는 남은 세 가지 길 가운데 은둔
은 가장 안전하고, 조선의 후일을 가장 잘 도모할 수 있는 방법이었
다.

하나의 길, 스스로 죽는 길은 그저 마음에만 있었다. 전쟁터에서
조용히 죽기를 기대할 수는 있겠지만, 죽을 수 있을지 없을지는 아
무도 모르는 일이었다. 왜적들 앞에서 두 팔과 가슴을 벌리고 있어
도 목숨은 하늘의 일이었다. 가족을 슬프게 하는 건 어쩔 수 없다고
해도, 바람 앞의 촛불 같은 조선의 불안한 미래를 두고 편안히 두
눈을 감을 수도 없었다.

하나의 길, 조선을 죽이는 길은 딱 한 가지가 마음에 걸렸다. 성패가 아니었다. 만약 자신이 결심만 한다면 그렇게 어려운 일은 아니라고 생각했다. 다만 백성이 자신을 이끄는 것이 아니라 자신이 백성을 이끄는 것이 과연 옳은 것이냐는 의문이 계속 그를 괴롭혔다. 백성이 원치 않는다면 고통스럽더라도 낡은 조선은 한동안 그렇게 계속돼야만 했다.

하나의 길, 은둔하는 길이 있었다. 무엇보다 좋은 점은 미래를 볼 수 있다는 것이었다. 미래의 조선에 대비하는 것이야말로 문제의 핵심이었다. 명에 의해 요동으로 강제 차출되는 것을 피할 수 있고, 여진과 일본의 재침에 대비할 수도 있으며, 백성이 새 나라를 세우고자 원하면 도울 수도 있었다. 더군다나 가족을 슬프게 하지 않는다는 미덕도 있었다.

늦은 밤, 이순신은 운주당에 금이까지 포함해 6인 모두를 불렀다. 그의 결심과 함께 마침내 그들 모두에게 최후의 전투가 다가오고 있었다. 운주당 바깥의 세찬 바람 소리를 들으며, 이순신은 조용히 자신의 운명을 예언하기 시작했다. 자신은 그 최후의 전쟁터에서 바람처럼 사라질 것이었다.

9

최후의 전투가 막바지에 이른 시각, 이순신이 잠시 하늘을 보는 듯하더니 갑자기 통제선 장대 바닥에 쓰러졌다. 이미 장대 위 군졸들은 모두 갑판으로 물리친 후였다. 곁에서 숨죽이며 지켜보던 이회, 이완, 금이, 그리고 갑판 위 송희립과 류형의 행동은 신속했다. 이순신에게 수없이 다짐했고, 또 마음속에 그려본 상황이었지만 이제부터는 정말 한 치의 오차도 있어서는 안 되는 일이었다.

"아버님!"

이회가 외마디 비명을 지르고 장대 바닥에 쓰러진 이순신을 껴안았다. 뒤이어 이완, 금이가 이순신의 주위를 둘러쌌다. 송희립과 류형은 갑판 위에서 장대 안의 이 모든 상황을 한순간도 놓치지 않고 지켜보고 있었다. 이회와 금이가 재빨리 이순신을 안고 장막이 드리워진 장대 선실 안으로 들어갔다. 이완은 장대 바닥에 떨어진 이순신의 북채를 집어들었다. 이완이 북을 두드리며 외쳤다.

"적을 쫓아라! 적을 섬멸하라!"

선실에 누운 이순신은 죽은 듯 아무 말도 없었다. 이회와 금이는 비좁은 공간에서 어렵게 이순신의 갑옷부터 벗겼다. 선실 밖에서는 송희립과 류형이 와서 방패와 칼을 들고 선실을 가리고 서있었다. 이때였다. 이순신이 장대에서 보이지 않자 손문욱이 숨을 헐떡이며 장대 위로 올라와 물었다. 그의 빠른 눈치가 놀라웠다. 이 난장판 속에서 마치 이순신이 쓰러질 것을 미리 알고 있는 사람 같았다.

"무슨 일이오?! 어찌 된 거요?"

손문욱이 선실 장막을 열고 안으로 들어가려 하자 송희립이 황급히 막아섰다.

"들어가지 마시오. 통제사의 엄명이오. 큰일은 아니니 선전관은 어서 북채를 잡고 독전이나 하시오."

손문욱은 순간 멈칫했지만 곧 얼렁뚱땅 밀어붙이려 들었다.

"들어가 봐야겠소. 내 조정에서 보낸 선전관이니 지금 당장 상황 파악을 해야만 하오."

송희립은 칼자루를 잡은 손을 들어 장막 앞을 가로막으며 위압적으로 말했다.

"이 통제선은 오직 통제사의 명령에 따를 뿐이오. 전황이 급박하니 빨리 독전이나 하시오."

손문욱이 망설이자 류형이 거들었다.

"조금 다쳐 혼절하신 게요. 갑판을 보시오. 벌써 몇몇 기라졸들이 동요하고 있질 않소. 이렇게 호들갑 떨어서 좋을 일 없으니 자, 어서……."

손문욱은 칼자루를 힘주어 잡고 있는 송희립의 손을 한번 힐끗 보더니 포기했다.

"알겠소. 별일 없다니 다행이오. 그럼 내가 북채를 잡으리다."

이순신이 장대에서 모습을 보이지 않자 몇몇 군관들과 기라졸들도 당황했다. 하지만 손문욱이 이완으로부터 북채를 넘겨받아 북을 두드리기 시작하자 그들도 이내 급박한 전투에 다시 몰입했다. 선실 내에서 이회와 금이는 바빴다. 충직한 금이는 당황하는 기색 없이 이회보다 더 민첩하게 움직였다. 이회의 눈에 눈물이 고였다.

"아버님 죄송합니다. 용서하십시오."

이회는 선실에 미리 준비해둔 무명천으로 이순신의 몸 전체를 덮었다. 만약을 대비해 얼굴을 덮을 정도의 여유를 남겨뒀다. 그런 다음 검고 두꺼운 이불로 얼굴 부위를 남겨두고 몸을 덮었다. 이순신은 마치 잠자는 사람 같았다.

"편히 쉬십시오. 다시 오겠습니다."

이회는 나지막이 말하고는, 금이를 남겨둔 채 선실 바깥으로 나왔다. 선실 밖 그들은 서로 아무 말도 하지 않았다. 그들은 그렇게 할 일을 모르는 사람들처럼 한참을 우두커니 서있었다. 할 일을 찾아낸 손문욱만 열심히 북을 두드리며 독전하고 있었다. 짧은 침묵이 길게 흘렀다. 류형이 상황을 정리하듯 말했다.

"난 내려가겠소. 이곳은 세 명이서 잘 지키시오."

전장에는 눈발이 제법 흩날리기 시작했다. 눈발은 제멋대로 난무하며 전장의 참혹함을 하얗게 덮어버리려 했지만 부질없었다. 피로 물든 바다 위로 떨어진 눈발은 외려 순식간에 자신을 붉게 물들이며 형체도 없이 사라져 갔다. 천지를 뒤덮던 전장의 기세도 저 할 일을 다 한 듯 차츰 누그러졌다. 무모한 왜선들은 시커먼 화염과 함께 침몰하고, 재빠른 왜선들은 바람을 타고 도주했다. 어느덧 최후의 전투는 그렇게 끝났다.

송희립은 이제 남은 상황을 추슬러가야 했다. 그는 우선 바다 위 소문을 장악해야 했다. 그는 통제선 갑판 위에서 모두에게 단단히 일렀다.

"우리는 오늘 승리했지만 큰 슬픔을 겪고 있소. 통제사가 전사하셨소. 통제사는 숨을 거두는 순간에도 '전투가 급하니, 내 죽음을 알리지 말라'고 하셨소! 아직 전쟁이 다 끝나지 않았소. 당분간 통제사의 전사 소식이 적에게 알려져서는 절대 안 되오. 통제사의 전사 소문을 내는 자는 군율로 엄히 다스려질 것이오. 내 진린 도독에게도 재차 당부할 것이니 모두들 그렇게 아시오."

배 안이 온통 술렁였다. 하지만 모두 송희립의 말뜻을 이해했다. 아무도 이순신의 유훈을 장악한 송희립을 감히 나서서 견제하지 못했다. 송희립은 통제선을 관음포 포구에 대라고 명했다. 손문욱이 송희립에게 다가와 조심스럽게 물었다.

"어떻게 할 작정이오?"

"일단 관과 사후선 한 척을 준비해야겠소."

"내가 준비하리까?"

"그럴 필요 없소. 선전관은 따로 할 일이 있소. 통제사와 관련된 일은 아드님이 모두 알아서 할 거요."

"나도 보고할 의무가 있으니 통제사가 어떻게 전사했는지 시신이라도 한번 봐야겠소."

"안 되오!"

"왜 안 된다는 거요?"

"지금부터 내 말 잘 들으시오. 전쟁은 아직 끝나지 않았소. 지금 남해로 올라간 잔당들은 물론이고, 아직 철수하지 않은 왜놈들이 통제사의 죽음을 알면 돌변할 수도 있소. 통제사께서도 그런 일을 걱정해 '내 죽음을 적에게 알리지 말라' 고 하신 것 아니오? 유지를 받들어야 하오."

"하지만 통제사의 전사 소식이 벌써 바다 위에 퍼지고 있질 않소? 전투도 다 끝난 마당에 지금 이러는 게 무슨 의미가 있겠소?"

"알고 있소. 하지만 섬나라 수괴의 죽음도 한동안 소문만 무성했질 않소? 소문은 나되 그것을 확인하지 못하도록 해야 하오. 그러면 죽음을 둘러싼 역소문이 날 것이고, 왜적 잔당들이 소문을 간계로 알고 오히려 겁을 먹을 수도 있소."

"그래서 나까지 못 믿겠다는 거요?"

"지금은 전시라는 걸 잊지 마시오. 말은 한 사람으로부터 시작되는 것이오. 한 사람도 안 되오. 나도 안 되오! 알겠소?! 나도 안 된단 말이오!"

송희립은 의도적으로 갑자기 목소리를 높였다. 손문욱이 더 이상 자신이 하는 일을 방해하지 못하도록 확실하게 엄포를 놓기 위해서였다. 송희립이 다짐하듯 못을 박았다.

"시신을 직접 모실 수 있는 사람은 아드님과 조카, 그리고 금이뿐이오. 이 문제로 더 이상 말하지 않겠소. 그러니 그렇게 알고 계시오!"

할 말을 잃은 손문욱을 상대로 송희립이 상황을 마무리했다.

"아마 나중에 체찰사가 모든 것을 확인해서 자세한 장계를 올릴 것이니 선전관은 다른 걱정 마시오. '선전관이 책무를 소홀히 하지 않았고, 크게 전공까지 세웠다'는 것은 내 기회가 되면 다 말해주리다. 그러니 내게 협조하시오."

손문욱은 '전공'이라는 말을 듣자 갑자기 얼굴에 화색이 돌았다. 하기야 생각해보면 자신도 장대 위에서 얼마나 열심히 북을 두드렸는가? 탄환이 빗발치듯 쏟아지는 장대 위에서 아무나 할 수 있는 일이 아니질 않는가? 그는 갑자기 이 승전이 모두 자신의 공처럼 느껴졌다. 손문욱이 한결 친근해진 목소리로 물었다.

"무슨 말씀인지 알겠소. 근데, 아까 내게 '따로 할 일이 있다'고 한 것 같은데 그게 뭐요? 어떻게 도우면 되겠소?"

"이순신 장군을 만나시오."

"이? 순신? 장군이라뇨?"

"경상 우수사 이순신 장군 말이오."

경상 우수사 이순신(李純信)은 이순신(李舜臣)과 이름이 같았다.

그는 죽은 이순신의 뜻이라도 두말없이 받들 심복이었다. 손문욱도 그를 알고 있었다.

"아, 난 또!"

"난 가족들과 함께 시신을 모시고 오늘 밤 바로 고금도로 향할 것이오. 선전관은 류형 현감과 함께 이순신 우수사를 만나 '남해에 올라온 왜적 잔당 토벌 조치를 빨리 서두르라'고 하시오. 그리고 '왜적이 남기고 간 군량미 등도 상당할 테니 서둘러 접수하라'고 하시오."

너무 나서는 게 아니냐는 듯 손문욱이 송희립을 힐끗 한 번 쳐다봤다. 송희립이 비밀스럽게 낮은 목소리로 그의 기세를 요령껏 눌러버렸다.

"이 모두 통제사의 유지오! 서둘러야 하오. 명군이 남해에 올라 왜적 소탕을 핑계로 분탕질을 할 수도 있으니 한시라도 빨리 대비해야 하오. 류형 현감이 힘닿는 데까지 도울 것이오. 선전관의 역량에 달려있는데 할 수 있겠소?"

손문욱은 얼떨결에 송희립의 부관처럼 대답하고 있었다.

"걱정 마시오."

모든 전선이 관음포에 정박을 끝냈다. 날이 어두워졌다. 임시 군막에서는 부상자들의 신음 소리가 여기저기 애처로웠지만 대승을 거둔 전사들의 호기로움 뒤편으로 사라지고 있었다. 아직은 다 끝나지 않았지만 아득했던 전쟁의 끝이 간신히 모두의 눈앞에 다가와 있었다. 모두는 스산한 해변의 겨울바람 소리에서도 뭔지 모를 가슴속의 따뜻함을 느꼈다.

어둠이 사람들의 시선을 막을 만큼 짙어진 시각, 이회와 금이가 사후선 한 척을 통제선 가까이에 대놓고 관을 들고 통제선에 올라왔다. 이회가 장대를 지키고 있는 송희립에게 말했다.

"준비됐습니다."

송희립은 고개만 끄덕여 보였다.

이회와 금이가 관을 밀며 장막 안으로 들어갔다. 이순신은 아무 움직임도 없이 그대로 누워있었다. 이회가 이불을 치우고 이순신을 들어 관 속에 눕히며 말했다.

"아버님, 고금도로 모시겠습니다."

관은 통제선에서 사후선으로 옮겨졌다. 이회, 이완, 금이, 그리고 송희립이 운구하고, 류형이 곁에서 조심스럽게 따라왔다. 모든 준비가 끝나자 송희립과 류형이 손문욱을 찾았다. 그는 우수사 이순신과 함께 바삐 움직이고 있었다. 우수사 이순신은 손문욱으로부터 얘기를 대충 전해 들었다. 우수사 이순신이 송희립에게 확인했다.

"수고스럽지 않겠소?"

"당분간이라도 비밀을 지키려면 이게 최선입니다."

"무슨 말인지는 잘 알겠소만……, 오늘 전사한 장수들의 시신만도 한 십여 구 되더이다. 내 생각엔 통제사 시신도 초빈 형태로 한 이삼 일 이곳에 함께 모셨다가 토벌이 끝나는 즉시 옮겨가도 별문제는……."

송희립이 단호하게 말을 끊으며 화제를 돌렸다.

"그보다는 남해 일이 걱정입니다. 오늘 밤에 전열을 정비해서 내일 바로 토벌에 들어가야 할 텐데 별문제 없겠습니까?"

"아, 걱정 마시오. 내 최선을 다하리다."

"자, 그럼."

송희립은 이회, 이완, 금이와 함께 사후선에 올랐다. 포구의 류형과 우수사 이순신, 그리고 손문욱의 근심 어린 시선을 뒤로하고 사후선은 바다 안쪽으로 미끄러져 들어갔다. 그 을씨년스런 뒷모습을 바라보고 있던 우수사 이순신이 안쓰럽다는 듯 말했다.

"함께 배를 타고 전투에 참여해 저렇게 시신을 운구하게 되다니……. 아들과 조카의 심정은 어떠할꼬, 쯧쯧……."

손문욱이 그렇게 말하는 우수사 이순신을 흘깃 쳐다보더니 눈을 껌벅이며 떠나는 배를 뚫어지게 다시 바라보고 있었다.

떠난 배는 고요했다. 이완과 금이의 삐걱거리며 노 젓는 소리만이 밤바다의 정적을 깨고 있었다. 흐린 날씨에 달빛이 어두웠다. 한참을 그렇게 나오니, 관음포의 불빛마저도 멀리서 가물거렸다. 이회가 조용히 관 옆으로 다가갔다. 그가 관 두껑을 삐걱거리며 열자, 모두의 시선이 누워있는 이순신에게로 향했다. 이회가 조심스럽게 이순신을 불렀다.

"아버님!"

아무 움직임도 없었다. 이회가 잠든 아버지를 깨우는 어린아이처럼 이순신을 부르며 흔들어 깨웠다.

"아버님! 아버님!"

이순신이 천천히 눈을 떴다. 관 속에서 이순신이 다시 살아났다. 이순신은 이회의 부축을 받으며 몸을 어렵게 일으켜 세워 관 밖으로 벗어났다. 그는 뱃전에 자리를 잡고 앉아 출렁이는 노량의 검붉은 밤바다를 바라보며 조용히 물었다.

"남해 일은 어떻게 됐느냐?"

송희립이 대답했다.

"지시하신 대로 했습니다."

이순신은 을씨년스런 밤바다를 바라보며 말이 없었다.

'이렇게까지 해야 하는가?'

이제는 아무리 후회해도 모두 소용없는 일이었다. 모든 일은 다 끝났고, 다른 선택의 여지도 완전히 사라졌다. 이순신은 갑자기 자신이 썼던 시구절이 생각났다. 전장의 비정함에 지쳐 평화로운 삶을 꿈꾸며 썼던 막연한 시구절이었다.

乾坤黯黲霜凝甲　천지는 검푸른데 갑옷에 서리 엉기고
關海腥膻血浥塵　국경 바다의 비린 피가 세속을 적시네
待得華陽歸馬後　평화가 오면 군마를 돌려보낸 뒤
幅巾還作沈溪人　두건 쓰고 돌아가 처사되리라

그래도 이런 식은 아니었다. 전쟁터의 피비린내를 씻고, 은둔해 살고 싶었지만 이렇게는 아니었다. 이순신은 앞으로의 삶이 두려웠다. 왜적과의 싸움은 앞으로 자신에게 닥칠 일에 비하면 단순한 싸움에 불과했다. 지금부터는 명확한 것은 아무것도 없을 것이었다. 새로운 세상이란 것도 그저 신기루 같은 믿음일 뿐이었다.

'정말 새로운 세상이 있기는 있는 것인가?'

새로운 세상이 있다면 이순신은 그 속에서 살아 숨 쉬는 생명으로 다시 태어날 것이지만 새로운 세상이 없다면 그는 앞으로 이승을 떠도는 한낱 유령 신세로 전락할 것이었다. 이순신은 지금 산 자도 죽은 자도 아니었다. 이순신은 바다를 향해 앉아 한없이 깊은 시름에 잠겨있었다.

바다는 부유하는 사체들과 함께 평화로웠다. 수습되지 못한 사체들도 각자의 사연을 안고 어디론가 제 갈 길을 가고 있었다. 잔잔한 물결은 전장의 역겨운 피비린내와 전사들의 처연한 주검을 단숨에 먼 바다까지 실어나르기에는 힘겨워보였다. 시간까지 전쟁의 아픔에 치여 더디게 흘렀다.

이완과 금이는 노를 젓는 것보다 뱃전에 부딪히는 전장의 잔해와 사체들을 피해 나아가는 것이 더 힘들 지경이었다. 금이가 노 젓는 것을 잠시 멈추고 유심히 선체 옆을 바라봤다. 그러더니 선체 옆에 붙어서 같이 흘러가는 사체 한 구를 건져 올렸다. 이회와 이완도 함께 도왔다. 가슴에 총을 맞은 조선 군졸이었다. 희미한 달빛에 젖은 그는 늙은 농민의 모습이었다. 이순신이 슬픈 눈으로 자신을 닮은 그를 바라보고 있었다.

남해 일은 쉽지 않았다. 명나라 장수들은 다음날 전열을 정비하자마자 남해를 무질서하게 분탕질하고 다녔다. 진린은 방관했다. 깊은 밤, 망운산에선 왜군 잔당들, 조선 포로들, 민가의 조선인들, 불에 놀란 들짐승들이 명군의 칼날을 피해 모두 함께 도피하는 신세가 됐다. 경상 우수사 이순신이 류형, 손문욱과 함께 급히 진린을 찾았다. 이순신이 명군의 조선인 약탈과 학살을 강력하게 항의하자 진린은 뒤늦게 사태를 수습했다. 류형은 '왜적을 속이자'는 명분으로 이순신과 이름이 같은 경상 우수사 이순신을 후임 통제사로 천거해줄 것을 진린에게 부탁했다. 그러자 진린은 자신의 진영에서 '왜장 도요토미 마사나리[豊臣正成]를 사로잡았다'는 공문을 군문에 올리는데 이순신이 직접 봤다는 거짓 진술을 해줄 것을 원했다. 거래가 성사되고, 남해는 평화를 되찾았다.

이순신의 사후선이 통제영이 자리 잡고 있는 고금도의 부속섬 묘당도에 도착한 것은 다음날 밤이 깊어서였다. 모두가 교대로 노를 젓느라 많이 지쳐있었다. 포구에 배가 들어서자 송희립이 물었다.

"관을 통제영 본전에 안치할까요?"

"월송대에 안치하게."

배를 포구에 댄 다음, 관을 들고 모두 월송대에 올랐다. 달빛은 어젯밤보다 맑았다. 차가운 달빛을 받은 소나무 숲이 겨울바다를 내려다보며 고고했다. 이순신은 마치 딴사람처럼 말수가 줄어있었다. 그는 어제 남해를 빠져나올 때부터 상념에 잠겨 줄곧 바다만 바라봤다. 마치 바다 위에서 넋이 빠져나간 사람 같았다. 이순신이 그렇게 있자 이완이 말했다.

"제가 본영에 가서 먹을거리와 옷가지를 챙겨오겠습니다."

이순신은 뒤돌아보지 않고 무심하게 말했다.

"알았다. 의온이가 잘 준비해놨을 것이다. 서둘러라. 금이랑 함께 가봐라."

이의온은 상처가 다 낫질 않아 전투에 참가할 수가 없었다. 그는 고집을 꺾고 이곳에 남아야 했다. 이순신은 다시 그렇게 한참 바다를 바라보다 무너지듯 무릎을 꿇고 주저앉았다. 그리고는 통곡했다. 갑작스런 상황에 이회와 송희립은 아무 말도 못하고 지켜보고만 있었다.

'왜 나는 남들처럼 죽을 수도 없는가? 이제 더 이상 무엇을 어찌한단 말인가?'

답답할 때면 늘 찾아왔던 월송대의 소나무는 오늘도 달빛만 머금은 채 말이 없었다. 아무에게도 속 시원히 털어놓을 수 없는 혼자만

의 생각은 답이 없었다. 이순신은 그래도 오늘은 후련하게 울 수라
도 있어서 좋았다.

'뒷일은 하늘의 뜻에 맡길 수밖에 없겠지……'

시간이 꽤 흐른 뒤, 이완과 금이가 왔다. 이순신도 자리에서 일어
났다. 그의 눈물은 이미 말라있었다. 금이가 아무 말 없이 관 옆에
수의가 든 보따리 하나를 내려놨다. 이완이 조금 숨 가쁘게 말했다.

"숙부님 물건은 간단히 따로 챙겨 배에 실어놨습니다."

이순신이 송희립을 향해 진중하게 말했다.

"일에 소홀함이 없도록 하게. 가능하면 내일 초빈을 만들게. 그
리고…… 아마 이덕형 대감이 올 테니, 원하면 대감에게만 시신을
보여주게."

송희립도 한 마디에 모든 의지를 담아 꼿꼿이 대답했다.

"네, 염려 마십시오."

이순신이 낯익은 월송대를 낯설게 마지막으로 한 번 둘러보더니,
혼잣말하듯이 조용한 목소리로 자리를 정리했다.

"내려들 가자."

선착장에서 이의온이 기다리고 있었다. 이순신은 깊이 고개 숙여
절하는 그의 어깨를 가볍게 몇 번 토닥여주고는 배에 올랐다. 이완과
금이도 함께 배에 올랐다. 이회, 송희립과 이의온은 선착장에 남았다.
그들이 함께 땅바닥 위에서 큰절을 올렸다. 송희립이 일어나 말했다.

"곧 다시 뵙겠습니다."

이순신은 고개를 끄덕이며 작별인사를 했다.

"그간 고생 많았네. 의온이도…… 회도…… 모두들……"

배가 조용히 포구를 빠져나가자 이순신이 말했다.

"부안으로 가자!"

이순신이 탄 배는 미끄러지듯 부안을 향해 출발했다.

10

마치 소설 얘기를 들려주듯, 이순신이 자신의 구상을 피력하자 한동안 무거운 정적만이 흘렀다. 이회와 이완은 그나마 다행스럽다는 표정이었고, 류형과 송희립은 아무 말 없이 불만스러운 표정이었다. 이의온도 얼핏 실망스러운 내색이었다. 침묵을 깬 건 이 세상 누구보다 충직한 금이였다. 그는 하늘이 무너져도 아무 말 없이 이순신을 수행할 이순신의 그림자였다. 그런 그도 조금 놀랐던지 두 눈을 여태 말똥말똥 뜨고 말했다.

"나리, 소인 놈의 괜한 걱정입니다만……."

"괜찮다. 말해보거라."

"부안에 가시면…… 아무도 모르게 지내실 수 있겠습니까?"

부안은 이순신의 소실이 사는 곳이었다. 부안댁의 도움을 받아 조용히 있을 곳은 많았다. 이순신이 모두의 긴장을 풀어주려고 애써 여유로운 미소를 지으며 농담처럼 답했다.

"잘될 수 있을 게다. 하지만 조심해야겠지. 그런데 앞으로 내가 죽은 사람으로 잘 지낼 수 있을지는 모두 너한테 달린 것 같구나. 허허."

금이가 여전히 굳은 표정으로 다시 눈만 껌벅거리기 시작했다. 금이의 말이 끝났지만 아무도 다시 입을 열지 않았다. 이순신은 시간이 조금 더 지나면 모두들 자신의 심경을 이해해주리라 믿었다. 모든 얘기를 마친 그들은 모두 마치 넋 나간 사람들처럼 한동안 그대로 앉아있었다. 겨울의 깊은 밤이 소리 없이 흘러가고 있었다.

11

 손문욱도 최후를 준비해야 했다. 그는 고니시를 다시 찾았다. 고니시는 잔뜩 기대에 부풀어있었다. 손문욱에게 따뜻한 청주를 한 잔 따라줬다. 손문욱이 기분 좋게 술을 들이켰다. 술기운이 몸속에서 금방 퍼졌다. 그 화끈한 술기운이 손문욱의 말기운을 돋우었다. 손문욱이 천천히 입을 열었다.
 "이순신을 남해로 보내서 잡는 일은 아무래도 어려울 것 같습니다."
 "그래서?"
 "전에 간단히 말씀드렸던 최후의 방법을 써야 할 것 같습니다."
 "저격 말이냐?"
 "그렇습니다."
 "나는 아직까지 의심이 남아있다. 그게 정말 가능하다고 보느냐?"
 "제 목숨이 달린 일입니다. 가능합니다."
 "어디 다시 한 번 자세히 말해보거라."
 "남해에 연락해 사후선 몇 척과 노를 저을 조선인 포로 이삼십여 명, 그리고 조총 저격수 십여 명을 구하십시오."

고니시의 얼굴빛이 진지하게 바뀌고 있었다.

"그런 다음?"

"유인책이 필요합니다. 이순신은 지금 지원군 모두를 한꺼번에 몰살시킬 방법을 찾고 있습니다. 그는 '지원군이 온다'는 첩보를 접하면 이곳은 위장 포위만 해두고 노량 길목을 막으려 할 것입니다."

"노량이라……."

"노량에서 최후의 결전을 준비해야 합니다. 그곳에서 전투를 벌이되 마지막 순간에 승부를 거십시오."

"어떻게?"

"'해 뜨기 직전에 전선 수십 척으로 함대를 꾸며, 도주하는 척하면서 관음포로 들어가라'고 하십시오."

"관음포? 그곳은 막다른 포구가 아니냐?"

"그렇습니다."

"그래서?"

"진린이든 이순신이든 '됐다' 싶어 일단의 전선을 이끌고 바로 뒤쫓아올 것입니다. 진린이면 다시 일단의 전선을 보내 포위하십시오. 그러면 이순신도 반드시 포구로 들어올 것입니다. 그건 통제선에서 제가 책임지고 잘 알아서 돕겠습니다. 이제 그다음이 중요합니다. 관음포 입구 해안에 사후선 몇 척을 준비시켜놓고, '추격해 들어오는 통제선에 혼란을 틈타 접근하라'고 일러두십시오. 어슴푸레한 새벽녘일 테니, 조선인 포로에게 노를 젓게 하고 저격수를 조선군 복장으로 위장시키면 발각될 일은 없을 겁니다."

"그게…… 가능하겠느냐?"

"접근 시기가 아주 중요합니다. 저격 시각은 어둠이 조금씩 가셔

시야가 확보되고, 육박전이 벌어지기 직전이어야 합니다. 육박전이 벌어지면 일본 전선으로부터 공격당할 수도 있으니 위험해집니다. 그렇다고 일본 전선이 너무 멀리 떨어져 있을 때 접근하면 조선군의 시선을 분산시킬 수가 없어 좋지 않습니다."

고니시는 마치 지금 바다 위 전쟁터에 있는 사람처럼 아득한 표정이었다. 하지만 손문욱은 확신에 차 있었다.

"통제선과 적당한 거리를 유지하면 충분히 장대를 겨냥할 수 있을 겁니다. 뭐, 저격수는 거적 같은 것으로 안전하게 은폐하면 훨씬 더 좋겠지요."

"……"

고니시는 잠깐 말이 없었다. 그러다 한숨 쉬듯 숨을 크게 한 번 내쉬더니 겨우 동의했다.

"그래, 그럴 수 있겠구나."

손문욱이 그런 고니시를 최대한 안심시키려 했다.

"생각해보십시오. 이건 일석이조, 아니, 일석삼조죠. 이순신을 잡을 수도 있고, 또 어차피 조선의 함포공격에는 서로 엉킨 채 육박전을 해야만 승산이 있으니 유인책도 되고, 그리고 무엇보다 장군께서는 상황이 여의치 않으면 혼란을 틈타 부산 쪽으로 피신할 수도 있는 일이니, 이보다 더 좋은 계책이 어디 있겠습니까?"

"그래, 그렇긴 하다만……"

한참을 생각하던 고니시가 아무래도 미심쩍다는 듯 말했다.

"그런데?"

"더 설명드려야 할 말씀이라도?"

"날 통할 필요 없이 네가 직접 이 계책을 시행하지 않는 이유는 무엇이냐?!"

손문욱은 예상한 질문이라는 듯 감춰진 미소까지 띠며 망설임 없이 대답했다.

"그럴까도 몇 번을 생각해봤습니다만 어려웠습니다."

"그 이유가 뭐였느냐?"

"제가 직접 저격수와 격군을 매수한 뒤 사후선에 태워 정식 작전에 투입하려면 준비의 어려움은 차치하고라도, 지휘체계에 편입을 받아야 하는데 그게 쉽지가 않습니다. 그렇다고 방금 말씀드린 대로 전투 와중에 몰래 끼어들도록 준비하자니, 시간도 그렇고, 제 능력도 그렇고, 그건 더욱 불가능했습니다."

"그렇기도 하겠구나. 그럼 통제선이나 다른 판옥선에서 은밀하게 저격하는 것은 생각해봤느냐?"

"물론 생각해봤습니다. 통제선에서는 총구를 장대로 겨냥하는 건 숨어서 할 수밖에 없는데 너무 위험합니다. 다른 가까운 판옥선에서는 배에 기어오르는 일본군들을 겨냥하는 척하면서 장대를 겨냥하는 게 가능하긴 하겠지만 그게……."

"그게, 뭐 어쨌다는 거냐?"

"급한 전투가 벌어지면 모든 전선의 위치와 사거리가 보장되지 않습니다. 더군다나 그 숫자가 얼마 되지도 않는 조선 수군 조총수들 중에서 한둘을 골라 매수하거나, 아니면 저격수를 새로 구해 전선에 태우는 것도 생각처럼 쉽지가 않습니다. 만약 발각되거나 배신이라도 하게 되는 날에는 제 목숨이 문제가 아닐 겁니다. 위험을 감수할 수 있는 일이 아닙니다."

"그래, 그렇지……."

고니시는 무척 진지한 모습이었다. 이순신을 잡는다는 생각만으로도 가슴이 떨려 진정이 되지 않았다. 막다른 포구로 들어가는 것이 마음에 걸렸지만 따지고 보면 이건 손문욱 말마따나 모험이 아니라 일석삼조의 절묘한 유인책이 아닌가? 고니시는 손문욱에게 계책을 확약했다. 그는 손문욱을 보내고도 넋 나간 사람처럼 그렇게 한동안 앉아서 깊은 생각에 잠겨있었다.

12

11월 18일, 이순신은 '왜 전선들이 엄목포와 노량에 무수히 정박해있다'는 첩보를 받았다. 조금 더 지체하면 더 많은 왜선들이 선봉을 뒤따라 이곳까지 몰려와 조명 수군이 오히려 포위되는 위험에 처할 것이었다. 이제 고니시의 순천성 앞바다는 위장 포위만을 해놓고 떠날 수밖에 없었다. 지금 바로 노량 길목을 막아 최후의 승부를 내야 했다.

해시(밤 10시경), 이순신은 진린과 약속하고 노량으로 향했다. 전선의 전사들은 모두들 묵묵히 굳은 표정으로 자신들의 임무만 수행하고 있었다. 자정 무렵, 이순신은 통제선 갑판 위에서 하늘에 제사를 올렸다. 그가 전투를 앞두고 전선에서 하늘에 제사를 올리는 것은 처음이었다. 처음 보는 일이라 모두들 의아한 표정이었다. 하지만 아무도 그 이유를 알지 못했다.

이순신은 정갈하게 손을 씻고 정성껏 제사를 준비했다. 준비한 탁자에 돼지머리를 올려놓았다. 향도 피웠다. 그 앞에서 이순신이 무릎을 꿇었다. 그는 소지 위에 손수 적은 글귀를 모든 전사들이 다 듣도록 큰소리로 읽었다.

"오늘은 반드시 죽기를 결심하나이다. 원컨대 하늘이시여! 기필코 이 왜적들을 섬멸해주소서."

이순신은 글귀를 읽고 나서 소지에 불을 붙였다. 검은 밤바다에 작은 불꽃이 아름답게 타올랐다. 이순신은 이 불꽃을 두 손으로 받들 듯이 하늘에 띄었다. 조금 떨어진 다른 전선에서도 이 조그만 불꽃을 얼핏 볼 수 있었다. 그때 큰 별 하나가 바닷속으로 떨어졌다. 통제선 위의 모든 전사들이 이 장면을 신비롭게 지켜보고 있었다.

이순신은 이 제사에 두 가지 목적을 가지고 있었다. 한 가지는 '최후의 전투에 목숨을 걸고 임해야 한다'는 것을 모두에게 다짐받기 위한 정신무장의 목적이었다. 하지만 이 목적뿐이었다면 굳이 이런 생소한 방식을 택할 이유는 없었다. 정작 더 중요했던 다른 한 가지는, 이순신 자신의 죽음을 익숙하게 만들기 위한 목적이었다. 이 제사를 지켜본 사람들은 무의식적으로 이순신의 죽음에 조금이라도 익숙해질 것이었다. 이순신은 자신의 최후 작전을 치밀하게 수행하고 있었다.

19일 축시(밤 2시경), 이순신의 선대는 드디어 노량 앞바다에 도착해 왜적의 길목을 막아섰다. 그러고서 다시 한 시진(2시간)이 지날 때쯤, 이순신의 눈앞에 불빛을 환히 밝힌 적선들이 다가오기 시작했다. 무려 7년을 기다린 최후의 결전이 눈앞에 다가왔다. 이순신은 통제선 장대 위에서 독전고의 북채를 불끈 틀어쥐고, 이를 악다물고 있었다.

'지금 이 순간을 내 얼마나 기다렸는가! 오라! 내 결코 네놈들을 무사히 돌려보내지 않으리라! 네놈들이 이 조선 땅에서 그간 무슨 짓을 저질렀는지 눈을 감는 바로 그 순간에 비로소 깨닫게 될 것이다. 뼈아픈 후회가 있다면 저승에서 네놈들의 후손에게 다시는 이런 만행을 저지르지 말라고 경고하기 바란다!'

13

총통 소리, 조총 소리, 불타는 전선, 비명 소리, 난무하는 화살, 번득이는 칼의 섬광, 나뒹구는 몸뚱이들, 바닷속으로 뛰어드는 목숨들, 온갖 죽음의 잔해들, 역겨운 피비린내, 기괴한 붉은 바다……. 이순신은 이 지옥의 풍경이 갑자기 남의 일처럼 낯설고 아득하게 느껴졌다. 그는 관음포 겨울바다를 저승에서 이승을 조망하듯 조용히 둘러봤다. 아직 싸움이 한창이었지만 대세는 이미 기울고 있었다.

'죽기에 좋은 시간이군…….'

그 순간 한 방의 조총 소리가 유난히 크게 귓등에서 울렸다. 이순신이 장대 위에서 몸을 아래로 내밀고 갑판을 내려다봤다. 갑판은 어지러웠다. 그 어지러운 갑판 위에서 찰나의 순간이었음에도 불구하고 송희립의 모습이 한눈에 크게 들어왔다. 송희립이 머리를 두 손으로 움켜잡으며 고꾸라지듯 몸을 앞으로 구부리고 있는 것이 보였다.

'아……맞았나?'

그때였다. 신비롭게도 눈앞의 모든 영상이 정지화면처럼 고요하게 그대로 멈췄다. 귀에는 아무 소리도 들리지 않았다. 시간도 멈췄다. 이순신은 천천히 하늘을 올려다봤다. 멀리서 흰 눈꽃송이 하나가 춤을 추듯 바람에 날려오더니 이순신의 뺨 위에 사뿐히 떨어졌다. 흰 눈꽃송이의 마지막 작별인사를 받은 이순신은 몸을 가누지 못하고 그대로 장대 바닥에 쓰러져 눈을 감았다. 이순신은 그렇게 죽은 듯 고요했다.

'어찌 된 것일까……? 계획대로 잘된 것일까……?'

이순신은 자신도 자신의 일을 알지 못한 채 지친 몸의 나른한 편안함을 느꼈다. 현실의 기억이 몽환적인 추억이 돼 그의 뇌리에 꿈결처럼 펼쳐졌다. 그는 조선의 운명을 위해 자신의 목숨까지도 의지대로 통제하고자 했다. 하지만 인간인 그가 할 수 있는 일은 거기까지였다. 적막함만이 감도는 하늘 아래, 지금 이 순간이 삶이어도 좋고, 죽음이어도 좋았다. 그의 의지 저편으로 모든 것이 아스라이 멀어지고 있었다.

14

모든 일이 언제나 그렇듯이, 이순신의 일도 계획대로만 되지는 않았다. 송희립은 쓰러졌지만 곧 다시 일어났다. 탄환은 다행히 이마를 스치고 지나갔다. 그는 머리를 질끈 동여매고 그의 할 일을 했다. 이순신이 쓰러진 후, 이회, 이완, 그리고 금이, 모두 침착하게 이를 악물고 자신의 할 일을 했다. 류형도 치열한 전투에서 가슴에 총탄을 맞는 부상을 피할 수 없었다. 그는 혼절까지 했지만 악착같이 다시 일어나 싸웠다. 총알이 그의 옷깃을 몇 번이나 스쳐 지나갔다. 그간의 전투에 비춰 볼 때, 통제선의 전사들이 총상을 유난히 많이 입은 전투였다.

마지막 전투는 예상보다 훨씬 치열했다. 진린의 전선이 독전을 명령받은 여러 척 판옥선의 도움으로 위기에서 겨우 빠져나왔다. 왜적들은 어떻게든 이 지옥을 빠져나가려 했지만 마음대로 되지 않았다. 판옥선의 화포는 도주하는 적선들을 처절하게 응징했다. 화포가 불을 내뿜을 때마다 적선들의 몸체가 허망하게 찢겨나갔다. 바다는 불타는 수많은 왜 전선들의 거대한 무덤이 되고 있었다.

고니시는 멀리서 이 상황을 지켜보고 있었다. 그는 모든 것이 실패했다고 생각했다. 그는 묘도 서쪽을 통과해 남해 남쪽을 멀리 돌아 부산 쪽으로 달아났다. 조선인 수백만 명의 죽음을 초래한 왜 수장 고니시의 머리는 전승의 상징이었지만 손에 넣을 수 없었다. 진린은 텅 빈 왜교성을 손에 넣고 전공 자랑에 바쁠 유정을 생각하며 발을 동동 굴렀지만 어쩔 수 없었다. 조명 연합군은 고니시를 한참이나 뒤쫓아갔지만 결국 포기하고 말았다. 고니시의 배가 멀어질수록 전쟁도 멀어져 갔다. 그렇게 왜적과의 7년 전쟁이 모두 끝나고 있었다.

오후가 돼서야 한숨을 돌린 진린이 배를 저어 통제선 가까이 다가왔다. 진린이 갑판 위에서 호탕한 목소리로 이순신을 찾았다.

"통제사! 통제사! 어서 나오시오."

이완이 장대에서 내려가 뱃머리 난간에 기댄 채 눈물을 흘리며 말했다.

"숙부님께서는 돌아가셨습니다."

진린은 그대로 주저앉았다.

"그 말이 사실인가?"

진린은 다시 일어서려 했지만 다리에 힘이 빠져 비틀거리며 일어설 수가 없었다.

"아, 결국 그렇게 됐구려……."

이순신의 전사 소식을 접한 조선과 명 수군들 모두 숙연해져 거짓 없는 눈물을 함께 흘렸다. 진린도 이때만은 아무 사심 없이 전우를 위해 어깨를 들먹이며 소리 내 울었다.

"죽어서까지 내 목숨을 구해주셨구려!"

왜적이 물러간 바다는 그렇게 다시 평화를 되찾았다. 그 평화 위에 또 다른 싸움이 다시 시작될 것이다. 감격도 잠시, 눈물도 잠시, 전우애도 잠시, 각자는 각자의 삶터로 돌아가 모두 다시 각자와 싸울 것이다. 하지만 적어도 지금 이 순간만은 모두의 가슴에 감격이 넘쳤다. 내일은 내일의 태양이 다시 떠오른다 해도, 지금 이 순간 저 멀리서 빛나고 있는 붉은 태양은 영원할 것처럼 보였다. 미궁의 붉은 바다 위에서 모든 전사들의 얼굴에 자랑스러움이 넘쳤다. 찬란히 빛날 최후의 승전이었다.

제12장

그날 이후

1

한성 땅에 남녘 바다의 소식이 알려진 것은 노량대첩 5일 후인 11월 24일이었다. 전투 현장에서 올라온 전황 보고는 감당키 힘들 만큼 충격적인 내용이었다. 승전 소식이야 환호성을 내지를 만큼 반가운 충격이었지만 뒤이은 이순신의 전사 소식은 누구나 주저앉을 수밖에 없는 슬픈 충격이었다. 촌음도 지체할 수 없던 군문도 감에서 숨 가쁘게 편전에 있는 이연을 찾았다. 이연은 떨리는 목소리의 보고를 숨죽이며 들었다.

"방금 진린 도독의 차관이 들어와서, '적선 1백 척을 포획했고 2백 척을 불태웠으며, 5백 급을 참수했고 1백 80여 명을 생포했다. 익사자는 아직 떠오르지 않아 그 숫자를 알 수 없다. 이순신 통제사는 죽은 것이 분명하다'고 말했습니다. 감히 아룁니다."

그 순간, 이연은 정신이 혼미해질 만큼 아찔했다. 아무 반응도 보일 수 없을 만큼 어지러웠다. 승전 현황은 귀에 들어오지도 않았다.

귀에 들려온 것은 오직 한 이름, '이순신' 뿐이었다. 이순신의 전사 소식이 이연의 머리를 온통 하얗게 뒤흔들었다.

'어찌 된 것인가? 손문욱 그자가 정녕 이순신을 해치웠단 말인가……?'

이연은 무슨 말인가를 해야 했다. 그리고 분명 무슨 말인가를 하긴 했다. 그런데 정확히 무슨 말이 입 밖으로 새나왔는지는 알 수가 없었다. 이연은 영겁의 시간을 느꼈던 순간적인 혼란 속에서 빠져나와 중얼거리듯 딱 '한 마디'만을 겨우 입 밖으로 토해냈다. 마치 이순신의 죽음을 예상이나 하고 있었던 것처럼 스치듯 지나가는 비정한 한 마디였다.

"알았다."

시간은 멈춰버렸고, 멈춘 시간 속에서 만감이 교차했다. 한참이 지난 후, 문득 정신을 차렸다. 이연은 자신의 반응이 몹시 잘못됐음을 느꼈다. 후회했으나 이미 늦었다. 이순신의 전사 소식을 전해 듣고 그저 '알았다'고만 한 자신의 반응을 사람들이 몹시 괴이하게 생각할 것이 뻔했다. 하지만 조금 전 이연은 미처 그런 생각까지 할 겨를이 없었다. 자신이 계획하고 원하던 일이었으나 막상 그런 일이 현실로 닥치고 보니 놀라움은 더 컸다.

'죽은 것이 분명하다……? 죽은 것을 모두가 확실히 본 것이 아니란 말인가?'

기다려야 했다. 이순신의 시신을 확인하기 전에는 도저히 믿을 수가 없었다. 마음이 다소 진정되자 온갖 생각이 이연의 머리를 스쳤다. 무엇보다 중요한 건 이순신의 전사 소식을 전해 온 이 보고가 혹 잘못됐을 가능성에 대비하는 일이었다.

밤늦은 시각, 승정원에서 다시 군문도감의 급보를 가지고 와서 내전에 있는 이연을 찾았다.

"방금 군문도감 낭청이 군문의 배첩을 가지고 와서 '군문이 유정 제독과 동일원 제독에게 즉시 분부를 내려 군사를 거느리고 함께 부산으로 향하게 했고, 진린 도독도 부산으로 따라가게 했다. 그리고 이순신은 전사했으니 그 후임을 즉시 차출해야 한다. 영을 듣고 가야 하니 누구를 차출했는지 내일 날이 밝기 전에 그 성명을 적어 알려달라' 고 문틈으로 말했습니다."

이연이 무덤덤한 목소리로 간단히 전교했다.

"알았다. 오늘은 밤이 깊어 할 수가 없다. 내일 아침에 승지가 배첩을 가지고 가서 사례하라. 비변사로 하여금 즉시 후임 통제사를 천거하도록 하라. 모든 일을 승정원이 살펴서 시행하라."

이렇게 이 전쟁은 끝나는 모양이었다. 이연은 이제 밤늦은 것을 핑계로 회답을 늦출 수 있을 만큼 많이 느긋해졌다. 이연은 주안상을 봐오라 했다. 그는 홀로 술잔을 기울이며, 그간 한밤중에 신하들을 불러 음모를 꾸미고, 왜적의 공세 때마다 불안에 떨며 심야회의를 주재하던 초라한 자신의 모습을 회상했다. 부끄러움과 자기 연민을 감춘 씁쓸한 미소가 그의 얼굴을 편안하게 스쳤다.

2

다음날인 25일, 다시 진린의 공문이 도착했다. '경상 우수사 이순신(李純信)을 신임 통제사로 승진시키는 것이 어떠냐 는 조심스런 의사타진이었다. 명 장수가 조선의 인사 문제에 개입하는 것도 이례적인 일이었고, 이순신의 휘하에서 측근으로 활약한 인물을 천거하는 것도 미심쩍었다. 이연은 '이시언을 이미 신임 통제사로 선발해서 명대로 할 수 없다' 는 정중한 답신을 바로 보냈다. 이시언은 지난날 김덕령의 살인에 호응했고, 이순신과는 한참 멀리 떨어져 있던 충청 병사였다. 믿을 만했다.

그 다음날인 26일, 이연은 다시 아주 바빠졌다. 이연은 미시(오후 1~3시)에 군문 형개의 관사로 갔다. 이연은 익숙하게 형개에게 예단을 증정하고 관사를 나왔다. 이 사례는 시작에 불과했다. 그 후로도 오랫동안, 이연은 제독 마귀 등 명 장수가 군사를 이끌고 올라올 때마다 그 모두를 한강에까지 나가 맞아서 위로했다. 보다 못한 대사헌 이헌국이 입시해 이연을 말리려 했다. 무모한 시도였다.

"전하, 명 장수들에게 예를 차리는 것은 마땅하나, 전하께서 친히 한강에까지 나가 모두 맞는 것은 너무 지나친 듯하옵니다."

이연은 기분이 상했다. 자신을 비웃고 있는 말이었다. 그간 대소 신료들에게 당했던 그런 비웃음이 어디 한두 번이었던가? 하지만 이제 마지막이었다. 이연은 신하들의 비웃음을 사더라도 명 장수들에 대한 마지막 감사는 최대한 진심을 담아 표시하고 싶었다.

'네놈이 지금 내 심정을 아느냐? 네깐 놈들 수백, 수천 명이 있어도 못한 일을 그들이 나를 위해 해줬다. 신하라는 것들이 비뚤어진 주둥이로 말만 바로 한답시고……. 너나 잘하세요. 응?!'

"……."

이연은 대답조차 하지 않았다. 대신 고개를 단호하게 돌려 자신

의 삐친 기분을 최대한 표현했다. 이헌국은 이연의 반응에 더쓱해
져 더 이상 아무 소리 못하고 일어서서 방을 나갔다.

3

11월 26일, 고니시 유키나가가 마지막으로 부산을 떠났다. 이제
왜군은 조선 땅에서 완전히 사라졌다. 이순신의 사망 소식 이흑, 이
연은 이순신에 관한 다른 보고는 받지 못했다. 웬만큼 시간이 지나
자, 이연은 이순신이 죽었다는 확신이 섰다. 손문욱을 한번 만나긴
해야겠지만 그것은 확인 절차에 불과할 것이다. 이연은 이제야 비로
소 안심하고 죽은 이순신을 위한 살아있는 정치를 시작했다. 11월
30일, 이연이 승정원에 전교했다.
    "이순신에게 벼슬을 높여주고, 부의를 내리라. 그리고 관에서 장
사를 도우라. 또 그의 아들은 몇 명인가? 상이 끝난 후, 모두 벼슬을
제수하는 것이 옳다. 해상에도 사당을 세워야 할 것이니 비변사로
하여금 의논해서 아뢰도록 하라."
    12월 중순 어느 추운 날, 기다리던 손문욱이 드디어 이연 앞으로
왔다. 이연이 그를 데리고 정원을 걷고 있었다. 수행하는 내관이 추
워서 손을 호호 불며 멀리 떨어져 따라왔다. 내관은 일부러 그들을
편하게 내버려뒀다. 듣는 사람은 아무도 없었지만 이연과 손문욱은
선문답으로 그들만의 밀담을 나눴다. 이연이 손문욱을 조용히 치하
했다.

"나는 최후의 전장에서 목숨을 바친 이순신의 충성심을 매우 높이 평가하고 있다."

"전하, 나라를 위하는 전하의 뜻이 모두 잘 이뤄진 것이라 사료되옵니다."

"이순신은 어떻게 전사했느냐?"

"소신이 '포위된 진린을 구하라'고 이순신을 압박하자, 그는 어쩔 수 없이 막다른 관음포로 들어갔는데, 결국 왜적의 탄환에 맞아 숨졌사옵니다."

"이순신을 쏜 그 왜적을 직접 봤느냐?"

이연은 지금 손문욱에게 우연인지 필연인지를 묻고 있었다. 손문욱으로서는 말을 재주껏 잘해야 했다. 일생일대의 공을 날려버릴 수도 있었다.

"경황없는 와중에 은폐까지 하고 있어서…… 하오나! 이순신을 쏜 왜적은 조선 수군으로 위장하고 새벽녘 어둠 속 혼란을 틈타 몇 척의 작은 배로 은밀하게 통제선에 접근한 것이 분명하옵니다. 신이 염려한 그대로의 일이 모두 벌어졌사옵니다."

"그래……? 이순신의 시신은 직접 봤느냐?"

"……."

손문욱이 망설이고 있자 이연이 살벌하게 경고했다. 이연의 입에서는 마치 손문욱을 겁박하듯 하얀 입김이 세차게 뿜어져 나오고 있었다.

"사실대로 말하라. 나는 네 말을 반드시 다시 확인할 것이다. 추호의 거짓이라도 있어서는 안 된다."

"전하, 직접 보지는 못했사옵니다. 이순신의 측근 군관인 송희립이 '싸움이 급하니, 죽음을 알리지 말라'는 이순신의 유언을 핑계 삼아 아무에게도 시신을 보여주지 않고 입관을 했사옵니다. 그들은 그날 밤 바로 고금도를 향해 떠났사옵니다."

이연이 대뜸 목소리를 높여 짜증 섞인 화를 냈다.

"무슨 일이 있었건, 네 두 눈으로 똑똑히 확인을 했어야 할 것 아니냐?!"

"황공하옵니다, 전하. 측근들 모두 겁 없이 예민해져서……."

이연이 혼자서 뭔가를 심각하게 고민하고 있자 눈치 빠른 손문욱이 재빨리 첨언했다.

"좌상 이덕형 대감께서 나중에라도 시신을 직접 보시지 않았을까 사료되옵니다만……."

이연이 한숨 쉬듯 말했다.

"봤어도 그저 봤을 것이다. 좌상이 남도에서 보내온 장계에는 '예전에 이순신을 직접 본 적은 없고, 서신만 한차례 교환했었다'는 문구가 있었다."

초조해진 손문욱이 쓸데없는 말을 첨언했다.

"이순신의 죽음은 틀림없는 사실이옵니다. 이순신의 죽음이 전해지자 온 남도가 눈물바다가 됐는데 어찌 사실이 아닐 수 있겠사옵니까?"

이연이 깜짝 놀란 사람처럼 손문욱을 향해 정면으로 고개를 돌려 노려봤다. 손문욱이 뜨끔해져 급히 입을 다물었다. 손문욱은 그때 별 생각 없이 '남도의 눈물바다'를 입에 올렸다. 하지만 이연은 그 말에 소스라치게 놀랄 수밖에 없었다.

그동안 이연은 전란초기 피난길에서 경험했던 민심 때문에 많이 두렵고, 괴로웠다. 그때 자신을 위해 눈물을 흘려주는 백성들은 없었다. 백성들은 눈물은커녕 분노만 보였다. 국경인이란 자가 주도하긴 했지만 두 왕자도 결국 백성들에 의해 붙잡혀 왜적에 넘겨졌다. 이연도 그것이 자신의 업보임을 알았다. 민심의 바다는 이연의 자랑스러운 안식처가 아닌 부끄러운 싸움터였다.

손문욱은 의외로 민감한 이연의 반응에 주춤했다. 얼핏 짐작 가는 눈치가 있어 더 이상 이연을 건드리지 않았다. 손문욱은 다른 말로 위로하는 것을 포기하고, 그 대신 가장 중요한 '의식'으로 이연의 마음을 풀어주기로 했다. 그는 목숨처럼 소중히 간직하고 있던 이연의 밀부를 품속에서 꺼냈다. 그간 구깃구깃 많이 낡아져 있었다. 그는 두 손으로 공손히 이연에게 밀부를 내밀었다.

"전하, 소신의 임무가 모두 잘 끝났기에 이 봉함된 밀부를 다시 돌려드리옵니다."

이연은 그 밀부를 받아 들고 겉봉을 한참 동안 바라보고 있었다. 그는 그것을 살펴봤다기보다는 그저 만감이 교차해 그렇게 넋 나간 표정을 하고 있었다. 이연이 겨우 입을 뗐다.

"노고가 많았다. 이번에 남도에 내려가 이순신의 충성심을 확인해준 너의 공을 잊지 않을 것이다."

이연의 약속대로 손문욱은 이후에 당상관까지 오르며 조선의 외교관으로 출세가도를 달릴 수 있었다. 다만 한 가지, 고니시가 일본으로 돌아가 1600년 내전에서 패해 죽는 것이 손문욱으로서는 무척 유감스러운 일이 됐다.

이연은 홀로 내전에 앉아있었다. 그는 노량 바다에서 일어난 일이 뭔가 조금 미심쩍었지만 더 이상 이순신의 죽음을 의심하지 않기로 했다. 이미 다 끝난 일이었다. 이연은 손문욱으로부터 돌려받은 밀부를 열지 않고 촛불로 가져가 불을 붙였다. 밀부를 태우는 불꽃이 많이 흔들렸다. 이연은 그 불꽃을 보며 의금부에서 봤던 이순신을 조용히 추념했다. 이순신은 조선 땅에서 다시는 나오기 힘든 비현실적 영웅이었다. 그만큼 위험했고, 불행한 운명을 타고난 인물이었다.

4

12월 22일, 이연은 우의정 이덕형을 만나고 있었다. 이덕형은 군문 형개를 만난 일에 대해 보고했다. 아주 중요한 사안이었다. 그런 만큼 당연히 그들의 능력 범위를 뛰어넘는 일이었다. 대화를 나누고 있는 그들의 표정은 비현실적인 문제를 현실처럼 말하는 사람들의 막연함 그 자체였다. 이연이 호기심에 가득 찬 눈빛을 하며 물었다.

"그래, 무슨 얘기였소?"

"역시 대마도에 관한 얘기였습니다. 그는 신에게 '조정에서 대마도를 습격해 취하려는 계획을 하고 있다는데 제 의사는 어떤지, 또 대마도의 왜적은 대략 얼마나 되며, 정벌하려면 군사를 어느 정도 동원해야 하는지'를 은밀히 물었습니다."

'조정의 계획'이란 '대마도를 치자'는 황신의 어제 상소 내용을 부풀려 한 말이었다. 이연은 황신의 상소문을 '속히 의논하라'고 비변사에 내려보냈는데, 그 상소문에 마치 입이라도 달린 것처럼 하루 만에 알 만한 사람들은 모두 그 내용을 알아버렸다. 명 군문 형개의 귀에까지 달려간 소문은 어쩌면 지금쯤 대마도를 건너 왜 본토를 달리고 있을지도 모를 일이었다.

사실 전쟁의 정상적인 진행 경과라면 대마도는 보복적 응징 차원을 넘어 미래의 안전보장을 위해서도 반드시 정벌해야 할 요지였다. 이런 참화를 겪고도 그냥 놔두는 것은 안 될 일이었다. 하지만 조선은 그럴 능력이 없었다. 그럴 능력은커녕 그나마 가진 능력을 활용하지도 못하고 눈앞의 안위를 지키기에만 급급했다. 이연이 마치 구경꾼처럼 물었다.

"뭐라 하던가요? 치겠다던가요?"

"그는 '대마도를 취한 후에는 어떤 계책으로 지킬 것인지를 아직 모르겠다'고 말했습니다."

이연의 표정이 급히 어두워졌다. 그때 두 사람의 머릿속에 동시에 한 인물이 떠올랐다. 이순신이었다. 자기도 모르게 이연의 입술 사이로 이순신이라는 이름이 새나왔다.

"아, 이순신……."

만약 이덕형도 이순신을 생각하고 있지 않았으면 절대로 들을 수 없는 가느다란 혼잣말이었다.

"전하, 이순신은……."

"아, 아니오."

이순신, 그러면 아마도 이 모든 일을 귀신처럼 해낼 수 있을 것이다. 하지만 이미 그는 이 세상 사람이 아니었다. 이연은 이순신이 절실했지만 결코 후회하지는 않았다. 아무리 이순신이 절실해도,

설령 그가 있어 대마도를 정벌할 수 있다 해도, 나아가 왜적 소굴 본토까지를 정벌할 수 있다 해도, 아니, 그의 능력이 그렇게 크면 클수록 더욱더 그를 살려둘 순 없었다. 천하를 얻는다 해도 그것은 반드시 자신의 천하여야 했다. 이런저런 생각으로 괜히 멋쩍어진 이연이 허공을 한번 두리번거리며 할 말을 찾았다.

"그래, 뭐라고 했소."

"신은 '공격해 쳐부술 수는 있지만 아무래도 주둔해 지킬 수는 없을 것 같다. 단지 천조의 위엄을 크게 보여주고 싶을 뿐이다'고 대답할 수밖에 없었습니다."

그 왕에 그 신하였다. 명군이 아무리 쓸데없는 체면을 중시한다 한들 어찌 '천조의 위엄'만을 위해 그 큰 부담을 안고 군대를 움직이겠는가? '그 왕에 그 신하'는 어떻게 스스로 도와야 하는지를 생각할 능력이 전혀 없었다. 이연은 잠시 숨을 고르더니 갑자기 안색을 바꿔 탄식하듯 딴소리로 말을 이었다. 신하들 모두 이런 일에는 이력이 났지만 당할 때마다 황당해지는 건 또 어쩔 수 없었다.

"우리나라는 아주 경박한 나라요. 군사 기무는 비밀이 중요하므로, 지하 깊숙이 숨겨 귀신도 그 낌새를 알아챌 수 없게 해야 하는 것이오. 그런데 황신의 상소가 이미 퍼졌으니, 천 리 밖에까지 누설돼 떠돌까 봐 아주 걱정이오. 무엇이 이보다 더 용병에 해롭겠소! 적들은 매우 교활하고 정탐이 그들의 장기니, 물러갔다고는 하지만 필시 몰래 정탐해갔을 것이오!"

이덕형은 슬쩍 이연의 안색을 한번 살피더니 익숙하게 그저 듣고만 있었다. 대마도에 관한 논의를 통제하지 못한 것은 이연의 무능이었다. 그는 자신이 일을 만들고, 그 일이 엉망이 된 것을 느끼면 바로 책임회피만을 생각했다. 하지만 근원적으로 말하자면 그런 일은 그의 상상력 범위를 넘어서기 때문에 일어나는 것이다. 현실감이 없는 일에 현실적으로 대처하는 것은 비현실적인 일이었다.

이연은 이 자리에서도 습관처럼 훗날의 자화자찬과 변명의 밑거름이 될 당부를 몇 마디 더 해뒀다. 그 밑거름 당부라는 게 '어쨌든 나는 무척 염려하고 있으니, 모든 일을 신하들이 알아서 잘해야 한다' 는 요지의 잔소리 비슷한 말이었다. 역사가 될 수도 있었던 막중한 대화를 허접하게 끝낸 후, 이덕형이 옷깃을 여미고 막 엉덩이를 들어 일어서려는 순간 이연이 갑자기 뚱딴지같은 말을 꺼냈다.

"우상."

"네, 전하."

"이순신은 틀림없이 죽었소?"

이덕형이 엉덩이를 마저 들지 못하고 망설였다. 그는 고금도 월송대에 안치된 이순신의 시신을 얼핏 확인하긴 했다. 부패되기 시작한 시신이 보기 싫어 얼른 고개를 돌리고 말았었다. 하지만 자세히 봤어도 몰랐을 것이다. 그는 이전에 이순신을 본 적이 없는 사람이었다. 이연은 장계를 통해 이미 그 사실을 알고 있었지만 다시 묻고 있었다. 이덕형이 망설이며 자신 없는 목소리로 대답했다.

"신이 확인하긴 했습니다만……."

"아, 아니오. 알겠소."

이덕형이 엉거주춤 엉덩이를 조금 더 들어 마저 일어서려는 순간 이연이 다시 입을 열었다. 목소리가 마치 무슨 불만이나 있는 사람처럼 조금 더 커졌다.

"장수들 생사는 왜 그렇게 확인하기가 어렵소?"

"무슨 말씀이시온지……."

"원균은 죽은 게 확실하오? 당시 권율의 군관 최영길이 '원균이 사지를 벗어나 진주로 향했다'는 소문을 들었다질 않소? 그가 지금 평택 고향에 은둔해 두건 쓴 처사라도 됐는지, 아니면 삿갓 쓰고 방랑하는 땡추가 된 건지, 그것도 아니면 왜적에게 산 채로 붙잡혀 갔는지 어떻게 안단 말이오? 왜적이 수급도 아닌 시신을 떠메고 간 것은 아니지 않겠소? 그리고 신립은 또 어찌 된 것이오? 그의 시신도 못 찾질 않았소? 강물에 빠졌으면 나중에라도 시신이 수습됐어야 하는 게 아니오? 허, 그것참……."

"그게, 그때…… 그러니까…… '원균은 고성 쪽 뭍에 올라, 날이 더워 웃통을 벗고 알몸으로 도망갔다'는 보고를 기억하는데, 그래서 왜놈들이 장수를 못 알아봤을 수도……."

"아, 글쎄, 웃통을 벗었든 안 벗었든, 장수로 알았든 군졸로 알았든, 죽었다면 시신을 일부라도 그 자리에서 찾았어야 할 게 아니오?"

이덕형은 앉지도 못하고 서지도 못한 자세로 이연의 날카로운 반격에 할 말까지 못 찾아 심신이 모두 불편했다. 이연도 이덕형의 그런 자세를 계속 보고 있기가 여간 불편한 게 아니었다.

"아니오, 됐소. 그저 해본 소리요. 어서 일어나시오."

이덕형은 엉거주춤한 자세를 뒤뚱거리며 겨우 풀고 일어섰다. 사실 아까부터 가장 힘들었던 것은 엉거주춤한 자세가 아니라 이연의 '한 가지 기발한 상상'에 대한 경박한 웃음을 참는 것이었다. 그는 방문을 나서자마자 자기도 모르게 채신없는 헛웃음을 터트리고 말았다.

"푸, 풋."

아무리 지엄한 임금의 상상이라지만 '삿갓 쓰고 방랑하는 땡추 원균', 그건 아니었다. 이덕형은 곧 고개를 두리번거리며 주위를 살피더니 헛기침으로 다시 채신을 세웠다. 하지만 그는 낭하를 걸으며 예의 정치인답게 미심쩍은 구석을 생각했다.

'근데, 왜 저런 의심을 하는 거지……?'

그러다 자신도 이연과 똑같은 궁금증이 생겨 고개를 갸웃거리고 있었다.

'그러게? 왜 생사를 확인하는 게 그렇게 힘든가?'

이덕형은 얼핏 본 이순신의 시신을 생각하고 있었다. 설령 그가 이순신을 생전에 몇 번 본 적이 있었더라도 건성이었던 자신의 행동이 크게 달라지지는 않았을 것 같다는 생각이 들었다. 당시 그는 미심쩍은 생사 확인을 했던 것이 아니라 보고를 위한 형식적인 절차를 거쳤을 뿐이다. 어쨌든 이제 다 끝난 일이었다. 그는 마치 쓸데없는 망상에서 깨어나기라도 하려는 사람처럼 도리질을 한 차례 작게 하더니 허리를 곧추세우고 앞을 향해 똑바로 걷기 시작했다.

5

시간이 조금 지나자 결국 손문욱의 정체가 문제가 됐다. 그에 대한 공개적인 포상을 하지도 않았는데 엄청난 반발이 일어났다. 1599년 2월 초, 형조 정랑 윤양이 이연의 선유를 전하러 고금도에 내려갔을 때 수군들은 그간의 고생을 보상받는다는 생각으로 매우 기뻐했다. 하지만 윤양은 진중에 파다하게 나돌고 있는 손문욱에 관한 괴소문을 듣고 깜짝 놀랐다. 위험할 정도였다. 하지만 그는 조정에 위험한 얘기는 뺀 채 진중의 분위기만 간단히 전했다.

"남도의 군사들은 '저 손문욱은 왜에 포로로 잡혀 노비가 된 하찮은 자로서 우연히 한 배에 같이 탔다가 전공을 자기 것으로 가로챘다'면서 모두 분개하고 있습니다."

문제의 근원은 손문욱의 의심스러운 신분이었다. 하지만 송희립이 이 사태를 부추긴 측면도 있었다. 당시 손문욱이 '쓰러진 이순신을 보자'고 했을 때 송희립이 경황이 없어 '당신의 공을 잘 말해줄 테니 독전고를 치라'고 한 것이 사태의 발단이었다. 송희립은 실제로 권율과 이덕형에게 그렇게 '잘' 말해줬고, 그 말은 조정으로 올라가는 공문에 적혀 그대로 굳어졌다. 하지만 수군들 사이에서는 '손문욱이 이순신을 죽였다'는 소문이 심각하게 나돌았다. 당시 왜선은 조총 탄환이 날아올 만한 거리까지 접근하지 못했는데 이순신이 총에 맞았다는 사실 때문에 소문이 심각해진 것이다. 급기야 이 소문은 이연의 귀에까지 들어가 그의 가슴을 뜨끔하게 했다.

이런 논란에도 불구하고, 사관은 이순신이 '적의 탄환에 가슴을 맞았다[賊丸中胸]'고 분명히 기록했다. 하지만 조카 이분은 『이순신행록』에 '문득 날아든 탄환에 맞았다[忽中飛丸]'고 썼다. 어떤 이들은 그것을 '왜선은 멀리 떨어져 있어서 왜적이 쏜 것인지는 잘 모르겠다'는 의미로 읽었다. 그리고 류성룡은 『징비록』에 '날아든 탄환이 가슴을 뚫고 등 뒤로 나갔다[有飛丸中其胸, 出背後]'라고 적었다. 그래서 또 어떤 이들은 그것을 '누군가 바로 앞에서 쐈다'는 의미라고 생각했다. 모두들 들은 말에 상상을 보태 이순신의 '생사'를 얘기했다. 하지만 이순신의 주검을 직접 보고, 속 시원하게 설명해 주는 사람은 아무도 없었다.

이연은 소문의 추이를 주목했다. 하지만 생각해보면 크게 걱정할 일은 못 됐다. 아무도 손문욱이 직접 총을 쏜 것을 보지는 못했을 것이기 때문이다. 오래지 않아 이순신을 존경하는 수군들은 '이순신이 적탄에 맞아 숨진 것이 손문욱에게 저격받아 숨진 것보다 훨씬 더 아름답다'고 생각하기 시작했다. 역시 이순신을 숭배하는 백성들도 추한 소문보다는 아름다운 사실이 더 멀리 바람결에 퍼져나가기를 바랐다. 이순신을 둘러싼 추한 소문은 그렇게 시간의 기억 속에서 아름답게 잊혀져 갔다.

6

1599년 2월 어느 햇살 좋은 날, 류성룡은 한성을 떠나 고향인 경북 하회 마을로 향하고 있었다. 그는 가족 모두와 웬만한 이삿짐은 미리 떠나보낸 터라, 지금은 가벼운 수레를 끄는 몸종만을 대동하고 말 위에 앉아 여유로운 여행을 하고 있었다. 아직 쌀쌀한 날씨는 묵은 때를 씻어내듯 정신을 맑게 했다. 하지만 류성룡이 그런 기분을 느낀 건 꼭 날씨 때문만은 아니었다. 누가 궁궐의 탁한 공기를 벗어나서 그런 기분을 느끼지 않을 수 있겠는가?

류성룡은 스쳐 지나가는 한성 외곽 풍경을 회한에 잠겨 바라보고 있었다. 해일처럼 몰려온 왜적이 모든 것을 휩쓸고, 다시 빠져나간 조선은 폐허처럼 황폐했다. 승자도 패자도 없는 공허한 전쟁이었다. 생각해보면 그것도 조선이 패자로 전락하지 않았다는 안도감 속에서나 할 수 있는 호기로운 말이었다. 류성룡은 역사 속에서 사라질 뻔한 조선 땅 위에서 내일을 생각하고 있었다.

'조선은 이 전쟁으로 무엇을 배웠을까?'

앞으로 조선은 원하든 원치 않든, 이 전쟁이 무엇이었으며, 모두에게 무엇을 가르쳐 줬는지를 절감하게 될 것이다. 그래서 전쟁의 정치가 휩쓸고 지나간 자리를 정치의 전쟁이 차지하게 될 것이다. 실제로 전쟁이 채 끝나기도 전에 벌써 전쟁 후 정치의 포문이 열렸다. 정치는 언제나 누구의 예상보다도 한발이 더 빨랐다. 아마도 이 세상에서 가장 게으른 것이 깨달음이라면 이 세상에서 가장 부지런한 것은 정치일 것이다.

7

작년 11월 19일, 이연은 아침부터 뭔가 이상한 기운을 느꼈다. 이순신이 노량해전에 임해 장대 위에서 쓰러지던 바로 그날 아침이었다. 신비한 교감이었다. 마침내 이연의 칼날 같은 전교가 떨어졌다.

"아뢴 대로 하라. 류성룡을 파직시키라!"

그 운명의 날, 류성룡은 이연의 궁궐에서 그렇게 쓰러졌다. 그리고 12월 6일, 이연은 다시 류성룡의 삭탈관작을 명했다. 류성룡을 탄핵했던 자들의 명분은 '그가 화친을 시도했다'는 것이었다. 이연은 속으로 이 명분이 너무나 어처구니없었다. 그래서 그는 류성룡의 삭탈관직을 명하기 직전 홍문관의 상소에 답하면서 이렇게 자신을 변호해둬야만 했다.

"상소문을 살펴보니 심히 번잡스럽다. 이미 파직시켰는데 어찌 삭탈까지 해야겠는가? 그리고 매번 '화의를 도모했다'는 것을 근거로 풍원의 죄를 성토하는데, 그것이 말꼬리를 잡는 계책은 되겠지만, 당시 실정은 아닐 것이다. 애초에 심유경이 화의를 논하자, 조정 신하들 모두가 그 말에 기뻐하며 화의를 합창했다. 내가 익히 그 양상을 봤는데, 어찌 풍원의 죄만 논할 수가 있는가? 풍원의 관작을 삭탈한들 그것이 나와 무슨 상관일까만 나라의 체모만 적지 않게 훼손될 듯싶다."

사실 다른 건 몰라도 이연이 한 가지 큰소리칠 수 있는 것이 있었다. 그것은 일본과의 강화를 반대하는 '마음'이었다. 이연은 복수를 하고 싶었다. 만약 그 정당한 마음이 능력을 갖춘 자의 것이었다면 천하의 산천초목이 떨었을 것이다. 하지만 이연은 복수를 위해 무슨 능력을 어떻게 키워야 하는지를 모르는 무능한 자였다. 무능한 이연의 복수심은 그저 어린아이 투정 같은 것이었다. 이연에게 '복수는 명나라의 것'이었다.

어쨌든 그날, 이연은 '모두가 화의를 합창했다'고 비웃으면서도 류성룡의 삭탈관작을 명했다. 탄핵하는 것이 말이 되지 않으면 탄핵을 거부하고, 말이 되면 탄핵하는 것이 정상이다. 하지만 이연은 '탄핵이 말이 되지 않는다면서 동시에 그 탄핵을 받아들이는 신묘한 정치'를 보여줬다. 마치 신하들에게 끌려만 다니는 허수아비 왕

처럼 보였다. 자신이 하고 싶은 정치는 천하없어도 결행하는 냉혹
하고, 고집불통인 왕이 왜 그랬을까?

이연은 자신의 은밀한 심경을 그렇게 토로했을 뿐이다. 그는 '나
와 무슨 상관일까만' 이라는 말로 류성룡의 처리 문제가 '자신과 조
정의 면책 문제와 많은 상관이 있다' 는 무의식을 드러내고 말았다.
류성룡에게 전쟁 책임을 뒤집어씌우고, 다음 해 7월에 윤두수를 영
의정에 임명하는 것이 나라의 체모를 손상시키는 '전쟁 후 정치' 임
을 이연뿐만 아니라 모두가—적어도 마음속 깊은 한구석에서는—잘
알고 있었다. 하지만 정치를 지배하는 주인은 언제나 내일이 아니
라 오늘이었다.

8

류성룡은 자신이 죽기 전에 반드시 해야 할 한 가지 일이 아직 남
아있다고 생각했다. 그것은 자신이 겪은 모든 일을 기록하는 일이
었다. 그는 흔들리는 말 위에서 『시경』에 나오는 시[周頌 小毖] 한 수
를 외고 있었다.

予其懲, 而毖後患	나 지난 일의 잘못을 징계해, 후환이 없도록 삼가리
莫予荓蜂, 自求辛螫	나 꿀벌로 하여금, 스스로 자초해 아프게 쏘게 했고

肇允彼桃蟲, 拚飛維鳥 뱁새가, 하늘 높이 나는 큰 새가 될 줄
　　　　　　　　　몰랐네
未堪家多難, 予又集于蓼 아직도 집안의 어려움은 가시지 않아,
　　　　　　나 다시 여뀌풀 맛을 보고 있네

　류성룡은 고향집 하회 마을에 정착했다. 그는 사람 만나는 것도
삼가며 『징비록』을 썼다. 그는 그 책 머리말에 "『시경』에 '나 지난
일의 잘못을 징계해, 후환이 없도록 삼가리' 라고 이르고 있는데
이것이 『징비록』을 쓰는 이유다"라고 썼다. 류성룡은 기억하기도
싫은 시대의 아픔을 기를 쓰고 떠올려야만 하는 저술이 너무나 고
통스러웠다. 옥연정사의 아름다운 풍광만이 전란에 지친 그의 심
신을 조금이나마 위로해줬다. 역사의 시간이 그렇게 정리되고 있
었다.

　　　　　　　　　　　　9

　1599년 2월 중순경, 권율이 군사를 이끌고 경북 선산을 향하고
있었다. '배설이 선산에서 무뢰배들과 함께 뭔가 음모를 꾸미고 있
다' 는 첩보를 입수해 그를 잡으러 가는 길이었다. 지친 몸이었지만
권율은 이 일도 어차피 자신이 처리해야 할 전쟁의 뒤처리라고 생
각했다.
　배설은 나주를 거쳐, 충청에서 경북으로 피해다니며 사람을 모으

고 있었다. 그는 경기도 광주 · 이천 등을 본거지로 삼아 활동하던 산적 현몽과 접선해 합세했다. 그는 선산 월유봉 기슭에 본거지를 마련하고, 거사를 꾀하고 있었다. 그의 '뜻이 거사에 있다' 는 말이지 행색은 단순한 산적과 크게 다를 바가 없었다. 배설의 패거리는 그가 그럴듯한 언설로 꼬드겨 따르게 한 몇 안 되는 양반 · 서얼 출신 부랑자들과 현몽을 따르는 산적 40여 명이 다였다.

권율은 말을 타고 배설의 본거지로 향하면서 눈에 들어오는 풍광을 묵묵히 바라보고 있었다. 선산 북산리 마을 뒤로는 월유봉이 병풍처럼 감싸고, 앞으로는 감천이 흐르고 있었다. 봄이 무르익어 전란으로 헐벗은 산에 나뭇잎이라도 무성해지면 훨씬 좋아 보일 듯싶었다. 권율의 무미건조한 눈빛 속에서도 봄은 오고 있었다.

월유봉이 가까워오자 길 안내를 하던 농부가 긴장했다. 그는 현상금을 노리고 당국에 배설 일당을 신고한 선산 마을의 농부였다. 권율은 월유봉 기슭에 닿자 말에서 내려 백여 명의 나졸과 함께 천천히 월유봉에 올랐다. 이 숫자로 근처를 모두 포위하는 것은 불가능했다. 가능한 조용히 접근해 기습할 생각이었다.

배설의 본거지가 보였다. 산중에 허물어져 가는 산채 몇 채가 다였다. 그 앞으로 빈 공터가 있었고, 가까이엔 계곡물까지 흐르는 제법 풍광 좋은 모습이었다. 산적들이 공터에서 막대기로 칼싸움 흉내를 내며 놀고 있었고, 배설과 몇몇 무리들은 근처 계곡에서 떠들고 있었다. 조금은 긴장해야 했지만 권율은 자기도 모르게 '쿡' 하며 코웃음을 흘렸다. 역적인지, 탈영병인지, 산적인지 구분이 안 되는 천하의 오합지졸들이었다.

'시시껄렁한 놈……!'

권율은 조용히 군사들을 주위에 배치하고 상황을 살폈다. 아직은 전혀 눈치를 채지 못한 듯했다. 칼을 든 놈은 몇 안 돼보였다. 기습해도 별 무리는 없을 것 같았다. 권율은 배설과 현몽인 듯싶은 두목을 지목해 '저들만은 반드시 체포하라'고 주의를 줬다.

　"잡아라!"

　권율의 명이 떨어지자 나졸들이 순식간에 내달렸다. 배설 일당은 황망해져 잠시 얼어붙었지만 정신을 차리고 곧 달아나기 시작했다. 현몽과 그의 노련한 일당들은 걸음이 제법 빨랐다. 산으로 뛰어 올라가는 속도를 따라잡기 힘들 것 같았다. 권율이 외쳤다.

　"배설을 잡아라!"

　배설은 아무 예상도 못하고 넋 놓고 있었는지 쉽게 잡혔다. 현몽과 그의 일당 대부분은 놓치고 말았다. 권율은 겨우 10여 명만을 체포해 공터에 꿇어앉힐 수 있었다. 배설은 의외로 담담했다. 권율이 배설 앞으로 가 말했다.

　"네놈을 이렇게 다시 만나다니 하늘이 무심치 않구나!"

　배설의 입이 아직 살아있었다.

　"내 보기엔 하늘이 매우 무심하오!"

　"네놈이 살기를 바라느냐?"

　배설이 예의 시큰둥한 목소리로 대답했다.

　"보아하니, 당신도 낼모레면 숨이 끊어질 것 같은데 살기를 바라오?"

　권율이 심각한 장소에서 심각한 죄인을 상대로 피식 웃고 말았다.

　"허허, 그놈 참!"

　권율은 배설의 마음이 궁금했다.

"네놈이 원하는 게 대체 뭐냐? 한때는 그래도 조선의 수사까지 지냈던 자가 이제는 도적놈들과 함께 도적질을 일삼기로 했느냐?"

"도적놈들과 함께? 당신이 함께하는 나라님은 도적놈들 왕초 아니시던가?"

"네 이놈! 말조심하라!"

"오라, 내가 말조심하면 당신이 살려주실 거요?"

배설이 한마디 더 했다.

"내가 이곳에서 뭘 했다고 날 붙잡는 거요?"

"넌 역적이다!"

"언제는 도적이고, 언제는 역적이오?"

"그래, 말 잘했다. 넌 역적이 될 만한 그릇도 아니다. 탈영병으로 잡는 게 낫겠다."

"아, 뭐 기왕이면 역적으로 하십시다. 그게 훨씬 낫겠소!"

배설의 죄목이 다소 난해했다. 산채를 다 뒤져도, 역적모의를 의심할 만한 물증은 아무것도 나오지 않았다. 자신도 자신의 행색이 한심했는지 배설이 자조적으로 시부렁거리기 시작했다.

"사실 난 역적이 되고 싶었소. 근데 역적도 아무나 할 수는 없는 것 같더이다. 유능한 자가 꿈을 꾸지 않으니 무능한 자가 대신 꿈을 꿨던 것뿐이오."

"그래, 네 보기엔 꿈을 꿨어야 할 유능한 자가 누구더냐?"

"이순신이 꿈꿨으면 틀림없이 그 꿈을 이뤘을 것이오! 그가 죽지만 않았어도……."

"이순신……?"

'그래, 능력이야 충분히 있었겠지······.'

권율의 마음속에 이순신의 기억이 회한을 몰고 왔다. 그는 이순신을 지켜주지 못해 미안했다. 자신은 그럴 만한 인물이 못 됐다. 그저 제 한 몸 건사하기도 벅찬 세월이었다. 최근에는 전장에서 죽은 이순신이 부럽다는 생각도 들었다. 무인에게는 지고의 영광이었다. 이제 늙고 병들어 죽을 날만 기다리는 자기로서는 꿈도 꿀 수 없는 영광이었다.

권율은 상념에서 빠져나왔지만 배설은 계속 주저리주저리 한탄하고 있었다. 권율은 관대하게 한쪽 귀로 흘리며 그냥 들어줬다. 그도 한때는 나라를 지키는 무장이었다. 그가 이 지경이 된 것을 전적으로 그의 잘못으로 돌릴 수만도 없었다. 그는 자신처럼 세상에 대한 분노를 가슴속 깊이 꾹꾹 눌러 담으며 살지를 못했을 뿐이다. 권율은 문득 못난 배설이 오히려 자기보다 더 솔직하고 담대한 자일지도 모른다는 생각을 했다.

'난 아무 꿈도 없이 살았지만, 저 인간은 적어도 개꿈이라도 꾸지 않았는가?'

1599년 3월 6일, 배설이 개꿈과 함께 처형됐다. 배설의 바람과는 다르게 단순한 탈영병의 처형이었다. 그나마 역적이 아니라 탈영병으로 처형된 게 다행이었다. 조정은 잡아들였던 그의 아버지 배덕룡과 아들 배상충 등은 모두 풀어줬다. 좋은 세상에서 살고 싶은 꿈을 꿨던 겁 많았던 배설은 얼떨결에 이순신에게 나라를 구할 10척의 배를 남겨주는 민망한 큰 공을 세우고, 그렇게 부조리한 세상을 떠났다.

10

배설이 처형된 후, 권율은 시름시름 앓기 시작했다. 전쟁터의 혹한을 버텨온 몸이 긴장이 풀리자 더 이상 견디지를 못하고 있었다. 권율은 4월에 사직을 청했다. 그리고 7월에 집에서 눈을 감았다. 행주치마의 돌멩이…… 김덕령의 말…… 원균의 엉덩이…… 이순신의 흰옷…… 배설의 배……. 숨이 가빠 왔을 때, 그의 뇌리에 떠오른 기억들이었다. 하지만 마지막 숨을 들이쉴 때, 그는 행주산성 승전으로 백성들과 함께 감격했던 순간만을 생각하고 있었다. 풍진 세상의 영욕의 인생이었다.

11

1603년 6월 26일, 찌는 듯한 무더위가 모든 일을 온통 짜증나게 만드는 여름날이었다. 이연은 공신 초안을 읽고 있었다. 수없이 많은 이름들이 눈앞에서 어른거렸다. 그의 눈길은 가장 먼저 원균을 찾고 있었다. 그 많은 이름 중에서 원균의 이름은 단연 큰 별처럼 반짝이고 있었다. 하지만 곧 짜증이 났다. 초안에는 원균이 선무공신 2등에 올라있었다. 백성의 건전한 상식으로는 원균이 공신이라는 것을 믿을 수가 없었지만, 이연의 불건전한 상식으로는 2등 공신이라는 것을 믿을 수가 없었다.

'이런 망할 놈들!'

이연도 자신이 왜 이렇게까지 원균에게 집착하는지 가끔씩 이해하기 힘들 때가 있었다. 굳이 말하자면 원균은 자신의 자존심이었다. 원균을 내세워 이순신을 음해했으므로 원균은 반드시 이순신보다 훌륭해야 했다. 원균이 바보가 되면 자신이 곧 바보가 되는 것이었고, 원균이 명장이 되면 자신이 곧 명군이 되는 것이었다. 그의 집착은 거의 병적이었다. 이제는 전쟁의 악몽에서 풀려날 때도 됐건만 원균에 대한 집착은 점점 더 심해졌다. 자신만의 병적인 상식을 기어이 역사의 건전한 상식으로 만들어놔야 했다.

이연은 비망기로 공신도감에 전했다.

"원균을 2등에 논공해놨는데, 당초 적변이 일어났을 때 원균이 이순신에게 구원을 요청했던 것이지 이순신이 자진해서 달려간 것이 아니었다. 적을 토벌할 때는 원균이 죽기를 각오하고 매양 선봉에서 먼저 나아가 용맹을 떨쳤다. 승전하고 포획한 공을 이순신과 함께했는데 그 포획한 적괴와 누선을 도리어 이순신에게 뺏긴 것이다. 이순신을 대신해 통제사가 된 후, 원균은 재삼 장계를 올려 부산 앞바다에 들어가 토벌할 수 없는 상황을 힘써 개진했다. 하지만 비변사가 독촉하고 원수가 곤장을 치자 원균은 필패할 것을 분명히 알면서도 진을 떠나 적을 공격했다. 그러다 마침내 전군이 전몰하고 그도 따라 죽었다. 원균은 용기만 삼군의 으뜸이었던 것이 아니라 지혜도 최고였던 것이다. 고금의 인물들을 성공과 실패로만 논할 수는 없는 것이다. 가엾게도 원균의 운명이 때와 어긋나 공도 줄고, 일도 실패해 그의 뜻과 공적이 분명치 않게 됐다. 오늘날 논공하면서 이제 그를 도리어 2등에 놔뒀으니 어찌 원통하지 않겠는가? 원균은 지하에서도 눈을 감지 못할 것이다."

공신도감의 회계가 왔다.

"원균은 당초 '군사 없는 장수'로 바다 위 큰 전투에 참여할 기회를 얻었을 뿐이고, 그 후에는 수군을 괴멸시킨 과실이 있었습니다. 그래서 이순신·권율과 같은 반열에 올려놓기는 어려워 2등에 낮춰 논공했던 것입니다. 하지만 이제 성상의 교지를 받들어 1등에 올려놓겠습니다."

훗날, 사관은 이 상황에 대해 이렇게 총평했다.

"무인과 전사는 뛰어난 공훈이나 훌륭한 공적이 없더라도 솥[鼎]과 종(鐘)에 그 이름을 새길 수 있다. 하지만 호종한 신하로 말하자면, 말고삐나 붙잡고 다닌 노고만으로 이름을 태상(太常)에 기록하는 것이니, 주제넘은 공이라는 비난이 없을 수 있겠는가? 상의 총명이 여기에 미치지 못하는 것이 아니라, 그들이 구차하게 얻으려는 뜻에 따라줘 그들로 하여금 훗날 어려운 일에 나아가도록 권장하려는 것이다. 하지만 전사의 격려받는 마음을 막고 훈신의 분하고 한스러운 기를 맺히게 해, 기뻐하는 자는 적고 분노하는 자가 많다는 것을 미처 깨닫지 못하고 있다. 그러니 후세의 비웃음을 어찌 면하겠는가?"

모두 역사를 생각하고 있었다. 이연은 역사 속에서 원균이 명장으로 부활하기를 바랐다. 그러기 위해서는 반드시 기록으로 남겨야 했다. 당대의 기록은 훌륭한 증거가 될 것이었다. 기록 속에 옹이 남긴 한 마디 한 마디는 모두 진실이 될 것이었다. 이연은 일등공신이 된 명장 원균이 자신의 무고함을 입증하고, 자신이 지은 역사적

죄업을 상쇄시키리라 믿었다. 이연은 역사가 자신의 위증을 기록하도록 최선을 다했다.

공신도감도 나름의 역사적 양심은 있었다. 애초에 패장 원균을 눈치 보며 이등공신에 올렸지만 그들도 이연만큼 역사를 의식했다. 그들은 '이연이 기를 쓰고 원하므로 자격 없는 원균을 어쩔 수 없이 일등공신에 넣는다'는 기록을 기필코 남기고 싶었다. 역사에 위증하며 개입하려는 이연을 두 번 죽이는 정치적 배신이자 역사적 충성이었다.

사관도 당연히 역사를 생각하며 논했다. 원균만이 문제는 아니었다. 사관은 총체적으로 잘못된 이 기가 막힌 논공행상에 작은 소리로나마 역사적 경종을 울리고 싶었다. 그 경종 소리는 모두가 귀 기울인다면 천둥소리가 돼 역사를 정화해나갈 것이었지만 아무도 귀 기울이지 않는다면 그저 흰 종이 위에 까만 먹물 찍는 소리에 그치고 말 것이었다.

1년 후인 1604년 6월 25일, 논란에 논란을 거듭하던 대대적인 공신목록이 드디어 봉해졌다. 서울에서부터 의주까지 시종 거가를 따른 사람을 호성공신으로 삼고, 왜적을 정벌한 제장들과 군량을 주청하러 간 사신들을 선무공신으로 삼고, 이몽학의 난을 토벌한 사람을 청난공신으로 삼아, 모두 3등급으로 차등 있게 나눠 봉호를 내렸다.

그 결과, 호성공신에는 1등 이항복·정곤수 등 총 86명이 봉해졌는데, 이 중에는 내시 24명, 마의(馬醫) 여섯 명, 의관(醫官) 두 명, 별좌사알(別坐司謁) 두 명이 포함됐다. 선무공신에는 1등 이순신·권율·원균 등 총 18명이 봉해졌다. 그리고 청난공신에는 1등 홍가신 등 총 다섯 명이 봉해졌다.

이연은 공신명단을 보며 홀로 만족했다. 목숨 걸고 전쟁터에서 싸운 선무공신 숫자보다 산 넘고, 물 건너며 자신의 도망 길을 수행했던 호성공신 숫자가 다섯 배 가까이나 많아 매우 흡족했다. 다음 번엔 자신의 도망길이 무척 편할 것 같은 착각까지 들었다. 이연은 도망 중인 자신을 향해 돌팔매를 던진 백성들에 경악했지만 끝내 올바른 교훈을 얻지는 못했다. 모든 일이 그렇듯이, 종이 위의 전쟁은 실제로 있었던 전쟁과 많이 달랐다.

이렇게, 일본과의 7년 전쟁이 모두 끝났다.

12

1614년 4월도 거의 다 지나가는 어느 날 오후였다. 초여름의 햇살은 부드러웠고, 산들바람은 시원하게 불고 있었다. 그 상쾌한 바람결엔 무심한 듯, 한 무리의 사람들이 아산 음봉면 어라산 북쪽 언덕에서 이장 의례에만 집중하고 있었다. 그 묘의 주인은 이순신이었다. 이순신은 애초 1599년 2월 11일에 산정리 마을 뒤 금성산에 안장됐었다. 그런데 오늘 그곳으로부터 1리쯤 떨어진 이곳 어라산으로 옮겨오게 됐다. 만약 이순신이 살아있었다면 70세(만 69세)가 됐을 해였다.

지난 4월 17일, 이회는 노비 복기를 시켜 충훈부에 이순신의 이장을 지원해달라는 청원을 했다.

"이순신은 일등공신이지만 당초에 예장(禮葬)을 받지 못해 이제 비로소 개장하려 합니다. 하지만 가계가 탕진돼 갖가지 일에 형식을 갖추는 일이며, 상여꾼과 조묘군(造墓軍)을 쓰는 것도 매우 힘듭니다. 그러니 임금께 아뢰어 다른 공신들의 예장 전례에 따라 지원받을 수 있도록 해주십시오."

다행히 청원은 신속히 받아들여져 예장도감은 여러 일을 수응해줬다. '예장을 원하면 서둘러 청원했어야지 왜 이렇게 늦었느냐'는 말도 있었지만 큰 문제는 아니었다. 정작 큰 문제는 이장 이후에 일어났는데 '왕실에서 이순신 가문의 명당 발복을 두려워해 이장을 강요했다'는 소문이 그것이었다. 그런 소문이 날 만도 했던 것은 진린의 처남이자 이여송의 풍수 참모였고 조선에 귀화한 명나라 두사충이 묏자리를 잡아줬기 때문이다. 그리고 예장이라고 해서 반드시 다른 자리로 이장을 해야 하는 것은 아니었기 때문이다. 하지만 이장한 묏자리도 사실은 두사충이 잡아준 자리였다. 그래서 이순신의 7대 손으로 삼도수군통제사를 지낸 이인수는 명당 발복으로 가문이 번성한다는 생각으로 두사충의 신도비문을 세워 묘지 소점에 대한 고마움을 표현하기도 했다. 그런 일이 있고 보니 사람들은 두사충이 애초에 이순신의 묏자리를 두 군데나 잡아준 이유를 더욱 궁금해했다. 이순신과 두사충의 각별했던 교우로도 설명할 수 없는 일이었다. 하지만 그 진실은 아무도 알 수 없었다.

향불을 피워놓은 이순신의 새 묘소 앞에서 머리가 희끗희끗한 중년의 한 남자가 유난히 서럽게 곡을 하고 있었다. 마치 오래전이 아니라 엊그제 돌아가신 부모를 모신 듯 슬피 울고 있었다. 곡을 하는 사람은 아들 이회였다. 곡을 하는 이회의 옆과 뒤에서 많은 사람들이 역시 슬퍼하고 있었다. 그 속엔 익숙한 얼굴들도 눈에 띄었다. 이완과 금이, 송희립과 류형, 이의온도 마음속 깊이 함께 슬퍼하고 있었다.

그들 상주와 조문객들 모두는 예장도감에서 나온 관원들의 도움을 받아 정성을 다해 의례를 치렀다. 그들의 기억 속에 있는 이순신은 지금도 살아서 그들과 함께 얘기를 나누는 듯했다. 의례를 마친 가족 · 친지와 조문객들이 서로 고생했다는 인사를 나누고, 산을 내려가기 시작했다. 무덤 주위의 석물들이 듬직한 모습으로 그들에게 작별 인사를 했다. 이회도 산을 내려갈 준비를 했다. 그런데 이완이 열 살 된 어린 딸과 함께 앉아서 내려갈 생각을 않고 있었다.

"그만 내려가자."

이완이 말했다.

"조금만 더 여기 앉아있다 댁으로 가겠습니다. 먼저 내려가시지요."

"너무 오래 앉아있지 말고, 어두워지기 전에 내려와라."

"네."

이회는 내려가고 이완은 계속 그대로 앉아있었다. 산허리에 걸려있는 햇살이 따사로웠다. 저 멀리, 산 밑 논에서 모내기 하는 농부들의 모습도 보였다. 이완의 기억 속엔 엊그제만 해도 세상은 지옥의 풍경이었다. 이완은 이렇게 평화로운 시간과 풍경이 지금도 가끔씩 너무나 낯설었다.

'저 무덤 안에 계시는 숙부님께서는 그 살육의 전쟁터에서 이 미래의 평화를 느끼고 계셨을까? 이 미래의 햇살, 이 미래의 바람, 이 미래의 손녀 모습, 이 미래의 일상, 이 미래의 조선을……?'

최근에 이완은 삶이 어차피 그런 것이란 생각을 하기 시작했다. 유감이지만, 인간 사회의 모든 선은 순수한 선인의 존재만으로 이뤄지는 것이 아니라 '반드시' 악인과의 공존 속에서 이뤄질 수밖에 없다. 그것은 결코 떼어놓을 수 없는 것이다. 우리 모두의 마음속에도 선함과 악함의 공존은 필연이다. 그러므로 우리 모두는 영웅이든 필부든, 선인이든 악인이든, 누구라도 한 걸음 한 걸음, 언제나 어렵게 각자의 길을 걸을 수밖에 없는 것이다. 그 모든 각자의 길이 함께 모여 시간의 역사를 정화해나갈 것이다.

'숙부님께서는 알고 계셨을까? 그래서 우리의 문제는 언제나 절망 없는 희망이 아니라 절망 속의 희망이라는 것을…….'

이완이 아무 말 없이 그대로 앉아만 있자 딸이 물었다.

"아빠, 무슨 생각해?"

"응? 응, 할아버지 생각."

"할아버지? 할아버지 어떻게 생기셨는데? 무서웠어?"

"응, 아주 무서운 분이셨지. 할아버지가 무서워 왜적은 앞으로 다시는 조선 땅에 발도 못 붙일 거야."

"무서운 분인데 어떻게 돌아가셨어?"

"……."

"응? 아빠?"

"할아버지는 용감하게 왜적과 싸우다 총에 맞으셨단다."

"총에? 어디에서, 어떻게, 누가 할아버지를 쏘았는데?"

"……."

"응? 아빠!"

"그것까지는 이 아빠가 못 봤구나."

"멀리서 총을 쐈는데 돌아가셨으면 운이 참 없었네? 치료도 못 받고 바로 돌아가셨어? 살아계셨으면 좋았을 텐데……."

"그만 내려가자. 해 지겠다. 이다음에 우리 딸이 크면, 그래서 세상을 더 많이 알게 되면, 할아버지가 어떻게 돌아가셨는지 더 잘 알게 될 거야."

두 부녀는 손을 잡고 아주 천천히 산을 내려가기 시작했다. 딸은 아빠 손을 잡고 걸으니 마음이 든든했다. '할아버지가 살아계셨으면 좋았겠다'는 생각이 계속 맴돌았지만 어쩔 수 없었다. 그래도 할아버지가 무서워 왜적은 앞으로 다시는 조선 땅에 발도 못 붙일 거라니 너무나 다행이었다. 하지만 딸은 아빠와 함께 산을 내려가는 내내 한 가지가 이해가 안 돼 정말 답답했다.

'그게 무슨 말이지? 세상을 더 많이 안다는 게……? 할아버지가 어떻게 돌아가셨는지 지금 다 알고 싶은데……'

딸은 아빠에게 다시 한 번 더 확인하고 싶어 고개를 들어 아빠를 봤다. 하지만 아빠 표정을 보고는 곧 포기하고 말았다. 아빠도 할아버지 생각에 깊이 빠져 절대로 지금 대답해줄 것 같지 않았기 때문이다. 딸은 할 수 없이 아빠 말을 지금은 그냥 믿기로 했다. 무슨 말인지는 잘 모르겠지만 세상을 꼭 더 많이 알아야겠다고 생각했다. 딸은 꼭 잡은 아빠 손을 앞뒤로 크게 흔들며, 산길을 따라 힘 있게 발을 내디뎠다.

잠시 후, 완만한 산길에서 딸은 순간 발을 헛디뎌 자칫 넘어질 뻔했다. 저 멀리 하늘에 갑자기 떠오른 무섭지만 인자하게 보이는 한

할아버지 모습 때문이었다. 아빠는 아무것도 못 본 듯했다. 하지만 분명히 이순신 할아버지였다. 왜 그런 생각이 들었는지는 딸도 잘 몰랐다. 손녀딸이 미소 짓자 할아버지도 빙긋이 웃어줬다. 평화로운 조선의 석양이 푸르른 조선의 땅을 걷는 두 부녀를 아름답게 비추고 있었다.

【참고문헌】

:: 1차 문헌 ::

—『조선왕조실록』, http://sillok.history.go.kr

　　조선왕조실록은 원문과 함께 인터넷에 공개돼 아주 편리하게 이용할
수 있다. 본 소설의 공개적인 궁중회의 대화는 대부분 실록 내용을(약간의
변형을 거쳐) 인용했다. 이는 명백히 의도적으로 그렇게 한 것이다. 본 소
설이 허구로 역사적 사실을 재구성해 문학적인 주제의식을 드러내는 데
초점을 맞추고 있다기보다는 실제의 역사적 사실을 토대로 보이지 않는
여백만을 허구로 채워넣음으로써 역사적 사실을 문학적으로 재해석하려
고 시도했기 때문이다.

—이순신, 노승석 역, 『교감완역 난중일기』, 민음사, 2010

『난중일기』의 전 판본을 꼼꼼히 살펴 완성한 노작이다. 기존의 『난중일기』에서 빠진 부분이 복원돼 이를 참고할 수 있다. 원문도 함께 수록돼있다. 내용의 완벽한 이해는 적어도 문헌의 완벽한 복원이 이뤄진 다음의 일일 것이다. 본 소설은 이 『교감완역 난중일기』를 근간 텍스트로 삼았다.

—박기봉 편역, 『충무공 이순신전서(전4권)』, 비봉출판사, 2006

『충무공이순신전서』는 원래 1795년 정조 19년에 발간됐다. 박기봉 편역의 『충무공 이순신전서』는 이 원전을 재편집하고, 관련 자료를 추가로 수록해 내놓은 것이다. 편역자의 주석이 많은 도움을 주지만 주관적인 관점이 바탕에 깔려있으므로 유념해서 읽을 필요가 있다. 본서와 함께 『이충무공 행록』 등 기타 자료도 이 책을 참고했다.

—유성룡, 이재호 역, 『징비록』, 역사의 아침, 2007

임진왜란 당시 영의정을 지낸 류성룡이 향리에 내려가 지은 책이다. 1695년에는 일본 교토 야마토야(大和屋)에서 간행됐는데, 조선 조정은 1712년에 뒤늦게 일본 유출을 금하기도 했다. 임진왜란 전반을 이해할 수 있는 귀중한 자료다. 많은 참고를 했다.

:: 2차 문헌 ::

―남천우, 『이순신은 전사하지 않았다』, 미다스북스, 2004; 남천우, 『평역 이순신 자서전』, 미다스북스, 2006; 남천우, 『임진왜란 산책』, 미다스북스, 2010

남천우의 저서를 관통하는 주장은 '이순신은 노량해전에서 전사하지 않았고, 은둔했다'는 것이다. 그는 '이순신이 실제로는 묘소 이장이 있었던 1614년에 사망했다'고 주장한다. 그의 논증이 아주 치밀한 것은 아니지만 적어도 그가 제기하는 은둔설은 일정 부분 주목할 가치가 있다고 생각한다. 왜냐하면 은둔설은 그 자체의 사실관계도 문제지만 이 설이 내포하고 있는 정치적 함의가 아주 중요하기 때문이다.

이순신이 운둔(하려고)했다면 그 정치적 저변엔 밝혀야 할 얘기가 아주 많을 것이다. 만약 이순신이 은둔(하려고)했다면 선조 이연에 대한 역사적 평가는 철저하게 재정립돼야 할 것이다. 그리고 역사의 키워드는 '이순신 대 원균'에서 '이순신 대 이연'으로 완전히 바뀌어야 할 것이다. 은둔설을 주장하는 남천우 역시 선조 이연에 대한 평가가 아주 혹독하다. 당연한 귀결이다. 은둔설은 또한 당시 이순신과 명나라의 관계에 있어서도 규명돼야 할 많은 과제를 남기고 있다.

본 소설은 남천우가 제기한 은둔설로부터 많은 영향을 받았다. 또한 정여립 사건, 부산과 대마도 사이의 바다 길목 차단에 대한 무모한 집착, 김덕령 살해, 이순신 살해 공작 등등과 관련된 선조 이연의 행태를 보는 관점도 그의 주장으로부터 많은 영향을 받았다. 다만 그의 논증이 치밀하지 못한 부분이 많아 소설 속의 관련 사건은 그의 주장 그대로 구성하지는 않았다.

—장한식, 『이순신 수국 프로젝트』, 행복한 나무, 2009

필자에게 많은 영감과 영향을 준 훌륭한 책이다. 이순신이 당시에 어떻게 자신의 전쟁을 물질적으로 뒷받침했는지를 아주 신선하고 치밀한 관점으로 포착해냈다. 특히 이 책의 '수국(水國)'에 관한 설명은 본 소설을 쓰는데 아주 중요한 힌트가 됐다. 또한 기존의 관점을 뛰어넘는 팔사품과 손문욱에 관한 그의 세밀한 주장도 소설에 많은 도움이 됐다.

—김영헌, 『김덕령 평전』, 향지사, 2006; 남성숙, 『호남사람 이야기』, 광주매일신문 · 광주매스컴, 2009; 민승기, 『조선의 무기와 갑옷』, 가람기획, 2004; 송우혜, "이순신장군 녹둔도 백의종군때 '장수' 신분이었다", 인터넷 〈동아일보〉, 2005년 4월 17일; 이민웅, 『임진왜란 해전사』, 청어람미디어, 2004; 이순신역사연구회, 『이순신과 임진왜란(전4권)』, 비봉출판사, 2005(1,2권), 2006(3,4권); 제장명, 『이순신 파워인맥』, 행복한 나무, 2008; 진주류씨대종회, 『추모석담류선생시집(부록 석담유고)』, 진주류씨대종회, 2006; KBS1, 〈역사스페셜: 이순신 대장선의 미스터리 손문욱〉, 2010년 7월 3일 등등.

이상의 문헌도 본 소설을 쓰는 데 많은 도움이 됐다. 이 외에도 간접적인 도움을 받은 많은 문헌이 있지만 사정상 일일이 모두 적지는 않기로 한다.

조선 역사에 유일하게 살아 있는
왕의 아버지, 이하응의 삶을 그리다!

이하응의 삶을 그린 최초의 역사소설!!

제1회 황금펜 영상문학상 금상 수상작

석파란

류서재 장편소설

영원히 지지 않는 꽃,
묵란은 영원을 붙잡고 있었다.

난엽의 움직임 따라 호흡을 조절했다.
붓을 대는 순간에는 호흡을 멈춰야 했고,
붓을 떼는 순간마다 호흡하지 않으면
손가락 힘의 균형이 깨지고, 먹물의 균형이 깨졌다.
묵란의 호흡.
호흡은 생동감이었다.
생동감은 율동이었다.
곧바로 나아가나 완급을 조절하는 힘.
호흡이 일치해야 아름다움이 피어난다.
이하응의 호흡 따라 묵란이 호흡하고 있었다.

류서재 지음 | 청어람(황금펜클럽) 펴냄 | 512쪽 | 값 14,000원 | ISBN : 978-89-251-2817-7 03810

황금펜 월드
GOLD